KB034404

삼대록계 국문장편소설

소현성록

2

역주자 정선희(鄭善姬)는 이화여자대학교 국문학과를 졸업하고 동 대학원에서 문학박사학위를 받았으며, 이화여대 한국문화연구원 연구원, 국문학과 강의전담교수를 거쳐 현재는 국어문화원 연구원으로 재직 중이다. 국문장편고전소설의 인물형상과 서술시각, 작품에서 드러나는 여성들의 생활과 문화 등에 대해 탐구하고 있으며, 고전소설의 현대역과 주해 연구에 지속적인 관심을 갖고 있다. 저서로 『19세기 소설작가 목태림 문학 연구』 등이 있고, 논문으로는 「삼대록계 국문장편소설에 나타난 상례 서술의 변모양상과 그 의미」, 「17세기 후반 국문장편소설의 딸 형상화와 의미」, 「『소현성록』에서 드러나는 남편들의 폭력성과 서술시각」등이 있다.

이화한국문화연구총서 8

소현성록 2

초판 인쇄 2010년 2월 20일 **초판 발행** 2010년 2월 25일

역주자 정선희 **펴낸이** 박성모 **펴낸곳** 소명출판 **출판등록** 제13-522호

주소 서울시 서초구 서초동 1621-18 란빌딩 1층

전화 02-585-7840 **팩스** 02-585-7848 **전자우편** somyong@korea.com **홈페이지** www.somyong.co.kr

값 23,000원

ISBN 978-89-5626-447-9 93810
ISBN 978-89-5626-445-5 (세트)

이 저서는 2005년 정부의 재원으로 한국연구재단의 지원을 받아 수행된 연구임(KRF-2005-078-AS0041)

이화한국문화연구총서 8

삼대록계 국문장편소설

소현성록 2

정선희 역주

| 일 러 두 기 |

가. 현대어역 및 주해

1. 현대어 번역은 한글 맞춤법 체계에 의거해 어법에 맞는 자연스러운 현대 한국어 문장이 되도록 하였다.
2. 띄어쓰기와 관련해 한 인물에 대한 관직명이 연달아 나올 때는 붙여 쓰기로 한다.
3. 띄어쓰기와 관련해 '공'이나 '부인'과 같은 호칭이 성과 연달아 나올 경우, 원래는 띄어 써야 하나 독서의 편의를 위해 예외적으로 붙여 썼다.
4. 현대어로 번역한 표현이 작품 원문의 단어와 형태가 많이 달라졌을 경우, 각주에서 원문의 단어를 밝혀 주었다.
5 현대어역 본문에서 어려운 한자어는 한자를 병기해 주었다.
6. 판독(判讀)이 어려운 어휘나 문장은 가능하면 이본을 참조하여 보완하고 주석을 달아 그 사실을 명기(明記)하였다.
7. 이본을 참조해도 판독이 불가할 경우 그 사실을 각주를 통해 밝혔다.
8. 면이 바뀔 경우 바뀐 부분에 첫 글자 위에 방점(˙)을 찍고 원문의 면수를 표시하였다.
9. 작품 내용에 오류가 있을 경우 바로 잡고 그 사실을 밝혀 두었다.
10. 주해는 다음과 같은 경우에 하였다.
    1) 관직명, 인명과 같은 고유명사.
    2) 전고(典故)가 있는 한자어 및 지금은 사용하지 않는 한자어.
    3) 어학적 주석이 필요한 근대 국어 어휘나 표기 체계.
    4) 등장인물 및 그들 간의 관계, 앞 줄거리를 환기시킬 필요가 있을 경우.
11. 주석의 표제어는 현대어역 본문을 대상으로 하였다.
12. 문장 부호의 사용은 다음과 같다.
    1) 큰 따옴표(" ") : 직접 인용, 대화, 장명(章名).
    2) 작은 따옴표(' ') : 간접 인용, 인물의 생각이나 내적 독백.
    3) 『 』 : 책명(冊名).
    4) 「 」 : 편명(篇名)
    5) 〈 〉 : 작품명
    6) ( ) : 한자어를 드러낼 경우.
    7) [ ] : 표제어에서 제시하는 단어와 한자어가 음이 같은 경우는 ( )로 표시하고, 만약 음이 일치하지 않는 경우에는 [ ]를 사용함.
    8) { } : 원문에 첨기되어 있는 구절을 현대역한 경우. 단, 각주에서는 원문에 표시된 어휘를 밝히기 위해 원문 내용을 그대로 옮긴 경우

나. 원문

1. 현대 맞춤법 체계에 의거해 띄어쓰기를 해 주었다.
2. 한자는 병기하지 않았다.
3. 면이 바뀌는 곳은 면 표시를 해 주었다.
4. 판독이 불가한 경우에는 □ 표시를 해 주었다.

소현성록 해제

『소현성록』은 17세기에 창작되었을 것으로 추정되는 작자 미상의 한글소설이다. 삼대록계 국문장편소설 현대어역의 저본으로 선택한 이화여자대학교 도서관 소장본 『소현성록』은 한글 필사본으로, 15권 15책으로 되어 있으며, '본전(권1~권4)'과 '별전(권5~권15)'이 완비된 완질본이다. 권5 마지막에 표기되어 있는 것처럼 '다음 회(回)로 회를 나누었으니 이를 보면 알 것이다.'와 같은 서술자의 언급이 있는 경우도 있지만, 회장체 소설은 아니다. 『소현성록』은 17세기 조선의 유교적 가부장제 강화 및 가문 수호에 대한 관심이 반영된 작품으로, 여러 이본 중 이대본은 특히 풍부하고 섬세한 묘사를 통해 등장인물들이 생동감 있게 형상화되어 있다. 특히 스스로의 수신(修身)을 통해 군자가 되려는 소현성의 서사와, 죽은 후에까지 아들 소현성의 지극한 효성을 받는 어머니 양부인의 서사는 이 작품의 중심 서사축을 형성하면서 독자들의 눈을 끈다.

『소현성록』이라는 표제가 붙은 이본들은 모두 16종인데 그 중 완질로 전하는 것은 5종이다. 완질 5종은 우선 15권 15책의 이화여자대학교 소장본, 21권 21책으로 된 서울대 규장각 소장본, 26권 26책으로 된 서울대학교 소장본, 16권 16책으로 된 박순호 소장본, 그리고 4권 4책의 국립도서관본이다. 서울대 규장각 21권본(이하 서울대 21권본으로 칭함), 서울대 26권본 및 박순호본에도 본전(소현성록)과 별전(소씨삼대록)의 이야기가 다 전한다. 이 세 개의 이본들은 이대본에 비해 권수가 더 많아 상대적으로 서술이 더 섬세할 것 같은데 막상 그렇지가 않다. 오히려 생략과 축약이 많아서 맥락이 분명하지 않은 부분이 보이기도 한다. 현재 남아있는 이본들 중 이대본 『소현성록』이 가장 선본(先本)이자 동시에 선본(善本)으로 인정되는 이본이다. 이대본 『소현성록』은 15권 모두 겉표지 왼쪽에 한문으로 된 '소현성록 권지□(蘇賢聖錄 卷之□)'이라는 표제가 붙어 있다. 그런데 내부 표제를 보면 권1부터 권4까지는 '소현성록'으로, 권5부터 권15까지는 '소시삼ᄃᆡ록'(혹은 '별뎐 소시삼ᄃᆡ록'이나 '별뎐 삼ᄃᆡ록')로 되어 있어 그 두 개의 작품이 합해져서 한 작품으로 받아들여졌음을 알 수 있다. 각권의 제목은 각권 시작 부분에 한글로 적혀 있다. 겉표지와 내부 표제를 확인해 본 결과, '소현성록'은 이 작품 전체를 아우르는 명칭이면서 동시에 권1부터 권4까지의 이야기를 가리키는 호칭으로 쓰였음을 알 수 있다. 이대본은 권4까지를 '본전(本傳)'으로, 그 이후를 '별전(別傳)'으로 지칭하여 분명하게 나누고 있는데, 『소현성록』의 여러 이본 중 '소씨삼대록'이라는 작품명이 분명하게 나타나는 이본은 이대본이 유일하다. 이대본 『소현성록』은 '소씨삼대록'의 존재를 분명하게 확인해 준다는 점에서도 의미가 있다. 『소현성록』 본전은 소현성과 그 부인들의 이야기가 주를 이루고, 별전은 소현성의 여러 아들들과 그 부인들의 이야기가 주를 이룬다.

『소현성록』은 국문장편소설의 효시로 불리는 작품으로, 이 작품의 창작 시기는 권섭(權燮)이 남긴 자기 집안의 분재기(分財記)를 통해 확인된다. 이 기록에 의하면 권섭은 자신의 어머니인 용인 이씨가 이 작품을 필사하였고 모두 15권 15책인데 이 소설은 장자가 상속하도록 하였다. 용인 이씨의 생몰 연대를 근거로 필사 시기를 추정하면 17세기 후반 정도가 된다. 필사 시기가 17세기 후반이라면 창작 시기는 그보다 선행할 것이 분명하므로 창작 시기를 17세기로 추정하는 데 무리가 없다.

이제 연구자들 사이에서는 『소현성록』의 소설사적 가치에 대해 새삼 논의할 필요가 없을 정도로 상당한 양의 연구사가 축적되어 있다. 17세기에 창작된 대표적인 작품으로는 『홍길동전』, 『구운몽』, 『사씨남정기』 등이 있는데, 이전 시대의 대표적 작품인 『금오신화』와 비교해 볼 때 17세기 작품들은 한글 표기, 서사 분량의 확대, 주제의 다양성, 향유층의 확대 등 여러 면에서 소설 창작과 수용이 본격적인 궤도에 올랐음을 보여준다. 여기에 더하여 국문장편소설의 효시로 일컬어지는 『소현성록』이 등장하는 것인데, 장편 대하소설의 창작, 유통은 조선의 서사물이 당대의 총체적 삶을 그려낼 수 있는 충분한 역량을 갖추었음을 반증하는 것이다. 또 두세 가문을 중심으로 한 국문장편소설은 17세기 이후 왕성하게 창작, 유통되는 하위 장르로 자리 잡게 되었다. 이런 의미에서 볼 때 한국소설사에서 『소현성록』이 차지하는 비중은 확고하다고 하겠다. 박영희의 박사논문인 「『소현성록』 연구」가 연구의 선편을 잡은 이후로 후속 연구가 꾸준히 이어지는 작품이 『소현성록』이다. 『소현성록』은 국문장편소설의 효시이고, 필사 시기가 가장 이르면서 서사의 맥락이 풍부하고 정교한 작품일 뿐만 아니라 가문을 다루는 소설이 통속적인 관심으로 옮겨가기 이

전 시대, 즉 그 하위 장르의 초기적인 관심사를 보여준다는 점에서도 중요한 작품이다.

『소현성록』 연작 15권 중 1권은 조혜란이, 2권부터 7권 및 14권 71면부터 15권은 정선희가, 14권 1면에서 70면까지 그리고 8권부터 10권 97면까지는 최수현이, 10권 98면부터 13권은 허순우가 일차 번역하였고, 최종 출판 형태인 4권 중 각 권 번역 책임에 따라 서로 수차례에 걸친 번역 검토 및 교정과 윤문 작업을 통해 번역 작업을 마무리하였다.

2010년 1월

조혜란

◎ 소현성록 2

차례

현대어역

원문

소 현 성 록

1

대송 시절에 승상 소현성의 이름은 경이고 자(字)는 자문이었다. 태종 즉위 원년(元年)에 급제하여 벼슬이 바로 옥당(玉堂)[1]에 올라 10년 만에 우승상을 하고, 몇 년 내에 좌승상 강릉후를 하여 구석(九錫)[2]을 겸하였다. 조정에 들어간 30년 중에서 재상으로 있은 것은 수십 년이 되었는데 정치가 고르지 않음을 보고 벼슬을 그만두고 조정에서 물러나 산림에서 지냈다. 문 앞의 여러 가지 풀은 사시사철 봄이 된 듯하고, 대숲의 맑은 바람에 한가함이 지극하여 옛 사람들이 현명하게 몸을 지키던 방법을 오로지 행하였다. 슬하에 10자 5녀를 두었는데 이른바 큰 강의 흰 진주요, 남해(南海)의 다섯 빛깔 나는 진주며, 푸른 오동나무에 깃든 난새와 고니 같아 어진 스승을 청하여 학문을 가르쳤다. 도연명(陶淵明)[3]이 아들들을 책망하던 일[4]이 있을까 두려워하였는데, 뜻하지 않게 모든 아들들이 다 옛 사람을 압도할 재주와 학식이 있었다.

맏아들의 이름은 '운경'이고 자(字)는 인강인데, 화부인의 소생이다. 어머니와 아버지를 고루 닮아 얼굴은 옥이 윤택하고 봄꽃이 성함 같으며, 말씀이 단정하고 성품이 어질고 후덕하였다. 그러나 재기(才氣)가 남들보다 뛰어나 옥을 머금고 있다가 토해내는 듯하고 글 쓰는 필치가 용과 뱀이 춤추는 듯하였다. 부모가 지극히 사랑하여 손 위의 보배로운 구슬같이 하였고, 할머니 태부인(太夫人)[5] 양씨가 사랑하고 중시하는 것이 다른

2

* 『소현성록』 권지오에는 '별전 삼대록'이라는 부제가 표기되어 있음.

1) 옥당(玉堂) : 한대(漢代)에 문사(文士)가 출사(出仕)하던 곳으로, 전하여 송대(宋代)부터 한림원(翰林院)의 별칭임.

2) 구석(九錫) : 천자(天子)가 공로가 큰 신하에게 하사하던 아홉 가지의 물건, 또는 이를 하사받은 신하.

3) 도연명(陶淵明) : 이름은 잠(潛). 동진(東晋)의 자연시인으로 〈귀거래사(歸去來辭)〉가 유명함.

4) 아들들을 ~ 일 : {책자(責子)}. 도연명의 5언 고시의 제목으로, 다섯 아들이 공부에 뜻을 두지 않은 것을 책망한 내용임.

5) 태부인(太夫人) : 아버지의 뒤를 이어 아들도 제후(諸侯)가 되었을 때 그 어머니를 일컫는 말임.

손자들보다 심하였다. 이렇듯 깊은 사랑을 받으며 자랐지만 겸손하고 공손하며 교만하지 않은데, 단지 너무 단아하여 약하다고 할 정도였다. 그래서 뜻을 품고도 밖으로 내어 말하지 못하며, 작은 일은 결단력이 있었지만 큰일에는 강단이 없었다. 또 어진 일을 어질다고 생각하여도 친히 하지는 못하였고 사나운 사람을 사납다고 여겼지만 물리치지 못하였으며, 종들의 죄를 다스릴 때에도 죄가 드러나면 낯을 가릴 뿐 차마 더하여 다스리지 못하였으니, 이는 곧 아녀자의 어짊이었다. 그래서 승상이 이를 부족하게 여겨 늘 경계하며, 맹렬하고 굳건히 결단하라고 하였다. 그러나 천성을 고치지는 못하였다.

하루는 승상의 친구인 좌승상 위의성이 집에 와 이야기를 나누는데, 운경[6]이 마침 서당에서 들어오다가 물러나갔다. 이에 위공이 바라보고 물었다.

"어떤 선동(仙童)이 나를 보고 피하는가?"

승상이 웃으며 말하였다.

"그 애는 내 아들이오."

위공이 얼른 보자고 하니, 승상이 아들을 불렀다. 운경이 책을 놓고 난간 위로 올라가 두 번 절하고 곁에 서 있는데, 옥 같은 얼굴과 별 같은 눈빛, 붉은 입과 흰 이가 표연히 속세에서 벗어난 듯하였다. 또 두 눈썹 사이에는 수놓인 비단에 빛난 문장을 감춘 듯하여 빼어난 광채가 넓고 끝이 없는 신선이요, 당건(唐巾)[7]을 바르게 쓰고 흰 도포를 나부끼니 이는 바로 학(鶴)의 날개를 타고 다니던 신선 이백(李白)[8]과 같았다. 위공이 한번 보

『소현성록』 4권까지는 주로 '양부인'이라 호칭하였으나, 5권부터는 '태부인'이라 호칭하고 있음.

6) 운경 : {공ᄌᆞ[公子]}. 문맥상 승상의 큰 아들인 운경을 뜻하므로 이 대목에서는 계속 이같이 옮김.

7) 당건(唐巾) : 사대부가 쓰는 관.

고는 정신이 홀린 듯하고 당황스럽기도 하여 입에 가득 칭찬하며 말하였다.

"아름답고 묘하며 향기로운 사람이군요. 이 아이가 형의 몇째 아들입니까?"

승상이 말하였다.

"저의 맏아들입니다. 사람됨이 이처럼 자잘한데 형이 과도하게 칭찬하네요."

위공이 빨리 앞으로 나아오라고 하여 손을 잡고 등을 두드리며 물었다.

"네 나이가 얼마나 되었느냐?"

운경이 절을 하고 예의를 갖추어 대답하였다.

"13세입니다."

위공이 놀라며 말하였다.

"어찌 이리 장성하였느냐?"

그러고는 다시 보며 승상을 향하여 말하였다.

"제가 한 가지 외람된 생각이 있습니다. 형이 즐겨 들어주시렵니까?"

승상이 웃으며 말하였다.

"형과 제가 어찌 범사에 뜻을 묻고 뜻을 살피며 하겠습니까?"

위공이 탄식하며 말하였다.

"제가 불행하여 조강지처(糟糠之妻)가 죽고 슬하에 세 자녀를 두었는데, 남자 아이 둘은 모두 어리지만 여자 아이는 열두 살이 되었습니다. 그래서 비슷한 짝을 빨리 정하여 생전에 영화를 보려고 했는데 세상에 아

---

8) 이백(李白) : 당(唐) 나라 때의 시인. 자(字)는 태백(太白). 두보(杜甫)와 함께 시종(詩宗)으로 존앙 받음. 『이태백집(李太白集)』 30권이 있음.

름다운 선비가 없었습니다. 제가 견문이 고루한지 끝내 만나지 못하였는데 오늘 아드님을 보니 진실로 딸의 좋은 짝입니다. 가문이 한미함을 더럽게 여기지 않으신다면 주(朱)씨와 진(陳)씨의 좋은 인연[9]을 맺고자 합니다."

승상이 듣고 나서 감사하며 말하였다.

"형이 제 아이를 보시고 이렇게 과하게 평가하여 숙녀를 보내려 하시니 어찌 감격하지 않으며 또 어찌 사양하겠습니까? 그렇지만 홀로 되신 어머님이 위에 계시니 여쭈어 본 후에 회답하겠습니다."

위공이 시원스런 말을 듣지 못하여 답답하게 여기는 빛이 가득하여 이 같은 말을 할 뿐이었다.

"영당(令堂)[10] 태부인이 저희 집안을 못마땅하게 여기시지 않으신다면 형도 버리지 마십시오."

승상이 위공의 은혜에 감격하여 하였다. 잠깐 아들에게 손님을 대접하라 하고 안으로 들어가 태부인께 고하였더니, 태부인이 말하였다.

"위공은 어진 재상이니, 그 집안과 혼사를 맺음이 좋지 않은 점이 없구나."

화부인[11]도 크게 기뻐하였다. 승상이 방에서 나와 위공에게 가 혼인을 허락하였다. 위공이 생각보다 더욱 기뻐하며 황급히 사례하고 말하였다.

"제가 이처럼 좋은 사위를 얻으니 지하에서 눈을 감을 수 있겠습니다. 바라건대 형님은 내일 아드님과 함께 저를 보러 저희 집에 와 주십시오."

---

9) 주(朱)씨와 ~ 인연 : {쥬딘[朱陳]의 호ᄉ[好事]}. 이는 서로 절친한 가문끼리 통혼함을 말함. 옛날에 중국에서 주씨와 진씨가 한 마을에 살면서 대대로 통혼했던 고사에서 연유함.

10) 영당(令堂) : 남의 어머니를 이르는 말. 자당(慈堂)이라고도 함.

11) 화부인 : 운경의 어머니임.

5 승상이 흔쾌히 응낙하니, 이번에는 운경을 나오게 하여 웃으며 말하였다.

"너는 나의 사랑하는 사위이다. 내일 나에게 회답하는 것을 게을리 하지 마라."

운경이 편안한 표정으로 절하고는 웃음을 머금고 대답하였다.

"어르신께서 저를 이렇듯 어여삐 여기시니 감격스러움을 이기지 못하겠습니다. 아버님의 명령을 듣자마자 내일 댁으로 나아가 사례하겠습니다."

위공이 말마다 혹하여 들으면서 차마 떠나지 못하다가 이별하고 갔다.

이튿날 승상이 운경을 데리고 도성(都城) 안으로 들어가 위부에 이르렀다. 위승상이 크게 기뻐하며 들어오라고 허겁지겁 청하여 인사를 한 후 운경을 보았더니, 꽃 같은 얼굴과 신선 같은 풍모가 어제보다 더욱 새삼스러웠다. 기쁜 정신이 뛰노는 듯하여 좌우 시종들에게 술과 안주를 갖추어 내오게 하고는 말하였다.

"어제 우연히 신선 같은 사람을 만났는데 제 딸이 혼인하는 것[12]을 허락하셨지요. 크신 가르침을 받고 집에 돌아와 밤이 다하도록 그 은혜를 잊지 못하면서 어머님의 환한 얼굴을 생각했는데, 영광스럽게도 여기에 오시니 감사함을 이기지 못하겠습니다."

소승상이 사양하며 말하였다.

"혼인은 서로 좋은 일입니다. 형이 대대로 명문(名門)이고 명망이 있는데 저희 집과 혼인을 맺게 되니[13] 진실로 모자람이 없습니다. 어찌 지

---

12) 혼인하는 것 : {봉황디[鳳凰池]}. 문맥상 봉지(鳳池)로 보여 이같이 옮김. 봉지는 거문고 바닥에 있는 구멍으로, 위의 구멍을 용지(龍池), 아래의 구멍을 봉지(鳳池)라고 함. 거문고와 비파가 잘 어울림을 나타내는 금슬(琴瑟)의 뜻으로 쓴 것임.

나치게 겸손하여 도리어 화목함을 해칩니까?" 6

말을 마치기도 전에 하인이 급히 아뢰었다.

"황제께서[14] 옥패(玉牌)[15]를 내리시어 소승상을 청하십니다."

소승상이 듣고 나서 위공의 조복(朝服)을 빌어 입고 나가며 위공에게 말하였다.

"일이 급하여 소저와 함께 말을 나누지 못하겠습니다. 우리 아이와 이야기하면서 내가 같이 있지 못함을 말해 주십시오."

위공이 웃으며 말하였다.

"임금이 자신을 가까이에서 모시던 대신(大臣)을 두고 혼자 가는 격이군요. 아드님을 볼모로 하여 형을 다시 보려 합니다."

승상이 웃음을 삼키며 아들을 돌아보고 분부하였다.

"내가 오늘 대궐에서 나오면 반드시 날이 저물어 다시 오지 못할 것이니, 위공을 모시고 가르침을 듣고 나서 일찍 집으로 돌아와라."

운경이 곧바로 대답하고 마루에서 내려가 따라가 전송하고 도로 들어와 위공을 모셨다. 공이 문득 문장 품평과 제자백가(諸子百家)에 대해 논의하는데, 운경이 응하여 바로바로 대답하는 것이 도도하여 선천(旋泉)[16]이 흐르는 것 같았다. 위공이 감탄하며 말하였다.

"범의 새끼는 개가 되지 않는다고 하더니 그 말이 옳구나."

드디어 술이 취하니, 시녀에게 명하여 소저를 불렀다. 소저가 부끄러

---

13) 혼인을 ~ 되니 : {녕친}. 문맥상 '친영(親迎)'의 뜻으로 보여 이같이 옮김. 친영은 육례(六禮)의 하나로, 신랑이 신부 집에 가 신부를 직접 맞는 것을 뜻함.

14) 황제께서 : {만셰황야[萬歲皇爺]ㅣ}. 이는 만승지주(萬乘之主)인 황제를 뜻함.

15) 옥패(玉牌) : 옥으로 만든 패표(牌票). 패표는 왕이 신하를 부를 때 신하의 이름을 써서 보내던 명령서.

16) 선천(旋泉) : 소산(昭山) 아래에 있는 샘으로 깊이를 헤아리기 힘들다고 함. 다른 이본에는 '산협수'라고 되어 있음.

워 나오지 않을 뿐만 아니라 방씨[17]가 시기하여 사양하면서 내어보내지 않았다. 위승상이 매우 노하여 딸을 다시 부르려고 하였더니, 운경이 공경스럽게 자리에서 일어나 아뢰었다.

7

"혼인은 인륜의 큰일입니다. 부모님께서 정하여 택일하시어 육례(六禮)[18]를 갖추실 따름이지, 어찌 예를 치르기 전에 서로 보게 하시어 예가 아닌 일을 행하라고 하십니까? 상공께서는 세 번 살피십시오."

승상이 크게 기뻐하며 말하였다.

"네가 정인군자(正人君子)로구나. 내가 따라갈 수 없겠다."

드디어 종일토록 문장에 대해 논의하다가 운경을 돌아 보내려는데 갑자기 슬퍼져 말하였다.

"내가 요즘 병이 많고 마음이 슬퍼 너를 다시 보기 어려울지 모른다. 너는 행여 내가 죽더라도 내 딸을 버리지 말고 거두어 언약을 이루어라. 그러면 지하의 영혼이 되어서라도 결초보은(結草報恩)할 것이다."

운경이 매우 놀라 눈썹이 올라가고 맑은 눈동자가 흔들리며 위로하면서 말하였다.

"어르신이 바야흐로 건장하신 때인데, 왜 이렇게 불길한 말을 하십니까? 저는 비록 못 믿을 사람이지만 아버지께서 어찌 믿음을 잃고 약속을 저버리시겠습니까? 며칠 뒤에 다시 와서 사례하겠습니다."

승상이 처연하게 흐느끼면서 손을 잡고 등을 어루만지며 잘 가라고 하

---

17) 방씨 : 위공의 재취한 부인.

18) 육례(六禮) : 전통적으로 내려오는 혼인의 여섯 가지 예법. 납채(納采:남자의 집에서 청혼의 예물을 보냄) · 문명(問名:여자의 출생 연월일을 물음) · 납길(納吉:문명 후 길조를 얻으면 이것을 여자의 집에 알림) · 납폐(納幣:혼인을 정한 증명으로 예물을 여자 집에 보냄) · 청기(請期:남자 집에서 결혼날짜를 정하여 여자 집에 지장의 유무를 물음) · 친영(親迎:신랑이 신부 집에 가서 아내를 맞이함)의 여섯 가지 예를 치르면 결혼이 이루어지는 것임.

8

였다. 문까지 나와 보내면서 멀리 가도록 바라보다가 들어와 방부인을 책하였다.

"오늘 딸아이를 내보내지 않은 것은 그대가 시기해서입니다. 만약 이런 행실을 또 한다면 부부의 의리를 그만두고 내쫓을 것입니다. 다시는 방자하게 행동하지 마시오."

방씨가 크게 노하였지만 감히 겉으로 드러내지는 못하였다.

위공이 바삐 택일(擇日)하여 보내니, 소승상이 펴 보았다. 폐백을 드리는 날[19]은 맹춘(孟春)[20] 초열흘이니 하루 남았고, 성례(成禮)는 중춘(仲春)[21] 보름이니 한 달 남았다. 승상도 아름다움을 이기지 못하였고, 다음날에 납채(納采)[22]를 보내고 혼사에 쓰일 물건들을 준비하였다.

10여 일이 지났는데, 홀연 위승상이 목숨이 위태하여 반 일 정도밖에 살지 못하게 되었다. 그래서 급히 사람을 자운산에 보내 소승상과 운경을 오라고 청하고는, 소저를 불러 말하였다.

"네 팔자가 무상(無常)하여 강보에 싸인 채 어미를 여의고 이제 아비마저 죽게 되니, 외로운 두 남동생들과 더불어 의탁할 곳이 없을 것이다. 비록 내가 저승으로 가더라도 영혼인들 눈물을 머금지 않겠느냐? 네가 장성하면 소씨 가문에 정혼(定婚)하여 공작과 비취새가 골풀 숲에서 서로 의지함을 보려고 했는데, 하늘이 목숨을 재촉하시니 저 세상으로

9

돌아가는 것은 쉽지 않으나 너희 남매를 잊지 못할 것이다. 생각하건

---

19) 폐백을 드리는 날 : {현훈(玄纁)}. 검은 색과 붉은 색의 실로 폐백의 의례 때에 사용되던 물건임. 전하여 폐백에 사용되는 빙물(聘物)이라는 의미로 사용됨.

20) 맹춘(孟春) : 음력 정월을 뜻함.

21) 중춘(仲春) : 음력 2월을 뜻함.

22) 납채(納采) : {ᄎᆡ례}. 문맥상 '채례(采禮)'로 보여 이같이 옮김. 납채는 신랑의 집에서 신부의 집으로 혼인을 구하는 의례임. 이때에 폐백을 보내었으므로 납폐(納幣)와 같은 뜻으로 쓰이기도 함.

대, 두 아들은 그 스승인 구공이 있으니 보호해 주어 위태롭지 않을 것이나, 너는 아직 혼인의 예식을 치르지 않아 소씨 가문에 들지 못하였으니 방씨의 손 안에 있구나. 그녀가 반드시 너의 맑은 절개를 희롱하여 가문의 도덕과 맑은 명예를 버리게 할 것이니, 너는 삼종지덕(三從之德)을 따라 아버지의 말을 생각하여 절개를 굳게 잡아 소씨를 좇아라."

드디어 납채(納采)하러 보내온 백모란 모양 장식의 비녀 한 쌍을 내어주며 말하였다.

"이것은 바로 너의 시집의 것이니 너의 일생이 여기에 달려 있다. 그러니 삼가 간수하여라."

또 밀봉한 상자를 주며 말하였다.

"급한 때에 열어보아라. 아주 안전한 계책이 있을 것이다."

소저가 받으며 눈물을 흘리면서 그것들을 깊이 간수하였다. 위공이 병든 몸을 부축 받아 글월 두 장을 써 한 장은 종에게 맡겨 소승상께 보내고, 또 한 장은 구승상께 보내려 하면서 두 아들을 불러내었다. 맏이는 10세요 작은 아이는 8세인데 모두 부친의 풍채가 있었다. 공이 손을 잡고 슬퍼하며 말하였다.

"가련하고 불쌍한 내 아들들아. 너희를 이렇게 남겨 두고 죽으니 차마 어떻게 견디겠느냐? 너희는 내 글을 가지고 구공께 가 의탁하고 절대로 여기에 오려고 하지 마라. 비록 다 크더라도 구공을 의지하여라. 그렇지 않으면 방씨의 해를 입을 것이니 삼가고 삼가라. 그리고 만약 급한 일이 있으면 이것을 떼어 보아라."

드디어 편지 한 통을 단단히 봉하여 맡기니, 두 아이가 아버지를 붙들고 울며 차마 떠나지 못하였다. 공이 꾸짖어 말하였다.

"내 목숨이 다하면 너희도 죽을 것이다. 그러므로 목숨이 남아 있을 적에 총총한 정신을 거두어 큰일을 부탁하는 것인데, 빨리 가지 않고 어찌 여자처럼 약한 모습을 보이며 이별을 슬퍼하며 지체하느냐? 장차 내가 죽으면 나의 후사(後嗣)와 조상께 드리는 제사를 어느 땅에 두려하느냐?"

그러고 나서 종 연희와 연복을 불러 분부하였다.

"너희 형제가 충성스럽고 근면하기에 큰일을 맡기니, 너희들이 두 공자를 끝가지 보호하여 쥬챵(周昌)[23]이 나중에 신의를 지키지 못한 것을 본받지 말라."

두 사람이 울면서 머리를 조아리며 말하였다.

"저희들이 공께서 늘 저희를 알아봐 주신 은혜를 입은 지 30여 년이 되었습니다. 이제 두 공자를 맡기시는데 어찌 감히 태만하겠습니까? 충성을 다하여 온 힘을 바쳐 두 공자를 보호하고 건평후(建平侯)[24]를 본받지 않겠습니다."

드디어 두 공자를 업고 구승상의 마을로 가려 하니, 소저가 두 공자를 붙들고 통곡하며 이별하였다.

위승상이 아들들을 보내고 나서, 딸에게 재삼 조심하라고 당부하며 강부인[25]의 여종이었던 영춘을 불러 말하였다.

"너는 원래 영리하니, 내 딸을 보호하여 효성과 절개를 온전하게 하고

11

---

23) 주창(周昌) : 한나라 때의 사람으로 고조를 도와 진나라를 무너뜨린 인물. 후에 한고조의 아내인 여후(呂后)가 척희(戚姬)의 아들인 조(趙) 나라 왕 여의(如意)를 죽이려 할 때에 조왕의 승상으로 있었음. 여후의 의중을 알아채고 여러 차례 조왕을 보내지 않고 보호하였으나, 어쩔 수 없이 여후의 계략에 말려들어 결국 조왕을 죽게 함.

24) 건평후(建平侯) : 조왕(趙王)의 승상이었던 주창임.

25) 강부인 : 위승상의 첫 번째 부인이자 소저의 친모로 일찍 죽었음.

몸을 잃지 않도록 도우라. 딸아이가 지혜가 있고 너도 식견이 얕지 않으니 여러 말 하지 않겠다."

영춘이 머리를 조아리며 울면서 말하였다.

"세가 돌아가신 부인을 뫼시고 여기에 들어온 지 여러 해 만에 부인이 세상을 떠나시고 소저를 길렀는데, 이르신의 크신 은혜가 하늘과 같았습니다. 오늘 부탁을 하시는데 제가 저버릴 리가 있겠습니까?"

승상이 길게 탄식하고 크게 부르며 말하였다.

"멀고 아득한 푸른 하늘아, 내 자녀들은 장차 어떻게 될까나?"

드디어 좌우 시종들에게 방씨와 그 친아들을 불러오게 하여, 그들이 앞에 다다르니 경계하며 말하였다.

"내 나이 마흔이 다 되었고 벼슬이 높으니 남은 한은 없소. 다만 당신은 자녀를 힘써 기르고 예(禮)로 치가(治家)하여 가문의 명성을 떨어뜨리지 마시오."

12

드디어 방씨의 친아들 유홍에게 앞으로 나오라고 하여 손을 잡고 탄식하였다.

"너는 영리한 아이이다. 비록 6세지만 자못 성숙하니, 너의 모친을 어질게 돕고 네 누이와 두 형을 어여삐 여겨 혜제(惠帝)[26]의 어질고 유약함을 본받지 마라."

유홍이 머리를 조아리고 울면서 명령을 받들었다. 방씨가 이 말을 듣고 마음이 매우 편안치 못하여 기색이 좋지 않으니, 공이 오래도록 보다가 좋은 말로 일러두었다.

---

26) 혜제(惠帝) : 한(漢)나라의 2대 황제로, 여후(呂后)의 아들임. 고조 유방이 죽자 여후는 그가 총애하던 척희를 인체(人彘)를 만들어 변소에 버리는데, 혜제가 이를 보고 병이 나 1년 만에 죽음. 마음이 유약하여 못된 어미의 잘못을 간하지 못한 인물로 예를 든 것임.

"내가 아이를 경계하는 것은 그대를 못 믿어서가 아니라 우애를 권하려는 뜻이오. 이제 저 세 아이들의 일생이 부인께 달렸으니 범사를 유홍과 같이 하여 죽은 지아비의 유언을 잊지 말아주오. 그러면 내가 반드시 구천(九泉)에서 부인의 일생을 명심하여 살필 것이니, 어찌 부부의 못 잊는 정의뿐이겠소."

방씨가 바야흐로 얼굴빛이 평안해져 다만 이같이 말하였다.

"상공은 마음을 놓고 몸을 조리하십시오. 세 아이들을 모두 유홍과 똑같이 돌보겠습니다."

승상이 고맙다고 하고 또 말하였다.

"유홍이 자라거든 구공께 보내어 글을 배우게 하시오. 그리고 저 두 아이는 이미 구공의 제자가 되었기 때문에 내가 임의로 그 애들의 거취를 정하지 못하니, 부인도 그냥 두고 찾지 마시오. 다만 딸아이는 장성하면 소씨 가문에 혼인시키기로 했으니 탈상(脫喪)한 후에 혼인을 이루고 바꾸지 마시오."

13

위승상이 많은 유언을 남기고 세상을 뜨니, 춘추가 서른여섯이었으며 조정에 들어간 지 20년 되었고 재상이 된 지 8년 되었다. 식구들이 모두 통곡하였다. 소저가 기절하여 엎어지니 모두 함께 간호하여 깨어나게 하여 상(喪)을 치렀다.

이때에 위공이 소승상을 청하러 보냈던 종이 길에서 술을 먹고 취하여 석양에야 자운산에 들어가 고하였다. 승상이 예전에 위공을 만났을 때에 그의 말의 분위기가 슬프고 얼굴의 기색이 좋지 않음을 보고 혼인을 서둘러 하려 했는데, 이제 그의 목숨이 경각에 달렸다는 것을 듣고 놀라서 아들을 데리고 바삐 가서 보았다. 그러나 이미 상사(喪事)가 나 곡하는 소리가 하늘까지 닿았으니, 놀라고 슬퍼하며 침상 옆에 나아가 크게 울고는 상을 치렀다. 그 치상(治喪)하는 것이 사돈과 사위[27]의 예의를 다한 후에 상복을 입었다. 그러자 위공의 종이 위공이 임종할 때에 쓴 유서를 올리며 말하였다.

"어르신이 승상과 낭군을 기다릴 수가 없어 글을 남기셨습니다."

승상이 슬픔을 머금고 받아서 펴 보았더니, 다음과 같이 쓰여 있었다.

14

"제가 이제 서둘러 저승으로 가야 하여 형과 사위를 기다렸다가 볼 수가 없으니, 바쁜 걸음과 아득한 정신을 거두어 한 통 짧은 글을 올립니다. 사람이 태어나 누가 죽지 않겠습니까마는 저는 남은 한이 많습니다. 약한 딸아이의 일생을 정해 놓지 못하고, 어린 아들들이 어른이 되는 것도 보지 못하니 가련합니다. 이 때문에 구공에게 두 아들을 의탁하여 위씨의 제사를 잇게 되기를 바라고, 형께 어린 딸을 맡겨 일생을 평안하게 지내기를 바랍니다. 형은 저의 외로운 마음을 살펴 비록 3년을 기다리는 것이 더디기는 하지만 다른 데에서 운경의 아내를 취하더라도 제 딸을 둘째로라도 얻고 버리지는 마십시오. 제 딸을 형님 댁에 두신다면 구천에서라도 견마(犬馬)와 같이 온 마음을 다해 은혜를 갚을 것입니다. 간절히 바라오니 형님은 빙물(聘物)을 받은 제 딸을 저버려 여름에 서리가 내리게 하는 원한을 만들지 않기를 바랍니다. 종이를 대하니 마음이 막막하여 피를 토하며 머리를 숙입니다."

그 아래 두 줄의 글이 더 있었다.

"사위에게 부치네. 미생(尾生)[28]의 신의를 따르고, 이익(李益)[29]의 믿음

---

27) 사위 : {만구}. 이본에는 이 부분이 '반ᄌᆞ[半子]'로 되어 있는데, 이는 사위라는 뜻이므로 이같이 옮김.

28) 미생(尾生) : 약속을 굳게 지키느라 죽은 남자로 전설상의 인물임. 그가 한 여자와 다리 밑에서

없음을 행하여 딸아이가 의지할 데가 없게 하지 마라. 또 내 딸 아이를 거둘 뿐만 아니라 두 아들들도 구공께 있으니 자네가 만약 내가 아끼던 정을 잊지 않고 보호해 준다면 이는 모두 자네의 덕이네." 15

소승상이 다 읽고 나서 눈물을 비 오듯 흘렸다. 운경도 옆에서 느꺼워 슬퍼하며 눈물을 얼굴 가득히 흘리니, 모든 사람이 그 의리에 감동하지 않을 수가 없었다. 승상이 제문(祭文)을 지어 제사를 지내고 나서, 내당의 시녀를 불러 소저의 안부를 물었다. 위공의 유서를 살펴보니 은근히 깊은 염려가 들어 있고, 또 두 공자를 구공께 보내놓고 초상(初喪)에도 데려오지 않는 것을 보면 분명히 방씨가 사나운 줄 알 수 있었다. 그래서 더욱 위공의 마음과 소저를 불쌍히 여겼지만 단지 제문에 은근한 뜻을 담을 수밖에 없었다. 아들과 함께 집에 돌아와 인연이 험함을 슬퍼하고 애달파하였다.

이때에 방씨가 위승상의 초상을 마치고 제사를 지내는데, 사람들이 소저의 슬퍼하는 모습에 모두 감동하고 소상서 부자(父子)의 은근함을 일컬으니 매우 기분 나빠하면서 생각하였다. 16

'돌아가신 승상[30]이 살아 있을 때에 저 몹쓸 선화[31]와 유양 · 유동[32]을 사랑하여 나를 용납하지 않더니, 임종에 문득 유양 등은 구공께 보내 감추고 선화는 소현성에게 의탁하는 걸 보면 이는 나를 사납게 여기는 것에 다름 아니다. 선화는 여자이니 유흥의 기업(基業)[33]을 빼앗지

만나기로 약속하여 기다리는데 갑자기 큰 비가 내려 물이 불었으나 가지 않고 기다리다가 마침내 다리 기둥을 껴안은 채 익사했다고 함.

29) 이익(李益) : 당나라 때의 시인으로, 질투가 심하고 의심이 많아 처첩들을 엄하게 단속했다고 함.

30) 돌아가신 승상 : {선군[先君]}. 이는 세상을 떠난 자기의 아버지를 일컫는 말이므로 문맥에 맞지 않음. 문맥상 방씨가 자신의 남편인 위승상을 일컫는 것이므로 이같이 옮김.

31) 선화 : 위승상의 딸의 이름.

32) 유양 · 유동 : 위승상의 두 아들의 이름.

않을 것이지만, 유양 형제는 맏아들로 종가(宗家)의 계통을 이을 것이니 내가 어찌 위씨의 십만 재산을 그에게 속하게 하리오? 그런데 세 아이들이 다 의탁할 곳이 정해져 두 승상을 끼고 있으니 자못 속이기 어렵구나. 선화는 여자이니 아직은 그냥 놔두고 유양 등을 없애리라.'

생각을 정하고 나서 거짓으로 좋은 낯빛을 지어 소저를 지극히 사랑하는 것처럼 하며 말하였다.

"승상이 세상을 떠난 후로부터 살 뜻이 없지만 모진 목숨을 부지하는 것은 너희가 장성하는 것을 보기 위함이다. 유양 형제가 단지 어린아이지만 어찌 아버지의 상(喪)을 와서 보지 않겠느냐? 장례일이 다다랐으니 네가 글을 써 유양 등을 불러라."

17

소저가 생각하였다.

'나는 죽어도 아깝지 않지만, 어찌 오사(伍奢)[34]가 사지(死地)로 자식들을 불러들이는 편지를 썼던 일을 행하여 두 동생을 불러들여 죽을 지경에 빠뜨릴 수 있으리오?'

유유하게 묵묵히 있으니, 방씨가 붓과 벼루를 내어 와 쓰라고 재촉하였다. 소저가 편안하고도 조용한 태도로 대답하였다.

"아버지께서 유언으로 동생들을 데려오지 말라고 하셨으니, 지금 급히 불러들이기는 어렵습니다."

방씨가 얼굴색이 변하여 말하였다.

"네 부친이 아이들에게 구공께 가서 공부하라고 한 것일 뿐이다. 어찌

---

33) 기업(基業) : 선대(先代)로부터 이어 오는 재산과 사업.

34) 오사(伍奢) : 초나라 대부. 그의 비범한 아들들인 상(尙)과 자서(子胥)를 죽이려는 비무기(費無忌)와 평왕(平王)의 꾀임에 아들들을 불러들이는 편지를 쓰게 됨. 왕의 속임수임을 알면서도 어쩔 수 없이 편지를 써 큰 아들 상은 그와 함께 죽게 되고, 영민한 자서는 오(吳)에 망명하여 초(楚)를 쳐 원수를 갚음.

초상도 보지 않으며, 나도 피하라고 한 것이겠느냐?"

소저가 공손히 자리를 피해 앉으며 사죄하여 말하였다.

"제가 어찌 그런 뜻으로 말했겠습니까? 아버지께서 남긴 말씀이 비록 배우러 가라고 하신 뜻이었지만 또한 구공에게 의탁하고 부질없이 왔다 갔다 하지 말라고 하신 말씀이기도 하였습니다. 그러므로 지금 몇 개월이 채 되지도 않아 남기신 가르침을 저버리는 것은 그르다고 생각하여 아뢴 것입니다."

방씨가 크게 화를 내며 친히 쇠로 만든 채찍을 들어 소저를 많이 쳤다. 옆에서 유홍이 크게 울면서 몸으로 누이를 가리며 방씨에게 간하니, 방씨가 손을 멈추고 소저에게 글을 쓰라고 명하였다. 소저가 안색을 태연하게 하고 손을 가지런히 하여 단정히 앉아서 붓을 잡지 않았다. 방씨가 이가 갈려 하면서 반드시 죽여 한을 풀겠다고 하였다.

18

이후로는 방씨가 보채기를 더 심하게 하여 천하고 더러운 일을 일부러 가려 소저에게 시켰다. 하지만 소저는 조금도 불손하지 않고 물 흐르듯 순순히 따랐다. 그러나 두 공자를 부르는 글을 쓰는 일만은 죽기를 무릅쓰고 쓰지 않았다.

이렇게 하여 위공의 장사를 지내게 되었는데, 소공이 운경을 데리고 와 모든 일을 갖추어 진행하며 위공을 선산(先山)에 묻으려 하였다. 이때 방씨가 종에게 돈과 비단을 주며 구공에게 가 있던 유양 등이 그곳에 오면 처치하라고 하였다. 그런데 구공은 당대의 현명하고 정직한 명재상으로, 이름은 '공'이고, 호(號)는 '이공'[35]이었으며, 한 시대에 존경받는 바였다.

---

35) 이름은 ~ '이공' : 서울대 소장 21권본에는 달리 서술되어 있는데, '명은 쥰이오 호는 녀공'이라고 되어 있음.

그러니 지기(知己)의 유언을 받아 그 아들들을 보호하는 데에 어찌 조금이라도 위태하게 하겠는가? 위공의 장사에 와서 보고는 싶었지만 그 사이에 일이 있을까 하여 두 아이를 데리고 별채에 머물렀다. 두 아이들이 모든 일을 승상의 명대로 하여 아버지의 장사에 가보지 못하니, 방씨가 크게 놀라며 거짓으로 글을 써 선화 소저의 병이 위중하다고 하며 유양 등에게 오라고 하였다. 두 공자가 크게 울며 구공께 아뢰었다.

"누이가 죽게 되었다고 하니 가서 보고 싶습니다."

19

공이 정색하고 말하였다.

"이는 진실이 아니니, 조금도 갈 생각 말고 안심하고 있으라."

두 공자가 재삼 공손히 아뢰었으나 공이 허락지 않았다. 그러나 방에서 나와서 종 연희와 연복에게 말하였다.

"누이의 병이 위태하다고 하는데 사부가 보내지 않으시니 우리가 조용히 가서 보고 오는 것은 어떠냐?"

두 사람이 크게 놀라며 말하였다.

"공자께서 어찌 이런 말씀을 하십니까? 어르신께서 임종에 말씀하시되, 비록 성장한 후에라도 구공을 의지하고 본부(本府)에는 가지 말라고 하셨습니다. 그 뜻이 깊으셨는데 공자께서 지금 가려고 하십니까? 공자가 가신다고 해서 소저가 낫지는 않을 것이니 이런 말씀 마십시오. 우리들이 사정을 보아 소저의 안부를 알아서 전해 드리겠습니다."

공자가 울면서 답하지 않았다.

방씨가 두 사람이 오지 않음을 보고 생각하였다.

'구공이 보호하고 있으니 조만간에 해치지는 못하겠구나. 이러다가 선화마저 소씨 가문에 시집가면 온전하게 보존된 흠 없는 구슬[36]이 굳기

가 산과 같아 모두 해치지 못할 것이다.'

이후로는 소저를 해하는 일에 전념하여 꾀를 내더니, 또 생각하였다.

'다르게 죽으면 소문이 날 것이니, 독약 한 그릇을 음식에 섞어야겠다.'

곧바로 계획을 세우는데, 심복인 시녀 취영이 고하였다.

20

"구태여 죽이려 하지 마십시오. 부인의 조카인 방 수자(豎子)[37]가 첩을 구한다고 하니 그에게 밤중에 도적인 체하고 소저를 빼앗아가라고 조심스럽게 이야기하세요. 소저가 비록 절개가 서리 같지만 그곳에 잡혀가 능히 절개를 지키지 못하여 부부가 되면 자연히 은혜와 정이 생겨나 살게 될 것입니다. 그리고 소씨 가문에는 음란하게 남자를 만나 몰래 달아났다고 하면 됩니다."

방씨가 크게 기뻐하며 말하였다.

"네가 바로 나의 장량(張良)[38]이구나."

드디어 그런 뜻이 담긴 글을 써서 방생에게 몰래 주었다. 방생은 무뢰배에, 행실이 나쁜 청년이었는데, 자칭 이름하여 '작은 제갈공명'이라 하였고 본명은 '무'였다. 이날 숙모의 글을 보고 위상국의 천금같은 규수가 자기에게 맡겨졌으니 매우 기뻐하였다. 이날 밤중에 여러 계교를 행하려고 하니, 공자 유홍이 이런 기색을 보고 모골이 송연하여 머리를 피가 나게 두드리며 간하였다. 그래도 듣지 않으니 어찌할 도리가 없어, 남몰래

---

36) 온전하게 ~ 구슬 : {완병}. 문맥상 '완벽(完璧)'으로 보이며, 이본에도 '완벽'으로 되어 있음. 완벽은 '흠 없는 옥', '빌어 왔던 물건을 온전히 돌려보냄'의 뜻이 있음.

37) 수자(豎子) : 더벅머리, 미성년(未成年)을 뜻함.

38) 장량(張良) : 전한(前漢)의 공신으로 소하(蕭何)·한신(韓信)과 함께 한(漢)나라 삼걸(三傑)로 불림. 자(字)는 자방(子房)임. 한(韓) 나라 대신의 집안으로 한나라가 망하자 역사(力士)를 시켜 진시황을 쳤으나 실패함. 후에 태공(太公)의 병서(兵書)를 받고 한고조(漢高祖) 유방(劉邦)의 모신(謀臣)이 되어 진(秦) 나라를 멸망시키고 초(楚) 나라를 평정하여 한나라를 건설하는 데 큰 공을 세움.

누이에게 가서 얼른 몸을 보호할 방법을 생각하라고 말하였다. 소저가 듣고 나서 매우 당황하여 자결하려고 하였다. 그러자 종 영춘[39]이 말리며 말하였다.

"돌아가신 어르신께서 임종에 소저의 향기가 사라지고 옥이 부서지는 듯한 일이 있을까 두려워하며 여러 번 분명히 부탁하셨습니다. 그런데 하루아침에 천금 같은 몸을 버리려고 하십니까?"

21

소저가 울며 말하였다.

"어머니가 장차 나를 죽이지 않고 오히려 욕을 보이려 하는 것이냐?"

영춘이 말하였다.

"어르신께서 위급하면 열어 보라고 하셨던 상자가 있으니 이 때에 쓰지 않고 언제 쓰겠습니까?"

소저가 깨달아 바삐 봉한 것을 떼고 열어 보니, 남자 두건과 옷 한 벌과 그림 한 장이 있었다. 그림은 옛날에 한 초나라 여자가 아비의 농담을 지키려고 비녀를 품고 백정에게 시집가는 형상이었다. 소저가 한번 보고는 슬프게 탄식하였다.

"아버지께서 명하신 일이니 차마 어떻게 하겠는가?"

영춘과 함께 남몰래 남장(男裝)을 하고 소씨 가문에서 빙물(聘物)로 받은 옥비녀를 품고 달아나려 하였다. 후원에 이르니 마침 종들이 없어 멀리 도망가 자운산을 10리 정도 남겨두고 길에서 쉬면서 행인에게 물었다.

"소승상의 마을이 어디입니까?"

그 사람이 가르쳐 주어 말하였다.

"정남(正南) 방향으로 10여 리만 가면 큰 소(沼)[40]가 있고, 그 소를 건너

39) 영춘 : 위소저의 유모임.

5리만 더 가면 동네 입구에 돌로 된 문이 있습니다. 그 문에 '자운산 완룡담 장현동'이라 새겨져 있을 겁니다. 그곳이 바로 소승상의 마을입니다."

22

두 사람이 사례하고 다시 길을 갔는데, 길을 잘못 들어 소부(蘇府)를 찾지 못하였다. 원래 자운산에 여러 골짜기가 있어 왼편은 '운수동', 오른편은 '선학동', 가운데는 '장현동'이라고 하였는데, 경개와 산천(山川)이 매우 빼어났다. 두 사람이 가려는 곳은 장현동이고, 그 나머지 운수동과 선학동은 모두 경치가 빼어나 속세의 티끌이 없었다. 선학동에는 도관(道觀)[41]이 있고 운수동에는 절이 있어 거룩하고 득도한 사람들이 있었다. 선학동에 이르니 거룩한 도관만 있고 재상의 집은 아니었다. 두 사람이 매우 놀랐는데, 소저가 말하였다.

"이미 거의 다 왔으니 잠깐 쉬면서 머무를 곳을 알아보고 가자."

문을 두드리니 안에서 도사 한 명이 학창의(鶴氅衣)를 나부끼며 나와 물었다.

"어떤 사람이 이 깊은 곳에 왔는가?"

두 사람이 말하였다.

"우리는 도성 안의 사람으로 유산(遊山)하러 이곳에 왔습니다. 청컨대 한 간 방을 빌려 주십시오."

도사가 듣고 당(堂)으로 올라오라고 하여 차를 내왔다. 두 사람이 물었다.

"알지 못하겠네요. 여기서 소현성의 마을이 가깝습니까?"

---

40) 소(沼) : 땅바닥이 둘러빠지고 물이 깊게 된 곳. 늪.
41) 도관(道觀) : 도교(道敎)의 사원(寺院).

도사가 말하였다.

"이 산의 둘레가 300여 리나 되기는 하지만 도성에서 바로 찾아오면 소부가 매우 가까웠을 텐데, 젊은이들이 모르고 여기로 왔군. 소부와의 거리를 말한다면 이제 30리를 걸어가야 하네."

23

두 사람이 크게 놀라 서로 보면서 답할 바를 모르니, 도사가 다시 말하였다.

"도관이 비록 누추하지만 좀 쉬었다가 내일 소부를 찾아도 늦지 않을 것이네."

두 사람이 사례하고 머물게 되었다. 소저가 영춘에게 말하였다.

"길이 낯설어 이렇듯 수월치 않으니 장차 어쩌면 좋으냐?"

영춘이 말하였다.

"제가 생각건대 지금 소부를 찾아가도 한번에 도달하기가 좋지 않으니 일단은 여기에 있어야 할듯합니다. 그러다가 몇 개월 후에 제가 먼저 나아가 승상을 뵙고 이런 상황을 고하여 선처하시게 하겠습니다. 만약 바로 들어가면 남들이 우습게 여길까 싶습니다."

소저가 말하였다.

"소현성은 예의를 중요하게 생각하는 군자이다. 어찌 나를 우습게 여기겠느냐?"

영춘이 말하였다.

"소저께서 하나는 알고 둘은 모르십니다. 소상국은 웃지 않지만, 소공자는 나이가 젊고 호사스럽게 자라 남의 사정을 살피지 않을 것이며 대의(大義)를 생각지 않고 남의 흠 보기를 좋아할 것이니 어찌 웃지 않겠습니까? 하물며 소저가 지금 가셔도 3년 후에야 혼례를 치를 것입니다.

이 도관이 편안하고 고요하며, 수행하는 사람들도 잡된 일은 하지 않 24
을 것이니 여기에 있는 것이 좋겠습니다."

소저가 옳게 여겨 주지(住持) 스님[42]에게 이곳에 머물게 해달라고 청하였더니, 진인(眞人)이 말하였다.

"그대의 품격을 보니 세상의 인연이 많이 있는 것 같소. 그러니 어찌 도승(道僧)의 무리가 되겠소? 서쪽의 객실이 편안하니 빌려 주겠소. 마음대로 머무시오."

두 사람이 사례하고 서쪽 방으로 가 머물면서 아침 저녁 이바지를 도관에서 하였다. 이는 아마도 진인(眞人)이 그들을 알아보고 잘 주관하고 처리하여 소씨 집안으로 돌려보내려 한 현명한 마음에서 나온 것일 것이다. 두 사람이 이때부터 평안히 쉬었다.

각설(却說). 방씨가 조카인 방무를 사주하여 소저를 해하려고 하다가 갑자기 소저가 간 곳이 없으니 크게 놀라 두루 찾았지만 찾지 못하였다. 그러자 갑자기 말을 만들기를 음란한 행실을 하다가 달아났다고 하였다.

이때에 소승상이 위공을 잊지 못하여 음력 초하루와 보름이 되면 가서 참례하고 유홍을 불러 소저의 안부를 묻고 불쌍히 여기며 어여삐 여기는 것이 친자식 같았다. 이 말을 듣고 방씨가 흉계를 꾸민 것인 줄 알아채고 소저를 아끼는 마음에 슬퍼하였다. 혹 위공의 유언을 저버리고 소저의 생명이 끊겼을까 걱정하여, 심복에게 위부 근처를 자세히 살펴보고 오게 하였다. 그랬더니 방부인이 소저의 절개를 빼앗으려고 어떤 협객에게 그녀 25
를 주려하여, 소저가 유모를 데리고 없어졌다고 하였다. 밤새 종들에게

---

42) 진인(眞人) : {지인}. 문맥상 '진인(眞人)'으로 보여 이같이 옮김. 진인이란 도를 깨달은 사람을 뜻하는데, 여기서는 도교의 스님을 일컬음.

물어 동네에서 들은 것을 탐지하여 전하니, 승상이 의아하게 생각하였다.

'이렇다면 내 집으로 왔을 텐데 왜 종적이 없는가? 혹시 널리 생각하지 못하여 죽은 것은 아닐까?'

이렇게 생각하고는 내당으로 들어가 모친께 알려 드렸다. 태부인도 깜짝 놀랐으며, 같이 있던 사람들도 듣고 애석해 하며 말하였다.

"운경의 혼사에 이렇게 마(魔)가 끼어 가로막는 것이 많으니 어찌 애달프지 않은가? 위씨의 사정이 참혹하구나."

석파가 곧바로 웃으며 말하였다.

"위씨가 혹시 방씨의 말처럼 절개를 잃은 것은 아닐까? 그렇지 않으면 규중의 처자가 어디로 갔겠는가?"

석부인이 탄식하며 말하였다.

"반드시 죽은 것일 겁니다. 위씨가 설마 훼절했겠습니까?"

승상이 묵묵히 오래도록 있다가 옷매무새를 고치고 구공의 집으로 갔다. 구공도 이 소식을 듣고 걱정하기도 하고 의심스러워하기도 하면서 유양 형제를 위로했는데, 소현성이 왔음을 듣고 급히 맞아 자리를 정하고 26 인사를 나누었다. 소승상이 눈을 들어 보니, 위공자 두 사람이 옆에서 모시고 있었다. 한번 보니 죽은 친구가 생각나 얼른 가까이 오라고 하여 두 아이의 손을 잡고 길게 탄식하였다. 탄식하는 소리와 함께 눈물 두어 줄이 비단 도포에 떨어짐을 깨닫지 못하며 말하였다.

"오늘 너희를 보니, 돌아가신 형이 생각 나 몹시 슬픈 것을 이길 수가 없구나."

두 아이가 소승상을 붙들고 크게 우니, 소승상이 슬픔을 이기지 못하였다. 구공도 눈물이 마구 흘러 옷깃을 적셨다. 슬픔을 진정하고 구공이 말하였다.

"이러저러한 말이 있는데, 형은 들었습니까?"

소승상이 말하였다.

"제가 방금 듣고 사람을 보내어 물으니, 그간 곡절이 있었다고 합니다. 방부인의 조카 방 총각이 위소저를 겁탈하려 하니, 소저가 유모와 함께 달아났다고 합니다. 제가 생각해 보건대, 규중의 아녀자가 달아나 어디로 갔겠습니까? 반드시 저희 집으로 올 듯한데 아직 소식을 알 수 없으니 죽었는가 의심됩니다."

구공이 아연실색하여 탄식하였다.

"위형의 인품으로도 집안에 환란이 있게 되니, 하늘의 뜻을 알지 못하겠습니다. 방생은 어떤 놈인가? 잘못이 심하다고 할 수 있으니 잡아서 죄를 주는 것이 옳겠습니다."

소승상이 말하였다.

"그 말은 맞지 않습니다. 중언부언(重言復言) 옳다고[27] 하여도 그 근본 원인이 있을 것입니다. 그러나 그를 찾아내면 위공의 맑은 덕을 상하게 할지도 모르니 아직은 급히 서두르지 말고 일의 형편을 보려 합니다."

구공이 과연 그러하다고 생각하여 서로 의논하는 말이 그치지 않았다. 방부인의 흉하고 험함을 말하지 않으면서도 통한(痛恨)함을 이기지 못하였다. 여자에 관한 말을 입 밖으로 내지 않으니 두 사람의 공명정대함을 가히 알 수 있겠다.

이후로 구공은 두 공자를 집 문 밖으로 내보내지 아니하고, 소승상은 위소저를 잊지 못하여 계속 알아보았으며, 소공자 운경도 위공의 은근한 덕을 잊지 못하여 반드시 위소저를 찾아야겠다고 마음먹었다. 조정의 공경(公卿), 대신(大臣)의 집에서 중매쟁이를 보내어 청혼하는 것이 매우 요란한데도 승상이 위씨의 자취를 알고 나서 허락하려고 한결같이 굳게 막았다. 그러자 소부인이 말하였다.

"아우가 잘못하고 있는 것이다. 위씨는 어디로 갔는지 모르고 중매는 여러 곳에서 오는데 어찌 고집스럽게 지켜 조카가 신생(申生)[43]처럼 놀림을 받게 하는가? 속히 아름다운 며느리를 택하기를 생각하여 모친께 효도하여라."

승상이 말하였다.

"누이의 가르침은 마땅하시지만 그 애가 아직 관인(官人)[44]이 아내를 두던 나이에 미치지 못했고 소저가 위공의 유서를 받아 우리 가문을 저버리지 않을 뜻을 분명히 하였습니다. 그런데 그렇던 위씨가 없어졌으니 위공이 남긴 부탁을 저버려 지하에서 볼 낯이 없을까 부끄럽습니다. 그 소저가 죽었다면 우리 때문에 아깝게 마친 것이니 어찌 참혹하지 않겠습니까? 제가 이 때문에 자식의 혼사를 늦춰 두었다가 만약 위씨를 찾아서 얻으면 죽은 벗을 거의 저버리지 않은 것이 될 것입니다. 지금 우리 아들의 배필이 없지 않을 터인데 위씨의 생존을 빨리 알지 못한다고 해서 어찌 마음을 고쳐 두 가지 마음을 먹겠습니까? 이는 제 일이니 아이를 구태여 신생에게 비겨 웃는 일이 없을 것 같습니다."

28

소부인이 탄식하였다.

"아우는 반드시 다리 기둥을 안고 죽은 미생(尾生)처럼[45] 신의를 지킬

---

43) 신생(申生) : {신슌}. '신생'의 오기로 보임. 신생은 진(晉) 나라 헌공(獻公)의 태자로 헌공의 총비(寵妃)인 여희(麗姬)가 자신의 아들을 태자로 삼기 위하여 그를 참소하자 신원하지도 않은 채 자살하였음. 융통성 없이 너무 우직한 사람을 표현할 때 쓰임.

44) 관인(官人) : {공인(貢人)}. 문맥을 고려하여 이같이 옮김.

45) 다리 ~ 미생(尾生)처럼 : {포쥬[抱柱]}. 옛날에 다리 밑에서의 약속을 지키려고 큰 비가 내려 물

사람이구나."

승상이 평생 처음으로 크게 웃고 말하였다.

"제가 죽은 벗을 잊지 못하여 붕우유신(朋友有信)을 행하는 것에 불과합니다. 어찌 미생(尾生)의 어리석음을 본받겠습니까? 이 일도 내 자식이 그 아이뿐이라면 종사(宗嗣)와 가문의 이름을 생각하여 얼른 아내를 얻게 하여도 오히려 잘못하는 것일 겁니다. 하물며 여러 자식이 있고, 나 또한 아주 아내를 얻지 말라고 하는 것이 아니라 불과 오 년 정도만 찾아보면서 아들의 나이도 차고 위소저의 사정도 알아 매듭짓고자 합니다. 비록 믿음을 지키는 것은 한 가지이지만, 근본이 각각 다릅니다."

29

소씨가 칭찬함을 마지않았다.

소공자가 마음이 좋지 않아 푸른 나귀를 타고 근방의 산을 둘러보다가 선학동 안에 이르렀는데, 하나의 도관(道觀)이 구름에서 솟아 있었다. 나아가 성명을 주고받은 후, 소승상의 첫째 아들이 구경하러 왔으니 비어 있는 객실을 빌려달라고 하였다. 그랬더니 모든 도사들이 당황하여 바삐 응접하여 객실에 들어가게 하였다. 공자가 두루 구경하고 차를 마신 후 나오려 하는데, 문득 맞은 편 작은 당(堂)에서 글 읽는 소리가 맑게 들렸다. 마치 푸른 산에서 슬피 우는 원숭이 소리 같기도 하고 깊은 골짜기에서 외로이 부르짖는 학 소리 같기도 하여 맑고 빼어나며 깨끗한 것이 결단코 무심히 읽는 글이 아니었다. 공자가 오랫동안 듣다가 홀연히 감동하여 두 줄기 눈물을 뿌리고 나아가 창문을 두드렸다. 그러자 책 읽는 소리가 그치고 한 소년이 나와 맞아 자리를 정하고 앉았다. 소공자가 먼저 말

이 불었어도 가지 않고 기다리다가 끝내 다리 기둥을 껴안은 채 익사했다는 사람인 미생의 고사에서 연유함.

하였다.

30 "제가 우연히 산을 구경하러 여기에 이르렀다가 요행으로 그대를 만났으니 존귀한 성(姓)과 큰 이름을 알려 주십시오."

그 소년이 바로 위소저였는데, 갑자기 뭐라 말해야 할지를 알지 못하여 다만 이렇게 말할 뿐이었다.

"저의 이름은 위유양입니다. 글 읽기를 제대로 하고 싶어 도관에 왔는데, 귀하신 분을 만나게 되었습니다."

소공자가 듣고 나서 의심이 생겨 물었다.

"형의 본향(本鄕)은 어디이며, 예전의 우승상 위의성 상공을 압니까?"

소저가 다 듣기도 전에 마음이 참담하고 놀랍기도 하여 안색을 안정시키지 못하며 대답하였다.

"저는 원래 서울 사람으로, 위승상과는 절친한 사이입니다."

공자가 문득 반기며 슬퍼하면서 말하였다.

"내가 원래 형의 맑고 우아한 얼굴이 위공과 같음을 보고 이상하게 여겼는데, 위공에게는 아들이 단지 유양뿐입니다. 천하에는 이름이 같은 사람이 많은데, 혹 절친한 사이 중에 위공과 이름이 같은 사람이 있습니까? 또 형의 복색을 보니 반드시 친상(親喪)[46]을 벗지 않은 듯한데 시묘(侍墓)[47]와 수포(守鋪)[48]를 하지 않고 산속 집에 깊이 들어와 있으니, 이것이 무슨 이유입니까? 그 뜻을 듣고 싶습니다."

31 위공자가 소공자가 의외의 말로 캐묻는 것을 듣고 크게 놀랐으며, 또

---

46) 친상(親喪) : 부모님 상(喪)을 뜻함.
47) 시묘(侍墓) : 부모의 거상 중에 그 묘 옆에 움막을 치고 3년간 사는 일.
48) 수포(守鋪) : 원래는 밤에 궁궐 문을 지키는 일을 뜻하는데, 여기서는 묘나 사당을 지키는 일로 봄.

어떤 사람인 줄 몰라 잠시 대답하지 못하다가 넌지시 말하였다.

"저의 깊은 회포는 사람은 알지 못할 것이고 오직 푸른 하늘만이 굽어 살피실 따름이니, 한가로이 이야기하지 않겠습니다. 형님은 어떤 분이십니까? 성명을 듣고 싶습니다."

소공자가 대답하였다.

"승상 소현성이 바로 저의 부친이십니다. 저의 이름은 운경인데, 이 도관이 집에서 멀지 않으므로 노닐다가 형을 만난 것입니다. 이여쁨이 평소 알던 사람 같은데, 근본을 말하지않으니 이상하게 생각합니다."

위씨가 다 듣고 나서 매우 다행스럽기도 하고 놀랍기도 하여 정신을 진정시키며 감탄하며 말하였다.

"내 심정은 다음에 조용히 형에게 말씀드리겠습니다. 다만 위승상 숙부가 소운경과 그 딸을 정혼시켰다고 했는데, 사돈이 되셨습니까?[49] 혹시 그가 바로 형입니까?"

소공자가 흔연스럽게 말하였다.

"제가 위씨 아저씨의 아끼심을 입어 슬하의 사위가 되는 것을 허락하시니, 오래도록 봉지(鳳池)에서 놀 수 있을까 하였습니다. 그런데 불행하게도 아저씨께서 이 세상을 버리시고 누이 같은 위소저가 종적을 감추니 어찌 애통한 회포를 참을 수 있겠습니까? 형은 친족인데도 위공 32 의 생사를 모릅니까?"

위씨가 거짓으로 놀라는 척하며 말하였다.

"저는 일찍이 부모님을 한꺼번에 여의고 마음을 세상에 두지 않았습니다. 이리로 올 때에 위씨 아저씨께 하직하였더니 형님 댁과 사돈 정하

---

49) 사돈이 되셨습니까? : {친ᄉᆞ[親査]롤 일워시며}. '친사'란 친사돈을 뜻함.

셨음을 말씀하면서 기뻐하셨습니다. 이 말씀을 듣고 이리로 온 지 겨우 반 년이 되었는데, 종이 없어 안부를 여쭙지 못하고 있었습니다. 그러나 사람의 일이 어찌 이렇게 많이 달라질 줄 알았겠습니까?"

말을 마치고 눈물을 비 오듯 흘리니, 소공자도 슬퍼하며 말씀을 나누었다. 그러는 가운데 해가 서쪽으로 떨어지니 문득 머물러 자게 되어 위씨의 숙소에서 촛불을 밝히고 약간의 이야기를 더 나누었다. 주지 스님이 술과 안주를 갖추어 보내니, 두 사람이 서로 권하였는데, 위씨는 상중(喪中)이라고 핑계하고 술을 먹지 않았다. 소공자는 스스로 술을 부어 4~5잔에 이르게 마셨는데 주량이 적은 사람이라 반쯤 취하였다. 그리하여 옥 같은 얼굴에 붉은 빛이 더욱 아름다웠다. 위씨는 침상(寢牀)에 앉은 듯하여 감히 눈을 들어 그를 보지 못하였으나, 소공자는 취한 눈을 자주 들어 위소저를 보았는데, 촛불에 비치는 태도가 더욱 기이하여 백옥 같은 얼굴 33 에 연꽃 같은 자태를 지녔고 앵두 같은 입술과 흰 이, 푸른 눈썹과 별 같은 눈이 옥으로 새겨 채색을 메운 듯하였다. 풍채가 온화하고 아담하며 행동거지가 한가로워 천연히 선계(仙界)의 특별한 자질이고 바닷가의 맑은 진주 같았다. 소공자가 평소에 뛰어난 미인을 많이 보아 눈이 높은 산 같았으나, 위씨를 대하여서는 자기도 모르게 자연히 칭찬하고 어여삐 여겼다. 그리하여 몸이 일어나는 줄도 모르게 앞으로 나아가 그 곁에 앉으며 소매로 그의 손을 잡고 팔을 어루만지며 말하였다.

"위형을 보니 틀림없이 선계(仙界)의 사람이 하강한 것 같습니다. 의심컨대 남자는 이렇지 않을 것입니다. 반드시 여자가 복장을 바꾼 듯합니다."

위씨가 당황하여 말하였다.

"형은 저를 놀리지 마십시오. 내가 보건대 형님의 아름다움은 반악(潘岳)[50]보다 더하니 어찌 여자라고 함을 면할 수가 있겠습니까? 그런데도 보잘것없는 제 용모를 칭찬하십니까?"

소공자가 비록 단아하지만 남자로서의 기상은 남달랐다. 공자가 웃으며 말하였다.

"그대의 말이 옳기는 하지만, 내 손은 붙잡는 힘이 약하더라도 남자의 골격이 있는데 그대는 섬섬옥수(纖纖玉手)가 가는 파 줄기 같으니 이 어찌 미인의 가는 손이 아니겠습니까?"

위씨가 묵묵히 말을 않고 손을 떨치며 물러앉았다. 그런데 소공자는 또한 부모의 영험한 기운을 품고 태어나 한 조각 밝은 마음이 해와 달의 정기(精氣)를 가졌기에 그의 거동을 보고 완전히 여자인 줄을 알아채 일부러 한 침상에 올라 자려는 척하였다. 유모 영춘이 그 거동을 보고 어찌할 도리가 없어 앞으로 나와 사실을 고하였다. 소공자가 다 듣고 나서 흘연히 몸을 일으켜 말하였다.

34

"원래 이런 사정이었습니까?"

드디어 난간으로 나와 영춘을 불러 자세히 묻고 탄식하며 말하였다.

"너의 소저가 나로 인해 이렇듯 고초를 겪으시니 어찌 감격하지 않겠느냐? 내가 내일 돌아가 부모님께 고하고 맞아 가겠다."

말을 마치자 곁방으로 가서 자고 감히 다시 위씨를 보지 않았다. 이런 점에서는 부친과 같은 풍모가 있었다.

다음 날 아침에 공자가 바삐 집으로 돌아가 부모님과 할머니를 뵙고 위

---

50) 반악(潘岳) : 중국의 진(晉) 나라의 문인으로 용모가 아름다워 그가 젊었을 때에 낙양의 길에 나타나면 여자들이 몰려와 그를 향해 귤을 던진 것이 수레에 가득할 정도였다고 함. 미남의 대명사임.

씨를 만난 일을 일일이 아뢰었더니, 소승상이 매우 기뻐하며 석파를 불러 말하였다.

"위씨는 내가 아끼는 며느리입니다. 비록 앞으로 여러 며느리를 얻을지라도 중함은 이보다 더하지 않을 것입니다. 운경이 우리 집의 큰 아이이니 더욱 그 혼인을 구차하게 할 수 없습니다. 잠시 수고로우시겠
35 지만 서모가 위씨를 데리고 강정에 가 계시면서 그의 외로움을 위로해 주십시오. 그러다가 탈상(脫喪)하고 나면 맞아 오게 하십시오."

석파가 웃으며 말하였다.

"이르시는 말씀대로 하겠지만, 내가 강정에 가서 처량한 위씨를 상대하여 3년을 어찌 견딜지 모르겠네요. 매우 힘들 것 같습니다."

승상이 그녀가 어려워함을 보고 깊이 생각하고 있는데, 윤부인이 평소에 승상께 은혜 갚을 방법을 생각하던 중이었던 터라 이 때를 타 답하여 말하였다.

"내가 비록 현명하지는 못하지만 가족을 거느리고 강정에 가 위씨를 보호하여 조카의 짝을 온전하게 지키겠네."

승상이 고마워하며 말하였다.

"누이의 말씀에 감격스럽지만 어찌 위씨 때문에 어머니 슬하를 떠나며 형제가 각각 떨어져 살 수 있겠습니까?"

윤부인이 말하였다.

"그렇지 않네. 내가 지금 아주 가는 것이 아니라 불과 몇 년이면 돌아올 것이니 그 무슨 거리낌이 있겠는가? 석서모가 가면 일이 편하기는 하겠지만 도적이 두려운데, 내가 가면 남편이 있고 여러 아이들이 있어 남들이 엿보지 못할 것이네. 또 내가 가면 다른 사람들이 들어도 의심

하지 않을 테지만 만약 서모가 가면 남들과 방씨가 의심할 것이 손바닥 뒤집듯이 뻔한 일이니, 동생은 망설이지 마시게."

승상이 흔연히 기뻐하며 사례하여 말하였다.

"누이의 묘한 계획대로 좇을 것이니, 일은 신속하게 하는 것이 중요합니다. 날을 택하여 떠나십시오." [36]

태부인 양씨도 옳게 여겨 말을 하기를, 여러 공자들이 자라니 집이 좁아 윤부인에게 식솔을 데리고 강정으로 가게 하였다고 하였다. 다음 날 윤부인이 자녀를 거느려 태부인과 화씨 · 석씨 등에게 하직하니, 사람마다 이별을 아쉬워하였다. 소씨와 함께 손을 잡고 눈물을 뿌리며 헤어지는데, 유학사가 재촉하여 강정에 이르렀다. 강정은 소씨 집에서 거리가 20리이고 산천의 경치가 매우 뛰어난데, 나라에서 칙사(勅使)[51]를 보내 지어주시고 어필(御筆)로 현판(懸板)을 써서 '현성소유정'이라고 하셨다. 천여 간을 지으시니 단청과 금으로 된 벽이 휘황하여 일대에서 빼어났다. 윤부인이 행장을 편히 풀고 가만히 사람을 보내어 위소저를 데려다가 별당에서 의복을 수렴하여 내어다가 주며 그녀를 보았다. 그랬더니 선녀의 분위기와 용모가 있고, 그윽하고 한가로우며 곧고 깨끗하여 숙녀의 큰 덕이 눈빛에 나타났다. 윤부인이 매우 기뻐하며 말하였다.

"어머니와 오라비가 착한 일을 많이 한 공덕을 천지신명(天地神明)이 도우시어 이런 며느리를 얻게 되는 것이구나."

위소저가 길에서 떠돌던 상황을 들으니 자신의 젊은 날이 생각나 더욱 참담하여 소저를 어여삐 여김이 친딸보다 더하였다. 또 종들에게 당부하여 소저의 일을 입 밖에 내지 못하게 하니 남들은 전혀 알지 못하였으며, [37]

---

51) 칙사(勅使) : {즁ᄉᆞ[中使]}. 궁중에서 보낸 칙사를 가리킴.

이때부터 위소저는 평안히 머물게 되었다.

각설(却說). 방씨가 선화소저를 잃고 거짓말로 소저가 음란한 행실을 하다가 달아났다고 말을 만들기도 하고 두 공자를 해치려고 하기도 하였으나 모든 계책이 무산되었다. 그러자 종 취영을 불러 말하였다.

"네가 비단과 돈 친 냥을 가지고 구승상 댁에 가서 이러이러하게 말하여라."

취영이 계략을 듣고 구승상 댁의 회답을 받고 나서 차후에 방씨와 조용히 상통하여 두 공자를 해하기를 엿보았다. 그러하니 구승상과 두 공자야 어떻게 알겠는가? 단지 연희 등이 이 말을 듣고 모골이 송연하여 어찌할 바를 알지 못하였다.

하루는 양부인[52]이 구승상이 입궐한 때에 한 그릇 독약을 음식에 섞어 놓고 두 공자를 불러 거짓으로 은근한 체하니, 두 아이의 목숨이 잠깐 사이에 달려 있었다. 방씨 등의 계책을 듣고 나서[53] 연복 등이 매우 상심하여 있었는데, 구승상이 나간 후 내당에서 음식을 갖추어 놓았다고 공자들 38 을 부르는 것을 듣고 의심스러워 가만히 그들의 뒤를 따라갔다. 안으로 들어가 중문(中門) 사이에서 엿보니 한 중년 부인이 술과 안주를 벌여 놓고 공자들을 앞으로 나아오라고 하여 탄식하며 말하였다.

"너희 괴로운 인생이 우리 집에 오래 있으니 불쌍하고 어여쁨이 각별하다. 마침 술과 안주가 있기에 불러 먹이는 것이다."

두 공자가 나이가 적어 상황을 알아채지 못하고 사례하며 음식을 먹으려 하니, 엿보던 연희가 연복에게 말하였다.

---

52) 양부인 : 구승상의 부인을 일컬음.
53) 방씨 ~ 나서 : 원문에는 없으나, 문맥을 선명하게 하기 위해 부연 설명함.

"우리들이 돌아가신 어르신이 남기신 부탁을 받아 두 공자를 보호하는 데, 지금 저 부인의 얼굴에 살기(殺氣)가 있으니 반드시 좋은 뜻이 아닌 듯하다. 비록 예의에 벗어난 행동이기는 하지만 빨리 들어가 작은 주인을 구하여 급히 달아나자."

말을 마치고 들어가 공자를 하나씩 업고 밖으로 나가자 곁의 시녀와 양부인이 놀라서 얼굴빛이 흙과 같이 되었다. 연희 등이 나가 급히 달아나려 하는데, 공자들이 부친이 임종할 때에 주었던 편지를 바삐 떼어 보았더니 그 글에 쓰여 있었다.

"방씨가 계교를 내어 구승상의 집에 있는 사람과 결탁하면 구승상이 비록 명철하지만 방비하지 못할 것이다. 당장 급한 일이 있으면 소현성의 집으로 가는 것을 지체하지 마라. 세상에 나가지 않기를 10년을 하고 그 이후에야 비로소 과거(科擧)에 나아가며 아내를 취해야 할 것이다."

39

공자가 즉시 연복 등에게 업혀 자운산으로 달아난 후, 양부인이 놀란 마음을 진정하고 나서 승상에게 그들이 달아난 일을 참소(讒訴)하여 죽이려 계획하였다. 급히 독을 탄 음식을 없애고 다른 것을 내어 와 아무 일 없는 듯이 차려 놓고 말을 만들면서 그 공자와 종이 도망간 일은 깊이 생각하지 않았다. 석양에 승상이 돌아오니, 부인이 맞아 자리를 정하여 앉았다. 구승상이 부인의 기색이 좋지 않음을 보고 물었다.

"집에 무슨 일이 있습니까?"

부인이 성난 빛으로 말하였다.

"승상은 의기(義氣)를 크게 여기느라 집안에서 일어나는 무례하고 방자한 일은 살피지 않으니 어찌 우습지 않겠습니까? 그 위씨 아들 둘의 사정이 불쌍하여 내가 낳은 자식같이 돌보았습니다. 오늘 불러 술과 음식을 먹이려 했더니 그 두 아이가 문득 음식이 더럽다고 욕하였습니다. 그 때 그들의 종 두 놈이 갑자기 달려들어 나에게 욕하며 두 아이를 데리고 나갔는데, 시녀 열 명이 넘는 사람을 치고 나가 지금 다 죽어갑니다. 이런 우습고 통한한 일이 어디에 있겠습니까?"

승상이 다 듣고 나서 놀라며 말하였다.

"이것이 정말입니까?"

40 부인이 얼굴빛을 꾸미며 말하였다.

"제가 승상을 좇은 지 20년이 거의 다 되어 갑니다. 일찍이 거짓말하여 남을 잡은 일을 보셨습니까? 어찌 말의 진위를 물으십니까?"

승상이 말하였다.

"그 일에는 반드시 이유가 있었을 것이네. 어찌 그 두 아이들이 이유 없이 주는 음식을 욕하였겠으며, 연희 등도 몸이 하층에 있기는 하지만 실은 영민하며 마음이 공손하니 무단히 내당으로 들어와 그대를 욕하고 시녀를 칠 까닭이 있겠는가?"

부인이 크게 노하여 말하였다.

"그러면 내가 그 종들과 주인을 잡으려 한다는 것입니까?"

승상이 위공자를 부르라고 하니, 시녀가 돌아와 당황스레 고하였다.

"연희 등과 두 공자가 어디로 갔는지 모르겠습니다."

승상이 매우 놀라 종들을 내 보내 사방으로 찾았으나 모습과 자취가 없었다. 승상이 마음이 쿵 떨어지는 듯하기도 하고 한편으로는 몹시 화가 나기도 해서 말하였다.

"이는 반드시 간사한 사람이 희롱하는 수작 때문이다. 유양 등이 아직 어린아이지만 자못 군자의 기풍이 있는데, 어찌 이유 없이 내게 하직 인사도 하지 않고 도망했겠는가? 이는 부인이 남의 꾐을 듣고 그대로 하려 하니 부득이하여 달아난 것이다. 음식을 권한 것 가운데에 분명히 독을 두었을 것이다."

부인이 말하였다.

"사람을 모함함이 이렇듯 심하군요. 독이 있는지 저 음식을 보시오." 41

승상이 노하여 말하였다.

"말하지 말라. 의심스러운 마음이 드니, 그대가 꾸미는 말을 곧이듣지 않을 것이다. 어찌 여러 가지로 변명하기를 잘 하는가?"

말을 마치고 시녀를 잡아내어 따져 물었다.

"요사이 부인이 어떤 사람과 사귀어 비단 같은 물건을 받았느냐? 또 어찌하여 위공자의 음식에 독을 두어 먹이려고 하다가 그들이 달아나게 하였으며, 또 독을 넣은 음식은 어디에 버리고 다른 음식을 담아 놓았는지 일일이 고하여라."

시녀가 처음에는 말하지 않다가 중형(重刑)을 더하니 견디지 못하여 부인이 방씨와 내통하던 일부터 공자가 달아나던 모습까지 일일이 고하였다. 승상이 종이 뱉어내는 말을 듣고 노기(怒氣)가 하늘을 찌를 정도가 되어 안채로 들어와 정청(正廳)에 앉아 좌우 시비들에게 부인을 밀어내 눈앞에 이르게 하였다. 승상이 종들을 멀리 떨어져 있게 하고는 안색을 엄하게 하고 소리를 단엄하게 하여 매우 책망하며 말하였다.

"내가 평상시에 그대가 간사하고 탐욕스러운 줄을 알았지만 이 정도인 줄은 몰랐다. 그런데 지금 행실을 보니 흉한 사람과 내통하여 뇌물을 받고 지아비의 뜻을 저버려 무죄한 두 아이를 죽이려 하였으며, 거짓 42

말로 지아비를 속여 나를 신의(信義)가 없는 사람이 되게 하였다. 나중에 내가 행여 죽으면 내 집의 재앙이 위공보다 더할 것 같으니, 그대는 다만 죽어 내 집을 평안히 하라. 만약 죽는 것이 괴롭거든 빨리 나가라. 이 두 가지 중에서 택하여 내 명을 받들라."

말을 마치자 약 한 그릇을 갖다가 놓고 결단하라고 재촉하니, 곁에 있던 자녀들이 슬피 울고 애걸하였다. 그러나 승상이 화가 크게 났으니 어찌 자녀의 작은 사정을 듣겠는가? 양부인이 다만 잘못했다고 사죄할 따름이었다. 승상이 크게 꾸짖어 말하였다.

"내가 차라리 인륜을 저버릴지언정 이런 못된 것을 집안에 두지 못하겠다."

드디어 시녀를 꾸짖어 부인을 친정으로 내치고 나서, 다섯 자녀를 앞에 앉히고 경계하여 말하였다.

"너의 모친 행실이 이 같으니 내가 비록 지금까지와 같이 찾아가기는 하겠지만 또한 쉽지 않을 것이다. 너희들 중에서 여기에 있고자 하는 사람은 있고 어미를 따라가고자 하는 사람은 가라. 다만 한 달에 한번씩은 와서 나를 보되 자주 왕래하지는 않도록 하라."

자녀들이 눈물을 흘리면서 모두 승상께 있기를 원하였다. 승상이 어여삐 여겨 모두 여기에 머물면서 한 달에 두 번씩 가서 부인을 보게 하였다. 또 다른 사람들에게서 받은 물건들은 거의 부인에게 나눠 보내면서 공정하지만 매몰차게 대했다. 그녀를 가문에서 쫓아내어 그 마음을 고치게 하려는 것이었다.

43

구승상이 부인의 일을 처리하고 마음에 생각하되, '유양 등이 다른 곳에 갔을 리 없고 반드시 소현성의 집으로 갔을 것이다.'라고 하고는 즉시 말과 안장을 갖추어 자운산으로 갔다. 사람의 마음을 거울처럼 서로 비춰 지기(知己)가 된 것이니, 뜻하지 않았어도 위공의 일처리와 구승상의 생각이 맞아 소씨 가문에 다다랐다.

이때에 소승상이 유양 등을 보고 놀라며 기뻐하면서 집안에 두고 바로 구공을 찾아보려 했으나, 뜻밖에 구공이 먼저 왔음을 듣고 바삐 맞았다. 중당(中堂)에서 인사를 마치자 구공이 먼저 묻는데, 서로 안부를 나눈 뒤에 위공자들이 이곳에 왔는지 물었다. 소승상이 웃으며 바로 대답하였다.

"왔어요. 그런데 형은 여기 왜 왔습니까?"

구공이 매우 기뻐하며 웃고 말하였다.

"제 아내가 변변치 않아 방부인의 뇌물을 받고 그렇게 하였습니다. 마침 연복 등이 충성스런 마음과 담대한 지혜가 있어 공자들을 보호했군요. 그렇지 않았으면 제가 위형의 종사(宗嗣)를 그치게 한 것이 되었을 것이니 어찌 한심하지 않겠습니까?"

소승상이 슬퍼하며 탄식하였다.

"이것은 모두 위공자들의 운수입니다. 어찌 형수 때문이겠습니까?" 44

드디어 두 아이를 불러보았다. 두 공자가 눈물을 흘리며 사죄하며 말하였다.

"저희가 아저씨의 거두심을 입어 그 은혜가 부모보다 더하시니 하룻밤이라도 곁을 떠나지 않으려 했습니다. 그런데 온갖 일에 마가 끼어서 이리로 올 때에 하직 인사도 못하였으니, 배은망덕한 일이었습니다."

구공이 그 손을 잡고 등을 두드리며 슬피 말하였다.

"위형이 나를 신의 있는 사람으로 알아 너희를 의탁하였는데, 내가 밝히 알지 못하여 하마터면 너희 명(命)을 잘못 만들 뻔했구나. 그러니 어찌 놀라지 않았겠느냐? 너희가 지금 내 집에 가면 비록 부인이 나갔더라도 종들과 내통하여 위태로움이 생길 수 있다. 이곳이 깊고 안전하니 성(姓)과 이름을 감추고 숨어 있어라."

말한 후에 연희와 연복에게 천금(千金)을 상으로 내리면서 고루 갖춘 지략을 칭찬하였다. 소승상이 탄복함을 이기지 못하였고 연복 등도 감격스러움을 이기지 못하였다. 구공이 두 공자가 아무 탈이 없는 것을 보고 나자 마음이 매우 상쾌하여 술을 내 오게 하여 마음껏 취하였다. 술기운이 돌자 죽은 친구를 생각하여 절구(絶句) 한 수를 지으니 소승상이 이어 차운시(次韻詩)를 짓고는 서로 슬퍼하였다. 석양에 흩어졌다.

45

방씨가 양부인과 함께 유양 등을 해치려고 꾀하다가 양씨가 집에서 쫓겨나고 두 공자의 거처를 모르게 되었다는 것을 듣고 크게 놀라며 문득 방연(龐涓)이 손빈(孫臏)을 해치던 저주[54]를 행하려고 하였다. 유홍이 두 형과 누이가 모두 종적이 없는 것이 제 어머니 때문인 줄 알아 마음에 생각하였다.

'아버지께서 남기신 가르침을 받았는데, 1년도 되지 못하여 세 형제들의 거처를 모르니 이는 다 어머니 탓이다. 나중에 구천(九泉)에 가 부친 눈앞에 뵙는 것이 부끄럽지 않겠는가? 하물며 이런 말이 세상에 퍼지면 내가 무슨 낯으로 행세하여 사람들을 대하리오?'

그러고는 방씨가 저주하려 하는 것을 보고 울며 간하여 말하였다.

"어머니, 어떻게 차마 이런 일을 하려 하십니까? 두 형과 누이가 비록

54) 방연(龐涓)이 ~ 저주 : 방연은 전국시대 위(魏)나라의 병법가로 손빈과 함께 병법을 배웠으나 손빈보다 먼저 하산하여 위나라 재상의 자리에 올랐다. 하지만 손빈이 자신을 능가할까 두려워 거짓으로 손빈을 위나라로 부른 뒤 '손빈이 고향인 제나라로 돌아간 후 위나라를 멸하려 한다'는 누명을 씌운다. 이 때문에 손빈은 두 발목이 잘리는 형벌을 받고 정신적 충격을 받아 오랫동안 바보 같은 행동을 하게 되는데, 누명 씌운 일을 저주라고 한 것임.

사납더라도 어머니께서 당당히 목강(穆姜)[55]의 크신 덕을 배우시고, 또 당초에 박대하시다가도 두 형의 공손함을 보시고 나서는 민자건(閔子騫)[56]의 계모처럼 행하시는 것이 옳습니다. 그러나 감동하심이 없어 항상 박대하심이 참혹하시더니, 아버지께서 임종에 남기신 말씀이 목석(木石)이라도 감동할 만한 것이었는데도 유독 어머님만 유념하지 않으시고 여기에 있지 못하도록 내치셨습니다. 그런데 또 저주를 하려 하시니 이런 변이 고금에 어디 있겠습니까? 구태여 두 형을 죽이려 하시는 뜻이 위씨 종사를 그치려 하시는 것이라면 저 먼저 죽어 패망(敗亡)을 시험해 보겠습니다."

46

방씨가 꾸짖어 말하였다.

"네가 아직 철이 없어 세상일을 모르는구나. 저 유양 등이 돌아가신 너희 아버지를 본받을 리가 없다. 반드시 위씨의 재산을 저희들만 오로지 가지고 너는 도로에서 구걸하며 굶주려 죽게 할 것이다. 이를 생각하면 내 애가 일만 번이나 끊어지니, 그 남매를 없애고 네가 부귀를 홀로 누리게 하고자 하는데 너는 왜 망령된 말을 하느냐?"

유홍이 크게 울며 말하였다.

"만약 이 말씀대로라면 제가 세 형제를 해치는 셈이군요. 옛말에 '황금을 쌓아 자손에게 주지 말고 적선(積善)하여 자손에게 음덕(蔭德)을 끼치라.'고 하였습니다. 그런데 지금 어머니께서 이런 적악(積惡)으로 저를 살게 하신다면 반드시 위급해지고 걸식(乞食)하게 될 것입니다. 누이의

55) 목강(穆姜) : 한(漢) 나라 때의 여인으로 전처(前妻) 소생의 세 아들이 패악하게 굴었지만 그래도 지성(至誠)으로 대하여 그들을 감화시켜 가정의 화목을 이루었다고 함.

56) 민자건(閔子騫) : {민ᄌᆞ}. 문맥상 '민ᄌᆞ건'을 가리킨다고 봄. 민자건은 춘추시대 노(魯) 나라 사람으로 공자의 제자 중 한 명이며, 계모에 대한 지극한 효성으로 이름났음.

온순함은 조아(曺娥)[57]의 효(孝)를 지녔고, 두 형의 효성스러움과 의로움은 왕상(王祥)[58]과 돌아가신 아버지보다 더합니다. 이렇듯 어진 형·누이와 한 집에 살면서 어머니를 받들고 아버지의 제사를 섬기면서 천만년 화락한다면 남들이 얻지 못할 영화일 것입니다. 그런데 어머니께서 느긋하지 못하고 마음이 좁아 대의(大義)를 무너뜨려 세상의 웃음거리가 되고, 목강(穆姜)처럼 못한다는 죄를 얻으려 하십니까? 그리하여 저를 그림자가 외롭고 형제가 처량하여 의지할 곳이 없게 하시니 이는 이른바, 내 몸을 위하다가 도리어 내 몸을 해치며, 남을 죽이려다가 내가 죽는 것과 같습니다. 바라건대 어머니께서는 잘못을 뉘우치고 부정(不正)한 일을 하지 마십시오."

방씨가 매우 노하여 크게 꾸짖고 그의 말을 듣지 않았다. 그러자 유홍이 물러나와 생각하였다.

'어머니께서 듣지 않으시니 어찌할 수가 없구나. 생각해 보니 내가 있기 때문에 어머니께서 이 재물을 아껴 이런 행동을 하시는 것이다. 어찌 내 한 몸 때문에 여러 형제들을 죽이겠는가? 내가 죽으면 어머니의 의롭지 못한 일이 실패하게 되어 두 형이 살아서 조상의 후사(後嗣)를 보호할 것이다. 내가 한갓 죽기를 어려워하여 지체하다가는 다 자란 세 형제의 목숨을 마치게 될 것이니, 지하에 가 무슨 면목으로 아버지를 뵙겠는가? 나중에 두 형이 살아 돌아오면 결단코 옛 일에 원한을 두지 않고 민자건(閔子騫)처럼 공손하게 어머니를 평안히 받들 것이니 염

57) 조아(曺娥) : 동한(東漢) 때의 효녀. 익사한 아버지의 시신을 찾지 못해 17일 동안 밤낮으로 울다가 강물에 투신하여 죽었다고 함.
58) 왕상(王祥) : 서진(西晉) 때의 사람으로 효성이 지극하여 계모인 주씨(朱氏)를 잘 섬겼다고 함. 계모가 생선을 먹고 싶어 하자 얼음 위에 누워 얼음이 녹기를 기다려 얼음을 깨니 잉어가 튀어나와 이것을 가져다 드렸다는 고사가 있음.

려 말고 빨리 죽어 지하에 가 부친을 모셔야겠다.'

뜻을 정하고 나서 붓과 벼루를 내어 와 한 봉 글월을 써서, 종 의산에게 맡기며 말하였다.

"네가 가지고 있다가 아무 때나 두 형님을 만나거든 드려라."

서당으로 들어가 칼을 빼 멱을 찔러 죽으니, 나이는 7세였다. 어여쁘다! 옥 같은 얼굴과 꽃 같은 풍채로 구슬 같은 재주는 돌 같고 맑은 마음은 봄 얼음 같구나. 어미가 사나우니 아이의 마음에 장래에 행세하기 부끄러우리라 생각되기도 하고 또 형제들을 살리려는 마음에 어린 나이이지만 밝게 결단하여 칼끝의 정령(精靈)이 되었으니 그 인생이 어찌 불쌍하지 않은가? 방씨는 남의 자녀를 해치려 하다가 제 외아들을 죽이게 된 것이니 세상 일이 이와 같았다.

방씨가 이 날 아들이 한번 간하고 나간 후에 어둡도록 보이지 않으니 이상하게 여겨 몸소 찾아 서당으로 갔다. 그곳에 아들이 거꾸러져 있고 방 안에 붉은 피가 가득하니, 놀라고 당황하여 붙들어 보았다. 단검(短劍)이 이미 꽂혀 빠지지 않았으니 손으로 빼고 나서 통곡하였다. 집안사람들이 비로소 알고 나서 모두 놀라고 슬퍼하였다. 방씨가 설움을 이기지 못하면서 방안을 둘러보니 벽 위에 절구(絶句) 한 수가 쓰여 있었다. 먹물 빛깔이 홍건한 것이 바로 아들의 필적(筆跡)이었다.

49

올해 사연당 가운데에서 아버지를 모시고 두 형을 기러기의 짝처럼 나란히 하여 생사(生死)를 오래도록 같이 할 것을 맹세하였다. 그런데 호천지통(呼天之痛)[59]을

59) 호천지통(呼天之痛) : 하늘을 부르짖으며 슬피 울 만한 고통으로, 여기서는 아버지가 돌아가신 아픔을 뜻함.

만난 후에 사람의 일이 확 바뀌어 형제가 흩어지게 되었다. 연약한 누이와 두 형이 흩어져 숨고 떠돌게 된 것이 다 내 죄이니, 오직 내가 죽어 죄를 속해야겠다. 천 번 바라고 비나니, 어머니께서는 다시는 이런 마음을 두지 마시고 누이와 두 형을 찾아 은혜로운 의리를 맺으시어 조상의 후사(後嗣)를 돌아보십시오. 저승으로 돌아가는 마음이 급하여 어찌할 바를 몰라 시사(詩詞)로 어머니의 은혜에 감사를 표합니다. 불초한 아들을 생각하지 마시고 백세(百歲)를 누리십시오. 소자 유홍은 피눈물을 흘리며 머리를 조아립니다.

방씨가 가슴을 두드리며 크게 울면서 말하였다.

"내가 잘못하여 아이를 죽였으니 어찌 서럽지 않겠는가?"

드디어 염습(殮襲)[60]하여 장사지냈다. 그 후로는 시기와 사나운 마음이 반 이상 없어졌으며 아침 저녁으로 부르짖으며 울었다. 종과 시녀 등이 평상시에는 위승상과 자녀들을 보아 그녀의 다스림을 받기는 했지만 그 포악함을 원망했었기에 이때를 타 모두 달아났다. 방씨가 심복 몇 사람만 데리고 사는데, 가산(家産)이 모두 없어져 고초를 당하는 것이 끝이 없었다. 그리하여 옛날의 위엄이 하나도 없었으니, 사람의 일이 윤회(輪回)하는 것이 이와 같았다.

세월이 물 흐르는 듯하여 위공의 삼년 상(喪)이 지나니, 소승상이 육례(六禮)를 갖추고 만조백관(滿朝百官)을 청하여 아들에게 위씨를 맞게 하였다. 자리에 앉은 사람들에게 일러 말하였다.

"오늘 혼인하는 것은 예전에 승상 벼슬을 하셨던 위의성 상공의 딸입니다. 제가 위형과 함께 얼굴을 맞대고 이 혼례를 약속하였는데, 불행

60) 염습(殮襲) : 죽은 이의 몸을 씻은 다음에 수의(壽衣)를 입히고 염포(殮布)로 묶는 일.

히도 위공이 단명하고 공의 부인이 우리 가문을 업신여겨 그 조카를 우리 며느리 될 아이와 짝지어 주려 하였습니다. 이것도 좋은 뜻이기는 하지만, 위씨는 아버지의 유언을 지키고 삼종지도(三從之道)를 온전히 하기 위해 가시나무 비녀를 품고 멱라수(汨羅水)[61]에 빠지려고 하였습니다. 그러던 중 마침 제가 거두어 강정의 누이와 함께 두었다가 이제 상복(喪服)을 벗게 되었습니다.[62] 납채(納采)는 벌써 했고 또한 소저가 다른 집에 있어 구차함이 없으므로 오늘 좋은 때를 택하여 혼례를 이루니 여러분들께서는 수고스러우시겠지만 혼인잔치의 손님이 되어 주십시오."

여러 관리들이 칭찬하며 말하였다.

51

"상공의 인의(仁義)와 믿음직스러움은 성인이 감동할 뿐만 아니라 위공도 구천에서 웃음을 머금고 결초보은(結草報恩)하려 할 것입니다."

승상이 슬피 탄식하며 말하였다.

"오늘 혼사를 치르며 위형을 생각하니 어찌 슬프지 않겠습니까?"

드디어 공자에게 예식을 미리 익히게 한 후에 위엄 있는 모습을 갖추어 강정으로 가 백량(百兩)[63]의 수레로 신부를 맞아 집으로 돌아오게 하였다. 대청에 독좌상(獨坐床)[64]을 차려 놓았는데, 신부의 꽃 같은 얼굴과 아름다운 태도와 신랑의 옥 같은 모습과 버들 같은 자태가 진실로 하늘이 내려주신 쌍이었다. 존당(尊堂) 태부인과 시부모, 숙모 등이 모두 기쁘고

---

61) 멱라수(汨羅水) : 초(楚)나라 때에 굴원(屈原)이 주위의 참소에 울분을 느껴 빠져 죽은 강임.

62) 상복(喪服)을 ~ 되었습니다 : {복결(服闋)ᄒᆞ야시니}. 이는 상복을 벗음을 의미함.

63) 백량(百兩) : 『시경(詩經)』 〈소남(召南)〉편 중 "새아씨가 시집옴에 백량으로 맞이하도다. 之子于歸 百兩御之." 등의 시에서 유래함. 제후의 딸이 제후에게 시집감에 보내고 맞이함을 모두 수레 백량으로 한 것이라고 주해되어 있음.

64) 독좌상(獨坐床) : {독ᄌᆞ}. '독자'는 '독좌상'의 고어임. 독좌상은 전통 혼례에서, 새신랑과 새색시가 서로 절할 때에 차려 놓는 음식상. 또는 그런 음식을 벌여 놓는 붉은 상을 이름.

어여쁘게 여겼다. 소승상이 어진 며느리를 얻게 되니 부친을 생각하고 슬퍼하였고, 위공이 함께 보지 못함을 애석해 하며 기쁜 가운데에서도 슬픈 회포가 교차하였다. 또 신부의 외모가 매우 뛰어날 뿐 아니라 절개 있는 행실이 빼어나고 덕스러운 성품이 특별히 두드러져, 공자가 고지식하고 유약한 것과 같지 않아 숙녀의 풍채가 있으니 매우 기뻐하였다.

이날 부부가 숙소로 돌아와 공자가 바야흐로 눈길을 들어 신부를 보니 풍요롭고 완숙하고도 깨끗하여 얼핏 숙모 소부인과 비슷한 데가 있었다. 52 놀라고 기뻐 은혜로운 정이 비길 곳이 없는 가운데, 위공께서 남긴 부탁과 자신을 알아봐 주시던 은혜를 일컬으며 슬퍼하였다. 위씨도 또한 부녀자로서 조심하는 행실을 잠시 접고 도도하게 화답하며 그 고초 당하며 떠돌던 일을 말하며서 눈물을 흘리고 울 뿐이었다.

다음 날 아침에 문안하는데, 태부인이 못내 사랑하여 좌중에 일러 말하였다.

"위씨를 보니 그 시어미보다 세 번 나으니 이는 가문의 천만다행한 일이다."

이파와 석파가 곧바로 대답하며 치하하였다.

"이는 모두 승상과 부인께서 선한 일을 많이 쌓은 음덕(陰德)입니다."

위씨가 이날에야 그 두 남동생들을 보고 반기며 슬퍼하였다. 이후로 남매가 한 집안에서 서로 의지하여 외롭지 않았다. 또 시어머니와 온 식구들이 위씨를 사랑하는 것이 친딸보다 더하고, 소씨의 애중함이 친조카들[65]보다 더하였다.

---

65) 친조카들 : {친소(親蘇)}. 소씨가 자신의 친조카들인 소씨 형제들과 같이 대한다는 뜻이므로 이같이 옮김.

윤부인은 여러 아들들과 며느리가 장성하니 소승상의 집이 좁으므로 강정에서 살되, 한 달에 10일씩 자운산에 어머니를 뵈러 와서 즐겼다.

방씨가 자신이 유홍을 죽게 하였고 집안의 재산도 다 흩어지게 되니 밤낮으로 애타게 서러워하였다. 작은 제갈공명이라고 하던 방무도 병들어 죽고 의지할 데가 없어 옛 일을 뉘우치며 유양 등의 종적을 몰라 애달파하였다. 결국 위씨가 소승상의 며느리가 된 것도 모른 채 7년을 애를 쓰다 죽었다. 위공자 형제가 놀라고 슬퍼하며 누이와 함께 치상(治喪)하여 안장(安葬)하고 3년상을 치렀다. 그러고 나서 유홍이 자기들을 위해 죽은 것을 듣고 크게 감격하고 서러워하였다. 그가 남긴 유서를 종 의산이 드리니 봉한 것을 떼어 보았는데, 이는 곧 저희들을 못 잊어 슬퍼한다는 내용과 자기가 죽어 죄를 대속(代贖)하니 늙은 어머니를 부친 계셨을 때처럼 대하고 원망하지 말라고 한 내용이었다. 두 사람이 크게 곡하며 제문(祭文)을 지어 제사지내고 자자손손(子子孫孫)이 그 제사를 그치지 않았다.

또 방씨가 죽고 나서 삼년을 지극하게 시묘(侍墓)하여 마지막 제사까지 마치니, 위공이 죽은 때로부터는 곧 10년이 지난 후였다. 그 후에야 두 공자가 비로소 세상에 나가 행세하니 위공이 했던 말이 구구절절 맞았다. 매우 신기한 일이다. 두 사람이 연이어 급제하여 벼슬이 옥당(玉堂)[66]에 올랐다. 구승상, 소승상을 집안끼리 친한 의리와 더불어 은인(恩人)으로 섬기는 것이 친아버지 같았고, 두 승상도 또한 세 아이들을 어루만져 사랑하고 가르치며 편애함이 친딸이나 친아들 같았는데 특히 유양은 구승상의 사위가 되었다.

이때에 양부인[67]이 잘못을 뉘우치며 스스로 책망하자, 구승상이 데려

53

66) 옥당(玉堂) : 홍문관을 이름.

와 다시 예전처럼 살다가 딸을 유양에게 시집보내게 된 것이다. 양부인이 사위를 보니 옛 일이 생각나 부끄러움과 괴로움이 얼굴에 가득하였다. 그러나 유양이 내색하지 않았고, 그 일을 입 밖에 내어 자기 아내에게도 말하지 않았다. 유양과 유승의 벼슬이 높아 맏이는 정승 벼슬[68]에 올라 부친과 견줄 만하였고, 둘째는 시랑(侍郞)에 이르러 하늘이 주신 수(壽)를 잘 누리게 되었으니, 이는 모두 구공, 소공과 연희 등이 보호한 공이었다. 두 사람이 연희, 연복을 천민에서 벗어나게 해 주어 모두 벼슬을 하여 통판(通判),[69] 지휘사(指揮使)[70]에 올랐으니, 이는 곧 이들의 충성과 의리에 대한 보답이었다.

54

위씨 또한 소씨 집안의 맏며느리로 소공자[71]의 무궁한 우대를 받으며 백수해로(白首偕老)하였다. 남매 세 사람이 모두 자녀가 번성하고 영화와 복이 빛나 마침내 위승상의 거룩한 덕을 저버리지 않았다. 그러나 유홍이 요절한 것이 참혹하기에 남매가 그의 유서를 볼 때마다 슬퍼하지 않은 적이 없었다. 한편 위씨는 종 영춘을 각별히 후대(厚待)하여 그 일생을 평안케 하였다.

소승상의 둘째 아들 '운희'는 자(字)가 '자강'이었다. 사람됨이 영민하고 성품이 민첩하여 모친의 기운을 이어받은 것이 많았는데, 그는 화부인 소생이다. 나이 15세에 이르니 얼굴이 세 가지 빛깔의 복숭아꽃이 봄 얼음에 비친 듯하고 문재(文才)가 뛰어나 붓 아래에 옥구슬이 떨어지는 듯하였

67) 양부인 : 구공의 아내를 이름.
68) 정승 벼슬 : {삼태[三台]}. 자미성(紫微星)을 지키는 별 이름으로 가장 높은 세 가지 벼슬인 삼정승(三政丞)을 비유함.
69) 통판(通判) : 송대(宋代)의 벼슬로, 번진(藩鎭)의 권한을 줄이기 위하여 한 주(州)의 정사(政事)를 감독하던 벼슬.
70) 지휘사(指揮使) : 군사기관인 도지휘사사(都指揮使司)의 장관을 이름.
71) 소공자 : 소씨 아들들을 이같이 호칭하는데, 여기서는 위씨의 남편인 운경을 가리킴.

다. 그리하여 청혼하러 오는 사람이 구름 같았으나 소승상이 가볍게 허락하지 아니하였다. 한림학사 강양이 청혼하자 승상이 강한림의 맑고 고결함을 좋게 여겨 혼인을 허락하고 예식을 이루었다. 부부의 기질이 한결같이 빼어나니 온 집안이 기뻐하였다. 석부인이 화부인께 치하하여 말하였다. 55

"운경의 형제가 모두 세상에 드문 아이들이라 짝할 이가 없을까 근심했는데, 두 신부가 모두 그윽하고 한가로우며 정숙하고 아리따워 바라던 것보다 더합니다. 그러니 어찌 부인의 큰 경사가 아니며 저희들이 영광스럽지 않겠습니까?"

화부인이 기뻐하며 사례하여 말하였다.

"자식이 못나도 며느리 바라기는 흠이 없기를 바랐습니다. 소망이 그대로 이루어졌으니 이는 저희들의 팔자가 좋기 때문이고 우리의 복입니다. 어찌 다행스럽지 않겠습니까?"

말을 마치는데, 두 신부가 녹의홍상(綠衣紅裳)으로 나와 어른들을 모시고 앉았다. 빛나는 태도와 맑은 정채가 낙포(洛浦)[72] 선녀(仙女)와 월궁(月宮)의 항아(姮娥)가 내려 온 듯하였다. 그 중에서도 위씨는 더욱 그윽하고 한가로우며 풍성하여 연꽃이 이슬을 떨친 듯하니, 두 시어머니[73]가 지극히 사랑하고 대견해 하였다.

소승상의 셋째 아들 '운성'의 자(字)는 '천강'인데, 그 모친이 꿈에 삼태성(三台星)을 삼키고 아들을 낳았기에 별 성(星)자로 운자(韻字)를 쓴 것이다. 나이가 4~5세가 되도록 글을 배우지 않아 부모가 가르쳐도 입을 열지 56

---

72) 낙포(洛浦) : 무산신녀(巫山神女)가 놀던 장소임.

73) 두 시어머니 : {두 존고(尊姑) ㅣ}. 화부인과 석부인을 이름.

않았다. 부친이 꾸짖으면 공손히 받들었지만, 모친 석씨가 치려고 시녀에게 명하여 잡아오라고 하면 문득 달아나 조모께 가서 숨어버려 시녀가 감히 손을 쓰지 못하였다. 태부인은 그가 두려워하여 숨는가 하여 또한 말리며 치지 못하게 하니 공자가 더욱 방자하여 8세에 이르도록 글을 한 자도 알지 못하였다. 그런데도 승상이 구태여 엄하게 가르치지 않고 다만 기운을 겉잡아 제어하였으며 배우기를 권하지 않으니 사람들이 모두 이상하게 여겼다. 하루는 모든 형들이 웃으며 말하였다.

"셋째는 8세가 되었는데도 위 상(上)자도 모르니 진실로 사람 가운데 짐승과 같다. 형제라고 하기 못마땅하구나."

운성이 흔연히 웃으며 말하였다.

"내가 사람 가운데 짐승이면 여러 형제들은 사람 가운데 과일 벌레와 같군요."

이러고 나서부터는 그를 이상하게 여기지 않았다.

하루는 운성이 책을 보관하던 누각에 가 책을 들춰 보는데 병법서(兵法書)인 『육도삼략(六韜三略)』[74]이 있었다. 한번 펴 보고 천고(千古)의 깊은 뜻을 깨달아 몰래 가지고 서당으로 돌아와 서너 달을 공부하여 이미 어린 아이로 가질 수 있는 모략(謀略)을 완전히 터득하였다. 책은 도로 갖다 두고 입 밖에 내지 않았으나, 자연히 마음이 상쾌하고 넓어졌으며 논의하는 것이 풍성하여 말이 도도하였다.

57

다른 사람들은 이를 알아채지 못했으나, 승상은 밝은 사람이고 병서(兵書)를 익숙히 아는 사람이었다. 그러므로 그 아이가 말 가운데에 치국(治

74) 『육도삼략(六韜三略)』: 병서(兵書)의 이름. 육도는 문도(文韜)·무도(武韜)·표도(豹韜)·견도(犬韜) 등 총 60편이고 태공망(太公望)이 편찬했다고 함. 삼략은 상중하 3권인데 황석공(黃石公)이 편찬했다고 함. 두 책이 다 후세의 위작(僞作)인 듯함.

國)과 치란(治亂)이나 두 나라가 싸울 때에 백전백승(百戰百勝)하는 일 등을 이르니 속으로 염려하였다. 특히 지금 세상이 요란하고 장수(將帥)와 재상들이 궂은일을 당하니 병법을 알아도 부질없다고 생각하여 이후로는 운성이 치란(治亂)과 관계되는 말을 하면 갑자기 눈을 치켜뜨고 엄하게 꾸짖어 못하게 하였다. 또 단선생께도 부탁하되 제어하고 가르치는 것을 다른 여러 아들들보다 더하라고 하니, 운성이 엄한 아버지와 스승에게 붙들려 뜻을 펴지 못하고 기운을 줄여 유학(儒學)에 힘썼다. 그러자 글을 깨우치는 이치가 날로 커져 괴롭게 억지로 읊조리는 바가 없고 눈으로 한번 지나치면 외고 귀로 들으면 해독하여 늘 스스로 읽어 3년 만에 만 권의 책을 통달하였다. 두 형들이 웃으며 말하였다.

"아우는 경서(經書)나 여러 문인들의 책을 여남은 권씩 내리 보고 나서는 다시 보지 않는데도 글이 어느 곳으로 들어가며 그 뜻을 어떻게 미처 다 새겨 아느냐?"

운성이 웃으며 말하였다.

"이미 볼 때에 뜻을 새겨 보지 않고 무엇을 보며, 이미 한번 본 후에 다시 보아 무엇 하겠습니까? 여러 번 보면 괴로울 따름입니다. 저는 형들이 하루에 스무 장씩 배우고 서른 번씩이나 읽고 외는 것이 우습습니다."

58

두 형은 늘 그의 놀림을 들어도 웃을 따름이었다.

선생을 불러 강론(講論)을 시키면 다른 제자들은 공손하고 우러르며 새롭게 마음에 느끼는데, 운성만은 홀로 앉아 졸았다. 선생이 곁에 있는 사람들에게 매를 가져오라고 하고는 운성을 잡아내려 꾸짖으며 말하였다.

"네가 스승이 면전(面前)에서 글을 강론하는데도 뜻을 성현(聖賢)에게 두지 않고 태만하니, 이는 위로는 성군(聖君)을 업신여기는 것이고 아래로는 나를 압도하는 것이다."

운성이 낯빛을 바로하고 머리를 조아려 복종하며 아뢰었다.

"제가 사납고 게으르니 그 죄를 달게 받겠으나, 단지 스승님과 성현(聖賢)을 가볍게 여기는 것은 아닙니다. 이미 마음에 익히 알므로 새로 또 듣는 것이 괴로운 것입니다. 문득 졸았으니 죄가 큽니다."

선생이 말하였다.

"네가 마땅히 거짓말로 나를 놀리지 말고, 옛 책들을 내 앞에서 강론해 보아라."

운성이 사례하고 당(堂)에 올라 경서(經書)를 강론하였다. 자구(字句)마다 정대하고 시원스러워 한 자 터럭만큼도 명확하지 않은 곳이 없어 맑고 웅건하였으며, 목소리도 백옥(白玉)을 두드리는 것 같았고 말은 흐르는 물 같았다. 한 나절이 못 되어 강론을 마치니, 선생이 매우 기뻐하며 말하였다.

"너의 재주가 이와 같으니 어찌 기특하지 않겠느냐? 하지만 이런 재주를 끝내 다듬지 않으면 비록 강과 바다 같은 큰 재주가 있더라도 아름답고 빛난 것이 적을 것이다. 그러니 너는 모름지기 너의 뜻을 거두어 가다듬어라. 너의 강론이 다 옳지만 너무 특별한 데가 많아 안정된 논의가 적으니, 모름지기 알아서 고쳐라."

운성이 절하고 물러나는데, 등에 땀이 흘러 옷에 가득하였다. 선생의 엄숙하고 바름이 이와 같았다. 비록 이렇게 꾸짖음을 받았지만 운성은 마음을 가다듬지 못하여 총명과 문리(文理)가 있음을 믿고 또 병서(兵書)에 마음이 나뉘어 있었기에 문장이 열 형제 중 으뜸이기는 했지만 그 부친께는 미치지 못했다.

나이가 10세에 이르렀는데, 석파가 그의 기운이 하늘을 찌름을 보고 그를 한번 속여야겠다고 생각하였다. 하루는 여러 어린 소저들에게 팔에 주점(朱點)[75]을 찍는데, 운성이 곁에 있었다. 이 때를 타 팔을 내라고 하니, 운성이 무심코 팔을 내밀었다. 석파가 우겨서 앵혈(鶯血)[76]을 찍으니 운성이 급히 씻었지만 벌써 살에 들어가 옥 같은 팔뚝에 앵두가 되었다. 석파가 크게 웃으며 말하였다. 60

"네가 매우 사나우니 앵혈로 표시[77]를 해 두고 부인을 얻게 해야겠다."

운성이 어찌할 도리가 없어 웃으며 말하였다.

"늙은 할미가 할 일이 없으면 청산(靑山)의 소나무 아래에 깃들어 만년토록 살기나 할 것이지 어찌 이런 장난을 하는가?"

석부인이 꾸짖어 말하였다.

"네가 이렇듯 말을 가리지 않고 할머니를 욕하니, 승상께 고하여 벌을 받도록 해야겠다."

운성이 사죄하고 나서 서당으로 나와, 다시금 팔을 보고는 싫어하며 생각하였다.

"내가 세상의 기이한 남자이고 대장부인데, 어찌 여자의 앵혈을 찍고서 한 시라도 있겠는가?"

계속 고민하더니 홀연 깨달은 듯이 웃으며 말하였다.

"석파가 나를 못살게 구니 내가 계교를 내어 그를 속여야겠다."

몸을 일으켜 안으로 들어가 일희당[78] 동산에 올라가 굽어보니, 석파는

---

75) 주점(朱點) : 처녀의 팔에 찍는 붉은 점. 앵혈(鶯血)이라고도 함.
76) 앵혈(鶯血) : {싱혈[生血]}. 앵혈이 더 보편적으로 사용되므로 이같이 옮김.
77) 표시 : {보람}. 잊지 않기 위해서나 다른 물건과 구별하기 위해 두드러지게 해 두는 표를 말함.

없고 그가 키우는 소영이 난간 밖에서 놀고 있었다. 소영은 석파의 외족(外族)[79]으로 부모가 모두 죽어 석파가 데려다가 길러 괜찮은 사람을 구하게 되면 맡기려 하였다. 그녀의 나이는 12세이고 재주와 용모가 매우 빼어났다. 운성이 석파를 미워하며 마음 속으로 웃으며 말하였다.

61 "내가 당당히 소영을 첩으로 삼아 앵혈을 없앨 것이다."

몸을 낮게 하여 난간에 와서 소영을 옆에 끼고 동산에 이르러 소영을 위협하며 말하였다.

"네가 만약 소리 내어 발악하면 부친께 고하고 너를 죽일 것이다."

소영이 두려워 소리를 못 내니, 운성이 기뻐하며 친압(親狎)하고 나서 당부하여 말하였다.

"너는 조금도 이를 발설하려는 마음을 먹지 마라. 내가 나중에 너를 첩[80]으로 삼겠다."

말을 마치자 몹시 웃고는 자기 팔을 보았다. 앵혈이 없기에 환희하며 서당으로 돌아갔다.

소영이 불시에 운성의 핍박함을 입고 넋이 놀라 얼이 빠진 듯하여 다만 울고 있는데, 석파가 와서 보고 이유를 물었다. 소영이 울며 말하였다.

"아까 셋째 공자가 와서 이유 없이 핍박하였습니다. 그러니 어찌 화나고 서럽지 않겠습니까?"

석파가 급히 보니 팔에 앵혈이 없었다. 크게 놀라 천둥벼락이 온 몸을 부수는 것처럼 앉아 있다가 도리어 크게 웃으며 말하였다.

"밉고도 미운 낭군을 승상께 고하면 큰 죄를 입을 것이니, 발설치 말아

78) 일희당 : 석파의 처소임.
79) 외족(外族) : 외가(外家) 쪽의 일가.
80) 첩 : {금차항녈[金釵行列]}. 첩의 반열을 이름.

야겠다.”

드디어 소영에게 조용히, 조금도 이런 말을 입 밖으로 낼 생각을 말라고 하였다.

이후로 석파는 거짓으로 이 일을 모르는 체하고 지내면서 마음 속으로 어이없이 여겼다. 그러고는 운성을 볼 때마다 보채어 승상께 고하겠다고 위협하였다. 운성이 비록 민망하기는 했지만 내색하지 않고 말하는 것을 매섭게 하니, 석파가 지쳐서 시들해져[81] 이후로는 놀리지도 않고 놔두었다. 운성의 행실이 이같이 지나치고 얄미운 데가 있었다. 62

승상이 비록 이 일을 모르지만, 운성이 원래 방탕하고 정직하지 않음을 알기에 바깥으로 노닐지 못하게 하고 아침 저녁 문안 후에는 서당으로 보냈다. 그러면 단선생이 매우 마음을 써서 살피니, 운성이 감히 방자하지 못하였다. 나이가 차니 뜻을 굳게 잡고 참을성도 많아졌다.

나이가 14세에 다다르자, 신장이 8척 5촌이고 허리는 화살대 같고 어깨는 화려한 봉황 같으며 두 팔이 무릎 아래로 내려갔다. 힘은 능히 구정(九鼎)[82]을 들 만하였고, 모략(謀略)은 손자(孫子),[83] 오기(吳起)[84]보다 뛰어났다. 용맹은 염파(廉頗)[85]와 이목(李牧)[86]보다 더하며, 문장을 쓰는 재주는 태사(太史)[87] 사마천(司馬遷)[88]과 능히 짝을 이룰 만하였다. 성정(性情)

---

81) 지쳐서 시들해져 : {싀트시 너겨}. '시틋하다'는 '시뜻하다'의 작은 말로 같은 일에 지쳐 싫은 생각이 난다는 뜻임.

82) 구정(九鼎) : 우(禹)임금이 만든 솥으로 주(周)나라 때까지 전해졌다는 국보임. 초(楚)나라의 항우는 기운이 세 솥을 들어 올렸다고 함.

83) 손자(孫子) : 춘추시대 제(齊)나라의 병법가로, 이름은 무(武).

84) 오기(吳起) : 전국시대 위(魏)나라의 병법가로 초(楚)나라의 정승이 되어 초나라의 위력을 떨치는 데에 공헌함.

85) 염파(廉頗) : 전국시대 조(趙)나라의 뛰어난 장수. 제(齊)나라를 대파하여 상경(上卿)에 제수되었고 그의 용맹이 제후들에게 알려졌다고 함.

86) 이목(李牧) : 조(趙)나라 북쪽 국경을 지키던 훌륭한 장수였음. 그가 있어서 10여 년 동안 흉노의 침입이 어려웠다고 함.

이 총명하여 남의 말을 들으면 그 속을 알아채고 그 얼굴을 보면 그 마음을 깊이 헤아렸으며, 적은 일에는 마음을 느슨하게 하고 큰일에는 강단(剛斷)이 있었다. 또한 의논이 상쾌하고 말이 호탕하였지만 마음은 철석같아서 뜻을 정한 후에는 돌이키지 않고 기어이 마음을 세웠으니, 그러는 가운데 고집이 셌다. 또한 풍모가 맑고 깨끗하여 금 화분에 활짝 핀 모란 같고, 기품이 날 듯이 가볍게 퍼지는 것은 마치 가는 버들이 미풍에 움직이는 듯하였다. 한 쌍 밝은 눈은 새벽 별의 정기를 감추었고 두 조각 붉은 입술은 단사(丹砂)[89]를 점찍은 듯하였으며, 두 눈썹은 강산(江山)의 빼어난 기운을 모았고 귀밑머리는 옥으로 깎은 듯하였다. 그러하니 아름답게 어머니의 고운 모습을 내려 받았고, 눈에 띄게 아버지의 남기신 풍모를 얻은 격이어서 이른바, 당대의 옥같이 아름다운 사람이고 온 세상을 뒤덮을 만한 호걸이었다. 부모의 아낌과 조모의 어여삐 여김이 측량하기 어려울 정도였다.

63

운성이 하루는 외가(外家)에 가서 두어 날 머무르며 돌아오지 않고 있었다. 달빛이 좋은 날 외증조부인 석장군을 모셨는데, 뜰 앞에 석가산(石假山)[90]이 있었다. 길이가 10자이고 둘레가 두 아름이었으며, 그 위에 월계수의 꽃이 피어 있었다. 장군이 말하였다.

"저 가산(假山)이 멀리 놓여 있는데, 가까이 내 놓고 보고 싶구나. 여러 종들에게 끌어 오게 해야겠다."

운성이 말하였다.

---

87) 태사(太史) : 나라의 법규와 기록을 맡은 벼슬.

88) 사마천(司馬遷) : 한(漢) 나라 사람으로, 황제(黃帝)로부터 한나라 무제(武帝)에 이르기까지 삼천 여년의 일을 적은 기전체(紀傳體) 역사서 『사기(史記)』 130권을 저술함.

89) 단사(丹砂) : 붉은 모래.

90) 석가산(石假山) : 정원 등을 꾸미기 위해 돌로 만든 산의 모형물.

"왜 할아버지께서 친히 가져오지 않으십니까?"

장군이 말하였다.

"내가 요즘 힘이 쇠하여 저것을 들지 못할 것 같다."

64

운성이 말하였다.

"제가 옮겨 놓겠습니다."

장군이 크게 웃으며 말하였다.

"너, 참 망령되구나. 나도 들지 못하는 것을 네가 어떻게 드느냐?"

운성이 웃으며 답하였다.

"할아버지는 보고 계십시오."

드디어 뜰에 내려가 옷을 걷고 두 손으로 석가산을 들어 한 손으로 받아 든 후에 빙빙 돌기를 서너 바퀴를 한 후 대청 앞에 놓았다. 그런데도 얼굴빛이 변하거나 숨이 가쁘지 않고 태연하게 올라가 앉으며 말하였다.

"할아버지께서 보시기에 제 힘이 약합니까?"

장군이 크게 놀라며 말하였다.

"네가 옛날 악래(惡來)[91]보다 더하구나."

그러고는 운성을 매우 어여삐 여겼다.

하루는 운성이 자운산 밖으로 나와 노는데, 당시의 참정 형옥의 두 아들인 불로, 불운 등을 만나 서로 좋아하며 평소에 알던 사람들 같이 하였다. 그 후로 지기(知己)로 마음을 허락하고 왕래하며 사귀었다.

늦은 봄 좋은 계절을 만나 운성이 부친께 인사하고 도성(都城)으로 들어

---

91) 악래(惡來) : 은(殷)나라 마지막 왕인 걸주(桀紂)의 신하로 힘이 장사였다고 함, 그의 아버지인 비렴(蜚廉)은 달리기를 잘했다고 하는데, 주왕이 그를 등용해 삼공으로 임명했다. 하지만 비렴은 사람됨이 탐욕스럽고 아첨을 좋아했으므로, 조야의 평판이 점점 떨어지게 되자, 왕이 다시 비렴의 아들인 악래를 기용했음. 그러나 후에 왕에게 죽임을 당함. 장사의 대명사로 일컬어져 삼국시대의 장수였던 전위(典韋)도 '악래 전위'라고 불렸음.

가 몇 군데를 둘러 본 후 형참정 집에 이르렀다. 문을 지키는 하인이 이 사람은 예전에 친하게 사귀던 분이라고 하여 안에 아뢰지 않고 들어오게

65 하였다. 운성도 또한 호탕한 사람이라 마음에 과도한 의심을 품지는 않기에 자연스럽게 서당으로 들어갔다. 문이 열려 있어 안이 보이기에 이상하게 생각하며 눈을 들어 보았더니, 형참정과 부인이 자리에 앉아 있고 곁에는 다섯 아들이 모시고 있었다. 그 옆으로 붉은 치마, 비취색 적삼의 여자 여덟 명이 늘어서 있었는데, 위로 일곱은 모두 혼인한 여자이고 앉아 있는 여자는 13~4세 정도 되는 처녀였다. 현란한 정채(精彩)와 아름다운 얼굴에 꽃이 쇠하고 달이 빛을 잃을 정도였다. 운성이 한번 보고 나서 매우 칭찬하고 기특하게 여겨 흠모하는 마음을 이기지 못하였다. 갑자기 욕정이 생겨나니 홀로 생각하였다.

'이는 반드시 형공의 딸일 것이다. 내가 마침 아직 아내를 얻지 않았으며 저 또한 처녀이니 이 인연은 어떻게 손써 볼 만하다.'

정신이 뛰노는 듯하여 침착하고 뛰어나며 호방하던 기운은 하나도 남아있지 않았다. 그런데 갑자기 위에 앉아 있던 젊은 여자가 일어서며 말하였다.

"동생 강아가 부인네[92]처럼 앉아만 있네요. 오늘 우리 부모, 형제가 모였으니 투호(投壺) 놀이를 하여 승부를 겨뤄 봐요."

그랬더니 갑자기 그 미인[93]이 붉은 입술을 열어 나직이 말하였다.

66 "제가 본래 잡기(雜技)를 못합니다. 여러 언니들이 계시는데 어찌 구태여 나를 부르십니까?"

---

92) 부인네 : {유인(孺人)}. 문무관(文武官)의 처(妻)인 외명부(外命婦)의 품계를 이름.
93) 그 미인 : 운성이 몰래 보고 반한 아름다운 여인으로 나중에 형부인이 됨.

그 젊은 여자가 말하였다.

"강아 너는 우리와 형제 사이인데도 늘 어려워하여 사양하느냐? 너처럼 묘한 손재주로도 사양하면 어느 형들이 투호를 치겠느냐? 너는 평소 좋아하는 것이 「주남(周南)」·「소남(召南)」[94] 등의 『시경(詩經)』과 『효경(孝經)』뿐이구나. 형제가 모인 때에 이런 좋은 일을 않고 무엇을 하랴?"

형참정의 부인이 웃으며 말하였다.

"여러 며느리들은 우리가 있으니 어려워 할 것이다. 그러니 너라도 미루어 사양하지 말고 경아[95]와 투호를 쳐라."

그 미인이 명을 받들어 일어섰는데, 몸이 날아갈 듯하고 패옥(佩玉) 소리가 쟁쟁하며 가는 허리와 날렵한 기질을 지녔다. 그러면서도 단엄하고 침착하여 서리와 달 같은 풍모와 사슴이나 용 같은 거동이 천고(千古)에 빼어났다. 세 치의 발걸음[96]을 바람 부는 곳 앞으로 옮겨 섬섬옥수(纖纖玉手)로 금 화살을 희롱하니 소리가 낭자하였다. 미인이 순순히 이기니, 형공자 불운이 웃으며 말하였다.

"강아가 이렇듯 잡기를 좋아하니 우리들이 잡기를 좋아하는 매부(妹夫)를 얻어야겠다."

그 미인이 특별히 부끄러워하지 않으면서 낯빛을 엄숙하게 하고 단정히 걸어 안으로 들어가니, 좌중이 크게 웃었다. 운성이 이를 보고 숨을 길게 쉬며 문득 서쪽 울타리 안에 드러누웠다. 이윽고 형생 등이 나와 보고

67

94) 주남(周南)·소남(召南) : {이람[二南]}. 이는 『시경(詩經)』의 편명들임. 성인과 현인의 교화에 대한 노래들로 구성되어 있음.

95) 경아 : 장차 형부인이 될 강아 소저와 자매 사이인 여인.

96) 발걸음 : {금년[金蓮]}. 미인의 발걸음을 비유한 말.

놀라며 말하였다.

"천강[97]은 언제 왔는가?"

운성이 느리게 일어나 말하였다.

"조금 전에 막 왔네."

여러 서생들이 늘어 앉아 말을 하는데도, 운성은 전혀 여기에 뜻이 없고 하늘가에 떠가는 구름만 바라보고 앉아 있었다. 여러 서생들이 웃으며 말하였다.

"소형은 무슨 생각을 품고 있어, 우리를 마음에 두지 않는가?"

운성이 홀연히 길게 탄식하며 말하였다.

"제가 비록 못났지만 부형(父兄)의 음덕으로 재주와 풍모가 하급은 아닙니다. 그래서 평소에 자부하여 숙녀를 만나기를 원하였는데, 갑자기 선녀 같은 여인을 꿈속에 만나 흐뭇해했습니다. 그러나 떠나버렸으니 어찌 아연하지 않겠습니까?"

형생 등이 매우 놀라며 말하였다.

"알지 못하겠네. 선녀 같은 여인이 어디에 있었는가?"

운성이 묵묵히 대답하지 않고 오래도록 되뇌며 생각하다가 하직하고 돌아갔다.

이때부터 운성의 마음은 형소저에게 갔기 때문에 이전의 높은 호기가 가라앉아 입맛이 달지 않았으며 전전반측(輾轉反側)[98]하였다. 이렇게 옛 사람들이 숙녀를 사모하던 일을 행하는데, 10여 일에 이르자 문득 눈썹을 펴지 않았으며 세수도 게을리 하면서 서당에서 『시경(詩經)』의 〈관저(關

97) 천강 : 운성의 자(字)임.
98) 전전반측(輾轉反側) : 이리저리 뒤척이며 잠을 이루지 못함.

雎)〉[99]만을 보고 있었다. 승상이 아들을 매우 이상하게 여겨 직접 서당에 와 보았더니, 운성이 혼자 탄식하며 말하였다. 68

"알지 못하겠구나. 왜 얼굴을 보게 하셨으면서 인연은 쉽지 않게 하실까?"

승상이 듣고 나서 상황을 반쯤 짐작하였다. 안으로 들어가 앉으니, 운성이 한 장 글을 보다가 부친을 보고 당황하여 감추고 일어나 맞았다. 승상이 글을 내놓으라고 하니, 어찌 감히 내놓지 않겠는가? 서둘러 받들어 드리니 승상이 다 보고 나서 문득 정색을 하며 말하였다.

"이 글 가운데에 은혜로운 감정이 들어 있구나. 어디에 가서 예를 갖추지 않고 미녀를 보고 나서 전전긍긍(戰戰兢兢)하는 마음이 생겼느냐?"

운성이 몹시 당황하고 매우 부끄러웠으며 매우 놀라, 오직 담력을 크게 하여 말을 꾸며 하였다.

"제가 비록 못나고 어리석지만 아버지의 가르침과 선생님의 엄한 명령을 거역하며 미녀의 모습을 마음에 둘 리가 있겠습니까? 하물며 저는 당당한 재상가의 공자이므로 부모님께서 아름다운 여자를 택하여 자식의 일생을 평안히 해 주실 것입니다. 또한 제가 입신(立身)[100]하면 책 속의 옥 같은 미녀가 어여쁠 것이므로[101] 봉관화리(鳳冠華履)[102]의 부인이 없을까 근심하지 않아도 될 것입니다. 선비가 글을 읽었으면서도 어찌 예가 아니며 법도가 아닌 일을 하겠습니까? 오늘 아버지의 말씀 69

99) 관저(關雎) : 『시경』에 있는 시(詩)로, 주(周) 문왕(文王)과 그 후비(后妃)의 성덕(盛德)을 읊은 시임. 부부의 금슬 좋은 덕을 일컬음.

100) 입신(立身) : 세상에 나가 출세함.

101) 책 ~ 것이므로 : {셔듕옥녀[書中玉女]ㅣ 옥(玉) ᄀᆞᄐᆞᄆᆞᆯ ᄒᆞ야}. 이 말은 중국 북송의 황제인 진종(眞宗)의 〈권학문(勸學文)〉의 한 구절임. 원문의 구절은 '아내를 구하매 좋은 매파가 없음을 탄식하지 말라. 책 속에 옥 같은 미녀가 있으니[取妻莫恨無良媒, 書中有女顔如玉]'임.

102) 봉관화리(鳳冠華履) : 봉황 문양을 조각한 관과 꽃신이라는 뜻으로 고귀한 부인의 복식임.

을 들으니 황공할 뿐 아니라 저를 이런 종류의 사람으로 아심에 부끄러워 죽으려 해도 몸 둘 곳이 없습니다."

승상이 정색하며 말하였다.

"네가 말을 꾸며 아비 속이기를 능사로 아는구나. 나는 네가 꾸미는 말을 곧이듣지 않으니 너는 모름지기 말을 똑바로 하여 부모뿐만 아니라 아래로 삼척동자(三尺童子)도 속이지 마라. 또 미녀에게 뜻을 두어서는 안 된다. 네가 요즘 친구를 만난다고 말하고는 매일 나가는데, 청루(青樓)나 제강(齊姜)[103]이 아니면 어느[104] 집에 가 규수를 엿보고 마음에 두는 것일 것이다. 그러니 내가 구태여 묻지 않는 것은 나중을 보려는 것이니 너 또한 조심해라."

말씀이 엄하고 정대하니 운성이 부친의 밝게 아심을 보고 크게 두려워하며 묵묵히 삼가 사례할 뿐이었다. 승상이 눈으로 아들을 오래도록 보며 숙연히 침묵하니, 운성이 매우 놀라고 두려워하였다. 운성이 두려워하고 낙담하여 관을 숙이고 엎드려 있으니, 한나절이 지난 후에 승상이 밖으로 나갔다. 운성이 이제야 숨을 내쉬고 정신을 거두어 보니 식은땀이 옷에 젖어 있었다. 드디어 옷을 갈아입고 나서 [70] 이후로는 감히 내색하지 못하였지만 그 마음을 꺾지는 못하였다.

형참정은 승상과 동갑으로 생각이 깊은 사람이었다. 운성의 빛나는 재주를 매우 아껴 사위를 삼으려고 하였지만 그가 너무 뛰어나서 유생(儒生)의 온순한 행실이 적음을 걱정하였다. 나중에 비록 큰 그릇이 될 줄을 알기는 하지만 또한 특출함 때문에 재앙이 많을 수 있음을 명백히 알고 주

---

103) 제강(齊姜) : 강(姜)은 제(齊)나라의 성(姓)으로, 제가 큰 나라이기 때문에 그 나라의 공주라는 뜻으로 쓰이다가 전하여 궁녀(宮女)라는 뜻으로 쓰임.

104) 어느 : {머더}. 미상이나 문맥을 고려하여 이같이 옮김.

저하였다. 또 자신의 딸을 보니 맑고 약한 중에 풍요롭고 편안하며, 지혜로운 가운데 깨끗하고 시원스러워 복과 덕이 완전하였다. 그리하여 그와 함께 이미 뜻을 결정하였다.

운성이 외조부 석참정에게 부탁하였다.

"제가 일찍이 들으니 형공에게 딸이 있는데 하주(河洲)의 숙녀[105]와 서시(西施)[106]의 아름다운 풍모가 있다고 합니다. 바라건대 외할아버지께서 아버지께 말씀하셔서 손자의 좋은 짝을 정하게 해 주십시오."

석참정이 웃으며 말하였다.

"네가 어떻게 형씨의 정숙하고 아름다움을 들었느냐?"

운성이 대답하였다.

"형생 등이 스스로 누이를 칭찬하니 들었습니다."

석참정이 허락하니, 운성이 기뻐하며 돌아갔다.

이에 석참정이 소승상을 보고 말하였다.

"형옥에게 규수가 있는데 아름다움이 진실로 운성과 짝할 만하네. 모름지기 자네가 매파(媒婆)를 통하는 것이 어떤가?"

71

소승상이 대답하였다.

"규중 여자의 소식을 상공께서 어떻게 아십니까?"

석참정이 말하였다.

---

105) 하주(河州)의 숙녀 : 덕이 아름다운 여인을 일컬음. 『시경(詩經)』「국풍(國風)」, 〈관저(關雎)〉장의 "자웅이 응하여 우는 저 비둘기가 하수의 모래섬에 있구나. 요조한 숙녀는 군자의 좋은 짝이로다[關關雎鳩, 在河之州. 窈窕淑女, 君子好逑.]"라는 구절에서 온 말임.

106) 서시(西施) : {완사(浣沙)}. 이는 서시를 가리킴. 월왕(越王) 구천(勾踐)이 오왕(吳王) 부차(夫差)에게 패하여 범려(范蠡)를 재상으로 임용하여 복수를 준비하였는데, 범려가 내 놓은 계획 중의 하나가 미녀로 오왕을 유혹하는 것. 그래서 미녀를 수소문하던 중에 완사계(浣沙溪)라는 곳에서 이광(夷光)이라는 여자를 발견함. 그녀가 미모도 있으면서 우국충정(憂國衷情)도 있음을 알고 오왕에게 보내어 정사(政事)를 소홀하게 하여 결국은 월나라가 이기게 됨. 이광은 서시가 어렸을 때의 이름임.

"사람이 지극히 어질거나 지극히 사나우면 이름이 한 때 유명할 뿐만 아니라 만고(萬古)에 퍼지는 것이네. 형씨가 아름다우니 내가 자연스럽게 듣게 된 것이지. 그러니 자네는 구태여 묻지 말고 혼인을 이루게."

승상이 문득 아들의 부탁인가 생각되었지만 곧바로 말하기에 마땅치 않아서 웃기만 할 뿐 답하지 않았다. 갑자기 벽제(辟除)[107]하는 소리가 나더니, 형참정이 이르렀다. 서로 보게 되었는데, 석참정이 먼저 청혼하고 다음으로 소승상이 청혼하니 형공이 쾌히 허락하여 말하였다.

"한미한 우리 가문과 누추한 자질의 딸아이가 소형의 기린(麒麟) 같은 아들과 짝할 만하지 않지만, 낮추어 청혼하시니 받아들이겠습니다."

석참정과 소승상, 이렇게 장인과 사위 두 사람이 함께 사례하고 술과 안주를 들여와 은근히 담소 나누기를 마치고 흩어졌다.

형공이 집으로 돌아가 택일(擇日)하여 보냈는데, 7일이 남아 있었다. 혼수를 준비하여 날이 다다르니 온 가족이 존당(尊堂)에 모여 초례(醮禮)[108]를 행하였다. 운성의 미간에 기쁜 빛이 가득하며 붉은 입술에 옥같이 흰 이를 비치니 다른 사람들은 모두 좋은 날이어서 즐거워 그런가 보다고 놀렸다. 그러나 승상은 끝내 흔연함이 없이 초례를 행할 때에도 예의로 경계하는 말밖에는 다른 말을 하지 않았다. 그러자 운성이 속으로 염려하여 문득 홍취가 사그라졌다. 이에 모인 사람들에게 하직하고 형씨 집에 다다라 기러기를 전하고 신부가 가마에 오르기를 재촉하였다. 형소저가 칠보로 장식한 화려한 옷을 입고 금과 옥으로 꾸민 가마에 오르니, 붉은 치마에 비취 적삼을 입은 시녀가 숲을 이룰 정도로 많이 따랐다. 도성 밖 큰

72

107) 벽제(辟除) : 고관의 행차에 길을 비키라고 외치는 것.
108) 초례(醮禮) : 혼인을 치르는 예식.

길로 지나가는데, 수많은 구경하는 이들이 칭찬하지 않는 사람이 없었다. 또 신랑의 뛰어난 풍채와 호방한 기운이 이백(李白)[109]과 두목지(杜牧之)[110]보다 더하니, 사람들이 모두 이르기를 '소승상보다 나은 풍채'라고 하였다.

자운산에 돌아와 부부가 교배(交拜)를 마치고 합근주(合巹酒)[111]를 마신 후 동방(洞房)[112]으로 갔다. 운성이 눈을 들어 신부를 바라보니 정신이 어지러워, 다만 수려한 풍채에 웃음을 가득 머금었다. 밤이 깊어 촛불을 끄고 침상에 오르니 은혜로운 정이 헤아리지 못할 정도였다. 그리하여 운성이 신부에게 말하였다.

73

"내 평소 숙녀를 얻기를 바랐는데, 형들과 친분이 두터워 그대의 집에 마음대로 드나들다가 우연히 그대를 엿보았습니다. 마음에 탄복하여 외조부께 말씀드려 부친의 허락을 얻어 인연을 이루었으니 다행함을 이기지 못하겠습니다."

신부가 마음 속으로 잠깐 당황스럽게 생각했지만 수습하고 별다른 대답을 하지 않았다.

이때에 마침 석파가 이를 엿듣고 어이없게 여겨 돌아와 석부인께 고하였다. 부인도 놀라며 웃으면서 말하였다.

"아이가 너무 넘치는 것이 이 같군요. 승상이 아시면 벌을 받을 것이니

---

109) 이백(李白) : 당(唐)나라 때의 시인으로, 하늘의 신선이었다가 인간세상으로 귀양 왔다고 할 정도로 낭만적인 시인으로 평가됨.

110) 두목지(杜牧之) : 당(唐)나라 때의 시인으로, 워낙 미남이어서 그가 장안의 시장을 지나가면 뭇 여성들이 흠모하여 그에게 귤을 던졌다고 함. 이름은 목(牧), 자(字)가 목지(牧之)임.

111) 합근주(合巹酒) : {합증쥬}. 문맥상 '합근주'의 오기(誤記)로 보고 이같이 옮김. 합근주는 혼례 때 신랑과 신부가 서로 잔을 주고받는 술임.

112) 동방(洞房) : 침실을 이르는데, 특히 혼인 첫날밤에 신랑이 신부 방에서 자는 일을 '동방화촉(洞房華燭)'이라고 함.

서모는 말하지 말고 그냥 두십시오."

또 석파가 앵혈에 관한 일을 말하며 소영이 수절하려 한다고 하니, 석부인이 눈썹을 찡그리며 깊이 생각하였다. 승상이 들어오다가 이 말을 들었다. 문을 열고 들어와 자리에 앉은 후에 말하였다.

"부모가 어질지 못하면 자식이 사나운 법입니다. 지금 운성의 행실이 이 같은데, 아비가 있어도 모르고 어미가 있어도 아득히 몰랐으니 이는 곧 내가 밝히 알지 못하기 때문입니다. 또 어미 된 사람이 태임(太任)[113]의 큰 가르침을 본받았다면 어찌 불초한 자식과 일부러 같은 마음을 먹어 아비를 모르게 하자고 할 수 있겠습니까? 운성의 행실을 들으니 한심한데도 어미가 좋게 여겨 웃으니 진실로 비슷한 급의 모자(母子)라고 하겠습니다."

석파와 석부인이 놀라 묵묵히 있었다. 한참 후에 석파가 웃으며 말하였다.

"부인이 좋게 여겨 웃은 것이 아니라 한심하여 차갑게 웃은 것입니다. 태임(太任)이 큰 가르침이 있어 문왕(文王)을 낳았지만 태사(太姒)[114]는 관숙(管叔)과 채숙(蔡叔)[115] 같은 이를 낳았습니다. 만약 부모의 선악(善惡)으로 자식의 선악이 달려 있다면 어찌 고수(瞽叟)[116]가 순(舜)임금을 낳았겠으며 또 순임금은 왜 아버지를 닮지 않았겠습니까? 주(周) 문왕(文王)이 천지(天地)의 성한 덕을 타고 태어나시어 주(周)나라 800년 기

---

113) 태임(太任) : 주(周) 문왕(文王)의 어머니.
114) 태사(太姒) : 주(周) 문왕(文王)의 부인.
115) 관숙(管叔)과 채숙(蔡叔) : {관채(管蔡)}. 관숙과 채숙을 가리킴. 둘 다 주공(周公)의 형제들인데, 서로 다른 임금을 옹립하려고 싸우다가 피살됨.
116) 고수(瞽叟) : 순(舜)임금의 아버지로, 효자인 순을 죽이려 할 정도로 우매하고 선악을 구별할 줄 몰랐던 사람.

틀을 세우는 근본이 되셨으니 태임의 큰 가르침을 말하지만, 요(堯)·순(舜)[117]의 어머니와 성탕(成湯),[118] 하우(夏禹)[119]의 어머니는 큰 가르침이 있었다는 말도 없지만 그들의 큰 덕은 주나라의 문왕, 무왕보다 더합니다. 그러니 지금 운성 낭군의 사나움이 어찌 승상과 석부인의 어질지 못함 때문이겠습니까?"

승상은 묵묵히 엄정한 얼굴을 하였고, 석부인도 안색을 바르게 하고 한 마디도 하지 않았다.

다음날 아침에 태부인이 잔치자리를 열고 신부를 맞았는데, 손님이 무수히 많았다. 소부인과 윤부인도 며느리를 둘씩 얻었으며, 위씨와 강씨도 화려한 옷을 차려입고 화부인, 석부인 두 시어머니를 모시고 양부인을 받들어 자리를 정하여 앉았다. 모두 옥 같은 용모와 꽃 같은 얼굴이 구름 사이의 밝은 달과 물 위의 연꽃 같았다. 소부인, 윤부인, 화부인, 석부인 등 네 부인의 태도가 새로웠으며, 젊은 빈객들도 이런 빛이 어리어 뛰어난 미인이 가득하였다.

75

이윽고 신부가 나와 할머니와 시부모님께 폐백을 받들어 예를 마치고 물러나와 자리에 앉은 사람들에게도 예의를 갖춘 후 화려하게 꾸며놓은 자리에 앉았다. 모든 사람들의 눈길이 함께 구경하는데, 신부의 이목구비(耳目口鼻) 사이에 배어 나오는 정신이 가을 물결이 빛나는 것보다 더하였다. 또 눈 같은 피부와 꽃 같은 용모가 옥을 공교히 새겨 채색을 메운 듯하며, 두 눈은 강산의 맑은 정기를 품었고, 눈썹은 그린 듯한 초승달 같았

117) 요(堯)·순(舜) : 성군(聖君)이었던 당요(唐堯)와 우순(虞舜)을 말함.
118) 성탕(成湯) : 은(殷)나라의 1대 임금. 하(夏)나라의 걸왕(桀王)을 치고 왕위에 올라 30년간 재위하였음.
119) 하우(夏禹) : 하(夏)나라의 1대 임금. 순(舜)임금의 선위(禪位)로 임금이 됨.

다. 이마는 반달이 맑은 하늘에 비스듬히 놓여 있는 듯하고, 쪽진 머리는 초대(楚臺)[120]의 구름 같으며, 윤기 나고 소담한 두 귀밑머리는 붉은 연꽃을 꽂은 듯하였다. 사람을 어리게 하는 기질은 양귀비의 현란함을 차지하여 얻은 듯하고, 앵두 같은 입술과 옥 같은 이는 붉은 모래에 얼음이 있는 듯하며, 두 빰은 무릉도원(武陵桃源)의 세 가지 빛깔의 복숭아꽃이 이슬을 떨친 듯하였다. 찬란한 풍채는 가을 달이 뿌연 구름을 벗어난 듯, 남전(藍田)[121]의 흰 구슬이 티끌을 씻은 듯하였고, 온 몸에 일천 가지 풍채가 완전하며 눈동자에 뛰어난 광채가 어른거려 태양빛을 가렸다. 그러니 만약 76 석부인이 아니면 대적할 사람이 없을 것이다. 시어머니와 며느리 두 사람의 모습에서 나오는 상서로운 빛이 서로 비추니, 가득히 앉은 사람들이 매우 놀라며 동시에 칭찬하며 말하였다.

"신부가 진실로 빼어난 미모의 정숙한 여자로군요. 이 어찌 귀댁의 큰 경사가 아니겠습니까?"

흔연히 크게 기뻐하며 승상에게 말하였다.

"오늘 신부를 보니 매우 기특한 여자로다. 너는 어떻게 생각하느냐?"

승상이 어머니가 기뻐하시는 것을 보고 또한 기뻐하며 두 번 절하고 나서 대답하였다.

"운성은 미친 아이이지만, 신부가 그윽하고 한가로우며 부덕(婦德)이 있는 듯하니 이 또한 어머니의 성덕을 입어서입니다."

태부인이 마음 가득히 기뻐하며 웃으며 말하였다.

"운성 그 아이는 매우 걸출한 선비이다. 그러니 어찌 신부에게 뒤질 리

---

120) 초대(楚臺) : 초(楚)나라 양왕(襄王)이 고당(高唐)에서 놀다가 낮잠을 자는데 꿈에 무산(巫山)의 선녀가 나타나 하룻밤을 같이 지냈다는 고사에서 연유함. 양대(陽臺)라고도 함.

121) 남전(藍田) : 중국 섬서성에 있는 이름난 옥의 산지.

가 있느냐?"

석파가 자리에 나와 말하였다.

"승상께 아뢰오니, 신부를 보시니 어떠하십니까?"

승상이 단지 무심하게 웃으며 말하였다.

"아름다울 따름입니다. 서모는 왜 묻습니까?"

석파가 손뼉을 치면서 크게 웃으며 말하였다.

"한 마디 하겠습니다. 예전에 승상께서 젊어 시랑으로 계셨을 때에 제가 석부인을 중매하니, 시랑께서는 괴롭게 여기시고 태부인께서도 그릇 여기시면서 한갓 화부인 편만 드셨습니다. 그런데 오늘 신부를 보시고는 태부인과 승상이 모두 기뻐하시니 이것이 어찌 저의 덕이 아니며 은혜가 아니겠습니까? 하지만 한 사람도 제 공을 칭찬하지 않고 신부만 칭찬하고 석부인과 태부인께만 치하하니, 공을 모름이 진실로 한고조(漢高祖)가 창업 후에 공신(功臣)들을 저버린 일과 매우 똑같습니다."

좌중은 다만 크게 웃을 뿐이었고, 태부인이 웃으며 말하였다.

"자네 말이 매우 합당하니, 치하가 늦었지만 또한 안 할 수는 없겠네. 오늘 손자며느리를 보니, 며느리의 어짊과 중매(中媒)의 공을 알겠네."

곁에 있는 사람들을 시켜 옥잔에 향온주(香醞酒)[122]를 가득 붓게 하여 주니, 석파가 의기양양하여 받아 꿇어 앉아 먹었다. 그러자 소부인이 웃으며 말하였다.

"15년이 지나서야 받는 치하의 술을 저리도 즐거워하시니, 어머니께서 치하의 술을 주신 것처럼 우리는 중간에 힘드셨던 일을 생각하여 위로

122) 향온주(香醞酒) : 향기롭고 좋은 술.

의 잔을 바치겠습니다. 석씨 소생의 조카들은 어진 어미에게 의탁할 수 있었음을 감사하고, 운경 형제는 어머니 한 분으로는 외로우니 의어머니[123]를 얻어 든든하게 해 주셨음을 감사해야 옳겠습니다."

윤부인이 낭랑하게 웃으며 말하였다.

78

"언니의 말씀이 제 뜻과 똑같습니다. 빨리 드립시다."

소부인이 좌우로 잔을 보내니, 윤부인이 일부러 한 말쯤 들어가는 잔을 얻어 진주자홍주[124]를 가득 부어 보내며 말하였다.

"예전에 서모가 애쓰며 어찌할 줄 몰라 하던 일을 생각하면서 오늘 즐기심을 헤아려보니, 사람의 일이 윤회(輪回)하여 슬픔과 기쁨이 비슷한 듯합니다. 한 말 좋은 술로 경사를 치하드립니다."

석파가 웃고 잔을 기울이니, 소부인이 운성을 불러 말하였다.

"너희 부부는 머리 숙여 감사해라."

운성이 이미 자리에서 부친의 안색이 기쁜 듯하기는 하지만 자기를 못마땅하게 여기는 빛이 은은하다는 것을 알기에 감히 흥을 내지 못하고 미미하게 웃음을 머금을 뿐 일어나지는 않았다. 그러자 소부인, 윤부인이 다시 급하게 재촉하니, 운성이 공손히 자리에서 일어나며 말하였다.

"숙모의 놀리심이 자못 마땅치 않습니다. 잔치자리에서 이런 이상한 말씀을 하여 놀림의 대상으로 삼으십니까? 그러지 마십시오."

모두 웃으며 말하였다.

"운성이 사례하지 않는 것은 매우 잘못된 일이다."

---

123) 의어머니 : 운경 · 운의 등 화부인 소생 아들들에게는 제2부인인 석부인이 의어머니인 셈이므로 이같이 호칭한 것임.

124) 진주자홍주 : '진주홍주'는 좋은 술임. 홍주 또는 진홍주라고도 하며, 자줏빛이라는 뜻으로 자홍주라고도 함.

운성이 웃고 나가니, 소부인이 웃으며 말하였다.

"조카 부부가 사양하니, 서모께서 술이 부족하다고 하실 것이다. 이제 우리들이 또 잔을 바쳐야겠다."

드디어 한 잔을 부어 드리니 석파가 크게 웃으며 말하였다.

79

"명분 없는 잔은 먹고 싶지 않습니다."

윤부인이 말하였다.

"어찌 명분 없는 축하 잔이겠습니까? 어진 동생[125]을 얻어 주셔서 감사합니다."

석파가 웃고 마시니, 두 사람이 또 술을 부어 드리며 말하였다.

"아름다운 조카가 여럿 있는 것이 서모의 덕이니, 우리들이 영광스러움을 치하합니다."

석파가 생각하기를, '이 잔만 먹자.'하고 다 마셨다. 그런데 윤부인이 또 술을 잔에 부어 보내며 말하였다.

"신부가 아름다움이 서모의 덕이라 감사드립니다."

석파가 생각하기를, '반드시 이것이 마지막이다.'하고 마셨다. 그런데 소부인이 다시 또 잔을 잡아 보내며 말하였다.

"서모가 석부인 축하주는 다 자셨으면서, 우리 축하주는 왜 청하지 않으십니까? 우리가 이렇듯 영화로운 것이 부모님의 크신 덕이기는 하지만 또한 서모가 어루만져 기르신 은혜입니다. 감사드립니다."

석파가 웃으며 말하였다.

"이 노인을 주량(酒量)이 다하여 죽게 하시려 합니까?"

윤부인이 소부인을 돌아보며 말하였다.

---

125) 어진 동생 : 손아래 올케인 석부인을 두고 하는 말임.

"저는 말할 필요가 없고, 석서모가 언니도 석부인 다음으로 생각하는군요. 우리가 영화롭고 귀하게 되었는데, 특히 아우 석부인이 아니라 우리 동생이 높이 된 것에 감사드립니다."

80 잔에 술을 가득 부어 보내며 말하였다.

"예전에 승상이 강주 안찰사로 갔다가 무사히 돌아온 것도 석부인의 음덕(蔭德)에 힘입은 것이니 서모께 치하합니다."

소부인이 이어 잔을 보내며 말하였다.

"동생이 참정이 된 것은 석부인의 공이니, 하례를 하지 않을 수 없습니다."

윤부인이 또 잔을 보내며 말하였다.

"동생이 정승이 된 것도 석부인의 공이니, 축하주를 보냅니다."

두 부인의 시원스럽고 명랑한 말씀이 계속 이어져 치하하는 것이 눈 날리는 듯하니, 석파가 먹다가 더 못 먹고 잔을 땅에 던지고는 사람들 사이에 누워 말하였다.

"석부인 축하 잔 이제 먹기 싫습니다."

이 때에 승상이 희미하게 웃었다. 또 두 부인이 크게 웃으며 잔을 권하기를 그치자, 석파가 노랫말 두어 구절을 읊어 자신의 공덕을 계속 이어갔다. 그러자 소부인이 크게 웃으며 말하였다.

"이태백이 술 한 말을 먹고 백 편의 글을 지었는데, 서모의 오늘 일과 매우 비슷하군요."

승상이 웃음을 삼키며 말하였다.

"누이는 취한 사람을 비웃지 마십시오."

소부인이 웃으며 말하였다.

"예로부터 먼저 취한 사람이 잘 취한 사람이라고 했으니, 어찌 웃지 않겠는가?"

승상이 일어나자, 석파도 자기 침소에 가 취하여 거꾸러졌다.

81

이 날 모두들 종일토록 마음껏 즐기고 석양에 잔치를 파하였다. 그때까지 태부인과 소부인, 윤부인, 화부인 등은 전혀 운성의 일을 모르고 있었으나, 승상은 운성을 매우 못마땅하게 여겼다. 그리하여 이 날 밤 인적이 끊어진 후에 운성을 불렀다. 운성이 담소하다가 아버지의 명령을 듣고 허겁지겁 나아왔다. 서헌(書軒)에 촛불 그림자가 휘황한데, 승상이 책상을 대하고 앉아 있었다. 운성이 자리 아래에 꿇어 왔다고 아뢰니, 승상이 물었다.

"너는 요사이 무슨 일을 하였느냐?"

운성이 대답하였다.

"선생님께서 『예기(禮記)』[126]를 읽히셨습니다."

승상이 책을 가져오라고 하여 앞에 놓고 말하였다.

"능히 이를 행하고 있느냐?"

운성이 아버지의 의중을 알아차리고 머뭇거리다가 말하였다.

"예부터 사람들이 『예기』를 읽고 나서 이와 같이 할 수 있었다면 만고(萬古)에 성인이 많이 났을 것입니다. 하물며 제가 어찌 감히 이같이 할 수 있겠습니까? 그렇지만 법도가 아니거나 예의가 아닌 일은 면하려고 합니다."

승상이 듣고 나서 꾸짖어 말하였다.

---

126) 『예기(禮記)』: 오경(五經) 중의 하나로, 진한(秦漢) 시대의 고례(古禮)에 관한 말씀을 수록한 책.

“남자가 혹 방탕하여 삼가지 못할 수도 있다. 그러나 너는 아직 어린아이로서, 집 안에서 음란하기를 방자하게 하고 또 집 밖에서 놀며 미녀를 엿보아 예의가 아닌 일로 혼인을 청하였다. 이는 나를 없는 것 같이 여긴 것이니 내가 무슨 면목으로 네 아비가 되겠느냐? 자식을 가르치 82 지 못한 죄가 무척 부끄럽다. 대대로 내려오던 조상의 도덕이 네게 이르러 무너진 것이다. 이는 다 내가 너를 낳았기 때문이니 어찌 불행하지 않겠느냐? 내일부터 부자(父子)의 의리를 끊어 너를 보지 않겠다. 또 오늘은 내 죄를 먼저 다스려 조상님께 죄를 청할 것이다.”

말을 마치자 의관(衣冠)을 풀고 사당을 향하여 꿇어 앉아, 시녀에게 더러운 물 세 사발을 가져오게 하여 벌로 먹으려 하였다. 운성이 이를 보니 한갓 황공할 뿐 아니라 망극함이 지극하였다. 그래서 급히 의관(衣冠)을 풀고 띠로 자기 몸을 결박하여 마루 아래에서 머리를 중계(中階)에 두드리며 죄를 청하고 부친의 벌 받으심을 누그러뜨리고자 하였다. 그러나 승상이 조금도 요동하지 않고 안색이 더욱 엄해지니 매우 망극하였다.

이때에 석부인이 희운각에 가 윤부인과 말하다가 돌아오는데, 시녀 의란이 곧바로 달려와 이 말을 고하였다. 석부인이 크게 놀라 급히 서헌(書軒)으로 갔다. 아들은 망극하여 울며 죄를 청하고 승상은 벌로 더러운 물을 먹으려 하고 있었다. 부인이 시녀를 물리치고 혼자서 걸어 가 대청에 83 오르지 않고 중계(中階)에서 말하였다.

“오늘 아들의 사나움은 저의 어질지 못함 때문입니다. 어찌 상공께서 벌을 받으려 하십니까? 이는 모두 제가 몹쓸 자식을 낳아 위로는 조상님과 어머니께 불효를 끼침이고 또한 승상의 도덕을 상하게 한 것입니다. 오늘 이 같은 변이 있으니 당당히 저를 내칠 만한데 어찌 상공이 아들 때문에 벌을 받겠습니까? 상공이 구태여 벌을 받는다면 저도 또한 같이 먹고 나서 내일 어머니와 상공의 처리하심을 기다리겠습니다."

승상이 정색을 하고 아무 말도 하지 않았다. 석부인이 이에 중계(中階)에 꿇어 봉관(鳳冠)[127]을 벗고 벌로 먹을 더러운 물을 가져오라고 하고 나서 운성을 꾸짖어 말하였다.

"못된 너를 낳았으니 죽어도 좋다. 네가 부모를 이렇게 만들었으니 천하의 죄인이 될 것이다. 살아서 쓸데없으니 빨리 죽어라. 네가 소영은 무슨 일로 겁탈했으며, 형씨는 어디 가서 엿보았느냐? 너는 내일부터 형씨와 소영을 데리고 살고, 우리는 보지 못할 것이다."

말을 마치고 물그릇을 드니, 승상이 화를 잠깐 늦추어 시녀에게 부인이 먹으려 하는 것을 빼앗으라고 하고는 천천히 말하였다.

84

"아비도 가르치지 못하는데 어찌 어미를 책망하겠는가? 부인의 말을 따라 아이의 앞길을 생각하여 나도 벌 물 먹기를 그만 둘 것이니, 부인은 들어가시라고 전하여라."

부인이 탄식하며 말하였다.

"맹모삼천지교(孟母三遷之敎)[128]를 하지 못했으니, 어찌 부끄럽지 않겠느냐? 내가 비록 벌로 주는 물을 먹지 않지만 너 같은 자식을 낳아 소씨 조상께 죄인이 되었으니 무슨 면목으로 사람을 대하겠느냐?"

드디어 서서히 일어나 시녀에게 불을 들고 앞장서게 하여 안으로 들어갔으며, 승상도 벌 물 그릇을 놔두고 문을 닫고 방으로 들어갔다.

---

127) 봉관(鳳冠) : 옛날 부인들이 썼던 봉황 문양의 장식이 되어 있는 관.

128) 맹모삼천지교(孟母三遷之敎) : 맹자(孟子)의 어머니가 세 번 이사를 하여 맹자를 교육시킨 고사(故事)를 이름. 처음에 공동묘지 근방에 살았는데 맹자가 장사(葬事) 지내는 흉내를 내므로 시장 거리로 옮겼더니 이번에는 물건 파는 흉내를 내어 또다시 서당이 있는 근처로 옮겼다고 함.

운성이 슬퍼하며 뉘우치면서 또한 석파를 원망하였다.

'나에게 앵혈을 안 찍었으면 내가 뭐하러 소영을 겁탈했겠는가? 두 가지 죄를 모두 받게 되면 다 할머니 탓이다. 그러니 어찌 원망스럽지 않겠는가?'

그러고 나서 아까 부모님께서 하시던 일을 생각하니 마음이 부서지는 듯, 낯을 깎는 듯하여 땅으로 숨어들어가고 싶었다. 또 내일 벌 받을 생각을 하면 마음이 떨어지는 듯하여 밤이 새도록 울고 난간에 거꾸러졌다.

다음날 아침에 승상이 어머니께 문안하니, 태부인이 운성이 없는 것을 85 보고 이유를 물었다. 비로소 그가 벌 받고 있음을 알고 말하였다.

"소영의 일은 비록 단정치 못한 일이지만 그 애의 기상이 아름다우니 어찌 오래도록 책망하느냐? 운성이 만약 지금까지 앵혈을 그저 그대로 두었다면 이는 또 너무 유약하다고 할 만하니 이 일에 대해서는 허물하지 마라. 단지 규수를 엿본 것은 잘못이지만 잘못을 뉘우치고 있을 것이니 이제 그만 용서하여라."

승상이 명을 받들고 웃으며 대답하였다.

"그 아이의 사람됨이 원래 방탕하여 공맹(孔孟)의 가르침을 우습게 여기니 어찌 선비의 덕이 있겠습니까? 지금 유아(幼兒)를 갓 면하였으면서 이런 일을 하니 감히 책망하려 한 것입니다. 하지만 어머니의 말씀이 계시니 용서하겠습니다."

말을 마치고, 태부인이 운성을 불러보고 위로하였다. 하지만 부모의 준엄하고 엄숙함이 엄동(嚴冬)의 찬 눈 같으니 운성이 눈물을 흘리고 꿇어 중계(中階)에 엎드렸다. 이때 신부가 자리에 있으면서 불안함을 이기지 못하였다.

승상이 소매를 떨치고 밖으로 나간 후, 소부인이 시녀에게 소영을 불러 오게 하여 앞에 오자 크게 웃고 말하였다.

"운성의 팔자가 좋구나. 형씨 같은 부인에 소영 같은 첩을 두니, 한 때 책망 받음은 개의치 않아도 되겠구나."

석부인이 정색하고 웃으며 말하였다.

"소영을 어찌 첩이라고 하겠습니까? 한 때 지나가는 인연입니다."

소씨가 형씨를 돌아보니, 기색이 태연하고 온화한 기운이 가득하기에 마음 속으로 대견해 하였다. 태부인이 운성에게 마루로 올라오라고 하여 사리로서 경계하고 나서 다시 책망하였다.

86

"네가 구태여 성현(聖賢)의 글을 본받을 것도 없이 네 아버지의 행실만 해도 선비 됨에 죄를 얻을 일이 없을 것이며 밝으신 가르침에 죄인이 되지도 않을 것이다. 그러니 어찌 선비가 되어 뜻을 방자하게 하겠으며, 마음을 닦지 못하여 패덕(悖德)과 패례(悖禮)를 행하겠느냐?"

운성이 더욱 부끄러워하며 머리를 조아리고 사죄하였다.

이 날 운성이 신방(新房)에 들어가지 못하고 서헌(書軒)에서 난간에 꿇어 앉아 날을 마쳐도 부친이 기뻐하지 않았다. 밤이 깊으니 촛불을 밝히고 승상이 고요하게 앉아 글을 보면서도 운성을 본 체 않았다. 운성이 더욱 조심하며 아버지를 모시고 자기를 계속하여 10여 일에 이르렀다. 승상이 아들의 뉘우치는 거동을 보고 잠깐 용서하여 돌아가라고 해도, 운성이 가기를 어려워하여 또 수십여 일 이상 정(情)을 참고 머무르며 조심하였다. 그랬더니 어느 날 밤에 승상이 물었다.

"네가 어찌 신부를 데려다가 두고서 들어가지 않고 괴로이 여기에 머무느냐?"

운성이 두 번 절하고 대답하였다.

87 "제가 못나서 조심하여 살피고 수행(修行)할 줄 모르지만, 천성(天性)으로 타고 난 바 효성은 있습니다. 옛 사람이 처자(妻子)는 의복 같고 동기(同氣)는 수족(手足) 같다고 했습니다. 동기가 처자보다 중한데 하물며 부모는 따져 무엇 하겠습니까? 제가 어린아이로 어버지의 품을 떠나지 않았으며, 비록 옛 사람의 베개를 부치고 이불을 따뜻하게 하던 효성[129]이 있지는 않지만, 지금 날이 추우니 베개 가에 모셔 춥고 외로우심을 덜고자 합니다. 그러니 어찌 처자의 처소에 돌아가겠습니까? 당초에 형씨를 본 일은 형생 등을 보러 갔다가 우연히 마주쳐 눈 들어 보기를 가볍게 하여 본 것입니다. 또 외조부께서 저의 혼인을 말씀하시기에 어린 마음에 『모시(毛詩)』[130]의 말씀을 따라 삼가지 못하고 말씀을 아뢰었습니다. 인연이 특이하여 만나기는 했지만 어찌 미녀에게 마음이 흩어져 사마상여(司馬相如)[131]와 신생(申生)[132]을 본받는 일이 있겠습니까? 하지만 근심을 아버지께 아뢰지 못하고 있던 차에, 지난 번 사람의 아들로서 차마 보지 못하고 듣지 못할 광경을 보았으니 어찌 세상에 머물 뜻이 있겠습니까? 오늘 아버지의 말씀에 따라 저의 사정을

129) 옛 ~ 효성 : 한(漢) 나라 때의 효자 황향(黃香)이 마음을 다하여 어버이를 봉양하되 여름이면 어버이의 베개와 이부자리에 부채질을 하고 겨울이면 자신의 체온으로 이부자리를 따뜻하게 했다는 고사임. '황향선침(黃香扇枕)'이라고 함.

130) 모시(毛詩) : 한(漢)나라 사람 모형(毛亨)과 모장(毛萇)이 전(傳)한 중국 고대의 시로, 지금의 『시경(詩經)』임.

131) 사마상여(司馬相如) : 전한(前漢)사람으로 자(字)는 장경(長卿). 〈자허부(子虛賦)〉가 무제의 칭찬을 받아 시종관이 되었고 사부(辭賦)를 잘 지어 사랑 받음. 그가 곤궁할 때에 부호였던 탁왕손(卓王孫)의 과부 딸 문군(文君)을 보고 연정을 품어 사랑의 도피를 함. 가난하여 선술집을 차려 살았음. 후에 상여가 무릉(武陵)의 여자를 첩으로 삼으려 하자 문군이 〈백두음(白頭吟)〉을 지어 말렸다 함.

132) 신생(申生) : 진(晉) 나라 헌공(獻公)의 태자로 헌공의 총비(寵妃)인 여희(麗姬)가 자신의 아들을 태자로 삼기 위하여 그를 참소하자 신원하지도 않은 채 자살하였음. 융통성 없이 너무 우직한 사람을 표현할 때 쓰임.

아뢸 수가 있어 죽어도 한이 없습니다."

말을 마치고 눈물을 흘리니 승상이 마음 속으로 기뻐하였으나 말로 표 88 현하지는 않고, 다만 이렇게 말하였다.

"너는 좋지 않은 일을 다시 말하여 죄를 더하지 말고 빨리 돌아가 행실을 닦고 마음을 바르게 하라. 군자가 구구하게 처자를 대하는 것도 그르지만 그렇다고 어찌 들어가 보지도 않겠느냐?"

운성이 백번 사례하고 물러나 죽오당[133]에 이르렀더니, 형씨가 옥 같은 귀밑머리와 꽃 같은 얼굴을 단정히 하고 촛불 아래에 앉아 『열녀전』을 외고 있었다. 깨끗하고 시원스러운 모습이 마치 서왕모(西王母)[134]가 요지(瑤池)에 내려온 듯, 항아(姮娥)가 계수나무 아래에 비스듬히 서 있는 듯하여 아름다운 자태가 헤아리기 어려울 정도였다. 운성이 또한 이를 보고 반갑고도 놀라워 웃음을 머금고 나아가 고운 손을 잡고 말하였다.

"내가 아버지를 옆에서 모시느라 시간이 나지 않아 그대 앞에 오지 못하였소. 오늘 밤에 달에 이르러 선녀의 모습을 보니 영광스러움을 이기지 못하겠소."

형씨가 옷깃을 여미고 아무 말도 하지 않았다. 운성이 새로운 애정이 솟아나 웃으며 말하였다.

"그 때에 말을 참지 못했던 일로 아버지께서 아시고 책망하셨는데, 오늘도 능히 참지 못하겠네. 과연 내가 사람됨이 졸렬하여, 집안에 곱게 89 단장한 시녀가 백여 인이 있지만 다 겪어 보았고 또 마음에 자부함이 있어 숙녀가 아니면 한번이라도 같이 누워 내 몸을 욕되게 하지 않았

133) 죽오당 : 형씨의 처소임.

134) 서왕모(西王母) : 요지(瑤池)에 내려와 주(周)나라 목왕(穆王)과 만났다고 하는 여인. 요지는 곤륜산(崑崙山)에 있다는 선경(仙境)임.

소. 그런데 석파가 장난으로 내 팔에 앵혈을 찍으니, 대장부가 인간 세상에 처함에 있어 어찌 아녀자의 장식을 하고 사람을 대하는 데에 부끄럽지 않겠소? 더욱이 그 때는 나이가 어리고 생각이 없어 단지 사람 희롱하는 것을 좋게 여겨 한번 소영을 가까이 하였던 것인데, 지금 큰 죄가 되니 어찌 한스럽지 않겠소? 그 소영이 수절하려 한다고 하니 가소롭지만, 그대의 생각은 어떠하오?"

형씨가 안색을 바로 하고 옷깃을 여미고 천천히 대답하였다.

"제가 지혜롭지 못한 기질로 좋은 가문에 의탁한 지 한 달 밖에 안 되어 세상 사람의 일을 잘 알지 못합니다. 낭군께서 첩을 모으신다고 해도 저는 단지 아름다운 사람을 구경하고 어진 사람을 보고 본받을 따름입니다. 세상일을 아직 알지 못하고 나이가 어려 투기라는 말을 알지 못하니, 감히 군자의 물으심에 세세하게 아뢰지 못하겠습니다."

90 운성이 그녀의 정대한 말과 낭랑한 목소리를 듣자 마음이 상쾌하여 크게 웃고 말하였다.

"부인의 어진 덕에 감격하였습니다. 그러나 군자의 말은 천 년이 지나도 바꾸지 않아야 합니다. 지금 부인 같은 숙녀를 얻어 다른 뜻이 없기는 하지만, 당초에 소영을 첩의 지위[135]에 두기를 허락했었습니다. 새 사람을 만나 옛날 언약을 말하는 것이 매우 옳지 않지만 권도(權道)로나마 1처 1첩을 두려 하니, 부인은 모름지기 그를 어여쁘게 여겨 주십시오."

형씨가 희미하게 웃고 대답하지 않았다.

운성의 새로운 정이 헤아리지 못할 정도였고, 형씨도 인하여 집에 머물

---

135) 첩의 지위 : {쇼셩위[小星位]}. 첩의 지위를 가리킴.

러 시부모님을 효도로 봉양하느라 새벽에 일어나 밤에 잤다. 크게 덕이 있었으며, 운성을 사실(私室)에서 대하여도 침착하고 위엄이 있으며 단정하고 엄숙하여 말과 웃음, 기쁨과 성냄을 가볍게 하지 않으며 처신하는 것에 법도가 신중하여, 운성이 젊어서 한번 장난을 쳐도 단정하게 용모를 가다듬고 위엄 있는 말로 거슬러 간하였다. 운성이 비록 중대하지만 자못 공경하여 가벼이 여기지 못하였고 혹 의관(衣冠)을 가다듬어 꺼리고 조심함이 있었다. 이 때문에 운성이 방 안에는 자신을 바로 잡는 처자가 있고 집 안에는 엄한 아버지가 계시며 밖에는 엄한 스승이 있으니, 자기 마음대로 행동하지 못하였다. 그리하여 뜻을 굳게 하기를 수련하니 오래지 않아 침착하고 평온하며 진중한 군자가 되었다.

승상이 사람들마다 아들에 대해 평온하고 진중하다고 일컬으니 기뻐하기는 하지만 또한 미더워하지 못하기도 하였다. 석파가 소영의 일을 이르니, 승상이 말하였다.

"지금 운성에게 첩으로 허락하면 그 아이의 장래를 어떻게 말할 수가 있겠습니까?"

태부인이 말하였다.

"그렇지 않다. 노류장화(路柳墻花)[136]와 관계없거니와 그 또한 선비 가문[137]의 자손에 지지 않아 같은 부류의 딸[138]이라고 할 수 있으며 사람됨이 선량하다. 하물며 너는 당당한 상국(相國)[139]으로 교화(教化)를

136) 노류장화(路柳墻花) : 길가의 버들과 담 밑의 꽃이라는 뜻으로 창부(娼婦)를 가리키는 말.
137) 선비 가문 : {ᄉᆞ태우}. 문맥상 '사태부[士太傅]'로 보고 이같이 옮김. 태부(太傅)는 삼공(三公)의 하나로, 천자를 도와 덕으로 인도한다는 뜻으로 붙인 호칭임.
138) 같은 ~ 딸 : {동말지녀(同末之女) ㅣ}. 같은 부류의 말석 정도에 둘 수 있을 만한 집안의 딸이라는 뜻으로 보고 이같이 옮김.
139) 상국(相國) : 백관(百官)의 장(長). 진시황(秦始皇)이 여불위(呂不韋)를 임용한 데에서 시작됨. 처음에는 승상보다 높았으나 후세에는 승상도 상국이라 일컬어 마침내는 재상의 통칭이 됨.

이루어야 하는 사람이므로 충절(忠節)을 권하고 효절(孝節)을 일으켜야 한다. 그러니 네 아들에게 신의(信義)를 지키게 해야 할 것인데, 어찌 이렇게 고집하느냐? 선비가 1처 1첩을 얻는 것은 옛 사람들도 허물하지 않으셨으니, 새로 얻으려면 바쁘거니와 이미 얻은 것이 수절하고 있는데 버리면 인정으로 할 일이 아니다."

승상이 묵묵히 듣고 나서 석파를 돌아보며 말하였다.

"어머니의 가르치심이 이러하시니 소영을 허락하기는 하지만 매우 딱합니다."

석파가 웃으며 말하였다.

"승상은 첩이 하나도 없는데 셋째 낭군은 첩을 두니, 기상이 아버지보다 낫군요."

승상이 웃음을 삼키며 아무 말도 하지 않았지만 매우 좋지 않게 여겼다.

운성이 부친께서 소영을 허락하심이 할머니의 말씀을 따른 것이지 스스로 허락한 것이 아니므로 감히 소영을 찾지 못하였다. 그렇지만 무심한 것은 아니어서 잊지 못해 하였다. 형씨는 영리한 사람이라 이를 알아보고 속으로 그 다정함을 웃었다.

하루는 화부인과 석부인이 세 며느리에게 투호(投壺)를 치게 하였는데, 모두 형씨에게 미치지 못하였다. 그러자 화부인이 웃으며 말하였다.

"형씨가 잡기(雜技)를 묘하게 잘 하니 진실로 운성의 배필이로구나."

말이 끝나기 전에 석파가 소영을 이끌고 나와 석부인께 아뢰었다.

"낭군의 사나움 때문이었지 이 아이가 무슨 죄가 있겠습니까?"

석부인이 낭랑히 웃으며 말하였다.

"이것도 하늘의 운수입니다. 서모는 어찌 운성을 꾸짖습니까? 하지만 어머님과 승상이 허락하셨으니 어찌 죄를 일컫겠습니까? 다만 정실(正室)을 공경하여 섬기고 마음을 공손히 하면 복을 받을 것입니다."

석파가 크게 웃고는 소영을 돌아보고 말하였다.

"이미 승상과 부인이 허락하셨으니, 너는 형소저를 뵈어라."

소영이 나아가 돗자리 앞에서 네 번 절하고 난간 밖에 앉았다. 형씨가 기색이 태연하여 흔쾌히 절을 받고 모든 동서와 함께 말씀하는데, 유순하 93 고 편안하며 온화한 기운이 온 자리에 쏘였다. 그러니 태부인이 칭찬하고 석부인이 애중함은 비길 데가 없었다.

다음해 봄에 나라에서 과거 시험을 베풀어 인재를 뽑으셨다. 승상이 모든 아들들의 재주와 학문이 남들보다 뛰어나고 성품이 강직함을 보고 너무 일찍 과거에 급제하여 이름을 날릴까 두려워 과거를 보지 못하게 하였다. 모든 아들들도 과거 급제자가 받는 옥홀(玉笏)이 손 안에 있고 계수나무 가지[140]가 눈 아래 있는 듯하였지만, 아버지와 스승을 모시고 한가로이 경치를 완상하고 시사(詩詞)를 읊조리며 벼슬길에 뜻이 없었다. 하지만 오직 운성은 마음을 산림(山林)에 두지 않고 입신(立身)하여 출세하고 싶어 했다. 그러자 첫째 공자 운경이 경계하며 말하였다.

"우리는 재상의 자녀로, 타고난 얼굴과 재능과 학식이 남의 아래에 있지 않고 부귀가 지극하다. 그러니 정신을 고요하게 하여 행실을 닦으며 아버지의 명령에 순종하여 임금을 섬길 도(道)를 안 후에 스무 살이 넘어 과장(科場)에 나아가는 것이 옳다. 벼슬이 뭐가 좋으냐? 몸이 조정에 매인 후에는 내 몸을 내 마음대로 못 하고 분주하여 괴로우니 한가 94

140) 계수나무 가지 : 과거 급제자의 관(冠)에 이를 꽂기 때문에 이같이 말하는 것임.

로이 노님이 유생(儒生)일 때만 하겠느냐? 그러므로 나는 스무 살이 거의 다 되었어도 아버지의 가르침뿐만 아니라 나 스스로 벼슬을 귀찮게 여긴다. 그런데 너는 이제야 겨우 열다섯 살이면서 무엇이 바빠 썩은 글을 믿고 과거를 보려 하느냐?"

운성이 말하였다.

"형님의 말씀이 마땅하기는 합니다. 하지만 제 생각에는 남자가 세상에 나서 이름을 역사[141]에 드리우고 임금을 바른 도리로 도우며, 손아래에 모든 관료들을 관리하고 다스려 제후를 호령하며, 붉은 도포를 입고 옥띠를 두르며 금계(金階)[142]에 올라 임금의 스승이 되는 것이 옳습니다. 무릇 소부(巢父)[143]와 허유(許由)[144]가 귀를 씻었고 백이(伯夷)와 숙제(叔齊)[145]가 굶어 죽었지만, 순(舜)임금은 요(堯)임금의 천하를 받았고 후직(后稷)과 설(契)[146]은 세상 다스리기를 도왔습니다. 이렇듯 마음이 다 같지는 않으니 한 가지로 말하지는 못할 것입니다. 형님의 맑은 마음은 소부와 허유, 백이, 숙제와 같지만, 저는 순임금과 후직이나 설과 같아 숨어 지내고 싶지 않고 입신(立身)하고 싶습니다. 사람의 마음이 이러하니 어찌 나와 같았으면 하고 생각하는 것이 답답하지 않겠습니까?"

---

141) 역사 : {죽뵉[竹帛]}. 이는 역사책을 이름.

142) 금계(金階) : 제왕의 궁전에 있는 계단.

143) 소부(巢父) : 요(堯) 임금 때의 도(道)가 높았던 선비. 산 속에 숨어 세상의 이익을 돌아보지 않고 나무 위에 집을 지어 그곳에서 잤다는 데에서 유래한 이름임. 요임금이 천하를 주어도 받지 않음.

144) 허유(許由) : 요(堯) 임금 때의 도(道)가 높았던 선비. 요임금이 천하를 주려 했으나 거절하고 기산(箕山)으로 들어가 삼.

145) 백이(伯夷)와 숙제(叔齊) : 형 백이와 아우 숙제. 모두 은(殷) 나라 고죽군(孤竹君)의 아들임. 무왕(武王)이 은나라를 치자 이를 간(諫)하였으며 무왕이 천하를 손 안에 넣으니 주(周) 나라의 곡식을 먹기를 부끄러이 여겨 수양산으로 도망가 고사리를 캐며 살다가 굶어 죽음.

146) 후직(后稷)과 설(契) : 요순(堯舜) 임금 때의 현신(賢臣)으로 각각 농업과 교육을 맡아 보았다고 함.

첫째 공자 운경이 어이없어 하며 말하였다.

"나와 같은 못난 형을 네가 우습게 여기는구나. 내가 구태여 과거를 보지 말라고 하는 것이 아니라 너무 젊어 일찍 출세함이 좋지 않다는 것이다. 옛 사람들이 마흔에 입신(立身)하라고 함을 본받으라고 하는 것이다. 네가 내 말은 우습게 여긴다 해도 성현들의 법도도 우습게 여기겠느냐?"

운성이 대답하여 말하였다.

"형님이 일찍 출세함이 좋지 않다고 하시지만 아버지께서는 열네 살에 과거에 급제하셨어도 해롭지 않았습니다. 심지어 성현의 법도는 도를 닦는 사람이라도 한 가지는 떨어지는 것이 있을 터인데, 하물며 보통의 하찮은 유생(儒生)이야 어떻겠습니까? 옛 사람이 말하되, '오늘 술이 있으면 오늘 취하고 내일 일이 있으면 내일 맡아 하겠다.'고 했습니다. 그러니 일찍 출세하여 영화롭고 귀하게 되면 그렇게 하고 좋지 않을 때에는 또 그렇게 하면 됩니다. 어찌 녹록하게 방구석에서 대장부의 기운을 썩히겠습니까? 공자 · 맹자님의 가르침은 세상을 가르치는 것이니 어찌 그런 성현의 글이 나를 위하여 나왔겠습니까? 저는 단지 하늘의 자질을 타고나 충효(忠孝)와 우애, 신의(信義)를 사모할 뿐 그 외에는 꿈같이 여깁니다. 옛 법도 등 행실을 가르치는 일을 심하게 마음에 두지는 않습니다."

운경이 비웃으며 소매를 떨치고 일어나 말하였다.

"네가 내 말을 듣지 않는구나. 아버지께 그렇게 아뢰고 과거를 보아라."

운성이 크게 웃었다.

96 석상서가 과거가 임박했는데도 외손자들이 하나도 시험 보는 사람 명단에 이름을 적은 사람이 없으니 매우 이상하게 여겨 급히 사람을 시켜 물었다. 그랬더니 아무도 과거를 보지 않는다고 하므로 아연실색(啞然失色)하였다.

그 때 소승상의 늙으신 태부인 양씨도 여러 손자들이 과거를 보지 않음을 옳게 여겨 권하지 않았다. 그런데 운성이 몰래 고하였다.

"제가 비록 재주가 없지만 과거를 보지 않는 것은 옳지 않다고 생각합니다. 그런데 아버지께서 보지 못하게 하시니 울적함을 이기지 못하고 있습니다."

태부인이 운성이 과거를 보고 싶어 함을 알고는 승상을 불러 여러 손자들을 과거 보게 하라고 하였다. 승상은 지극한 효자라서 밤낮으로 어머니께서 한가롭게 계시기만 바랐으니 어찌 그 말을 거역하겠는가? 그래서 바로 대답하였다.

"시키는 대로 하겠습니다."

드디어 운경, 운희, 운성 세 아들을 불러 말하였다.

"너희들의 나이가 적고 재주가 없으니 임금을 섬길 지혜를 안 후에 과거를 보아 나라의 녹(祿)을 허비하지 않고자 했었다. 하지만 어머니께서 바라시니 시험 보러 들어가라."

아들들이 명령을 듣는데, 운경이 자리에서 조금 나와 말하였다.

"제가 글을 만 권을 읽지 못하였고 시는 옛 사람들과 나란하지 못한데,

97 어찌 속절없이 수고를 하여 시험관의 눈을 더럽히겠습니까? 두 동생은 재주가 있으니 들어가는 것이 옳지만 저는 다시 10년 정도 공부를 착실히 하여 과거를 보려 합니다."

승상이 기뻐 안색을 바꾸며 말하였다.

"내 아이가 뜻이 이와 같다면 구태여 권하지 않겠다."

그러자 화부인이 매우 당황하고 급하여 눈으로 석파를 보니, 석파가 뜻을 알아채고 말하였다.

"이는 집안의 법도가 아닌 일입니다. 첫째 공자가 안 보고 아래 공자들이 보면 차례를 건너뛰어, 태부인과 승상께도 장손 · 장자가 빠지게 되는 것입니다. 그리하여 영광스러움이 적을 것이니 어찌 보지 않겠습니까?"

소승상이 기뻐하지 않으면서 말하였다.

"각각의 뜻대로 행하면 됩니다. 운경 스스로 원하지 않는데 공명(功名)이 무엇이 바쁘겠습니까? 하물며 두 아이가 과거에 급제할지는 미리 알 수 없으므로 장자(長子)가 빠지고 작은 아들들이 높이 됨을 근심할 필요가 있습니까?"

소부인이 웃으며 말하였다.

"아우가 그르다. 자식 가르침이 왜 그러하냐? 부모가 계시면 자식이 마음대로 처신하지 못하는 것이다. 운경이 과거를 보기 싫어도 어머니께서 말씀하시고 아우가 분부했는데도 자기 뜻을 세우려 하니 정말로 밉구나. 엄하게 책망하는 것이 옳은데 어찌 제어하지 못하고 도리어 순종하여 마음대로 하라고 하느냐? 조카들을 빨리 보내는 것이 좋겠다."

98

승상이 흔연히 웃으며 말하였다.

"내가 자식 가르침을 잘 못함이 심합니다. 누이의 교훈을 달게 받겠습니다."

태부인이 웃고는 세 손자들을 권하여 과거 보러 들어가라고 하였다.

세 명의 소생들이 명령을 받고 과거 시험장으로 갔다. 이들은 모두 하늘이 낸 뛰어난 자질로, 일곱 걸음을 걷는 동안에 시를 짓고 술 한 말을 먹고 시 백 편을 짓는 재주[147]를 겸한 문장이었다. 붓을 떨치니 푸른 용이 뛰놀아 귀신이 놀라고, 시를 지으니 풍운(風雲)이 빛을 바꿀 정도로 한 글자 한 글자, 한 마디 한 마디가 모두 빼어난 비단과 옥 같았다. 그러니 왕희지(王羲之)[148]의 필체와 이태백(李太白)[149]의 시 59수[150]가 어찌 족히 기특하겠는가?

셋이 모두 지어 바치니, 전두관(銓頭官)[151]이 장원을 불렀다. 천여 인의 선비들과 수백 명의 영웅들 가운데에서 소운성의 이름이 1등으로 오르고 2등에 소운경, 3등에 한명의{소씨의 장자임},[152] 4등에 소운희, 5등에 유석기{윤씨의 둘째 아들임}, 6등에 석공광[153]이 올랐다. 모두 친형제 아니면 사촌이었으니, 지금 이외에는 보기 드문 특별한 일이었다. 운경 삼형제가 종종걸음으로 임금님 계신 곳의 섬돌 앞에 다다랐다. 모두 모습이 수려하여 모란이 소나기를 맞아 떨친 듯하고, 기운이 하늘까지 두루 퍼져 장대(將臺)[154]의 버들을 이기는 듯하였다. 더욱이 운성은 풍류가 시원스럽고

99

---

147) 일곱 ~ 재주 : {칠보(七步)와 빅편(百篇)의 지조}. 칠보는 조조(曹操)의 큰아들 조비(曹丕)가 왕이 되어 동생 조식(曹植)에게 일곱 걸음을 걷는 사이에 시를 짓지 못하면 죽인다고 하여 이에 조식이 지은 시인 칠보시를 뜻함. 백편은 이백이 술 한 말을 마시고 시를 백 편 지었다고 하는 일을 일컬음.

148) 왕희지(王羲之) : {왕우곤}. 문맥상 '왕우군(王右軍)'으로 보고 이같이 옮김. 왕우군은 중국 동진(東晋) 때의 명필(名筆) 왕희지를 말함. '우군'이라 한 것은 그의 벼슬이 우군장군(右軍將軍)이었기 때문임.

149) 이태백(李太白) : 성당(盛唐) 때의 시인으로, 태백은 자(字)이며 이름은 백(白)임. 『이태백집』 30권이 있음.

150) 시 59수 : 이태백이 고풍(古風) 59수를 남겼으므로 이같이 말한 것임.

151) 전두관(銓頭官) : 인재를 뽑는 일을 담당하던 부서인 전부(銓部)의 우두머리. 과거 시험 채점관임.

152) {소씨의 장자임} : 일러두기에서 밝혔듯이 { }표시한 부분은 원문에 붙어 있는 주(註)를 뜻함.

153) 석공광 : 누구인지 정확히 밝히지 않았지만, 석부인의 친정인 석씨 가문의 아들인 듯함.

154) 장대(將臺) : 장수가 올라서서 명령하고 지휘하던 대. 성(城) · 보(堡) 따위의 동서 양쪽에 돌로 쌓아 만들었음.

나는 듯한 것이 하늘에서 내려온 신선 같으면서, 정신이 호방하고 상쾌하여 바다 가운데에 비친 달과 같았다. 임금을 모시고 있던 모든 신하들이 칭찬하기를 마지않았으며, 임금도 기쁜 빛을 띠고 일컬어 말씀하셨다.

"소공은 복이 많기가 곽분양(郭汾陽)[155]과 순씨(荀氏)[156]보다 더하다. 저같이 재주 있는 아들을 두었으니 족히 그 부친을 이어받은 데가 있구나."

그러고는 꽃이 수놓아진 허리띠와 푸른 적삼을 차례로 하사하시니, 세 사람이 계수나무 가지가 꽂힌 관(冠)을 숙여 쓰고 비단옷을 입고서 사은하신 어주(御酒)에 취하여 궐문을 나섰다. 천동쌍개(天童雙蓋)[157]와 금위영(禁衛營)의 재인(才人)들이 재주를 겨루며 자운산에 돌아오는데, 따르는 축하객이 뒤를 좇아 와 풍류가 하늘까지 떠들썩하게 하고 노랫소리가 아름답게 길을 덮었다. 그러니 그 거룩함은 이르지 않더라도 세 사람의 고운 얼굴과 뛰어난 풍모가 인간 세상에서 빼어나, 구경하는 이들이 칭찬함을 마지않았고 부러워하는 이들이 무수하였다. 행차가 자운산 가운데로 들어왔다.

이때에 소승상이 서헌(書軒)에서 글을 보았는데, 문득 재인의 휘파람 소리와 창부(倡夫)[158]의 노랫소리가 바람결에 희미하게 들렸다. 이상하게 여기고 있는데, 문지기 하인이 급하게 들어와 보고하였다.

---

155) 곽분양(郭汾陽) : 당(唐) 현종(玄宗) 때의 명장(名將)으로 부귀와 공명을 구비한 사람. 이름은 자의(子儀)이고, 분양은 그가 왕으로 봉함 받은 곳임.

156) 순씨(荀氏) : 후한(後漢)의 순숙(荀叔)을 이름. 그는 환제(桓帝) 낭릉후(郎陵侯)였는데, 검(儉)·곤(鯤)·정(靖)·도(燾)·왕(汪)·상(爽)·숙(肅)·부(敷)(전(專)이라고도 함). 이렇게 8명의 아들이 있었다. 이들 모두 뛰어나 재명(才名)이 있었기에 사람들이 이들을 가리켜 '순씨 팔룡'이라 불렀다고 함.

157) 천동쌍개(天童雙蓋) : 임금님이 내려 주신 예쁜 남자 아이를 들러리로 하고 청·홍색 두 개의 일산(日傘)을 받침을 뜻함.

158) 창부(倡夫) : 노래 부르는 광대.

100 "세 공자가 함께 급제하여 문에 이르렀습니다."

승상이 듣고 나서 미간을 찡그리고 탄식하며 말하였다.

"내가 이럴 것 같아서 공명(功名)을 바삐 구하지 않았는데 하늘의 운수가 이러하니 사람은 알지 못할 일이로구나."

이윽고 문 밖이 매우 요란스러워졌는데, 이는 문지기가 승상의 명령 없이는 창부와 재인을 감히 들어오지 말라고 막았기 때문에 다투는 소리였다. 승상이 어지러운 일을 원하지 않았고 또 태부인의 명령을 듣지도 않은 상태였기에 재인들이 요란하게 하지 않으려고 골짜기 밖에서 있으라고 명령을 전하였다. 그러고는 세 아들과 하객을 맞았다.

운경, 운희, 운성 세 사람이 금빛 계수나무 가지를 꽂은 관을 숙이고 비취색 도포와 옥띠를 두르고 아홀(牙笏)을 잡고 단정히 걸어 당(堂)에 올라 부친께 절하였다. 승상이 절을 받고 눈을 들어 아들들을 보니, 옥 같은 얼굴이 임금께서 주신 술에 취하여 연꽃의 고운 모습을 띠었고 별 같은 눈길을 가늘어졌으며, 붉은 입술은 더욱 붉어 주홍 점을 찍어 놓은 듯하였고 버들잎 같은 눈썹은 푸른 먼 산 같았다. 분위기가 시원스럽고 기골이 맑고 빼어나며 좋아 기산(箕山)의 영수(潁水)[159]로 가득하니 매우 대견해 하였다. 하지만 그들이 모두 일찍 현달함에는 더욱 기뻐하지 않으면서 빈 101 객들을 응대하였다. 구승상이 칭찬하며 말하였다.

"형의 세 아들이 기린(麒麟) 같음을 안 지 오래되었지만 단방에 함께 급제할 줄은 생각지도 못했습니다. 진실로 순씨(荀氏)의 여덟 아들을 부러워할 바가 아닙니다."

---

159) 기산(箕山)의 영수(潁水) : 요(堯) 임금 때의 은자(隱者)인 허유(許由)와 소부(巢父)가 숨어 살았다는 곳임. 특히 허유는 요임금이 왕위를 넘겨주려 하자 거절하고 영수에 귀를 씻었다고 함.

소승상이 탄식하며 말하였다.

"제가 외람되게도 하늘의 은혜를 입어 벼슬이 정승에 오르고 우둔한 자식들이 일시에 궁궐의 섬돌을 밟으니 아비의 마음에 기쁘지 않을 리는 없습니다. 하지만 외람되고 두려운 마음이 기쁜 것보다 더하니 어찌 형이 과장하심을 감당하겠습니까?"

좌우의 사람들이 칭찬하며 말하였다.

"공의 겸손하고 삼가는 태도를 우리가 어찌 감히 바라볼 수 있겠습니까?"

드디어 종일토록 새로 과거에 급제한 사람들을 놀리며 즐기고는 석양에 흩어졌다. 그 후 승상이 세 아들을 데리고 안으로 들어와 태부인을 뵈었다. 소씨와 윤씨 두 사람과 화씨와 석씨 두 부인이 각각 그 아들이 급제한 것을 기뻐하고 즐거워하면서 다섯 명의 급제자를 함께 보았다. 태부인이 느꺼움을 이기지 못하여 눈물 두어 줄을 옷 앞에 떨어뜨리며 말하였다.

"오늘 여러 손자의 경사를 보니 기쁘지만 슬픔과 기쁨이 교차한다. 너희들은 나를 먼저 보려 하지 말고 사당(祠堂)에 먼저 뵈어라."

102

승상과 소부인이 맑은 눈물을 드리우며 자녀들을 데리고 가묘(家廟)에 올랐다. 승상이 두 눈 가득 눈물이 고여 소매로 눈을 닦으니 한삼(汗衫)[160]이 젖었다. 보는 사람들이 감탄하였고, 여러 공자들도 슬퍼하며 아버지와 할머니를 위로하였다. 태부인이 슬픔을 억누르며 여러 손자들을 나아오라고 하여 잘 쓴 글의 대략을 외워 말해보라고 하였다. 듣고 나서 웃으며 말하였다.

---

160) 한삼(汗衫) : 손을 감추기 위하여 두루마기의 두 소매에 길게 덧댄 소매.

"네 아비의 문장 짓는 재주가 그 부친께 뒤짐이 없어 웅축되고 활달한 것은 조금 나은 듯하다. 그런데 지금 너희들의 재주는 붓 아래의 금옥(金玉) 같고 수놓인 비단 같아서 사람을 황홀하게 하는구나. 그러하니 격조와 의미가 조화롭거니와 심오한 뜻과 하늘의 기운과 조화를 아로새기는 재주가 아니고 무엇이겠느냐? 비유컨대 운경의 글은 곱기가 비단 같고 좋으며 아담하기가 백옥 같지만, 맑고 넓은 뜻이 없다. 운성의 글은 뜻이 준엄한 것이 마치 봉황이 달려드는 것 같고 용이 변화함 같아 신기롭고 씩씩함이 큰 바다 같은 재주이지만, 너무 빛나는 것이 나쁘고 좋은 것이 적다. 그러하니 각각 문체를 이루어 잘 하는 점이 있지만 병폐도 있다고 하겠다. 명의[161]의 글은 격조가 높고 시구(詩句)가 기발하지만 뜻을 널리 펴서 다 거두어 잡지 못하니 미진하다. 석기[162]의 글은 격조가 높지 않지만 빛나는 것이 수놓인 비단 같으니 아름답다고 할 만하다."

여러 공자들이 할머니가 이렇듯 문장을 논평하시는 것이 도도히 흐르는 듯함을 듣고 승복하였다. 모두 처음으로 시구(詩句)를 논의하는 것을 듣는 것이었다.

날이 어두워지니 공자들이 모친의 당(堂)으로 모였다. 어머니와 아내의 다행스러워함과 기뻐함이야 어떻게 헤아릴 수 있겠는가? 세 사람이 다 너그럽고 정숙하지만 그 부친의 씩씩하고 엄정한 기운은 없어 풍모가 화려하였다. 어머니 앞에서 각각 자기 부인을 돌아보는데 온화한 기운과 기뻐하는 안색이 미간에 잠겨 흔연히 웃으며 말하였다.

161) 명의 : {한 ᄋ[兒]}. 이는 소부인의 큰아들인 한명의를 이름. 할머니가 손자를 이르는 것이므로 이름으로 밝힘.
162) 석기 : {뉴 ᄋ[兒]}. 이는 윤부인의 작은아들인 유석기를 이름.

"오늘 우리들이 뜻을 이룸이 부모님께는 영화이지만 부인네들에게는 적인(敵人)[163] 얻는 불행인가 싶습니다. 그런데도 저렇게 기뻐하는 것은 옳지 않습니다."

세 사람이 눈썹을 숙이고 넓은 소매로 고운 얼굴을 가리며 반쯤 미소 지으니 정말로 구름 속의 밝은 달 같았다. 운경은 단정하고 말수가 적기에 또한 웃기만 하고 묵묵히 있었다. 하지만 운성은 크게 웃더니, 잔치 자리에서 창녀(娼女)와 함께 춤추던 일을 전하는데 마치 물 흐르듯 술술 흘러 나왔다. 이파와 석파가 서로 거들면서 웃었다.

104

밤이 깊으니 운성이 죽오당에 이르렀다. 형씨가 일어나 맞아 자리를 정하니, 운성이 문득 일부러 취한 척하며 옷을 벗어 후려치고 의자에 비스듬히 기대어 〈백두음(白頭音)〉[164]을 외고 나서 말하였다.

"부인이 이 글을 욀 줄 압니까?"

형씨가 두 눈썹을 낮게 하고 천천히 대답하였다.

"저는 당신 같은 신이함이 없는데 어떻게 앞일을 알겠습니까?"

운성이 흔연히 웃으며 말하였다.

"탁문군(卓文君)의 사정이 비록 슬프지만 오히려 부인보다는 나을 것 같군요. 내가 이제 용두(龍頭),[165] 봉각(鳳閣)[166]의 주인이 되었으니, 권력 있는 가문과 재상 가문의 청혼은 말할 것도 없이 천자(天子)께서 부마(駙馬)[167] 벼슬을 내리실 것이오. 그러니 부인의 평생이 어떻겠습니

---

163) 적인(敵人) : 남편의 다른 처(妻)나 첩(妾)을 이름.
164) 백두음(白頭音) : 사마상여가 첩을 들이려 할 때에 탁문군이 불렀다는 노래임.
165) 용두(龍頭) : 진사(進士) 시험에 제일 위로 급제하는 일을 말함.
166) 봉각(鳳閣) : 중서성(中書省)의 별칭. 중서성은 기무(機務), 조명(詔命), 비기(秘記) 등을 관장하던 기관임.
167) 부마(駙馬) : 임금의 사위. 부마도위(駙馬都尉)의 줄임말임.

까?"

형씨가 갑자기 놀라며 눈길을 들어 운성을 오랫동안 보더니 눈물을 머금고 잠자코 있었다. 그러자 운성이 말실수한 것을 깨달아 스스로 언참(言讖)[168]의 해로움을 뉘우치면서 형씨의 고운 손을 잡고 위로하여 말하였다.

"잔치 자리에서 술을 너무 많이 마셔 부질없는 말을 많이 했군요. 부인은 이상하게 생각하지 마시오. 내가 어떻게 믿음 없는 사람이 되어 아녀자의 원망을 사겠소?"

형씨가 끝내 대답하지 않으니 운성이 여러 번 후회하였다.

105

다음 날, 천자(天子)께서 운성 삼형제를 모두 한림원(翰林院)[169]에 기용하셨다. 이에 세 사람이 상소를 올려 사양하였지만 듣지 않으시니 마지못하여 직책을 맡았다. 세 사람이 나이는 어리지만 재주가 많되, 겸손하고 공경하며 선량하였다. 또한 사리에 밝고 민첩하니 위아래 사람들이 모두 아끼고 중요하게 생각하였다. 더욱이 운성은 문무(文武)의 재능을 두루 갖추었고 엄정하며 씩씩한 것이 부친에게서 이어받은 풍모가 있었다. 조정(朝廷)과 재야(在野)에서 모두 중하게 여겨 별호(別號)를 '청현'이라고 하였다.

하루는 운성이 부인과 더불어 옛 글을 논의하는데, 형씨가 옷깃을 여미고 조용히 말을 하려고 하다가 주저하기를 여러 번 하였다. 그러자 운성이 천천히 물었다.

"부인은 무슨 말을 하려고 하다가 그칩니까? 할 말이 있으면 나에게 말

---

168) 언참(言讖) : 말이 미래의 일과 꼭 맞음.
169) 한림원(翰林院) : 학문과 문필(文筆)에 관한 일을 맡던 곳.

하는 것이 무방합니다."

이에 형씨가 말하였다.

"제가 생각하고 있는 것은 다름이 아니라 지난번에 낭군께서 어렸을 적 소영과의 일을 말씀하시기에 그녀와 함께 때에 따라 손님을 맞는 아내의 임무를 할까 하였습니다. 그런데 날짜가 지연되고 있으니 바삐 맞아 함께 낭군을 섬기고자 합니다."

운성이 급히 칭찬하며 말하였다.

"부인의 덕과 아량에 감격했습니다. 비록 소영을 부모님께서 허락하셨 106 지만 그대가 불평하여 집안이 요란할까 두려웠습니다. 그런데 이렇게 말씀하시니 그대의 어진 가르침을 듣지 않을 리가 있겠으며, 무죄한 여자에게 원망을 품게 할 리가 있겠습니까?"

드디어 소영을 불렀더니, 그녀가 옥 같이 고운 얼굴과 붉은 뺨으로 눈썹을 맑게 그리고 마루 아래에 이르렀다. 운성이 아직도 미심쩍어 두 눈으로 부인을 살폈다. 형씨는 현명할 뿐만 아니라 매우 영리한 사람이라 운성의 기색을 알아채고 미소 지으며 소영에게 마루 위로 올라오라고 명령하며 후대하였다. 그렇지만 그녀가 절할 때에는 받기만 할 뿐 몸을 움직이지 않았다. 그러자 운성이 웃으며 물었다.

"이 아이가 비록 천하지만 어찌 그렇게 거만하십니까?"

형씨가 매우 우습게 여기면서 속으로 생각하였다.

'그가 저 아이에게 계비(繼妃) 자리를 주고 싶은 것이 틀림없구나.'

그러고는 아무 답도 하지 않았다.

운성이 아름다운 부인을 두기는 했지만 그래도 첫 정을 버리기 어려워 소영을 동쪽 작은 집에 두고 싶은 뜻이 무궁하였다. 그러나 이 때문에 형씨의 마음이 평안하지 못할까 걱정스러워 침상에 누웠다 일어났다 하면서 혹은 은근하고 태연하게 혹은 눈썹을 찡그리며 생각하는 듯하였다. 형씨의 기상이 운성이 아녀자에게 굽힘을 좋아하지 않아 말을 하지 않고 오랫동안 앉았다가 길게 탄식하였다. 그러자 운성이 놀라 물었다.

"부인은 무슨 이유로 탄식하는가?"

형씨가 용모를 가다듬고 대답하였다.

"제가 얕고도 못난 자질로 외람되게 군자의 건즐(巾櫛)[170]을 받들어 좋은 가문에 의탁하였습니다. 그러하니 어리석은 생각이라도 토해내어 낭군의 행적을 바로잡아야 하겠지만 세상일을 잘 알지 못하여 내조를 제대로 하지 못합니다. 도리어 저 때문에 신의를 어긴 사람이 되어 근심을 더하게 하였으니 이것이 모두 제 죄라 황공스러움을 이기지 못하겠습니다. 뿐만 아니라 소영을 첩[171]의 항렬로 받아들이신다면 당당히 위로하고 화목하게 지내어 규방에 한이 없게 할 것입니다. 그러니 어찌 가지 않으시고 머무르려 하십니까? 저는 낭군이 편협하다고 생각됩니다."

운성도 영리한 사람이기에 형씨의 말을 다 듣고 나서 그가 말할 때에 기색이 완전히 다름을 보고 억지로 권하는 줄을 알았다. 그래서 마음 속으로 부끄럽기는 했지만 웃으며 오래도록 말을 하지 않다가 칭찬하여 말하였다.

"내가 어릴 때부터 못나서 사람은 말할 것도 없이 쥐나 참새 소리만 급하게 나도 두려워했습니다. 그렇기에 아직 본성(本性)의 습관을 버리지

---

170) 건즐(巾櫛) : 수건과 빗으로, 여자가 남편을 받드는 일을 뜻함.
171) 첩 : {금차(金釵)}. 첩을 가리킴.

못하였는데 오늘 밤은 어떤 밤이기에 착한 사람을 마주하여 높은 가르침과 맑은 말씀을 듣게 되는군요. 말씀을 들으니 15년 막혔던 마음이 열리는 듯합니다. 이후에는 마음을 시원스럽게 가져 바른 가르침을 받들겠습니다." 108

형씨가 다 듣고 나서 정색을 하며 사죄하여 말하였다.

"못난 소견을 우연히 말씀드린 것인데 과장하심을 들으니 부끄러울 뿐만 아니라 이처럼 비웃으시니 황공합니다. 또 아버님과 스승님의 가르침과 할머님, 어머님의 가르치신 일을 낭군께서 유독 깨닫지 못하시고 저의 한 마디에 막힌 것이 열렸다고 하시니, 한편으로는 낭군 말씀이 체모를 잃으신 것이고 한편으로는 제가 참람하고 주제넘은 죄입니다. 어찌 말씀을 이렇게 하십니까?"

운성이 크게 웃고 말하였다.

"부인의 말이 금옥(金玉)과 같습니다. 내가 진실로 말실수를 했으니 어찌 가르침을 듣지 않겠습니까? 그러나 부인 같은 사람을 조정에 둔다면 너무 곧아서 사람을 논핵(論劾)하는 상소가 하루에도 십여 장씩 올라올 것입니다. 내가 무심코 한 말을 심하게 꼬리를 잡으니 실로 대하기 어렵습니다."

낮은 목소리로 사례하고 다시 말을 하지 않았지만 운성이 마음 속으로 탄복함을 이기지 못하여 다시 돌아보며 웃고는 몸을 일으켰다.

작은 당(堂)에 이르러 소영을 놀리며 웃고 말하였다.

"내가 그 때에 너와 언약했는데 마침내 저버리지 않고 첩의 자리에 두니 너는 정실(正室)을 어질게 섬겨 오래도록 석파를 본받아라." 109

소영이 부끄러워 대답하지 못하니, 운성이 매우 어여쁘게 여겨 못내 아꼈다. 하지만 형부인의 빼어난 풍모와 태도를 잊지 못하여 아침 문안 이후에는 정침(正寢)[172]에 이르렀다. 형씨가 구름 같은 머리를 풀고 엷게 화장하고 거울을 들어 머리채를 꾸미고 쓸어 올리니 봉황같이 아름다운 모습이었다. 이미 봉황 문양을 조각한 관을 쓰고 비취색 치마와 붉은색 적삼을 떨쳐입고 경대 앞에 서니 얼굴에서 나오는 광채가 밝은 촛불 아래에 빼어나고 정채가 맑고 시원스러워 휘황찬란하였다. 운성이 이를 보고 놀랍고 기뻐 문득 새롭게 본 듯한 기분이 들었으니 어찌 소영에게 마음을 두겠는가? 운성이 형씨에게 나아가 웃고 말하였다.

"내가 방탕하여 이같이 정숙하고 아름다운 아내를 두고도 촉(蜀)나라 유비(劉備)가 여자를 싫증내지 않는 것[173] 같이 어젯밤에 소영과 함께 운우지정(雲雨之情)을 즐겼습니다. 그런데 오늘 그대를 보니 어찌 잘못한 일이 아니겠습니까?"

형씨가 사양하며 말하였다.

"문왕(文王)이 태사(太姒)를 두고도 후비(後妃) 삼천 명을 거느리셨습니다. 이 같은 성인도 정둔 여인과 함께 하실 때에는 번거로이 일을 만들기를 면하지 못하셨으니 하물며 보통의 조그만 남녀가 처첩(妻妾)과 적국(敵國)[174]을 두는 것은 떳떳한 일입니다. 낭군께서 늘 속마음으로 저를 조롱하시니 밤낮으로 부끄러울 따름입니다."

110

운성이 그 공손한 안색과 바른 말씀을 들으니 마음 가득히 기쁘고 탄복

172) 정침(正寢) : 집의 몸체가 되는 방. 여기서는 정실의 처소를 이름.
173) 촉(蜀)나라 ~ 것 : {뉴촉[劉蜀]의 무염(無厭)}. 이는 촉나라의 1대 황제인 유비(劉備)가 당시에 소문난 미인이었던 방려려와 사랑을 나눈 일을 두고 하는 말인 듯함. 방려려가 기질이 활달한 관우를 사모했지만 관우는 유비가 그녀를 좋아하는 것을 알고 그에게 양보하였음. 그러나 유비는 이 같은 사실을 어렴풋이 눈치채고도 관우에게 양보하지 않고 방려려와 사랑을 나누었기에 이같이 말함.
174) 적국(敵國) : 아내의 입장에서 남편의 다른 처첩(妻妾)을 이같이 이름.

하여 사례하며 말하였다.

"부인의 덕스러운 행실이 이러하시니 어찌 나의 큰 복이 아니겠습니까? 그대는 끝내 한결같아야 합니다. 나도 또한 조강지처(糟糠之妻)를 저버리지 않고 죽어도 그대의 덕을 저버리지 않겠습니다."

형씨는 운성이 말마다 이상하게도 큰 근심을 만난 사람의 말같이 하는 것을 묵묵히 기뻐하지 않아 다만 사례할 뿐이었다.

운성이 형씨를 공경하고 중하게 대우하는 것이 헤아리지 못할 정도였고 시부모님도 지극히 사랑하여 승상은 말끝마다 반드시 '어진 며느리'라고 하면서 칭찬하였다. 소부인과 윤부인도 친딸과 다름없이 대하며 태부인도 그 영리하고 지혜로움을 사랑하시어 늘 위씨와 짝을 지어 보시었다. 위씨는 풍요롭고 완숙하며 부드러워 봄바람 같은 온화한 기운이고, 형씨는 깨끗하고 찬란하며 맑고 빼어나 단정하게 말없이 있으면 가을 하늘 아래의 계수나무 꽃 같고 담소를 하고 있으면 겨울날 햇살이 따스한 듯하였다. 그러니 태부인이 그녀가 너무 깨끗하며 맑고 빼어나 복(福)이 완전치 못할까 두려워하면서 늘 자녀를 대하여 말하였다.

111

"형씨가 맑고 수려하며 깨끗하여 너무 빼어나고 청초해 세속의 태도가 적고, 기골이 너무 좋아 옥 나무가 높음 같으니 내가 기쁘지 않다."

듣고 나서 승상이 어머님의 염려하심에 놀라 가슴속에 감춘 것을 열어 천천히 말하였다.

"며느리가 비록 맑고 깨끗하기는 하지만, 맑되 완숙하고 빛나되 그윽합니다. 또 눈썹 사이에 산의 기운이 있고 두 눈에 가을 물의 맑음이 있지만 정기(精氣)를 감추었으며, 찬란하지만 소담한 것이 송백(松柏)의 굳은 자질이어서 빙옥(氷玉)의 연약한 기운이 없습니다. 그러니 장수하고 아들도 많이 낳는 것이 남보다 못하지 않을 것입니다. 그렇지만 용모가 너무 빼어나니 재앙이 있을까 싶습니다."

태부인이 그 말이 맞다고 생각하였다.

이 때에 승상의 넷째 아들 운현의 자(字)는 유강이었는데 석부인의 둘째 아들이었다. 용모가 바다 위에 뜬 달 같고 행동이 봄바람 같으며 응대하는 것이 민첩하고 사람됨이 영리하고 넉넉하면서 매서운 데가 있었다. 그래서 승상이 비록 아꼈지만 망령되다고 일컬었다.

14세에 다다르자 부모가 널리 듣고 보아 태학사 조명의 조카딸과 혼인 112 시켰는데 그녀는 바로 개국(開國) 공신(功臣)인 장군 조빈의 손녀였다. 안색은 연못의 연꽃이 아침 이슬을 머금어 아침 햇살을 떨친 듯하고, 풍채가 수려하여 배꽃이 맑은 연못에 잠긴 듯하였다. 또한 부덕(婦德)이 온순하고 성품이 위엄 있어 대가(大家)의 문풍(門風)과 장군에게서 본받은 모습이 있으니 온 집안이 기뻐하였다. 운현도 지극히 중하게 대우하였지만, 단지 그녀의 기세가 너무 꿋꿋함을 보고 제어하지 못할까 염려하여 문득 온화하고 낭랑하던 목소리를 고쳐 한겨울의 찬 서리처럼 만들고 풍성하던 말과 웃음을 바꾸어 침묵하고 말이 적게 하여 씩씩하고 준엄하게 대하였다. 조씨가 처음에는 운현을 많이 헐뜯어 제어하려 했지만 그의 맹렬함을 보고는 감히 본성을 드러내지 못하고 모든 일을 참았다. 세월이 오래되니 지극히 유순해져 위씨 등과 함께 비교해도 빠지지 않았다. 그러하니 온 집안이 운현이 제가(齊家)함을 칭찬하고 부모님도 아름답게 여겼다.

승상의 다섯째 아들 운몽의 자(字)는 수강인데, 그는 화부인 소생이다. 얼굴이 관옥(冠玉)[175] 같고 풍채가 호탕하고 시원스러워 일대의 풍류 낭

175) 관옥(冠玉) : 관(冠) 앞을 꾸미는 옥으로, 남자의 외모가 아름다움을 비유함.

군이었다. 나이 13세에 예부(禮部) 시랑(侍郞)[176] 홍역경의 사위가 되었는데, 부부의 기질이 마치 옥 나무가 옥 연못을 대한 듯하였다. 그리하여 화부인이 크게 기뻐하였다. 또 소씨와 윤씨 두 부인이 승상 부부를 대하여 칭찬하고 축하하며 말하였다.

113

"운경[177] 형제가 이같이 유복하여 숙녀를 얻고 그대 부부도 어진 며느리를 얻으니 실로 드문 경사이다. 우리들의 영광스러움이 적지 않구나."

승상과 화씨 · 석씨 두 부인이 사례하며 말하였다.

"모든 며느리가 이렇듯 현명한 것은 가문의 조상들의 덕과 어머니의 크신 덕의 음덕이니 어찌 기쁘지 않겠습니까? 그러나 셋째 아이의 외람된 공명(功名) 때문에 늘 편치가 않으니, 복록(福祿)이 길지 않을까 걱정입니다."

이때부터 소씨 가문에 기쁨이 그치지 않았으며, 아침 저녁 문안 때에는 양부인 앞에 네 부인[178]이 비단 치마와 푸른 적삼을 입고 자리를 정해 앉았다. 이렇게 부인 앞에 붉은 치마에 푸른 적삼을 입은 여자와 당건(唐巾)을 쓰고 흰 옷을 입은 여러 생(生)이 남좌(男座), 여좌(女座)를 나누어 모시니, 영광스럽고 풍요한 복덕(福德)과 수려한 풍채가 서로 비추었다. 승상이 두 부인과 두 누이와 함께 어머니와 한가로이 담소를 나누니, 이파와 석파가 한 쪽에서 돕고 여러 생들이 이어 재미있는 이야기와 미소로 웃음을 도왔다. 이렇게 모든 일이 즐겁고 복록이 두루 아름다우니, 태부인이

176) 시랑(侍郞) : 육부(六部)의 차관(次官).
177) 운경 : {운ᄋᆞ[兒]}. 이는 '운'자 돌림의 운경, 운희, 운성, 운현, 운몽 등 승상의 아들들을 가리키므로 이같이 옮김.
178) 네 부인 : 소 · 윤 · 화 · 석부인들을 이름.

예전에 엄정하던 것을 손자들에게는 두지 않고 말하였다.

114 "경[179]은 제 부친을 일찍 여의고 과부의 자식으로 살아야 했으니, 사람들이 배운 것이 없다고 할까 두려웠다. 그러나 지금 여러 손자들은 제 아비가 있어 어진 스승을 얻어 주었으니 내가 신경 쓸 바가 아니다."

그러면서 손자들을 단지 대견해하며 어여삐 여겼지만, 아직도 소씨와 윤씨, 승상에게 있어서는 가르치고 엄준하게 대하는 것이 쇠하지 않았다. 그러하니 여러 손자들이 감히 방자하지 못하였다. 또 한상서와 유학사에게는 장모의 위치이고 또 본성도 활발하여, 태부인이 온화하고 흔연스럽게 애중(愛重)하였다. 태부인은 타고 나기를 그른 일을 보고 불편한 빛을 두지 않아도 자연스러운 기운이 사람으로 하여금 공경하게 하였으며, 유화한 가운데 위엄이 있어 능멸하지 못하게 하였다. 두 사위가 태부인 앞에서 말씀을 드려 만일 마땅하지 않은 일이 있으면, 태부인이 미간을 찡그리고 말을 그쳤다. 그러면 두 사람이 스스로 두려워하여 뉘우쳤으니, 항상 꺼리고 두려워하는 것이 높은 스승같이 하였다. 태부인의 사람됨이 이러하였다.

하루는 운성이 모란정에 이르렀는데, 큰 형 운경이 위씨와 함께 옛 일을 의논하고 있었다. 운성이 돌아가려 하니, 운경이 청하여 함께 의논하는데 운희와 운현 등도 서로 이어 모였다. 그러니 위씨가 문득 일어나 정당(正堂)으로 가고자 하니, 운성이 운경에게 말하였다. 115

"제가 큰 형을 찾아와 말씀을 나누는데 여러 형제가 모였습니다. 비록 번잡하기는 하지만 좋은 일인데 큰 형수님께서 갑자기 편안해 하지 않네요."

---

179) 경 : 소승상의 이름임.

운경이 듣고 나서 위씨를 오랫동안 보니, 위씨가 자신이 체모를 잃은 것을 깨달았다. 그들이 여럿이 모여 추잡한 창녀에 관한 말을 할 것 같아 싫어서 가려고 한 것이었는데, 운성이 책망하는 것을 보고 마음 속에 웃음을 머금고 낮은 목소리로 사례하며 말하였다.

"아까 윤부인의 명이 계셨기 때문에 서방님들께서 모이셨어도 모시고 가르침을 듣지 못하고 가려고 했습니다. 그러나 이 말을 들으니 제가 현명하지 못했음을 후회합니다."

드디어 자리에 나아가 시녀에게 강씨, 형씨, 조씨, 홍씨를 부르게 하니, 네 소저들이 끝단을 댄 저고리와 붉은 치마를 입고 칠보로 장식하고 이르렀다. 위씨가 맞이하여 자리를 정하고 나서 맑은 눈을 드리워 대우하며 말씀을 나누었다. 모두들 친근함이 같은 어머니의 소생 같으니, 여러 서생들이 매우 감탄하며 은근히 기뻐하였다. 그래서 조용히 시녀를 시켜 석파에게 술과 안주를 준비해 달라고 하였다. 석파가 술 한 동이와 안주 두 그릇을 보냈는데, 운성이 꾸짖어 말하였다. 116

"늙은 할미가 어찌 이처럼 인색하여, 저것을 무엇이라 보내었는가?"

운경이 말하였다.

"너는 왜 늘 미리 술을 탐하느냐? 저 한 동이 술로 충분한데도 어찌 적다고 하느냐?"

운성이 말하였다.

"한 동이로 충분하다면 어떻게 우리 여섯 사람이 취하겠습니까?"

드디어 조용히 시녀에게 시키기를 몰래 주방에 가서 다섯 동이를 훔쳐내오게 하였다. 이를 갖다놓고 곧바로 서로 부어 마시고 취하니, 형씨가 그 거동을 보고 말리려 하다가 어떻게 할 수가 없어 눈으로 위씨를 보았다. 위씨가 다시 일어나 형씨 등을 거느리고 정당(正堂)으로 들어갔다.

재설(再說). 여러 생들이 아버지가 조정에 가시고 두 모친이 두 숙모와 함께 할머니를 모시고 바둑을 두는 것을 보고 이때를 타 모란정에 모인 것이었다. 여러 소저들이 그들이 취한 틈을 타 각각 몸을 빼 정당으로 가니, 여러 생들이 진실로 좋게 여겨 가게 하였다. 그러고는 각각 창녀를 결정하는데, 운성은 시녀에게 소영을 불러 오게 하여 곁에 앉혔다. 운희는 채란을 부르고 운현은 현아를 불러 좌우로 벌이고 술을 내오게 하여 이미 취한 후에는 붉은 치마를 베고 누워 장난을 쳤다. 첫째 공자인 운경이 옳 117 지 않음을 말하려 했지만 본성이 소심하여 머뭇거리며 주저하다가 말하였다.

"아버지가 오실 때가 가까워지니 끝내는 것이 좋겠다."

여러 사람들이 듣는 체도 않고 일부러 놀며 방탕하였다. 운경도 운성에게 붙들려 억지로 앉아 역시 취하게 되었다.

이때에 승상이 조정에 갔는데, 마침 황제께서 사정이 있어 대신들에게 며칠 뒤에 모이라고 하셨다. 이 때문에 일을 끝내고 돌아왔다. 문에 다다랐는데 단지 일곱째 아들인 운숙과 그 아래의 어린 아들들만 맞이하고 나머지 여러 아들들은 하나도 없어 이상하게 여겼다. 바로 들어가 어머니를 뵈었는데 여기에도 네 부인들과 이파와 석파 두 서모와 모든 며느리, 조카며느리 등은 있었지만 운성 등은 없었다. 이윽고 승상이 꽤 오래 말씀하다가 시녀에게 여러 아들들이 단선생께 갔으면 불러오라고 하였다. 시녀가 갔다 와서 보고하였다.

"선생은 선학동에 유람가시고 여러 공자들은 안 계십니다."

승상이 매우 이상하게 여겨 몸을 일으켜 밖으로 나가니, 위씨 등이 시녀를 시켜 서생들에게 먼저 알리려 했지만 어른 앞이라 감히 마음대로 못 하였다. 단지 동서들까지 서로 눈길을 주고받으며 웃음을 머금고 민망해 하였다. 118

이때에 승상이 외당(外堂)으로 나가는데 한 바탕 바람이 노랫소리를 몰아왔다. 이는 곧 아리따운 미인의 맑은 목소리였다. 승상이 한번 듣고는 소리를 찾아 모란정에 이르렀더니, 여러 생들이 미인과 짝을 지어 잔뜩 취해 있었다. 이 모습이 마치 흰 눈이 땅에 가득한데 복숭아꽃이 조각조각 떨어져 홍백(紅白) 빛이 어려 있는 것 같았다. 아들들의 얼굴에 모두 술기운을 띠었는데, 마치 뛰어난 미인이 화려하게 화장한 듯하였다. 연꽃 같은 얼굴과 복숭아 꽃 같이 붉은 입술, 천상(天上)의 신선 같은 눈길과 버들잎 같은 눈썹이 표연히 속세를 벗어나 세상에 물들지 않았으니, 남이 봐도 칭찬을 어찌 참겠으며 아비 된 사람이 봐도 어찌 자랑스럽지 않겠는가? 하지만 승상이 그들의 방탕함을 보고 소매로 얼굴을 가리고 돌아서서 서당(書堂)으로 나갔다. 마침 운몽이 눈을 들어 보니 한 사람이 비단 도포를 입고 머리에 오사모(烏紗帽)를 쓰고 손에 가시나무로 엮은 채찍을 들고 들어오다가 소매로 얼굴을 가리고 나가는 것이 보였다. 놀라서 정신을 차리고 보니 이는 바로 자기 아버지였다. 그래서 자기도 모르게 소리를 질러 말하였다.

"형님들, 아버지께서 오셨습니다."

운성이 웃으며 말하였다.

"너는 경망하게 굴지 마라. 아버지께서는 이경(二更)[180] 전에는 돌아오시지 않을 것이다." 119

---

180) 이경(二更) : 저녁 9시에서 11시 사이를 가리킴.

운몽이 급히 입을 막으며 손으로 가리켰다. 모든 생들이 정신을 차리고 보니 과연 승상이 나가는 것이었다. 매우 놀라 간담(肝膽)이 마디마디 끊어지는 듯하니, 취한 정신이 더욱 어지러워 서로 보며 동여맨 듯이 앉아 있었다. 마침 석파가 그들이 주방에서 술을 훔쳐간 것을 알고 미워서 이리로 오다가 그 거동을 보고 일부러 나아가 조롱하여 말하였다.

"여섯 낭군께서 무슨 경사가 있었기에 흥을 너무 내어 도적질을 하였으며, 또 무슨 놀라는 일이 있어 눈이 둥그레져 얼굴빛이 진흙 같습니까? 어떤 장사가 무슨 밧줄로 동여맸기에 꼼짝을 못하며, 화장은 어디에서 했기에 그토록 연지(臙脂)[181]를 발랐습니까? 승상을 보고 그 호령과 기세 때문에 사람이 한꺼번에 벼랑에 떨어진 누에같이 되어 노래도 줄어들고 술 도적질도 하지 않으십니까?"

여러 생들이 아직도 홀린 듯이 앉아 대답하지 못하는데, 운성이 응하여 대답하였다.

"봉래산 가운데에 붉은 구름이 끼어 자운산이 되고, 자운산 가운데에 여섯 신선이 모여 좋은 술[182]을 마고할미[183]에게 구하였습니다. 이백(李白)도 술이 떨어졌을 때에 할미가 주지 않자 선동(仙童)을 보내어 술을 훔쳐다가 마음껏 취했다고 합니다. 그리고 붉은 빛이 낯에 오른 것은 본래 술기운인데 할미가 눈이 멀지 않았으면서도 몰라보고 연지에 비깁니까? 또한 도 닦는 신선이 조각상처럼 단정히 앉아 움직이지 않는 것인데 어찌 동여맸다고 욕합니까? 신선이 비록 호탕하다고 해도 아버지를 보면 두려워하며 공경스럽게 가무(歌舞)를 그치는 것인데, 어

120

181) 연지(臙脂) : 화장할 때에 입술과 뺨에 바르는 홍색 안료.
182) 좋은 술 : {경당[瓊漿]}. 옥즙. 여기서는 술을 가리킴.
183) 마고할미 : 중국 전설에 나오는 마고라는 이름의 할미. 여기서는 석파를 빗댄 말임.

찌 이를 두고 천둥에 놀란 누에에 비기겠습니까? 오늘은 너무 취하였으니 그만 흩어지겠습니다. 언젠가는 할미의 술을 또 빼앗아 먹을 것이니 어찌 먹지 않을까 근심하십니까?"

석파가 크게 웃고 등을 치며 말하였다.

"그대의 말이 한마디도 정다운 말이 없는 걸 보니, 과연 승상의 품격은 닮지 않았구나."

말을 마치기도 전에 문득 방울 소리가 급하게 나니, 여러 생들이 당황하여 서로 미루고 나가지 못하였다. 그러자 운성이 선뜻 일어나 말하였다.

"임금과 아버지의 명령은 큰 재앙 앞에서도 지체하지 않는 것이다."

드디어 형제들을 이끌어 아버지 앞에 이르렀다. 승상이 화가 맹렬하게 나, 단지 시종들에게 여러 아들들을 잡아내게 하여 명령을 내렸다.

"너희들이 이렇듯 무례하여 젊은 나이에 술에 지나치게 취하고 창녀를 겹겹이 끼고 있으니, 천한 사람들이 너희 선비의 도를 어떻게 익히겠느냐? 또 백주 대낮에 많은 사람들 사이에서 차마 그 모습을 어떻게 하느냐? 빨리 내 집에 있지 말고 각각 너희 집으로 돌아가라. 또한 앞으로는 경계하여라."

121

드디어 소영, 채란 등을 불러 엄하게 책망하며 말하였다.

"너희들이 요괴로운 미색으로 남자를 고혹하게 하니 죄를 주어 마땅하다. 그러나 사정을 짐작하여 죄를 용서하고 내치니 조금도 있을 생각을 마라."

세 여자가 아연실색하여 슬피 눈물을 흘리고 나갔다.

석파가 소영이 쫓겨난 것을 듣고 크게 놀라 바삐 승상께 나가 빌려고 했지만 종들이 구름같이 모시고 있어 머뭇거리는 사이에 승상이 아들들을 결박하여 죄를 묻고 깊은 집 속에 가두었다. 여러 아들들이 망극하여 슬피 애걸하였지만 승상이 한번 마음을 먹었기에 종들을 시켜 밀어 넣은 후 밖에서 단단히 잠그고, 소영 · 현아 · 채란 등을 몰아내치고 있었다. 일단 온화한 기운이 사라졌기에 종들과 아래 관리들이 소란하지 않을 수 없었다.

태부인이 여러 손자들의 도에 넘치는 행동을 듣고 또한 큰 잘못이라고 하여 풀어주기를 권하지 않으니, 누가 감히 승상께 들어가 풀어달라고 하겠는가? 또 소영 등이 밤낮으로 울며 문 밖에 있으니 석파가 승상을 보고 122 세 여자의 죄가 아니라고 말하며 소영을 구하려고 했지만, 공이 끝내 허락하지 않으며 말하였다.

"내가 처음부터 소영을 좋지 않게 여겼지만, 창녀와 다르고 어머니의 명령이 계셔서 운성에게 소실로 주었습니다. 그러나 그 너무 일찍 첩을 들임을 기뻐하지 않아 이로부터 모든 아들들의 방탕이 더할까 걱정했습니다. 그런데 과연 채란과 현아가 운희와 운현의 첩이 되었으니 어찌 한심하지 않습니까? 바라건대 서모는 여러 아들들의 잘못을 바로 잡게 하여 저들이 성현들의 밝으신 가르침에 죄를 짓지 않게 가르쳐 주십시오. 그러면 저도 또한 큰 은혜를 명심하겠습니다."

석파가 아연실색하여 아무 말 없이 오래도록 있다가 돌아와 소영을 석상서의 집으로 보내면서, 거기에 있으면 사태를 보면서 선처하겠다고 하였다. 그랬더니 진부인[184]이 허락하지 않으며 말하였다.

"운성이 못나지 않았고 형씨가 아름다운데 번거롭고 요사한 것을 석파

184) 진부인 : 석파의 의붓 오라비이자 석부인의 아버지인 석참정의 아내임.

는 왜 데려와서 젊은 아이를 외입하게 하려 합니까? 하물며 소승상이 내쳤으니 여기에 두는 것은 불가합니다."

석학사[185]가 간하여 말하였다.

"어머니 말씀이 옳지만 저 소영의 사정이 불쌍하고 아주머니의 얼굴을 봐서라도 머물게 하십시오. 또 조카에게 있던 것을 내친 것이기에 다만 의지할 데 없는 아이를 거두어 한 구석에 두시는 것이라 생각해 주십시오. 형이 들어도 해롭게 여기지는 않을 것입니다."

123

진부인이 옳게 여겨 집안에 두었는데, 그녀의 바르고 영리함을 보고 도리어 어여삐 여겨 의식(衣食)을 후하게 주었기에 소영이 평안하게 있을 수 있었다. 그러나 채란과 현아는 의지할 데가 없어 먼 곳으로 나갔다.

소승상이 여러 아들들을 가둔 지 한 달이 지나가니 며느리들의 분위기가 매우 어수선하였다. 또 위씨와 형씨는 패옥을 풀고 화려하지 않은 홑옷을 입었으며 할머니께 문안할 때에도 감히 방석에도 앉지 못하였다. 나머지 여러 며느리들도 그렇게까지는 하지 않았지만 모두 이전의 온화한 기운이 없어졌다. 승상이 이런 사정을 비록 알기는 했지만 흔들리지 않았다.

몇 달 후에 태부인이 승상에게 명령하여 말하였다.

"늙은 어미가 아끼는 손자들을 오랫동안 보지 못하니 마음이 편안치가 않다. 아들은 모름지기 그 애들의 허물을 용서해라."

승상이 사례하며 명을 받들어 시녀에게 아들들을 불러오게 하였다. 그들이 몇 달을 갇혔다가 풀려나니 기운이 수척해지고 모습이 쇠약해져 남루한 옷으로 계단 아래에 엎드렸다. 화부인과 석부인이 마음에 애련하여

185) 석학사 : 석참정의 아들이자 석부인의 오라비.

승상을 원망하였다. 태부인이 한번 눈길을 흘려 안색을 살피고 나서 여러 손자들을 당에 오르라고 하고는 천천히 탄식하며 말하였다.

124 "자식이 불초하면 어버이에게 욕이 이른다. 그러니 어버이를 팔고 가문에 불행을 끼치는 자식은 외아들이라도 차라리 후사(後嗣)를 돌아보지 말고 죽여야 옳다. 부자간의 천륜(天倫)이 비록 중하지만 이 같은 강렬한 뜻은 문드러지지 않을 것이다. 내가 이제 일개 부인이지만 젊은 날부터 이런 뜻을 가지고 있었기에 네 아비가 만약 불초하면 내가 당당히 먼저 죽여 가문에 욕됨을 더하지 않고 아울러 나도 죽어 설움을 잊어야겠다고 뜻을 정했다. 그러나 30여 년에 이르도록 하나도 부족한 것을 보지 못하였으며, 집 밖에 나가서는 조정에서 고귀한 명성을 얻었다고 하니 잠시 마음을 풀고 있다. 하지만 아직도 잘 못하는 일이 있어 맹자(孟子) 어머니의 가르침에 죄를 얻을까 걱정한다.

그런데 지금 너희들은 아직 어린아이로 어미젖을 떠난 지 얼마 되지도 않아 문득 부모를 물리치고 때를 틈타 거문고 · 가야금을 만지며 노랫소리를 늘이며 창녀를 끼고 앉아 태도와 행실이 지극히 패려하였다. 그러니 그 아비 된 사람이 어찌 부끄럽지 않으며, 그 어미 된 사람이 어찌 놀라지 않겠느냐? 경은 부끄러워 자식들을 가르치는데, 그 어미들은 도리어 다스리는 것을 원망하고, 아들들은 자기 죄를 깨닫지 못하여

125 후회할 줄 모르고, 그 아내들은 각각 시아비가 너무 심하다고 여기는구나. 그러니 어찌 한 무리 예의를 모르는 무리가 아니겠느냐? 내 아들은 모름지기 부자의 정에 거리끼지 말고 매몰차게 다스려 열 아이들이 방자한 데에 빠져 사람들의 욕을 먹는 것이 너희 부부로부터 나오지 못하게 하여 이것이 네 부친께 미치지 않게 하여라."

말씀을 마치니 좌우에 모셨던 사람들이 모골이 송연하여 식은땀이 옷에 젖고 온 몸이 바늘방석에 앉은 듯하였다. 화부인과 석부인이 놀라고 부끄러워 자리를 피해 앉으며 사죄하고, 승상은 두 번 절하여 명령을 받들었다. 또 그 두 부인에게 원망하는 기색이 심한 것이 어머니의 책망을 받아서인 것을 알고 눈을 기울여 살폈다. 그랬더니 소씨가 낭랑히 웃고 말하였다.

"아우는 사람 보는 눈이 늘 바로 보는 때가 없구나. 한번 흘겨 사람의 오장(五臟)을 꿰뚫어 보는 듯하니 실로 남을 곤란하게 하는 사람이다. 화부인과 석부인의 무엇이 그처럼 미워 눈 뜨는 모습이 평안하지 않으냐? 이상하구나."

승상이 미소를 짓고 머리를 숙이니, 이파와 석파 두 서모가 한꺼번에 손뼉을 치며 크게 웃었다. 모든 젊은이들도 웃음을 참지 못하여 혀를 물고 입을 닫고 앉아 있었다. 한참 후에 태부인이 기색을 온화하게 하고 주옥같은 말로 경계하며 말씀하는데, 화기가 자약하니 비로소 좌중이 마음을 놓았다. 이로부터 모든 생들이 감히 방자하지 못하니, 각각의 부인들이 몰래 기뻐하였다.

126

이날 황혼에 운성이 숙소에 이르니, 형씨가 맞아 자리를 정하였다. 운성이 일부러 말하였다.

"내가 소영과 즐기다가 죄를 입었으니, 부인은 분명히 즐겁겠습니다."

형씨가 얼굴을 가다듬고 정색하며 말하였다.

"낭군이 제 마음을 짚어 보심에[186] 이렇듯 뜻밖의 말을 하시니, 이는 모두 제가 어질지 못한 탓이니 한탄할 것이 없습니다. 또 생각해 보니

---

186) 제 ~ 보심에 : {믝바드미}. '믝받다'는 눈치를 보다, 속마음을 짐작하다는 뜻임.

제가 외람되게 낭군의 건즐(巾櫛)을 받들어 내조의 공이 없어 낭군의 행실이 패려하고 오만하여 아버지께 벌을 받았으니 바로 저의 죄입니다. 그래서 밤낮으로 괴로워하며 어른들을 얼굴 들고 뵙기 두려워했었는데, 지금 낭군이 은혜를 입어 풀려나시니 이는 낭군을 놓아 주신 것이 아니라 저의 죄를 용서하신 것입니다. 이에 경사를 마음 속으로 치하하였는데, 의외에 이런 말을 들으니 마땅히 달게 받아야지 다시 변명하여 뭐하겠습니까?"

127 운성이 듣고 나서 기뻐하며 흔연스럽게 웃고 말하였다.

"내가 경박함이 많아 부인의 뜻을 모르고 말이 많았습니다. 그러나 나의 패만(悖慢)함을 부인이 부끄러워하시지만, 이 때문에 강적(强敵)[187]을 없앴으니 진실로 다행하지 않습니까?"

형씨가 마음 속으로 노하여 은근히 웃으며 말하였다.

"상공이 밝게 아시니 제가 어찌 옅은 소견을 속이겠습니까? 아버지의 은덕으로 소영을 내치셨으니 저의 상쾌함은 사람이라면 예사로이 가질 수 있는 마음입니다. 어찌 숨기지 않고 제 기쁨을 아뢰겠습니까?"

운성이 크게 웃고 나서 더욱 은혜로운 정이 솟아 헤아릴 수 없었다.

하루는 운성이 조복(朝服)을 입고 궁궐의 조회(朝會)에 들어가려 하는데, 형씨가 눈썹을 찡그리고 나직이 말하였다.

"지난밤의 꿈이 매우 불길하니 낭군은 모든 일을 조심하다가 퇴조하길 바랍니다."

운성이 문득 우울해 하며 좋지 않은 표정으로 부인의 손을 잡고 위로하였다.

---

187) 강적(强敵) : 여기서는 첩인 소영을 이름.

"내 벼슬이 간관(諫官)이 아니니 임금님 탑상(榻床) 아래에서 붓을 잡고 사기(史記)를 기록할 따름입니다. 문재(文才)와 예의(禮義)를 아는 것이 비록 좁지만 군색할 정도는 아니니 일을 만나지는 않을 것입니다. 그대는 염려하지 마십시오."

형씨가 묵묵히 있으면서 기분이 풀어지지 않으니, 운성이 여러 번 위로하고 궁궐로 들어갔다.

128

황제께서 평소에 운성의 재주와 용모를 아끼시어 조회가 끝난 후에 편전(便殿)[188]으로 부르셨다. 불러 보시고는 한 필 비단을 내어 놓고 글자를 쓰라고 하시니, 운성이 감사의 인사를 드리고 탑상 아래에 엎드려 글을 썼다.

그런데 일이 공교롭게 되어 한바탕 큰 난리를 만나게 될 것이니 이는 모두 운성의 팔자이고 형씨의 액운이다. 이미 하늘이 이렇듯 정하였으니 사람의 힘으로 어떻게 하겠는가? 두 사람의 마음이 이미 정하여져 서로 시름하는 것이 하늘이 정한 바이다. 그러니 어찌 애닯고 한스럽지 않겠는가? 다음 회(回)로 회를 나누었으니 이를 보면 알 것이다.

188) 편전(便殿) : 임금이 평상시에 거처하는 궁전.

소 현 성 록

1

각설(却說). 황제의 정비(正妃) 마마인 부씨는 부태사[189]의 딸이시다. 황제께서 포의지사(布衣之士)[190]로 계실 때에 우연히 부태사의 후원에 들어가셨는데, 황후께서 보시고 그 제왕다운 위엄 있는 모습을 알아보고 나중에 귀하게 될 것을 알아 사모하였다. 그래서 청혼하던 곳을 물리치고 화려한 누각에 올라 방울을 내리쳐 황제를 좇았다.[191] 황제께서 그 기지에 감동하여, 나중에 황제의 지위에 올라 후궁 삼천을 두었어도 부씨를 향한 총애는 한결 같았다. 이 때문에 황후의 위엄이 아버지인 부태사와 남편인 황제를 끼고 황제보다 더하여 조정과 재야의 사람들이 모두 두려워하였다.

황후가 3자 1녀를 낳았는데 공주는 '명현공주'였다. 자색이 탁월하고 성품이 총명하니 황제와 황후가 지극히 사랑하시어 부마를 택하려 하는데 마땅한 재주 있는 선비가 없었다. 나이가 15세 되었을 때에, 어느 날

2

전(殿)에 나와 황제를 뵈려 하였다. 궁녀를 거느리고 자정전에 이르렀는데, 궁녀가 안에 들어가 보고하였다.

"황제께서 소학사에게 글을 쓰게 하고 계십니다."

공주가 듣고 나서 그 문체를 보려고 궁녀를 거느리고 궁전 위로 올라갔다. 운성이 단지 눈길을 던져 바라보니, 많은 궁인이 한 처녀를 모시고 황제 곁에 다다랐다. 그런데 황제께서 바깥 신하가 있다고 하시지 않고 흔연히 자신의 탑상 아래에 앉으라고 하니, 마음 속으로 이상하게 여기면서

189) 태사 : {태ᄉᆞ}. 이는 두 가지 관직으로 생각할 수 있어 하나로 확정하지 못함. 태사(太史)는 나라의 법규와 기록을 맡은 벼슬. 태사(太師)는 삼공(三公)의 하나로 문관의 최고지위이며, 천자의 스승이 될 만한 사람이라는 뜻으로 이름 지어짐.

190) 포의지사(布衣之士) : 벼슬 하지 않은, 베옷 입은 선비.

191) 방울을 ~ 좇았다 : 중국의 풍습에 여자가 원하는 남자 앞에 방울을 던져 마음을 표현하는 일이 있었음. 황후가 처녀일 때에 그렇게 하여 장래의 황제에게 혼인했다는 말임.

생각하였다.

'그녀가 나온다고 말하지 않았고 또 황제께서 피하라고 하지 않으시니 비록 황후 마마가 친히 오셨어도 흔들릴 필요가 없다.'

그러고는 모르는 체하고 있었다. 공주가 저 젊은이가 한림원의 재주 있는 사람으로 빛나고 시원스러움이 비바람 같음을 보았다. 비록 그가 엎드려 있어 얼굴을 자세히 보지 못하였지만 단지 오사모(烏紗帽) 아래의 흰 귀밑머리가 옥이 윤택한 듯하고 꽃이 반쯤 핀 듯한 것을 보고도 황홀하여 황제께 물었다.

"황제 앞에서 붓을 잡고 빛나고 시원스럽게 금 글씨로 시사를 짓는 사람이 누구입니까?"

황제가 웃으며 말하였다.

"이 사람은 한림학사(翰林學士)[192] 소운성이다."

그러고는 운성에게 하교(下敎)하여 말하였다.

"경은 나라의 녹(祿)을 받는 문신(文臣)이라 사리(事理)에 밝고 예의를 잘 알 것이다. 그런데 어찌 황실의 옥엽(玉葉)인 공주를 보고도 무례하냐? 이는 곧 나의 사랑하는 딸 명현공주다. 그러니 또한 높지 않으냐?"

운성이 붓을 들고 일어나 얼굴빛을 엄하게 하고 소리를 가다듬어 아뢰었다.

"이 곳이 외전(外殿)이며 지금은 폐하께서 가까운 신하와 더불어 글을 강론하시는 때입니다. 바깥에 거하는 조정의 신하가 거룩한 폐하를 뫼시고 있는 때에 깊은 궁궐의 높은 누각에 계신 공주님이 나오신다는 것

---

192) 한림학사(翰林學士) : 조서(詔書)를 초(草)하는 일을 맡았던 관원. 한림원은 주로 학문과 문필에 관한 일을 맡은 관사임.

은 제가 어릴 적부터 듣지 못하였기에 갑자기 당황하여 예의를 잃었습니다."

말을 마치고 다시 엎드려 금 글씨를 써서 받들어 드리고 계단에서 인사드린 후 물러나자 황제가 그 재주를 칭찬하셨다. 공주가 그가 가는 모습을 보니, 풍류가 시원스럽고 기운이 하늘까지 퍼져 있으며 몸이 날아갈 듯 날렵하고 용모가 수려하여 옥 같은 시냇가의 가는 버들 같고 바람 앞에 나부끼는 모란 같았다. 고운 손으로 상아 홀(笏)을 받치고 흰 얼굴에 사모(紗帽)를 숙여 썼으며 봉황 날개 같은 어깨에 붉은 도포를 더하였으니, 태을진인(太乙眞人)[193]이 구름 사이를 배회하는 듯하였다. 보고 또 보니 마음이 흘러나오는 듯하고 뜻이 무르녹았다. 정신을 가다듬어 황제께 아뢰었다.

"제가 폐하의 은택을 입어 부귀가 지극하고, 또 부마를 가려 뽑으려 하시니 삼종지도(三從之道)를 저버리지 않겠다고 생각했습니다. 그런데 소운성을 보니 이는 곧 제가 평소에 원하던 사람입니다. 그러니 아버지는 자식의 소원을 좇아 운성을 부마로 정해 주십시오."

황제가 오래도록 깊이 생각하다가 답하였다.

"그렇게 하는 것이 어렵지는 않다. 다만 운성에게는 조강지처(糟糠之妻)가 있고, 또 그 아비인 소현성이 국혼(國婚)[194]을 좋아하지 않을 듯하다."

공주가 다시 아뢰었다.

"군신(君臣)은 부자(父子)와 같은데, 소현성이 어찌 사양하겠습니까? 또

---

193) 태을진인(太乙眞人) : 태을성(太乙星)을 주관하는 천신(天神)으로 도교에서 받든다는 가장 높은 신임.

194) 국혼(國婚) : 임금, 왕세자, 대군, 공주 등의 혼인을 가리킴.

예법은 왕이 세운 바인데 왕께서 고치지 못하겠습니까? 그러니 그의 조강지처를 폐출하고 저를 시집보내시기를 바랍니다."

황제가 공주를 편애하시므로 흔연히 허락하고 나서 하나의 계획을 생각하였다. 공주를 오봉루에 올라가게 하신 후, 교지(敎旨)를 내리시어 말씀하셨다.

내 딸 명현 공주가 혼인할 나이가 되었는데 마땅한 부마가 없다. 그러니 특별히 젊은 조정 관료를 오봉루 아래에 모이게 하여 공주에게 방울을 던져 맞히게 하여 그 사람을 부마로 삼겠다.

교지가 한번 내려지니, 젊은 관원들이 놀라지 않는 이가 없었다. 이 소식이 자운산에 이르니, 소승상이 책상을 치며 크게 놀라 말하였다.

"이러는 것은 반드시 이유가 있다."

시어사(侍御史)[195] 운경과 한림학사 운희와 운성이 떨치고 일어나 고하였다.

"예로부터 혼인은 풍속에 크게 관계된 것인데, 어떻게 여자가 여러 사내를 세워두고 남편을 택합니까? 어떤 어리석은 남자가 오원(伍員)[196]이 위공주를 물리친 일을 본받지 않고 가서 방울을 맞겠습니까? 저희들은 열 장의 표문(表文)을 올려 사리를 분별하겠습니다."

---

195) 시어사(侍御史) : 한(漢)나라 이후에 치서시어사(治書侍御史) · 전중시어사(殿中侍御史) · 감찰시어사(監察侍御史)로 나뉘었는데, 모두 불법을 감찰하던 벼슬임.

196) 오원(伍員) : 오자서를 지칭하는데, 그에게 위공주와 관련된 일화는 없지만 다음의 일을 두고 하는 말인 듯함. 춘추시대 초나라 대부 비무기가 진나라 여자를 태자비로 맞이해 와서는 그 아버지인 평왕에게 진상하여 출세한 뒤, 태자의 스승이었던 오사(伍奢)가 평왕에게 이를 충간하다 옥에 갇히고 아들들도 처단 당하게 되었음. 오원은 굴욕을 참고 오나라로 망명하여 아버지와 형의 원수를 갚음.

승상이 정색을 하며 말하였다.

"너희의 망령됨이 이러하냐? 이런 말로 표(表)를 올리는 것은 황상과 황후 마마를 논핵하는 것이다. 그러니 어찌 신하의 도리이겠느냐? 단지 황제의 뜻에 순종하여 나아가는 것이 옳다. 굳이 너에게 액(厄)이 올까 근심할 필요가 있느냐?"

여러 아들들은 묵묵히 좋아하지 않았다. 그러던 중에 통정사(通政司)[197]에서 급히 알렸다.

"여러 관리들이 거의 다 모였으니 세 분 어르신들을 청합니다."

이어서 황문(黃門)[198] 시랑(侍郞)이 이르러 교지를 전하였다.

세 명의 소씨 젊은이가 핑계를 대고 하나라도 빠지면 죄가 가볍지 않을 것이다.

세 사람이 듣고 나서 관복(官服)을 갖추어 입고 할머니께 하직 인사를 하였다. 위씨 · 강씨 · 형씨 세 부인이 각각 그 지아비의 풍모를 보니 그들이 공주의 눈에 들 것이 뻔하였다. 마음에 무궁한 염려가 맺혀 얼굴에 근심이 잠겨 있으니 집안 식구들이 모두 당황하고 세 사람이 모두 즐거워하지 않았다. 운성이 눈을 들어 형씨를 보고 홀연히 슬퍼하는 빛이 가득하여 말하였다.

"명현공주를 내가 보지는 않았지만 소리를 들으니 반드시 마음씨가 좋지 않을 것 같았습니다. 은근히 살기(殺氣)가 있으니 어떤 박복(薄福)한 사람이 그런 불행한 것을 얻을까요? 우리 삼형제가 모두 청년이고 모

---

197) 통정사(通政司) : 내외의 상소를 관장하던 관청.
198) 황문(黃門) : 환관(宦官)의 별칭임.

습이 남에게 빠지지 않으니 어찌 두렵지 않겠습니까?"

석파가 말하였다.

"낭군이 스스로 자랑하시는 겁니까?"

운성이 또한 웃으며 말하였다.

"자랑이 아니라 진실로 우리들이 타고난 품성이 선풍(仙風) 옥인(玉人)이라서 사람들보다 못하지 않을 것입니다. 그러니 흉악한 음녀(淫女)의 눈에 들기 쉬울 것입니다."

승상이 경계하여 말하였다.

"네가 어찌 감히 공주의 흠을 말하느냐? 내가 이런 이유로 너를 좋아하지 않으니 조금도 이런 말을 할 생각 말고 빨리 가거라."

세 아들이 명령을 받고 물러나와 궁궐에 도착했더니 젊은 관료 수백 여 사람이 다 모였다. 세 사람이 자리에 나아가니, 도찰원(都察院)[199]의 돈후가 웃으며 말하였다.

"우리들이 뜻하지 않게 여기에 모여 앉아 방울을 기다리니 이 어찌 가소롭지 않은가?"

운경이 정색하며 답하였다.

"황제의 명령이 계셨으니 감히 웃을 일이 아닐세."

운성이 두 눈썹을 찡그리며 묵묵히 입을 다물고 있으니, 친구들이 놀리며 말하였다.

"천강은 금방울을 못 맞을까 걱정하는가? 그대의 뛰어난 풍모와 신선 같은 골격은 온 조정 관료들 중에 독보적이니, 두목지(杜牧之)[200]가 금

---

199) 도찰원(都察院) : 관리의 비행을 탄핵하고 각 성(省)을 감찰하던 관청.

200) 두목지(杜牧之) : 당나라 때의 시인으로 뛰어난 풍채로 유명함. 그가 장안(長安)의 시장을 지나가면 뭇여성들이 그를 흠모하여 귤을 던졌다고 함. 여기서는 운성을 그에 비유하여 이같이 말

얻는 것이 어찌 희귀하다 하겠는가?"

운성이 옅게 웃으며 말하였다.

"내가 염려하는 것은 여러 형들의 말과 같지 않습니다. 국가의 체면이 바르지 않아 인륜의 중대사를 바르지 못한 방법으로 행함을 딱하게 생각합니다. 그래서 표(表)를 올리고자 했지만 이 또한 가능하지 않아 여기 있자니 울적해서입니다. 어찌 금방울 받는 것에 마음이 있겠습니까?"

말을 마치기 전에 누각 위에서 주렴을 높이 걷고 수백 궁녀가 한 미인을 옹위하여 서 있었다. 향기로운 바람이 살랑살랑하고 패옥 소리가 낭랑하여 나부끼는 듯한 것이 선녀들의 성대한 모임 같았다. 그래서 혹은 흠모하여 우러러 보는 사람도 있고 혹은 모르는 체하는 사람도 있으며, 좋게 여겨 기뻐하는 사람도 있었다. 그렇게 늘어서 있으니 공주가 넓은 소매 안에서 자줏빛 금방울을 꺼내어 들고, 궁녀들은 분향(焚香)하고 하늘을 향해 빌었다.

공주가 보니, 운성 삼형제가 여러 무리 중에서 솟아나 모래 가운데에 명주(明珠)를 던져 놓은 것 같았는데 그 중에서도 운성이 더욱 풍모와 기골이 늠름하고 골격이 시원스러워 산과 내의 빼어난 기운과 해와 달의 조화를 이어받은 듯하였다. 그리하여 마치 소와 말 사이에 기린이 섞여 있고 까마귀와 까치 사이에 봉황이 나란히 서 있는[201] 듯하였다. 공주가 마음 속으로 더욱 기뻐하며 운성을 향하여 금방울을 내리치니, 바로 옷에 맞았다. 운성이 놀라 한번 터니 굴러서 옷 앞에 떨어졌다. 그랬더니 누각

한 것임.

201) 나란히 ~ 있는 : {ᄀᆞᆲ셔심}. 'ᄀᆞᆲ다'는 나란히 하다, 맞서서 견주다는 뜻임.

위아래에 있던 사람들이 한꺼번에 소리를 지르며 "부마를 정했다."라고 하니, 모든 관원들이 크게 웃으며 운성에게 치하하였다. 운성이 비록 속마음으로는 당황하였지만 본성이 침착하고 무겁기 때문에 참고 화답하였다. 그러나 마음을 둘 데 없어하니, 여러 친구들과 관원들이 이상하게 여겼다. 모두들 흩어진 후 운성이 감당할 수 없다고 사양하는데도 황제가 듣지 않으시고 흠천관(欽天官)[202]에게 날을 가리라고 하여 혼례를 하겠다고 하셨다.

소승상이 처음부터 짐작하기는 했지만 하늘의 운수를 벗어나지 못할 줄을 알고 순순히 따르고자 하여 여러 아들들을 들여보내고 기다렸는데, 이 소식을 듣고는 대궐에 나아가 상소를 올려 말하였다.

9

저의 어리석은 자식이 본디 배운 재주가 없고 무식하며 엉성하고 빈틈이 많습니다. 비록 아직 아내를 얻지 않았다고 해도 공주를 감당하기 어려운데 하물며 지금은 참정 형옥의 딸과 결발(結髮)[203]한 지 3년이나 되었습니다. 이제 공주를 하가(下嫁)하신다면, 규방의 법도를 어그러뜨려 조강지처(糟糠之妻)로 삼든지, 만약 그렇지 않으면 공주의 지위를 낮추지 못할 것이니 먼저 얻은 아내에게 뒤에 얻은 아내를 받들게 할 수가 없어 한바탕 평화롭지 못할 것입니다. 그러면 단지 공주께 해로울 뿐 아니라 풍속과 교화에 관련될 것이니, 엎드려 바라건대 거룩하신 황제께서는 살펴 주십시오.

황제께서 답을 내려 말하였다.

---

202) 흠천관(欽天官) : 천문역수(天文曆數)의 관측을 맡은 관아인 흠천감(欽天監)의 관리.
203) 결발(結髮) : 상투를 짜거나 쪽을 진다는 뜻으로, 총각과 처녀가 정식으로 혼인한 부부가 되는 것을 의미함.

"지금 세상에서 제일가는 재자(才子), 옥인(玉人)은 운성이므로 내 뜻이 그에게 기울었다. 공주가 금방울을 던져 부마로 정해졌으니 어찌 바꾸겠는가? 조강지처(糟糠之妻)가 예의에 중대하기는 하지만 공주가 하가하는 것이니 어찌 감히 정실부인으로 있어 같은 항렬로 두겠느냐? 폐

10

출하여 보내고 약속을 깨뜨린 후에 공주와 혼인하게 하여라."

승상이 다시 표(表)를 올려 아뢰었다.

저희 부자(父子)가 거룩하신 천자(天子)의 두터운 은혜를 입어 국가의 중요한 신하가 되었기에 할 말을 품고 아뢰지 않을 수가 없어 아뢰니다.

예나 지금이나 여자에게 칠거지악(七去之惡)[204]이 있으면 내칠 수 있지만 이유 없이 부귀를 탐하여 아내를 버린다면 어찌 세상 사람들이 침 뱉고 꾸짖지 않겠으며, 또한 주상전하의 크신 덕이 광무제(光武帝)[205]보다 못하다고 원망하지 않겠습니까? 제가 한갓 며느리를 위하는 것이 아니라 진실로 전하의 크신 덕이 상하실까 두려워 천하의 공론(公論)대로 하고자 하는 것입니다.

또한 폐하께서 굳이 형씨를 내치라고 하신다면, 운성이 전하의 은혜를 입어 부마의 영화와 귀함을 얻기는 하겠지만 선비 중의 신의 없고 행실이 얕은 무리가 될 것입니다. 그렇게 되면 도리어 폐하께서 사위를 택하심이 잘못되게 되고 공주도 남의 인륜을 어지럽힌 나쁜 사람이 될 것입니다. 그러니 엎드려 바라옵건대, 상께서는 보통 사람의 신의를 유념하시어 사사로운 정을 알맞게 쓰시고 형씨를 용납하시어 예

11

의를 잃지 않게 하십시오. 공주가 비록 높으시지만 혼례를 치러 운성의 별채에 계실

204) 칠거지악(七去之惡) : 유교에서 아내를 내쫓아야 할 일곱 가지 악행(惡行)으로 제시한 것. 곧 시부모님께 순종하지 않음, 아들이 없음, 음란한 행실을 함, 질투를 함, 나쁜 질병이 있음, 구설수에 오르내림, 도적질을 함 등임.

205) 광무제(光武帝) : 후한(後漢)의 1대 황제로, 왕망(王莽)의 군대를 무찌르고 한나라를 다시 일으킴.

지언정 진실로 감히 형씨의 지위를 빼앗지는 못할 것이라는 점을 밝혀 주십시오.

황제가 다 읽고 나서 웃으며 말하였다.

"소공은 왜 이리 공주를 헐뜯으며 가벼이 여기는가?"

드디어 내전(內殿)에 들어가시어 소승상의 표(表)를 공주에게 보이셨다. 그랬더니 공주가 아뢰었다.

"소경이 비록 곧은 절개와 곧은 말을 하므로 대하기 어렵지만, 어찌 황제가 지위에 항거하겠습니까? 폐하가 잡아서 정위(廷尉)[206]에게 가두게 하시고, 귀양 가기와 형씨 내치기 중에서 무엇을 택할지 물어보십시오."

황제가 망설이셨지만 부황후가 받아들이시어, 성지(聖旨)를 내려 말씀하셨다.

내가 공주를 소경의 며느리로 삼으려 한 것은 본래 좋은 뜻이었다. 그런데 경이 공주를 업신여겨 여러 번 임금의 명령을 거역하니 죄가 매우 크다. 그래서 특별히 관직을 삭탈하고 금의부(禁義府)[207]로 내려 보낸다.

소승상이 수십 명의 대신들과 함께 묘당(廟堂)에 있었는데 조서(詔書)를 보고 좌우 사람들에게 인수(印綬)[208]를 풀어 인끈을 맡기고 옥졸을 따라 금의부로 갔다. 이를 보고 구래공이 경탄하며 말하였다.

"그대가 조정에 들어온 지 수십 년이 되도록 사람들에게 논핵 받거나

---

206) 정위(廷尉) : 형벌을 관장하는 벼슬.
207) 금의부(禁義府) : 왕명을 받들어 죄인을 추국(推鞫)하는 사무를 맡아보던 관청.
208) 인수(印綬) : 도장과 인끈. 벼슬아치로 임명되어 임금으로부터 받는 표장(標章)임.

황제의 노여움을 만나지 않았습니다. 그런데 하루아침에 상소 한 장 때문에 이런 모습을 보입니까?"

소승상이 웃으며 말하였다.

"제가 못나서 황제의 노여움을 건드려 범하였으니 벌을 받는 것이 옳습니다. 어찌 원망하겠습니까? 다만 오늘에야 옛 사람들이 자식이 많으면 욕을 본다고 한 말을 알겠습니다."

말을 마치고 나서 소매를 떨치고 옥으로 향하니, 저자 사람들이 다 눈물을 흘리고 조정의 모든 관료들이 분노하며 말하였다.

"소현성은 국가의 큰 신하이다. 그런데 성상께서 어찌 하나의 일로 이렇게 대신을 박정하게 버리시는가?"

드디어 연이어서 황제께 간(諫)하였다. 그러나 환관(宦官)[209]이 부황후의 청을 들어 사이에서 상소를 감추고 전교(傳敎)를 위조하니, 여러 관료들이 어찌할 수가 없어 물러났다.

운성 등은 대궐 아래에서 대죄(待罪)하고 있으니, 모습이 한탄스럽고 놀랄 만하였다. 팔대왕이 보고 매우 놀라 황제에게 가 힘들게 간하니, 황제가 노여움을 돌리시어 내시를 통해 승상에게 물었다.

"짐이 경을 중하게 여겨 주진(朱陳)의 좋음[210]을 맺고자 하였는데, 경이 고집스럽게 사양하며 짐의 마음을 저버리니 어찌 신하이겠느냐? 지금 다 뉘우치고 있느냐?"

승상이 내시를 마주하여 탄식하며 말하였다.

---

209) 환관(宦官) : {황문(黃門) 시랑(侍郞)}. 이는 환관을 뜻하며, '내시'라고도 부름.

210) 주진(朱陳)의 좋음 : '주진지호(朱陳之好)'라고 하는데, 이는 주씨와 진씨의 두터운 교분을 뜻함. 서주(徐州)의 주진촌에 주씨와 진씨만이 살아 대대로 혼인을 하였으므로 전하여 양가에서 대대로 통혼하는 사이라는 뜻으로 쓰임.

"내가 비록 못났지만 어릴 때부터 글을 읽었고 나라의 녹(祿)을 먹은 지도 수십 년이 되었다. 그러니 어찌 군신(君臣)의 의리를 모르겠는가? 이런 까닭에 받아들일 수 없음을 간하는 것이지 공주를 싫어하는 것이 아니다. 그런데도 황제께서 죄를 내리시니 오직 순순히 받들 뿐이다. 비록 이렇게 하시어 공주를 내 집에 보내시더라도 무슨 즐거움이 있으실까? 대장부가 입에서 말을 내었으니 차마 따르기 어렵구나. 나는 이미 삼강(三綱)[211]과 오상(五常)[212]을 지키고 있으니 큰 도끼와 작은 도끼가 머리 앞에 닥친다 해도 뜻을 돌이키지 못한다. 그러니 내시는 황제께 자세히 회답하여 아뢰어라."

내시가 감히 말을 꺼내지는 못하고 생각하였다.

'이 말을 다 아뢴다면 어진 신하가 황제의 노여움을 만날 것이 분명하니 어찌 권도(權道)를 행하지 않겠는가?'

드디어 돌아와 단지 말씀을 듣지 않는다고만 아뢰었다. 황제가 매우 원망스러워 하며 날마다 옥 안으로 사람을 시켜 형씨를 내쫓겠냐고 물으셨지만, 승상이 고집스럽게 허락하지 않았다.

그런 지 6일이 되자 태부인 양씨가 글로써 승상을 책망하였다.

14

> 네가 마땅히 며느리를 아껴야 하지만 그렇다고 하여 유독 늙은 어미는 생각하지 않는구나. 절개를 지키는 것이 이런 데에 있는 것은 아니니, 아들은 고집하지 말고 황제의 뜻을 좇아 가문의 화를 부르지 마라.

---

211) 삼강(三綱) : 군위신강(君爲臣綱), 부위자강(父爲子綱), 부위부강(夫爲婦綱) 등 유교 도덕의 기본이 되는 세 가지 떳떳한 도리.

212) 오상(五常) : 오륜(五倫)과 같은 뜻으로 사용되기도 하고, 인(仁) · 의(義) · 예(禮) · 지(智) · 신(信)을 가리키기도 함.

승상이 길게 탄식하며 말하였다.

"내가 늘 홀로 되신 어머니를 염려하여 곧은 논의를 세우지 못했으니, 이번에도 설마 어떻게 할 수 있겠는가?"

드디어 답신을 써서 마음을 놓으시라고 아뢰었다.

이때에 칠왕과 팔왕 두 왕이 황상께 굳이 간하고 구승상이 계속하여 상소를 올리니, 황제께서 운성을 불렀다. 그러나 운성이 사양하며 말하였다.

"저 때문에 아버지께서 하옥되셨으니 저는 천지 사이의 죄인입니다. 무슨 면목으로 황상 앞에 뵙겠습니까?"

황제가 말을 전하여 물었다.

"네가 능히 공주와 혼례하고 형씨 여자를 거절하겠느냐?"

운성이 분한 기운이 가슴에 막히어 말을 못하고 땅에 거꾸러졌다. 모두 급히 그를 간호하니, 오랜 후에 운성이 말하였다.

"만약 아버지의 죄를 사하여 주신다면 제가 스스로 죽어 성은을 갚겠습니다. 어찌 형씨 하나 거절할 것을 거론할 수 있겠습니까?"

내시가 돌아가 아뢰었다. 그랬더니 황제께서 즉시 승상을 놓아 주었다. 소승상이 이상하게 여기면서 용서해 주심을 받아 옥문을 나섰다. 대신들이 수풀같이 둘러싸고 있는데, 화공과 석공은 탄식할 뿐이었고 형공은 눈물을 흘리며 사례하였다.

"형이 제 딸 때문에 하옥되고 관직에서 떨어져 수십여 년 동안 높았던 명성을 욕되게 하였으니 어찌 감사하지 않겠습니까? 모름지기 현명하신 공께서는 황제의 명령에 순종하여 귀하신 태부인께 염려를 끼치지 마십시오."

소승상이 아무렇지도 않은 듯이 웃으며 말하였다.

“형께서 이 무슨 말씀을 하시는 것입니까? 제가 조정에 들어간 지 오래 되었어도 일이 순조로워 당시 사람들의 논의 대상에 오르지 않았습니다. 그런데 지금 조그만 말을 하여 하옥되니 이는 받은 운명이 기구하기 때문입니다. 예전에는 맑고 고상하여 액을 만나지 않은 것이니 어찌 이번 일이 며느리 때문이겠습니까? 황제께서 용서하시어 놓였지만 무슨 이유인지 모르겠습니다. 청컨대 형님들께서는 말씀해 주십시오.”

구승상이 운성이 황제께 말씀을 올림으로써 놓여나게 되었음을 말하니, 소승상이 탄식하며 아무 말도 하지 않았다. 운성이 사람들에게 일러 말하였다.

“제가 일찍이 옛 글을 보았더니 군신유의(君臣有義)와 부자유친(父子有親)·부부유별(夫婦有別)이 모두 중하다고 했습니다. 그러나 아버지가 낳지 않으셨으면 자식이 어떻게 세상에 나와 임금을 알 수 있었겠습니까? 지금 상께서 공주 때문에 제 아버지를 가두시니 제가 어찌 세상의 죄인이 되지 않겠으며, 조강지처(糟糠之妻)를 큰 힘때문에 폐하게 되니 박행(薄行)한 사람이 되지 않겠습니까? 오히려 아내에 관한 것은 작은 일입니다. 아버지께서 궂은일을 당하심을 생각하니 무슨 면목으로 세상을 살아갈지 모르겠습니다. 청컨대 자결하여 밝으신 가르침에 사죄하고 싶습니다.”

16

말을 마치고는 칼을 빼서 자기를 찌르려고 하니, 형공이 급히 칼을 빼앗고 손을 잡으며 어깨를 짚고 탄식하였다.

“네가 어찌 이렇게 망령된 일을 하느냐? 당당히 부마의 작위를 받아 누리고, 이런 이상한 행동은 하지 마라.”

모든 관료들이 놀라 각각 감회가 있었다. 승상이 천천히 운성을 책망하였다.

"성상께서 신하를 벌하시는 것은 떳떳한 일이며, 너 또한 아비를 구했으니 효도를 잃지 않았다. 내가 내 뜻을 펴는 것이 그르지만 상께서 총애하심을 믿고 한번 발설한 것인데, 상께서 내 죄를 사하셨으니 큰 은혜다. 네가 어찌 감히 원망하여 가벼이 자결하려 하느냐? 가히 무식하고 통달하지 못한 처사이다. 너는 모름지기 마음에 새겨라."

17

한림 운성이 눈물을 드리우며 명령을 받았다.

성지(聖旨)가 내려져 소승상을 복직하시고 혼인을 확실히 결정하셨다. 그러고는 형참정에게 교지를 내려 말씀하셨다.

"경의 딸이 운성의 아내이다. 그러나 공주와 동렬(同列)이 될 수는 없으니 예부(禮部)에 혼인을 파기하는 글을 올리고 딸을 데려가 앞으로 왕래하지 마라."

소승상이 다시 상소를 올렸다.

제가 황상의 위엄을 갓 입었으니 성은을 잊은 것이 아닙니다. 다만 생각건대 형씨를 비록 공주와 동렬(同列)로 두지 못하고 운성의 아내라고 이르지는 못할지라도 어찌 죄 없이 혼인을 파기할 수 있겠습니까? 이는 진실로 상의 은혜가 편벽되어 죄인을 특별히 용서하시는 덕이 없으신 것이니, 제가 중형을 받아 죽더라도 항복하지 않겠습니다. 바라건대 폐하께서는 '절혼(絶婚)' 두 글자를 거두시어 오뉴월에도 서리를 내리게 한다는 여자의 원한[213]을 없게 하십시오.

---

213) 오뉴월에도 ~ 원한 : {녀ᄌᆞ[女子]의 하상지원(下霜之怨)}.

상께서 답하여 말씀하셨다.

"경의 굽히지 않고 강하게 주장하는 것이 이와 같으니 일의 체면을 모르는 것을 한심하게 생각한다. 그러나 작은 일은 들어주어 형씨를 제 어버이의 집에 두고 혼인의 약속을 지키게 하겠다."

형공이 길게 슬퍼하며 말하였다.

"이 또한 딸의 팔자다. 어떻게 할 수 있겠는가?"

18

말을 마치고 자운산에 돌아가 그 딸을 데려가려는데, 승상 부자(父子)가 함께 와서 형공을 외당(外堂)에 머물게 하고는 셋째 아들과 함께 내당으로 들어가 어머니를 뵈었다. 태부인이 승상이 석방됨을 기뻐하기는 했지만 온 식구가 형씨의 사정을 슬퍼하지 않는 사람이 없었다. 승상이 시녀에게 형씨를 부르게 하니, 형씨가 비녀[214]를 흩어버리고 붉은 치마를 끌고 자리에 이르렀다. 이 때의 나이가 15세이며 태연자약한 기질과 얼음같이 깨끗한 태도가 해의 빛을 가릴 정도였는데, 애원하는 듯한 모습과 처참한 형상을 차마 볼 수가 없었다.

형씨가 자리에 꿇어앉으니 승상이 두려운 듯한 모습으로 오래도록 있다가 슬픈 표정으로 눈살을 찌푸리며 소매에서 전후(前後)의 성지(聖旨)들을 내어주었다. 형씨가 다 보고 나자 승상이 또 탄식하며 말하였다.

"너는 어진 여자다. 내 집에 온 지 3년이 되었지만 일찍이 부족함을 보지 못하였고, 행실이 정숙하고 우아하여 방탕한 운성의 내조를 호방하게 하는 등 성덕(盛德)을 갖추었다. 내가 항상 네가 젊은 나이에 너무 성숙함을 걱정한 것은 수(壽)를 다 누리지 못할까 염려한 것에 불과하니 어찌 이런 일이 있을 줄 알았겠느냐? 예쁜 얼굴의 미인은 명(命)이 짧다

214) 비녀 : {소두(搔頭)}. 이는 비녀를 뜻함. 삽두(揷頭)라고도 함.

19 는 말이 예부터 있지만, 너 같은 이는 없을 것이다. 이 어찌 한갓 너의 팔자가 기구해서이겠느냐? 내 아들이 복이 없고 가문의 운이 불행하여 우리들이 어진 며느리를 잃는 것이다. 슬퍼하는 것만으로는 부족하다. 비록 그러하지만 슬픔이 지극하면 기쁨이 오고 즐거움이 지극하면 슬픔이 올 것[215]이니, 푸른 하늘이 차마 무심하겠느냐? 너는 친정으로 돌아가 마음을 편안히 하고 있으면서 나중을 바라고 과도하게 마음을 상하지 마라. 그리고 운성이 호방하여 삼가지 못함이 있더라도 네가 강하게 거절하여 재앙을 받지 마라."

태부인이 슬퍼하며 말하였다.

"이는 하늘이 내린 운수다. 하지만 나중에 다시 만날 것을 정하지 못하겠구나. 노인은 서쪽 산으로 지는 해와 같으니 다시 보는 것이 쉽겠느냐? 너는 약한 자질을 보중하여 뒷날을 기다려라."

소부인, 윤부인, 화부인 세 부인과 이파, 석파 두 서모가 다 눈물을 뿌리며 이별하는데, 석부인도 맑은 눈물이 어지럽게 흘러 푸른 소매를 적셨다. 형씨가 이런 상황을 만나니 마음이 부서지는 듯하고 정신이 아득하여 다만 방석 아래에 꿇어 앉아 아뢸 뿐이었다.

"제가 지혜롭지 못하고 변변치 않은 자질로 거룩한 가문에 의탁하여 시부모님과 할머님의 봄볕 같은 은혜를 입었습니다. 곁에서 모신 지 20 수삼 년에 산과 같은 은혜와 바다 같은 덕을 한 몸에 실어 백골에 새겼는데, 하늘에 죄를 지어 이런 액을 만나니 무엇을 한하며 누구를 원망하겠습니까? 다만 깊은 규방에서 죽을 때까지 시부모님의 성은을 마음 깊이 새길 뿐이니, 백골도 소씨의 사당(祠堂)을 저버리지 못할 것입니

---

215) 슬픔이 ~ 것 : {비극태릐[悲極兌來]오 낙극비릐[樂極悲來]}.

다."

말을 마치는데 구슬 같은 눈물이 고운 얼굴에 계속 흐르니 더욱 소담하고 깨끗하여 사람의 마음을 슬프게 하였다. 승상의 철석(鐵石) 같은 마음으로도 감회가 커 낯빛을 바꾸고 위로하여 말하였다.

"너는 슬퍼하지 마라. 오래지 않아 서로 다시 모일 것이니 어찌 과도하게 슬퍼하겠느냐?"

형씨가 눈물을 거두고 이별의 인사를 드리니, 온 집안이 위아래 모두 두 눈에서 눈물을 흘리며 나중에 만날 것을 이야기하였다. 여러 공자들도 모두 슬퍼하며 말하였다.

"아주머니[216]는 아무쪼록 귀한 몸을 보중하십시오. 저희들도 다시 뵙지 못할 듯합니다."

형씨가 묵묵히 침소로 갔다. 운성이 이미 와서 기다리다가 형씨를 대하여 실성한 듯이 울었다. 반나절이 지난 후에야 겨우 말을 하였다.

"처음에 내가 부인과 더불어 하주(河洲)[217]의 바른 도로써 만나 부부가 되었습니다. 내가 비록 용렬하고 어려 군자답지 못하지만 부인이 이미 숙녀의 그윽하고 고상함이 있으니 평생토록 백수해로(白首偕老)하면서 아들 · 딸 낳고 살기를 원하였는데 천만 의외에 일이 이렇게 되었습니다. 만약 남들로 말한다면 명현공주가 정비(正妃)의 외동딸로 황상의 사랑하시는 바이니 어찌 부마 작위를 영화롭게 여기지 않겠습니까? 하지만 나는 그대 때문에 마음이 마디마디 끊어지니 어찌 즐거움이 있겠

---

216) 아주머니 : {현수(賢嫂)}. 문맥상 형수(兄嫂)와 제수(弟嫂)를 아우르는 말이므로 이같이 옮김.

217) 하주(河州) : 『시경(詩經)』「국풍(國風)」, 〈관저(關雎)〉 장의 "자웅이 응하여 우는 저 비둘기가 하수의 모래섬에 있구나. 요조한 숙녀는 군자의 좋은 짝이로다[關關雎鳩, 在河之州. 窈窕淑女, 君子好逑]"라는 구절에서 온 말임. 하주의 숙녀라고 하면 덕이 높은 여인을 일컬음. 여기서는 하주의 바른 도로써 부부가 만났다는 뜻으로 쓰임.

습니까? 그러나 임금의 위세가 엄하시니 불효를 저지를까 두려워 상의 뜻에 순종하는 것이니, 또 누구를 원망하겠습니까? 대장부가 되어 자질구레하게 여인 때문에 슬퍼할 것은 아니지만, 당태종(唐太宗)[218]의 영웅다움으로도 소릉(昭陵)[219]을 바라보았고 초패왕(楚覇王)[220]의 씩씩한 기운으로도 우희(虞姬)[221]를 이별할 때에 애석해 하였습니다. 하물며 제가 어찌 영웅의 기운을 드날리고 대장부의 씩씩한 마음을 자랑하겠습니까? 바라기는, 부인이 옥 같은 자질을 보호하고 있다가 다시 만나기를 바랍니다."

형씨가 맑은 눈에 구슬 같은 눈물을 머금고 옥 같은 목소리로 슬프게 울먹이며 대답하였다.

"제가 못난 기질로 배운 것이 고루하여 낭군의 화락한[222] 짝이 아니지만, 후의(厚意)를 받들어 죽을 때까지 가문을 의지하려 했는데 운명이 기구하여 이런 일이 있습니다. 낭군께서 영화롭고 귀하게 되어 금지옥엽(金枝玉葉)의 배필을 얻으심을 마음 속으로 기뻐하고 다행스럽게 생각합니다. 하지만 제 신세를 돌아보면, 탁문군(卓文君)[223]의 〈백두음(白頭吟)〉과 소혜(蘇蕙)[224]의 〈직금도(織錦圖)〉가 비록 있다고는 하지만, 그 두 사람의 즐거운 일을 만나지 못하여 속절없이 빈 도장(道場)[225]을 지

22

---

218) 당태종(唐太宗) : 당(唐) 나라의 2대 황제임. 본명은 이세민.

219) 소릉(昭陵) : 당태종의 비(妃) 문덕황후(文德皇后)의 능호(陵號)임. 부덕(婦德)이 높았다고 함.

220) 초패왕(楚覇王) : 항우(項羽)를 가리킴.

221) 우희(虞姬) : 초패왕 항우가 아끼던 미인.

222) 화락한 : {관〃[關關]ᄒᆞᆫ}. 이는 부부가 화락함을 뜻함. 『시경(詩經)』「국풍(國風)」〈관저(關雎)〉장의 "자웅이 응하여 우는 저 비둘기가 하수의 모래섬에 있구나. 요조한 숙녀는 군자의 좋은 짝이로다[關關雎鳩 在河之州. 窈窕淑女 君子好逑]"라는 구절에서 온 말임.

223) 탁문군(卓文君) : 한(漢) 나라의 여류 문인. 과부로 있다가 사마상여와 사랑에 빠져 야반도주하였음. 그러나 후에 그가 무릉인의 딸을 첩으로 삼자 〈백두음(白頭吟)〉을 읊었음.

224) 소혜(蘇蕙) : 진(秦)나라 때의 여인. 소약란(蘇若蘭)이라고도 함. 남편을 그리워하여 시를 짓고 이를 비단에 수놓아 남편에게 보냈다고 함. 이를 직금도(織錦圖)라고 함.

키다가 15세 청춘으로 단장(短章)의 시(詩)를 외워 지하의 원귀(寃鬼)가 될 것입니다. 동쪽으로 흐르는 것을 서쪽으로 돌리지 못하고, 떨어진 꽃이 가지를 하직하면 옛 수풀을 부끄러워합니다. 버림받은 제가 친정으로 돌아가면 다시 돌아오지 못할 것입니다. 바라건대 낭군께서는 자질구레하게 아녀자를 생각하여 초패왕이 눈물 흘림을 본받지 말고 오기(吳起)[226]가 아내를 죽인 씩씩한 마음을 배워 영웅의 기운을 떨치십시오. 황상의 명령이 계시니 감히 지체하지 못합니다. 낭군은 길이 탈이 없으시길 바랍니다."

운성이 엄숙하게 이별을 고하는데 근심과 안타까움이 내비치고, 한 마디 말을 함에도 눈물을 흘리며 단지 부인의 손을 잡고 오래도록 길게 탄식하며 말하였다.

23

"내가 한 마디 말로 부인께 진심을 전할 것이니 부인이 기쁘게 듣겠는가?"

형씨가 눈물을 거두고 물었다.

"낭군께서 가르치는 말을 듣고 싶습니다."

운성이 오래도록 깊이 생각하다가 말하였다.

"내 말이 외람되고 넘치는 부분이 있기는 하지만 진정으로 품은 바입니다. 당신은 이상하게 여기지 말고 들으십시오. 지금 운수가 이렇듯 기구하여 원앙이 서로 떨어져 있게 되었는데, 내가 어찌할 수가 없어 부마가 되더라도 명현공주가 정비(正妃)의 딸로 청춘의 젊은 나이이니 나와 함께 늙을 때까지 살다가 죽는 것이 쉽지는 않을 것입니다. 그러

225) 도장(道場) : 도를 닦는 곳이라는 의미로, 불교의 절이나 도교의 도관을 이름.
226) 오기(吳起) : 전국시대의 인물로, 노(魯) 나라 임금에게 기용되기 위하여 아내를 죽여 장수직을 구했다고 함.

나 설사 황제와 황후가 현명하고 좋으신 분이라도 칠왕이 더욱 부모의 뜻을 받들어 당신을 멀리하실 것입니다. 이렇게 된다면 죽을 때까지 우리 부부가 만날 길이 없을 것입니다. 나는 남자라 비록 부인을 잊지 못할지라도 오히려 마음을 위로할 것이 많습니다. 하지만 그대는 공연히 꽃다운 나이에 운명이 기구하게 되어 내가 죽지 않았어도 내 얼굴을 보지 못할 것입니다. 또 남편의 가문에 죄를 짓지 않았는데도 쫓겨나 빈 규방[227]에서 원망을 품을 것이니 부인의 신세는 말하지도 말고 내가 사람을 잘못 되게 만든 죄를 입을 것입니다. 이는 진실로 나 때문에 당신이 화를 입은 것이니[228] 잠시라도 편하겠습니까? 단지 부인의 용모와 사사로운 감정을 유념하는 것이 아니라 그 일생을 마치게 한 것을 생각하면 마음이 부서지는 듯합니다. 내가 평소에 의로운 기운을 중하게 생각하고 남의 억울한 것을 차마 보지 못하였는데 어찌 내가 스스로 죄 없는 아내를 버려 오뉴월에 서리가 내리게 하는 원한을 품게 할 줄 알았겠습니까?

다시 생각해 보건대, 부인의 절개가 비록 중하지만 또한 의리도 가볍지 않은 것입니다. 부모가 낳지 않았으면 지아비 중한 줄을 어찌 알겠습니까? 그러니 청컨대 부인은 내 염려와 장인·장모님께 불효함을 생각하여 좋은 가문·귀한 집안의 군자를 만나 청춘을 괴로이 보내지 말고 자녀를 낳아 화락하십시오. 그러면 위로는 장인·장모님께 불효를 끼

---

227) 빈 규방 : {공교}. 문맥상 '공규(空閨)'로 보여 이같이 옮김.

228) 나때문에 ~ 것이니 : {ᄇᆡᆨ인[伯仁]이 유아이ᄉᆞ[由我而死] ㅣ 라}. 이는 다른 사람이 화를 입게 된 원인이 자기에게 있음을 한탄하는 말임. 진나라의 왕도가 억울하게 옥에 갇혔을 때 백인이 누명을 벗겨 주었지만 왕도는 이를 몰랐다. 이후에 백인이 옥에 갇히게 되었으나 왕도는 그를 구하지 않아 백인이 죽고 말았다. 나중에 이를 안 왕도가 백인을 구하지 못한 자신의 어리석음을 자책한 데서 생겨난 말임.

치지 않는 것이고 아울러 부인이 평생토록 화락할 수 있는 길이며 아래로는 내 염려를 그치게 하는 것이니, 이 어찌 아름답지 않겠습니까? 진평(陳平)[229]의 아내가 다섯 번 개가(改嫁)하였지만 진상국이 중시하는 부인이 되었으니 어떤 사람이 굳이 그대를 낮게 여기겠습니까? 이제 내가 부인을 대하여 빛나는 얼굴을 보니 더욱 마음이 안타까워 차마 보지 못하여 이런 말을 하는 것입니다. 이 말은 실로 정 때문이 아닙니다. 대장부가 이미 말을 내었는데 어찌 내외를 달리하겠습니까? 마음이 간절하여 말하는 것이니 부인은 고집하지 말고 순조로운 길을 생각하여 내 말을 저버리지 마시오."

말을 마치자 형씨가 얼굴빛이 흙빛이 되어 크게 울며 말하였다.

"제가 의외에 하루아침에 귀하신 가문을 이별하게 되니 마음이 끊어지는 것 같습니다. 그래도 마음을 참고 아득한 정신을 다스려 친정으로 돌아가는 것은 깊은 규방에서 목숨을 끊어 넋이라도 소씨 묘 아래를 바라보도록 묻히고 싶어서입니다. 그런데 지금 상공께서 갑작스런 말씀으로 저를 욕되게 하는 것이 참혹합니다. 은근히 저의 백골도 버리고 싶으신 것이니 제가 어찌 구차하게 살아 낭군의 욕함과 의심을 받겠습니까? 부모의 은혜가 더욱 중하시니 무슨 이유로 처신을 낮게 하여 조상께 부끄러움을 이루고 부모께 욕을 받게 하겠습니까? 또 제 몸에 누명을 싣고 목숨을 부지하여 예부터 내려오는 강상(綱常)을 무너뜨리며

---

229) 진평(陳平) : 한(漢) 나라의 정치가. 처음에는 항우(項羽)를 따랐으나 후에 유방(劉邦)을 섬겨 한나라 통일에 공을 세움. 그는 처음에 형과 가난한 집에서 살았는데, 나이가 들어 장가들 때가 되었으나 가난하여 쉽게 장가를 들 수가 없었다. 그 때 호유향에 장부(張負)라는 부자가 살았는데, 장부에게는 곱고 사랑스런 손녀가 하나 있었다. 그러나 다섯 번이나 시집을 갔지만 그때마다 남편이 이내 죽어버려 그 뒤로는 아무도 그녀에게 장가들려는 사람이 없었다. 하지만 진평은 전혀 두려워하지 않고 그녀를 아내로 맞이했다고 함.

인륜(人倫)의 큰 절개를 저버리겠습니까? 원컨대 낭군 앞에서 스스로 목을 찔러 그대의 염려와 나의 설움을 잊겠습니다."

말을 마치고 바람같이 칼을 빼 자결하려 하니, 운성이 바삐 칼을 빼앗고 붙들어 말하였다.

"어찌 행동을 이같이 도리에 어긋나게 하는가?"

형씨가 슬픔으로 기가 막히니 한 마디 말도 못하고 혼절하여 땅에 엎어졌다. 운성이 급히 간호하니, 반나절 후에 눈물을 흘리며 겨우 일어나 아버지와 함께 친정으로 돌아가려 하였다. 운성이 잠시 마음을 이야기하려 했지만 형씨가 화가 나 다시 말을 하지 않고 소매를 떨치고 나가니, 운성이 감탄함을 마지않았다.

이에 형씨가 네 명의 동서들을 이별하고 덩[230]에 들어갔다. 운성이 나아가 덩 문을 잠그고 형공을 보았더니 공이 눈물을 드리우며 말하였다.

"오늘부터 너와 내가 장인 · 사위의 의리가 끊어지니 대장부의 심정이라도 편할 리가 있느냐?"

소승상이 위로하여 말하였다.

"비록 사정이 참혹하지만 아들의 복록이 옅지 않고 며느리의 풍모가 시원스러우니 이는 부부의 복이 다 옅지 않은 것입니다. 뒷날이 있을 것이니 형은 슬픔을 그치십시오."

말을 마치고 잔을 내어와 권했지만 형공이 차마 먹지 못하며 탄식하였다.

"대장부는 죽음도 돌아보지 않는 것이니 어찌 여자 하나를 슬퍼하겠습

230) 덩 : 원래는 공주나 옹주가 타던 가마를 뜻했는데, 후에는 귀한 집의 아녀자들이 타는 가마를 지칭하게 됨.

니까? 하지만 부녀 사이의 정은 천륜으로 얽힌 일이라 이런 일 앞에서 마음이 어찌 평안하겠습니까?”

소승상이 슬퍼하며 말하였다.

“형은 철석같은 마음의 군자입니다. 어찌 마음 아파함이 과도합니까? 모름지기 마음을 넓게 가져 나중을 기다리십시오.”

형공이 그의 위로함 때문에 잔을 기울여 마시고 다시 술을 부어 승상께 보내며 말하였다.

“제가 불초하지만 현명하신 공과 함께 막역(莫逆)의 좋음[231]과 진진(秦晋)의 좋음[232]을 행하였는데, 오늘 인척(姻戚)의 의리를 끊게 되니 한 잔의 감회하는 술을 보냅니다.”

소승상이 옥잔을 어루만지며 말하였다.

“이 잔을 받드는 것이 기쁘지 않습니다. 원컨대 다시 만날 것을 언약하는 잔을 마시면 좋겠습니다.”

말을 마치고 잔을 기울이니, 형공이 다시 한림 운성의 손을 잡고 등을 어루만지며 차마 일어나지 못하고 눈물을 얼굴 가득히 흘리며 말하였다.

“내가 너의 재주와 용모를 아꼈는데 어찌 내 딸과 이렇게 끝날 줄 알았겠느냐? 다시 보지 못할 듯하니 너는 길이 몸을 보중하여라.”

28

드디어 이별시 한 장을 써서 주었다.

이때 운성이 마음이 산란하였지만 아버지 면전이고 또 남들 보는데 주접스러움을 보일 수가 없어 안색을 태연하게 하고 말을 아무렇지 않게 하

231) 막역(莫逆)의 좋음 : {마역}. 문맥상 ‘막역(莫逆)’으로 보여 이같이 옮김. 이는 ‘막역지우(莫逆之友)’를 뜻하는데 이는 본래 천지의 참된 도를 깨달아 사물에 얽매이지 않는 마음을 가진 사람 간의 교류를 뜻하였지만 나중에는 서로 허물없는 친구, 거스르지 않는 친구를 가리키게 됨.

232) 진진(秦晋)의 좋음 : 진(秦)과 진(晉) 두 나라가 대대로 혼인했다는 데에서 유래하여 사돈의 우의가 두터움을 뜻함.

였다. 하지만 형공의 처량하고 슬픈 말과 이별시의 은근함을 보고 나서는 마음에 참지 못하여 두 번 절하고 말하였다.

"제가 외람되게 슬하에 있은 3년 동안 장인어른의 아끼심을 받았는데, 이유가 있어 한번 이별하는 것이 길이 만년의 사별이 될 듯 합니다. 장인어른은 혹시 뵈올 때가 있을지 모르지만 규중의 청춘인 아내는 제가 죽지 않고서는 문을 바라보기만 해야 하는 과부 신세가 되었습니다. 그러니 사람을 저버린 죄는 삼생(三生)[233]에 면하기 어려울 것입니다. 형씨는 15세 청춘으로 꽃이 아직 피지도 않은 때인데 저 때문에 천 년을 괴로이 보내야 하니 이는 사람으로서 차마 못할 일입니다. 청컨대 장인어른께서는 어진 군자를 얻어 그의 일생을 편하게 해 주십시오. 그러면 제가 죽어도 눈을 감겠습니다."

그러자 형공이 발끈 화를 내며 말하였다.

29

"네가 어찌 이렇게 마음 상하게 하는 말을 하느냐? 내가 비록 무식하고 내 딸이 비록 못났지만 그런 짐승 같은 행실은 하지 않을 것이니, 모름지기 욕되게 하지 마라."

소승상도 책망하였다.

"이런 때를 당하여 사돈어른과 며느리의 마음이 몹시 당황스러울 것이다. 그러니 네가 나중에 다시 만날 것을 말하며 위로하는 것은 관계치 않지만 어찌 불의(不義)한 말로 사람을 대하여 욕되게 하여 사이를 아주 끊는 말을 하느냐?"

운성이 인사를 드리고 형공의 글을 받아 보기를 마친 후, 붓을 들어 화답하는 시를 받들어 썼다. 그 뜻이 맑고 고상하며 구법(句法)이 시원스럽

---

233) 삼생(三生) : 전생(前生) · 현생(現生) · 후생(後生)을 이름.

고 필법(筆法)이 오악(五嶽)[234]을 흔드는 듯하여, 형공이 더욱 감동하고 애석해 하였다. 한번 읽고 나자 눈물이 떨어지고 두 번 읽고 완상하니 마음이 아득해졌다. 글을 접어 소매 가운데 넣고 날이 늦어 집으로 돌아가려 하였다. 그러자 소승상이 탄식하며 말하였다.

"형은 조정에서 볼 것이니 근심하지 말고, 아무쪼록 예전과 같기를 바랍니다."

운성이 다시 절하며 말하였다.

"장인어른은 끝내 저를 슬하에 두던 마음을 잊지 마십시오. 제가 몸이 다할 때까지 은혜를 명심하겠습니다. 임금의 명령이 엄하시니 장모님을 다시 뵙지 못할 듯하니 평생의 한이 될 것입니다." 30

말을 하자마자 눈물이 얼굴에 가득하여 도포에 떨어지니, 승상이 기뻐하지 않아 말하였다.

"오늘 제 말이 야박하다고 형이 반드시 의심할 것이지만, 대장부가 세상을 살 때에 한 여자와 한 처자 때문에 구구하게 슬퍼하고 자질구레하게 눈물을 흘리면 어찌 부끄럽지 않겠습니까? 형님은 부녀의 천륜(天倫)으로 참지 못하는 것이 자연스러운 일이지만, 운성은 아내 한 명 때문에 이런 모습을 보이니 그 약함을 불행하게 생각합니다. 대장부가 어찌 눈물을 함부로 흘리겠습니까? 이 또한 사별(死別)이 아니니 마음이 아득할지라도 슬퍼하고 연연해하면 안 됩니다. 그런데도 이렇듯 약한 모습을 보이니 장차 장인과 사위 두 사람이 사람들의 비웃음을 받을까 두렵습니다."

---

234) 오악(五嶽) : 여기서는 중국의 다섯 명산으로, 영산(靈山), 태산(泰山), 화산(華山), 형산(衡山), 항산(恒山), 숭산(嵩山)을 가리킴.

형공이 겸손히 사례하며 말하였다.

“제 마음이 연약하여 이렇게 행동했습니다. 형의 가르치심이 지극히 옳습니다. 삼가 가르침을 받들겠습니다.”

운성도 사죄하고 나서 감히 슬픈 빛을 보이지 않았다. 형공이 일어나 나가는데, 승상이 그 손을 잡고 문 밖에까지 와서 보내며 두어 마디 말을 귀에 대고 하였다. 형공이 새겨듣고 그 딸과 함께 돌아갔다.

31

형공의 부인 두씨가 매우 서러워하며 딸을 차마 보지 못하였다. 형씨도 자기 팔자가 박명함을 슬퍼하였지만 부모를 위하여 안색을 온화하게 하고 마음을 넓게 하며 세월을 지냈다.

이때 나라에서 부마를 얻고 크게 기뻐하며 혼인할 날을 택하니 7월 중순이었다. 몇 달이 남았으니 위엄 있는 의식을 위해 준비하면서 궁궐을 지으라고 하셨다. 그리하여 중사(中使)[235]가 일을 감독하면서 자운산 소부 곁에 큰 집 한 채를 지었다. 화려한 기둥과 새처럼 날아갈 듯한 난간, 붉은 칠을 한 난간과 옥으로 장식한 난간이 태양 빛을 가릴 정도였고, 나는 듯하고 여러 색으로 채색한 누각이 공중에 무수히 닿아 있어 자운산의 경치를 더하였다. 둥글게 굽은 난간이 십 리를 둘러 있고 움직이는 섬과 꾸며 놓은 맑은 연못이 정교하고 묘하여 태자궁보다 더하였다. 소승상이 이를 보고 근심스럽게 탄식하며 말하였다.

“탕(湯) 임금[236]이 책망하시기를, ‘궁실이 높은가, 부녀자의 청탁이 많은가?’[237]라고 하셨다. 지금 명현궁이 저렇듯 높게 우뚝 솟아 있는 것

235) 중사(中使) : 왕명을 전하는 환관을 이름.

236) 탕(湯) 임금 : 은(殷) 나라의 창시자임.

237) 궁실이 ~ 많은가? : 큰 가뭄이 7년이나 계속되자 탕왕이 자신을 희생으로 삼아 기우제를 지내면서 자책하며, “정사가 간결하지 못한가, 백성이 생업을 잃었는가, 궁실이 높은가, 부녀자의 청탁이 많은가?”라고 했다고 함.

이 대궐과 같고, 궁인(宮人)들과 시녀들 중 뽑아 온 수가 천여 명이다. 그러니 그 복을 계속하여 지니지 못할 것임을 알 만하다."

운성이 형씨를 이별하고부터 마음이 모두 구름과 물처럼 흩어졌고, 명현공주에게는 이를 갈면서 스스로 맹세하기를, 평생토록 함께 즐기지 않을 것이라고 하였다. 그래서 그 궁실(宮室)이 크고 화려함을 보아도 남의 일 보는 듯하니, 운경이 물었다. 32

"저 집이 너무 높고 사치스러워 선비가 몸을 둘 곳이 아닌데, 너는 어찌 상소를 올려 막지 않느냐?"

운성이 말하였다.

"저 궁 말고 대궐을 두 채나 더 지어도 나와 상관없습니다."

운경이 탄식하며 말하였다.

"그렇지 않다. 네가 만약 이렇게 고집하면 우리 가문에 큰 재앙이 이를 것이다."

운성이 처연하게 슬퍼하며 말을 하지 않았다.

혼인하는 날이 다가올수록 온 집안이 큰 근심을 만난 사람들 같았다. 석부인이 늘 운성을 불러 위로하며 눈물을 흘리니, 그가 도리어 어머니를 위로하였다.

혼인하는 날에 신랑이 길복(吉服)을 입고 위엄 있는 모습으로 명현공주를 친영(親迎)[238]하여 궁으로 돌아오니, 소씨 가문이 모두 시름 어린 모습으로 명현공주의 궁에 모여 잔치에 참석하였다. 공주가 폐백을 받들어 시부모님께 드리는데, 용모가 바다 위에 뜬 달 같고 눈썹은 버들잎 같았다. 행동하는 것이 위엄이 있어 짐짓 선녀의 고운 골격과 같았다. 모인 사람 33

238) 친영(親迎) : 신랑이 신부를 친히 맞아오는 것으로, 전통 혼례의 육례(六禮)의 하나임.

들이 모두 치하하였다.

그곳에는 궁인(宮人)이 가득하였는데, 예식을 마치고 나서 궁인들과 공주가 눈을 들어 소부의 사람들을 보았다. 태부인 양씨는 나이가 많아도 오히려 얼굴의 광채가 맑고 시원스러우며, 석부인의 산뜻하고 아리따운 모습과 깨끗한 분위기는 젊은이들의 빛을 빼앗을 정도였으며, 소승상의 풍채도 이미 젊은 사람의 고운 모습을 비웃는 듯하였다. 그리하여 궁인이 눈길을 두어 응대하지 못하고 입으로 기리기에도 바빠 다만 숨을 길게 쉬고 서로 돌아보며 말하였다.

"저 부인네와 승상이 젊었을 때에는 더욱 특별했을 것인데, 우리의 복이 박하여 미처 보지 못하였구나."

또다시 살피니, 서쪽에 두 부인이 의복을 똑같이 입고 높은 의자 위에 어깨를 나란히 하여 앉아 있었다. 맑고 빼어나며 눈을 어지럽게 할 정도의 자태가 모장(毛嬙),[239] 서시(西施)[240]와 태진(太眞),[241] 비연(飛燕)[242]을 비웃으니, 진실로 물고기가 물속으로 숨고 기러기가 날다가 떨어질 만한 얼굴[243]과 달이 무색하고 꽃이 부끄러워할 만한 모습[244]이었는데 이들은 바로 소부인과 윤부인이었다. 공주가 각각 자리를 정해 드린 후, 승상은 눈을 들어 보지도 않고 즉시 나가 버렸다. 태부인도 공주를 보고 마음

34 속으로 더욱 불행하게 여겼지만, 억지로 참고 궁인을 대하여 너그러이 위

239) 모장(毛嬙) : 아름답기로 유명했던 여인으로, 월(越) 나라 왕의 애첩이었음.
240) 서시(西施) : 오(吳) 나라 임금 부차(夫差)의 총희(寵姬)였던 월(越) 나라의 미인.
241) 태진(太眞) : 당(唐) 나라 현종(玄宗)의 비(妃)였던 양귀비(楊貴妃)를 이름. 재색(才色)이 뛰어나 현종의 총애를 누리다가 안록산(安祿山)이 난을 일으키니 현종과 함께 피난하다가 목을 매어 죽었음.
242) 비연(飛燕) : 한(漢) 나라 성제(成帝)의 황후로, 태생이 미천하였지만 가무(歌舞)에 뛰어난 절세 미인이었음.
243) 물고기가 ~ 얼굴 : {팀어낙안지용[侵魚落雁之容]}. 미인의 얼굴을 비유함.
244) 달이 ~ 모습 : {폐월슈화지틱[蔽月羞花之態]}. 미인의 모습을 비유함.

로하며 말하였다.

"황상의 은혜가 끝이 없어 초방(椒房)[245]의 귀한 공주가 천한 집으로 오셨으니 황공함을 이길 수가 없습니다. 또한 공주가 아름다우심을 다행스럽고도 기쁘게 생각합니다."

석부인이 봉황 같은 눈썹을 찡그리면서 홀연 탄식하며 말하였다.

"우리 아이가 못나서 금지옥엽(金枝玉葉) 같은 공주님과 짝을 이룰 수 없었겠지만 성은이 크셔서 부마의 지위를 주시고 귀한 공주님이 오셨으니 가문의 경사입니다. 하지만 기쁨을 나눌 수가 없어 슬픔과 기쁨이 비슷함을 한탄합니다."

소부인, 윤부인, 화부인 등 세 부인이 모두 근심스러운 빛이 고운 얼굴에 어리어, 봉황 같은 눈에 눈물을 머금고 원망스러워하며 좋아하는 빛이 없어졌다. 그러니 궁인들과 공주가 이상하게 여겼다. 종일토록 즐기다가 잔치를 마치고 집으로 돌아가는데, 공주는 자기의 궁에 머물렀다. 이 날 운성이 부마의 작위를 받아 1품 면류관(冕旒冠)을 드리우고 세상에서 빼어난 여자를 얻어 왕실의 친족이 되어, 궁인 500여 사람과 시녀 수백 명이 앞뒤로 둘러싸고 금옥(金玉)과 칠보(七寶)로 꾸민 집에서 합환(合歡)하고 교배(交拜)하였으니 풍류 있는 장부(丈夫)로서 어찌 마음이 즐겁지 않겠는가? 하지만 숙녀[246]를 사모하는 마음이 너무 슬퍼 이전의 태연자약하던 웃음과 융성하던 기질이 전혀 없고, 엄하고 단정함이 가을 서리와 굳은 얼음 같았다. 그래서 교배할 때에도 눈을 들어 공주를 보지 않았고, 혼례가 끝난 후에도 외당(外堂)으로 가 형제와 말씀을 나누며 밤이 깊어도 공주의

35

245) 초방(椒房) : 황후나 왕비 등이 거처하는 방을 뜻하지만 여기서는 공주의 거처를 가리킴.
246) 숙녀 : 쫓겨난 첫째 부인인 형부인을 이름.

궁으로 가지 않았다. 그랬더니 태부인이 승상에게 말하였다.

"사람이 어질더라도 박대하면 원망이 생기는데, 하물며 어질지 않은 사람이야 어떻겠느냐? 또 저 운성의 사람됨이 풍요롭지만 고집이 너무 세서 한 가지를 지키면 돌이킬 줄을 모르니, 그 아비인 네가 염려하여 경계를 해야 할 것이다."

승상이 명령을 받고 운성을 불러 궁으로 가라고 하니, 운성이 자리에서 일어나 정색하고 말하였다.

"그녀는 우리 집의 죄인입니다. 황제의 명령을 거역하지 못하여 맞아 오기는 했지만 어찌 부부의 의리를 생각하겠습니까? 제가 맹세컨대 공주와 함께 한 방에 있지 않을 것입니다."

승상이 오랫동안 있은 후에 말하였다.

"임금이 주시는 것은 개나 말 같은 것이라도 중하게 여겨야 하니, 너는 고집하지 마라. 공평하게 일을 행하여 또다시 나에게 불행을 끼치지 마라."

36

운성이 아무 말 없이 물러나, 서당에서 여섯째 동생인 운의와 함께 자면서 밤을 지냈다.

다음 날 아침에 문안드린 후에는 아버지 앞에서 시사(詩詞)를 의논하며 스승을 모시고 종일토록 지내면서 날짜를 미루며 공주궁에 가지 않은 지 10여 일이 되었다. 그러니 석부인이 매우 근심하여 운성을 불러 달래였다. 그러면 운성이 목소리를 낮추고 온화한 기운으로 예의로써 나직이 응대하는 것이 물이 흐르고 산이 드리움 같았다. 석부인이 어찌할 수가 없어 탄식하며 말하였다.

"네가 말을 이렇게 하니 반드시 큰 화가 미칠 것이다. 내가 보니, 공주가 어질고 아름다운데 어찌 이유 없이 박대하느냐?"

운성이 탄식하며 말하였다.

"어머니의 가르침이 비록 이와 같으시지만 제가 생각해 보면 공주와 형씨는 차이가 크니 차마 함께 즐기지 못하겠습니다. 제가 스스로 마음먹되, 천한 창기라도 마음이 어질면 함께 즐기고 귀인이라도 마음이 바르지 않으면 함께 즐기지 않으려 했습니다. 그런데 공주는 시랑(豺狼)의 마음을 지녔으며 이리 같은 행실을 합니다. 그리고 임금과 동생을 죽이려 한 가문[247]에서 자랐으니, 제가 만약 후대하여 그 뜻이 더욱 방자해지면 반드시 저를 죽일 사람입니다. 그러니 처음에 멀리하는 것이 낫습니다."

37

석부인이 오래도록 아연실색하여 있다가 책망하여 말하였다.

"신하된 사람이 나라의 녹봉을 먹으면서도 임금을 헐뜯으면 이른 바 '나라를 어지럽히는 신하'이다. 네가 어찌 망령된 말을 하여 황상을 욕하느냐? 내가 아직은 네 마음을 짐작하여 죄를 주지 않지만 너는 모름지기 침묵하여라. 말을 할 때에는 반드시 살피고 행동할 때에는 반드시 삼가 조상과 부형(父兄)을 욕되게 하지 마라."

운성이 묵묵히 인사하였다.

원래 명현공주가 금지옥엽(金枝玉葉)같이 귀하기는 하지만, 아황(娥皇)과 여영(女英)의[248] 꽃다운 덕이 없고 여씨가 여자들을 인체(人彘)로 만든 일[249]을 본받는 행실이 있었다. 하물며 궁궐에서 나고 자라 뜻 높음이 하

---

247) 임금과 ~ 가문 : 『소현성록』 권지사에서도 언급했듯이 당시의 임금인 송(宋) 태종(太宗)이 태조(太祖)와 자신의 동생 정미(廷美)를 죽이려 했다는 말임.

248) 아황(娥皇)과 여영(女英)의 : {황영이}. 문맥상 '황영(皇英)의'로 보고 이같이 옮김. 두 사람 다 요(堯)임금의 딸로 순(舜)임금의 아내가 되었음. 덕 있는 여인의 대명사임.

249) 여씨가 ~ 일 : 소승상의 셋째 부인이자 여귀비의 조카인 여씨의 일을 두고 하는 말임. 투기하고

늘같고 여자의 온순한 네 가지 덕[250]은 하나도 없었는데, 소씨 가문에 시집온 것이다.

소승상이 절개 있고 정직하며 맑고 소박하여, 부녀자의 용모를 다듬게 하지 않으며 비단에 수를 놓거나 진주로 장식하지 못하게 하였다. 또 태부인도 덕과 검소함을 숭상하며 공손하여 우뚝 높이려 하지 않으니, 집안의 부녀들이 칠보(七寶)를 얽지 못하였고 의복에 금사(金絲)와 수를 더하지 않았다. 그리하여 정결한 비단으로 소담하게 하며 노리개도 다만 옥패(玉佩) 한 줄만 하였다. 원래 유생(儒生)의 아내는 향패(香佩) 한 줄만 하게 되어 있으니, 감히 추호도 더하는 일이 없었다.

38

공주가 만약 어질다면 그러한 맑고 소담한 가풍(家風)을 어찌 탄복하지 않겠는가마는 교만하고 무서운 것이 없어 예의를 모르는 데에 가까웠다. 그래서 도리어 가풍을 비웃고 자기는 찬란한 비단옷을 입고 화려한 장식을 하였으며, 칠보(七寶)로 장식하고 붉은 치마를 입은 시녀 백여 사람을 거느리고 부귀를 자랑하였다. 아침 저녁으로 문안할 때에는 궁녀들이 길을 덮고 집을 둘러쌓는데, 공주는 말할 것도 없고 궁인들의 장식도 더욱 사치스럽고 화려하여 여러 젊은 며느리들의 복색(服色)보다 빛났다.

젊은 며느리 중에서 위씨와 강씨[251]는 명부(命婦)[252]가 되었음이 봉황 문양을 새긴 관과 옥패(玉佩)로써 분별되었지만, 그 나머지는 궁인과 섞여 있었다. 또 공주는 항렬대로 앉지 않고 늘 자기 자리를 높여 태부인과 마

잔인하며 못된 행실을 하다가 쫓겨났음.

250) 여자의 ~ 덕 : 사덕(四德)이라고 하는데, 부덕(婦德 : 마음씨), 부언(婦言 : 말씨), 부용(婦容 : 맵씨), 부공(婦功 : 솜씨)을 이름.

251) 위씨와 강씨 : 각각 운경과 운희의 아내임.

252) 명부(命婦) : 봉호(封號)를 받은 부인들을 말함. 내명부(內命婦)와 외명부(外命婦)의 구별이 있었음.

주하고 앉으니, 소승상이 처음에는 운성이 뭐라고 말을 할 거라고 생각하였다. 그러나 아들의 기색이 갈수록 공주와 소원하고 공주의 거동은 날로 교만해지니, 마음 속으로 개탄하였다.

하루는 석부인이 공주궁의 최고 시녀인 한상궁을 불렀다. 그녀가 오자 자리를 주고 나서, 평소의 온화하고 순하며 따뜻한 얼굴빛을 바꾸어 엄하게 말하였다. 39

"내 아들이 불초하지만 연분(緣分)이 중하여 공주가 여기에 왔으니 어찌 온 가문의 경사가 아니겠나? 비록 그렇지만 우리 집안이 대궐과 달리 재상의 집이고, 공주 또한 선비의 아내가 되었으니 사치하는 것이 옳지 않다. 또한 예법이 매우 삼엄하여 귀천(貴賤)이 현격히 다르지만 높고 낮은 사람의 차례가 있다. 그러니 공주가 아침 저녁 문안할 때에 차례를 지키지 않음도 그르며 심지어 할머니인 태부인과 더불어 마주 대하고 있는 것은 매우 옳지 않다. 만약 운성을 부마라고 하고 공주가 내 며느리라고 한다면 어찌 형제들과 같은 항렬이 되는 것을 싫어하며 더욱이 감히 태부인과 마주 앉을 수가 있느냐? 궁궐의 법도 또한 중하니 반드시 이를 모르지는 않을 것인데 이렇게 하는 것은 우리를 천하게 여기시기 때문이다. 또 떳떳한 위의(威儀)가 가볍지 않으니 궁인이 황상의 명령으로 공주를 보호하려면, 공주가 나이 어려 미처 살피지 못하는 바를 도와 본보기를 가르쳐 주는 것이 옳은데 시간이 계속 지나가도[253] 어떤 움직임이 없으니 참을 수가 없어 말하는 것이다. 또 공주가 내 집에 속해 계시므로 남의 웃음거리가 될까 걱정해서이니, 궁인은 40

253) 가르쳐 ~ 지나가도 : {ᄀᆞᄅᆞ치미 올ᄒᆞ되 쳔연[遷延]ᄒᆞ야}. 이 구절이 잘못 중복 필사되었다고 지운 흔적이 있음.

이상하게 여기지 마라.”

한씨가 몹시 부끄러워 사례하며 말하였다.

“부인의 가르치심이 정대하니 제가 삼가 공주님을 인도하겠습니다. 원래 공주님이 깊은 궁중에서 자라 예의를 미처 살피지 못하시니, 만약 부인께서 어여삐 여겨 다독여주시지 않으면 어찌 귀한 가문에 죄를 짓는 것을 면하겠습니까?”

말을 마치고 물러가 공주께 일의 수말(首末)을 전하니, 공주가 좋아하지 않고 깊이 생각하다가 아무 대답도 하지 않았다. 그러자 한씨가 간(諫)하여 말하였다.

“제가 그윽이 보건대, 태부인과 석부인이 모두 재주와 용모가 보통 사람이 아니고 위엄 있는 태도와 행실이 성스러운 여인의 틀이 있어 기뻐하고 화내며 말하고 웃는 것들을 마음대로 하지 않습니다. 그렇기에 아침 저녁으로 하는 문안인사에 공주님의 복색과 시녀들의 거동을 눈을 들어 보지 않으셨고 또 좋아하지 않으셨습니다. 소부인과 윤부인도 모두 세상에서 빼어난 숙녀로, 백희(伯姬)[254]의 열(烈)과 반비(班妃)[255]의 지조가 있어 속세에 물들지 않으셨습니다. 그래서 화려한 말씀과 자연스런 웃음이 문득 사람에게 친근하지 않게 하시고 그 은근한 거동을 더욱 늠름하게 하여 위엄 있는 태도가 묵묵하고 씩씩하십니다. 그러니 비유컨대, 가을 하늘의 찬 서리와 삼엄한 겨울의 매서운 바람 같습니다. 그래서 공주님의 사치하심과 자리에 앉으신 것을 볼 때에 차

41

254) 백희(伯姬) : 춘추시대 노(魯)나라 선공(宣公)의 딸로, 송(宋)나라의 공공(恭公)에게 시집갔다가 과부가 되었다. 그렇게 된 후 집에 불이 났는데도 집 밖으로 나가지 않아 불에 타 죽었기에 후대에 절개 있는 여성으로 칭송받게 됨.

255) 반비(班妃) : 한(漢)나라 성제(成帝)의 총애를 받았던 반첩여(班倢伃)를 가리킴. 성제가 놀이를 나가면서 수레에 함께 태우려고 하자 굳게 사양하여 그치게 하였기에 지조가 있다고 하는 것임.

가운 눈빛으로 길게 생각하여 눈을 흘김을 마지않으시니, 이는 사치를 비웃으며 공주님의 실례(失禮)를 놀리는 것입니다.

양부인과 석부인은 이른 바 '여자 가운데 영웅'이고, 소 · 윤 두 부인은 '여자 가운데 호걸'입니다. 황금이 많거나 학덕이 높은 학자라도 영웅의 뜻을 흔들지 못하고, 매우 아름다운 여인이라고 해도 호걸의 마음을 기울이지 못함은 예부터 있는 일입니다. 하물며 소승상은 성인군자(聖人君子)이고 부마는 세상을 구제할 대장부입니다. 그러므로 여자 가운데 영웅호걸이 모였고 남자 가운데 성인과 대장부가 있으니 가히 공주님의 귀함을 자랑할 수가 없을 것입니다.

혼인한 지 한 달이 지나가는데도 부마의 종적이 궁에 이르지 않으니 가히 근심이 됩니다. 공주님께서는 뜻을 낮추시고 검소함을 숭상하며 자신을 높이려 하지 않으시면 복록이 깊고도 멀리 갈 것입니다."

공주가 비록 기뻐하지 않았지만 한씨의 말이 옳기에 이후로는 시녀를 적게 데리고 다녔고 태부인과도 마주 앉지 않았다.

42

세월이 물 흐르는 듯하여 중추(仲秋)[256] 보름이 되어 중당(中堂)에 작은 잔치를 마련하여 즐겼다. 며느리들이 잔을 들어 할머니와 시부모님께 드렸다. 태부인과 석부인이 갑자기 형씨를 생각하고 슬픈 빛을 띠었으며, 승상도 공주를 얻을 때부터 즐거워할 적이 없더니 이 날은 더욱 기뻐하지 않으면서 미간에 온화한 기운이 사라졌다. 그러하니 명현공주가 자리에서 일어나 물었다.

"제가 가문에 이름을 올린 지도 몇 달이 되었습니다. 그런데도 지아비의 온화하고 기뻐함과 아버님의 흔연하심을 본 적이 없으니, 왜 그러신

256) 중추(仲秋) : 가을의 한창때로 음력 8월을 이름.

지 묻고 싶습니다."

그러자 곁의 부인네들과 젊은이들이 놀랐으며, 부마의 형제들은 각각 푸른 소매로 입을 가리고 웃음을 참았다. 한참이 지난 후에 승상이 대답하였다.

"이것이 원래 내 표정입니다. 무슨 이유가 있겠습니까?"

말을 마치고 문득 일어나 나가니 여러 공자들이 모시고 함께 나갔다.

이때에 소부인, 윤부인, 화부인, 석부인 등 네 부인이 태부인을 모시고 들어왔다. 그러자 운경의 처 위씨가 모든 동서들과 소부인과 윤부인의 며느리들과 함께 잔을 주고받으며 조용히 이야기를 나누었다. 그런데 공주는 궁녀들과 같이 앉아서 스스로 자랑하며 다른 사람들을 업신여기니, 모든 젊은 여인들이 다 기뻐하지 않았다. 그렇지만 유독 위씨만은 모르는 체하고 맑은 눈으로 도탑게 대하여 그 위엄과 소임을 잃지 않았다. 이파와 석파가 곁에서 칭찬하며 탄복하면서, 형씨의 세속에서 벗어난 자태와 남들보다 뛰어난 덕량(德量)을 생각하고는 공주와 비교하면 하늘과 땅 차이여서 애석해 할 따름이었다. 공주가 사람들에게 말하였다.

43

"제가 지은 죄가 없는데도 부마의 발걸음이 제 궁에 이르지 않습니다. 여러분께서는 아십니까?"

위씨가 옷깃을 여미고 한가롭게 말하였다.

"저는 소씨 가문의 손님을 때에 따라 맞아야 함을 대략 알게 되었을 때부터 한 시도 한가하지 못했습니다. 그래서 눈과 귀 또한 바빠 지아비의 종적도 살피지 못하였는데, 어찌 저와 서방님 사이에 그것까지 살폈겠습니까?"

그 나머지 며느리들은 서로 보며 웃음을 머금었다. 그러자 공주의 보모인 양씨가 공주의 말을 그들이 비웃는가 하여 홍분하여 발끈 화를 내며 말하였다.

"우리 공주님이 비록 예의를 잘 모르시지만 어찌 모든 젊은 부인네들께서 감히 웃을 수 있습니까? 예의를 심하게 모르는군요."

모든 사람들이 다 화가 나 말을 하려 할 때에, 이파가 나아가 말리며 말하였다.

"보모가 비록 공주님을 길렀기에 지위가 궁중에서 높이 받들어지지만, 벼슬 높은 집안[257]의 부인네가 모이신 잔치 자리에서 부마의 형수와 제수를 함부로 욕하지는 못할 것입니다."

44

보모가 더욱 화가 나 어찌할 줄을 몰라 하며 꾸짖어 말하였다.

"너는 어떤 할미이기에 감히 앞에서 화를 내느냐? 그리고 무슨 높은 벼슬아치의 부인네들이 저런가? 한 무리의 걸인같이 색이 없는 비단옷을 입었으니 가소롭다."

이파가 어이없어 말을 하지 않았고, 석파가 매우 화가 나 상을 박차고 일어나 꾸짖어 말하였다.

"너는 어떤 종류의 사람이기에 감히 궁인이네 하면서 말을 방자하게 하여 소씨 가문의 부인들을 욕하며 또 이파를 능멸하느냐? 네가 행실을 그렇게 한다면 궁인이 되지 않고 제왕의 비(妃)가 되었어도 매를 세 대 때려 북해(北海)의 계수섬에 안치할 것이다."

보모가 화가 불 일어나듯 하여 이를 갈며 물었다.

"내가 일찍이 너를 보지 못했는데, 너는 어떤 사람이기에 이렇듯 방자하냐?"

---

257) 벼슬 ~ 집안 : 원문에는 '경궁(卿宮)'으로 되어 있는데, 이는 높은 벼슬하는 집안을 이름.

석파가 눈을 부릅뜨고 팔을 걷고 말하였다.

"네가 내 근본을 물어 뭐하려고 하느냐? 네가 물으니 나 또한 속이지 않겠다. 나는 시세종(柴世宗)[258]의 외손이고 석장군의 딸이며, 돌아가신 나리[259]의 소실이고, 소승상의 서모이자, 부마의 서조모이다. 네가 불과 한 명의 역관(譯官)의 딸로서 궁궐에 들어가 공주를 길렀기에 궁중의 사람들이 추존하지만 어찌 재상가에 와서 내명부(內命婦)를 욕하며 우리를 멸시할 수 있느냐? 보모가 공주 궁에서는 위엄을 부릴 수 있지만 소승상 마을에서는 무례하게 못할 것이다. 여기에는 대신(大臣)도 있고 어사(御使)도 있으니 궁인 하나 제어할 기구는 있다."

45

한상궁이 그 말이 좋지 않음을 보고 급히 나아와 보모를 꾸짖어 물리치고 웃으며 말하였다.

"무식한 궁인의 말을 어르신[260]께서는 용서하십시오. 그녀가 오늘 처음으로 여기에 와서 누가 높고 누가 낮은지를 몰라서 그러합니다. 어찌 감히 가볍게 여기겠습니까?"

석파가 한상궁은 벼슬이 높고 또 선비 가문의 딸로 궁중에 들어간 것인 줄 알며, 또 그녀의 눈동자에 봄바람이 어려 있고 행동거지에 성인의 풍모가 있어 자연히 두려워하고 존경하게 되었다. 그래서 석파가 잠깐 화를 풀었고, 위씨와 강씨[261] 등이 또한 말리므로 돌아갔다. 조씨[262]가 탄식하며 말하였다.

46

"형부인은 어디로 가셨나? 잔잔하던 집안이 소란스러워졌네."

---

258) 시세종(柴世宗) : 후주(後週) 2대 왕이었던 시영(柴榮 : 921 ~ 959)을 가리킴.
259) 돌아가신 나리 : 소현성의 아버지인 소광을 가리킴.
260) 어르신 : {소태〃[蘇太太]}. 태태는 어머니라는 뜻인데, 문맥을 고려하여 이같이 옮김.
261) 강씨 : 소승상의 둘째 아들인 운희의 아내임.
262) 조씨 : 소승상의 넷째 아들인 운현의 아내임.

공주가 화가 나 얼굴빛을 바꾸며 말하였다.

"당신은 또 어떤 사람의 딸이기에 감히 방자한 말을 하느냐?"

조씨가 천천히 웃으며 대답하였다.

"저는 대장군 조빈의 손녀이고, 복국장군 왕전빙의 외손녀이며, 용두각(龍頭閣) 태학사(太學士)[263] 조명의 맏딸입니다. 오늘 방자한 말씀은 감히 하지 않았습니다."

공주가 묵묵히 돌아가니, 위씨 등이 탄식함을 마지않았다.

이 일을 각각 지아비에게 전하니, 시어사(侍御使)[264] 운경이 논하여 말하였다.

"가문의 운이 불행하여 옥을 버리고 돌을 얻으며 요(堯)[265]임금을 버리고 도척(盜跖)[266]을 얻은 격입니다. 그러니 당신은 말을 할 때에 반드시 살펴 하고, 행동할 때에도 가볍게 하지 마시오."

위씨가 탄식하였다.

이후로 집안의 젊은 며느리들이 더욱 공주를 좋아하지 않았다. 하지만 태부인과 모든 부인들은 매우 은근하게 대했고, 승상은 각별히 좋아하거나 기뻐함도 없고 미워하거나 미안함도 없이 물을 말이 있으면 공경하여 묻고 그렇지 않으면 종일토록 있어도 침묵하였다. 또 부마의 공주 박대함이 매우 심하지만 이를 아는 듯 모르는 듯 화해하기를 권하지 않으니, 부마가 더욱 공주를 멸시하였다.

장차 석 달이 지났는데, 태부인이 권해도 듣지 않았다. 그래서 하루는 47

263) 용두각(龍頭閣) 태학사(太學士) : 홍문관의 으뜸 벼슬을 이름.
264) 시어사(侍御使) : 어사대(御史臺)의 종5품 관직.
265) 요(堯) : 중국 고대(古代)의 성군(聖君). 당요(唐堯)라고도 함.
266) 도척(盜跖) : 춘추시대의 큰 도적.

운성을 세워 놓고 소승상을 불러 화가 난 빛으로 쳐다보았다. 승상이 어머니께서 언짢아 하시는 안색을 보고 물러나 방석 아래에 꿇어앉았다. 그러자 태부인이 소리를 가다듬어 물었다.

"네가 자식을 잘못 낳은 줄 아느냐?"

승상이 두 번 절하고 말하였다.

"비록 제가 불초하지만 제 아들의 불민함은 자못 알고 있습니다."

태부인이 다시 물었다.

"네가 어미를 생각하지 않으니 운성도 나를 가볍게 여기는 것을 아느냐?"

말이 이에 다다르자 승상이 관을 벗고 계단에 내려와 머리를 조아리며 죄를 청하며 말하였다.

"아이의 불효는 사람의 도리를 몰라서 그런 것이지 감히 어머니를 업신여긴 것이 아닙니다. 운성의 불민함을 알지만 따로 벌을 줄 단서를 찾지 못하였으니 밝게 가르쳐 주시기를 바랍니다."

태부인이 화가 나 꾸짖었다.

"내가 비록 홀로된 남은 인생이지만 오히려 너희들에게 의지하여 세월을 영화롭게 지냈다. 그런데 불행하여 형씨를 멀리 보내고 공주를 얻으니 비록 기쁘지 않지만 이는 임금께서 주신 것이다. 너도 또한 글을 읽었으므로 임금과 신하 간의 의리와 예법을 알 것이다. 그러니 모름지기 헤아림이 없는 아이를 경계하는 것이 옳은데 도리어 아이를 돋우는 듯이 하니, 그 아이가 공주를 박대함이 날로 심하고 궁에도 한번 가지 않았다. 그래서 내가 제 어미와 함께 달래도 굳게 고집하니, 이것이 어찌 네가 나를 생각하지 않음으로써 운성도 나를 가볍게 여기는 것이

48

아니겠으며 자식을 사납게 낳은 것이 아니겠느냐? 또한 구태여 운성이 고집하는 것이 아니라 국혼(國婚)[267] 한 가지 일 때문에 네가 하옥됨을 보고 마음이 편치 않아 공주를 소원하게 대한 것이 더하여 냉담하게 된 것이다. 그러니 네가 만일 아버지의 도리를 하려면 당당히 사리(事理)로서 깨닫게 하여 그 마음을 풀게 하고, 기색을 온화하게 하여 공주를 대접하여라. 그러면 슬하의 자식 된 사람으로 그 아이도 평안하게 대할 것이다. 어찌 임금께서 죄 주신 벌로써 공주께 한을 풀며, 아이를 돋우어 스스로 자식의 일생을 잘못 마치게 하겠느냐? 하물며 이런 상황이 전달되어 궁중으로 들어가면 큰 재앙이 일어날 것이니, 무엇이 좋겠느냐? 내가 또한 너에게 두어 번 말하였는데 고치지 않으면, 어버이의 말을 듣지 않는 자식은 쓸데없으니 죽는 것이 옳다."

49

승상이 연이어 절하며 말하였다.

"밝으신 가르침이 지극히 마땅하십니다. 삼가 가르침을 받들어 아들을 가르치겠습니다. 하지만 어찌 감히 어머니를 가벼이 여긴 것이겠으며 임금께서 죄 줌을 한하는 것이겠습니까? 말하여도 부질없지만, 상께서 저를 가두신 것이 아니라 공주가 일부러 빌미를 만들어 저를 가둔 것이니 그 사람됨을 한탄하는 것이지 각별히 책임을 씌워 미워할 일이 어디에 있겠습니까? 또 운성은 혈기가 아직 안정되지 않은 나이에 형씨를 이별하여 마음이 산란하니, 갑자기 공주를 후대하라고 하면 더욱 마음을 정하지 못할 것입니다. 그러니 잠깐 그 마음을 누그려 위로한 후에 권하여 만전을 기하고자 하는 것이지 다른 뜻이 아니었습니다. 하지만 어머니께서 깊이 염려하시니 어찌 제 뜻을 돌아보겠습니까?"

267) 국혼(國婚) : 왕실의 혼인을 이름.

태부인이 바야흐로 안색이 평안해지니 승상이 마음 속으로 즐겁지는 않았지만 마지못하여 운성을 나오게 하여 물었다.

"네가 어찌 감히 할머니의 말씀을 거역하여 밝으신 가르침에 죄인이 되느냐?"

50 운성이 관(冠)을 숙이고 엎드려 답할 바를 알지 못하니, 소부인이 치하하며 말하였다.

"사람마다 조카 같기 쉽지 않을 것이다. 젊은 남자가 싫어하는 부인을 억지로 너그러이 대접하기가 괴로워서 가지 않는 것이니, 사죄하고 오늘부터 공주 궁에 가는 것이 좋겠다."

윤부인도 또한 공주를 박대하는 것을 말리니, 승상이 다시 말하였다.

"너는 모름지기 범사를 참아 효행(孝行)과 충의(忠義)를 온전히 하여 공주를 박대하지 마라."

운성이 얼굴을 바로 하고 머리를 조아리며 사죄한 후 묵묵히 가르침을 받고 물러나니, 좌우의 사람들이 탄식하였다.

이때에 부마 운성의 마음이 착잡하였는데 부친이 구태여 공주를 권하지 않으니 마음이 시원하여 형제와 함께 날을 보냈었다. 그러나 이 날 부친의 가르침을 들으니 또다시 착잡해져 겨우 참고 의관(衣冠)을 바로 하고 명현궁에 이르렀다. 날이 어두워졌기에 공주가 궁인들과 함께 침전(寢殿)에서 주편(走片)[268]을 나누고 있었는데, 난간에 있던 시녀가 부마가 온다고 아뢰니 궁녀가 일시에 붉은 촛불을 밝히고 화려한 방석을 펴 부마를 맞았다.

---

268) 주편(走片) : 상륙(象陸) 놀이할 때 던지는 돌을 뜻함. 상륙이 원말이기는 하나, 현재 표준어는 쌍륙(雙六)인데, 이는 여러 사람이 편을 갈라 차례로 돌을 던져서 나는 사위대로 판에 말을 써서 먼저 궁에 들여보내는 내기임.

부마도위(駙馬都尉)[269] 운성이 들어가 공주와 함께 자리를 동서(東西)로 정하였다. 궁녀들이 부마를 혼인 날 뵌 후에 자취를 보지 못하다가 석 달 후에 만나니 상하(上下)가 다 움직여 좋은 술과 좋은 반찬들로 상을 차려 내왔다. 운성이 옷깃을 여미고 손을 모아 인사하더니 천천히 젓가락을 들었다. 공주가 촛불 아래에서 그를 보니, 오사모(烏紗帽) 아래에 흰 눈 같은 얼굴과 복숭아꽃 같은 붉은 입술이 절대 미인 같고, 눈썹은 강산의 빼어난 정기를 모았으며 두 눈은 눈빛이 맑고도 밝아 흐르는 듯하고 맑은 골격과 호방하고 준엄한 풍모가 신선 같은 분위기였다. 근심하는 듯이 눈썹을 찡그리니 달이 구름을 만난 듯하고 두 뺨에 편안치 않은 기색을 띠니 연꽃이 남쪽에서 불어오는 바람을 맞는 듯하였다. 옥 같은 손으로 금 젓가락을 드는데, 이따금 흰 이가 붉은 입술 사이로 비쳤다. 진중한 위엄은 추상(秋霜) 같고 특별한 풍모는 사람의 마음을 움직이니, 궁인들이 어두운 구석에 서서 가리키면서 칭찬하며 말하였다.

51

"과연 옥으로 새기고 꽃으로 묶어도 이렇지 못할 것이다. 공주는 이에 비하면 못쓸 돌 같다."

그러고는 도리어 그의 옥 같은 용모와 뛰어난 기풍에 매혹되어 섬기고 싶어 하는 이가 많았다. 술이 두어 차례 돌아가니 부마가 상을 밀어내고 다들 가라고 하였다. 엄연히 단정하게 앉아 밤이 삼경(三更)[270]이 되어도 침상에 오르려 하지 않았다. 공주가 그의 엄한 기색을 이상하게 여겨 천천히 물었다.

52

"제가 낭군의 건즐(巾櫛)을 받든 지 오래되었습니다. 박대가 매우 심하

269) 부마도위(駙馬都尉) : 임금의 사위를 뜻함.
270) 삼경(三更) : 밤 11시에서 새벽 1시 사이를 이름.

더니 오늘 밤에는 온화한 바람이 재촉하여 여기에 이르셨습니까?"

운성이 깊이 생각하며 오래 있다가 팔을 들어 예를 표하고는[271] 말하였다.

"제가 미천한 사람이라 궁궐에 드나드는 것에 몸이 위축되어 깊은 못의 봄 얼음을 디디는 것처럼 조심하며 지내기에 감히 나아오지 못하였습니다. 그러다가 오늘은 취한 것이 깬 듯하여 담을 크게 하고 여기에 왔습니다."

공주가 기뻐하며 웃고, 시녀를 불러 이부자리를 펴게 하였다. 그러고는 침상에 올라가 누우며 말하였다.

"부마는 편히 쉬십시오."

그러자 운성이 생각하였다.

'저가 이미 규수의 태도가 없는데, 내가 무엇 때문에 구구하게 단정히 앉아 잠을 자지 않으리오?'

드디어 의관(衣冠)을 벗고 침상에 올라가서 자는데, 둘 사이가 천 리 같았다. 운성이 이 날 형씨를 더욱 잊지 못하여 마음이 애절하게 그리워 한잠도 이루지 못하고 전전긍긍하며 오경(五更)[272]에 이르렀다. 새벽닭이 울고 경고(更鼓)[273] 소리가 크게 울리니 정신이 뛰어 오르는 듯하여 허겁지겁 이불을 내치고 원앙 베개를 밀친 후 옷을 입고 나가려 하였다. 운성의 행동이 조용하지 않았기에 공주가 깨어 놀라며 물었다.

53

"낭군은 이 밤에 어디를 갑니까?"

운성이 대답하였다.

---

271) 예를 표하고는 : {읍양(揖讓)}. 예를 갖추어 겸양한 태도를 보인다는 뜻임.
272) 오경(五更) : 새벽 3시에서 새벽 5시 사이를 이름.
273) 경고(更鼓) : 밤에 쳐서 시간을 알리는 북임.

"아침 문안 인사하러 갑니다."

공주가 차게 웃으며 말하였다.

"무슨 문안 인사를 이렇게 일찍 합니까? 빈 말로 나를 속이는군요."

운성이 대답하지 않고 밖으로 나가니, 공주가 속으로 마음을 놓지 못하였다.

운성이 공주 궁에서 나와 소부에 이르니, 시간이 너무 일러 서당에 누워 인사드릴 때까지 기다렸다. 그러다가 문득 날이 밝는 줄을 모르고 잠이 들었다.

날이 밝자 온 식구들이 취성전[274]에 모였는데, 운성만 없었다. 승상이 이상하게 여겨 물으니, 곁의 사람들이 다 모른다고 하였다. 그러자 공주가 안색이 변하여 말하였다.

"부마가 어젯밤에 제 궁에 와 밤을 지냈는데, 수상하게 행동하면서 아침 문안 인사드리러 간다고 나갔습니다. 그런데 문안에도 오지 않았으니 틀림없이 형씨를 보러갔나 봅니다."

54

승상이 정색을 하고 좌우 사람들에게 찾으라고 하니, 운성이 서당에서 자고 있었다. 넷째인 운현이 흔들어 깨워 일의 수말을 고하니, 운성이 급히 세수하고 문안에 들어왔다. 승상이 어디에 갔었냐고 물으니, 운성이 엄한 아버지 앞이기는 했지만 어찌 당황함이 있겠는가? 천천히 아뢰었다.

"새벽 닭 우는 소리를 잘못 듣고 나와 집에 이르렀으므로 쉬었는데 곧 잠이 들었습니다. 행동을 삼가지 못했음을 깨달았습니다."

승상이 다시 묻지 않았다.

공주가 부마를 매우 원망하며 밤낮으로 넌지시 살폈다. 운성도 그녀의

---

274) 취성전 : 태부인의 처소임.

바르지 않고 흉하며 위험함을 미워했으나 아버지 명령 때문에 그 궁에 가기는 했지만 엄하고 냉담하여 실은 남처럼 지냈다. 오직 황상과 왕비가 지극히 사랑하시어 은혜와 하사하신 상이 길에 이어졌으며, 사흘에 한번씩 불러서 보시고 잔치를 베푸셨다. 그리하여 사람들이 모두 그가 추존됨을 부러워하였다. 하지만 부마는 더욱 괴로워하며 비단에 수놓아진 좋은 옷을 입지 않고 굵게 짜인 비단 옷을 입었으며, 데리고 다니는 종들도 4~5인을 넘지 않았다. 또 지위가 1품(品)에 있어도 수레를 물리치고 말을 55 타고 다녔으며 벽제(辟除)275)를 하지 않으니, 당시의 사람들이 그의 검소하고 소박함이 승상을 넘어설 정도라고 하였다.

운성이 하루는 서당에 들어가 스승을 모시고 한가로이 이야기하는데, 시중 들던 아이가 문득 청주 자사의 글을 드리기에 떼어 보았다. 그랬더니 '절대 명창(名娼) 열 명과 이름 난 말 세 필'이라고 쓰여 있었다. 선생이 먼저 보더니 탄식하며 말하였다.

"네가 과연 아버지의 밝은 명망은 없구나. 어찌 지방의 관원이 조정의 명관(名官)에게 감히 여자들을 보내는가? 내가 일찍이 네 부친의 일기(日記)를 보니, 기이한 꽃이나 약초, 공교한 짐승 등을 보낸 것이 있으면 다 물리쳤고 여자를 올린 곳은 없었다. 지금 너는 풍류와 의협심이 유명하니, 여자를 주어 업신여기는 것이다."

운성이 한참을 참담해 하다가 웃으며 대답하였다.

"옛날에 조조(曹操)가 여자와 금은(金銀)을 관운장(關雲長)에게 주었는데 관운장이 사양하지 않았어도 탐욕스럽다고 비웃지 않았습니다. 그러

275) 벽제(辟除) : {벽디}. 문맥상 '벽제(辟除)'로 보여 이같이 옮김. 이는 길을 비키라고 외치는 것을 뜻함.

니 저도 물리치지 않겠습니다."

선생이 웃음을 삼키고 답하지 않았다.

운성이 여자들을 보니 모두 최고 미인들이어서 매우 기뻐하며 문 밖의 별채에 두었다. 그러고 나서 말을 이끌고 들어오는데, 모두 천리마(千里馬)였다. 그 중 1마리가 길이가 한 장(丈)[276]이고, 높이가 한 척(尺)[277]이며, 몸이 쪽빛이고 눈에서 금빛이 나오는 것 같으며 기세가 거룩하여 산을 날아 넘으며 바다를 뛰어 건너는 힘이 있었다. 등에 새겨 있기를 '청총만리운(靑驄萬里雲)'이라고 하였다. 하루에 능히 8천 6백 리를 가도 날이 저물지 않는데, 귀에는 바람 소리만 들리고 네 발이 구름 사이에 떠 달리기를 잘 하니 초(楚)나라 왕의 오초마[278]와 관왕(關王)의 적토마(赤兎馬)[279]라도 이에 미치지 못할 것이었다. 그러나 성질이 사나워 길들여지지 않으니 한 이인(異人)이 이렇게 말했었다.

56

"이 말이 임자를 만나지 못해서 그러니, 경성의 소씨 성을 가지고 있으며 벼슬이 높은 사람으로 구름 운(雲)자와 별 성(星)자가 이름인 사람이 주인이다."

그래서 운성에게 보낸 것이었다.

부마가 말을 한번 보고 매우 기뻐하여 옆에 있던 하급 관리에게 타 보아 시험하게 하였는데, 그가 타고 앞으로 나아가지를 못하였다. 이에 부마가 크게 화를 내며 말하였다.

"이는 한갓 짐승이다. 그런데도 말 1마리를 제어하지 못하면 어찌 사람

---

276) 장(丈) : 길이의 단위로, 열 자를 이름.
277) 척(尺) : 길이의 단위로, 열 치를 이름.
278) 오초마 : 삼국시대 초(楚)나라 왕 항우(項羽)가 타던 명마.
279) 적토마(赤兎馬) : 중국의 삼국시대 촉(蜀)나라의 장군 관우(關羽)가 타던 명마로, 하루에 천 리를 간다고 함.

을 다스리겠느냐?"

말을 마치고 친히 내려가 말고삐를 잡고 몸을 날려 오르니, 옆의 하급 57 관리들이 놀라지 않는 이가 없었다. 그 말이 씩씩한 기세를 내어 장차 달리기를 시작하려 하니, 부마가 바짝 다가앉아 철 채찍을 들어 어지러이 쳐 그 노여움을 돋웠다. 그랬더니 그 말이 네 발을 공중에 놀리며 달렸다. 발 아래 아득한 티끌과 은은한 구름이 일어나 한바탕 바람과 함께 종적이 없어지니, 소부에 있던 사람들이 놀라고 당황하여 승상과 운경의 형제들에게 고하였다. 여러 소씨 젊은이들이 크게 놀랐으나, 승상은 놀라지 않으면서 말하였다.

"운성이 말에서 떨어져 다칠 리가 없으니 요란하게 굴지 말고 기다려라."

이 말을 듣고는 집안이 평안해졌다.

재설(再說).[280] 운성이 만리운(萬里雲)을 타고 무수히 달리니, 다만 귓가에 바람소리만 들리고 말은 공중에서 뛰노는데 운성은 조금도 움직이지 않고 붙은 듯이 앉아 어떤 곳에 다다랐다. 걸음을 고치고 땀을 흘리며 서 있다가 머리를 들어 보니, 이곳은 변경의 마지막 경계였다. 그러니 수천 리를 달려온 것이었다.

운성이 말의 성질을 꺾어가지고 고삐를 잡고 채찍을 쳐 자운산으로 돌아오니, 날이 아직 저물지 않았기에 모든 사람이 놀라지 않는 사람이 없 58 었다. 들어가서 승상께 뵈니, 승상이 비록 기뻐하였지만 그가 조용하지 않음을 부족하게 여겨 다만 모르는 체하고 묻지 않았다. 그러자 운성이

280) 재설(再說) : 다른 이야기를 하다가 다시 처음 이야기를 잇대어 할 때에 그 첫머리에 쓰는 말. 고소설에서 종종 쓰이는 투식어임.

감히 내색하지 못하고 도리어 부친이 이런 상황을 알까 두려워하였다.

이후로는 만리운(萬里雲)이 운성에게 잘 길들여졌으나 나머지 다른 생들에게는 옛 습성이 남아 있어 감히 타지 못하였다. 운성이 이를 지극히 아끼고 중하게 여겨 형제와 즐기고 난 여가에는 말에게 가서 보며 소일하니, 여러 형들이 놀리며 웃었다.

이후, 운성이 열 명의 창녀와 풍류를 즐기며 시름을 잊었는데 특히 다섯 기녀를 총애하였고, 그 나머지는 다른 형제들에게 하나씩 주어 밤낮으로 즐겼다. 모두들 영리하기 때문에 무척 걱정하기는 했으나 승상이 알지 못하였다. 또 술도 먹지 않고 학문과 행실은 더욱 부지런히 닦으니 단선생도 아득히 몰랐다. 여러 생들의 어른 능멸함이 이와 같았는데 이것이 모두 운성이 이끈 것이다.

유독 운경만은 창기(娼妓)와 풍류를 마음에 두지 않았지만, 여러 동생들을 엄하게 금하지는 않았다. □□□□[281] 달래며 말하였다.

"나는 여러 형제들과 같이하여 이렇듯 근심을 잊고자 하지만, 형님과 여러 동생들은 어진 아주머니들이 계시고 또 유자(儒者)의 도리로는 창기와 음악이 불가하니 그치기를 바란다."

59

모두 웃으며 말하였다.

"너는 즐기면서 우리는 말리느냐? 우리가 혹 풍류에 마음을 두고 있기는 하지만 학행(學行)과 충효(忠孝)를 삼가는데 어찌 근심하느냐?"

운성이 아무 말도 하지 않고 크게 웃었다. 운성이 비록 창기와 풍류를 즐기기는 하지만 마음이 정대하여 조금도 체면을 잃지 않았고, 공주 궁에도 1개월에 20일씩은 갔다. 그러나 반드시 외전(外殿)에서 자니, 공주가

---

281) 원문 4자 정도 닳아 안 보이지만, 문맥상 운성이 말하는 것으로 보임.

이상하게 여겨 모든 일을 살폈다.

하루는 보모 양씨가 소부에 들어갔는데, 때가 마침 맹동(孟冬)[282] 초기여서 늦은 국화와 단풍이 특별히 아름다워 선경(仙境) 같았다. 양씨가 교자에서 내려 둘러보는데, 소승상 후원 곁에 웬 작은 집이 있어 날릴 듯한 것이 선당(仙堂) 같았다. 가까이 다가가 보니 풍류가 신동하였다. 양씨가 놀라서 몰래 엿보니, 미녀 10인이 화려하게 차려 입고 눈썹을 잘 그리고 앉아 용이 새겨진 생황과 봉이 새겨진 피리를 불고 있었다. 부마의 여섯 형제가 각각 하나씩 끼고 즐기는 가운데, 부마만 유독 다섯 미인을 앞에 60 벌여 놓고 희롱하며 술을 먹고 있었다. 보모가 이를 보고 매우 화를 내며 발끈하여 돌아오면서 꾸짖어 말하였다.

"우리 공주님은 금지옥엽(金枝玉葉)으로 귀한 진주 같은 분이셔서 궁궐에서 잘 계시다가 그의 아내가 된 것이니 이런 일은 엄연히 외람된 일이다. 그런데도 수놓은 휘장 가운데 들어가 밖에서 놀며 창기와 풍류를 즐기니, 어찌 잘못이 크지 않겠는가?"

말을 마치고 궁에 들어가 명현공주를 보고 일의 수말(首末)을 고하였다. 그러자 공주가 크게 놀라 매우 화를 내며 급하게 시녀를 불러 궁관(宮官)[283]에게 허물을 캐물으며 말하였다.

"너희들이 어찌 감히 창기[284]를 부마께 드렸느냐?"

궁관이 또한 두려워하며 바삐 창기들의 숫자를 세어보고 돌아와 아뢰었다.

---

282) 맹동(孟冬) : 초겨울인 음력 10월을 이름.
283) 궁관(宮官) : 궁궐에서 일하는 벼슬아치.
284) 창기 : {구즈비}. 미상이지만, 문맥상 이같이 옮김. 구자기(龜玆伎)는 중앙아시아 타클라마칸 사막 북쪽에 있던 나라인 구자의 춤과 음악인데, 이를 하는 종이라는 의미일 수도 있음.

"저희가 구자들을 점검하였습니다. 부마를 보필하는 상궁이 명현공주님을 뵈러 오지 않았었기에 공주님의 뜻을 전해 받기는 했지만 자세히 알지 못하였으니, 황공하여 몸이 떨립니다."

공주가 듣고 나서 궁관에게 명령하여 부마도위의 창첩(娼妾)을 잡아오라고 하였다. 마침 부마와 형제들이 방금 나갔고, 여러 여자들의 처소가 고요하였다. 가정(家丁),[285] 장획(臧獲)[286]이 어찌 감히 공주의 명령을 태만하게 듣겠는가? 한꺼번에 달려들어 다섯 창기들을 결박하여 명현궁에 이르렀다.

공주가 정청(政廳)[287]에 앉아 다섯 사람을 잡아들여 잘잘못을 묻지도 않고 그들의 머리털을 자르고[288] 귀와 코를 베고 손발을 자르고 매를 세 대씩 심하게 치고 나서 차가운 궁에 가두었다. 부마가 이를 듣고 천천히 명현궁에 이르러 외전(外殿)에 앉아 보모를 불렀더니 양씨가 나왔다. 부마가 다만 크게 소리 질러 하관을 호령하였는데, 위엄이 바람처럼 스며 나오고 기상이 넓고도 컸다. 호령하는 소리를 듣고 좌우 시종들이 양보모를 결박하니, 궁의 관리들과 종들이 덜덜 떨었다. 부마가 이에 죄를 헤아려 말하였다.

61

"네가 비록 공주의 보모이지만 나도 또한 부마의 작위를 받았으니 너의 주인이다. 그런데 어찌 감히 내가 가까이한 창녀에게 중형(重刑)을 가하였느냐? 또 공주가 만약 나를 지아비라고 여긴다면 내가 거느린 것을 마음대로 잡아다가 인체(人彘)[289]를 만들 수가 있겠느냐? 내가 비

---

285) 가정(家丁) : 집에서 부리는 남자일꾼을 이름.
286) 장획(臧獲) : 장은 사내종, 획은 계집종을 이름.
287) 정청(政廳) : 궁중에서 정사(政事)를 행하던 곳.
288) 자르고 : {갓고}. '갓다'는 '끊다'의 고어임.
289) 인체(人彘) : 돼지 같은 사람이란 뜻. 여태후(呂太后)가 한고조(漢高祖)의 총희(寵姬) 척부인(戚

록 젊은 서생(書生)이지만 어찌 한 명의 부인과 궁인도 제어하지 못하겠느냐?"

말을 마치고 매우 화를 내며 계속하여 소리를 높이고 형벌 주기를 재촉하였다. 보모가 비록 흉하고 험하기는 하지만 일찍이 궁중에 들어가 공주를 보호하여 몸이 존귀한데 어찌 이런 지경에 놀라지 않겠는가? 정신이 몸에 붙어 있지 못하여 좌우로 얼굴을 돌아보며 사죄한다고 말하였지만, 62 부마가 크게 성냄이 단지 갑자기 난 것이 아니었다. 또 이미 순하고 후덕한 듯하지만 화를 한번 내면 임금과 아버지도 두려워하지 않는 품성이기에 더욱이 저 궁인 정도는 말해 뭐하겠는가? 이미 30여 대를 맞으니 피가 물 흐르듯 정전(正殿)에 흐르고 살갗은 문드러져 궁궐 관리의 옷에 뿌려졌다.

궁궐 관리인 정위(廷尉)[290]가 급히 사람을 시켜 소승상 부에 알렸다. 그러자 한림학사 소운희가 듣고 크게 놀라 협문(夾門)으로 명현궁에 이르렀는데, 그가 부마에게 힘써 권하여 그치게 되었다. 그러고 나서 궁의 노비들을 차례로 들어 죄를 따진 후 벌을 주고, 또 양씨를 가두려고 하였다. 그런데 문득 안에서 울음소리가 하늘까지 넘쳐나고 공주가 나오니, 한림은 싫어서 피하고 부마는 자리에 단정히 앉아 흔들리지 않았다.

공주가 당초에 나쁜 마음을 내어 누가 잘 했는지 따져 보려 했지만 나와서 부마를 보니, 그 엄중한 거동이 달빛 아래에서 가을 서리 같은 기운이 번득이고 매서운 겨울에 삭풍이 일어나는 것 같았다. 부마가 두 눈을

夫人)의 손발을 자르고 눈을 빼내고 눈을 지지고 벙어리가 되는 약을 먹인 후 뒷간에서 살게 하고 '인체'라고 불렀다 함.

290) 정위(廷尉) : {명의}. 문맥상 '명위[廷尉]'로 보여 이같이 옮김. 정위는 형벌을 관장하는 벼슬명임.

흘기며 공주를 보는데 가을의 맑은 강물에 햇빛이 비치어 정기가 찬란함 같아 가득한 노기(怒氣)가 사람에게 쏘이니, 이는 바로 구름 가운데의 용이고 바람 가운데의 호랑이였다. 그러니 공주가 비록 매우 못됐지만 어찌 감히 잘잘못을 따지겠는가? 다만 내달려 와 궁관과 하관들을 꾸짖어 물리치고 보모를 구하니, 부마가 더욱 화가 나 옷에서 칼을 빼 자리 위에서 말하였다.

63

"공주가 마음대로 저 궁녀를 구하는데, 나 또한 저를 죽이지 못하겠는가?"

한상궁이 당황하여 급하게 나아가 말하였다.

"부마께서는 높으신 분이십니다. 어찌 가벼이 칼을 빼서 위엄을 잃으시겠습니까? 또 공주가 한 때의 감정을 참지 못하여 보모를 구했지만 불순한 것은 아닙니다. 바라건대 부마는 용서해 주십시오."

부마가 칼을 버리고 말하였다.

"내 성질이 매우 급해서 그렇기는 하다. 하지만 공주의 하는 행실은 어떠한가? 궁인은 논해 보아라."

한씨가 천천히 웃으며 한 마디 말하였다.

"늙은 제가 어찌 감히 논하겠습니까? 다만 투기는 부인이면 당연히 갖는 것입니다. 윤부인이 형부인을 보고 눈물을 흘렸고,[291] 탁문군(卓文君)[292]이 무릉의 여자를 보고 〈백두음(白頭吟)〉을 지어 슬퍼하였으며,

291) 윤부인이 ~ 흘렸고 : 한(漢) 나라 무제(武帝)의 후궁으로 윤부인과 형부인이 있었다. 무제가 둘 다 총애하였으나 서로 얼굴을 마주치지 못하게 하였는데, 윤부인이 계속하여 형부인을 보고 싶다고 하자 형부인에게 낡은 옷을 입혀 보였다. 그러자 윤부인이 형부인을 보고는 자기가 그녀에게 미치지 못함을 한탄하여 눈물을 흘렸다고 함.

292) 탁문군(卓文君) : 한(漢) 나라의 여류 문인. 과부로 있다가 사마상여와 사랑에 빠져 야반도주하였음. 그러나 후에 그가 무릉인의 딸을 첩으로 삼자 〈백두음(白頭吟)〉을 읊었음.

소혜(蘇蕙)[293]도 조양대(趙陽臺)가 없었으면 하였습니다. 그러므로 공주가 나이 어려 투기하는 마음은 보통의 일이니, 가히 허물하지 못할 바입니다. 또 부마께서 보모를 다스리심도 가정의 위엄을 세우시는 뜻이니, 피차가 모두 너그러이 생각하면 화내실 일이 아닙니다."

64

부마는 밝고 바르며 관대한 사람이므로 한상궁의 거동이 보통 사람이 아님을 알아보고는 억지로 참으며 웃으면서 말하였다.

"나의 속 좁음을 보고 공주가 화가 남이 마땅하니 이후에는 참고 마음을 가다듬겠다."

그러고는 드디어 소매를 떨치고 밖으로 나갔다.

한씨가 공주를 여러 번 권하여 들어가 보모를 간호하였으며 갇혀 있던 다섯 창기를 풀어 주었는데, 그 다섯 여인들은 모두 병든 사람이 되어 고향으로 내려갔다. 그러하니 투기하는 아녀자들은 모두 공주의 행실이 시원스럽다고 여겼다.

공주가 원망이 무궁하여 남몰래 글을 써 궁궐에 아뢰니, 태후가 보시고 급히 황상께 일의 수말을 아뢰었다. 그랬더니 황상이 크게 노하시어 그날로 자정전에서 명령을 내려 명현후 소운성을 부르셨다. 운성이 조복(朝服)을 갖춰 입고 들어가 뵈었더니, 황제가 꾸짖어 말하였다.

65

"내가 너를 아껴 공주를 시집보냈으니 의리상 얕보고 멸시할 도리가 아니다. 그런데 무슨 이유로 혼례를 올린 지 넉 달 동안 공주 궁에 가지

293) 소혜(蘇蕙) : 서진(西秦) 때의 여인으로, 호가 약란(若蘭)이어서 소약란이라고도 함. 진주자사 벼슬을 하던 두도(竇滔)가 16세의 그녀를 보고 반하여 본처로 맞이하였다. 그러나 그에게는 총애하던 여인 조양대(趙陽臺)가 있어서 그녀를 더 사랑하였는데, 귀양갈 때에도 조양대만 데리고 떠나자, 홀로 남은 소혜가 남편을 그리워하여 시를 짓고 이를 비단에 수놓아 남편에게 보냈다고 하는데, 이를 〈직금회문선기도(織錦回文璇璣圖)〉라고 함. 시를 보고 난 두도는 첩 조양대를 집으로 보내고 소혜를 아내로 다시 맞이했다고 함.

도 않고 창기(娼妓)에 빠져 공주를 가벼이 여겼으며, 궁녀를 마음대로 다스려 나를 능멸하였느냐? 너의 죄는 죽음을 면하지 못할 것이다."

운성이 다 듣고 나서 빨리 몸을 움직여 두 번 절하고 머리를 조아리며 얼굴을 들어 우러러 보며 아뢰었다.

"저는 보잘것없는 집안의 보통 남자인데, 크신 은혜를 입어 나이가 약관(弱冠)[294]에도 못 미쳐 임금님의 신하가 되었습니다. 그래서 스스로 많은 복이 쇠할까 두려워 간담을 토하는 듯 마음을 다하여 위로는 폐하의 은혜를 갚고 아래로는 제 몸에 어리석은 이름을 얻지 않으려 하였습니다. 폐하의 크신 덕이 갈수록 커져 공주를 저에게 내리셨으니 신하인 제가 어찌 멸시함이 있겠습니까? 다만 공주가 제 집에 오신 후, 저희 가문을 낮게 여기시고 저의 못남을 우습게 여기셨습니다. 이것도 마땅히 달게 받아들여야 옳지만 제가 어리석고 꽉 막혀 남이 업신여기는 것을 감수하지 못하기에 능히 공주 궁에 가지 못했습니다. 심지어 창녀는 남자가 간혹 젊은 나이의 유희로 노랫소리를 듣고자 하는 것인데, 공주가 덕을 내려 집안의 화목과 번성을 위해 교화한 일[295]을 본받기를 바랐습니다. 그런데 궁인 양보모가 꾀는 말을 들으시고는 문득 귀와 코를 베고 머리를 깎았으며 심한 형벌을 더하여 찬 궁에 가두었으니, 이 어찌 여후(呂后)의 패악함에 조금이라도 지겠습니까? 지금 폐하께서 이런 가르침을 내리시어 제 몸에 상의 위엄이 급하시니 제가 무릎을 치고 벌벌 떨며 사죄를 청합니다."

66

황상이 듣고 나서 하늘같은 위엄을 발하지 못하시고 깊이 생각하며 오

294) 약관(弱冠) : 스무 살을 뜻함.

295) 집안의 ~ 일 : {갈담(葛覃)의 풍화(風化)}. 갈담은『시경(詩經)』의 시(詩)로서 집안의 번성과 화목을 노래하였으므로 문맥을 고려하여 이같이 옮김.

래 계시다가 말하였다.

"원래 그에 관계된 사정이 그러했구나. 짐이 당당히 공주를 경계할 것이니, 경은 모름지기 아내의 예전 잘못을 용서하여 짐의 마음을 저버리지 마라."

운성이 원망을 그치고 상의 은혜에 감사하고는 조정에서 물러났다. 상께서 그윽이 기뻐하지 않으셨지만 운성의 말이 옳기에 좋은 빛으로 말씀하신 것이었다. 또 공주께 성지(聖旨)를 내리시어 부덕(婦德)을 닦으라고 하시니, 이 때문에 공주가 화를 참았다.

67 운성이 억지로 공주 궁에 왕래하였지만, 일찍이 말을 주고받는 일이 없어 궁녀들이 모두 슬퍼하였다. 공주가 어리석은 기운과 교만한 얼굴빛으로 운성을 지극히 친근하게 대하지만 그가 끝내 기뻐하지 않으니, 그 고집이 이와 같았다.

세월이 지나가 한 해가 다하고, 이듬해 봄이 되었다. 운성이 형부인을 생각하여 더욱 마음을 붙일 곳이 없어 행동이 조화롭지 못하고 얼굴과 눈썹을 펴지 않으니, 시어사 운경이 위로하며 말하였다.

"너의 거동을 보니 반드시 형씨를 생각하는 것 같은데, 너는 어찌 그렇게 생각이 짧으냐? 네가 진실로 형씨를 사모한다면 공주를 박대하지 말고 은혜를 두텁게 하여 그 마음을 감화하여라. 그러면 형씨를 데려오는 것을 혹 공주가 허락할 수도 있을 것이다. 지금 갈수록 공주를 멀리하고 형씨만 그리워하는 것은 올바른 생각이 아니다. 어찌 이리도 생각이 짧으냐?"

운성이 화가 나 떨치고 일어나 대답하였다.

"제가 비록 못났지만 어찌 공주를 위하여 없는 정을 일부러 내며, 또 여자 하나 만나는 것을 중하게 여겨 투기하는 아내에게 빌 리가 있습니까?"

어사가 말하였다.

"네가 또 구구하게 상사병이 나게 되었으면서도 말은 시원스럽게 하는구나." 68

운성이 슬피 탄식하였다.

"마음에 잊지 못하였다고 해서 병이 마음대로 나며, 또 설사 그리워하다가 죽을지라도 내가 차마 저에게 빌지는 못하겠습니다."

어사가 울적하여 탄식하며 말하였다.

"네 하는 일이 정말로 고집스럽구나. 강직함을 내세우면 안 될 일인데도 마음에 그 때를 잊지 않고 있으니, 이러다가 나중에 재앙이 크게 닥친다면 묵묵히 있어야 될 것이다."

이때 소승상의 여섯째 아들 운의의 자(字)는 성강이었다. 석부인 소생인데 성품이 중후하고 사람됨이 총명하면서도 준엄하였으며 용모도 초산(楚山)의 옥 같아 부모가 지극히 사랑하였다. 나이가 14세일 때에 태자소부(太子小傅)[296] 유한의 사위가 되었다. 그는 곧 소승상이 글을 대신 지어주어 과거에 같이 올랐던 사람인데, 승상의 큰 덕에 감격하여 혼인하는 좋은 인연을 맺은 것이다. 유소저의 얼굴빛은 깨끗했으며 모습도 수려하여 진실로 공자의 좋은 짝이었기에 온 집안 식구들과 시부모께서 기뻐하였으며 부부도 서로 아끼었다. 그러나 석부인은 운성을 특별히 더 아꼈었고 또 며느리 형씨가 부족한 데가 없을 뿐 아니라 예로부터 보기 드문 인물이라 마음 속으로 사랑함을 친딸보다 더하였는데, 갑자기 이별하게 되 69

296) 태자소부(太子小傅) : 태자의 스승임.

니 마음이 닿는 곳마다 슬퍼졌다. 그래서 조씨와 신부[297]를 대하면 근심스러운 듯 슬퍼하고, 운성의 수척한 모습을 보면 마음이 부서지는 듯하여 늘 잠자리에서 눈물이 비단 소매를 적시니, 승상이 위로하였다.

하루는 온 식구가 태부인께 문안을 드린 후 모시고 앉아 이야기를 나누었다. 모든 생들이 할머니의 기분을 좋게 해 드리느라 시사(時事)를 논의하고 예악(禮樂)을 설명하는데 논의가 풍성하고 목소리가 맑고 깨끗하니, 소부인, 윤부인, 화부인, 석부인 등 네 부인이 대견해 하고 태부인은 그 잘잘못을 가르치며 즐거워하였다. 특히 운성의 웅건한 말씀과 거룩한 재주가 매우 커 황하(黃河)를 엎는 듯하였다. 그러니 명현공주가 책을 좀 읽었기에 문득 자신이 남들보다 낫다고 자부하며 말하였다.

"여러 아주버니들과 부마의 논의가 지극히 옳기는 하지만, 옛날에는 어진 이가 있었어도 사나운 이도 많았습니다. 당(唐) 태종(太宗)이 소날왕비(巢剌王妃)를 취했으며 건성(建成)과 원길(元吉)을 죽였으니[298] 어찌 무도(無道)하다고 하지 않겠습니까? 이런 일이 오늘에도 다시 있습니까? 여러 아주버니들께 묻겠습니다."

여러 생들이 몸을 구부려 예를 표한 후 답하였다.

70

"공주의 높으신 견해가 옳습니다. 당태종이 소날왕비를 취한 것은 사람의 얼굴로 짐승 같은 마음을 낸 것이지만, 형제인 건성과 원길을 죽인 것은 종묘사직을 위한 것이니 구태여 그르다고 할 수가 없습니다."

---

297) 조씨와 신부 : 석부인의 세 며느리는 형씨(운성의 처), 조씨(운현의 처), 신부(운의의 처)인 유씨임.

298) 당(唐) 태종(太宗)이 ~ 죽였으니 : 당태종 이세민(李世民)이 아직 진왕(秦王)이었을 때에 당시 태자였던 형 건성과 아우 원길이 자신을 시기하고 모해하려 하자 먼저 그들을 죽이고 태자가 됨. 그러고 나서 원길의 아내였던 양씨를 후궁으로 맞는데 그녀를 소날왕비(그녀의 남편이었던 원길이 소날왕으로 추복되었으므로)라고 한 것임. 태종이 건성을 현무문 아래에서 활로 쏴 죽였기 때문에 이 일련의 사건을 '현무문(玄武門)의 난'이라 부름.

원래 여러 소생들이 모두 사려 깊고 공손하며 총명하고 영리하니, 모든 일을 무심코 하지 않는다. 그래서 혐의를 받을까봐 이렇게 말하였지만 본심은 아니었다. 그런데도 공주가 의기양양하여 마음 속 생각을 다 펴서 말하였다.

"우리 황상과 태조가 나라를 일으키셨는데 다른 사람들이 말하되, '지금의 상[299]은 태조의 덕택으로 천하를 얻었다.'라고 하니 어찌 우습지 않겠습니까? 하물며 우리 아버지의 용 같은 행동과 호랑이 같은 용맹함은 하늘에서 내린 사람임을 모두 아는데, 아버지가 계시지 않았다면 어찌 진교역(陳橋驛)에서 모든 장수들을 부추겨 천자가 된 태조[300]가 천하를 얻을 수 있었겠습니까?"

여러 생들이 매우 마땅치 않게 여겼지만 단지 그렇다고 할 따름이었다. 그러나 운성은 격분을 이기지 못하여 갑자기 정색하며 말하였다.

"예부터 국가를 다스리거나 흥망(興亡)에 관해서는 부인들이 알 바가 아닙니다. 더군다나 태조는, 협마역(夾馬驛)의 향기와 대쪽의 글, 그리고 진교역(陳橋驛)에 두 해가 돋으며 다섯 개의 별이 모이는 것을 보고 여러 장수들이 백성들의 마음을 따라 황포(黃袍)[301]를 받들어 드린 것이니 어찌 부추겼다고 할 수 있겠습니까? 공주가 예의와 사정을 모르시고 선(先) 황제를 모욕하면서 왕실과 천하를 간교하게 얻은 것으로

71

299) 지금의 상 : 공주의 아버지로, 송 태종으로 설정되어 있음. 태종은 태조의 동생인데, 공주의 논리는 태종이 송의 개국에 큰 공헌을 하였으므로 당연히 왕이 되어야 하는데, 그것을 태조의 은혜라고 생각하는 것이 잘못이라는 것임. 그러나 운성은 태종이 태조의 맏아들인 덕소(德昭)에게 갈 왕위를 가로챈 것이라고 생각하는 것임.

300) 진교역(陳橋驛) ~ 태조 : 『소현성록』의 시대적 배경은 송나라이므로 태조는 송 태조인 조광윤을 이름. 진교역은 여러 장수들이 당시 후주(後周) 세종(世宗)의 군대의 총사령관으로 있던 조광윤에게 황포(黃袍)를 받들어 올리고 황제로 추대한 곳임.

301) 황포(黃袍) : 임금이 입는 예복(禮服), 즉 곤룡포(袞龍袍)를 뜻함.

말씀하시는군요. 만약 그렇다면 태조는 분명히 모르시던 바이니 성상께서 여러 장수들을 부추긴 것이었습니까?"

공주가 발끈하여 크게 화를 내며 말하였다.

"부마가 말을 내키는 대로 하니, 이것이 무슨 도리입니까? 이유 없이 황상을 모함하니 만약 죄를 다스린다면 형벌을 벗어나지 못할 것입니다."

운성이 매우 화가 나 눈을 높이 뜨고 말을 하려 하니, 석부인이 급히 운성을 꾸짖었다.

"네가 말을 가볍게 하여 도리를 잃고 공주께 죄를 얻었으면서도 감히 누가 옳은지 따지려 하느냐? 네 거동을 보니 반드시 취한 듯하다. 빨리 나가라."

운성이 노여움을 참고 억지로 밖으로 나갔다. 공주가 자기 궁으로 돌아와 글을 써 대궐에 알리고자 하니, 한상궁이 힘써 간하여 그쳤다.

이날 밤에 소승상이 취성전에 들어와 저녁 인사를 드리니, 태부인이 아침에 있었던 일을 말하였다. 승상이 매우 놀라더니 서헌(書軒)으로 나와 운성을 불러 잘못을 일깨우며 말하였다.

72

"사람이 마음을 지극히 조심하여 닦고 말씀을 마음대로 하지 않으며 직언(直言)도 할 만한 데에 하는 것이다. 내가 아까 들으니 네가 공주와 함께 힐난하였다고 하던데, 한갓 혈기로 분한 것을 참지 못하여 큰 재앙이 생길 줄을 모르느냐? 설사 공주가 발설하지 않는다고 하지만 궁인들이 들었으니 이 말이 대궐에 들어가면 황상께서도 들으실 것이 손바닥 뒤집는 것 같이 쉬울 것이다. 그렇게 되면 너와 내가 어찌 머리 없는 귀신이 되는 것을 면하겠느냐? 저 공주의 무식한 말이 이미 한심한

데 네가 어찌 그 말을 받아서 도리어 같은 종류가 되느냐? 하물며 너와 내가 하늘의 운수에서 도망하지 못하여 이미 조정의 신하가 되어 그 녹봉을 먹으며 임금을 섬기고 있는데, 어찌 감히 그 임금의 잘잘못을 입 밖에 내느냐? 또 설사 마음에 마땅치 않은 일이 있더라도 임금을 원망해서야 되겠느냐? 하물며 명현공주는 아래 등급의 사람이 아니다. 그만 못한 사람도 지아비가 참고 사는 이가 많은데, 그가 비록 어질지 않지만 네가 대접을 잘하면 여자의 마음은 물 같아서 자연히 지아비를 따르고 잘못을 고칠 것이다. 그런데 너는 항상 사납다고 하면서 박대하니 그 원망하는 마음이 깊지 않겠느냐? 또 이미 원망하는 마음이 깊으면 부부의 정이 끊어지고 부부의 정이 끊어지면 이는 곧 남이다. 이미 남이 된 후에는 그 허물을 굳이 감추지 않고 사나운 것이 없는 허물도 만들어 낼 것이다. 그러니 이제 모든 일을 참아야 한다. 성인이 말씀하시기를, '작은 것을 참지 못하면 큰 계획이 어지럽게 된다'[302]고 하셨다. 이는 바로 너 같은 이를 경계하는 것이다. 내가 비록 온화한 사람이지만 네 아비이다. 사람이 아비의 가르침을 듣지 않으면 어찌 사람으로 칠 수 있겠으며, 또 내가 너를 가르쳤는데 그 가르침이 제대로 서지 못하면 어찌 부끄럽지 않겠느냐? 그러니 너는 내 말을 저버리지 말고 공주를 너그럽게 대하여 금슬(琴瑟)을 완전하게 하고 자식 둘 것을 생각해야지 괴롭게 형씨를 그리워하여 못난 사내의 신의를 지키지 마라."

73

운성이 근심이 가득하여 묵묵히 일어나 절하고 말하였다.

---

302) 작은 ~ 된다 : {소불인즉난대모(小不忍則亂大謀)}. 이는 『논어(論語)』 위령공(衛靈公)편의 한 구절임.

74 "제가 마음이 편협하여 능히 두루 통할 지략을 몰랐는데, 아버지의 가르침을 받았으니 받들어 행하겠습니다. 다만 공주를 잘 대하고 못 대하는 것은 실로 제 마음대로 능히 제어하지 못하고 있었습니다. 하지만 이렇게 가르치시니 마음을 참아보겠습니다."

말을 마치고 나자 눈물이 거의 떨어질 듯하였다. 승상이 부자간의 정으로 마음이 편안치 않았지만 내색하지 않았다. 운성이 슬픔을 참고 물러났다.

하루는 운성이 여기저기 걸으며 여러 형제를 찾아 다녔다. 여러 생들이 모두 각각 부인과 함께 독서도 하고 바둑도 두며 흥겨워하니, 운성이 마음 속으로 탄식하며 말하였다.

'내가 당초에 어진 부인을 얻지나 않았으면 이처럼 애달플까? 밝은 재주와 빛난 덕이 어찌 남의 아래가 되겠는가? 지금 공연히 각각 떨어져 있으니 3년의 정을 흐르는 물에 부치고 언짢은 공주를 얻어 아침 저녁으로 한이 맺히니 이 어찌 팔자가 기구한 것이 아니겠는가?'

그러고 나서 죽오당[303]에 이르니 물건들이 완연하고 나부끼는 먼지가 예와 같으며 티끌이 아득하게 책상을 덮었다. 눈을 들어 보는 것마다 근심이 실려 있고 손길이 닿는 곳마다 슬픔이 느껴져, 비단 창문에 기대어 탄식하며 말하였다.

75 "하늘의 견우성, 직녀성은 1년에 한번 만나는데, 우리 부부는 어느 때나 만나려나? 마음이 너무 슬프니 차라리 죽어 이 근심을 끊고 공주의 거동을 보지 않겠다."

그러다가 또 갑자기 벌컥 성을 내면서 일어나 말하였다.

---

303) 죽오당 : 형씨의 처소였음.

"내가 어찌 이렇듯 어리석은가? 형씨를 그리워하여 대장부의 입으로 이런 말을 하다니. 10여 년 공부하여 만 권의 책을 읽은 사람이 이렇듯 무식하니 부끄럽구나."

분개한 마음으로 일어나서 자기 방으로 돌아왔다.

다음 날 대궐에 가 조회하고 나서 대궐 아래에서 형참정[304]을 만났는데 소승상이 심기가 편안치 못하여 보지 않으려고 부채로 얼굴을 감쌌다. 그러하니 운성도 또한 감히 묻지 못하고 머뭇거리는데 형한림[305]이 지나갔다. 운성이 의자에 앉자고 청하여 그간의 안부를 묻고 나서 이어 슬픈 회포를 말하고자 했더니, 한림이 손을 저으며 말하였다.

"모름지기 말하지 말게. 들으면 단지 마음만 불편할 뿐이네."

운성도 탄식하면서 소매 가운데에서 한 통의 편지를 내어 주며 말하였다.

"수고롭겠지만 누이에게 전해주기를 바라네."

76

한림이 차마 물리치지 못하여 소매에 넣고 쓸쓸하게 이별하였다. 한림이 글을 가지고 돌아와 누이를 보고 일의 수말을 이르니, 진부인과 형씨가 탄식하며 글을 떼어 보았다. 편지내용의 간절한 형상은 말할 것도 없고, 다정하지만 구차하지 않고 슬퍼하되 약하지는 않으며 은근하면서도 위엄이 있으니, 마치 사람이 글 위에 있는 듯하였다. 형씨는 눈물을 머금었고 진부인은 탄식하면서 눈물을 흘리며 울었다.

이 때에 운성이 글을 써 보내고 나서 마음을 참지 못하여 외가(外家)에 간다고 하고는 부모께 하직 인사한 후 도성(都城)에 들어가 석공[306]을 보

---

304) 형참정 : {셩참졍}. 성참정은 그 이전에 나온 적이 없는 인명이며 문맥상 형참정으로 보여 이같이 옮김.

305) 형한림 : 형씨의 오라비이자 형참정의 아들임.

왔다. 날이 저물기를 기다렸다가 돌아가겠다고 하고는 형공의 집에 이르렀다. 날이 황혼 무렵이라 심복 하인인 소연에게 분부하여 말하였다.

"너는 말을 가지고 이 근처에 있다가 며칠 후 여기에 와서 명을 받들라."

드디어 곁에 아무도 없이 혼자 밝은 표정으로 걸어 형씨 침소에 이르렀더니, 촛불 그림자가 휘황하고 담소를 나누는 소리가 은은하였다. 운성이 가만히 보니, 형씨가 유모와 함께 책상을 앞에 두고 〈장문부(長門賦)〉[307]를 외고 있었다. 새로운 광채와 완숙한 기질이 늠름한 것이 기이한 꽃 같고 천연스러운 기풍은 봄 달이 하늘가에 불쑥 나온 것 같으며 진주가 푸른 바다에서 솟는 것 같으니, 비록 영웅의 씩씩한 마음이라도 어찌 뒤집히지 않겠는가? 정신이 날아갈 듯하여 방으로 들어가 길게 읍하며 말하였다.

77

"부인은 헤어진 뒤 아무 탈 없었는가?"

형씨가 의외에 그를 만나자 매우 놀라 바삐 일어나 답례하고 얼굴을 가다듬고 단정히 앉았다. 운성이 형씨가 행여 잘못을 지적하는 말을 하면 대답하기 어려울까봐 두려워 다만 가까이 나아가 부인의 소매를 잡고 탄식하며 대나무 베개에 누우니, 형씨가 어찌할 도리가 없어 괴롭게 간하여 돌아갈 것을 재촉하였다. 운성이 듣고도 못 들은 척하며 부인을 놓지 않으니, 형씨가 일어나려 하였지만 움직이지 못하고 사리로 마음을 돌리려 하였다. 그래도 듣지 않으니 길게 탄식하며 말하였다.

"낭군께서 간하는 말을 듣지 않고 이렇게 한다면 반드시 큰 재앙이 일

---

306) 석공 : 석부인의 조부이자 운성의 외증조부임.

307) 장문부(長門賦) : 한(漢) 무제(武帝)의 사랑을 잃고 장문궁(長門宮)에 있던 진황후가 자신의 슬픔을 사마상여에게 부탁해 노래하게 하여 지은 시.

어날 것입니다. 낭군이 예전에는 예의에 어긋나는 말로 욕을 보이더니[308] 오늘은 또 시부모님과 부모님 몰래 가만히 와서 저를 창첩(娼妾) 대하듯 하면서 조금도 개의치 않으시는군요. 저를 곡진하게 아끼심에 감격하지 않고 오히려 부끄러울 뿐이니 무슨 면목으로 서로 보겠습니까?"

78

운성이 그녀의 엄숙함을 보고 일어나 앉아 말하였다.

"부인의 말이 이치에 맞습니다. 하지만 오직 나의 어리석은 마음은 알지 못하니 어찌 서로를 알아주는 부부라고 하겠습니까? 그 때의 말은 부인의 평생을 아껴서 한 말이고, 오늘은 그대가 헛되이 젊음을 흘려보냄을 슬퍼한다는 것을 듣고 사사로운 정을 억제하지 못하여 온 것입니다. 어찌 부인을 멸시하며 천대한 것이겠습니까? 그대가 지금 나를 거절하려고 일부러 이렇게 하니 어찌 애달프지 않겠습니까? 비록 그러해도 나는 차마 돌아가지 못하니 부인은 다시 권하지 마십시오."

형씨가 묵묵히 있으면서 대답하지 못하였다. 운성도 또한 마음을 드러내지 못하지만 차마 돌아가지도 못하였다.

다음날 아침이 되니, 형공 부자(父子)가 듣고 크게 놀랐다.

79

형한림 형제가 누이의 처소에 들어와 보니, 운성은 소매로 얼굴을 덮고 누워 있고 형씨는 단정히 앉아 권하는 말을 그치지 않고 있었다. 형생들이 서로 보고 웃으며 말하였다.

"천강[309]은 어찌 남모르게 깊은 규방에 와서 사람을 놀라게 하는가?"

운성이 들은 체하지 않자 형생들이 능히 어찌할 도리가 없어 돌아갔다.

---

308) 예의에 ~ 보이더니 : 형씨에게 다른 남자 만나서 재혼하라고 했던 말을 이름.
309) 천강 : 운성의 자(字)임.

그 후 운성이 날이 저물어 가도 일어나지 않으니 형씨가 다시 달래며 말하였다.

"낭군께서 저 때문에 돌아가지 않으시니 어찌 어진 사람의 도리겠으며 대신의 체면이겠습니까? 또 낭군께서 저 때문에 아침 저녁의 문안도 그만 두고 구구하게 행동함이 이와 같으니, 세가 어찌 굳이 괴롭게 살면서 장부(丈夫)를 그릇되게 만들겠습니까? 원컨대 낭군께서는 세 번 생각하여 어서 돌아가십시오."

운성이 정색하며 말하였다.

"부인이 나를 원수같이 여기니 내가 어찌 돌아가 그대를 평안하게 하겠습니까?"

형씨가 정신이 아득해져 운성의 고집스러움을 보고 큰 소리로 탄식하며 말하였다.

80

"이것도 또한 천지신명께서 특히 저에게 재앙을 내리시는 것이니 어찌 부마를 원망하며 하늘을 원망하겠습니까? 그러니 낭군께서는 마음대로 하십시오."

말을 마치고 눈물을 비 오듯 흘려 옷을 적시자, 운성도 또한 슬퍼하였지만 몸을 일으키지는 않았다. 단지 좋은 말로 위로하고 사모하던 정을 곡진하게 말하였지만 형씨가 다시는 함께 말하지 않았다. 그러자 운성이 원망하며 말하였다.

"내가 평소에 그대가 유순하다고 생각했는데, 지금 보니 인정이 없군요."

부부가 마주보고 이렇듯 싫어하며 온화한 기운이 전혀 없으니, 형공 부부가 참혹하게 여겨 저녁식사를 갖추어 보냈다. 운성은 흔연스럽게 먹었으나 형씨는 먹지 않으니 운성이 여러 번 권하였으나 듣지 않았다. 운성이 그녀의 너무 맑고 약함을 근심하여 행여 병이라도 날까 걱정하여 의관을 고치고 일어나 앉아 말하였다.

"나 때문에 이같이 걱정을 하니 억지로 돌아가겠습니다. 부인은 마음을 놓고 내가 보는 데에서 밥을 먹으세요. 그러면 돌아가겠습니다."

형씨가 반신반의(半信半疑)하여 대답하였다. 81

"제가 원래 음식을 싫어하지 않는 것을 낭군도 알 것입니다. 그러니 너무 근심하지 말고 돌아가십시오."

운성이 흔연스럽게 말하였다.

"내가 지금 갈 것이니 부인은 음식을 가져와 가는 내 마음을 평안하게 하십시오."

형씨가 억지로 음식을 내오게 하여 젓가락을 대었다. 운성이 곁에서 권하며 자기도 또한 밥을 먹었다. 형공 부인이 멀리서 보고, 두 남녀의 풍모가 매우 뛰어나 옥 나뭇가지처럼 진귀함을 보고 마음 속으로 더욱 슬퍼하며 어여쁘게 여겼다.

한참 후에 상을 물려내고 운성이 웃으며 웃옷을 벗고 말하였다.

"이미 왔으니 두어 날 더 있다가 가야겠다."

형씨가 한숨 쉬며 화난 표정이 되자, 운성이 크게 웃었다.

날이 저물고 다음 날이 되어서는 참정 형공이 어찌할 방법이 없어 직접 들어와 보니, 운성이 의복을 가다듬고 장인어른을 맞았다. 형씨가 이때를 틈타 내당으로 들어가 버렸다. 운성이 무척 놀랐지만 어찌할 수가 없어서 형공과 함께 자리를 정하고 앉았다. 형공이 안색을 엄하게 하고 말하였다.

82 "네가 지금 우리 집에 왔기 때문에 불충(不忠)하고 불효(不孝)하며 불인(不仁)한 사람이 되는 줄은 아느냐?"

운성이 말하였다.

"제가 옛 정인(情人)을 찾아오기는 했지만, 죄목이 이렇게 큰 줄은 실로 몰랐습니다."

형공이 말하였다.

"다른 말은 하지 말고, 황상의 뜻이 견고하시어 네게 사랑하는 딸을 시집보내시고 아내를 내치라고 하셔서 네가 그 명령을 받들었는데 지금 임금을 속이고 여기에 왔으니 불충(不忠)이다. 또 부모님 뵙기를 게을리 하니 불효(不孝)며, 내 딸을 보러 와서 큰 재앙이 우리 부녀에게 있게 할 것이니 불인(不仁)이다. 또한 내가 수십 년을 나라의 녹(祿)을 먹고 임금의 명령을 받들어 왔는데 딸 하나 때문에 임금을 거슬렀다는 소리를 듣는 신하가 되어 구구하게 사사로운 정을 유념하겠느냐? 내가 반드시 딸을 죽여 피차가 무사하게 할 것이다."

말을 마치는데 거동이 씩씩하니, 운성이 당황하여 탄식하며 말하였다.

"장인어른의 가르치심에 바른 말씀들이 있기는 하지만 제 마음을 너무 헤아리지 않으십니다. 그렇지만 이제 돌아간 후에는 다시 오지 못할 것이니 부부가 만나 다시 이별하고 싶습니다."

형공이 시녀에게 형씨를 부르게 하였으나 형씨가 미루어 사양하고 나오지 않았다. 그러자 진부인이 책망하여 말하였다.

83 "소생이 명현공주와 화락하다가 여기에 온 것은 의리를 중하게 여기기 때문인데, 왜 그와 함께 이틀을 단정히 앉아 새고는 이별도 하지 않으려 하느냐?"

말을 마치고 딸을 이끌어 나와서 운성을 보았다. 운성이 공경스럽게 예의를 표하고 지금까지의 일을 말하며 안부를 묻는데 매우 은근하고 곡진하니, 진부인이 새로이 어여쁘고 아끼는 마음이 들어 무수히 눈물을 흘렸다. 그러자 운성이 잔을 들이 형공 부부께 드리며 말하였다.

"오늘 이후에는 다시 뵙기 어려울 것입니다."

형공은 탄식하고 부인은 눈물을 줄줄 흘렸다. 운성이 일어나서 하직하고 두 눈으로 형씨를 자주 돌아보았으나, 형씨는 조금도 마음을 두지 않고 태연하게 인사하였다.

운성이 천천히 나와 시종을 불러 만리운[310]을 타고 자운산으로 돌아왔다. 소승상이 그에게 물었다.

"외가에 머물면서 무슨 일을 하였느냐?"

운성이 얼른 대답하였다.

"외가에 있지 않고 친구들과 함께 변하(汴河)[311]에 가서 놀았습니다."

승상의 으뜸 제자인 문언박이 승상을 모시고 있다가 웃으며 말하였다.

"제가 어제 우연히 스승님을 모시고 하늘을 보았더니 태성(台星)이 제 갈 길을 잃고 경낭성, 여성과 함께 만났는데 익성이 그 사이에 들어가 태성을 밀어내니 여성이 피하여 숨었습니다. 그러자 스승님께서 말씀하시기를, '아마도 운성이 형공을 보러 갔나 보다.'라고 하셨습니다. 그래서 제가 생각하기를, '태성은 형이고, 여성은 형수님이고 익성은 형공인가 보다.'라고 하였습니다."

운성이 급히 둘러대며 말하였다.

84

310) 만리운 : 운성이 타고 다니는 말의 이름.
311) 변하(汴河) : 중국의 물 이름.

"그대는 어찌 그런 허탄한 말로 사람을 모함하는가?"

그러자 문생이 잠깐 웃었고, 승상은 못 들은 듯하였다. 운성이 황공함을 이기지 못하여 물러나와 문생을 흔들며 꾸짖어 말하였다.

"이 몹쓸 놈아. 왜 그런 행동으로 말을 마음대로 하여 아버지 눈앞에서 노여움을 얻게 하느냐?"

문생이 크게 웃고는 사리(事理)로 깨우치며 형씨를 찾아가지 말라고 하니, 운성이 슬피 탄식하였다.

그 후로 운성이 마음을 둘 데가 없고 심기가 불편하였지만, 아버지께서 살피는 것도 날로 엄하고 형공을 방문하는 것도 어려우니 감히 다시 가지 못하였다. 그래서 먹는 것이 줄어들고 용모가 날로 수척하여 한 달여에

85

이르러서는 문득 병을 얻어 침상에 누워 있었다. 부모가 매우 근심하고 식구들이 어찌할 바를 몰랐으며, 용한 의원의 힘으로도 안 되고 온갖 약초도 효과가 없었다. 그러자 황상과 황후가 크게 놀라시어 내시를 보내 병세를 물으셨고, 명현궁의 궁녀들도 모두 놀라 기도로 빌었으나 어찌 조금이라도 나음이 있겠는가? 점점 병이 심해져 22일에 이르러서는 아주 곡기를 그쳤다.

그래서 황상이 어의(御醫)인 추희와 최복에게 부마를 보게 하였다. 두 사람이 부마의 상태를 보니 분명 누구를 그리워하는 마음이 병을 만든 것이었다. 비록 이런 이유를 알았지만, 감히 상께 말씀드리지는 못하고 다만 가만히 있었다. 하루는 최복이 용안탕을 받들어 침상 곁으로 오니, 부마도위가 미간을 찡그리고 말하였다.

"너희들이 한갓 무익한 약으로 비위를 상하게 할 뿐 조금도 효험이 없으니 이것이 무슨 이유겠는가?"

최복이 바닥에 엎드려 말하였다.

“제가 부마의 병을 보니 이는 곧 원앙이 구름 사이에 흩어져 상사병이 난 것입니다. 만약 마음을 느긋하게 하시면 약을 드시지 않아도 자연히 차도를 얻으실 것이지만, 그렇지 않다면 편작(扁鵲)[312]의 영험한 의술과 화타(華陀)[313]의 좋은 기술로도 고치지 못할 것입니다.”

부마도위가 얼굴빛이 바뀌며 대답하지 못하다가 잠시 후에 말하였다.

86

“네가 사람의 병을 제대로 알지도 못하면서 맹랑한 말을 하여 모함하니 이것이 무슨 도리냐?”

최복이 사죄하였다.

이 말이 전해지고 전해져 공주가 듣고 매우 화가 나 좌우 시녀들에게 부마께 갖다드리는 죽과 약을 다 그치라고 하였다. 그러자 한상궁이 공주에게 여러 차례 간하여 겨우 그만 두었다. 이후로는 공주가 부마에게 와서 병세를 묻지 않고 매일 침전(寢殿)에서 부마를 책망하며 죽으라고 하였다.

이런 말이 여러 소생들의 귀에 들리게 되니, 그들이 모두 애통함을 이기지 못하였다. 하지만 부모가 엄하시니 감히 입 밖에 내지 못하고 있었는데, 공주가 투기하는 마음을 이기지 못해 석부인께 일의 수말을 고하여 말하였다.

“상께서 저를 부마의 좋은 짝으로 정해 주셨으니 그 의리에 감격해야 하는데, 갈수록 저를 멀리하고 형씨를 사모한다고 하니 어찌 분하지 않겠습니까? 차라리 부마가 죽어야 시원할 것 같습니다.”

---

312) 편작(扁鵲) : 중국 전국(戰國)시대의 명의(名醫). 성(姓)은 진(秦)이고 이름은 월인(越人)임.

313) 화타(華陀) : 후한(後漢) 말기의 명의(名醫)임.

석부인이 다 듣고 나서 매우 놀라고 염려스러웠지만, 억지로 참으면서 말하였다.

87 "우리 아이가 원래 못나고 속이 좁아 진실로 공주께 합당하지 않은데 공주께서 잘못 알고 금방울을 아이를 향해 던지니, 우리들이 늘 공주가 사람을 제대로 알아보지 못함을 개탄하였습니다. 지금 아픈 것이 찬바람에 상한 것인 줄 알았는데 만약 마음의 병이라면 실로 한심하군요. 그러니 공주께서 화가 나 죽었으면 좋겠다고 하는 것은 강렬한 뜻이니 남들은 미치지 못할 생각입니다. 어찌 칭찬하지 않겠습니까?"

공주가 석부인의 말을 듣고 자기를 정말로 칭찬하는 줄 알고 의기양양하여 나갔다.

그 후 석부인이 부마를 간병하러 갔는데, 운성이 어머니가 오신 것을 들었어도 움직이지 못하자 부인이 들어가 운성을 보았다. 한 달도 안 되어 얼굴빛이 수척하고 피부가 메말라 살기가 어려울 듯하였다. 부인이 한 번 보고 눈물을 고운 얼굴에 연이어 흘리며 운성을 어루만지면서 물었다.

"너의 기운이 하늘을 받들 정도였는데 어찌 조그만 병 때문에 이렇듯 쇠약해질 줄 알았겠느냐?"

운성이 어머니께서 슬퍼하는 것을 보고 억지로 참으면서 앉아 흔연히 웃고 위로하며 말하였다.

88 "제가 우연히 찬바람을 맞아 갑자기 병이 되어 어젯밤에 괴로움을 이기지 못하였습니다. 계속하여 아침·저녁 문안 인사를 못 하였으니 불효가 큽니다."

석부인이 더욱 슬퍼하며 오랫동안 있다가 말하였다.

"너는 부모를 생각하여 매사를 너그러이 생각해라. 내 애간장이 끊어지는 듯하니, 네가 만약 마음을 돌리지 못한다면 내가 차마 세상에 살고 싶겠느냐?”

운성이 어머니의 말씀이 이 같음을 보고 사죄하며 말하였다.

“제가 어찌 마음에 구애받아 그리워하는 사람이 있어 병이 났겠습니까마는 마음의 중심을 잡는 것이 중요한데 옛 아내의 일생을 안타까워하니 의원이 이것 때문에 이상한 말을 한 것입니다. 실로 형씨를 그리워하여 생긴 병이 아닙니다.”

석부인이 탄식하며 말하였다.

“사실인지 아닌지를 따지는 것은 쓸데없다. 혹시 내가 도와줄 일이 있을까 하여 묻는 것이니 너는 나를 속이지 마라.”

운성이 매우 부끄러워하며 대답하였다.

“못난 저의 불효가 가볍지 않은데 이 말씀을 아뢰면 죄가 더 커질 것입니다. 하지만 이미 밝게 알고 계신데 어찌 감히 속이겠습니까? 소자가 병이 난 것은 진실로 공주가 어질지 않음과 또 형씨의 인생이 슬퍼서 그런 겁니다. 만약 생전에 형씨를 다시 보지 못한다면 이 마음을 돌리지 못하여 부모님께 불효를 끼칠까 싶어 두렵습니다.”

89

부인이 듣고 나서 그 마음을 불쌍하게 여겼지만 단지 타이르며 말하였다.

“네가 어려서부터 글을 읽어 의리를 알았으며 또 마음이 관대하였는데, 지금 보니 미생(尾生)[314]과 신생(申生)[315]이 받은 놀림을 달게 받아야겠

314) 미생(尾生) : 노(魯)나라 사람으로 여인과의 약속을 지키느라 다리 아래에서 익사했다는 사람임.

315) 신생(申生) : 원문에는 ‘신슌’으로 되어 있는데, 문맥상 ‘신생(申生)’으로 보여 이같이 옮김. 그는 진(晉)나라 헌공(獻公)의 태자(太子)로, 헌공과 그의 총비(寵妃)가 또다른 아들인 해제(亥帝)를 태자로 세우기 위해 그를 참소하자 자살하였다는 사람임.

다. 어찌 놀랍지 않겠느냐? 아들은 아무쪼록 마음을 넓게 하여 기운을 차려라. 나도 형편을 보아 할머님께 의논해 보겠지만, 공주와 네 아버지는 들어줄 리가 전혀 없다."

운성이 묵묵히 아무 대답도 하지 않으니, 석부인이 길게 슬퍼하며 돌아왔다. 이에 태부인이 운성의 증세를 물으니, 석부인이 의자 곁으로 나아가 가만히 일의 수말을 고하였다. 그러자 태부인이 탄식하며 말하였다.

"젊은 남자가 여자 때문에 병이 난 것이 이상한 일은 아니지만 다만 그 아이가 제 아비만은 못하구나. 하지만 형씨를 데려올 형편이 아니니 일을 해결할 계책이 생각나지 않는구나."

석파 등도 탄식할 따름이었다. 그런데 갑자기 승상이 조회를 마치고 들어와 앉았다. 이때 한림학사 운희가 명현궁에서 와 아버지를 뵈니, 승상이 물었다.

"운성의 병은 어떠하더냐?"

운희가 탄식하며 대답하였다.

90

"오늘은 더욱 위중해져 이따금 정신이 아득하여 혼절할 듯하였습니다. 아마도 낫기 어려울 듯합니다."

그러자 듣던 이들이 모두 눈물을 흘렸고, 승상은 탄식하며 말하였다.

"이것도 또한 하늘의 운수이다. 설마 어떻게 하겠느냐?"

말을 마치자 안색이 참담해졌다. 이를 보고 석파가 깊이 생각하되, '이때를 틈타 승상에게 말하면 혹 운성의 병이 나을 방도가 있을 것이다.'라고 하고는 자리에 나아가 말하였다.

"부마의 거동을 보니 비록 화타(華陀)가 다시 태어나고 편작(扁鵲)이 살아 돌아오더라도 가히 약효를 보지 못할 것이며, 제갈량(諸葛亮)이 얼굴을 바꿔 운성으로 돌아온다 해도 기도로 빌어서 나을 리가 없습니다. 만약 형부인이 아니면 백 가지 약 종류와 여러 태의(太醫)[316]가 수고해도 부마의 질병이 구름이 걷히고 안개가 사라지듯 차도를 얻을 수 있겠습니까?"

승상이 듣고 나서 갑자기 희미하게 웃더니 두 눈이 가늘어졌다. 이를 보고 석부인이 민망하여 눈길로 석파를 보았지만 순식간이라 석파가 보지 못하고 다시 또 말하였다. 그러자 승상이 천천히 물었다.

"그렇다면 운성이 상사병을 얻었다는 것입니까?"

석파가 말하였다.

"바로 그러합니다. 부마가 그러하시니, 어찌 사정이 딱하지 않겠습니까? 바라건대 승상께서는 잘 도모하여 그 병을 낫게 해 주십시오."

91

소승상이 말하였다.

"운성이 죽기는 쉬워도 며느리 데려오기는 어려울 것입니다."

석파가 박정하다고 원망하였으나, 태부인은 한 마디도 하지 않았다.

이윽고 문안을 마친 후에 승상이 협문(夾門)으로 공주궁에 이르렀다. 사람들이 부마에게 알리니 부마가 겨우 부축을 받아 승상을 맞았다. 승상이 바로 들어가 비단 병풍을 짚고 서서 눈으로 운성을 보았다. 승상의 위풍이 당당하고 행동이 단엄하여 심한 추위 속의 센 북풍 같으니, 어찌 한 조각 인정인들 있겠는가? 찬 빛을 사람에게 쏘이면서 밝은 말씀을 하려고 하니, 사람들이 뼈 속까지 놀라 머리를 낮추고 숨을 쉬지 못하였다.

잠시 후에야 바야흐로 소승상이 목소리를 엄하게 하여 운성의 죄를 헤아려 말하였다.

---

316) 태의(太醫) : 의약의 일을 맡은 벼슬.

"네가 여덟 살부터 시서(詩書)를 읽어 눈으로 만 권의 글을 보았으며 몸을 닦고 도를 행하는 일을 모르지 않을 것인데, 마음을 이렇게 편협하게 92 먹어 귀천(貴賤)과 존비(尊卑)를 분간하지 않느냐? 또 괴롭게 아녀자를 그리워하여 병에 드니 위로는 할머니께 불효를 끼치는 것이고 아래로는 우리의 염려를 이루는 것이다. 그러니 어찌 선비라는 이름에 죄인이 아니겠느냐? 또 남자가 여자를 그리워하여 병이 났다고 하는 것은 사람으로서 차마 듣지 못하였다. 내 자식 중에 신생(申生) 같은 이가 날 줄 어찌 알았겠느냐? 네가 지금 형씨 때문에 나라의 은혜를 잊으며 어버이를 조금도 마음에 두지 않아 죽기를 스스로 구하니 어찌 부질없는 약을 먹으며 태의(太醫)를 수고하게 하겠느냐? 이후로는 약을 끊고 노심초사하다가 죽되, 다만 내 눈과 귀에 네가 병들었다는 소리를 들리게 하지 말라. 만약 병에 들었다 하는 소리가 들리면 내가 반드시 부자(父子)의 정을 끊어 한바탕 큰 난리가 날 것이다. 네가 죽으면 형씨 선산(先山)으로 보내고 내 집 묘에는 들어오지 못할 줄 알아라."

말을 마치자 운성이 크게 놀라 병든 몸을 움직여 벌을 청하고자 하였으나, 승상이 소매를 떨치고 돌아가 버렸다. 운성이 착잡한 기운이 가슴에 93 막혀 오래 지나서야 길게 탄식하고는 즉시 세수하고 옷을 가다듬어 입고 평생의 기운을 다 내어 일어났다. 곁의 사람들이 놀라기를 마지않았다.

운성이 작은 가마를 타고 승상부에 이르니, 형제들이 놀라 여기에 온 이유를 물었다. 그러자 운성이 부친께서 책망하시던 말을 하였다. 여러 형제들이 운성의 일을 누설한 근본이 석파인 것을 말하니 부마도위가 매우 원망하며 말하였다.

"할미가 말을 가볍게 하였으니 전후로 벌 받음이 석파의 탓이구나. 아버지의 엄한 명령이 천둥번개 같으셨으니 내가 비록 많이 아파서 죽을 지언정 어찌 감히 누워있겠는가?"

형제들이 탄식하고, 그의 팔자가 순탄하지 않음을 슬퍼하였다.

운성이 걸음을 겨우 옮겨 내당으로 들어가 할머니를 뵈니, 두 어머니와 숙모가 모두 놀라며 병석에서 일어난 이유를 물었다. 운성이 단지 병이 나았다고만 하니, 태부인이 빙그레 웃으며 말하였다.

"사람들이 모두 승상과 같기는 어려운 것인데, 운성을 과도하게 책망하여 몸조리를 잘 못하게 하였느냐?

승상이 공경스럽게 몸을 구부리며 가르침을 받들어 운성에게 더 조리하라고 하였다. 그러나 운성이 어찌 감히 물러나겠는가? 공손히 받들어 말하였다.

"오늘은 몸이 훨씬 많이 나았습니다. 어찌 부질없이 누워 있겠습니까?"

승상이 아무 대답도 하지 않았다. 석부인이 마음 속으로 더욱 불쌍하게 여겼다. 문안을 마친 후 여러 소생들이 승상을 모시고 서헌(書軒)으로 나왔는데, 승상이 촛불을 밝히고 『효경(孝經)』을 읽느라 삼경(三更)[317]이 지나갔다. 승상이 의관과 띠를 풀고 침상에 오르니 소생들이 물러났다. 하지만 운성은 물러나지 못하고 부친께서 잠들기를 기다리며 옷을 입은 채로 책상에 기대어 겨우 어지러운 것을 진정하고 이튿날도 똑같이 승상을 모셨다. 태부인과 석부인이 여러 차례 조리하라고 말하여도 운성이 매번 다 나았다고 하였다. 하지만 얼굴이 초췌하고 풍채가 쇠한 것이 지는 꽃 같아 석부인이 차마 보지 못하였다. 소부인이 승상에게 용서하기를 청하자, 승상이 답하였다.

94

317) 삼경(三更) : 밤 11시부터 새벽 1시까지임.

"제가 이미 어머니 명령을 받아 조리하라고 하였는데도 그 애가 듣지 않으니 어떻게 하겠습니까? 또한 마음의 병이니 제 스스로 앓고자 한 것입니다. 그래서 편히 누워 앓지 않고 그 괴로운 것을 깨달았기에 병을 나아야겠다고 하여 그러는 것 같습니다."

소부인이 할 말이 없어 도리어 크게 웃으며 말하였다.

"그 아이가 어찌 앓고자 했겠는가?"

95 승상이 또 웃으며 정색을 하였다. 그러나 운성의 병이 골수에까지 들어갔으니, 아버지의 위엄이 있더라도 어떻게 제어할 수 있겠는가? 운성이 병이 아직 낫지 않은 상태에서 아버지를 곁에서 받드니, 앉으며 일어날 때에 반드시 벽을 짚고 움직였다. 그렇게 하기를 6~7일이 되자 날로 기운이 쇠진하였지만 억지로 참았는데, 승상이 그 거동을 보고 어찌할 방법이 없었다. 그래도 그 병세가 깊음을 살피는 것을 보면 부자 사이의 사랑은 천륜(天倫)의 당연한 일인 듯하다.

8일째가 되었다. 여러 아들들이 아버지를 곁에서 모시고 있다가 밤이 되었는데, 운성이 기운을 차리지 못하자 형제들이 서로 돌아보며 민망해 하였다. 승상이 일찍 누우니 여러 소생들이 물러나고, 운성만 홀로 머물러 모시고 있었다. 승상이 벽을 향해 누워 잠이 드는 듯하니, 운성이 비로소 이부자리를 내어 와 폈다. 장차 옷과 허리띠를 풀고 기운이 없어 베개에 의지하여 있는데 늘 억지로 신음을 참았지만 잠든 후에는 자연히 신음 소리가 흘러나왔다. 승상이 마음이 불안하여 일어나 앉아 촛불 아래에서

96 운성을 보니 옥 같은 피부가 누렇게 되고 빛나던 광채가 초췌하여 뼈가 드러날 정도가 되었다. 승상이 길게 탄식하고 나서 그 허리띠를 풀고 옷을 벗겨 눕힌 후 이불을 덮어주었다. 하지만 운성은 혼미한 가운데에 있

어 알지 못하였다. 승상이 다시 누워 운성의 손을 잡고 몸을 어루만지면서 슬퍼하며 말하였다.

"여러 자식이 있지만 이 아이가 가장 총명하고 강단 있어 장부의 풍채가 있으니 사랑하고 미더워하여 나의 후사를 이을까 생각했었다. 그런데 어찌 이렇게 뜻을 굳게 잡지 못하여 보통 사내의 신의를 지키느라 장부의 강한 마음이 없어 이 지경이 되었는가? 이는 단지 저의 불행일 뿐 아니라 내 운수가 기구하기 때문인가 보다."

부자의 정이 이와 같았지만 엄하게 대하는 것 또한 이와 같았다.

다음 날 아침 일찍 운성이 깨어 보니 아버지가 벌써 세수하고 앉아 계셨다. 당황하여 바삐 옷을 입으니 승상이 보고 있을 따름이었다. 운성이 세수를 마치자 승상이 말하였다.

"너의 못남과 불효한 죄는 용서하기 어렵지만 부자의 정을 보아서 조리하기를 허락하니, 명현궁으로 가서 조리하여라."

97

운성이 은혜를 입으니 눈물을 흘리면서 죄를 청하며 말하였다.

"불효자 운성이 부모님께서 낳아 길러주신 은혜를 입고도 한 여자만을 마음에 두어 상사병에 걸렸으니 스스로 용납하지 못할 죄입니다. 마음을 풀어 보려 했지만 병이 이미 골수에 들어가 빠른 시일 내에 낫지 않아 더욱 황공합니다. 그래도 아버지의 은혜가 갈수록 커서 조리함을 허락하시니 당당히 명령을 받들겠습니다. 그러나 공주의 집으로 가면 형제들을 자주 만나지 못할 것이니 서당에서 조리하겠습니다."

승상이 허락하니, 바삐 인사드리고 서당으로 가서 누웠다. 그러자 온갖 병이 흘러 나와 마음 속에 쌓였던 기운이 폭발하고 미친 마음이 솟아나와 위태로움이 경각에 있으니, 부모가 차마 보지 못하고 온 가족은 위아래 할 것 없이 밤낮으로 울며 지냈다. 그런데도 명현공주는 철없이 투기하는 말을 계속하니 사람들이 모두 원수같이 여겼다. 한상궁이 이를 매우 근심하여 공주에게 좋지 않은 말을 하지 말고 부마의 병상 곁에 가서 자주 상태를 물으라고 하였지만, 공주가 끝내 듣지 않고 말하였다.

98

"부마가 내게 와서 형씨를 만나겠다고 청하면 내가 허락할 것이다."

이 말이 전해져 넷째인 운현이 듣고 부마에게 말하니, 부마도위가 크게 화를 내며 말하였다.

"투기하는 못된 아내가 나에게 빌라고 하는구나. 그러니 어찌 너무 심하다고 하지 않겠느냐? 내가 차라리 죽을망정 어찌 투기하는 아내에게 빌 수 있겠느냐?"

말을 마치는데 분한 기운이 너무 심해 병세가 매우 나빠졌다. 운현이 매우 놀라며 재삼 위로하고 물러나왔다.

하루는 공주가 한상궁의 권유로 부마가 앓고 있는 곳에 이르렀다. 그러자 부마의 형제들이 모두 싫어하여 피하였고, 부마는 침상 위에 있었다. 공주가 구슬 달린 비취색 봉관(鳳冠)318)과 진주로 장식한 적삼을 입고 향기를 풍기며 패옥을 찰랑거리면서 들어와 부마를 보고 그 병색을 살피고는 얼굴을 치켜들고 크게 웃었다. 부마가 그 모습을 보고 매우 애통하고 분했지만 화를 참으면서 보고 있었다. 조금 지난 후 공주가 안색을 바꾸고 부마의 죄를 헤아리며 말하였다.

99

"그대는 위로 임금을 저버렸고 가운데로는 나를 가볍게 여겼으며 아래로는 부모님의 은혜를 잊었으니 만고(萬古)의 죄인이며 인면수심(人面獸心)이니 무슨 면목으로 사람을 보느냐? 내가 조만간에 형씨를 죽여 그

---

318) 봉관(鳳冠) : 봉황 문양으로 장식한 관.

대와 함께 묻을 것이니, 그대는 너무 노심초사하지 말고 죽어라."

부마가 듣고 나서 얼굴을 들어 하늘을 우러러 보며 차갑게 웃으면서 말하였다.

"오늘 공주가 죄를 들춰 말하는 것을 들으니 족히 당신의 사람됨을 알겠다. 나도 또한 할 말이 있으니 편히 앉아 들으시오. 공주가 당초에 여자의 몸으로 외전(外殿)에 자주 출입하여 앞뒤의 예법을 잃은 죄가 하나요, 내 얼굴을 보고 문득 흠모하여 갑자기 수백 명의 관원들을 세워 놓고 지아비를 선택하였으니 음란한 죄가 둘이요, 황상의 뜻을 부추겨 나에게 조강지처를 폐출하고 돌아오라고 했으니 그 의리를 모르는 죄가 셋이다. 또 나중에 내 아버지의 상소가 올라오니 문득 아버지를 가두라고 권하여 황상께서 화를 내시게 하였는데 이는 그 아버지를 가두고 그 아들의 아내가 되려고 한 것이니 현명하지 못한 죄가 넷이다. 또 내 집에 와서 검소함을 비웃고 사치함을 자랑하며 궁인들에게 내 형수와 제수를 욕하게 하였으며, 이파와 석파를 동급으로 여기고 자기를 높여 할머님과 마주하고 앉아 시댁의 도덕을 무너뜨리고 위아래의 체면을 어그러뜨렸으며 높고 낮은 체계를 어지럽혔으니 그 죄가 다섯이다. 또 내 창녀에게 가혹한 형벌을 더하여 인체(人彘)의 모습으로 만들었으니 포악한 죄가 여섯이고, 나에게 형벌을 더하겠다고 하면서 인면수심(人面獸心)이라고 하였으니 죄가 일곱이다.

100

지금 도리어 내 죄를 헤아리며 조금도 여자의 조심하는 빛이 없으니 이는 시랑이의 마음과 호랑이 · 뱀 같은 사람됨이다. 세상에 용납되지 못할 죄를 짓고 무슨 면목으로 여기에 이르러 말을 꾸며 책망하는가? 내가 지금 조강지처(糟糠之妻)를 잊지 못하는 것이 어찌 공주가 외간 남자를 보고 사모한 것만 못하며, 또 당초에 상소를 올려 아버지를 구한 것이 어찌 공주가 시아비 가둔 일과 비기며, 임금을 받들어 섬기고 부모를 효성스럽게 봉양하는 것이 어찌 공주가 할머니와 마주 앉고 지아비에게 죽으라고 하는 행실에 견주겠는가? 내가 비록 은근하지는 않았지만 공주를 공경스럽게 대하고 궁인을 대접한 것이 어떻게 공주가 다섯 창기의 귀를 베고 코를 깎은 형벌과 비교되겠는가? 사람이 귀천이 다르기는 하지만, 모르기는 하겠지만 공주가 만약 황제의 따님이 되지 못하고 천한 사람으로 태어나 남에게 귀와 코를 깎였다면 마음이 즐겁겠는가? 그런데도 지금 나에게 와 책망하니 어찌 가소롭지 않겠는가? 내가 이미 충효(忠孝)와 신의(信義)를 지켰으니 어찌 사람 보기 부끄러우며, 몹쓸 것과 함께 즐기지 않았으니 장부의 위엄을 잃지 않았다. 공주가 나와 부부라는 헛된 이름이 있지만 실은 남이니, 방에 들어와 가까운 사이처럼 책망하는 것이 낯설고 투기하는 것이 우습다. 공주가 늘 대궐을 등에 업고 유세하지만 상께서 신하를 마음대로 죽이시겠는가? 또 가령 죄를 내리신다 해도 설마 어떻게 하겠는가? 공주가 말하지 않아도 내가 죽은 후에는 형씨와 한 무덤에 묻힐 것이니 그가 아니면 누가 감히 내 관 곁에 묻히겠는가?"

말을 마치고 크게 웃기를 마지않았다. 명현공주가 처음에는 부마의 병색이 깊어 위독함을 보고 업신여겨 나아가 조롱하였으나, 부마의 목소리가 높으며 기운이 고상하여 준엄하게 꾸짖는 것을 듣고 한편으로는 무안해 하면서 한편으로는 크게 성을 냈다. 그래서 말을 하려고 했지만 두루 끌어들여 답할 바를 생각하지 못하였고, 욕하려고 했지만 그의 기상이 준엄하니 어찌 줄 모르고 있었다. 그러자 한상궁이 나아와 공주의 소매를 이끌고 궁으로 돌아갔다.

한상궁이 애달픔을 이기지 못하여 사리로 깨우치니, 공주가 바야흐로 입을 열어 부마를 꾸짖어 말하였다.

"역적 운성을 내가 반드시 죽여 한을 풀겠다."

그러고 나서 글로써 대궐에 고하려고 하니, 한씨가 글을 중간에서 빼어 보내지 않았다. 그러자 공주가 한씨를 깊이 원망하여 이후로는 서로 사이가 좋지 않았다.

이때에 부마도위가 공주를 꾸짖어 물리치고 정신을 차리고 일어나 앉아 자기 신세를 살피니 박복함이 심하였다. 이미 형씨와는 비슷한 명문가끼리 정대하게 만나 3년간의 은혜로운 정이 아교의 지극함 같았다. 하물며 그녀의 용모의 아름다움은 서시(西施)와 비슷하고 좋은 자질의 풍요로움은 귀비(貴妃) 양태진(楊太眞)의 한가로움을 이어받았으며, 규방의 꽃다운 온화한 기운은 관저(關雎)[319]의 밝은 덕이 있고 내조(內助)를 잘 하는 것은 번희(樊姬)[320]의 풍채가 있었으며, 하물며 재주의 기이함은 소사(蕭史)[321]를 놀릴 정도였다. 그리하여 길이 백년의 즐거움이 있을까 하였는데 천만 의외에 음란하고 패악한 공주를 얻어 그가 상의 위세를 끼고 자기를 압도하고 깔보는 것을 보니 분함을 이기지 못하였다. 그러다가 문득 칼을 들어 책상을 깨뜨리며 말하였다.

103

"소운성 내가 어찌 당대의 대장부로 뜻을 품고도 기운을 줄여 한 여자의 손바닥 안에 평생을 걸겠는가? 구차하게 사는 것은 시원하게 죽는

---

319) 관저(關雎) : 『시경(詩經)』 주남(周南) 편에 실린 노래로, 덕 있는 여인을 칭송하는 내용임.

320) 번희(樊姬) : 초(楚)나라 장왕(莊王)의 비(妃)로, 장왕이 패업(霸業)을 이룩하는 데에 그녀의 지혜로운 내조가 큰 역할을 했다고 함.

321) 소사(蕭史) : 퉁소의 명인(名人)으로 농옥(弄玉)에게 퉁소를 가르쳤다는 전설 속의 인물.

것만 못하다."

말을 마치고 침상에 거꾸러져 혼절하니, 좌우의 사람들이 급히 구하였다. 하지만 성난 기세가 매우 세서 약한 기운을 막히게 했으니 깨기가 쉽지 않았다. 반나절이 지나도 한 가닥 생기가 없으니 모든 형제들이 황망함을 이기지 못하며 눈물을 흘리면서 승상께 고하였다. 이를 듣고 승상이 마음 속으로 생각하였다.

'제가 오히려 깨달았을까 하였는데 끝내 보통 사내의 어리석은 약속을 지키려고 조상께 불효를 끼치고 어버이에게 부끄러움을 이루게 하며 사림(士林)의 죄인이 되니 이 어찌 자식이라고 하겠는가?'

104

드디어 자식들에게 분부하여 운성의 생사를 다시는 전하지 말라고 하였다. 아들들이 부친께 다시 청하지 못하고 겨우 약을 써서 반일 만에 운성이 깨어나니, 여러 소생들이 바야흐로 마음을 놓고 위로하였지만 승상의 말은 이르지 않았다.

운성의 병이 몇 개월에 이르니 장차 위태로움이 경각에 있게 되었다. 이때에 팔 대왕[322]이 이르러 문병한 후 승상 소현성을 만나 물었다.

"요사이 옛 병이 다시 나 서로 찾지 못하였는데 오늘은 날씨가 온화하여 기분을 풀려 문을 나섰습니다. 그런데 운성의 병이 위독하다고 하여 여기에 왔더니 생명이 위태로워 무척 놀랐습니다. 모르겠습니다만, 병의 근원이 무엇이기에 평소의 씩씩한 기운으로도 저렇게 쇠하였습니까?"

승상이 대답하였다.

"저도 정사(政事)를 다스리느라 한가하지 못하여 왕실에 나아가지 못하

322) 팔 대왕 : 왕의 조카로 팔왕이라고도 함. 명현공주의 사촌오라비임.

였습니다. 귀하신 몸이 편안하지 못하신가 싶었지만 문병하지 못하여 부끄럽습니다. 제 아이의 병은 우연히 얻은 바인데 몇 개월에 이르니 목숨이 경각에 달리게 되어 공주의 청춘과 저의 불행함을 한탄합니다. 그런데 의원도 그 증세의 원인을 모르니 더욱 걱정스러움을 이기지 못하고 있습니다."

105

팔왕이 매우 근심하고 이상하게 여기시어 즉시 명현궁으로 가 공주를 보셨다. 공주가 옷깃을 여미고[323] 예의를 표한 후 자리에 앉았는데, 왕이 공주의 거동이 태연하여 근심하는 모습이 보이지 않는 것을 보고 마음 속으로 옳지 않다고 여겨 물었다.

"내가 오늘 부마의 병을 보니 매우 허약하여 심히 위태롭다. 그러니 누이의 불행함도 슬프고 부마의 인생도 가련하구나."

공주가 발끈하여 얼굴빛이 바뀌며 말하였다.

"그는 바로 신의(信義)도 없고 천하게 행동하는 보통 남자이며, 임금에게 등을 돌리고 거역하는 신하입니다. 그러니 죽는 것이 옳은데 뭐가 가련하겠습니까?"

왕이 놀라고 의아하여 그 이유를 물으니, 공주가 일의 수말을 자세히 말하였다.

"그가 지금 나를 배반하고 형씨 같은 비천한 첩을 사모하여 병이 죽기에 이르렀으니 어찌 분하지 않겠습니까? 제가 이런 사정을 궁궐에 고하려고 했지만 상부(尙部)[324] 한선생이 막아 아직도 황상과 황후께서 모르고 계십니다. 이 같은 내막을 모르시고 부마를 깊이 염려하시어

---

323) 옷깃을 여미고 : {졉임}. 문맥상 '염임(斂衽)'으로 보여 이같이 옮김.

324) 상부(尙部) : 궁궐의 의복, 음식, 기물 등을 관리하는 부서인 상의원(尙衣院)을 가리킴. 상방(尙房)이라고도 함.

크신 은혜를 넓게 드리워 약물과 태의(太醫)를 연속하여 바삐 내리십니

106 다. 그러니 왕께서는 이 일의 말미암은 바를 황상께 아뢰어 운성 부자를 외딴 섬에 보내고 형씨를 죽여 제 원한을 씻게 해 주십시오."

팔왕이 듣고 나서 매우 놀라고 이상하게 여기면서 단지 천천히 공주를 깨우치며 말하였다.

"누이가 어릴 때부터 글을 읽어 대의(大義)를 알면서도 어찌 말하는 것이 이런 지경에 이르렀는가? 누이는 태임(太任), 태사(太姒)의 덕을 본받아 『시경(詩經)』 갈담(葛覃) 편의 교화를 따르는 것이 좋을 것이네. 투기하는 악행을 받들어 칠거지악(七去之惡)을 범하지 말고, 황상과 황후의 가르치심을 저버리지 말게. 빨리 형씨를 데려와 운성의 병을 위로하고 무식한 말을 그치게. 저 형씨는 소생의 옛 아내고 누이는 위엄을 행할 수 없어 실제로는 조강지처(糟糠之妻)의 중한 지위를 누리지 못하였으니 어찌 부인의 투기로 남자를 잘못 되게 할 수 있겠는가?"

공주가 얼굴빛이 변하며 아무 대답도 하지 않았다. 왕이 즉시 대궐에 들어가니 황상과 황후가 부마의 병을 염려하셨다. 그래서 왕이 공주의 말을 고하고 나서 간하여 말하였다.

"부부는 강상(綱常)의 중한 바입니다. 황상께서 당초의 위엄으로 명현

107 을 출가시키고 또 옛 아내를 거절하라고 하시니, 운성이 원망을 품어 생명을 마칠 지경이 되었습니다. 바라건대 성상께서는 은혜로운 명령을 내리시어 그의 원망을 풀고 공주를 편케 하십시오."

황후가 크게 화를 내며 말하였다.

"운성이 공주를 가벼이 여겨 옛 사람을 사모한다면 당당히 시원스럽게 죽는 것이 낫다. 뭐하러 허락하겠는가?"

팔왕이 간하여 말하였다.

"제가 공주의 말을 듣고 무척 놀랐는데, 황후 마마께서 이렇게 말씀하시니 어떻게 신민(臣民)에게 덕을 펴시겠습니까? 만약 운성에게 벌을 준다면 공주의 일생이 어떠하겠으며, 또 법률이 밝지 않다고 할 것입니다. 거듭 살피시어 한쪽으로 치우친 일이 없게 하시면 소씨 부자도 상의 은혜에 감격할 것입니다."

황상께서 옳게 여겨 드디어 성지(聖旨)를 내려 말하였다.

짐이 당초에 공주를 운성에게 혼인시킬 때에 국법으로 조강지처를 폐하라고 하였다. 그러나 다시 생각해보니 원망을 품을 수 있을 듯하여 특별히 은혜로운 교지(敎旨)를 내려 다시 형씨에게 운성과 합하게 하여 둘째 부인으로 삼고 공주를 예의로 대우하여 그릇됨이 없게 하라.

108

부황후가 매우 좋아하지 않으나, 팔왕이 수고로이 간하고 황상께서 뜻을 정하였으므로 감히 입을 열지 못하셨다. 팔왕이 급히 전교를 받들어 형씨와 소씨 두 가문에 전하니, 소승상과 형참정이 한편으로 놀라고 한편으로 기뻐하였다. 기뻐하는 것은 임금의 처리가 공평해서이고 놀라는 것은 후환이 있을까 해서였다. 형공은 아직 공주의 인물됨을 모르지만 소승상은 이미 밝히 알고 있으니 어찌 즐겨 급히 부르겠는가? 황상의 뜻이 옳으시지만 일의 형편이 난처하기 때문에 조금도 허락할 뜻이 없어 흔들리지 않았다. 그러니 여러 아들들이 두어 마디 좋은 말로 서툴게 간하였지만 어찌 즐겨 듣겠는가? 다만 두 마디 말 이외에는 다시 서툰 말을 펴지 않았다. 여러 소생들이 매우 급하여 한편으로는 할머니께 고하여 형씨 데려오기를 애걸하고, 한편으로는 부마에게 전하니 부마가 탄식하며 아무 말도 하지 않다가 한참 후에야 말하였다.

109 "제가 불행하여 매사가 제대로 되지 않으니 비록 팔왕이 월하노인(月下老人)[325]의 길을 열었지만 음란하고 악하며 투기하는 부인이 머리맡에 있어 반드시 큰 재앙을 만들 것입니다. 그러니 형씨를 데려온다고 해도 그 인생이 위태하고 만일 버려두어 전과 같이 하고자 하면 제가 마음을 끊기 어려우니 일의 형편이 매우 어렵게 되었습니다. 그렇지만 잠깐 데려와 서로 보아 병든 마음을 위로하고 상황을 보아 선처했으면 합니다."

여러 형들이 웃으며 말하였다.

"네 뜻이 이러하지만 아버지께서 허락하지 않으시니 장차 어떻게 할지 계획이 있느냐?"

부마가 말하였다.

"아버지의 명령이 없지만 형씨는 내 손바닥 안에 있으니 내 스스로 부르겠습니다."

두 형이 웃고 말하였다.

"형공이 강직하고 제수도 정숙하고 절개가 있으니 걱정되는 것은 네 말을 듣고 흔들리지 않을 듯하다는 것이다."

부마도 웃으며 답하지 않았다. 며칠이 지났지만 승상의 움직임이 없으니 부마가 매우 마음이 급하여 오직 할머니께 부친의 고집을 돌려주시기를 청하였다. 태부인이 비록 그 병을 염려하기는 했지만 일의 형편이 좋지 않으니 깊이 생각하였다. 그러자 소부인과 석부인이 여러 차례 거들며

325) 월하노인(月下老人) : 부부의 인연을 맺어 준다는 전설상의 인물임.

부마의 병이 나은 후에 돌려보낼지라도 지금은 데려오기를 원하였다. 그러니 태부인이 사람을 시켜 승상을 불러 이런 생각을 말하였다. 그러자 소승상이 자리에서 일어나 절하고는 말하였다. 110

"저도 황상의 뜻에 순종하여 며느리를 데려 와 아이의 병을 위로하고자 하였지만 일의 형편이 매우 어려우니 어찌 감히 화근을 알면서도 부르겠습니까? 이미 상의 명령이 계시니 조만간에 모일 수 있을 것입니다. 단지 운성의 병이 나으면 그 스스로 형씨 집안에 왕래할 것이고, 형씨는 지금 데려오지 못하겠습니다."

태부인이 머리를 끄덕이며 말하였다.

"그 말이 좋구나. 모든 일을 이같이 주도면밀하게 하여라."

승상이 웃기만 하고 대답하지 않으니, 소생들이 나와 이 말을 부마께 전하였다. 부마가 듣고 초조하여 글을 써 하급 관리인 범의에게 형부인께 갖다드리라고 하였다.

이때 형씨가 운성의 병이 위중함을 듣고 밤낮으로 괴로워하였는데 또 들으니 병의 원인이 자기를 그리워해서라고 하였다. 형씨가 매우 원망하며 말하였다.

"내가 비록 쫓겨난 여자로 정당(正堂)에서 내려오기는 했지만, 명문가 선비의 딸로 당당한 적실(嫡室) 부인이다. 그런데 어찌 이렇게 심하게 업신여겨 가볍게 여김이 이 지경에 미쳤는가?"

말을 마치고 탄식함을 마지않았다.

그러던 중 갑자기 황상의 명령이 있어 소씨 집에 돌아가라고 하셨다. 하지만 스스로 완전치는 않지만 보지 않아도 밝게 알아 돌아갈 생각이 없어졌다. 그런데 갑자기 범의가 구슬 상자를 받들고 이르러 운성의 편지를 111

보여주었는데, 말이 간절하였고 생전에 다시 보기를 바라니 한번 와서 병든 마음을 위로하라고 하였다. 부인이 보고 나서 필기구를 내어 답신을 쓰고 빈 수레로 돌려보냈다.

운성이 괴롭게 기다리고 있었는데 빈 수레로 돌아오는 것을 보고 아연실색하며 봉한 편지를 떼어 보니, 그 글에 말하였다.

천만 뜻밖에 손수 쓰신 편지를 받들어 공경스레 펴 보았는데, 이는 기쁜 소식이 아니고 군자의 귀한 몸이 편안치 못하다는 소식이어서 당황스러움을 이기지 못하겠습니다. 제가 전생에 죄악이 무궁하여 귀한 가문을 이별하였고, 부부의 덕업을 좇았지만 이미 일생이 그만 섬기게 되었습니다. 그래서 부모님 슬하에서 남은 생을 계획하고 있었는데, 낭군께서 황상의 명령으로 저를 부르시니 어찌 머뭇거리겠습니까마는 사람의 일이 처음과 같지 않습니다. 비록 성상께서 허락하셨지만 저는 신하된 어리석은 여자로 어찌 꿩이 봉황과 같은 반열에 있을 수 있으며 제가 공주와 어깨를 나란히 할 수 있겠습니까? 또 제가 애초에 집에서 나올 적에 아버지께서 엄하게 명령을 내리시어 그 명령을 받들어 나왔으니, 지금 아버님의 명령을 알지도 못하는데 마음대로 행동할 수 있겠습니까? 제 마음이 이와 같으니 차라리 낭군께 죄를 지을지언정 아버님의 가르침을 거스르지 못하겠습니다. 현명하신 낭군께서는 사리를 살피는 군자이시니 모름지기 저의 못나고 속 좁음을 너그러이 용서하십시오.

112

운성이 보고 나서 마음이 아득함을 이기지 못하여 문득 편지를 찢어버리고[326] 꾸짖으며 말하였다.

"그녀가 나와 무슨 원수가 졌기에 이처럼 박절하게 간사한 말로 거절

326) 찢어버리고 : {믜고}. '믜다'는 찢다의 고어임.

함이 심하냐?"

드디어 여러 형제들에게 청하여 일의 수말을 이르니, 운현이 말하였다.

"셋째 형이 늘 통달하였지만 지금은 사리를 잘 알지 못하는군요. 형수는 비록 아버지의 명령으로 부르셨어도 가벼이 오지 않았을 것인데, 하물며 형이 하셨으니…… 단지 병이 다 나으면 왕래하십시오. 하물며 떳떳이 데려올 계획은 하지 마십시오."

운성이 오래도록 괴로워하며 말이 없었다.

113

이때부터 새로운 회포가 더하니 하나의 병이 맺히고 맺혀 살아날 방도가 없이 매우 위급하였다. 끝내 승상이 마음을 움직이지 않으니 이는 장래의 일을 두려워할 뿐 아니라 운성이 여색에 마음을 빼긴 것을 그르다고 여겨 그의 생사를 관계치 않은 것이다. 그래서 불쌍하기는 했지만 마음이 흔들리지는 않았다. 그러자 운경이 내당(內堂)에 들어가 태부인께 아뢰었다.

"셋째 아우의 생명이 위급한데 아버지께서 제수를 데려오지 않으십니다. 바라건대 할머니께서 어린아이의 잘못된 행동을 용서해 주십시오."

태부인이 낯빛을 정숙하게 하고 근심스럽게 말하였다.

"내가 어찌 운성의 생명을 아끼지 않겠느냐? 그러나 일의 형편이 난처하니, 만약 형씨를 데려왔는데 그가 중용을 지키지 않는다면 반드시 공주의 노여움을 돋우어 단지 그가 해로울 뿐 아니라 재앙이 네 아비와 아울러 형참정께 미치고 형씨의 생명도 그치게 될 것이다. 이렇기 때문에 네 아버지가 운성의 생명이 잘못 되더라도 가문의 재앙과 형공 부녀의 생명을 보호하려고 하여 사사로운 정을 철석같이 하고 공의(公義)

를 굳게 잡는 것이다. 그러니 내가 어찌 바른 길을 가는 자식에게 연약

114 하게 사사로운 정을 행하는 무리가 되라고 하겠느냐?"

운경이 묵묵히 대답하지 못하고 물러나니, 석부인이 마음이 울적하고 슬픔을 이기지 못하여 눈물을 흘리고 식음을 전폐하였다. 드디어 병이 나 며칠 동안 아침 저녁 문안을 못하고 오열하며 누워 있었다. 이날 밤에 승상이 저녁 문안을 하고 나서 벽운루에 이르렀더니, 석부인이 모습이 초췌하여 비단 이불에 싸여 있었다. 천천히 병세에 대해 물으니, 부인이 기대는 방석을 내와 의지하고 있었다. 승상이 한참만에야 말하였다.

"운성이 불행하여 보통 사내의 어리석은 믿음을 지키고 성현(聖賢)의 큰 절개를 알지 못하니, 어찌 그 얼굴이 아깝지 않겠는가? 그런데 지금 병이 매우 위독하니 천륜의 정으로 절박한 심정이네."

석부인이 길게 원망하며 대답하지 않고 다만 탄식하며 원망을 품고 있을 뿐이었다. 승상은 총명하고 특별히 통달한 군자이니 어찌 그 기색을 모르겠는가? 그래서 일부러 물어 말하였다.

"부인이 근심하는 것은 당연하지만 나를 원망하는 것은 반드시 이유가 있을 것입니다. 아마도 형씨를 데려오지 않는 것에 화가 난 것이겠지요? 내가 평소에 여자를 데리고 말을 많이 하는 것과 옳고 그름을 논의하는 것을 번거롭게 여겼는데 오늘 부득이하게 이리 하는 것은 부인이

115 내가 무식하여 자식을 사랑하지 않아 자식을 죽게 내버려 두는 지경에 이르렀는가 여기기 때문입니다. 그러니 어찌 말하는 번거로움을 꺼려 좋지 않은 사람이 되겠습니까?

명현공주는 바로 황상이 총애하는 딸입니다. 그러나 사람됨이 투기가 심하고 거칠어 만약 뜻과 같이 되지 않는 일이 있으면 지아비를 죽일

사람입니다. 더욱이 지금 운성의 병이 날마다 위독하기는 하지만 죽을 리는 만무하고, 만약 형씨를 데려오면 세 가지 난처한 바가 있습니다. 하나는 운성이 반드시 후하고 박하게 대우하는 것이 한쪽으로 치우쳐 공주의 노여움을 돋울 것이라는 점입니다. 그리하여 공주가 형씨를 자기 궁으로 데려가 함께 있으면서 후하게 대접하는 체하며 죽일 것이니 그 난처함이 둘입니다. 셋째는 공주가 필경에는 형공과 나를 모함하여 해를 입혀 귀양 보내거나 군대에 보낸 후에야 그칠 것입니다. 비록 아들 하나가 죽더라도 이런 재앙을 면한다면 천만다행이지만, 하물며 아들이 죽게 하지 않으려고 어찌 한 때의 적은 근심으로 큰 재앙과 바꾸겠습니까? 내 뜻이 이러하니 어찌 운성을 아끼는 것이 부인만 못하며, 모든 일을 다스리는 것이 여자 하나보다 못하겠습니까? 부인은 행여 허탄해 하지 말고 마음을 놓으십시오."

부인이 안색을 바로하고 대답하였다.

116

"저는 규방의 무식한 여자라 다른 일은 모르고 아들의 목숨은 매우 아낍니다. 그래서 단지 승상이 너무 견고하여 부자 사이의 친함을 모르는 것이 아닌가 생각했습니다. 그런데 약간의 말씀을 들으니 이는 비록 바른 말씀이기는 하지만 앞일을 알 수 있는 귀신의 거울이 없으니 어찌 반드시 병든 아이가 죽지 않고 평안한 사람들이 화를 입을지 알겠습니까? 상공의 선견지명(先見之明)이 너무 멀리까지 내다보시니 저의 급한 마음과 아이의 병은 언제 무사하겠습니까?"

말을 마치는데 맑은 눈물이 마구 흘러 비단 이불이 젖으니, 승상이 정색을 하며 말하였다.

"불초한 자식을 용서하여 조리하게 한 것도 내가 덕을 베푼 것입니다.

부인은 여자의 약한 태도로 아들을 돈우지 마십시오."

석부인이 발끈하여 얼굴빛이 바뀌어 천천히 탄식하며 말하였다.

"승상이 비록 명문가의 이름난 재상으로 모든 일을 정대하게 한다고 하지만 어찌 부자지간의 친한 정을 모르고 하늘의 운수라고 거짓말하면서 사람을 속이고 우리 모자를 박멸하는 것이 이 지경에 이르렀습니까? 형씨를 데려와 아이의 병을 위로한 후에 돌려보내면 될 것인데, 자식 죽는 것을 스스로 생각하면서도 이처럼 혼연스러운 것은 인정으로서 할 일이 아닙니다. 모르겠습니다만, 아이가 승상께 무슨 죄를 지었기에 병이 들었어도 조리도 못할 이유가 있습니까?"

117

승상이 듣고 나서 매우 편안치가 않았지만, 평소에 부인이 매우 유순하고 공손치 못한 적이 없었기에 오늘 화를 내는 것을 보고 이는 대개 자식 사랑이 지극한 데서 비롯하였음을 깨닫고 참으면서 웃음을 머금고 말하였다.

"원래 운성이 부인을 닮았습니까?"

말을 마치고 침상에 올라 자니, 부인도 할 말이 없어 슬프고 괴롭기만 하였다.

이후에 석부인의 병세가 날로 깊어지니, 운성이 어머니께서 병이 나심을 듣고 매우 근심하여 마음을 억제하려 했지만 능히 하지 못하여 스스로 불효를 슬퍼하였다. 소부인이 태부인께 여러 번 애걸하고 또 승상을 꾸짖으며[327] 말하였다.

"아우가 고집을 부려 어머니께서 식음을 폐하신데다 석부인이 병이 난 것을 매우 걱정하신다. 그러니 네가 만약 증자(曾子)[328]의 효를 본받아

---

327) 꾸짖으며 : {혼동}. 이는 큰 소리로 꾸짖거나 소란스럽게 재촉할 때 쓰는 고어임.

어머니의 뜻에 순종하지 않는다면 어찌 그르지 않겠느냐?"

소승상이 두루 난처함을 보고 괴로움을 이기지 못하고 있는데, 태부인도 어찌할 도리가 없어 말하였다. 118

"흥하느냐 쇠하느냐 하는 것은 하늘의 명(命)에 달려 있으니 우리가 어떻게 하겠느냐? 너는 굳이 너무 고집하지 마라."

승상이 마지못하여 운경에게 위엄 있는 거동을 갖추어 형씨를 데려오라고 하고, 형참정께 형씨를 보내라고 청하였다.

328) 증자(曾子) : 공자의 제자로, 효성으로 이름이 높았음.

소 현 성 록

7권

1 재설(再說). 소어사 운경이 엄숙한 차림새로 아랫사람을 거느리고 형부에 이르러 온 이유를 말하니, 형공이 맞아 인사를 마친 후 부마의 병세를 묻고는 탄식하며 말하였다.

"이것도 하늘의 명이다. 어떻게 할 수 있겠는가? 그렇지만 사람의 병이 어찌 아내를 그리워한다고 해서 자꾸 생기겠는가? 더군다나 딸아이는 신하의 딸인데 어떻게 감히 공주와 같은 반열에 있을 수 있겠는가? 그러니 비록 형의 명령이 있기는 하지만 딸아이를 보내지 않을 것이네."

어사가 근심스럽게 슬퍼하며 눈물이 자주색 도포에 떨어지는 것도 깨닫지 못하고 말하였다.

"소씨 가문이 불행하고 제수(弟嫂)의 액이 무거워 이런 일이 있으니, 누구를 원망하겠습니까? 운성이 성품이 졸렬하지 않은데도 모든 일이 마음과 같지 않음을 원망하여 병이 깊이 든 것이지 굳이 제수를 그리워한 것만이 병의 빌미가 되지는 않았습니다. 그런데 의원이 마음의 병이라고 하였고, 또 운성이 평상시에 소탈하여 어떤 일이라도 쉽게 내뱉지 않으니 우리들도 혹 그런가 생각하여 걱정하였을 뿐 누가 말할 수 있었겠습니까? 그런데 황상께서 융성한 은혜를 드리우시어 필부(匹夫)의 약속을 지키게 2 하시니 할머님과 부모님께서 위로는 황제의 명령에 답하고 아래로는 사사로운 정을 이루려고 저를 보내신 것입니다. 그러니 사돈어른[329]께서는 너무 고집하지 마십시오."

형공이 어사의 바르고 곧은 말씀과 맑고 우아한 풍도를 보고 운성의 웅장한 말과 시원스러운 기골이 생각나 글썽글썽 눈물을 흘리며 말하였다.

329) 사돈어른 : {년슉[緣叔]}. 이는 혼인관계로 이루어진 친척인 인척(姻戚) 중 삼촌 벌 되는 이를 가리키는 말임. 사돈간에는 '년형[緣兄]'이라 부름.

"만약 태부인의 명령이시라면 제가 어찌 감히 거역하겠습니까? 딸아이가 비록 위태로운 곳에 가는 것이라 해도 위로는 아버지와 할머니가 보호하실 것이고 공주도 덕을 펴실 것이며 형제들이 우애할 것을 믿고 보냅니다."

어사가 사례하고, 형부인과 함께 형공께 하직 인사를 드리고 소부에 이르렀다. 온 집안이 반기면서도 슬퍼하였으며, 석부인도 병을 참으며 나와서 형씨를 보고 그 손을 잡고는 눈물을 뿌리며 말하였다.

"너를 살아서 다시 만나니 이제 죽어도 한이 없겠다."

화부인과 소부인, 윤부인이 모두 위로하였으며, 태부인은 그녀의 빛나는 모습을 보고 앞으로 있을 일에 대한 생각이 끝이 없었으나 다만 반기면서 안타까워할 뿐이었다. 형씨가 모든 사람들에게 인사하고 자리를 정하여 앉아 말씀을 나누는데, 말하는 것이 모두 청정하고 아담하여 맑고 한가로우며 시원스러워 위아래 사람들이 새삼스럽게 감탄하며 말하였다.

"형씨가 이와 같으니 부마가 어떻게 공주를 두터이 대접하겠는가?"

형씨가 마음이 편안치 않았지만 할머님과 시부모님께 사례하며 말하였다.

"제가 재주도 없고 덕도 없으면서 조그만 인연으로 3년 동안 모시다가 연분이 끊어져 박명하게도 슬하를 떠났었습니다. 하지만 아버님의 크신 은혜를 받들어 다시 어르신들 앞에 절할 수 있게 되었으니 죽어도 한이 없을 것입니다."

그러자 시부모인 소승상 내외가 듣고 나서 흔연히 답하였다.

"지난 일을 말하면 마음만 편치 않으니, 다만 화락하여 평안할 방법을 생각하는 것이 좋겠다. 지금 황상의 명이 계셨지만 공주의 허락 없이 내가 어머님의 말씀을 받들어 너를 데려온 것이니, 너는 처신을 전과 같이 하지 말고 운성의 허랑함을 물리치고 공주를 공경하면서 자취가 번거롭게 드러나지 않도록 하여라."

형씨가 옷깃을 가다듬고 명을 받들어 물러나 침소에 이르렀다. 위씨[330] 등과 석파 등이 모두 꿈인가 의심하였으며, 강씨[331]가 탄식하며 말하였다.

"부인이 비록 황제의 은덕으로 다시 여기에 왔지만 공주의 눈엣가시가 되었으니 어찌 평안함을 얻겠는가?"

드디어 여러 사람들이 공주의 성냄과 부마가 공주를 박대하던 일을 전하니, 형씨가 매우 흐느끼며 천천히 말하였다.

"제가 비록 박명하지만 의지하여 바라는 바는 낭군이 공주를 후하게 대하느냐, 박하게 대하느냐 하는 것이 저에게 영향을 미치지 않고 공주의 덕이 『시경(詩經)』 갈담(葛覃)편[332]의 교화를 잇는 것이었습니다. 그런데 만약 말씀하신 대로라면 제 신세를 알 만하군요."

모든 낭자들이 슬퍼하며 위로하였다.

이때에 부마가 형씨가 왔다는 말을 듣고 남몰래 기쁨을 이기지 못하여 석 달 동안의 깊었던 병이 하루저녁에 다 나았다. 단지 몸이 야위었을 뿐이고 사지가 경쾌함이 평상시와 같았다. 그러나 아버지가 두려워 감히 나은 체 하지 못하고 거짓으로 신음하니 어찌 얼굴빛을 모르겠는가? 승상이 어이가 없어 도리어 모르는 체하였다.

---

330) 위씨 : 소승상의 첫째 아들인 운경의 처임.
331) 강씨 : 소승상의 둘째 아들인 운희의 처임.
332) 갈담(葛覃)편 : 『시경(詩經)』의 편명으로 집안의 번성과 화목을 노래함.

6~7일 후 부마는 병이 나아 일어났다. 여러 손자들이 할머니 방에 모여 아침 문안을 드리는데 공주도 여기에 왔기에 승상이 그녀에게 말하였다.

"형씨는 운성의 정실(正室)[333]입니다. 지금 황상의 명으로 다시 만났는데, 비록 명호(名號)는 다르지만 그도 선비의 가문입니다. 하지만 같은 항렬을 밟지는 않을 것이니 행여 공주는 시속사람들과 같은 모습을 보이지 마시고 인자한 덕을 발휘하여 황상의 은혜를 욕되게 하지 말고 내 말을 저버리지 마십시오."

말을 마치자 석부인이 좌우 사람들에게 형씨를 불러 오게 하여 공주와 서로 보게 하였다. 공주가 매우 화가 나 기색이 흙빛과 같이 되었으나, 위로 할머님이 계시고 다음으로 승상이 있고 아래로 부마의 형제들이 삼대가 벋은 듯이 늘어서 기운을 엄하게 하고 안색을 매섭고 엄숙하게 하니 사람으로서의 염치가 조금 있어 억지로 참고 앉아 생각하였다.

'저가 어떤 사람인지 모르지만 어찌 내 위엄을 당하겠는가?'

그러고는 위풍을 가다듬고 형씨를 기다리니 그 거동이 한번 웃을 뿐이겠는가? 가히 화공(畵工)을 청하여 채색하는 붓의 공력을 드릴만하니, 갑자기 젊은이들이 웃음을 이기지 못하였다.

문득 곱게 짠 비단 발이 움직이며 애원하는 듯한 소리가 쟁그랑 하더니, 한 부인이 부용이 그려진 병풍을 헤치고 붉은 치마에 푸른 적삼을 입고 발걸음을 가볍게 하여 나아왔다. 맑은 눈빛은 거울을 닦은 듯, 풍성한 버들 같은 눈썹은 봄 산에 안개가 잠겨 있는 듯, 빗은 머리는 구름을 조롱하고 붉은 입술은 단사(丹砂)[334]로 점을 찍은 듯, 시원스럽고 깨끗한 얼굴

333) 정실(正室) : {결발지쳐[結髮之妻] ㅣ}. 상투를 틀고 쪽을 쪄 정식으로 혼인한 부부를 일컬음.
334) 단사(丹砂) : 광택이 있는 짙은 홍색의 광물로 염료 또는 약으로 쓰임. 주사(朱砂)라고도 함.

빛과 가냘픈 두 뺨에 칠보관의 여섯 줄 장식이 부용 같은 얼굴을 가려 어른거렸다. 더욱이 두 뺨은 깎아 만든 듯하고 가늘고 가는 허리는 버드나 6 무 가지가 나부끼는 듯하니 걸음은 나는 듯하지만 신중하였고, 얼굴과 풍도는 태연자약하면서도 위엄이 있고 풍요로우면서도 너그러워[335] 사람들이 보면 놀라서 공경할 만하였다.

부마가 한번 바라보고 저절로 반가움을 이기지 못하니, 공주가 매우 놀라 투기하는 마음이 저절로 일어났다. 갑자기 한순간에 미움이 용솟음치는데 문득 저의 절을 받게 되니 맞절을 하는 것도 잊고 흔들리지 않았다. 그러하니 형씨가 마음 속으로는 좋지 않았지만 또한 생각하되, '내가 극진히 공경하여 저의 화를 일으키지 않으면 잘못이 내게 있지 않을 것이다.'라고 하였다. 앞으로 나아가 공손하게 예의를 마치니 공주가 전혀 움직이지 않고 화난 눈으로 느릿하게 바라볼 따름이었다.

이를 본 좌우에 가득한 사람들이 모두 불쾌하게 여겨 안색이 바뀌었고, 부마도 갑자기 화를 내며 불만을 터뜨리려고 하니 어사가 그 손을 이끌고 밖으로 나갔다. 승상이 형씨에게 명하여 말하였다.

"너는 운성의 정실(正室)이다. 황상의 명령이 계셔서 공주와 같은 반열에 두라고 하셨으니 공주와 함께 같이 앉아라."

형씨가 평소에 승상을 두려워하는 것이 지극하였지만, 오늘의 이 말은 감히 순순히 따를 수 없어 자리에서 일어나 아뢰었다.

"제가 어찌 감히 명현공주와 같은 항렬이 되어 자리를 택할 수 있겠습 7 니까? 바라건대 아버님께서는 세 번 살피시길 바랍니다."

태부인이 갑자기 탄복하며 말하였다.

---

335) 너그러워 : {어위차}. '어위다'는 넓다, 너그럽다는 뜻임.

"우리 아들은 늘 정도(正道)를 지킬 뿐 권변(權變)[336]을 알지 못하는구나. 황상의 명령이 계셨지만 공주가 어찌 즐거이 형씨와 자리를 같이 하겠는가? 하지만 형씨라고 운성의 조강지처(糟糠之妻)이면서도 갑자기 남의 아래에 앉겠는가? 그러니 빨리 각각 자리를 정해 앉아라."

형씨가 절하고 물러나 형제 항렬로 앉았다.

문안을 마친 후 모든 젊은이들이 중당(中堂)[337]에 모였는데, 한상궁이 공주를 가르쳐 말하기를 같이 가서 형씨의 거동을 보자고 하였다. 모두 자리를 정하여 앉은 후에 위씨 등이 그 두 사람의 기색을 살피니, 형씨가 이에 눈썹을 낮게 하고 우아한 목소리를 부드럽게 하여 공주를 향해 사례하며 말하였다.

"저는 낮은 가문의 보잘것없는 여자로, 외람되게 소씨 가문에 시집왔습니다. 그런데 공주님께서 하가(下嫁)하심을 듣고 황상의 명령을 받들어 어버이의 집으로 돌아갔었습니다. 성은이 망극하시어 아녀자의 마음을 살피시고 공주님의 덕택으로 삼종지도(三從之道)를 완전하게 할 수 있도록 하시어 다시 시댁에 와 지아비를 문병하고 공주를 뵈오니 이 은혜와 덕은 삼생(三生)[338]에 잊기 어려운 것이 될 것입니다."

공주가 노여움을 머금고 안색을 바꾸며 말하였다.

"저는 이른 바 금지옥엽(金枝玉葉)인데, 황상의 명을 받들어 소생에게 시집온 것이니 어찌 그대가 있는지 알았겠는가? 다만 부마가 젊고 경박하여 사리를 알지 못하고 그대를 그리워하여 병이 드니, 천자께서 사람

---

336) 권도(權道) : 때에 따라 임기응변으로 일을 처리하는 방식.
337) 중당(中堂) : 아녀자들이 거처하는 내당(內堂)과 남자들이 거처하는 외당(外堂) 사이인 집의 가운데에 있는 당.
338) 삼생(三生) : 전생과 현생과 후생.

을 살리는 덕[339]을 내리시어 부인을 부르신 것이오. 그러니 이렇게 모인 것도 황제의 은혜네. 진정으로 타이르니, 그대는 다만 조심하시오."

형씨가 몸을 낮추어 듣기를 마치는데 공주의 자세가 간악하고 음험함을 전혀 알지 못하는 듯 눈길을 낮추고 옷깃을 여미고는 바르게 앉아 대답하였다.

"오늘 제가 무슨 행운으로 옥엽(玉葉) 같은 분의 얼굴 앞에서 뵐 수 있게 되어 높으신 말씀으로 가르치심을 들었으니 어찌 감히 마음과 뼈에 새겨 종신토록 본받지 않겠습니까?"

말을 마치는데 온화한 기운이 사람들에게 쏘이고 엄숙함과 낭랑함이 비길 곳이 없었으니 진실로 숙녀였다. 한상궁이 그녀를 기특하게 여기고 한편으로는 근심하면서 앞으로 나아가 한 쌍의 옥홀(玉笏)을 꽂아 복이 가득하기를 빌고 예(禮)를 행하였다. 그러자 형씨가 천연스럽게 일어나 답례하고 위씨를 돌아보며 말하였다.

"이 사람은 처음 봅니다. 누구인지 형님께서 가르쳐 주십시오."

위씨가 말하였다.

9

"이 사람은 공주의 스승인 명현궁 액정(掖庭)[340]의 한상부(尙婦)[341]인데, 한상궁이라 부르며 1품 궁녀이네. 전임(前任) 태부(太傅)[342] 한공의 손녀이기도 하지."

형씨가 듣고 나서 놀라지 않고 다만 웃으면서 사례하며 말하였다.

"오늘이 무슨 날이기에 공주와 상궁의 우대를 받는지 영화로움을 이기

---

339) 사람을 ~ 덕 : {호싱지덕[好生之德]}. 이는 사형에 처할 죄인을 특별히 살려주는 제왕의 덕을 이름.

340) 액정(掖庭) : 궁녀가 있는 궁전, 즉 후궁(後宮) 또는 후정(後庭)을 말함.

341) 상부(尙婦) : 궁녀의 정오품(正五品) 벼슬 이상의 벼슬임. 상궁(尙宮)과 같은 뜻임.

342) 태부(太傅) : 삼공(三公)의 하나로, 천자를 도와 덕으로 인도한다는 뜻으로 이름 붙인 관직명.

지 못하겠네요."

한상궁이 은근히 대답하였다.

"저는 본래 양반 가문의 딸입니다. 그런데 두태후가 아끼시어 모시는 사람으로 삼으시니 나이 8세부터 궁중에 들어가 용상(龍床)[343] 아래에서 모신 지 수십 년이 되었습니다. 그동안 공주를 가르치다가 출가할 때에 따라왔는데 복이 많아 오늘 부인의 선녀 같은 풍모를 구경하니 정말 행운입니다. 그런데 공주는 선혜공주와 더불어 깊은 규방에 계시면서 단지 황제와 황후와만 지내셨으니 예의를 미처 차리지 못하시고, 저도 또한 식견이 적어 비록 이름은 스승이지만 가르친 것이 없습니다. 부인은 좋은 가문의 숙녀이며 또 부마의 행동을 익히 아실 것입니다. 이렇게 같이 있게 된 것도 하늘의 운수이니 원망하지 마시고 공주가 체모를 잃으시는 부분을 가르쳐 첫째 부인의 꽃다운 교화를 빛내시기를 이 비천한 사람이 바랍니다."

형씨가 듣고 나서 매우 공경하여 오직 낯빛을 엄숙하게 하고 소리를 온화하게 하여 겸양하며 말하였다.

"귀인의 꽃다운 말씀에 깊이 감사합니다. 제가 비록 소공의 조강지처(糟糠之妻)라고 해도 본디 낭군과 함께 빈곤함을 겪지 않았고 단지 초례(醮禮)[344]를 치렀다는 명분뿐입니다. 지금 공주님은 황제와 황후의 높은 교훈을 받았으며 금지옥엽 같은 지극히 높은 분이라 귀한 빛이 위나라의 빛나는 진주의 광채에 미칠 바가 아닌데 소공의 정실(正室)이 되셨습니다. 그러니 저는 쇠잔한 낙화(洛花)와 같이 숙이는 것이 옳습니다.

343) 용상(龍床) : 임금이 앉는 자리. 여기서는 황후가 앉는 자리를 포함하여 이같이 말함.
344) 초례(醮禮) : 혼인하는 예식.

앵무새 우는 나뭇가지에 까막까치의 소리는 어설플 것입니다.

천지와 부모님의 크신 덕이 해와 달 같아서 외람되게도 우리 부부를 다시 합하게 하시니 썩은 자취와 낮은 인물됨으로 근심스럽게 그림자를 끌어 삼종지도(三從之道)[345]를 의탁하게 되었습니다. 행여 구구하게 신경 써 주시는 크신 은혜를 입어 한 칸 작은 집을 주신다면 그곳에서 일생을 마치는 것이 천만다행이겠습니다. 어찌 감히 공주와 동렬(同列)이 되어 공주를 가르치는 당돌함이 있겠습니까? 다만 우러러 섬기면서 몸을 마치도록 임금님의 은혜에 감축할 따름입니다. 심지어 첫째 부인이 가져야 할 온화함은 본래 천한 제가 마음으로 흠앙하던 바입니다. 그러니 공주님께서 큰 덕을 내리시어 어여삐 여기신다면 제가 어찌 감히 우러러 질투하는 더러운 행실을 행하여 위로는 황상의 은혜를 잊겠으며 『시경(詩經)』 〈관저(關雎)〉 편에서 노래하는 아내의 덕을 저버려 몸에 더러운 이름을 받겠습니까? 화목하거나 화목하지 않는 것은 모두 공주님의 높은 뜻에 달려 있으니 제가 알 바가 아닙니다."

말하는 것이 상쾌하여 터럭만큼도 시속(時俗)에 관련되지 않았으며 얼굴빛이 온화하지만 한편으로 엄숙하였다. 한상궁이 매우 탄복하여 나이를 물으려 하다가 그녀의 기상이 냉담하니 말 붙이기가 어려워 물러났다.

날이 저무니 모든 젊은이들이 흩어졌다. 한상궁이 공주를 모시고 궁으로 물러나와 탄식하며 말하였다.

"황상께서 심하게 화를 내신다 해도 부마가 형씨를 박대하지 않을 듯합니다. 비록 황실의 힘이지만 형씨를 곤란하게 할 묘한 방법이 없을

---

345) 삼종지도(三從之道) : 봉건 시대의 여자의 도리로, 집에서는 아버지를, 시집가서는 남편을, 남편이 죽은 뒤에는 자식을 좇음.

것이니 공주님 마음 속의 큰 근심일 것입니다. 그러니 모름지기 공주님은 덕을 널리 펴고 어진 마음을 두텁게 하여 높으신 위엄을 잃지 마시오."

공주가 한상궁을 원망하며 말하였다.

"스승님은 왜 이런 말을 합니까? 내가 반드시 형씨를 없애서 품은 뜻을 이룰 것입니다."

한상궁이 정색을 하고 꾸짖어 말하였다.

"내가 황상의 명을 받들어 공주의 스승이 되었는데 공주는 매사에 가르치는 대로 하지 않으니 이것이 무슨 도리입니까?"

12

말을 마치고 소매를 떨치며 돌아가니, 공주가 부끄러워하며 아무 말도 하지 않았다.

이때에 운성이 아침 문안 자리에서 본 형씨의 기색이 태연하고 예의 있는 모습이 온순하고 공손했던 것을 생각하니 사랑이 샘같이 솟아났다. 그러나 공주의 포악한 기색과 교만한 행동은 새삼 놀랄 만하였다. 그러니 미운 것은 보고 싶지 않고 좋아하는 이를 보고자 하는 것은 한결같은 인정이어서, 자기도 모르는 사이에 죽오당[346]에 이르렀더니, 푸른 비단 창문에 촛불 그림자가 휘황하였다. 붉은 난간에 시녀들이 쌍쌍이 늘어 서 있었지만 운성이 스스로 몸을 움직여 난간에 올라가 문을 열고 들어가 형부인을 보았다. 부인이 놀라지 않고 천천히 맞아 자리를 정하여 앉는데, 옷깃을 여미고 근심스런 얼굴로 단정히 앉았다. 운성이 거짓으로 정색을 하며 책망하여 말하였다.

"여자의 도리는 남편을 받들어 섬기고 부드러우며 지아비를 아껴야 하

---

346) 죽오당 : 형씨의 처소임.

는 것입니다. 그런데 부인은 무슨 이유로 나를 미워함이 원수보다 더 하여, 싫어하고 피하는 것을 개나 말같이 여기면서 한번도 와서 보지 않았습니까? 비록 천자라도 만약 임금을 보면 내 병이 낫는다고 한다

13 면 마땅히 친히 오실 텐데 하물며 그대는 뭐가 높다고 글로 나를 조롱하고 오지 않았습니까? 이는 분명히 나보고 죽으라고 한 것이지요? 내가 다시 생각해 보니 그대와 함께 3년을 지낸 정이 크고 부부의 의리가 중대하며 또 원수 같은 일을 한 적이 없는데 어찌 굳이 내가 죽은 후에라야 그대의 마음이 편하겠습니까? 하지만 아마도 내가 살아 있는 게 그대에게는 안중에도 없는 일처럼 여겨져 스스로 생각하되, '소운성이 아니면 내 일생이 이처럼 고되겠는가? 그러니 이는 내 원수이니 죽으면 시원하겠다.'고 하였기에 내가 병이 나서 불러도 거절한 것이지요? 그러하니 내가 어찌 유감이 있다고 속 시원하게 말하지 않겠습니까?"

형부인이 듣기를 마치자 소매로 얼굴을 가리고 한 마디 말도 하지 않았다. 운성이 화가 난 얼굴로 한참 있어도 부인의 대답이 없었다. 그러니 원래 먹은 마음을 참지 못하여 마음을 고쳐 웃으며 나아가 부인의 손을 잡으며 말하였다.

"그대는 어찌 나를 이처럼 깊이 원망하여 내 얼굴을 보기 싫어하는 마음을 가지고 있습니까? 아침에 공주가 포악하고 교만하게 행동하는데도 불구하고 그대가 침착한 기색을 보이기에 내가 미친 마음이 나서 별 뜻 없이 말한 것이니 너그러이 용서하십시오."

14 형씨가 밝은 눈을 가늘게 뜨고 입을 닫고 오래도록 묵묵히 있으니, 운성이 여러 차례 위로하였다. 형씨가 한참 후에야 넓은 소매를 떨치고 자리를 멀리하여 앉으며 말하였다.

"저는 실없는 말은 듣고 싶지 않습니다. 전혀 듣고 싶지 않습니다. 그런 말을 듣는 사람은 하수(河水)[347]가 먼 것을 원망할 뿐이고, 그런 말을 하는 사람은 성현들의 책을 적게 읽은 것을 부끄러워해야 합니다. 그러므로 저는 감히 이치에 맞지 않는 말은 하지 않습니다.

지금 낭군의 병이 나으셨으니 부모님과 할머님의 기뻐하심이 지극하시고 낭군께서도 불효를 면했습니다. 이는 모두 황상과 공주의 덕인데 어찌 큰 은혜에 감사하는 것은 늦고 적은 죄를 책망하는 것이 바빠 오늘 밤에 낭군의 발걸음이 여기에 이르렀습니까? 빨리 침궁(寢宮)으로 가시기를 바랍니다. 원컨대 낭군께서 비록 저를 매우 미워하지만 잠시 너그러운 도량으로 천천히 꾸짖으시고 먼저 공주의 큰 은혜에 사례하는 것이 옳습니다."

운성이 자세히 들어보니 그 말이 모두 자기의 생각을 넘어서는 것이어서 더욱 공경하고 애모하였다. 형씨가 말이 없으니, 크게 웃고 나서 말하였다.

"부인이 사람 놀리고 능멸하며 책망하는 것은 여전하군요. 내가 오늘 이미 여기에 왔으니 그리웠던 마음의 병을 풀 때입니다. 그대는 그냥 놔두시오."

형씨가 성내며 말하였다.

15

"제가 비록 똑똑하지 못하지만 초례(醮禮)[348]하고 납빙(納聘)[349]하여 육례(六禮)로 맞이했던 아내입니다. 그런데 백 가지로 말씀을 아뢰어도

347) 하수(河水) : 요(堯) 임금 때의 은자(隱者)인 허유(許由)가 임금이 구주(九州)의 우두머리를 삼으려 하자 듣기 싫다며 영수(潁水) 가에서 귀를 씻은 일을 두고 한 말임.

348) 초례(醮禮) : 혼인하는 예식.

349) 납빙(納聘) : 신랑의 집에서 신부의 집으로 혼인을 구하는 의례로 흔히 푸른 비단과 붉은 비단 등을 보내는 폐백을 뜻함. 납채(納采) 또는 납폐(納幣)라고도 함.

끝내는 상사병이라는 말로 저를 지적하니 너무 천대하는 것이 아닙니까? 제가 들으니 낭군께서 청주에서 보낸 다섯 창기와 정을 통하였다가 공주가 막아서 뜻을 펴지 못하고 병들었다고 들었는데, 지금 어찌 도리어 나를 들어서 한때의 놀림을 받게 합니까? 낭군은 예의를 조금이라도 갖추어 나를 너무 욕되게 하지 마십시오. 제가 비록 힘없는 여자로 구구한 자취가 공주께 비할 만하지 못하지만 그래도 낭군의 첩이 아니며, 가문이 황실에는 미치지 못하지만 그래도 선비의 가문입니다. 낭군께서 설사 높은 지위의 눈으로 저를 낮게 여길지라도 글 속의 예법을 살펴 미천한 조강지처(糟糠之妻)를 너무 욕되게 하지 마십시오."

말을 마치는데 그 태도가 준엄하고 기운이 서리 같으니, 운성의 풍정과 골격으로도 감히 말을 꺼내지 못하여 갑자기 의복을 단정히 하고 앉아 말하였다.

16

"내가 병을 조리하는 중에 마음이 상하여 말이 예의에 어긋나게 되었으니, 그대는 행여 이상하게 여기지 마십시오. 내 마음은 흐르는 물 같은데 부인은 이렇듯 냉정하니, 부인에게 크게 기대하는 바가 없어졌습니다. 나는 다시 어리석은 사나이가 될 것이니 그대는 홀로 평안하십시오."

말을 마치고 매우 기분 나빠하는데 가을바람 같던 온화한 기운이 사그라지고 미간에 원망을 띠고 길게 섭섭해 하였다. 형씨가 비록 감격하였지만 그 이전부터 지금까지 일이 어려웠으니, 그의 뜻을 그대로 따르면 너무 좋아하여 푹 빠진 남자가 참지 못하고 마음이 이끄는 대로 행할 것이므로 애초에 매몰차게 하여 그가 바라는 마음을 끊기를 바란 것이었다. 그러니 어찌 안색에 그 감동을 나타내겠는가? 천천히 형씨가 운성에게 공주 궁으로 가기를 간청하니 운성이 탄식하고 일어나 나와 마음을 억지로 참고 공주 궁으로 나갔다.

그랬더니 공주가 발끈하여 화가 난 얼굴로 본 체도 하지 않으니, 운성이 마음 속으로 우습게 여겨 옅게 웃으며 촛불 아래에 앉아 한참을 있다가 말하였다.

"보통 사내인 내가 성상의 은혜와 덕으로 옛 아내를 다시 만나 병이 나았고 오늘 공주를 마주하니 또한 인생이 즐겁다고 하겠습니다. 그렇지만 공주의 안색이 평안치 않으니 이는 반드시 내 병세가 아직 다 낫지 않았을까 너무 염려하기 때문인가 봅니다. 감사함을 이기지 못하겠습니다."

공주가 문득 성내어 꾸짖어 말하였다.

17

"그대가 예전에 나를 백방으로 모함하면서 죄를 헤아리더니 오늘은 무슨 낯으로 여기에 와서 눈치를 살피며 나를 조롱합니까? 내가 오늘 형씨를 보니 매희(妹喜)[350]나 달기(妲己)[351]의 무리라고 할 만하더군요. 그러니 부마도 걸주(桀紂)[352] 되는 것을 면하지 못할 것입니다."

운성이 부채를 치며 크게 웃으면서 말하였다.

"공주의 선견지명(先見之明)이 귀신같군요. 어떻게 한번 보고 사람의 선악(善惡)을 알아봅니까? 또 내가 걸주 같음을 어떻게 알아보시며, 죽을 때까지의 일을 가볍게 정하십니까?"

---

350) 매희(妹喜) : 중국 하(夏) 나라의 미인으로, 걸왕(桀王)이 그녀에게 미혹해 술의 연못과 고기의 숲인 주지육림(酒池肉林)에 빠져들어 결국은 나라가 망했다고 함.

351) 달기(妲己) : 중국 은(殷) 나라 주왕(紂王)의 비(妃)로, 왕의 총애를 믿고 음탕하고 포악하여 나중에 주(周) 나라 무왕(武王)에게 처형됨.

352) 걸주(桀紂) : 중국 하(夏) 나라의 걸왕(桀王)과 은(殷) 나라의 임금 주왕(紂王)을 이름. 둘 다 폭군임.

공주가 크게 화를 내며 여러 가지 말로 헐뜯으면서 살벌하게 책망하기를 그치지 않았으나, 운성은 단지 웃으며 책상에 앉아 시서(詩書)를 뒤적여 볼 뿐이었다. 밤이 다하도록 침상에 올라가 자지 않았으니 그 이유는 대개 공주가 포악한 사람으로 투기가 하늘을 찌르니 행여 자다가 자기를 해칠까 두려워해서였다. 그렇다고 해서 속 시원하게 나가서 쉬려고 해도 드나듦을 가볍게 할 수 없으며, 게다가 부인의 방에 들어갔다가 싸우고 나오는 일은 매우 속 좁은 행동이라고 생각하여 고집스럽게 하룻밤을 헛되이 고생한 것이다. 슬프다! 공주가 아내로서의 도리를 잃으니 지아비의 마음이 심지어 이 지경에 이르렀구나. 어찌 놀라고 탄식하지 않겠는가? 부마의 도량이 이와 같았다.

18

이튿날 아침에 운성이 문안을 마치고 죽오당에 이르러 형씨를 보려 했더니, 형씨가 놀라서 빨리 몸을 일으켜 내당으로 향하고자 하였다. 그러자 운성이 적은 염치를 잊고 허겁지겁 형씨의 적삼을 붙들고 길을 막으면서 말하였다.

"부인이 날개가 있거든 날아가 보시오."

형씨가 어쩔 수가 없어 천천히 말하였다.

"어르신들께 문안을 못하였으니 낭군은 잠시 허락해 주십시오."

운성이 웃으며 말하였다.

"어머님이 내가 병든 것을 걱정하셨으니 부인이 모름지기 내 병을 위로하면 어머니께서는 문안 받는 것보다 더 기뻐하실 것이오."

형씨가 마지못하여 앉으니, 운성이 기뻐서 자리에 앉아 공주가 어젯밤에 했던 정황을 말하였다. 말마다 분격하고 증오하는 안색이 나타나니, 형씨의 깊은 염려가 더욱 심해져 오직 목소리를 낮게 하여 말하였다.

"낭군의 말씀은 대장부의 체면과 품격에 어울리지 않는 소소한 뜻입니다. 어찌 아녀자 책망하는 것이 이 지경에 이르렀습니까? 공주는 귀한 사람이니 비록 상공의 아내이지만 어찌 감히 경멸하겠으며, 어찌 저희들과 같겠습니까? 지금 상공이 조금도 공경하는 마음이 없고 날마다 조롱하니, 지어미인 천한 저도 노여워할 줄을 모르지 않는데 하물며 공주는 어떻겠습니까? 원컨대 낭군께서는 공주의 흠을 저에게 말하지 마시고 저의 허물을 공주께 전하지도 마십시오. 침묵하며 말을 적게 하고 위풍을 길러 아녀자와 함께 아녀자의 잘못을 의논하지 않아야 군자의 바른 도리입니다. 제가 행여 묵은 자취이고 낮은 소견이지만 잠시 낭군의 아내라는 자리를 외람되게 차지하였으니 어리석은 마음에 품은 바를 감추지 못합니다. 모름지기 혹시 당돌했다면 용서하십시오."

19

운성이 듣고 나서 더욱 칭찬하고 흠모하여 말하였다.

"오늘 그대가 곧게 바로잡음을 들으니 나의 경박한 허물을 깨닫겠습니다. 그렇지만 어제는 은혜를 사례하시더니 오늘은 죄를 책망하십니까?"

형씨가 탄식하며 아무 대답도 하지 않았다. 그러고 나서 죽오당에 머무르니 새삼스런 정이 솟아나 하늘에서 주신 즐거움을 누리기에 몽롱하여 그 기쁨을 온 세상에 비하지 못할 정도였다. 운성은 기뻐하였지만 형씨는 끝내 정을 받아들이지 않았으니 그 소견이 중후하고 정대하며 사람됨이 견고함이 이와 같았다. 운성이 비록 입으로는 꾸짖었지만 마음 속으로는 더욱 칭찬하며 탄복하였다. 이때부터 운성의 발걸음이 죽오당을 떠나지 못하니 형씨가 매우 민망하여 백방으로 달래며 공주를 후대하라

20

고 권하면, 운성이 흔연히 웃고 다만 이렇게 말할 뿐이었다.

"내 가슴 가운데에 맹세한 뜻이 있는데 이 마음은 오직 귀신이 알고 아버지께서 밝게 비추어 알 뿐 나머지 사람들은 다 모르니, 부인인들 어찌 나의 깊은 뜻을 알겠는가? 임금이 위엄을 내세우고 아버지께서 엄한 가르침을 내리셨지만 내가 정한 뜻은 바꾸지 않았으니 하물며 조그만 아녀자가 하는 말이야? 그러니 부인은 수고스럽게 말하여 내 심화를 돋우지 마시오. 내가 부인을 후대하는 것이 아니라 한 당에 모여 말씀을 나누는 것이 바로 부부의 일상적인 일이오. 내가 부인의 겸손함을 아랑곳하겠는가마는 그래도 나를 이 정도로 괴롭게 여긴다면 어찌 내 아내라고 말할 수 있겠소?"

형씨가 슬퍼하며 말하였다.

"여자 팔자가 일마다 서럽군요. 이제는 낭군이 저에게 입술도 놀리지 못하게 하시니 제가 다시 무슨 말을 하겠습니까?"

운성이 잠깐 웃다가 이윽고 정색을 하며 아무 말도 하지 않았다.

21 한 달이 지나니 운성의 마음의 병이 완전히 사라져 품격이 준수하고 용모가 시원스러워졌으며 씩씩한 기운은 높은 하늘을 받들고 말씀은 푸른 바다를 헤치는 듯하였다. 그리하여 모든 젊은이들 사이에 섞이면 씩씩하고 묵직하며 단정하여 진실로 신이한 용 같았다. 그래서 승상이 아끼는 것이 실로 여러 다른 아들들이 미치지 못할 정도였고, 사람마다 다 높이고 받들어 칭찬하였지만 운성은 조금도 방자하거나 교만하지 않았다. 다만 성품이 급하고 위태로워 한번 성이 나면 반드시 사람을 쳐서 피를 보고 나서야 그치고, 또 고집이 세서 한번 뜻을 정한 후에는 고치지 않으니, 이는 보통 사람의 골격이 아니기 때문에 그런 것이었다.

이렇게 몇 달이 지나니 공주가 형씨를 미워하는 마음이 골수에 사무쳐 하루는 편지를 대궐에 보내어 계교를 지어 내었다. 황후가 편지를 보고 석부인께 전교(典敎)를 내려 말하였다.

"형씨가 이미 부마의 조강지처(糟糠之妻)로 공주와 같은 반열이니 마땅히 한 집에 모여 부마의 집안 일을 갖추어 아는 것이 좋겠다. 어찌 물러나 앉아 공주의 수고를 덜지 않는가? 빨리 한 집에 모여 황제의 명령을 공경하여 받들라."

석부인이 전교를 듣고 크게 놀라 급히 내당으로 들어가 태부인과 승상께 일의 수말을 전하니, 태부인이 탄식하며 말하였다.

"형씨의 수명이 오래 남지 않았구나."

승상이 정색을 하며 말하였다.

"이는 식구 중의 누가 며느리를 해치려고 하는 것이니 어찌 오늘 새삼 놀라겠습니까? 제가 알 바가 아니고 어머니도 염려하실 바가 아닙니다. 가히 운성 모자(母子)[353]가 형씨를 보호하여 애초에 데려왔던 죄를 용서해주실 만합니다."

석부인이 승상의 말을 듣고 마음 속으로 불쾌하였지만 애써 참으면서 잠시 웃고 말을 하지 않았다. 그때 문득 공주가 온다고 하니 모두 자리를 마련하고 공주를 맞아 예의를 갖췄다. 그러자 공주가 얼굴빛을 부드럽게 하고 소리를 온화하게 하여 말을 하였다.

"제가 요즘 은근히 병이 들어 문안을 못하였습니다. 10여 일 동안 어르신들께서 평안하셨습니까?"

승상도 공경하는 태도로 부드럽게 대답하였다.

353) 운성 모자(母子) : 운성과 석부인을 말함.

"저도 역시 일이 많아 귀한 분에게 문안을 드리지 못하였으니 소홀했다고 할 수 있습니다. 그런데 공주가 늘 친히 와서 문안하시니 감사합니다."

공주가 천천히 말하였다.

"제가 비록 황상의 명령으로 귀댁 슬하에 외람되게 들어왔지만 재주가 별로 없고 사리에 밝지 않으며 부마의 씩씩한 기운을 다스리는 데에 능하지 못하여 군자께 죄를 얻은 것이 많았습니다. 형부인은 부마의 조강지처이시고 떳떳한 위엄이 가볍지 않으니 늘 청하여 같은 궁중에 있고 싶었지만 제 마음대로 하는 것이 당돌한 듯하여 미루고 있었습니다. 그런데 황후마마께서 들으시고 저의 총명하지 못함과 덕을 잃음을 크게 책망하시고 형부인을 맞아 한 당에 있으면서 화목하게 지내라고 하셨습니다. 그리하여 제가 전교(典敎)를 받들어 먼저 아버님께 아뢰고 나서 형부인을 맞아가려 하오니 높으신 가르침을 말씀해 주십시오."

23

승상이 듣고 나서 조금도 깊이 생각하지 않고 바로 대답하였다.

"만약 상의 전교가 이러하시고 공주가 어진 마음을 내신 것이라면 어찌 형씨가 그렇게 행하는 것이 어려워 순종하지 않겠습니까? 삼가 형씨와 함께 돌아가시어 위로는 마마의 말씀을 저버리지 말고 주아(周雅)[354]의 기풍을 더럽히지 않으시면 어찌 아름다운 일이 아니겠습니까?"

드디어 형씨를 불러 일의 수말을 이르고 공주와 함께 가라고 하였다. 형씨는 심장이 떨어지는 듯하였으나 감히 거역하지 못하여 맑은 눈에 눈

354) 주아(周雅) : 『시경(詩經)』 풍(風)편의 주남(周南) 시와 아(雅)편을 칭하는 것으로, 『시경』에서의 교화를 뜻한다고 보고 이같이 옮김.

물을 머금고 물러가니, 좌우에 있던 젊은이들이 모두 그녀를 불쌍하게 여겼다. 공주가 기뻐하며 두 번 절하고 감사하며 물러났다.

그러자 태부인이 천천히 승상에게 말하였다.

"아들은 왜 흉계를 알면서도 저 곳에 보내겠다고 시원스럽게 대답하느냐? 사람의 목숨은 중요한 일이라는 말을 알지 못하느냐?"

24

승상이 대답하였다.

"어머님의 가르침이 마땅하기는 하지만 살고 죽는 것은 운명에 달려 있다고 했습니다. 형씨가 저 곳에 가더라도 갑자기 죽기야 하겠습니까?"

태부인이 말하였다.

"비록 그러하지만 어떻게 차마 위태로운 일을 할 수 있느냐?"

승상이 대답하였다.

"저도 그런 생각을 하기는 했지만 반드시 흉한 논의가 그치지 않고 계속 될 것 같아 그렇게 했습니다. 만약 황후께서 어머니께 교지를 내려 형씨를 명현궁으로 보내라고 하시면 그 때는 또 어떻게 하겠습니까? 황후가 공주와 결연하여 궁첩을 좋지 않게 여기니 명령을 생각 없이 내리시고 위엄이 계속 이어지면 이를 면하지 못하여 괴로울 것입니다. 그러니 애초에 순순히 보내고 형세를 보아가며 구하는 것이 옳습니다."

부인이 다 듣고 나서 급히 일어나 앉으며 승상의 등을 어루만지고 웃으면서 말하였다.

"어질다 내 아들. 네가 어찌 이처럼 현명하냐? 내가 이제 처음부터 헤아려 네 뜻을 이어받을 것이니 네 뜻이 바로 내 뜻이다. 형씨가 어떻게 될지는 저 하늘께 달려 있으니 명현공주의 손 안에 있지 않다는 것이 맞다."

승상이 사례하며 말하였다.

25 "제가 어찌 감히 어머니의 높은 의견과 같겠습니까? 오늘 사정을 봐 주심을 받들어 삼가 밝으신 가르침을 욕되게 하지 않겠습니다."

이때에 명현공주가 형씨를 데리고 궁에 이르러 궁 동쪽의 경희당으로 처소를 정하고 쉬게 하면서 후대하고 은근히 대하였다. 하지만 형씨는 자신의 일생이 범의 아가리에 들어가고 용이 사는 연못에 떨어지는 듯하여 밤낮으로 평안하지 않음을 이기지 못하였다.

이 날 저녁에 부마가 죽오당에 이르렀는데 이미 형부인의 종적이 없었다. 크게 놀라 급히 기실(記室)[355]을 맡은 관리를 불러 부인의 종적을 물으니, 관리가 대답하였다.

"형부인이 오늘 승상의 명령을 받들어 명현궁으로 가 계십니다."

부마가 발을 굴리며 말하였다.

"아버지께서 무슨 이유로 형씨를 사지(死地)로 보내셨느냐? 너는 빨리 일기(日記)를 가져와라."

기실(記室)은 본래 밤낮으로 태부인 앞에서 붓을 들어 일기를 기록하는 사람으로 나라의 사관(史官) 같은 사람이다. 그러므로 승상과 태부인이 논의하던 말을 역력히 기록하였기에 이를 받들어 부마에게 보게 하였다. 부마가 다 보고나서 놀랐지만 아버지의 선견지명(先見之明)을 알기에 보던
26 것을 놔두고 급히 서당(書堂)으로 나오다가 '어머니께 의논해야겠다.'고 생각하여 벽운루에 이르렀다. 그런데 부모님께서 마주하여 말씀을 나누

355) 기실(記室) : 기록을 맡은 관리. 여기서는 '기록'이라고 해야 문맥이 더 자연스러울 듯함.

기에 감히 들어가지 못하고 서 있었다. 들으니, 승상이 어머니인 석부인에게 말씀하는 것이었다.

"지금 공주의 흉계가 이 지경에 이르렀으니 설사 형씨가 아직 죽지 않았다고 해도 참혹하게 죽일 것입니다. 그 인생이 가련하군요. 하지만 부인은 운성에게 쓸데없는 말을 하지 말고 공주를 싫어하는 빛을 번거롭게 보이지 마시오."

석부인이 한탄하며 말하였다.

"형씨의 팔자가 이리 기구하니 애달픔을 이기지 못하겠습니다. 제가 비록 마음으로는 공주가 밉지만 표현한 적이 없었는데, 군자께서는 한 번도 은근한 적이 없이 다 나타내시니 운성이 상공 때문에 더욱 공주를 박대하는 것입니다."

승상이 웃고 말하였다.

"부인이 그릅니다. 부인은 권도(權道)를 좇아 공주를 대해서는 숨기고 돌아서면 박절하게 말씀으로 조롱하여 속마음을 달리합니다. 하지만 나는 평생 권도를 모르고 사람의 흠을 말할 줄 모릅니다. 또 부인이 비록 공주를 매우 후대하기는 하지만 공주가 발뒤축을 돌아서기도 전에 기뻐하지 않는 안색과 평안치 않은 말을 하니, 내가 매몰찬 것과 같을까 두렵습니다. 더욱이 내 거동이 흔연스럽지 않은 것은 본래의 기색이니, 위씨 등 여러 며느리들이 있어도 인자하게 후대하여 조용히 말을 하는 때가 없습니다."

석부인이 말하였다.

"제가 진실로 공주의 흠을 말한 적이 없으니 상공께서 무슨 말씀을 하는 것인지 모르겠습니다."

승상이 다시 말하려고 하는데 문득 손에 잡고 있던 부채가 저절로 떨어지고 오른쪽 손이 저렸다. 승상이 상황을 알아차리고 말하였다.

"여러 아이들 중 엿들으며 구차하게 서 있는 아이가 있구나. 내가 몸이 피곤하여 내 손이 평안하지 않은가 보다."

말을 마치고 창문을 여니, 운성이 난간 속에서 배회하며 옷의 띠를 가다듬고 방 안으로 향하려고 하다가 주저하며 머뭇거리고 있었다. 승상이 정색을 하며 물었다.

"네가 마땅히 들어올 것이지 자취를 소리 없이 하여 부모의 창문 밖에 서 있으니 이 무슨 도리냐?"

운성이 매우 황공하여 오직 얼굴을 붉히고 말을 못하다가 천천히 아뢰었다.

28

"제가 쉽게 들어가지 못한 것은 부모님께서 말씀하시는 뜻을 흩트리지 못해서이지 다른 뜻은 아닙니다."

그러자 승상이 스스로 책망하여 말하였다.

"이는 모두 내가 현명하지 못했기 때문이다. 군자는 정대해야지 부인과 함께 법도 없는 수다를 떠는 것이 옳지 않다. 마침 논의할 일이 있어 왔는데 날씨가 춥기에 시녀가 문을 닫았구나. 미처 말리지 못했는데, 네가 지금 들어오려 하다가 주저함은 반드시 문이 닫혀 있음을 의심한 것일 게다. 너는 모름지기 다시는 소리 없는 자취와 왜곡된 생각을 갖지 마라."

말을 마치고 나서 시녀에게 문을 열라고 하고는 소매를 떨치고 밖으로 나가니, 운성이 부끄러움을 이기지 못하여 움직이지 못하였다. 그러자 어린 시녀 아이가 크게 웃고 안으로 들어가고, 석부인 역시 웃으며 운성에게 나아오라고 하여 말하였다.

"네 아버지의 성품을 익히 알 것이고 날이 추워 문을 닫는 것도 예삿일인데 어찌 부모의 방에 들어오기를 주저하여 대답하는 말이 똑똑하지 못하였느냐?"

운성이 무안하여 사실대로 고하였다.

"제가 일찍이 부모님이 낮에 말씀하시는 것을 듣지 못하였고 한 당에 모이신 것도 보지 못하였기에 마음에 이상하게 여겨 잠깐 머뭇거렸습니다. 그런데 아버지께서 의외의 말로 책망하시니 무슨 면목으로 다시 아버지를 뵙겠습니까?"

29

석부인이 다시 웃고 위로하며 말하였다.

"아들은 더는 의심하지 말고 승상께 가 보아라. 부자 사이에 무슨 깊은 뜻이 있겠느냐? 더욱이 이 일은 승상이 자기가 평상시에 하는 행동을 네가 잘 몰라 의심하는가 싶어 부끄러워하는 것에 불과하고 완전히 너를 책망하는 것은 아니다."

운성이 절하고 나서 감히 다른 말을 하지 못하고 물러나와 아버지를 뵈었다. 승상이 앞으로 나아오라고 하여 조용히 말하였다.

"네가 어찌 대장부의 기상으로 마음을 좁게 가져 왜곡하느냐? 설사 네 아비가 현명하지 못하여 행실에 믿음직스러움이 없다고 해도 너는 마땅히 뜻을 정대하게 가져 깊은 뜻을 거리끼지 말고 마음을 소탈하게 하는 것이 옳다. 그런데 부모가 같이 있다고 해서 문득 의심을 하니 내가 매우 개탄하는 것은 네가 몸은 장부지만 마음이 비뚤어져 한심하게 여기는 것이다. 부부가 낮에 즐길 수 있느냐?"

운성이 비록 어머니 앞에서는 말을 할 수 있었지만, 승상이 이르는 말과 비슷한 이유로 주저하여 들어가지 않은 것이므로 한 마디 말도 대답하지 못하였다. 승상이 그 뉘우치고 부끄러워함을 보고 기색을 온화하게 하여 가르치고 다른 말을 시작하니, 운성이 어두워질 때까지 모시고 있다가 물러나 탄식하며 말하였다.

30

"우리 아버지는 진실로 성인이시다. 자식 가르치시는 것이 세세하며 비천하지 않고, 정을 기울이고 마음을 쏟아 지성으로 사람이 되라고 하시며, 남들보다 낫게 되라고 하시는구나. 그런데 자식이 어질지 못하여 그 교훈을 받들어 행하지 못하니 어찌 부끄럽지 않은가?"

드디어 감격하는 뜻으로 글을 썼다.

이튿날 형씨와 공주가 함께 소부로 들어와 문안하는데, 공주의 태연자약하고 온화한 기운이 전날과 전혀 같지 않았다. 그러하니 모인 젊은이들은 모두 식견이 적어서 진심인가 여겼지만 모인 부인들은 깊은 근심이 더하였다.

이 날 운성이 명현궁에 가 경희당으로 나아가니, 형씨가 크게 놀라며 멀리 거절하고 싶은 마음이 간절하였다. 그래서 본 체를 않고 몸을 돌려 『예기(禮記)』를 읽으며 익히고 있었다. 그러자 운성이 그 뜻을 알아차리고 먼저 침상에 올라 자는 체하면서 부인을 보니, 형씨가 밤이 다하도록 은근히 원망을 품고 앉아서 샜다. 운성이 스스로 탄식하며 나아가 손을 잡고 슬퍼하며 말하였다.

"부인이 비록 나를 거절하기를 이같이 하지만 공주가 부인을 어질다고 할 리 없고 내 마음도 돌릴 길이 없어 실로 무익한데, 어찌 고집스러움

31

이 과도합니까? 그대가 만약 순순히 따르면 내가 공주께 억지로 참는 바가 있을 것이지만 그렇지 않으면 내 고집을 점점 돋우어 공주를 미워

하는 마음을 한 층 돋우는 것입니다."

형씨가 조금도 감동하는 빛이 없이 말하였다.

"낭군의 굳은 마음이 감격스럽기는 합니다. 하지만 낭군이 진실로 저를 불쌍히 여기고 은정이 크다면 어찌 구태여 근심을 만들고자 합니까? 또 공주의 어진 덕과 높은 지위며 아름다운 행실은 갚지 않으니 제가 실로 낭군의 마음에 항복하지 않고 감격함이 적습니다. 이런 말을 하는 것을 아마도 마음을 숨기는 것이라고 여기실지 모르지만 아침 저녁으로 밝게 살피시니 어찌 마음을 거짓으로 꾸밀 수 있겠습니까? 군이 저에게만 치우쳐 마음을 주신다면 저도 또한 부모님의 집으로 돌아갈 수밖에 없습니다."

운성이 말하였다.

"누구 명령을 들었으며, 또 누가 보낸다고 가려고 하십니까?"

형씨가 정색을 하며 말하였다.

"사람마다 부모의 집으로 돌아가는 것은 떳떳한 일입니다. 그러니 제가 당당히 친정으로 돌아가는 것을 시부모님께 허락받아 아버지께서 저를 데려가신다면 제 스스로 돌아가는 것이니 어찌 막을 사람이 있겠습니까?"

운성이 비웃으며 말하였다.

"부인이 방자하군요. 나 소운성이 비록 얼마 안 되는 조그마한 서생(書生)으로 인생이 명현공주의 손바닥 안에 있기는 하지만, 콩과 보리는 구별할 줄 압니다. 그러니 임금의 딸은 감히 제어하지 못하지만 어찌 형옥[356]의 딸조차 제어하지 못하겠습니까? 그대는 어찌할 도리가 없

32

356) 형옥 : 형씨의 아버지의 이름.

는 말을 하여 내 노여움을 돋우지 마십시오. 내가 신의를 중요하게 생각하여 그대를 후하게 대하고 말을 순하게 하지만 본마음이 아녀자에게 굽히고 싶은 것은 아닙니다. 그대가 이미 내 아내가 되어 평생 내 손안에 있으니 어찌 마음대로 출입할 수가 있겠습니까?"

말을 마치는데 안색에 성난 기색이 가득하여 크게 소리 지르고 칼을 들어 앞에 놓인 것들을 산산이 부수니 분한 기운이 이미 두우성(斗牛星)[357]을 깨뜨릴 지경이었다.

형씨가 마음에 원망이 끝이 없었지만 어찌할 도리가 없어 다시 말을 하지 않고 겨우 새벽을 기다려 승상부에 이르러 아침문안을 드리고 종일토록 모시고 있다가 해질녘에 돌아왔다. 그랬더니 운성이 아직 그곳에서 글을 짓고 있어 깜짝 놀랐는데, 그 기색이 흔연치 않으니 어찌할 수가 없어 억지로 참고 자리에 나아가 촛불을 마주하고 앉았다. 자기의 평안했던 일생이 괴롭게 되었음을 생각하니 어떻겠는가? 소리를 머금고 천지신명께 빌기를, 반드시 빨리 죽어 부마의 염려와 일생의 괴로움을 잊어야겠다고 하였다.

33

이 날 운성이 밤이 새도록 글을 읊어 시를 완성하고, 각별히 부인을 본체 않으니 형씨가 다행스럽게 생각하였다.

이튿날 형씨가 어른들께 문안하는데, 날마다 잠을 못 잤기에 석부인의 협실에서 여러 동서들과 말하다가 잠깐 누워 쉬다가 잠이 들었다. 석부인은 사리에 밝은 여자라 그녀가 그렇게 피곤한 것과 운성이 문안에 오지 않는 것을 보고 형씨의 시녀인 도화를 불러 물었다.

"네 부인이 공주궁에 간 후 내 아들이 한 번이라도 갔느냐?"

---

357) 두우성(斗牛星) : 북두성과 견우성을 뜻함.

도화가 답하였다.

"어제, 그저께 밤에 부마[358]께서 가 계셔서 형부인이 공주께 가시라고 권하셨습니다. 그래서 부마께서 화를 내며 여러 가지 말로 다투시더니 두 분 다 앉아서 밤을 새시고, 부마께서는 지금도 부인의 숙소에 계십니다."

석부인이 탄식하며 말하였다.

"불쌍하다, 어진 며느리야. 지아비가 지나치게 좋아하여 약한 자질로 괴로움을 겪으니 내 마음이 베이는 듯하다."

즉시 좌우 사람들에게 운성을 부르게 하니, 운성이 병을 핑계 대고 오지 않았다. 그러자 부인이 말을 전하게 하여 말하였다.

"네가 일찍이 입신(立身)하여 벼슬이 재상에 있으니 비록 어버이에게 정이 없고 두려움이 없더라도 체면을 살펴 부르는 말을 가벼이 여기지 마라."

34

운성이 비로소 소부에 들어와 어머니를 뵈는데, 안색이 편안하지 못하고 기운이 나른하여 진실로 병이 든 것 같았다. 석부인이 한번 보니 어여쁜 마음이 샘솟듯하여 두어 마디 말로 가르침을 거스른 것을 꾸짖었다. 운성이 사죄하고 나서 어머니를 곁에서 모시고 여러 아이들과 함께 흔연히 말하고 우스개 소리를 하며 온화하고 포용력 있는 것이 얼핏 승상이 태부인 모심과 같았다. 석부인이 마음 속으로 생각하였다.

'평상시의 행동과 품격은 부자(父子)가 전혀 다른데 이런 데에 있어서는 매우 비슷하니 부자의 닮음이 이와 같구나.'

저물녘에 운성이 어머니 앞에 나아와 엎드려 눈물을 흘리며 말하였다.

---

358) 부마 : {상공(相公)}. 문맥을 고려하여 이같이 옮김.

"불초한 자식이 평상시의 행동은 각별히 대소사에 관계하지 않았지만, 유독 명현공주에 있어서는 삼혼(三魂)[359]이 날아가 버려 명령이 끝나기도 전에 그 얼굴을 보면 진실로 제 한 몸을 점점이 베어 내고 오장(五臟)을 흔드는 듯하여 정신이 아득하며 혼미해져 기운이 아프고 가슴이 막 35 힙니다. 그래서 늘 손과 발이 떨려 안정하지 못하는데, 임금의 은혜에 감격하고 온 가족에 근심이 미칠까 두려워 이따금 공주 궁에 나아갔다가 겨우 밤을 새고 돌아오면 정신이 떨려 병이 됩니다. 그리하여 마음속의 화와 놀란 영혼이 모여 성품이 다르게 되고 총명이 어두워져 장차 병이 나게 되니, 실로 명현공주는 삼생(三生)의 원수입니다. 제가 아마도 마음을 건잡지 못하여 장차 실성(失性)하고 미칠 것 같습니다."

석부인이 이 말을 듣고 오장이 끊어지는 듯하였지만 억지로 참으면서 엄하게 꾸짖어 말하였다.

"너는 곧 사리에 통달한 선비이다. 그런데 어찌 이렇듯 괴이한 말을 하느냐? 명현공주가 비록 숙녀가 아니라도 행동거지가 족히 너만은 하니 어찌 나무랄 수 있겠느냐? 마음을 잘 붙잡아 후하게 대우하면 기쁘겠지만 그렇지 않으면 내가 죽어도 눈을 감지 못할 것이다. 하물며 네가 형씨 처소에 밤낮으로 가 있으면서 형씨의 민망함을 생각지 않고 공주의 덕을 모르니 짐승만 못하구나."

운성이 눈물을 거두고 나서 웃으며 말하였다.

"어머니의 밝으신 가르침이 다 맞지만, 단지 공주에게 덕이 있다는 말은 저를 매우 현명하지 않다고 여기시는 말씀입니다. 또 저의 행실이 36 공주와 같다고 하시는 말씀도 놀랍습니다. 설마 제가 저 투기하는 여

---

359) 삼혼(三魂) : 사람의 몸 가운데에 있는 세 가지 정령임. 태광(台光), 상령(爽靈), 유정(幽精) 등.

자와 같겠습니까?"

석부인이 말하였다.

"너는 잠시 앉아서 들어라. 네가 처음에 소영을 겁탈한 것은 공주가 방울을 던져 남편 구함과 같고, 너는 남자의 몸으로 상사병에 걸렸고 공주는 여자의 도리를 잃고 지난번에 너에게 죽으라고 꾸짖었으니 체모를 잃은 것이 같다. 또 네가 형씨를 다시 만난 후에는 이미 한을 푼 것이니 공주를 후대해야 옳은데 갈수록 매몰차고, 공주는 형씨를 보고 자기가 그녀에게 미치지 못할 것을 깨달았는데도 너는 오히려 네 잘못을 모르고 못마땅하게 여기니 그 통달하지 못함이 공주와 같다. 그런데 요새는 공주가 형씨를 보고 흔연스럽게 후대한다고 하니 도리어 너보다 낫구나."

운성이 할 말이 없어 크게 웃고는 대답하였다.

"어머니께서 저의 죄를 헤아리시는 것이 이와 같으니 무슨 말씀을 드리겠습니까?"

석부인이 끝내 웃지 않고 정색하며 대답하지 않으니, 운성이 다시 아뢰었다.

"진실로 제가 추워서 몸이 상했는지 병이 든 것 같으니 당분간 조리하겠습니다."

부인이 허락하니, 운성이 사례하고 경희당에 돌아와 누웠다. 해질녘에 형씨가 돌아와 운성이 있음을 보고 매우 원망하며 생각하였다.

'저가 나와 함께 무슨 연고가 있어 날마다 내 처소에 와 공주의 화를 돋우는가?' 37

그리하여 부부 두 사람이 각자 딴 생각을 하며 따뜻한 기운이 전혀 없었다. 운성이 만약 보통 남자라면 어찌 이 정도로 고집스럽겠는가마는 심기가 무거움이 산과 바다 같기 때문에 침상 위에 누워 꼼짝도 하지 않는 것이다.

낮이 되자 승상이 사람을 보내어 병을 물었고, 형제들이 모두 와서 보고는 서당(書堂)에 가서 의약을 쓰자고 말하였으나 듣지 않고 경희당에 계속 머물러 여러 날이 되었다.

이에 공주와 궁인들이 알고 분함을 이기지 못하였는데 보모인 양씨가 남몰래 공주에게 고하였다.

"모름지기 태연하게 있다가 틈을 타서 한을 풀도록 하세요. 행여나 망령된 말을 하지 마십시오."

그래서 공주가 길게 참고 모르는 체하였다.

10여 일에 다다라서는 승상이 운성이 마음의 병인 줄 알아차리고 동자(童子)를 보내어 불렀다. 그러나 운성이 가지 않자 승상이 크게 화를 내며 종들에게 잡아오라고 하였다. 종이 명령을 듣고 경희당에 이르렀는데, 운성이 침상위에 비스듬히 누워 일어날 뜻이 없는 듯하였다. 그러자 둘째인 운희가 와서 정색하며 책망하였다.

"네가 지금 아버지의 명령을 거역하고 장차 어떻게 하려고 하느냐?"

38

운성이 눈을 감고 머리를 흔들며 말하였다.

"내가 이미 임금께 불충(不忠)하고 부모께 불효자가 되었으니 오직 죽고 싶은 뜻만 있습니다. 둘째 형은 모름지기 저를 책망하지 마세요."

그러니 한림 운희가 하늘을 우러르며 탄식하면서 말하였다.

"네가 사리판단을 이렇게 할 줄은 몰랐다."

그러고는 돌아가니, 형씨가 형세가 두루 이와 같음을 보고 나아가 간

(諫)하였다.

"지금 낭군이 아버지의 명령을 거역하고 작은 형의 가르침도 듣지 않으시니, 어찌 세상의 죄인이며 인륜의 변고가 아니겠습니까? 바라건대 세 번 살펴보아 종이 다시 오기를 기다리지 말고 아버지와 형께 죄를 청하여 아버지의 노여움을 얻지 마십시오."

그래도 운성이 듣는 체하지 않으니 형씨가 다시 말하려 하였다. 그런데 갑자기 십여 명의 종들이 와서 운성을 잡으려고 하였지만 감히 들어오지는 못하고 단지 승상의 명령을 전하였다. 하지만 운성이 꼼짝하지 않으니 형씨가 매우 급해져서 오직 빌며 말하였다.

"상공이 지금 아버지께서 세 번 부르시는 것을 거역하고 무슨 면목으로 하늘의 태양 아래에 서겠으며, 또다시 아버지를 뵈려고 하십니까? 빨리 들어가 뵙고 다시 나오는 것이 마땅합니다."

운성이 두 눈을 흘기며 부인을 보고 몸을 돌려 벽을 향하여 누우며 말하였다.

39

"그대가 내가 부마되었다고 공치사하며 시기하여 나를 거절하니, 내가 이제 불충불효(不忠不孝)한 사람이 되어 미생(尾生)[360]의 어리석음을 본받아 그대와 함께 이 방 안에서 귀신이 될 것이오. 그리하여 내가 부마가 된 것이 본심이 아니며 그대를 향한 마음이 공주에게보다 더함을 밝혀 부인의 시기하는 말과 나를 거절하는 모습을 보고 듣지 않을 것이오."

형씨가 이미 지난번에 거절하는 말을 했다가 그가 화를 내고 항복 받으

360) 미생(尾生) : 노(魯)나라 사람으로, 다리 밑에서 한 약속을 지키느라 물이 불어도 피하지 않고 있다가 죽었다고 함.

려 했던 것을 기억하고 다만 사리로 깨우쳤으나 운성이 듣지 않았다. 종들이 또 와서 먼저 왔던 종들을 다 잡아가 운성을 잡아오지 못했다고 벌로 매를 때려 심한 형벌을 더하였다. 그러고 나서 종들에게 다시 운성을 잡아오라고 보내니 모든 종들이 차라리 자기가 벌을 받을지언정 운성을 감히 잡아내지 못하였다. 그리하여 승상이 가신(家臣) 주부(主簿)[361] 이홍에게 말하여 부마를 데려오라고 하여 가니, 운성이 아직도 굳게 누워 있었다. 형씨가 망극하여 울며 빌면서 깨우쳐 말하였다.

"제 몸이 낭군께 달려 있으니 어찌 뜻을 거스르겠습니까마는 낭군의 자취가 공주께 향하지 않으시니 그윽이 민망하여 사리로써 간하는 것입니다. 그러니 낭군을 싫어하거나 투기하는 것이 아니라 진실로 낭군이 앉고 눕는 데에 있으면서 즐기고자 함을 따라 오래도록 같이하려는 뜻입니다. 어찌 아버님의 명령조차 거역하십니까? 다시 생각해 보니 제가 총명하지 못하여 실로 낭군의 마음을 모르고 매몰차게 대한 죄가 깊습니다. 비록 백 번 죽어도 이 죄를 속하지 못할 것입니다. 바라건대 낭군은 아녀자의 죄를 용서하고 아버지의 명령을 받들어 따른 후에 돌아오십시오. 그러면 제가 당당히 공경하여 맞아 순종하겠습니다. 만약 낭군께서 굳이 거스르시고 듣지 않으시면 낭군께서 보는 데에서 죽어 낭군의 염려를 그치겠습니다."

40

운성이 형씨가 굴복하는 것을 보고 천천히 일어나 의관을 고치며 띠를 찾아 두르면서 말하였다.

"부인의 말을 다 믿지는 못하겠지만 아버지의 명령을 따라 가겠소."

---

361) 주부(主簿) : 각 관청의 낭관(郎官) 벼슬의 하나로, 문서나 장부를 맡은 사람을 이름. 여기서는 주사(主事)·집사(執事)의 의미와 비슷하게 쓰임.

드디어 종과 더불어 가서 아버지를 뵈었다. 승상이 운성을 보고는 좌우 종들에게 빨리 결박하라고 하여 크게 꾸짖어 말하였다.

"네가 지금 무슨 면목으로 나에게 와서 보느냐? 또 아비를 배반하고 어찌 사람의 무리에 설 수 있겠느냐?"

드디어 큰 매를 고르고 또 산장(散杖)[362] 30개를 놓고 나서 운성을 잡아맨 후에 난간 앞에 내어놓고 병사를 뽑아 호령하였다. 매 한 대에 살갗과 살집이 떨어지고 피가 흘러나니 50대에 이르러서는 점점이 떨어진 살점과 가득한 피가 승상의 옷에 뿌려졌지만 갈수록 더 심해졌다. 여러 소생들이 망극하여 애걸하였지만 승상이 듣지 않았다. 태부인이 급히 석파를 시켜 승상에게 일러 말하였다.

41

"셋째 아이의 죄가 가볍지 않지만 그 죄를 다 다스리지는 못할 것이니 늙은 어미의 얼굴을 보아 행여 용서해 주면 다행이겠다."

승상이 감히 어머니의 명령을 거역하지 못하여 운성을 끌어 내치라고 하였다. 그러나 성난 기세를 그치지 못하여 종들의 죄를 헤아려 매를 친 후에 안으로 들어와 어머니를 뵈었다. 그러자 태부인은 다만 집안의 운이 불행함을 탄식하였고 소부인은 운성이 외입(外入)[363]하는 것을 애달파 하였다. 그러자 태부인이 웃으며 말하였다.

"운성의 인물됨으로 어찌 외입하겠느냐? 그 가운데에 큰 병통은 고집스러움 때문이다. 통달하고 훤칠한 사람이니 어찌 외입할 종류이겠느냐? 아직 혈기가 안정되지 않았고 공주를 미워하여 하는 일마다 잘 되

362) 산장(散杖) : 죄인을 심문할 때 위협할 목적으로 형장(刑杖)을 많이 눈앞에 벌여 놓던 일을 뜻함. 여기서는 그럴 때에 쓰던 매를 뜻함.

363) 외입(外入) : 오입(誤入)과 같은 뜻으로 남자가 노는 여자와 상종하는 일을 뜻함. 여기서는 운성이 공주를 두고 형씨에게 자꾸 가는 일을 두고 이르는 말인 듯함.

지 않는 것일 뿐이다."

42 승상이 듣고 나서 혹 그런가 하여 잠깐 마음이 풀어졌으나, 평소에 효성스럽고 순하며 상쾌하고 활달하던 인물이 변한 것을 생각하니 공주가 새삼 원망스러웠다. 하지만 이것도 또한 하늘이 내린 운수라고 생각하여 다시 탄식하지는 않았다.

이 날 부마가 아버지께 벌을 받고 나서 즉시 경희당에 가 형씨를 보았다. 이때 형씨가 시녀에게 운성이 매를 심하게 맞은 것을 듣고 일마다 서럽고 애달파 한번 죽어 만 가지 생각을 그치기로 하고 영원히 이별하는 글을 지어 부모께 부치고 수건으로 목을 맸다. 그 때 시녀들이 모두 운성을 보러 갔기에 인적이 드물어 장차 목숨이 끊어지게 되었다. 그런데 운성이 스스로 마음을 정하여 경희당에 이른 것이다. 인적이 없는데 문이 모두 닫혀 있어 발걸음을 겨우 옮겨 창을 여니 안으로 걸려 있었다. 마음이 급하여 빨리 손으로 억지로 열고 눈을 들어 보니 형부인이 이미 흰 천으로 목을 졸라 옥 같은 얼굴이 달라져 있었다. 운성이 크게 놀라며 얼굴이 노래져 자기가 매 맞은 곳이 아픈 것도 잊고 당황하여 나아가 칼을 빼 천을 자르고 보니 턱이 굳고 온 몸이 얼음 같았다. 저절로 마음이 시리고

43 뼈끝이 아파 얼어붙은 듯 술에 취한 듯하여 능히 시녀를 불러 약을 쓸 것도 잊었다. 문득 부인을 붙들어 침상에 누이고 나아가 부인과 함께 누워 움직이지 않았다.

한참 후에 운경이 여러 동생들을 거느리고 여기에 이르러 책망하여 말하였다.

"네가 아버지께 매를 맞고 한 시각이 넘지 않아 또 여기에 와서 제수의 옥 같은 몸에 누명을 씌우려 하느냐?"

운성이 문득 일어나 피 묻은 옷을 벗고 손으로 형씨를 가리키며 말하였다.

“아버지와 형들이 아무리 책망하신다 해도 죄 없는 아내가 죽은 후에 조차 보지 못합니까?”

이 말을 듣고 모두 놀라 보니, 천으로 된 수건이 옆에 있고 형씨의 안색이 파래져 있었다. 크게 놀라 가까이 나아가 보니 이미 목숨이 끊어진 듯하여 매우 놀라서 이유를 물었다. 운성이 대답하지 않고 좌우 시녀에게 빨리 좋은 술 한 동이만 가져오라고 하였다. 직접 한 말 잔에 부어 계속 30잔을 기울인 후 매우 취하여 책상을 치며 노래를 불렀다.

“온 세상이 태평함이여, 궁전 위에는 근심이 없구나. 근심이 없음이여, 신하의 인륜을 휘젓는구나. 형편의 난처함이여, 내가 능히 정을 끊지 못하고 저가 능히 사랑을 원하지 않는구나. 저가 비록 자기를 낮추어 죽을지언정 내 고집 돌리기는 어려울 것이네. 웃지 말고 웃지 마라. 내가 이미 당(唐) 태종(太宗)[364]과 당(唐) 명황(明皇)[365]만 못하다면 어찌 두 사람의 주접스러움을 비웃겠는가? 아아! 슬프다.[366] 이것도 또한 하늘이 내린 운수로다.”

44

노래를 다 하고 나서 소매를 떨치고 밖으로 나가는데, 그 거동이 가히

---

364) 당(唐) 태종(太宗) : 본명은 이세민(李世民)이고 당나라 2세 황제임. 그가 아직 진왕(秦王)이었을 때에 당시 태자였던 형 건성과 아우 원길이 자신을 시기하고 모해하려 하자 먼저 그들을 죽이고 태자가 됨. 그러고 나서 원길의 아내였던 양씨를 후궁으로 맞는데 그녀를 소날왕비(그녀의 남편이었던 원길이 소날왕으로 추복되었으므로)라고 한 것임. 태종이 건성을 현무문 아래에서 활로 쏴 죽였기 때문에 이 일련의 사건을 ‘현무문(玄武門)의 난’이라 부름. 운성은 태종이 태조의 맏아들인 덕소(德昭)에게 갈 왕위를 가로챈 것이라고 생각하여 그 딸인 명현공주도 이렇게 박대하는 것이므로 악인의 대표적 인물로 당 태종을 드는 것임.

365) 당(唐) 명황(明皇) : 당 현종(玄宗)을 이르는데, 그가 양귀비(楊貴妃)를 사랑하여 정치도 문란해졌을 뿐 아니라 그녀가 죽은 뒤에는 도사에게 그녀를 다시 불러내게 하기도 하였음. 여자에 미혹된 사람의 대명사로 여기서 거론한 듯함.

366) 아아! 슬프다 : {우차〃혜[吁嗟嗟兮]여}. 이는 슬퍼서 탄식하는 소리를 뜻함.

미친 사람 같았다. 어사 운경이 크게 놀라 한 편으로는 부마를 붙들어 들어오게 하고 한 편으로는 약을 가져오게 하여 형씨를 구하였다. 반나절이 지나자 형씨의 가슴에 온기가 있었지만 아직 깨어나지는 않았다. 시녀에게 보호하라고 했더니 날이 어두워진 후에야 형씨가 숨을 내쉬고 정신을 차렸다. 소생들이 기뻐하며 시녀에게 매우 조심하여 간호하라고 하고는 부모님께서 놀라실 것이니 이런 말을 입 밖에 내지 말라고 하였다. 그러고는 운성을 데리고 별채로 가려고 하였지만 그는 머리를 흔들며 가지 않으려 하였다. 그러자 어사가 탄식하며 여러 동생들과 함께 서당으로 돌아갔다.

운성이 비록 취한 가운데에 있었지만 형씨가 자기를 거절하려고 자결하는 지경에 이르렀음을 알고 비록 그녀를 옳게 여기기는 하지만 한편으로는 분노하여 그 뜻을 이루지 못하게 하려 하였다. 그래서 이 날 취기를 빙자하여 나아가 형부인과 동침하면서 팔과 몸을 베고 누워 말하였다.

45 "오늘 내가 뚜렷이 잘못한 일도 없었는데 아버지가 결박하셔서 이렇게 상하였으니 이것이 모두 누구 탓인가? 내가 세상을 안 지 18년 만에 이렇게 심한 형벌을 받고 부모 혈육도 점점 멀어지는 것이 모두 그대 때문이다. 그대가 홀로 감동하지 않고 절절히 나를 속여 중간에 자결하여 나에게 설움을 품게 하려고 하니 내가 정말로 앞으로는 비록 죽을지언정 이 문 밖으로 나가지 않고 그대를 지키겠다."

드디어 피 묻은 옷과 상처를 보이니 형씨가 정신이 어지럽고 목이 심하게 메어 말을 못하고 다만 눈물만 무수히 흘렸다. 운성이 부인이 상한 것과 자기가 벌을 받은 것을 두루 생각하니 마음을 걷잡기 어려워 갑자기 죽고 싶은 뜻이 급하게 일어나 차고 있던 칼을 빼서 찌르려고 하였다. 그려자 형씨의 유모가 매우 급하게 빨리 칼을 빼앗고 나서 붙들고 우니, 형씨가 그 모습을 보고 손으로 붓과 종이를 달라고 하여 글을 써서 운성에게 보였다.

"저의 박명한 인생이 쓸데없으므로 죽으려 했는데 상공께서 이렇게 하시니 괴로운 제 인생을 너그럽게 생각하여 살아갈 방도를 찾겠습니다. 그러니 과도한 행동을 하지 않으시면 제 병든 마음이 평안해질 것입니다."

운성이 이를 보고 탄식하며 말을 하지 않았다.

다음 날 아침에 운성이 일어나 세수하고 부모님께 문안하려 하니 승상이 명령하여 밀어 내쳤다. 운성이 어찌할 수가 없어 도로 경희당으로 가 누웠다. 원래 매를 맞은 뒤에는 마음을 편히 하고 몸을 조리해도 오히려 심한 상처가 완전히 낫기 어려운데, 운성은 마음을 혼란하게 하고 편히 누워 조리하지 않았으니 매 맞은 곳의 뭉친 피가 풀리지 않아 장독(杖毒)이 생겼다. 운성이 남몰래 생각하였다.

46

'내 마음이 실성하여 불효를 하였고 아버지의 경계하시는 매를 맞았기에 병이 생겼다. 그러니 만약 살아날 방법을 얻지 못한다면 어찌 아버지의 자식에 대한 사랑이 지극하여 가르치신 바가 생각지도 못한 곳으로 돌아가지 않겠는가?'

드디어 운성이 마음을 다잡고 부인에게 말하였다.

"그대가 고집스럽고 내가 사리에 통달하지 않아 피차에 이런 행동이 있었으니 뉘우쳐도 선행에는 미치지 못할 것입니다. 내가 지금 장독이 생겼으니 만약 조리하지 않으면 반드시 죽을 것입니다. 내가 죽는 것은 원래부터 바라던 것이지만 불효를 끼치는 일이고 아버지의 인자하신 가르침을 의롭지 않은 곳에 빠뜨리는 것이니 이제 서당에 가서 조리하려 합니다. 부인은 나를 속이지 말고 잘 조리하시오."

드디어 이파[367]를 불러 말하려 하는데, 그녀가 운성을 보고 눈물을 흘리며 그의 피 묻은 모습을 차마 보지 못하였다. 운성이 웃으며 말하였다.

47 "내 나이 적어 아직 성숙하지 못하다고 하는 것이 맞고 아버지의 책망하심도 마땅하시니 어찌 한하며 원망하겠습니까? 제가 실로 평안하게 사랑 받으며 성장하였고 어렸을 때에는 마음이 좁지 않아서 부모님께 심한 매를 맞지 않았는데 다 커서는 이처럼 통달하지 못하고 성숙하지 못하여 아버지께서 애달파 하시며 매를 때리시기를 심하게 하셨습니다. 마땅히 서당으로 가 조리할 만하지만 주저하는 까닭은 단지 형씨가 목을 맸던 곳이 크게 상하여 실로 내 상처보다 중하기 때문입니다. 저가 만약 우리 집에 있으면 부모님께서 보호하여 염려가 없을 텐데 투기하고 나쁜 사람의 집에 머물러 있으니 범의 아가리 가운데에 있는 것과 같아 병이 어찌 평안히 낫겠습니까? 그래서 제가 나가지 못하니 할머니께서는 여기에 머물러 사람의 죽어가는 것을 구해 주십시오."

이파가 흔연히 대답하였다.

"그것이 뭐 어렵겠습니까? 오늘부터 제가 머물러 형부인을 보호할 것이니 상공은 나아가 건강을 잃지 마십시오."

운성이 사례하고 즉시 일어나 태연히 걸어 나가니, 이파가 크게 놀라며 말을 못하였다.

형씨가 운성의 고집은 소진(蘇秦) · 장의(張儀)[368]라도 달래지 못하고 임

---

367) 이파 : 운성의두 서모 중 한 명임.

368) 소진(蘇秦) · 장의(張儀) : 춘추전국시대(春秋戰國時代)의 유명한 유세가(誘說家)들임.

금과 아버지의 위엄으로도 제어하지 못할 것이기에 자기가 간절히 권하거나 그를 거절하는 것이 무익함을 깨달았다. 그래서 이제는 다만 하늘이 48 내린 운수가 되어가는 모습을 보려고 마음을 편하게 먹고 뜻을 넓게 가졌다. 또 이파가 간호하는 것이 극진함에 힘입어 10여 일 후에 차도를 얻었다. 그래서 소부에 들어가 시부모님과 할머니께 문안하니, 승상이 정색을 하며 말하였다.

"내가 평소에 네가 사리에 통달한가 생각했는데 어찌 조급함이 그리 심하여 자결하려 했느냐? 만약 다시 자결하고 싶은 마음이 있거든 우리 눈에 뵈지 마라."

형씨가 옷깃을 여미고 절하며 감히 말을 하지 못하니, 소부인이 웃으며 말하였다.

"아우는 어째서 위로는 않고 도리어 꾸짖는가? 조카며느리가 슬프고 통한하여 죽고 싶었던 것은 사람이라면 누구나 있을 수 있는 일이다."

승상이 웃고는 아무 대답도 하지 않았다.

문안을 마치고 석부인과 소부인이 형씨를 데리고 벽운루에 이르러 위로하며 말하였다.

"네 마음은 우리가 익히 알고 있다. 운성이 연연해하는 것이 어찌 네 탓이겠느냐? 부부의 중한 정은 마음으로 못하는 것이니, 여자가 아무리 급급하게 여겨도 어찌할 수가 없을 것이다. 더욱이 운성은 보통 아이가 아니라 마음이 굳셈이 철석같고 무거움이 산과 바다 같으니 무슨 일이든 제 마음을 한번 정하면 그른 줄을 알면서도 일부러 계속할 것이다. 그러하니 제 마음에 공주를 미워하여 평생을 거절하려 하였거든 49 아내가 권하는 말을 듣겠느냐? 너는 쓸데없는 수고하지 말고 좋게 그 뜻을 받아들여 화목하면서 나중을 볼 것이지 어찌 스스로 긴 목숨을 끊어 공주가 시원하게 생각할 것에 맞추느냐?"

소부인이 다시 말하였다.

"너는 나이가 어려 인생을 가볍게 여기지만 나는 당초에 여러 가지 일을 겪으면서도 살았으며, 석부인도 처음에 액운을 만나 어머니는 나가라고 하시고 아우는 죽으라고 보채며 부부의 의리를 끊는다고 하는 등 누명을 쓰고도 살았다. 이제 너는 공주가 시험하는 것을 염려하지만 어찌 우리 두 사람이 겪은 일을 당하겠느냐?

내 나이 14세에 한상서의 아내가 되었는데 가히 조강지처(糟糠之妻)가 된 것이었지만 상서의 풍정이 허랑하여 조금도 존경스럽게 대하지 않고 공연히 박대하여 들이밀면서 묻지도 않았다. 하지만 내가 사리 판단하는 것에 어두워 서러운 줄도 몰랐고, 또 그는 때때로 창녀를 데리고 내 집 난간에 와 풍류를 즐겼다. 시부모님은 불편한 안색으로 문안을 받지 않으시면서 둘째 부인 영씨를 얻어 즐거워하였는데, 나에게 영씨를 첫째 부인으로 섬기라고 하여 영씨 시녀가 능욕하기도 하였다.

50 또 상서가 영씨와 함께 내 자식을 잡아다가 상서는 때리고 영씨는 부추기는데, 상서가 그 어미가 사나우니 많이 치라고 하는 등 여러 가지로 능욕한 것을 어디 비할 데가 없었다. 하지만 나는 조금도 서럽지 않고 분하게 여기지 않아 한갓 웃으며 볼 따름이었다.

그러던 어느 날 영씨가 상서와 함께 앉아서 나를 부르기에 가지 않았더니 부부가 소매를 이끌고 내 방에 와서 영씨가 다섯 가지로 내 죄를 헤아렸다. 상서는 곁에서 영씨가 하는 말을 도우니 그 모습이 진실로 한심하였지만 내가 다시 생각하니 내 팔자가 역시 특별하여 저런 기구한 모습을 구경하는구나 싶어 화 내지 않고 도리어 크게 웃었다. 그러고는 단지 '영씨가 오로지 사랑 받으면서 교만한 것은 한 낭군의 무식하고 방탕한 것과 함께 온 세상의 기이한 이야기 거리가 될 만할 뿐 아니라 족히 천 년 동안 계속 전해질만하다.'라고 생각하고 나서 아무 말 하지 않았고, 그들도 한참동안 꾸짖다가 돌아갔다. 내가 바로 그 형상을 떠올려 본다. 또 하루는 영씨가 작은 매를 들고 와서 나를 치려고 하였는데, 내가 비록 약한 여자지만 어찌 저에게 굴하겠느냐? 그래서 시녀에게 잡아내라고 하여 죄를 다스려 돌려보냈다. 그 후로 더욱 보채었지만 진실로 서럽지 않았고 이따금 저가 했던 일을 생각하고 웃었다. 51
그런데 4년이 지나자 상서가 어떻게 생각했는지 허물을 자책하고 나를 존중하였다. 하지만 내가 특별히 아는 체하지 않았더니 내 그림 족자를 보고 영씨와 함께 나를 꾸짖던 일을 생각하고는 스스로 부끄러워하였다. 이제는 영씨가 낯빛을 좋게 하며 아부하고, 시부모께서 나를 지극히 후대하시니, 시부모님은 감히 일컬어 원망하지 못하겠지만 영씨의 기괴한 거동은 실로 잊기 어려웠다. 그래서 내가 그 거동을 보지 않으려고 평소에 이 곳에 있으니, 내가 예전에 험한 일을 당한 것은 두렵지만 자네보다 더한 듯하다. 무슨 일 때문에 죽으려 하느냐? 화목하게 살면 평안할 것이다. 이렇듯 재미있게 웃으며 구경할 일이 자주 일어나는 것은 나의 처음과 같다. 너는 마음이 사납겠지만 명현공주의 거동을 이따금 구경하면서 근심을 풀어라."

말을 마치니 석부인이 낭랑하게 웃으며 말하였다.

"부인은 헛된 말씀 마십시오. 영씨가 설사 무례하다고 해도 상서는 기개가 세상을 덮을 만한 군자이고 정직한 대신인데 어째서 그렇게 하셨겠습니까?"

소부인이 크게 웃고 대답하였다.

"그대가 나에게 거짓말이라고 하지만 이는 참말입니다. 지금 상서가 범사를 정대하게 하고 나를 공경하지만 젊었을 때에는 매우 우스웠습니다. 지금은 창기들과 영씨를 박대하니 딱 맞지요?"

52

석부인이 칭찬하며 말하였다.

"만약 참말이라면 사람으로서 참기 어려운 일이었을 겁니다. 제가 부인의 도량을 깊이 탄복합니다."

소부인이 말하였다.

"그 무엇이 참기 어렵겠느냐? 형씨는 오직 마음을 편하게 하여라."

형씨가 두 번 절하고 명령을 받들고 나서 물러났다. 그 후로는 마음을 풀고 하늘만 바라보았다.

이때에 운성이 서당에서 의원을 불러 약을 다스리니 장독(杖毒)은 없어졌지만 상처가 썩었다. 운성이 괴롭게 여겨 스스로 칼을 의원에게 주어 상처를 깎아내게 하였는데, 낯빛을 바꾸지 않고 금창약(金瘡藥)[369]을 쓰니 반 개월 만에 나았다. 모든 형제들이 서로 축하하며 머리를 흔들면서 말하였다.

"셋째는 바로 관운장(關雲長)[370]의 후예다. 어찌 이렇게 심하게 모지냐?"

운성이 다만 웃을 뿐이었다.

운성이 병이 나았지만 아버지가 찾지 않으시니 마음이 답답하였다. 형

369) 금창약(金瘡藥) : 쇠끝에 다친 데에 바르는 약.
370) 관운장(關雲長) : 삼국시대의 촉한(蜀漢)의 장수로 자(字)가 운장이고 이름은 우(羽)임. 크고 용감하여 관왕(關王) 또는 관제(關帝)라고 불림.

씨의 병이 어떤가 보려고 경희당에 갔는데, 형씨가 막 세수를 마치고 공주께 나아가려고 하다가 그가 오는 것을 보고 한심하게 여겼으나 참았다. 또 예전의 일을 생각하면서 편안한 빛으로 맞아 자리에 앉아 상처가 쉽게 나았음을 축하하였다. 운성이 그녀의 온순함을 속으로 기뻐하며 흔연히 위로하고 지난 일을 일컫지 않으니, 형씨가 다시 공주를 권하는 말끝을 내지 못하였다. 그래서 운성이 크게 기뻐하며 이때부터 경희당에 머물며 즐겼다.

53

이때에 나라에서 과거(科擧)를 베풀어 인재를 뽑았는데 소승상의 넷째 아들인 운현이 3등에 올라 즉시 이부(吏部)[371] 시랑(侍郎)[372]이 되어 영화와 명망이 세 형보다 못하지 않았다. 이렇게 석부인에게 경사가 많았지만 가족 모두 위아래 할 것 없이 공주를 화근으로 생각하여 밤낮으로 근심하였다.

소운성이 병이 나아 온종일 형씨와 화목하게 즐기니, 모든 형제들이 하루는 조용히 물었다.

"셋째 아우는 아버지 앞에서 심한 책망을 받은 후에 용서하시는 말씀이 없었는데도 그 마음이 평안하여 아내와 함께 즐기고 싶은지 궁금하구나."

운성이 문득 웃으며 말하였다.

"사람이 부모께 죄를 지어 용서하시기 전에 어찌 기뻐 즐기려는 마음이 있겠습니까마는 저는 바로 미친 사람이라 근심할 줄을 모릅니다."

그러자 어사 운경이 얼굴빛이 변하여 꾸짖으며 말하였다.

---

371) 이부(吏部) : 문관(文官)의 임면(任免)과 훈계 등에 관한 사무를 맡은 중앙 관청의 하나임.
372) 시랑(侍郎) : 육부(六部)의 차관(次官).

"네가 거짓으로 미치고 어리석은 체하여 남들이 뭐라고 말하지 못하게 하는 듯하지만 네 몸이 손빈(孫臏)이 아니고 또 방연(龐涓)도 없으니 어찌 거짓으로 미친 척하느냐?[373] 네가 지금 행동을 그렇게 하면서 우리 항렬엔들 감히 있을 수 있겠느냐? 밤낮으로 제수와 함께 즐기니 형씨 집 귀신이 되는 게 좋겠다."

54

운성이 듣고 나서 크게 웃으며 말하였다.

"형님은 저를 책망하지 마십시오. 예전에 화평장(平章)[374]이 설평장이 되지 않았으니 소운성이 어찌 형씨 집 귀신이 되겠습니까?"

원래 화공이 젊었을 때에 설부인을 얻어 사랑이 자못 컸는데 부모가 시첩(侍妾)들의 참소로 설씨를 내쳤다. 그러자 화공이 사사로운 정을 잊지 못했는데 부모를 두려워하여 찾아가 보지는 못하고 발광하며 석 달을 다니니, 부모가 크게 화가 나서 설씨 집으로 쫓아 보냈다. 평장이 기뻐서 갔는데 그 사이에 시첩의 간사한 계교가 발각되어 설씨와 함께 집으로 돌아와 한 때의 웃음거리가 되었다.

이 날 운성이 화공이 그 형들의 외조부라 하여 놀리니, 어사와 한림[375]이 발끈하여 화를 내다가 다시 웃고 책망하며 말하였다.

"네 나이 어려 이런 말을 하니 우리가 감안은 하겠다. 그러나 우리 조부가 비록 네게 상관없는 분이라지만 어찌 어머니와 우리 얼굴을 생각

---

373) 손빈(孫臏)이 ~ 척하느냐? : 손빈과 방연은 모두 전국시대의 병법가임. 방연은 손빈과 함께 병법을 배웠으나 손빈보다 먼저 하산하여 위나라 재상의 자리에 올랐다. 하지만 손빈이 자신을 능가할까 두려워 거짓으로 손빈을 위나라로 부른 뒤 '손빈이 고향인 제나라로 돌아간 후 위나라를 멸하려 한다'는 누명을 씌운다. 이 때문에 손빈은 두 발목이 잘리는 형벌을 받고 정신적 충격을 받아 오랫동안 바보 같은 행동을 했는데, 이를 두고 하는 말임.

374) 화평장(平章) : 평장은 평장사(平章事)의 준말임. 평장사는 당태종(唐太宗) 때부터 설치했던 관직명으로 집정(執政)을 일컬음. 화평장은 운경의 조부이자 화부인의 아버지이며, 화부인의 어머니가 설씨임. 운성은 석부인의 아들임.

375) 어사와 한림 : 어사는 운경, 한림은 운희인데 이 둘이 화부인 소생이라서 이같이 발끈하는 것임.

지 않고 이렇게 말하느냐?"

운성이 사례하고 나서 웃으며 말하였다.

"요사이 집안 식구들이 나를 보면 미친 것으로 알고 웃으니 달리 변명 할 길이 없어 옛날에 들은 것을 말하여 정신이 온전함을 알린 것입니다."

55

어사가 어이없게 여겼고, 다른 형제들은 서로 웃었다.

이렇게 저렇게 하여 한 달이 지났는데, 공주가 형씨를 갈수록 우대하고 또 운성이 경희당으로 가면 반드시 좋은 술과 안주를 보냈다. 형씨가 매우 이상하게 여겼지만 단지 감격스럽다고 말하였고 운성은 단지 우습게 여길 따름이었다.

하루는 운성이 서당(書堂)에 들어가 스승을 뵈었는데, 선생이 눈을 감고 손을 저으며 말하였다.

"내가 일찍이 너에게 글을 가르칠 때에 호색(好色)하라는 말을 하지 않았으니 너는 이미 내 제자가 아니다. 비록 천자(天子)로부터 왕후(王侯)·장상(將相)의 위엄이라고 해도 내가 이미 더럽게 여기니 절대 내게 와서 볼 생각을 마라."

운성이 황공함을 이기지 못하여 눈물을 흘리고 계단 아래에 꿇고 아뢰었다.

"아버지께서 큰 죄를 내리셨고 스승님 또한 용납하지 않으시니 제가 장차 몸을 의탁할 곳이 없습니다."

선생이 소매로 낯을 가리면서 말하였다.

"나는 네 말을 비루하게 여기니 듣고 싶지 않다."

그러자 운성이 어찌할 도리가 없어 돌아왔다.

56

세월이 흐르고 흘러 소처사[376]의 기일(忌日)[377]이 다다랐다. 여러 소생들이 한 데에 모여 목욕재계(沐浴齋戒)[378]하였고 모든 여자들은 정당(正堂)에 모여 집안을 청소하고 재계(齋戒)하였다.

이때에 승상이 바야흐로 운성을 불러 참여하게 하니 그가 감사함을 이기지 못하면서 이후로는 부자(父子)의 도리를 잘 지켰다. 또 이따금 공주에게 나아가면 공주가 안색이 화평하고 말씀이 유순하니 잠시 미운 것이 풀어졌다. 하지만 침석에서 함께 즐길 마음은 전혀 없이 식은 재 같아 온 정신이 놀라는 듯하니 사랑이 없고 냉담한 것이 더욱 한스러웠다.

하루는 운성이 형씨가 있는 곳에서 기뻐하며 즐기는데, 공주가 몰래 엿듣고 있었다. 운성은 대나무 베개에 비스듬히 누웠고 형씨는 책상 가에 앉아 촛불을 보며 생각하는 일이 있는 듯하였는데, 운성이 웃으며 말하였다.

"부인은 무슨 깊은 근심이 있어서 평소에 미간을 펴지 않고 밤낮으로 생각하며 고민합니까?"

형씨가 묵묵히 대답하지 않으니, 운성이 여러 번 자꾸 다그쳐 물었다. 형씨가 천천히 말하였다.

"제 말이 유익하지 않고 근심을 만든다고 하셨으니, 제가 무슨 말을 하겠습니까? 다만 입을 닫고 있을 뿐이지요."

57

운성이 말하였다.

"해로운 말도 있지만 유익한 말도 있을 것이니 빨리 해 보시오."

형씨가 정색을 하며 말하였다.

---

376) 소처사 : 소현성의 아버지임. 이름은 소광.

377) 기일(忌日) : 사람이 죽은 날을 말함.

378) 목욕재계(沐浴齋戒) : 목욕하여 몸을 깨끗이 하고 더러운 것을 피하는 일.

"짐승도 정을 다스리는데, 제가 비록 작고 약한 사람이지만 어찌 부끄러운 줄 모르고 차마 입술을 놀리겠습니까?

운성이 일어나 부인 곁으로 나아가 그 손을 붙들고 보채어 물었다.

"당신, 정말로 말하지 않을 겁니까?"

형씨가 그가 이렇듯 묻는 것을 보고 천천히 말하였다.

"저의 마음 속 근심을 듣고 싶으시면 잠시 물러나 앉아 들으십시오."

운성이 즉시 단정히 앉으니, 형씨가 한번 깊이 생각하고는 말하였다.

"제가 미약한 기질로 외람되게 공주와 같은 반열이 되고 또 낭군의 아내 자리를 분에 넘치게 차지하였습니다. 그래서 생각하기를, 낭군의 후대하고 박대하는 것이 모두 저에게 오지 않고 위로 공주를 공경하고 저를 두 번째로 두시면 일이 편하게 되고 형세가 화목해져 제가 비록 여영(女英)[379]의 온순함이 없지만 공주가 아황(娥皇)의 덕을 펴시고 낭군이 도량을 넓게 하여 성인의 풍모를 이으시면 슬픈 것이 즐겁게 되고 끊어진 것이 이어질 것입니다. 이렇게 된다면 어찌 도리어 경사가 아니겠습니까? 그 전에 서로 떨어져 있던 때에 비하면 하늘과 땅 차이이니 임금님의 은혜가 어찌 망극하지 않겠습니까마는 낭군은 구름과 안개에 잠겨 있지도 않으면서 임금의 은혜를 모릅니까? 은혜를 내리지 않으셨다면 저를 찾기 어려웠을 겁니다. 제가 고요히 앉아 생각해 보니 낭군의 행동이 애달프기 그지없습니다. 지극히 황공한 말씀이지만 잠시 들으니 아버님께서 여씨 같은 부인도 후대하시기를 두 어머니와 똑같이 하셨다고 합니다. 그러니 낭군께서는 비록 먼 것은 본받지 못

58

379) 여영(女英) : 중국 요(堯) 임금의 딸이며 순(舜) 임금의 아내임. 순임금이 죽자 순임금의 또 한 명의 아내였던 언니 아황(娥皇)과 소상강 가에서 슬피 울다가 그 눈물이 강가의 대나무에 뿌려져 물들었다고 하여 이를 '소상반죽(瀟湘斑竹)이라고 함.

하더라도 가까이 있는 것은 왜 본받지 못하시어 공주의 젊고 꽃다운 얼굴과 어진 덕성을 감동치 않으십니까? 저는 비록 아녀자여서 소견이 어둡지만 공주가 저를 대접하시는 것에 밤낮으로 감탄하고 있습니다. 그러니 이른 아침부터 밤까지 제가 못마땅하게 여기는 이유는 모두 상공께서 치우쳐 애정을 베푸시는 탓입니다."

운성이 듣고 나서 탄식하며 말하였다.

"부인이 잘 모르면서 공주를 칭찬하는가, 아니면 알고도 일부러 거짓으로 그러는 것인가? 진심을 말해보시오."

형씨가 옷깃을 여미고 대답하였다.

"제가 어찌 마음을 두 가지로 가지겠습니까?"

운성이 말하였다.

"진심이었다면 내 말을 들어 보십시오. 저 명현공주가 비록 무염(無鹽) 땅의 추녀 같은 얼굴[380]과 동시(東施)[381]같은 어리석음이라도 그 혼인을 바른 방법으로 했다면 내가 무슨 이유로 이처럼 미워하고 싫어하겠습니까? 그런데 그는 그렇지 않았습니다. 애초에 나를 보고 사모하였으며 당신을 쫓아내라고 성상을 부추겼으며 아버지를 가두도록 계략을 꾸며 위세를 끼고 호령하면서 위엄으로 나를 핍박하여 부마를 삼았습니다. 내가 비록 나이 젊고 식견이 없지만 어찌 여자가 핍박하는 위엄을 공손하게 받아 조강지처(糟糠之妻)를 물리치고, 또 아버지가 갇혀 욕보신 일을 싹 잊어버리고 음란한 아녀자의 욕심을 돕겠습니까? 요사

59

---

380) 무염(無鹽) ~ 얼굴 : {무염(無鹽)의 얼골}. 이는 제(齊) 나라 무염 땅에 살았다는 유명한 추녀 종리춘을 두고 이르는 말임.

381) 동시(東施) : 춘추전국시대 월(越)나라의 미인이었던 서시(西施)가 살고 있던 강 건너편 마을에 살았다는 추녀임. 서시처럼 찡그리면 남자들이 좋아할 거라고 생각하여 따라했다고 함.

이 사람마다 나를 실성한 사람이라고 웃지만 내가 실성한 사람이라면 다른 사람이 정직한 사람입니까? 조정에 나가면 다르지 않으니 나는 부끄럽지도 않습니다. 실성한 마음 가운데에 집념이 있으니 간사한 사람이 미치지 못할 것입니다. 지금 부인이 공주를 어진 성덕을 지녔다고 하는데 이를 제대로 모를 리가 없을 것이니, 일부러 나를 떠보려는 것이며 저를 조롱하는 것이지요? 나, 소운성이 손에 붓을 희롱하고 마음이 바르지 못하기는 하지만 음란한 계집은 매우 분하게 여깁니다. 저가 망칙한 뜻으로 나를 좋아하는 것이 마치 굶주린 나비 같고 용렬하고 세속적인 사람이 부귀에 미혹된 것 같아 자기 미모를 믿고 위세를 껴 우김질로 나를 부마로 삼았습니다. 내가 아무리 어리석은 사내라도 어수룩하게 거짓되고 사악한 형국에 빠지겠습니까? 맹세컨대 그녀의 음란한 몸이 잘려 온 천하의 후세에 음란한 여자들에게 음란함을 꺼리고 두려워하게 하여 규방의 풍속을 가다듬게 하는 것이 내 뜻입니다. 비록 사람들이 사리로써 말하지만 다 귀 밖으로 들리니 자잘한 곡절은 생각하지 않겠습니다. 또 임금님이 나를 업신여기시어 인륜을 어지럽히시더니[382] 나중에는 공주의 평생을 돌아보시어 그대를 둘째 부인으로 정하셨습니다. 그러니 나도 공주의 평생을 방해하여 황제와 황후의 마음이 밤낮으로 평안치 않게 할 것이고, 또 공주의 인륜을 마치게 하여 부부의 정을 모르게 만들 것이니 부인은 모름지기 허탄하게 여기지 말고 부질없는 말을 하지 마십시오."

형씨가 깜짝 놀라며 말하였다.

"어찌 상공이 마음을 돌리지 않음이 이와 같습니까? 또 공주를 멀리 대

382) 인륜을 어지럽히시더니 : 형씨를 쫓아내게 한 일을 두고 한 말임.

60

하는 것이 원망하는 데에까지 이르셨습니까?"

운성이 잠깐 웃으며 베개에 기대어 말하였다.

"그녀가 임금을 끼고 공주 지위를 자랑할지언정 지아비 중요한 줄을 모르고 지아비 손에 평생이 좋고 나쁨이 결정됨을 알지 못하니 내가 그녀에게 고초를 겪게 할 것입니다."

형씨가 말하였다.

61 "만약 상께서 들으시면, 부녀의 정에는 귀천(貴賤)이 없는 것이니 화를 내시면서 장차 상공께 벌을 내리실 겁니다. 그러면 어떻게 합니까?"

운성이 말하였다.

"차라리 죽을지언정 처음에 지녔던 뜻은 바꾸지 않을 것입니다."

형씨가 탄식하면서 말을 하지 않으니, 운성이 웃으며 말하였다.

"그대가 개탄하는 것은 너무 마음을 쓰는 것입니다. 요사이 더위가 가고 가을바람이 불어 휘장을 나부끼니 이는 바로 평안하게 누워 쉴 만한 때입니다."

드디어 한번 바람을 불어 촛불을 끄고 장막을 치니, 공주가 많은 이야기를 듣고 나서 매우 화가 나 급히 침소로 돌아와 밤이 새도록 생각하여 흉하고 독한 마음이 일어났다. 슬프구나. 금지옥엽의 아름다운 여자가 어찌 이렇듯 못되었는가?

이튿날 운성이 웃옷을 입고 외가(外家)에 다니러 나가니, 공주가 이때를 타서 시녀에게 형씨를 부르게 하면서 말하였다.

"연못에 연꽃잎이 시들려 하니 부인은 걸음을 아끼지 말고 후원의 부용당으로 오십시오."

형씨가 이를 듣고 나서 심복 시녀인 경씨에게 말하였다.

"내 수명이 오늘 끊어질 것 같다."

선[383]이 말하였다.

"그러면 가지 않으시는 것이 어떠십니까?"

형씨가 말하였다.

"그렇지 않다. 그녀가 후한 빛으로 청하였는데 내가 만약 가지 않으면 사람들이 다 내가 질투한다고 할 것이니 차라리 죽을지언정 투기한다는 이름을 얻지는 않을 것이다. 다만 내가 잉태한 지 7개월 되었으니 이 때문에 공주에게는 더욱 눈엣가시일 것이다. 그러니 너는 먼 곳에서 보고 있다가 만약 일이 있으면 급히 승상부에 고하여 나를 구하여라."

62

말을 마치고 나서 옷을 고쳐 입고 공주가 있는 곳에 나아갔다. 공주가 흔연하게 손을 이끌어 후원으로 가니 가히 어여뻐 보였다. 하지만 이때 형씨의 마음이 어떠했겠는가? 첫째 부인의 지위가 낮아진 것도 서러운데 도리어 수명을 재촉하느라 부용정에 이르렀으니 말이다.

공주가 궁녀에게 문을 다 닫으라고 하고 난간에 올라가 앉으며 문득 소리를 높여 형씨의 죄를 헤아려 말하였다.

"형씨 음란한 여자는 너의 죄를 아느냐?"

형씨가 그녀의 안색과 목소리가 좋지 않음을 보고 얼굴빛을 바꾸지 않고 천천히 대답하였다.

"저는 과연 형씨 집 여자입니다. 사람의 도리를 잘 모른다고 하시는 것은 달게 받겠지만 음란하다고 하심은 이상하다고 생각합니다. 제가 비록 일개 재상의 딸이지만 어릴 때부터 규방 문 밖을 알지 못하고 단지

---

383) 선 : 형씨의 심복 시녀인 경씨의 이름임.

성인의 교훈을 섭렵하였으니, 어찌 공주께 죄를 지었음을 알겠습니까?"

공주가 크게 화를 내며 말하였다.

63 "이 천한 사람이 말을 당돌하게 하네. 내가 어찌 너를 죽이지 않겠느냐? 네가 당초에 부마를 미혹하게 하여 병들게 한 것이 죄 하나이고, 황상의 명령을 듣고 집으로 돌아온 후에는 자색을 자랑하면서 지아비의 세력을 끼고 겸손하지 않고 부마와 함께 즐기니 음란한 죄가 둘이고, 내가 당당한 정실인데도 아직 자식이 없는데 네가 비천한 첩이면서 감히 잉태하는 방자함이 있으니 죄 셋이다. 네가 어찌 죽기를 면하겠느냐?"

말을 마치고 궁녀에게 형씨를 못에 밀어 넣으라고 하니 형씨가 속으로 생각하였다.

'경선이 보고 있으니 구해 주기를 기다려야겠다.'

그래서 갑자기 말하였다.

"제가 한 마디 아뢸 말이 있습니다. 공주께서 들어 주시면 제가 당당히 웃음을 머금고 설움을 씻을 것입니다."

공주가 물었다.

"무슨 일이냐?"

형씨가 대답하였다.

"제가 비록 지위나 서열이 공주께 미치지 못하지만 그래도 청주에서 온 다섯 창기[384]와는 다릅니다. 그러니 마땅히 국법(國法)으로 처단하

384) 청주에서 ~ 창기 : 운성의 형제들과 놀던 기녀들인데, 예전에 공주가 그들을 인체(人彘)로 만들어 쫓아버렸음.

시고 사사롭게 죽이지 않으시면 누가 공주님의 위엄을 두려워하지 않겠습니까? 지금 만약 저를 연못에 넣으시면 반드시 이 일이 순조롭지는 않을 것입니다."

말을 마치기도 전에 공주가 난간을 박차고 꾸짖어 말하였다.

"천한 사람이 어찌 갈수록 방자하냐? 네가 만약 순순히 죽지 않으면 내가 반드시 너를 인체(人彘)로 만들 것이다."

64

형씨가 곧바로 대답하려고 할 때에 많은 궁인들이 한꺼번에 꾸짖으며 못에 들어가라고 핍박하여 죽이려고 하여 매우 위급하였다.

이때에 경선이 연못가의 부용당 문을 닫으며 공주가 형부인을 꾸짖는 소리를 듣고 당황하여 바삐 외전(外殿)으로 나왔다. 그런데 부마가 없으므로 급히 승상부로 갔다. 마침 이부시랑 운현이 조회에 참석하고 돌아오는 모습이 보이기에 경선이 따르는 사람들을 다 물리치고 말 앞으로 달려들며 말하였다.

"넷째 상공께서는 우리 형부인을 구해 주십시오."

그러자 시랑이 크게 놀라며 이유를 물으니, 경선이 다만 말하였다.

"공주궁의 부용정에 가 보십시오."

시랑 등이 평상시에 형부인이 명현궁에 간 후 서로 근심하고 걱정하였는데, 이 말을 들으니 무슨 변고가 있는 줄을 알아차리고 따라오는 종들을 물리치고 친히 채찍을 잡아 말을 달려 공주 궁 문에 이르렀다. 내전(內殿)을 꿰뚫고 지나 후원에 이르니 부용전의 문이 닫혀 있었다. 마음이 급하여 매우 빨리 말에서 내려 문가에 다다라 발로 박차니 잠긴 문이 떨어져 열려 안이 보였다. 시랑이 눈을 들어 보니 무수한 궁인이 형씨를 둘러서서 못에 들어가기를 재촉하고 공주는 높이 당 위에서 꾸짖는 말을 헤아

65

릴 수 없을 정도로 하고 있었다. 그리하여 분하고 한스러움에 가슴이 막히고 마음이 떨렸다. 그런데 한번에 아는 체하기 마땅치 않아서 다만 물었다.

"형님이 여기에 계시냐?"

양보모가 당황하여 말하였다.

"부마는 계시지 않습니다."

공주가 급히 물었다.

"넷째 상공이 무슨 일로 이런 비루한 곳에 오셨습니까?"

시랑이 말하였다.

"아버지께서 뜻밖에 평안치 않으시어 셋째 형님과 형수를 부르시니 알리는 것입니다."

그러고는 형씨를 향하여 말하였다.

"형수님은 빨리 집으로 돌아가십시오. 형이 나가셨으면 제가 지금 조정으로 갈 것이니 찾아서 알리겠습니다."

형씨가 이에 몸을 빼 승상부로 나가니, 시랑이 오래도록 깊이 생각하고 배회하다가 돌아갔다.

공주가 자신의 계획이 실패하자 애달픔을 이기지 못하며 다시 계획을 생각하였다.

이때가 8월이니 부황후의 탄신일이다. 대궐에서 잔치를 베푸니 명현공주가 입궐하여 황제와 황후를 뵈었다. 두 분이 매우 반기시며 부마의 행실을 물으니, 공주가 양보모와 함께 백 가지로 참소하여 부마와 형씨에게 66 죄를 주시라고 부추기면서 운현의 잘못도 아뢰었다. 그러자 황제가 크게 화를 내며 부마 운성을 정위(正尉)[385]에게 내려 보내고 운현의 관직을 박탈하라고 하셨다. 그 후 또 황후가 밀지(密旨)를 하나 내려 형씨를 대궐로 잡아들이라고 하시니, 옥사(獄司)[386]가 전교를 받들어 소부로 왔다.

각설(却說). 소부에서 형씨가 죽을 재앙을 면하고 존당(尊堂)으로 나아가니 시랑 운현도 좇아 들어와 일의 수말을 일일이 고하였다. 그러자 자리에 있던 사람들이 모두 놀람을 이기지 못하였는데, 유독 놀라지 않는 사람은 승상 모자(母子)뿐이었다. 한참이 지난 후에 태부인이 말하였다.

"이런 일이 있을 줄은 형씨가 이리로 다시 올 때부터 내가 이미 알았다. 너희들은 어찌 이리 심하게 놀라느냐?"

승상이 말하였다.

"머지않아 또 변고가 있을 것이다."

이튿날 공주가 대궐에 들어간다고 하니 소승상이 또 여러 아들들에게 말하였다.

"내일 큰 화가 있을 것이니 너희들은 미리 알고 있어라."

이렇게 말했었는데 과연 이 날에 교지가 내려와 운성은 하옥(下獄)하고 운현은 파직하라고 하시니, 승상이 웃으며 말하였다.

"공주가 설사 사리분별을 못한다 해도 성상께서도 어찌 이렇게 하실까? 또 운현이 형수를 구한 덕이 어찌 파직하는 벌을 받을 만한가?"

드디어 두 아들을 불러 교지를 전하니, 시랑 운현이 웃으며 말하였다.

"이 사모(紗帽)와 홍포(紅袍)[387]가 뭐가 귀하겠는가?"

67

즉시 관리의 도장과 관복에 매는 허리띠를 옥사에게 맡겼고, 운성은 부모께 하직하였다. 그리하여 온 가족이 탄식하면서 그가 무사히 다시 집으

385) 정위(正尉) : 형벌이나 사정(査正)을 맡은 관리나 관청.
386) 옥사(獄司) : 범죄나 죄수에 관련된 일을 맡은 관리.
387) 사모(紗帽)와 홍포(紅袍) : 벼슬아치가 입는 검정 비단 모자와 붉은 도포를 이름.

로 내려오기를 바랐다.

운성은 옥에 갇히고 승상은 여러 아들들과 함께 대궐 아래에서 대죄(待罪)[388]하며 기다렸다. 그러자 황상이 말하였다.

"운성이 현명하지 못하여 그르게 행동하였으니 짐이 책망하는 것이다. 승상이 알 바가 아니니 안심하고 돌아가고 대죄하지 마라."

승상이 탄식하고 나서 임시 거처를 잡고 지내면서 죄를 청하였으며, 여러 아들들과 함께 공주의 어질지 않음을 원망하였다.

차설(且說). 형씨가 황제의 명령으로 궁인들이 핍박하는 욕을 당하고 잡혀 대궐에 들어가니, 황후가 크게 노하여 위엄 있는 모습을 갖추고 형씨를 불렀다. 어지럽게 헝클어진 머리와 슬픈 기색으로 섬돌에서 네 번 절하고 정숙하게 인사하니, 황후가 전교(典敎)를 내려 말하였다.

"네가 천한 가문의 딸에 불과하면서 공주를 경멸하며 부마의 총애를 믿고 방자하고 교만하게 행동하니 죄가 가볍지 않다. 그래서 짐이 이제 위엄을 갖추어 형벌을 하나 내려 너를 죽이려 하는데, 네가 이를 아느냐?"

형씨가 얼굴을 가다듬고 옷깃을 바로하고는 섬돌에 꿇어 앉아 안색을 씩씩하게 하고 목소리를 높여 아뢰었다.

68 "저는 참정 형옥의 딸이고 어머니 두씨는 두태후의 조카딸입니다. 제가 타고난 성품이 어리석고 어두워 비록 예의를 모르지만 몸이 선비의 가문인데 어찌 지아비를 고혹(蠱惑)하게 만드는 행실을 했겠습니까? 나이 13세에 아버지의 명을 받아 소운성과 혼인한 지 3년 만에 명현공주가 시집오시어 운성의 경사(慶事)를 빛내셨으니 어찌 미천한 제가 황실

388) 대죄(待罪) : 용서를 빌며 벌주기를 기다림.

의 공주님과 같은 자리에 있을 수 있겠습니까? 그래서 황상의 명령을 받들어 지아비의 집을 버리고 친정 아비를 따라 돌아갔습니다. 제 아버지가 비록 사사로운 정에 마음이 절박하기는 하였지만 임금과 신하 간에 명령을 거스르고 임금을 속이는 일이 옳지 않은 줄 알았기에 운성을 멀리 거절하여 피차에 소식을 단절한 것이 의심이 완전히 사라질 정도에 미쳤습니다. 그러던 중 폐하와 황후의 호생지덕(好生之德)[389]이 미천한 저에게 미쳐서 다시 운성에게 돌아가 공주와 같은 반열에 있도록 허락하셨습니다. 하지만 외람되다고 여겨 다시 삼종(三從)[390]의 큰 의리를 생각하지 않았는데 시아버지께서 황상의 뜻을 받들어 저를 부르시는 것이 간절하였기에 제 아비 또한 임금님의 명에 순종하여 저를 돌려보냈습니다. 제가 피차에 거역하지 못하여 이미 묵은 자취로 시댁에 돌아오니, 공주가 저를 공주 궁에 있으라고 하여 후대하셨습니다. 그러하니 제가 비록 마음이 사납다고 해도 어찌 감히 공주께 방자한 빛을 두었겠습니까? 심지어 부마가 아내를 후대하거나 박대하는 것은 계집인 제 마음대로 할 수 있는 바가 아니니, 설사 그가 제 처소에 자주 왔다고 해도 제가 마음대로 간사한 태도로 남자를 부른 것이 아닙니다.

69

공주께서 금지옥엽으로 폐하와 황후의 세력을 끼시고 손으로 부마를 마음대로 다스려 자질구레한 말을 하면서 지아비를 가두셨고, 또 잠시 노하여 다섯 창기를 병든 폐인[391]이 되게 하였습니다. 그러하니 위엄이 온 집안을 기울이고 시부모도 두려워하는 형세였기에 부부간에 후

---

389) 호생지덕(好生之德) : 사형에 처할 죄인을 특별히 사하여 목숨을 살려주는 왕의 덕을 이름.
390) 삼종(三從) : 여자는 아버지, 남편, 아들을 좇아 살아야 한다는 도리인데, 여기서는 형씨가 다시 남편 소운성에게 가 좇아 살아야 함을 뜻함.
391) 병든 폐인 : {병잔지인(病殘之人)}. 인체(人彘)로 만든 것을 이름.

대하거나 박대하는 것을 제 마음대로 하지 못하여 〈백두음(白頭吟)〉[392] 을 외었습니다. 이렇게 지아비에게 버려졌던 아내로 쇠약하고 미미한 인생이었던 제가 한 구석에 구차히 있으면서 스스로 종들도 제어하지 못하는 용졸함으로써 어떻게 지아비의 발걸음을 막으며 어떻게 지아비를 제어할 수 있었겠습니까? 제가 진실로 마땅한 계교를 생각하지 못하여 운성의 자취가 저의 처소에 이르렀습니다. 만약 황후께서 제가 공주님이 시집오실 줄 모르고 그 전에 이미 운성의 아내가 되었다고 하여 죄를 주시면 실로 달게 받겠지만 만일 지아비를 고혹하게 했다고 하여 죄를 내리시면 제가 궁전 아래에서 천 번 죽더라도 원망하는 혼백이 궁에 이를 것입니다."

70

아뢰기를 마치는데, 그녀의 달 같은 풍채는 가을 서리를 무릅쓴 듯하고 꽃 같은 태도는 옥매화가 눈 위에 비스듬히 서 있는 듯하며, 앵두 같은 입술에 백옥이 비친 듯 시원스럽고 맑은 목소리는 높은 하늘에서 붉은 봉황이 우는 듯하였다. 부황후가 그 얼굴을 보고 말을 들으시고 나서 갑자기 공경스러워졌다. 그런데 공주를 돌아보니 이는 모진 시랑이나 독한 뱀 같아 미간에 살기가 어리었으니 얼굴이 고와도 보기 싫은 것이 말하지 않아도 현격히 달랐다. 형씨의 너그럽고 그윽하며 어질고 꽃다우며 상쾌하고 활달하여 보이는 것이 어찌 공주의 보이는 것과 천지 차이가 아니겠는가? 황후가 매우 놀라, 화를 내던 마음이 봄눈같이 녹았다. 그러자 공주가 나아와 참소하여 말하였다.

"이 여자가 제 마음 속의 큰 근심이니, 마마께서 잘 처리해 주십시오."

392) 〈백두음(白頭吟)〉 : 남편인 사마상여(司馬相如)가 다른 여자를 좋아하게 되자 탁문군(卓文君)이 읊었다는 시.

황후가 옳게 여겨 즉시 형씨를 취운정에 가두고 처분을 기다리라고 하였다. 형씨가 명령을 받아 취운정에 갇히니 모든 궁녀들이 벌이 모이듯 모여와 말하며 눈치를 살폈다. 그러나 형씨는 다만 입을 봉하고 눈을 낮추고는 말을 속삭이지 않았다.

71

이때에 황상이 운성을 가둔 지 사흘 만에 궁전 마당으로 올라오게 하니, 모든 옥졸이 그를 데리고 계단 아래에 다다랐다. 황상이 형장(刑杖) 기구를 갖추고 엄하게 말씀을 내리셨다.

"내가 너를 부마로 삼아 일찍이 저버린 적이 없는데 너는 무슨 이유로 나를 비방하고 공주를 욕보이며 황후를 기롱하였느냐? 국법으로 말하면 삼족(三族)[393]을 멸할[394] 정도인데, 네가 아느냐?"

운성이 칼을 매놓은 아래로 손을 내밀며 말하였다.

"빨리 붓과 종이를 주십시오."

좌우의 사람들이 문방사우(文房四友)[395]를 주었다. 운성이 붓을 들고 글씨를 휘둘러 쓰는데 눈 깜짝할 사이에 대략의 생각을 써서 땅에 던지고 하늘을 우러러 크게 소리 질렀다.

"대장부가 어찌하여 구구하게 아녀자 때문에 죄수가 되었는가?"

그러고 나서 말을 마치는데 기운이 막혀서 기절했다가 물을 얼굴에 뿌리니 다시 깨어났다. 상께서 그 글을 보셨는데 다만 이렇게 쓰여 있었다.

신이 진실로 공주와 원수 같은 사이가 되어, 공주는 이미 저를 가두었고 저도 공

---

393) 삼족(三族) : 부모와 형제와 처자를 이르거나, 부계(父系) · 모계(母系) · 처계(妻系)의 세 족속을 이름.

394) 멸할 : {이홀}. '이ᄒᆞ다'는 '잊다'의 변형으로 이지러지다는 뜻의 고어임. 문맥을 고려하여 이같이 옮김.

395) 문방사우(文房四友) : 종이 · 붓 · 벼루 · 먹의 네 가지를 말함.

주가 죽었으면 하는 뜻이 생겼습니다. 엎드려 바라건대, 성상께서는 신을 빨리 죽이시어 임금의 명령을 어기고 공주를 경시한 죄를 속해 주시며, 또 공주의 목을 베시어 지아비를 해치려 하는 찰녀(刹女)[396]를 경계하십시오. 또 신이 일만 가지 죄를 달게 받기는 하겠지만, 황후와 성상을 비방한 죄는 없습니다.

72

황제께서 발끈하여 크게 화를 내면서 좌우의 무사(武士)들을 꾸짖어 운성을 밀어 내어 베라고 하셨다. 그러자 갑자기 병풍 뒤에서 두 대신(大臣)이 나와 간하였다.

"그럴 수 없습니다. 만약 운성을 죽이면 명현공주의 평생이 어떠하겠습니까?"

황제께서 보시니 이는 바로 칠왕과 팔왕이었다. 황제가 말하였다.

"그럴 수 없다. 운성이 나를 헐뜯고 꾸짖었으며 말이 불순하니 이는 곧 나라를 어지럽히는 신하이다. 죽이지 않으면 국법이 크게 어지러워질 것이다."

두 왕이 애써 간하였으나 황제께서 듣지 않으시고 빨리 베라고 하셨다. 군대의 칼과 창이 서리 같고 종과 북 소리가 죽이기를 재촉하는데도 운성이 안색을 변하지 않고 태연히 시각을 기다리니, 뭇 신하들과 장수·병졸들이 서로 돌아보며 칭찬하지 않는 이가 없었다. 장차 죄목을 읽어 듣게 하고 나서 베려고 하는데, 문득 한 여자가 머리를 풀고 맨발로 손에는 피로 쓴 표문(表文)[397]을 들고 궁전 아래에 다다라 크게 외쳐 말하였다.

"신첩(臣妾) 형낭은 주상 폐하께 아뢸 말씀이 있습니다."

---

396) 찰녀(刹女) : 악마 같은 여자를 이름. 불교에서 찰귀(刹鬼)는 귀신이나 악마를 이르니 여기에서 온 말임.

397) 표문(表文) : 임금께 아뢰는 글.

궁전 위에 있던 황상이 매우 놀라 바라보니, 그 여자는 옥 같은 얼굴에 검은 구름 같은 머리를 늘어뜨려 얼굴을 덮고 맑은 두 눈에 눈물이 어리었으며 옷에는 점점이 피가 떨어져 있어 모습을 차마 볼 수 없을 정도였다. 73

이 사람은 바로 형씨이다. 취운정에 갇혀 있었는데 사람들이 전하여 말하기를, "소부마가 황상의 화를 돋우고 굽히지 않아서 이런 까닭에 황제께서 지금 베려 하신다."고 하였다. 이 말을 들으니 마음이 부서지는 듯하여 스스로 생각하였다.

'내가 낭군과 함께 같은 날 저 세상으로 돌아가 같은 묘의 티끌이 되기로 맹세했는데, 지금 낭군이 나 때문에 빌미가 되어 공주의 노여움을 돋워 이런 상황이 되었구나. 그러니 내가 어찌 차마 살아서 낭군의 죽음을 듣기만 하겠는가? 임금님께 말씀을 아뢰어 들어 주시지 않으면 한 칼에 죽어야겠다.'

드디어 칼을 빼 팔을 베어 그 피로 한 장 혈표(血表)를 써서 들고 문을 지키는 궁인들을 헤치고 나가니 궁인들도 그녀를 불쌍하게 여겨 놓아 보냈다. 이에 바로 근정전(勤政殿)에 표문을 올리니 황제가 그 얼굴을 보고 매우 기특하게 여기시며 이를 보셨다.

제가 듣사오니, 옛 성인이 삼강오륜(三綱五倫)을 지으셨고 예법(禮法)은 떳떳하게 전해져 오는 법입니다. 임금이 신하를 거느림이 자신의 손발 같으면 신하가 임금을 부모같이 섬기고, 임금이 신하를 견마(犬馬)같이 다루면 신하가 임금을 지나가는 사람 정도로 여긴다고 한 말은 옛 책에 있습니다. 그러므로 예부터 제왕이 한 때의 위급함 때문에 교만하고 안하무인(眼下無人)격으로 간하는 신하와 무죄한 사람을 74

마음대로 죽이면 한 순간 마음이 상쾌하기는 하나 그에 대한 말이 끊이지 않습니다. 이 때문에 거룩한 황제와 현명한 왕들께서는 높은 지위를 자랑하지 않고 낮은 것까지 근심하기를 초목과 곤충에 이르기까지 하였습니다.

엎드려 아뢰건대,[398] 폐하께서 거룩한 덕을 가득 펼쳐 온 세상을 통치하시니 바르게 다스리시어 아름다운 강구(康衢)의 노래[399]를 들으실 것입니다. 비록 규방의 어리석은 식견이지만, 만물이 오륜(五倫)을 갖추고 사람이 예법을 갖추었는가 여겼는데 어찌 거룩하고 밝은 이 때에 삼가 오상(五常)[400]이 무너질 수 있겠는가 생각했습니다. 또 어찌 무죄한 신하를 정위(正尉)에 나아가게 하며, 안팎으로 하교하여 저희 부부를 잡아들이고 인륜을 어지럽히는 모습이 있을 줄 알았겠습니까? 제가 비록 미천하지만 위로 나라에 죄를 짓지 않았고 가운데로 시부모님과 부모님께 불효하지 않았으며 아래로 지아비를 바르지 않은 도리로 도운 일이 없습니다. 그런데도 실체 없는 죄로써 명목도 없이 잡아들이시고 저의 지아비 운성을 사지(死地)로 보내려 하십니까?

엎드려 생각건대 제가 비록 죄가 없지만 가히 공주의 적인(敵人)이니 죽여서 공주의 근심을 더신다면, 이렇게 하시는 것이 비록 사사로운 정에 의한 것이기는 하지만 마땅할 수 있지만, 운성을 죽이는 것은 매우 옳지 않습니다. 제가 비록 일의 상황을 잘 모르지만 잠시 들으니 운성의 죄목이 임금을 비방하고 황후를 기롱하며 공주를 욕보인 세 가지라고 하였습니다. 그러나 폐하와 황후를 비방한 것이 큰 죄이기는 하지만 반드시 들었다고 한 사람이 있어서 임금님께 고하였을 것이니, 옥사(獄事)를

398) 엎드려 아뢰건대 : {복이(伏以)}. 이는 주로 상소문의 첫머리에 '엎드려 아뢰건대'의 뜻으로 쓰임. 여기서는 상소문의 첫머리는 아니고 상소문(엄밀히 말하면 표문) 중에서 새로운 이야기를 시작할 때에 사용함.

399) 강구(康衢)의 노래 : 강구연월(康衢煙月) 즉 태평한 때에 백성들이 부른다는 노래임.

400) 오상(五常) : 오륜(五倫)과 같은 뜻으로 사용되기도 하고, 인(仁)·의(義)·예(禮)·지(智)·신(信)을 가리키기도 함.

이루어 대질심문(對質審問)하여 사실을 아신 후에 다스릴 일입니다. 어찌 일의 곡직(曲直)이 밝혀지지도 않았는데 아무리 신하가 가벼운 존재라고 해도 마음대로 죽이십니까? 반드시 상께 아뢴 사람을 불러 운성과 대면하게 하는 것이 옳을 것입니다. 만약 두 가지 일이 밝혀지지 않고 단지 공주에게 욕을 보이고 박대한 죄뿐이라면 두렵건대 어찌 죽이기를 가볍게 하시리까? 옛날 낙양(洛陽)[401]령(令)이었던 동선(董宣)[402]이 공주의 수레를 길에 내리게 하고 그 종을 때려 죽였습니다. 어찌 의정(議政)[403] 관원이 금지옥엽의 수레를 핍박하여 내려놓고 임의로 그 종을 죽이겠습니까마는 광무제(光武帝)[404]가 동선에게 죄 주는 것을 보지 못하였다고 합니다. 이제 운성이 임금의 은혜를 많이 입어 공주의 지아비가 되었으니 설사 무례함이 있더라도 어찌 죽을죄가 되겠으며 공주를 박대했다고 해서 하옥하겠습니까?

76

제가 비록 규방에 있어 소견이 얕고 보잘것없지만 일찍이 역사서와 경전, 법률서 등을 살펴보았습니다. 그런데 성군(聖君)이 부마가 공주를 박대한다고 하여 부마를 죽인 것을 들어보지 못하였습니다. 그러니 어리석은 마음에 격렬하고 절실함을 이기지 못하여 운성과 함께 한 칼에 죽어 넋이라도 함께 돌아가고자 합니다. 당돌한 죄를 범하여 한 봉 혈서(血書)를 올리오니 성상께서 운성의 죄를 사하시고 저를 죽여주시면 천지와 부모 같은 호생지덕(好生之德)이 필부(匹夫)의 목숨을 아끼시는 것입니다. 그러하면 폐하의 크신 은혜가 하늘과 같을 것입니다. 저 형낭은 머리를 숙여 백 번 절합니다.

77

---

401) 낙양(洛陽) : 중국 후한(後漢)의 광무제(光武帝) 유수(劉秀)가 수도로 삼은 곳으로 동도(東都)라고도 함.

402) 동선(董宣) : 광무제 때 낙양의 장관이었는데, 천자의 누나인 호양공주의 하인이 사람을 죽이고 공주 집에 숨어 있었다. 그러던 어느 날 공주가 외출할 때에 그 하인을 마차에 태우고 나오니 이를 알아차리고 그 하인을 끌어내 때려 죽였다. 이를 들은 광무제가 그를 벌하려 하다가 그의 충성을 알고 용서해 줌.

403) 의정(議政) : 나라의 행정 관청인 의정부(議政府)를 이름.

404) 광무제(光武帝) : 후한의 1대 임금인 유수를 이름. 신뢰와 충의로 천하를 제패한 명군(明君)이었음.

상께서 다 읽고 나서 스스로 잘못했음을 깨달아 성지(聖旨)를 내려 운성을 용서하시고 형씨에게 전교(典敎)를 내려 말하였다.

"그대가 이미 운성의 아내로 죄를 씻어 달라 하면서 어찌 구태여 운성을 따라 죽으려 하느냐?"

형씨가 아뢰었다.

"신이 듣기로, 지아비가 현명하지 못해도 지어미는 의리를 지켜야 한다고 했습니다. 그러하니 저 여종(女宗)[405]이 시누이를 꾸짖고 시어머니를 섬겼으며, 악양자(樂羊子)의 처가 직언(直言)으로 지아비에게 간하고 절의를 지키느라 죽었습니다.[406] 운성이 신첩과 공주 때문에 칼 아래에서 생명이 위급한데 공주가 구하지 않으시니 제가 어찌 지아비를 살리려 하지 않겠습니까? 또 만약 구하지 못한다면 지아비를 죽이고 차마 어찌 세상에 살겠습니까?"

상이 자기도 모르는 사이에 칭찬하시어 문득 일컬어 말씀하셨다.

"부인은 가히 지금 세상의 예절 갖춘 절부(節婦)이다."

드디어 운성을 아주 풀어 주셨고, 형씨에게는 아직은 궁으로 돌아가 황후의 처리를 기다리라고 하셨다. 그러하니 부부가 슬픔과 분함을 머금고 임금의 은혜에 감사하고 나서, 형씨는 궁으로 들어가고 여러 관료들은 운

405) 여종(女宗) : 송(宋)나라 포소(鮑蘇)의 아내임. 남편이 새로 맞은 아내에게 미혹되어 있으니 그 동서가 이제 이 집을 떠나는 게 낫지 않냐고 하자 남편에게 다른 사람이 생겼어도 시부모를 모시는 일은 아내의 일이니 계속하겠다고 하면서 계속 시부모를 섬겼다고 함.

406) 악양자(樂羊子)의 ~ 죽었습니다 : 악양자는 동한(東漢) 때의 평범한 사람이었는데 그의 처는 뜻이 고매하였다. 어느 날 그가 외출했다가 금 한 덩이를 주워서 가져오자 "뜻있는 사람은 몰래 샘물 마시는 것도 부끄럽게 여겼고 청렴한 선비들은 남들이 그냥 주는 음식은 사절한다고 들었습니다."라며 꾸짖었다. 또 한번은 공부하러 간 그가 중도에 돌아오자 짜고 있던 베를 자르면서 중도에 그만 두는 것은 이와 같다고 하니 그 말을 듣고 돌아가 학업을 마쳤다고 함. 나중에 어떤 도둑이 집에 들어와 그녀를 겁탈하려 했으나 모르고 시어머니를 겁탈하고 도망가려 하자 칼을 들고 쫓아갔는데 도둑이 칼을 내려놓고 시키는 대로 하면 죽이지 않겠다고 하니 하늘을 우러러 탄식하고는 자결했다고 함.

성과 함께 대궐문을 나왔다.

운성이 비로소 관(冠)을 얻어 쓰고 부친께서 묵고 계신 곳[407]으로 갔다. 형공과 소승상이 앉아 있는데, 형공은 슬퍼하고 소승상은 위로할 따름이었다. 운성이 들어가 부친께 절하고 말하였다.

"소자가 불효를 이렇듯 끼치니 아버지께서 놀라심이 적지 않으실 것입니다."

또한 형공을 향하여 사례하며 말하였다.

"불행하여 이 사위가 귀한 따님의 평생을 그르게 만들었는데도 따님이 저의 진짜 목숨을 구하니 이 또한 장인어른의 덕입니다."

모여 있던 여러 관료들이 두 공을 향해 하례하여 말하였다.

"오늘 형부인은 이른바 요조숙녀이면서도 절의를 갖춘 것이 매우 위엄 있고 호협(豪俠)했습니다. 진실로 학식과 문벌이 높은 어진 선비인 부마의 좋은 짝인데, 마(魔)가 낀 일이 많음을 탄식합니다. 수많은 군사와 사람들 사이를 깨치고 들어와 씩씩한 말씀과 슬픈 안색으로 황상의 마음을 돌렸으니 어찌 기특하지 않겠습니까?"

형공이 겸손하게 사례하며 다행스러움을 이기지 못하였다. 그러나 소승상은 슬퍼하며 온화한 기운이 사라져 운성에게 나아오라고 하여 그 손을 잡고 팔을 어루만지며 오래도록 말이 없으니, 구공이 물었다.

"공께서는 무슨 이유로 그 아이의 손을 잡고 기색이 슬퍼 기쁨을 알지 못합니까?"

79

소승상이 오래도록 있다가 길게 대답하여 말하였다.

"형은 알지 못합니까? 제가 비록 용렬하지만 일찍이 자식이 자란 후에

407) 묵고 ~ 곳 : {하쳐[下處]}. 이는 점잖은 손님이 길을 가다가 유숙하는 곳을 이름.

는 비록 속으로 애정이 중해도 저희들이 보는 데에서는 가까이 앉히지 도 않은 것은 그 행실을 다스리느라 그런 것입니다. 그런데 오늘 이 아이가 황상의 노여움을 건드려 목숨이 칼 아래에 위태하였다가 은혜를 입어 살아 돌아와 나를 보니 부자지간의 정을 제어하기 어렵습니다. 내가 평소에 속마음에서 생기는 대로 하고 지어내어 표현하지 않는데, 지금 기쁜 마음이 생기지 않고 불안한 마음이 나니 자연히 아들의 손을 잡고 슬픈 마음을 진정하는 것입니다."

자리에 있던 사람들이 모두 탄식하고 나서 칭찬하여 말하였다.

"거룩하고도 현명하구나. 소승상의 부자간의 정이 이와 같은데도 오직 위엄 있고 시원스럽게 모든 아들들을 한결같이 숙연히 대하니 어찌 기특하지 않은가?"

이윽고 여러 관료들이 흩어진 후 날이 어두워지니 승상이 형공과 이별하고 운성을 데리고 자운산으로 돌아왔다. 어사 운경 등이 골짜기 밖으로 나와 맞이하여 운성을 보니, 죽었던 사람이 돌아온 것 같이 슬펐다. 그래도 운성은 잠시도 슬퍼하는 빛이 없이 함께 내당으로 들어가 어른들을 뵈었다. 석부인은 운성을 붙들고 끝없이 울고, 태부인과 소부인, 화부인도 눈물을 흘리니, 여러 소생들도 그 옆에서 슬퍼하고 많은 사람들이 다 위아래 할 것 없이 울음바다였다. 승상이 사람들을 꾸짖어 그만 울라고 하고 태부인을 위로하였다. 운성이 마음이 좋지 않았지만 억지로 참으면서 웃고 모인 사람들에게 아뢰었다.

80

"제가 아직 죽지 않았는데 왜 부질없이 우십니까?"

여러 부인들이 승상과 운성의 위로로 슬픔을 진정하고 지난 일을 물었다. 듣고 나서는 온 집안이 형씨의 절의와 큰 덕을 새삼 칭찬하면서 그녀가 아직 무사하게 나오지 못함을 믿지 못하여 서로 한하였다.

밤이 깊으니 승상이 운성을 데리고 침소에 돌아와 이날 밤에 함께 자는데 사리로써 조용히 경계하는 말씀이 지극한 정성에서부터 나왔다. 그러하니 운성이 감격함을 이기지 못하여 울며 가르침을 받들었다.

이튿날 공주가 대궐에서 나오니 집안 식구들이 좋아하지 않았지만 임금의 얼굴을 보아 억지로 참으면서 맞았고, 운성은 외당(外堂)에서 들어오지 않았다. 공주가 자리에 앉은 분들께 예의로 절하고 안부를 물은 후 먼저 말을 꺼내어 말하였다.

81

"제가 궁궐 깊은 곳에 있어서 부마가 험한 일을 당한 것을 알지 못했는데, 듣고 나서 놀람을 이기지 못했습니다. 형부인은 황후께서 아끼시어 좌우에 가까이 두고 모시게 하였으니 나오기 쉽지 않을 것입니다."

태부인은 상(床)에 의지하여 앉아 한 마디 말도 하지 않았고, 승상이 대답하였다.

"이 아이가 죄를 입는 것이 원래 마땅한데 공주는 어찌 새삼 놀라십니까? 또 형씨는 죽지 않은 것으로도 천만다행인데 어찌 나오기를 바라겠습니까? 오늘 공주의 말씀이 매우 억지로 예의를 차리면서 꾸미시니 새삼 한심합니다."

승상의 기색이 엄하고 바르며 말씀이 준엄하니, 공주가 부끄러워하는 얼굴로 아무 대답도 하지 못하였다. 그런데 갑자기 사람들이 형부인이 돌아오신다고 알리니 온 집안 식구들이 크게 기뻐하였다.

원래 형씨가 상소를 써서 부마를 구하고 다시 궁궐로 들어갔는데 황후께서 크게 감동하여 놓아 보내고 싶었지만 공주가 막기에 못하였다. 그래서 공주가 대궐에서 나간 후에 황후께서 비록 형씨를 놓아 주었지만 한

장 글을 석부인에게 주라고 하였다. 궁녀가 교지를 받들어 형씨를 데리고 82 나왔는데, 형씨가 먼저 들어와 시부모님과 할머니를 뵈니 사람들이 모두 눈물을 흘리며 반겼다. 석부인이 형씨를 새삼 아름답게 여겼지만 공주가 있고 궁인도 교지를 받들고 왔기에 사사로운 정을 감추고 공경스럽게 봉해진 조서(詔書)[408]를 떼어보았더니 그 글에 이같이 쓰여 있었다.

황후 부씨는 공경하는 마음으로 소승상의 정실(正室)인 조국부인[409] 앞으로 부친다.

승상이 임금과 신하 사이의 의리가 막히고 궁중과 부중(府中)이 현격히 단절되어 비록 연분이 없지만, 일찍이 석후(石侯)의 큰 공과 소공의 아름다운 이름을 우러르는 소리를 천지가 진동하는 듯이 들었다. 그런데 어린 딸 명현이 전생(前生)과 현세(現世)[410]의 좋은 인연으로 부마 소청현(淸顯)[411]과 결발부부(結髮夫婦)가 되었다. 작은 일도 하늘의 운수인데 하물며 부부가 되는 일은 음양을 함께 하여 강상(綱常)에 달린 일이니 어떻게 사람의 힘으로 하겠는가? 하지만 귀 집안의 상하가 모두 공주가 방울을 던져 신랑을 구한 일을 놀려 원망하고 하늘의 뜻이 아니라 한다고 하는데, 비록 괴롭고 미워서 말하기가 순조롭지 않더라도 또한 공주가 뜻밖에 아무 일이 없고 부마가 형씨 때문에 즐겁지 못해도 어찌하여 대신과 내명부의 소견이 하늘의 83 뜻을 알지 못하고 이렇듯 양쪽에서 책망하는가? 공주가 나이 젊어 성질이 급하여 잘못한 것이 있지만, 그대는 현명한 부인이다. 그런데도 어찌 짐의 얼굴을 보아 용서해 주는 일이 없고 또 공주의 잘못을 적발하여 드날려 중론이 나빠지게 몰고 가

408) 조서(詔書) : 임금이나 황후가 신하에게 알리는 글.
409) 조국부인 : 석씨의 칭호임.
410) 전생(前生)과 현세(現世) : {슉셰뉵셰[宿世六世]}. 문맥을 고려하여 이같이 옮김.
411) 청현(淸顯) : 학식과 문벌이 높으면서 중요한 관직에 있는 사람.

부마의 마음을 돋우는가?

성상께서 공주의 외로움을 들으시고 사사로운 부녀의 정으로 참지 못하여 부마를 책망하셨는데, 부마가 군신(君臣)의 높고 낮음을 모르고 혈기에 분함을 드러냈다. 그러니 상께서 어떻게 잘 대하시겠는가마는 마침 부마의 수명이 길어 살아났고 짐 또한 공주 얼굴을 보아 형씨의 방자함을 용서하고 일 없이 돌려보냈다. 만약 다시 방자함이 있다면 결단코 두 번 용서하기 어려울 것이다. 부인은 깊이 조심하여 부마를 경계하라.

석부인이 보기를 마치고 편지를 가져 온 궁인을 잘 대접한 후에 비단을 끊어 붓과 벼루를 내 오게 하여 표문(表文)을 썼다. 궁인이 보니 조금도 옛것을 따라하는 곳이 없이 한 붓에 내리 썼다. 부인이 글을 받들어 궁인에게 주고 말하였다.

"미천한 집에 귀인이 오셨는데 마음을 표현할 것이 없어 약간의 비단을 드립니다." 84

드디어 시녀에게 예단을 앞에 놓게 하니 궁인이 사례하고 돌아가 황후께 표문을 드리고 칭찬하여 말하였다.

"제가 소씨 집에 가니 공주님이 자리에 계시고 모든 젊은이들이 삼대가 벌여 있듯 하였는데 각각 다 특별했습니다. 조국부인이 조서(詔書)를 읽고 나서는 자신의 침전(寢殿)으로 내려와 표문을 써서 저에게 주고는 즉시 조서를 가지고 도로 내당 안으로 들어갔습니다. 그래서 제가 사람들에게 왜 저러시냐고 물으니, 조국부인이 비록 높으시지만 진국태부인이 정당(正堂)에 계시므로 침소에 와서 조서를 쓰고 나서 다시 들어가시는 것이라고 하였습니다. 형씨와 공주는 태부인 계신 곳에 있었고, 석부인을 모시고 다니는 사람은 젊은 여자 둘이었습니다. 하나는 부인의 복색이었는데 소시랑(侍郎)의 부인[412]이라고 하였고, 또 하나는 유생(儒生)의 아내[413]라고 하여 모두 그 며느리들이었습니다. 둘 다 자색이 뛰어나고 행실과 안색이 유순하여 보였습니다. 특히 조국부인 석씨는 여자 중의 선녀 같아 그 얼굴의 고움은 형씨도 오히려 미치지 못

85 할 바이며, 모질지 않되 위엄이 있어 자연스러운 법도가 만인이 미치지 못할 정도였습니다."

드디어 석씨가 표문 지을 때의 재주의 기이함을 아뢰고, 그녀가 준 채단을 펴 보니 비단이었는데 모두 올이 굵고 성겼다. 이런 비단을 보낸 이유는 곧 석부인이 일부러 궁중의 사치를 비판하기 위한 것이었다. 황후가 일의 수말을 자세히 묻고 표문을 보니 이렇게 쓰여 있었다.

소신 소경의 아내인 조국 석씨는 머리를 조아려 백 번 절하고 황후의 글에 탄복하기도 하고 공경스러워 하기도 하다가, 삼가 하나의 표문을 받들어 만세의 거룩한 어머니인 황후님의 용상(龍床) 아래에 아룁니다.

저의 조상이 돌아가신 황제와 지금의 폐하를 받들어 작은 공로를 세워 귀족과 신하가 되었고, 신의 지아비는 더욱 소소한 문신(文臣)으로 조그만 공도 없으면서 외람되게 태정(台鼎)[414]의 직위를 받았습니다. 심지어 미미한 규방에도 임금님의 은혜가 흘러 '조국'을 봉하시니 저희들이 달게 받아들일 밖에 밤낮으로 근심하고 탄식

86 하며 크신 은혜를 갚지 못할까 두려워하며 슬퍼하였습니다. 그런데 하늘이 저희 집

412) 소시랑(侍郎)의 부인 : 소시랑은 승상의 넷째 아들이며 석부인 소생인 운현을 이르므로 그 부인인 조씨임.

413) 유생(儒生)의 아내 : 승상의 여섯째 아들이며 석부인의 소생인 운의가 아직 벼슬에 나가지 않았으므로 유생이라 한 것임. 그 아내는 유씨임.

414) 태정(台鼎) : 삼정승(三政丞)을 이름.

안이 전생에 죄가 없음을 밝히시어, 어린 아들 소운성이 폐하의 사랑하심을 입어 초방(椒房)[415]의 귀한 공주님이 미천한 가문에 이르셨습니다. 그리하여 수놓은 비단에 꽃을 더한 것 같이 되었으니 온 가족이 기뻐하고 가문의 영광이 상서롭다고 여겼습니다. 단지 처음부터 성상의 마음을 상하게 하고 거역한 일은 진실로 공주를 싫어했기 때문이 아닙니다. 비록 형씨를 황실의 공주에 비할 수는 없지만 그녀도 운성과 결발(結髮)[416]한 부부이니 만약 부귀와 권세를 달게 여겨 이유 없이 버린다면 절개 있는 부인을 박대하는 것이 됩니다. 그렇기 때문에 황상의 뜻에 순종치 못했던 것인데, 상의 뜻이 절실하시어 형씨를 내치라고 하시기에 비록 송홍(宋弘)[417]에게 죄인이 되는 일이기는 하나 명령을 거스르는 불충(不忠)을 얻지 않으려고 쾌히 형씨를 돌려보냈습니다.

공주를 맞아 신등이 공경하고 후대한 것은 궁인들과 공주님이 아실 바인데, 심지어 신이 공주의 흠을 적발하여 퍼뜨린다고 하시는 전교를 들으니 놀람을 이기지 못하겠습니다. 제가 비록 사리에 어둡고 저의 지아비가 어질지 못하지만 일찍이 예의를 지키고 경서에 군색하게 됨을 피하였습니다. 그런데 공주께서 방울을 던지신 것은 전교에서 말씀하신 것처럼 천명(天命)이고 천수(天數)이니 어찌 감히 놀리겠으며 아들의 마음을 돋우겠습니까? 황후께서는 허탄한 궁인의 간사한 참언을 곧이듣지 마시고 저희를 의심하지 않으신다면 밝고 거룩한 덕이 될 것입니다.

87

운성은 황상께서도 그 고집하는 것을 바꾸지 못할 것입니다. 또 그 아이가 굳이 공주를 싫어하는 것이 아니라 조강지처를 저버리지 않고 신의를 지키려고 하는 것입니다. 저희가 밤낮으로 책망한 것이 한두 번이 아니지만 오히려 죽을 밖에는 어찌

---

415) 초방(椒房) : 왕후나 공주의 궁전을 이름.

416) 결발(結髮) : 혼인하여 상투를 틀고 쪽을 지는 것을 의미하는데, 정식으로 혼례를 치른 부부라는 뜻으로 쓰임.

417) 송홍(宋弘) : 후한(後漢) 때의 인물로 자(字)는 중자(仲子)임. 광무제(光武帝)가 누이 호양공주를 그의 처로 보내려 했더니 그가 조강지처를 버릴 수는 없다고 하면서 거절했다고 함.

할 도리가 없습니다. 삼가 내리신 조서를 받들어 다시 경계하겠지만 방자한 행실이 반드시 또 있을 것이니, 그 때에는 황후께서 아직 모르고 계실 때에 제가 분명히 그 아이의 죄를 일일이 아뢰겠습니다. 그러면 황후께서 그 때에 엄하게 처리하시어 후세의 사람들을 징계하십시오. 제가 감히 아이를 아끼는 정이 없는 것이 아니라 진실로 천지에 큰 해가 비치시니 자질구레한 일로 속일 수 없기 때문입니다. 붓과 벼루를 앞에 두니 제 마음을 모두 말씀드리는 것이 죄를 더하는 듯합니다. 엎드려 바라오니 황후께서는 받아주십시오.

88

황후가 보기를 마치고 나서 노여움이 잠시 풀려, 그녀의 진주 같은 필법과 골짜기의 물 흐르는 듯한 말씀과 문장을 칭찬하였다.

소부에서는 석부인이 조서(詔書)를 가지고 와 좌중에 보이고 나서 공주가 돌아간 후 서로 개탄하였다. 석부인이 즉시 운성을 불러 조서를 주고 꾸짖어 말하였다.

"네가 이제는 공주를 후대하여 어버이에게 불효를 끼치지 말고, 형씨의 설움을 더하지 마라. 황후의 엄한 명령이 이 같으시니 이후로는 조심하는 것을 더욱 지극하게 하여 예전같이 하지 말아야 한다."

운성이 정색하고는 비단 부채로 조서를 밀쳐버리고 보지 않으니, 태부인이 말하였다.

"황후의 조서를 가볍게 여기는 것은 옳지 않다."

그러자 운성이 비로소 두 손으로 받들어 밀어놓고 한 마디 말도 하지 않고 나갔다. 좌우의 사람들이 어찌할 수가 없어 형씨를 불러 조용히 보면서 대궐에 가서 했던 일을 자세히 묻고 할머니와 시부모님이 아끼며 칭찬하고 운성을 구함을 사례하는 빛이 있었다.

이 날 형씨가 침소에서 쉬고 있는데 운성이 들어와 보고 팔을 들어 길게 읍하여 감사하며 말하였다. 89

"내가 만약 부인의 덕이 아니었다면 어떻게 칼 아래의 귀신이 되지 않았겠습니까? 내가 이후로는 부인을 은인으로 일컫고 한갓 부부라고 일컫지는 못할 것입니다."

형씨가 길게 탄식하고 눈물을 흘리며 말하였다.

"낭군이 이미 큰 화를 만났는데 제가 어찌 두려움을 생각했겠습니까? 그렇게 한 것은 부인의 예의이자 도리인데 낭군께서 어찌 사례하십니까?"

운성이 감사하기를 다 못하였는데 형씨가 조용히 깨우쳐 공주 궁으로 가기를 권하니, 운성이 탄식하며 말하였다.

"부인이 어찌 나를 업신여김이 이 지경에 있습니까? 내가 차라리 머리 없는 귀신이 될지언정 권세에 핍박당하여 절개 지키기를 그치지는 않을 것입니다."

형씨가 다시 말하였다.

"그렇다면 외당에서 쉬면서 주무시는 것이 퍽 다행이겠습니다."

운성이 탄식하며 말하였다.

"부인의 어진 덕은 옛사람보다 더합니다. 내가 어찌 한 가지 소원도 듣지 않겠습니까? 내가 이곳에 머무는 것을 난처하게 여기시니 오늘은 서당에 머물러 마음을 편하게 해주겠습니다."

그러고는 즉시 일어나 갔다.

마침 석파가 엿듣고 있다가 내당에 들어가 태부인께 고하니, 태부인이 말하였다. 90

"형씨가 평안한 때에는 지아비에게 엄하고 어려울 때에는 지아비와 생사를 같이 하려 하니 이는 당대의 월희(越姬)[418]로구나."

형씨를 칭찬하고 탄복하는 것이 이러하니 아무개 공주인들 어떻게 할 수 있겠는가?

그런데 또 공주가 와서 거짓으로 황상의 명령으로 형씨를 데려가겠다고 하니, 승상이 허락하였다. 형씨가 매우 놀라니, 석부인이 말하였다.

"어진 내 며느리, 아버지를 원망하지 마라. 승상은 온 집안이 공주와 힐난하는 것을 보지 않으려는 것이고, 또 네가 위태하지 않을 것을 알기 때문에 그러는 것이다. 액운과 운수를 벗어날 수는 없는 것이다. 그러니 너는 안심하고 좋게 갔다가 때를 타 잘 처신하여라."

형씨가 사례하여 말하였다.

"제 인생이 사는 곳이 어디인지는 별 관계가 없습니다. 그러나 또 부마께 괴로울 것이니 부모님께서 큰 은혜를 내리시어 제가 친정으로 가게 해 주시면 제가 죽는 날이라도 사는 것 같을 것입니다."

석부인이 그 손을 잡고 눈물을 흘리며 말하였다.

"슬프다, 어진 네가 호랑이 입에 들어가는 것이 평안치 않아 이런 말을 하는구나. 그러나 운성이 어찌 들을 리가 있겠느냐?"

말을 마치기도 전에 소생 3형제가 남색 도포를 흩날리며 비취빛 소매를 끌며 어머니 앞에 다다랐다. 그러자 부인이 운성에게 말하였다.

91

"형씨가 너의 편벽함과, 모든 형세가 난처함을 걱정하여 이제 친정으로

418) 월희(越姬) : 초(楚)나라 소왕(昭王)의 첩. 월(越)나라 왕 구천(句踐)의 딸임. 소왕이 태평할 때에 연회를 베풀면서 자기를 따라죽을 수 있느냐는 물음에 그럴 수 없다고 하면서 정사(政事)에 성실하라고 간했으나, 소왕이 아팠을 때에는 의(義)를 위해 죽었기에 『열녀전(列女傳)』 절의(節義)편에 수록되어 있음.

돌아가 부모님을 뵙기를 청하는데 네 뜻은 어떠하냐?"

운성이 정색하고 대답하였다.

"황상의 명령이 공주와 함께 저의 집안 일을 다스리라고 하셨으니 거역함이 옳지 않습니다."

석부인이 웃으며 말하였다.

"네가 무슨 일을 황상의 명대로 했다고 형씨를 책망하느냐?"

운성도 웃으며 대답하였다.

"어머니 말씀도 옳습니다. 하지만 형씨는 황상의 명령이 없는데도 여자가 어찌 지아비를 버릴 수 있습니까?"

석부인이 웃고 나서 형씨에게 말하였다.

"일의 형편이 마음대로 되지 않으니 너는 공주 궁에 가서 지내라."

형씨가 어찌할 도리가 없어 두 번 절하고 명을 받들어 물러나 경희당으로 갔다. 그러자 궁중의 위아래 사람들이 모두 미워하는 모습이었고, 오직 은근하게 아껴주는 사람은 한상궁이었기에 형씨가 깊이 감격하였다. 이후로 공주가 형씨를 괴롭히는 것이 날로 심해져 때때로 궁녀를 보내어 욕하는 것이 참혹하였다.

이때 공주의 보모 양씨가 생각하기를, '부마와 형씨가 안 좋은 일을 당했으니 황상의 위엄을 두려워하면서 만날 것이다.'라고 하였다. 또한 형씨가 경희당에 온 지 10여 일이 되어도 운성이 오지 않음을 보고 때를 틈타 경희당에 이르러 형씨를 대면하였다. 이에 큰 소리로 꾸짖어 말하였다.

92

"너는 하찮은 백성의 천한 여자로, 음란하고 나쁜 행실을 하여 부마를 침혹하게 하고 요괴로운 말로 시부모에게 아첨하여 공주를 업신여겼다. 네 머리는 공주의 손 가운데 있으니 나도 또한 너를 죽이지 못하지만 많이 때리기야 무슨 일로 못하겠는가? 하지만 마음이 너그러워 용서한다."

형씨가 다 듣고 나서 어이가 없었지만 속으로 생각하기를, '쥐나 참새와 같은 무리와 말을 겨루며 파리에 화를 내어 칼을 빼지는 않을 것이다.' 라고 하였다. 식견을 넓게 하고 한 마디 말도 하지 않으니, 양씨가 또 큰 소리를 내며 크게 욕하여 말하였다.

"이 천한 여자가 어찌 감히 내가 묻는 말에 대답하지 않느냐?"

형씨가 묵묵히 대답하지 않고 다만 고개를 숙이고 바느질을 하였다. 양씨의 말이 차마 듣지 못할 정도였지만 한 마디도 하지 않다가 천천히 정색을 하고 말하였다.

93

"내가 비록 피폐해졌지만 공주와 같은 반열이고 부마의 아내이니 궁인이 나를 욕하는 것이 매우 무례하다. 하지만 내가 개탄하지 않는 것은 보모의 행실이 한심하기에 체면 모름을 탓하지 않는 것이다. 또한 네가 양반을 욕보이는 것이 너무 심하니, 당당한 국법으로 말하여도 그 죄가 족히 머리를 베어 죽일 정도이다. 그러니 너는 빨리 돌아가라. 만약 함부로 한다면 이는 나를 욕하는 것이 아니라 부마와 공주를 욕하는 것이다."

보모가 매우 화가 나서 좌우의 시녀들에게 큰 매를 가져오라고 하였는데, 갑자기 궁녀가 와서 급하게 고하기를 부마가 오신다고 하였다. 보모가 듣고는 삼혼(三魂)이 바람을 따라 흩어지는 듯하여 걸음마다 벌벌 떨며 안으로 들어가다가 중문(中門)에서 부마를 딱 만났다.

원래 그 전에 부마가 양보모를 친 후에 감히 양씨가 운성을 보지 못하였는데 오늘 만나니 놀라고 당황하여 확 돌아섰다. 부마가 특별히 본 체 않고 경희당으로 가니 보모가 놀란 마음을 진정하고 나서, 형씨가 반드시 방금 그 일로 부마께 참소할 것이라고 생각하여 몰래 경희당 창 밑에 가 엿들었다.

부마가 들어가 푸른 소매를 바로 하고 형부인 곁에 앉으며 말하였다. 94

"내가 아까 보니 양보모가 여기 왔다가 가던데 무슨 흉한 말을 하던가?"

형부인이 말하였다.

"사람을 마음을 담아 보면 좋은 뜻이니 어찌 흉한 모습이 있었겠습니까?"

부마가 문득 웃으며 형부인의 손을 잡고 팔을 어루만지며 말하였다.

"그러면 왜 부인의 안색이 다르고 눈이 가늘어졌습니까? 내가 비록 영리하고 민첩하지는 못하지만 당신의 화난 기색은 압니다."

형씨가 어찌할 수가 없어 잠시 웃으며 말하였다.

"상공은 영리하셔서 남의 기색을 지어내 짐작하시네요. 저는 화난 일이 없습니다."

부마가 말하였다.

"부인이 일 년 만에 웃는 것이 오늘이 처음입니다. 반드시 매우 화나는 일이 있는 것 같습니다."

형씨가 단지 웃기만 하고 말하지 않아 끝내 보모가 꾸짖고 욕하던 일을 말하지 않았다. 그러자 양씨가 매우 이상하게 여겨 그 하는 거동을 계속 엿보았다. 부마가 부인을 대하여 무슨 말을 하려고 하다가 문득 놀라며 말하였다.

"아까 할머니께서 부르시던 것을 잊고 이리로 왔네요."

말을 마치고 급히 일어나 가니, 보모가 돌아와 생각하였다.

'낮에는 사람들의 이목이 많으니 형씨가 침중한 여자라서 가볍게 말하지 않는구나. 밤에 몰래 가 들어봐야지.'

95 그래서 초저녁에 혼자 창 아래에 엎드려 밤이 새도록 들었으나 형씨와 부마의 말소리가 없었다. 놀라며 연이어 10여 일을 엿보았으나 부부 두 사람이 서로 공경하고 애석해 하며 사랑이 산과 같았다. 또 위엄이 있어 부마가 혹 공주에 대한 말과 자기의 앞날을 탄식할 때면 형씨가 사리로 깨우치고 정성으로 공주의 슬픔을 말하였는데, 간하는 것이 간절하면 부마가 혹은 웃고 혹은 그렇다고 여기는 듯하였다. 하지만 끝내 그 일에 대한 말은 입 밖에 내지 않았다. 양씨가 감동하여 제 11일째 밤에는 듣는 데에 게으른 마음이 나 문득 조느라 뒤로 자빠지면서 소리가 진동하였다. 마침 부마는 잠들고 부인은 근심이 많아 깨어 있었는데, 그 소리를 듣고 마음 속으로 매우 두려워한 것은 자객이 왔는가 싶어서였다. 놀라고 당황하여 손으로 부마를 흔들어 깨우니, 부마가 놀라 깨어 이유를 물었다. 부인이 단지 은밀하게 말하였다.

"창문 밖에서 이상한 소리가 납니다."

부마가 듣고 나서 급히 이불을 밀치고 주머니를 더듬어 밤에 빛을 내는 구슬을 꺼내들고 창문을 여니 광채가 매우 환하게 쏘였다.

96 양보모가 이때에 잠결에 넘어져 어지러운 것을 진정하느라 즉시 일어나지 못하였는데, 문득 방 안에서 한 줄기 붉은 광채가 나며 창문이 열린 것이다. 부마가 단의(單衣)[419]로 문에 서 있으니, 이를 보고 정신이 나간

---

419) 단의(單衣) : 방에서 입는 홑옷.

듯 달아났다. 부마가 이에 크게 화를 내며 시녀를 불러 잡아오라고 하였는데, 형씨가 여러 번 말리자 그만 두었다. 부마가 도로 문을 닫고 들어가 애통해 함을 마지않으니, 형씨가 다만 탄식할 뿐이었다.

양씨가 쫓기어[420] 멀리 숨었다가 생각하기를, '아무튼 무엇이라고 꾸짖는지 들어봐야겠다.'고 하고는 또 몰래 나아가 들었다.

부마는 양씨의 사람됨과 공주의 잘못을 헤아리는데, 형씨는 공주의 불쌍함과 양씨의 충성을 일컬을 뿐 조금도 그 틈을 타 부마를 돋우거나 비웃지 않았다. 그러자 보모가 매우 감격하여 생각하였다.

'저의 어짊이 이 같으니 풍류 있는 남자가 어찌 혹하지 않겠는가? 저가 많은 사람 중에서 특별한 것은 말도 말고 그윽한 암실에서도 더욱 정대하니 지아비의 큰 산 같은 정을 믿고 마음대로 하는 일이 없구나. 온유하고 공손하되 준엄하며 지아비와 함께 다른 아내의 흠을 말하지 않음은 예사이고, 내가 욕한 것과 엿본 일을 부마가 이미 꾸짖을 때에 이를 돋우지 않는 것은 물론이고 어찌 비웃지도 않는가? 더군다나 말끝에도 이런 말이 없고 도리어 어진 곳으로 미루어 말하니 이 어찌 속된 사람이 할 수 있는 바이겠는가? 그 도량이 바다와 같고 현명함이 여자 중에서 요순(堯舜) 임금 같구나. 무릇 일 처리에 이렇듯 인정 밖으로 초월하니 어찌 부마를 원망하며 저를 원망하겠는가?'

97

드디어 양보모의 사나운 마음이 온화하게 되어 감동하니, 즉시 돌아가 이후로는 다시 형씨를 침노하지 않고 대접하는 것이 한상궁과 같았다. 숙녀의 감화시킴이 이러했는데, 오직 양씨보다 더 흉하고 독하며 잘못을 고치지 않는 이가 바로 공주였다. 형씨의 덕을 더욱 싫어하여 항상 괴롭히

420) 쫓기어 : {뜻치여}. '뜻다'는 '쫓다'의 고어임.

기를 참혹하게 하니, 형씨가 오직 담을 크게 하고 마음을 활달하게 하여 지내지만 밤낮으로 근심하고 두려워하며 지내니 어찌 약한 자질이 평안하겠는가?

그리하여 형씨가 드디어 병을 얻어 누웠다. 운성이 크게 놀라 친히 의약을 준비하였지만 조금도 낫지 않고 날로 깊어지니, 승상도 걱정하고 모든 형제들도 연이어 문병하였다. 그러자 공주가 매우 투기하여 시녀에게 명현궁과 승상부 사이의 협문을 막으라고 하니, 모든 사람들이 우습게 여겼다. 승상이 말하였다.

98

"며느리의 병세가 중한데 조리하는 것이 평안하지 못하니 제 집에 돌려보내는 것이 좋겠다. 늘 내 집에 두었더니 공주가 투기하여, 대궐의 궁인들과 조서를 보통의 선비 집안인 우리 집에 자주 내리니 불쌍하기 짝이 없다. 그러니 순조롭고 편한 방법을 취하는 것이 좋겠다."

그러고는 태부인께 고하고 모든 부인들에게도 말하니 다 옳다고 여겼다. 그리하여 즉시 형씨 집에 기별하니 형참정이 듣고 얼른 수레를 준비하여 왔다. 승상이 앞뒤의 생각을 말하니 형참정이 기뻐하며 말하였다.

"좋습니다. 사돈 형님의 의논이 금석(金石)과 같이 훌륭합니다. 또 이제는 황상의 명령이 계셨으니 부마가 왕래하여 다녀도 해롭지 않을 것이니, 저 아이를 아주 데려가겠습니다."

승상이 허락하고 나서 시중드는 아이에게 운성을 불러 이 사연을 말하니, 운성이 깜짝 놀라며 좋아하지 않았다. 하지만 아버지의 명령이고 형참정도 데리러 왔기에 단지 순순히 응대하였으며 얼이 빠진 듯하였다.

그러다가 즉시 일어나 형씨가 앓아누워 있는 곳에 가 그녀를 다시 보니, 모습이 수척하고 기색이 급하여 살기 어려울 듯하였다. 운성이 자기도 모르는 사이에 눈물을 흘리며 말하였다.

"부인이 나 때문에 온갖 고초를 다 겪다가 이제는 이런 병을 얻어 나로 99
하여금 대장부의 체면을 깎이게 합니까? 모르겠습니다만, 장인어른이 오늘 부인을 데리러 와 계시는데 그대는 돌아가고 싶습니까?"

형씨가 듣고 나서 놀라고 기뻐 가물가물하던 정신을 거두어 대답하였다.

"만약 아버지께서 와 계신다면 제가 당당하게 조리하기를 청하여 오늘 가고 싶습니다."

운성이 길게 탄식하며 아무 말도 않다가 다시 말하였다.

"부인이 이렇듯 좋아하시니 무사히 돌아가 잘 조리하십시오. 그 후에 내가 틈을 내 가거든 예전같이 매몰차게 대하지 마십시오."

형씨가 마음 속으로 감격했지만 다만 그의 이러한 은근함이 그의 화근이고 또 자기 스스로에게도 불리할 줄 알고 단지 위로하며 말하였다.

"제가 비록 돌아가지만 어찌 낭군의 후의를 잊겠습니까? 낭군께서는 작은 일에 구차하지 말고 오직 귀한 몸을 보중하십시오."

운성이 좌우의 사람들에게 술을 가져오게 하여 연이어 서너 잔을 마시고 길게 슬퍼하며 말하였다.

"부인이 있는 곳은 옥루항이고 내가 머무는 곳은 자운산이니 거리가
80리입니다. 한 성 안이라도 찾아가는 것이 잦지 못했는데, 내가 문 밖 100
으로 40리를 더 떨어져 있으니 어찌 문병인들 쉽겠습니까?"

말을 마치는데 눈물 두어 줄이 옥 같은 얼굴에 연이어 흐르니, 형씨가 정색을 하며 말하였다.

"대장부가 어찌 아녀자를 대하여 백 리 안의 이별을 슬퍼합니까? 제가

비록 병들었으나 청춘의 한창 때라 이 병이 죽을병은 아닙니다. 또 낭군의 앞길이 만 리나 되니 나중에 화목하고 즐거운 일이 적지 않을 것입니다. 그런데 어찌 주위 사람들이 비웃을 행동을 하십니까?"

운성이 칭찬하며 말하였다.

"그대의 꽃다운 말을 들으니 어찌 내가 부끄럽지 않겠습니까? 내가 비록 한가하지 못하지만 틈을 내 부인을 보러가겠습니다."

말을 마치자 형참정이 형씨를 데리고 가기를 재촉하니, 소부인, 윤부인, 화부인, 석부인 등 네 부인이 이파 · 석파와 함께 젊은이들을 거느리고 형씨가 앓고 있는 곳에 와 보고 모든 일을 챙기며 서로 이별하였다. 석부인이 눈물을 비 오듯 흘리며 이별하니, 형씨가 감격함이 뼈에 사무쳐 또한 눈물을 흘리며 감사하였다. 형씨가 사람들의 부축을 받으며 덩[421] 안에 들어가니 운성이 스스로 덩 문을 잠그고 미간을 찡그리며 슬픈 것을 참았다. 그러자 시랑 운현이 웃으며 말하였다.

"형수가 병이 나 친정으로 돌아가시니 기쁘지는 않지만, 그래도 왜 그렇게 슬퍼합니까?"

101

운성이 문득 웃으며 꾸짖어 말하였다.

"방자한 아이가 어찌 감히 형을 놀리느냐? 내가 비록 실성하였지만 너같이 정이 넘치는 사람[422]을 우습게 여긴다."

말을 마치고 형제가 서로 소매를 이끌어 크게 웃고 희롱하다가 형부인을 배웅하고 형참정을 이별하였다. 형참정이 묵묵히 아무 말을 하지 않고 돌아간 후에 승상이 운성을 불러 말하였다.

---

421) 덩 : 아녀자들이 타던 가마.

422) 정이 ~ 사람 : {경인[情人]}. 운현이 자신의 성질을 이기지 못하여 사람을 죽이기까지 한 일을 두고 이르는 말인 듯하여 이같이 옮김.

"내가 늘 외당에 있는데 여러 자식들이 모두 글을 읽고 정사(政事)를 다스리느라 시간이 없다. 오직 네 벼슬이 임무가 없고 또 마음이 좋지 않을 것이니 이후에는 서당에 가지 말고 내가 있는 곳에 있어라."

운성이 황급히 감사드리고 이부자리를 옮겨 이후에는 아버지 곁에서 한 시도 떠나지 않았다. 그러나 마음 한 구석은 형씨가 있는 곳에 가 있었으니 늘 무엇을 잃은 듯하였다. 그래서 며칠 후에 조용히 아버지께 아뢰었다.

"형씨의 병세가 심했으니 한번 가서 문병하고 싶습니다."

승상이 정색을 하고 아무 대답도 하지 않으니, 운성이 다시 말하지 못하여 날마다 곁에서 모시는데 행동 하나하나가 모두 건성이었다. 그러자 승상이 책망하여 말하였다.

"여자가 조그만 병으로 친정에 돌아갔는데 그 친정이 가난하여 약을 때에 맞춰 대지 못한다면 당당히 네가 가겠지만, 그렇지 않은데 부인의 뒤를 따라 다니는 것은 무슨 예의와 법도이냐? 또 너는 여자 때문에 하옥되거나 형벌을 당했던 인생으로 만약 사람의 마음이 있다면 어찌 다시 또 처자에 연연하고 싶겠느냐? 그런데도 요사이 너를 보니 행동거지가 모두 이상하여 정신이 저 흘러가는 구름에 있는 듯하다. 이 어찌 사람으로서 할 일이냐? 만약 다시 이상한 행실을 할 거면 내 눈에 보이지 마라." 102

운성이 황공하여 명을 받들었다. 이후로는 더욱 형씨에게 가 볼 수가 없어 오직 하루 세 번 사람을 시켜 안부를 물었다.

20일 후에 온 식구가 정당(正堂)에 모였는데, 문득 보고하는 소리가 있었다.

"형부인이 오늘 새벽 삼경(三更)에 돌아가셔서 이를 알리는 슬픈 편지가 이미 왔습니다."

자리의 모든 사람들이 깜짝 놀라 서로 소리를 이어 참혹함을 일컫고 울지 않는 이가 없었는데, 오직 승상과 태부인만은 놀라지 않으니 모든 사람들이 이를 이상하게 여겼다. 운성은 마음이 슬프고 두려워 다만 머리를 103 숙이고 낯빛이 참담하고 슬플 뿐이었다. 그러다가 갑자기 일어나 부친께 하직하며 말하였다.

"형씨 집에 가 문상하고 싶습니다."

승상이 문득 말하였다.

"날이 아직 어둡다."

운성이 화가 나 말을 하지 않으니, 소부인이 승상에게 말하였다.

"가지 못하게 할 수 없다. 운성이 문상하는 것을 막지 못할 것이다."

태부인이 말하였다.

"운성이 간다고 형씨가 다시 살겠느냐?"

운성이 아버지와 할머니의 말을 듣고 마음 속으로 맺힘을 이기지 못하여 천천히 말하였다.

"만약 가지 말라고 하신다면 제가 어떻게 감히 가겠습니까?"

말을 마치고 일어나 나가니, 태부인이 승상에게 말하였다.

"형씨가 청춘에 원망을 머금고 요절하였으니 어찌 가련하지 않으냐? 네 마음에는 불쌍하지 않으냐?"

승상이 잠시 웃고 아뢰었다.

"형공의 지략이 이 정도에 이르렀으니 놀라지 않을 수 없습니다. 어머니도 밝게 아실 것이니 굳이 여러 말을 할 필요가 있겠습니까?"

태부인이 웃음을 머금고 머리를 끄덕였다. 승상의 말씀이 은밀해서 여러 아들들과 며느리들은 모두 듣지 못했고, 단지 소부인, 윤부인, 화부인, 석부인이 이파, 석파와 함께 태부인을 가까이에서 모시고 서 있었기에 자세히 들었다. 형씨가 죽지 않았지만 운성을 거절하느라고 빈 말을 한 것 임을 알고는 서로 돌아보며 그윽이 웃음을 머금었다.

104

소 현 성 록 원 문

소현셩녹 권지오(별뎐 소시삼ᄃᆡ록)[1]

1면

대송시졀의 승샹 소현셩의 명은 경이오 ᄌᆞᄂᆞᆫ ᄌᆞ문이라 태종 즉의 원년의 급뎨ᄒᆞ야 벼슬이 바로 옥당의 올나 십 년 만의 우승샹을 ᄒᆞ고 수년지ᄂᆡ의 좌승샹 강능후를 ᄒᆞ야 구셕을 겸임ᄒᆞ엿더니 닙됴 삼십년의 입샹 수십지러니 졍ᄉᆡ 고르디 아니믈 보고 티ᄉᆞ퇴됴ᄒᆞ야 님하의 깃드리니 문젼 오초ᄂᆞᆫ ᄉᆞ[시]예 봄이 이러 듁님 청풍의 한가ᄒᆞ미 극ᄒᆞ야 고인의 명텰보신지칙을 오로디 힝ᄒᆞ다 슬하의 십ᄌᆞ 오녀를 두어시니 니른바로 강희 ᄇᆡᆨ벽이오 남희의 오ᄎᆡ 되며 벽오의 난곡이라 어딘 ᄉᆞ부를 쳥ᄒᆞ야 ᄒᆞᆨ문을 ᄀᆞᄅᆞ쳐 연명의 ᄎᆡᆨᄌᆞ를 두리더니 ᄯᅳᆺ 아냐셔 졔ᄌᆡ 다 고인을 압두ᄒᆞᆯ ᄌᆡ혹이 잇ᄂᆞᆫ디라 댱ᄌᆞ의 명은 운경이오 ᄌᆞᄂᆞᆫ 인강이니 [화]부인 소싱이라 부풍모ᄌᆞᄒᆞ야 얼골은 옥이 윤ᄐᆡᆨᄒᆞ고 츈홰 셩흠 ᄀᆞᄐᆞ며 말숨이 단졍ᄒᆞ고 셩품이 인후ᄒᆞᄃᆡ ᄌᆡ긔 과인ᄒᆞ야 함옥토죠ᄒᆞ고 농새 춤 추ᄂᆞᆫ ᄃᆞᆺᄒᆞ니 부뫼 지극 ᄉᆞ랑ᄒᆞ야 슈샹보옥

2면

ᄀᆞ티 ᄒᆞ고 조모 노태부인 양시 ᄋᆡ듕ᄒᆞ미 졔손의 너므니 이러ᄐᆞᆺ 호치듕의 ᄌᆞ라ᄃᆡ 겸공ᄒᆞ고 손슌ᄒᆞ며 교만ᄒᆞᆫ 일이 업ᄉᆞᄃᆡ 다만 너모 단아ᄒᆞ야 인약ᄒᆞ기예 갓가오니 ᄯᅳ들 품고 내여 니ᄅᆞ디 못ᄒᆞ며 져근 일의 결단이 잇고 대ᄉᆞ의 강단이 업고 어딘 일를 어딜이 넉이되 능히 친히 못ᄒᆞ고 사오나온 이를 사오나이 넉이ᄃᆡ 믈니티디 못ᄒᆞ고 비복도 티죄ᄒᆞ야 죄 곳 나면 ᄂᆞᆾ출 ᄀᆞ리오고 ᄎᆞ마 더으디 못ᄒᆞ니 이 곳 부인의 어디ᄅᆞ미라 승샹이 낫비 너겨 ᄆᆞ양 경계ᄒᆞᄃᆡ ᄆᆡᆼ녈ᄒᆞ고 강단ᄒᆞ라 ᄒᆞ나 텬셩을 고티디 못ᄒᆞ더라 일〃은 승샹의 친우 좌승샹 위의셩이 니ᄅᆞ라 말ᄒᆞᆯ 적 공ᄌᆡ 마츰 셔당으로셔 드러오다가 믈러나가거ᄂᆞᆯ 위공이 ᄇᆞ라보고 문왈 엇던 션동이 날을 보고 피ᄒᆞᄂᆞ뇨 승샹이 쇼왈 이 곳 돈ᄋᆡ라 위공이 밧비 보기를 구ᄒᆞ니 승샹이 ᄋᆞᄌᆞ를 부른대 공ᄌᆡ ᄎᆡᆨ을 노코

---

1) 원문에는 '소현셩녹 권지오 별뎐삼ᄃᆡ록'으로 되어 있음. 별뎐삼ᄃᆡ록은 생략하기로 함.

난간의 올나 두 번 절ᄒᆞ고 시립ᄒᆞ니 옥 ᄀᆞᄐᆞᆫ 얼골과 별 ᄀᆞᄐᆞᆫ 눈ᄡᅵ며 불근 입과 흰 니 표연히 딘셰예 탈쇽ᄒᆞ야 미우 ᄉᆞ이ᄂᆞᆫ 금슈의 빗난 문쟝을 감초와 ᄡᅧ여난

3면

영치 표묘ᄒᆞᆫ 신션이라 당건을 졍히 ᄒᆞ고 ᄇᆡᆨ포ᄅᆞᆯ 부치니 이 졍히 학우 니ᄇᆡᆨ이니 위공이 ᄒᆞᆫ 번 보매 심신이 어리고 황망ᄒᆞ야 입의 ᄀᆞ득이 일ᄏᆞ라 ᄀᆞᆯ오ᄃᆡ 아름답고 묘ᄒᆞ며 향염ᄒᆞᆫ 사ᄅᆞᆷ이로다 이 현형의 몃재 아ᄃᆞᆯ고 승샹이 이 곳 쇼뎨의 당ᄌᆞ라 위인이 이ᄀᆞᆺ티 잔졸ᄒᆞ니 [형의] 기리미 과도ᄒᆞ다 위공이 ᄲᆞᆯ니 나아오라 ᄒᆞ야 손을 잡고 등을 두ᄃᆞ려 문왈 네 나히 [언마나 ᄒᆞ뇨] 공ᄌᆞ ᄇᆡ샤례 ᄃᆡ왈 쇼ᄌᆞ의 방년이 십삼 셰로소이다 위공이 경왈 엇디 너모 댱셩ᄒᆞ엿ᄂᆞ뇨 인ᄒᆞ야 다시곰 보며 소공을 향ᄒᆞ야 ᄀᆞᆯ오ᄃᆡ 쇼뎨 ᄒᆞᆫ 외람ᄒᆞᆫ 의ᄉᆡ 잇ᄂᆞᆫ디라 현형이 즐겨 드ᄅᆞ시랴 소공이 쇼왈 형과 쇼뎨 엇디 범ᄉᆞᄅᆞᆯ ᄯᅳ들 뭇고 ᄯᅳ들 보아 ᄒᆞ리오 위공이 탄식 왈 쇼뎨 불힝ᄒᆞ야 조강지쳐 죽고 슬하의 세낫 ᄌᆞ녀ᄅᆞᆯ 기텨 남ᄋᆞ 이인은 다 어렷고 녀ᄋᆡ 십이 셰 되엿ᄂᆞᆫ디라 ᄀᆞᄐᆞᆫ ᄡᆞᆼ을 ᄇᆞᆺ비뎡ᄒᆞ야 ᄉᆡᆼ젼의 영화ᄅᆞᆯ 보고져 ᄒᆞ되 텬하의 가ᄉᆡ 업ᄉᆞᆫ디라 쇼뎨 문견이 고로ᄒᆞᆫ디 ᄆᆞᄎᆞᆷ내 만나디 못ᄒᆞ더니 금일 녕낭을 보니 진짓

4면

아녀의 됴흔 ᄧᆡᆨ이라 문호의 한쳔ᄒᆞᆷ을 더러이 [아니] 너기시거든 쥬딘의 호ᄉᆞᄅᆞᆯ ᄆᆡᆺ고져 ᄒᆞᄂᆞ이다 승샹이 텽파의 칭샤 왈 현형이 돈ᄋᆞᄅᆞᆯ 보시고 이러ᄐᆞᆺ 과히 아라 슉녀로ᄡᅥ 보내고져 ᄒᆞ시니 엇디 감격디 아니며 ᄯᅩ 엇디 ᄉᆞ양ᄒᆞ리오 슈연이나 편뫼 우히 계시니 취품ᄒᆞᆫ 후 회샤ᄒᆞ리이다 위공이 쾌한 말을 듯디 못ᄒᆞ야 답〃이 너기ᄂᆞᆫ 빗치 ᄀᆞ득ᄒᆞ야 다만 닐오ᄃᆡ 녕낭 태부인이 쇼뎨의 집을 더러이 너기시거든 형은 ᄇᆞ리디 말라 승샹이 위공의 은혜ᄅᆞᆯ 감격ᄒᆞ야 ᄒᆞᄂᆞᆫ디라 잠간 ᄋᆞᄌᆞᄅᆞᆯ 간 ᄃᆡ긱ᄒᆞ라 ᄒᆞ고 안희 드러가 태부인ᄭᅴ 고ᄒᆞᆫ대 부인 왈 위공은 어딘 ᄌᆡ샹이라 그 집의 결혼ᄒᆞ미 가티 아니미 업ᄉᆞ리라 화부인이 ᄯᅩᄒᆞᆫ 대희ᄒᆞ야 ᄒᆞ거ᄂᆞᆯ 샹이 나와 위공을 ᄃᆡᄒᆞ야 허혼ᄒᆞ니 위공이 깃브미 망외예 디난디라 년망이 칭샤 왈 쇼뎨 이 ᄀᆞᄐᆞᆫ 쾌셔ᄅᆞᆯ 어드니 디하의 눈을 ᄀᆞᆷᄋᆞ리로다 현형은 ᄇᆞ라건대 명일 녕낭으로 더브러 폐샤의 니ᄅᆞ러 쇼뎨ᄅᆞᆯ 도라보라 [승샹]이 가연히 응낙ᄒᆞ니 ᄯᅩ 공ᄌᆞᄅᆞᆯ 나오

5면

혀 웃고 왈 너는 나의 익셰라 명일 악부 회샤ᄒᆞ믈 틱만히 말라 공지 안셔히 빅샤ᄒᆞ고 함쇼 ᄃᆡ왈 대인이 쇼딜을 이러틋 어엿비 너기시니 감격ᄒᆞ믈 이긔디 못ᄒᆞ오며 가친의 명 곳 엇ᄌᆞ오면 명일 존부의 나아가 샤례ᄒᆞ리이다 위공이 말마다 혹히 드러 ᄎᆞ마 써나디 못ᄒᆞ다가 니별코 가니라 이튼 날 승샹이 공ᄌᆞ를 ᄃᆞ리고 셩닉의 드러가 위부의 니ᄅᆞ니 위승샹이 크게 깃거 뎐도히 청ᄒᆞ야 녜필의 운경을 보니 화안과 션풍이 어제도곤 더 새로오니 깃분 정신이 쒸노는 ᄃᆞᆺᄒᆞ야 좌우로 쥬반을 ᄀᆞ초와 나오며 닐오ᄃᆡ 어제 우연히 션인을 만나 쇼녀로 봉황디의 노ᄅᆞᆷ을 허ᄒᆞ시니 틱교를 바다 집의 도라와 밤이 ᄆᆞᆺ도록 셩한 은혜를 닛디 못ᄒᆞ며 녕낭의 용화를 ᄉᆡᆼ각더니 빗내 님ᄒᆞ시믈 어드니 감샤ᄒᆞ믈 이긔디 못ᄒᆞ리로다 소공이 ᄉᆡ양 왈 혼인은 서ᄅᆞ 됴흔 일이라 형이 셰ᄃᆡ 명문과 명망으로 쇼뎨의 집과 녕친ᄒᆞ니 진실로 겸손홀 배 업ᄉᆞ니 엇디 너모 ᄉᆡ양

6면

ᄒᆞ야 화긔를 도로혀 샹히오ᄂᆞ뇨 언미필의 하인이 급히 보호ᄃᆡ 만셰 황애 옥패를 ᄂᆞ리오샤 소승샹을 청ᄒᆞ시나이다 [승샹]이 텽파의 위공의 됴복을 비러 닙고 나갈ᄉᆡ 위공ᄃᆞ려 왈 일이 공교ᄒᆞ야 쇼뎨 ᄒᆞᆫ가지로 말ᄒᆞ디 못ᄒᆞ니 돈ᄋᆞ로 더브러 슈작ᄒᆞ야 나의 잇디 아니믈 ᄃᆡᄒᆞ라 위공이 쇼왈 근신ᄒᆞᆫ ᄃᆡ신을 두고 가는 ᄯᅳ디 녕낭을 볼모ᄒᆞ야 형을 어더 보리라 승샹 잠쇼ᄒᆞ고 ᄋᆞᄌᆞ를 도라보아 분부 왈 내 오늘 대궐셔 나오매 반드시 져므러 다시 오디 못ᄒᆞ리니 너는 위형을 뫼셔 ᄀᆞᄅᆞ치믈 듯고 일즉이 도라오라 공지 년셩ᄒᆞ야 ᄃᆡ답고 하당ᄒᆞ야 빅송ᄒᆞᆫ 후 도로 드러와 위공을 뫼셔 공이 믄득 문쟝고하와 졔ᄌᆞ빅가를 의논홀ᄉᆡ 공지 응구쳡ᄃᆡᄒᆞ야 도〃히 션천의 흐롬 ᄀᆞᄐᆞ니 공이 탄왈 범의 ᄌᆞ식이 개 되디 아닛는다 ᄒᆞ미 올토다 드ᄃᆡ여 술이 취ᄒᆞ매 시녀를 명ᄒᆞ야 쇼져를 브ᄅᆞ니 쇼뎨 븟그려 나오디 아닐 ᄲᅮᆫ 아니라 방시 ᄉᆡ긔ᄒᆞ고 츄샤ᄒᆞ야 내여 보내디 아니ᄒᆞ니 승

7면

샹이 깁히 노ᄒᆞ야 녀ᄋᆞ를 다시 브ᄅᆞ고져 ᄒᆞ거ᄂᆞᆯ 공지 피셕ᄒᆞ야 ᄉᆞᆯ오ᄃᆡ 혼인은 인뉸대관이라 가친이 뎡ᄒᆞ샤 틱일ᄒᆞ야 뉵네를 ᄀᆞ초실 ᄯᆞ름이어ᄂᆞᆯ 엇디 셩네 젼 서ᄅᆞ 뵈샤 비례를 힝ᄒᆞ리잇고 샹공은 세 번 ᄉᆞᆯ피쇼셔 승샹이 대희ᄒᆞ야 ᄀᆞᆯ오ᄃᆡ 너는 경인군

지라 나의 미출 배 아니로다 드듸여 죵일토록 논문ᄒᆞ다가 도라보낼ᄉᆡ 공이 홀연 쳑〃ᄒᆞ야 골오ᄃᆡ 내 근ᄂᆡ의 병이 만코 심ᄉᆡ 슬프니 너를 다시 보기 어려온디라 너는 힝혀 내 죽어도 녀ᄋᆞ를 ᄇᆞ리디 말고 거두어 언약을 일우면 쳔하음혼이라도 풀을 ᄆᆡ자 갑흐미 이시리라 공ᄌᆡ 경아ᄒᆞ야 츄미를 변ᄒᆞ고 명모의 츄파를 동ᄒᆞ야 위로 왈 대인이 ᄇᆞ야흐로 장년이 져므디 아냐 계시니 어이 이런 불길ᄒᆞᆫ 말을 ᄒᆞ시ᄂᆞ뇨 쇼싱이 비록 무신ᄒᆞ나 가친이 엇디 실신ᄇᆡ약ᄒᆞᆯ 리 이시리잇가 수일 후 다시 와 샤례ᄒᆞ리이다 공이 쳐연히 늣기며 손을 잡고 등을 어ᄅᆞ만져 됴히 가라ᄒᆞ고 문ᄉᆡ디 나와 보내며 멀

8면

리 가도록 ᄇᆞ라다가 드러와 부인을 칙ᄒᆞ되 오늘 녀ᄋᆞ를 아니 내여 보내문 그ᄃᆡ 싀투ᄒᆞ미라 만일 이런 힝ᄉᆞ를 ᄒᆞᆯ딘대 부〃 의를 그처 영츌ᄒᆞ리니 다시 방ᄌᆞ티 말라 방시 대로ᄒᆞ되 감히 ᄉᆞᄉᆡᆨ디 못ᄒᆞ더라 공이 밧비 튁일ᄒᆞ야 보내니 소공이 펴보니 현훈은 밍츈 초슌일이니 ᄒᆞᆯ리 격ᄒᆞ엿고 셩네는 즁츈 망일이니 일삭이 ᄀᆞ렷는디라 ᄯᅩᄒᆞᆫ 아름다오믈 이긔디 못ᄒᆞ여 명일의 ᄎᆞ례를 보내고 혼구를 출히더니 십여 일이 디나매 호련 위승샹이 명이 위ᄐᆡᆨᄒᆞ여 반일 ᄉᆞ이 사디 못ᄒᆞ긔 되니 급히 사ᄅᆞᆷ을 ᄌᆞ운산의 보내여 승샹과 공ᄌᆞ를 청ᄒᆞ고 쇼졔를 불러 닐오ᄃᆡ 네 팔ᄌᆡ 무상ᄒᆞ야 강보의 모친을 여히고 아비 ᄆᆞ자 죽으매 혈〃ᄒᆞᆫ 두 오라비로 더브러 의탁ᄒᆞᆯᄃᆡ 업ᄂᆞᆫ디라 비록 가도 녕혼인ᄃᆞᆯ 눈물을 머굼디 아니ᄒᆞ랴 네의 댱셩ᄒᆞᄆᆞ로ᄡᅥ 소가의 뎡혼ᄒᆞ야 공취 젹슈의 샹의ᄒᆞ믈 보고져 ᄒᆞ더니 하ᄂᆞᆯ이 명을 ᄌᆡ촉ᄒᆞ

9면

시니 도라가믄 셟디 아니ᄒᆞ되 네의 남미를 닛디 못ᄒᆞᄂᆞ니 내 혜건대 냥ᄌᆞ는 제 스승구공이 이시니 죡히 보호ᄒᆞ야 위ᄐᆡ티 아니미 만무ᄒᆞ미 이시리니 너는 아직 성네를 아냐 소가의 가디 못ᄒᆞ야시니 방시 슈즁의 잇ᄂᆞᆫ디라 반드시 너의 ᄆᆞᆯ근 졀을 희롱ᄒᆞ야 가문 도덕과 쳥명을 도라 ᄇᆞ리〃니 너는 삼죵의 부명을 싱각ᄒᆞ야 졀을 구디 잡아 소가를 조ᄎᆞ라 드듸여 납치ᄒᆞᆫ ᄇᆡᆨ모란즘 일빵을 내여주어 왈 이 곳 네의 싀집 거시니 네의 죵신이 이에 ᄃᆞᆯ렷ᄂᆞ니 삼가 간ᄉᆞᄒᆞ라 ᄯᅩᄒᆞᆫ 봉ᄒᆞᆫ 샹ᄌᆞ를 주어 왈 급ᄒᆞᆫ ᄣᅢ 여러 보라 만젼지계 잇ᄂᆞᆫ디라 쇼뎨 바다 눈물을 ᄒᆞᆯ[리]며 깁히 간ᄉᆞᄒᆞ니 공이 병을 븟들려

글월 두 댱을 뻐 ᄒᆞᆫ 댱은 시로롤 맛뎌 소승샹씌 ᄇᆞ리고 구승샹씌 ᄒᆞᆫ 댱을 블릴식 두 아들을 불러내니 ᄆᆞᆮ든 십 셰오 아ᄋᆞᆫ 팔 셰니 다 부친의 풍치 잇더라 공이 손을 잡고 슬허 왈 가련ᄒᆞ고 잔잉ᄒᆞᆫ 내 녀ᄌᆞ야 너희롤 다 이러틋 두고 죽으니 ᄎᆞ마 엇디 견

10면

ᄃᆡ리오 너희 내 글을 가지고 구형씌 의탁ᄒᆞ야 싱심도 이에 오디 말고 비록 형댱ᄒᆞ나 구형을 의지ᄒᆞ라 그러티 아니면 뎌의 해롤 닙으리니 삼가고 삼가 만일 급ᄒᆞᆫ 일이 잇거든 이롤 쪄혀 보라 드ᄃᆡ여 ᄒᆞᆫ 봉 화젼을 긴〃히 봉ᄒᆞ야 맛디니 냥ᄋᆡ 야〃롤 븟들고 울며 ᄎᆞ마 ᄯᅥ나디 못ᄒᆞ니 공이 ᄉᆞ지저 왈 기명이 진ᄒᆞ면 너희 죽을디라 이러므로 목숨이 나마실 적 총〃ᄒᆞᆫ 졍신을 거두어 대ᄉᆞ롤 부탁ᄒᆞ거늘 ᄲᆞᆯ리 가디 아니ᄒᆞ고 엇디 녀ᄌᆞ의 약ᄒᆞ므로뻐 니별을 슬허 디류타가 쟝ᄎᆞᆺ 몸이 죽으면 나의 후ᄉᆞ와 조션졔ᄉᆞ롤 어ᄂᆞ 짜히 두려 ᄒᆞᄂᆞ뇨 시노 연희와 연복을 블러 분부 왈 너희 형데 듕근ᄒᆞ믈 ᄌᆞ못 미더 대ᄉᆞ롤 맛디ᄂᆞ니 너희 등이 두 공ᄌᆞ롤 보호ᄒᆞ야 쥬챵의 나죵 업ᄉᆞ믈 효측디 말라 이인이 울고 고두 왈 쇼복 등이 듀야 디우ᄒᆞ신 은혜롤 닙ᄉᆞ완 디 삼십 여 년이라 이제 두 공ᄌᆞ로뻐 맛디시니 엇디 감히 틔만ᄒᆞ리잇가 진튱갈녁ᄒᆞ야 이 공ᄌᆞ롤 보호

11면

ᄒᆞ고 건평후롤 효측디 아니리이다 드ᄃᆡ여 두 공ᄌᆞ롤 업고 구승샹 마을로 [가니] 쇼뎨 [냥]공ᄌᆞ롤 븟들고 통곡ᄒᆞ야 니별ᄒᆞ다 승샹이 ᄋᆞᄌᆞ롤 텨티ᄒᆞ고 녀ᄋᆞ롤 당보ᄒᆞ야 ᄌᆡ삼 조심ᄒᆞ라 ᄒᆞ며 강부인 비ᄌᆞ 영츈을 불러 닐오ᄃᆡ 너는 본ᄃᆡ 디뫼 잇는디라 녀ᄋᆞ롤 보호ᄒᆞ야 효절을 완젼ᄒᆞ고 몸을 일티 아니킈 ᄒᆞ라 녀ᄋᆡ 디혜 잇고 네 ᄯᅩ 식견이 엿디 아닌 고로 만히 니ᄅᆞ디 아닛노라 영츈이 고두 읍왈 쇼비 션부인을 뫼셔 이에 드러완 디 여러 ᄒᆡ의 부인이 기셰ᄒᆞ시고 쇼져롤 기ᄅᆞ와 [노야] 셩은이 하늘 ᄀᆞᄐᆞ시니 금일 부탁을 엇디 져ᄇᆞ리〃잇가 승샹이 기리 탄식ᄒᆞ고 크게 불러 닐오ᄃᆡ 유〃창텬아 내 ᄌᆞ녜 쟝ᄎᆞᆺ 엇디 되리오 드ᄃᆡ여 좌우로 ᄒᆞ여곰 방시와 그 친싱 남ᄋᆞ롤 불러 왈 알픠 다ᄃᆞᄅᆞ매 경계 왈 내 나히 ᄉᆞ십이 거의오 벼슬이 놉흐니 ᄒᆞᆫ이 업ᄉᆞᆫ디라 다만 ᄌᆞ녀롤 힘뻐 기ᄅᆞ고 티가롤 녜로 힝ᄒᆞ야 가셩을 써러ᄇᆞ리디 말라 드ᄃᆡ여 방시의 친싱

12면

유흥을 나아오라 ᄒᆞ야 손을 잡고 탄왈 너ᄂᆞᆫ 영명ᄒᆞᆫ 아ᄒᆡ라 비록 늑세나 ᄌᆞ못 슉셩ᄒᆞ니 네의 모친을 어디리 돕고 네 누의와 두 형을 어엿비 너겨 혜뎨의 인약ᄒᆞ믈 법 밧디 말라 유흥이 돈슈톄읍ᄒᆞ야 명을 밧고 방시 ᄎᆞ언을 드ᄅᆞ매 십분 불평ᄒᆞ야 긔쇡이 됴티 아니ᄒᆞ니 공이 냥구히 보다가 됴흔 말로 닐러 왈 내 ᄋᆞᄌᆞ를 경계ᄒᆞ미 그ᄃᆡ를 못 미드미 아냐 우이를 권ᄒᆞᄂᆞᆫ 쓰디니 이제 뎌 세 아ᄒᆡ 일ᄉᆡᆼ이 부인긔 돌려시니 범ᄉᆞ를 유흥과 ᄀᆞᆺ티 ᄒᆞ야 죽은 지아비 유언을 닛디 말면 내 반드시 구천의셔 부인의 일ᄉᆡᆼ을 명심ᄒᆞ리니 엇디 부〃의 못 닛ᄂᆞᆫ 졍의 ᄲᅮᆫ이리오 방시 ᄇᆡ야흐로 ᄉᆞ식이 평안ᄒᆞ야 다만 닐오ᄃᆡ 샹공은 방심ᄒᆞ야 됴리ᄒᆞ쇼셔 삼ᄋᆞᄂᆞᆫ 유ᄋᆞ와 ᄒᆞᆫ가지로 ᄒᆞ리이다 승샹이 칭샤ᄒᆞ고 다시 닐오ᄃᆡ 유흥이 ᄌᆞ라거든 구공긔 보내여 글을 ᄇᆡ호고 뎌 두 아ᄒᆡ 구공 졔ᄌᆞ 되야시니 나도 오히려 거취를 임의로 쳐단티 못ᄒᆞ[ᄂᆞ]니 부인은 더뎌 두

13면

고 ᄎᆺ디 말라 오직 녀ᄋᆞᄂᆞᆫ 당셩ᄒᆞ매 소가의 슈빙ᄒᆞ엿ᄂᆞ니 탈상ᄒᆞᆫ 후 혼인을 일우고 변티 말라 허다 유언을 일우고 망ᄒᆞ니 츈취 삼십 늑이니 딥됴 이십년의 입샹ᄒᆞ연 디팔 년이러라 혼새 통곡ᄒᆞ며 쇼뎨 긔절ᄒᆞ야 업더디니 모다 일시의 구ᄒᆞ야 ᄭᅵ오고 상ᄉᆞ를 출히더니 이ᄣᆡ 위공이 소공 청ᄒᆞ라 가던 노지 길히셔 술을 먹고 취ᄒᆞ야 셔양의 ᄌᆞ운산의 드러가 고ᄒᆞ니 승샹이 위샹국의 언식이 쳑감ᄒᆞ고 면긔 됴치 아니믈 보고 혼인을 밧비 일우려 ᄒᆞ더니 명지 급ᄒᆞ믈 듯고 아연ᄒᆞ야 ᄋᆞᄌᆞ를 ᄃᆞ리고 년망히 보니 임의 상ᄉᆡ 나 곡셩이 당텬ᄒᆞ여시니 놀라 슬허 상측의 나아가 크게 울고 티상ᄒᆞ미 인친과 만구의 녜를 다ᄒᆞᆫ 후 셩복을 ᄆᆞᄎᆞ니 위공의 시뇌 님죵유셔를 올려 왈 노애 승샹과 낭군을 기ᄃᆞ리디 못ᄒᆞ야 글을 브티시더이다 승샹이 슬프믈 머굼고 바다 ᄲᅧ혀 보니 ᄀᆞᆯ와시되

14면

쇼뎨 이제 구원의 가기를 지쵹ᄒᆞ니 능히 현형과 현셔를 기ᄃᆞ려 보디 못ᄒᆞ야 총〃ᄒᆞᆫ 힝도와 어득ᄒᆞᆫ 졍신을 거두어 일봉 단셔를 올리ᄂᆞ니 사ᄅᆞᆷ이 나매 뉘 죽디 아니리오마ᄂᆞᆫ 소뎨ᄂᆞᆫ 유흔이 만흔디라 약녀의 일ᄉᆡᆼ을 뎡티 못ᄒᆞ고 유ᄌᆞ의 셩인ᄒᆞ믈 보디 못ᄒᆞ니 가련ᄒᆞ도다 ᄎᆞ고로 구형의게 냥ᄌᆞ를 의탁ᄒᆞ야 위시 졔ᄉᆞ를 닛긔ᄒᆞ믈 ᄇᆞ라고 현

형의게 어린 뚤을 맛뎌 일싱을 평안이 ᄒᆞ믈 ᄇᆞ라ᄂᆞ니 형은 쇼데의 외로온 졍을 술펴 비록 삼년을 기다리미 더듸나 다른 듸 유취ᄒᆞ고 쇼녀를 버금으로 어[더]도 ᄇᆞ리디 아니코 귀부듕의 두면 견마의 갑흐미 구천의 이시리니 쳔만 ᄇᆞ라ᄂᆞ니 현형은 슈빙ᄒᆞᆫ 쇼녀를 져ᄇᆞ려 하상의 원을 닐우디 말믈 ᄇᆞᄅᆞᄂᆞ니 죠희를 님ᄒᆞ야 의시 삭막ᄒᆞ니 읍혈돈쉬라 ᄒᆞ고 그 아래 두 줄 글이 이셔 닐오듸 현셔의게 ᄇᆞ티ᄂᆞ니 미싱의 신을 ᄯᆞᄅᆞ고 니익의 무

15면

신을 힝ᄒᆞ야 녀ᄋᆞ를 의지 업게 말라 ᄯᅩᄒᆞᆫ 나의 녀ᄋᆞ를 거둘 ᄲᅮᆫ이 아니라 외로온 두 아ᄒᆡ 구공ᄭᅴ 이시니 네 만일 내의 ᄉᆞ랑ᄒᆞ던 졍을 닛디 아냐 두호ᄒᆞ면 이 다 현셔의 덕이라 ᄒᆞ엿더라 소공[이] 견필의 눈물이 비오 ᄃᆞᆺᄒᆞ고 싱이 ᄀᆞ의 이셔 ᄯᅩᄒᆞᆫ 감창ᄒᆞ야 안싀 옥면의 ᄀᆞ득ᄒᆞ니 모든 사ᄅᆞᆷ이 그 의긔를 아니 감동ᄒᆞ리 업더라 승샹이 졔문지어 졔ᄒᆞ고 ᄂᆡ당 시녀를 불러 쇼뎌의 안부를 뭇고 그 유셔를 술피매 은〃히 깁흔 념네 잇고 ᄯᅩ 두 공ᄌᆞ를 구공ᄭᅴ 보내여 쇼샹도 ᄃᆞ려오디 아니믈 보아는 명〃히 방시 사오나민 줄 ᄭᆡᄃᆞ라 더욱 위공의 심ᄉᆞ와 쇼져를 잔잉히 너겨 다만 졔문의 은근ᄒᆞᆫ ᄯᅳ들 ᄇᆞ티고 ᄋᆞᄌᆞ로 더브러 집의 도라와 인연이 차아ᄒᆞ믈 슬허ᄒᆞ고 애들이 너기더라 이젹의 방시 승샹의 초상을 뭇고 졔ᄉᆞ를 일울ᄉᆡ 쇼져의 ᄋᆡ훼ᄒᆞ믈 인인이 감동ᄒᆞ고 소샹셔 부ᄌᆞ의 은근ᄒᆞ믈 일ᄏᆞᄅᆞ니 방시

16면

십분 불열ᄒᆞ여 ᄉᆡᆼ각ᄒᆞ되 션군이 계실적 뎌 못ᄲᅳᆯ 션화와 유양 유동을 ᄉᆞ랑ᄒᆞ야 날을 용납디 아니ᄒᆞ더니 님종의 믄득 유양 등은 구공ᄭᅴ 휘됴고 션화를 현셩의 의탁ᄒᆞ니 이 불과 날을 사오나이 너기미라 션화는 오히려 녀ᄌᆡ니 유흥의 긔업을 앗디 아니려니와 유양 형데는 ᄆᆞᆺ아들로 이셔 대종을 뎡ᄒᆞ리니 내 엇디 위시의 십만 ᄌᆡ산을 뎌의게 쇽ᄒᆞ리오 ᄒᆞ[믈]며 세 아ᄒᆡ 다 의탁을 뎡ᄒᆞ야 두 승샹 ᄶᅧ시니 ᄌᆞᆷ못 샤슈ᄒᆞ기 어려오리니 아직 션화는 녀ᄌᆡ니 ᄇᆞ려두고 유양 등을 해ᄒᆞ리라 쥬의를 뎡ᄒᆞ고 거ᄌᆞᆺ 됴흔 ᄂᆞᆺ곳출 지어 쇼져를 지극 ᄉᆞ랑ᄒᆞ며 인ᄒᆞ야 닐오듸 승샹이 기셰ᄒᆞ므로브터 살 ᄯᅳ디 업ᄉᆞ되 완명이 ᄇᆞ디ᄒᆞ믄 너희 당셩ᄒᆞ믈 보고져 ᄒᆞ미라 다만 유양 형데 어린 아ᄒᆡ나 엇디 아뷔 상ᄉᆞ를 와셔 보디 아닛ᄂᆞ뇨 장일이 다ᄃᆞ라시니 네 가히 글로ᄡᅥ 유양 등을

17면

ᄒᆞ되 나ᄂᆞᆫ 가히 죽어도 앗갑디 아니커니와 냥데ᄅᆞᆯ 불러 ᄉᆞ디의 ᄡᅡ디워 오샤의 ᄌᆞ식 브ᄅᆞᄂᆞᆫ 일을 힝ᄒᆞ리오 ᄒᆞ고 유〃히 묵〃ᄒᆞ니 방시 필연을 나와 쓰기ᄅᆞᆯ ᄌᆡ촉ᄒᆞᆫ대 쇼뎨 안셔히 ᄃᆡ왈 엄친의 유언이 ᄎᆞᆺ디 말라 ᄒᆞ여 계시니 이제 급히 불러 불관ᄒᆞ이다 방시 작ᄉᆡᆨ 왈 내 부친이 불과 구공씌 슈혹ᄒᆞ미니 엇디 초상도 보디 말며 날을 죄ᄒᆞ라 ᄒᆞ미리오 쇼졔 피셕 사죄 왈 쇼네 엇디 이 쓰이 이시리잇고 야〃의 유명이 비록 슈혹ᄒᆞ라 ᄒᆞ신 쓰디나 쏘ᄒᆞᆫ 구년슉을 의탁ᄒᆞ야 브졀업시 분조티 말라 ᄒᆞ신 고로 이제 수월이 못ᄒᆞ야 유교ᄅᆞᆯ 져ᄇᆞ리미 그ᄅᆞᆫ디라 알외와 취품ᄒᆞ미로소이다 방시 대로ᄒᆞ야 친히 텰편을 드러 무궁히 티니 유흥이 크게 울고 몸으로ᄡᅧ 누의ᄅᆞᆯ ᄀᆞ리와 간ᄒᆞ니 방시 손을 머물오고 쇼져ᄅᆞᆯ 명ᄒᆞ야 글을 쓰라 ᄒᆞ되 쇼졔 안ᄉᆡᆨ을 쟈약히 ᄒᆞ고 뎨슈단좌ᄒᆞ야 부들 잡디 아니ᄒᆞ니 방시 니 ᄀᆞ라 ᄒᆞᆫ

18면

ᄒᆞ되 반드시 죽여 ᄒᆞᆫ을 플디라 ᄒᆞ고 이후ᄂᆞᆫ 보채기ᄅᆞᆯ 심히 ᄒᆞ야 ᄂᆞᆺ고 더러온 일을 ᄀᆞᆯᄒᆞ야 시기ᄃᆡ 쇼졔 죠곰도 불공티 아냐 흐ᄅᆞᄂᆞᆫ ᄃᆞᆺ 손슌ᄒᆞ나 오직 두 공ᄌᆞ 브ᄅᆞᄂᆞᆫ 글을 죽기ᄅᆞᆯ ᄒᆞᆫᄒᆞ야 쓰디 아니ᄒᆞ더니 이러구러 장ᄉᆞᄅᆞᆯ 디낼ᄉᆡ 소공이 ᄋᆞᄌᆞᄅᆞᆯ ᄃᆞ리고 이에 니ᄅᆞ러 범ᄉᆞᄅᆞᆯ ᄀᆞ초와 션산의 장ᄒᆞ니 방시 노복을 금빅을 주어 유양 등이 장ᄉᆞ의 갓거[든] 하슈ᄒᆞ라 ᄒᆞ엿더니 구승샹은 이 곳 당세에 강명정ᄃᆡᆨᄒᆞᆫ 명공이니 명은 공이오 호ᄂᆞᆫ 니공이니 일ᄃᆡ의 취듕ᄒᆞᄂᆞᆫ 바로 디긔의 유언을 바다 그 ᄋᆞᄌᆞᄅᆞᆯ 보호ᄒᆞ매 엇디 일회나 위ᄐᆡ킈 ᄒᆞ리오 위공의 장ᄉᆞᄅᆞᆯ 와보고져 ᄒᆞ되 그 ᄉᆞ이 일이 이실가 ᄒᆞ야 두 아희ᄅᆞᆯ ᄃᆞ리고 별샤의 머므니 냥ᄋᆡ 일마다 승샹 명대로 ᄒᆞ야 아비 장ᄉᆞᄅᆞᆯ 가보디 못ᄒᆞ니 방시 악연ᄒᆞ야 이에 거ᄌᆞᆺ 글로ᄡᅧ 션화 쇼져의 병이 위듕타 ᄒᆞ고 유양 등을 브ᄅᆞ니 두 공ᄌᆡ 크게 울고 구공씌 취품ᄒᆞ되 누의 죽긔 되엿다 ᄒᆞ니 가셔 보아지이다 공

19면

이 정ᄉᆡᆨ 왈 이 진짓 말이 아니〃 ᄉᆡᆼ심도 갈 계교 말고 안심ᄒᆞ야 이시라 두 공ᄌᆡ ᄌᆡ삼 ᄀᆞᆫ고ᄒᆞ되 공이 허티 아니〃 나와 연희 연복ᄃᆞ려 왈 미져의 병이 위ᄐᆡ타 ᄒᆞ되 ᄉᆞ뷔 보

내디 아니시니 우리 ᄀᆞ만이 가보고 오미 엇더ᄒᆞ뇨 이인이 대경 왈 공ᄌᆡ 엇디 이런 말ᄉᆞᆷ을 ᄒᆞ시ᄂᆞ니잇고 노애 님죵의 닐오샤 비록 셩당ᄒᆞᆫ 후도 구노야ᄅᆞᆯ 의지ᄒᆞ야 본부의 가디 말라 ᄒᆞ시니 그 쓰디 깁거ᄂᆞᆯ 공ᄌᆡ 이제 가랴 ᄒᆞ시니 공ᄌᆡ [가시]나 올 일이 업ᄉᆞ니 이런 의ᄉᆞᄅᆞᆯ 내디 마ᄅᆞ쇼셔 우리 등이 보아 쇼져의 평부ᄅᆞᆯ 아라 뎐ᄒᆞ리이다 공ᄌᆡ 톄읍브답이러라 방시 [이]인이 오디 아니믈 보고 샹냥ᄒᆞ되 구공이 보호ᄒᆞ니 창졸의 해티 못ᄒᆞ리니 이러구다가 션홰 몬져 소가로 도라가면 완병 구드미 산악 ᄀᆞᄐᆞ야 다 해티 못ᄒᆞ리라 ᄒᆞ고 이후ᄂᆞᆫ 쇼져 해ᄒᆞ믈 젼쥬ᄒᆞ야 ᄭᅬᄒᆞ더니 ᄯᅩ ᄉᆡᆼ각ᄒᆞ되 달니 죽으면 소문이 나리니 ᄒᆞᆫ 그릇 독약을 음식의 섯그리[라] ᄒᆞ고 졍히 셜계

20면

ᄒᆞ더니 심복 비ᄌᆞ 취영이 고왈 구ᄐᆡ여 죽이디 말고 부인의 딜ᄌᆞ 방슈ᄌᆡ 미쳡을 구ᄒᆞ니 ᄀᆞ마니 쇼져ᄅᆞᆯ 밤듕만 도적인 톄 ᄒᆞ고 아사가라 ᄒᆞ쇼셔 비록 졀힝이 서리 ᄀᆞᄐᆞ니며 고ᄃᆡ 잡혀가 능히 졀을 딕히지 못ᄒᆞ야 부뷔 되면 ᄌᆞ연 은졍이 이셔 살리니 소가의란 음분ᄒᆞ야 ᄃᆞ라나다 ᄒᆞ미 올희[니]이다 방시 대희 왈 나의 댱냥이로다 드ᄃᆡ여 ᄀᆞ만이 이 글로ᄡᅥ 방ᄉᆡᆼ을 주니 방ᄉᆡᆼ쟈ᄂᆞᆫ 무로 ᄇᆡᆨ악쇼년이라 ᄌᆞ칭 명호 왈 쇼졔갈이라 ᄒᆞ고 본명은 뮈라 이 날 숙모의 글을 보고 위샹국 쳔금 규슈 제게 쇽ᄒᆞ여시니 만심 환희ᄒᆞ야 이 날 밤듕 만계교ᄅᆞᆯ ᄒᆡᆼᄒᆞ랴 ᄒᆞ니 공ᄌᆞ 유흥이 이 긔ᄉᆡᆨ을 보고 모골이 송연ᄒᆞ야 머리ᄅᆞᆯ 피나게 두ᄃᆞ려 간ᄒᆞ되 듯디 아닌ᄂᆞᆫ디라 ᄒᆞᆯ 일이 업서 ᄀᆞ만이 ᄆᆡ져ᄅᆞᆯ 보아 밧비 보신지칙을 ᄒᆞ라 ᄒᆞ니 쇼졔 텽파의 창황망극ᄒᆞ야 ᄌᆞ결코져 ᄒᆞ니 영츈이 말려 ᄀᆞᆯ오ᄃᆡ 션노애 님죵의 쇼져의 향이 ᄉᆞ라디며 옥이 ᄇᆞ아디ᄂᆞᆫ 듯ᄒᆞᆫ 일이 이실가 두리샤

21면

ᄌᆡ삼 뎡녕히 부탁ᄒᆞ야 계시거ᄂᆞᆯ 일됴의 쳔금옥질을 ᄇᆞ리랴 ᄒᆞ시ᄂᆞ뇨 쇼졔 울며 ᄀᆞᆯ오ᄃᆡ 어미 쟝ᄎᆞᆺ 날을 죽이디 아니코 욕을 보라 ᄒᆞ미냐 영츈 왈 노애 급ᄒᆞ거든 여러보라 ᄒᆞ신 샹ᄌᆡ 이시니 이ᄣᆡ 아니 ᄡᅳ고 어ᄂᆞ 시절의 ᄡᅳ리잇가 쇼뎨 씌ᄃᆞ라 밧비 봉ᄒᆞᆫ 거ᄉᆞᆯ ᄡᅧ이고 여러 보니 ᄒᆞᆫ 블 남ᄌᆞ의 건복과 그림 ᄒᆞᆫ 댱이라 그림은 네 초녜 아ᄇᆡ 희롱을 딕히여 빈혀ᄅᆞᆯ 품고 ᄇᆡᆨ뎡의게 가ᄂᆞᆫ 형상이라 쇼졔 ᄒᆞᆫ 번 보매 쳐연히 탄왈 [이] ᄯᅩ 야〃의 명ᄒᆞ시미라 현마 엇디ᄒᆞ리오 ᄒᆞ고 ᄀᆞ만이 영츈으로 더브러 남장ᄒᆞ고 소가 슈

빙ᄒᆞᆫ 옥줌을 품고 ᄃᆞ라나 후원의 니ᄅᆞ니 마초와 노복이 업ᄂᆞᆫ디라 멀리 나가 ᄌᆞ운산을 십 니ᄂᆞᆫ 두고 길히셔 쉬며 힝인ᄃᆞ려 무ᄅᆞᆫᄃᆡ 소승샹 마을이 어ᄃᆡ뇨 사ᄅᆞᆷ이 ᄀᆞᄅᆞ쳐 왈 졍남으로 시여 리만 가면 큰 소히 잇고 소흘 건너 오리만 가면 동구의 셕문이 이셔 사기ᄃᆡ ᄌᆞ운산 완농담 장현동이라 ᄒᆞ얏ᄂᆞ니 이 곳 소승샹 마을이라 이인이 칭샤ᄒᆞ고

22면

가더니 길흘 그릇 드러 소부를 ᄎᆞᆺ디 못ᄒᆞ니 원ᄂᆡ ᄌᆞ운산이 여러 골이 이셔 좌ᄂᆞᆫ 운슈동이오 우ᄂᆞᆫ 션학동이오 듕안은 장현동이니 경개와 산쳔이 졀승ᄒᆞ야 가려ᄒᆞᄆᆞᆫ 장현동이오 기여 운슈 션학 냥동은 다 ᄡᅢ여나 딘간 듯글이 업ᄉᆞᆫ디라 션학동은 관이 잇고 운슈동은 다 뎔이 이셔 거룩고 득도ᄒᆞᆫ 재 잇더라 이인이 션학동의 니ᄅᆞ니 거룩ᄒᆞᆫ 도관이오 직샹의 집은 아니라 이인이 대경ᄒᆞ야 소데 닐오ᄃᆡ 임의 와시니 잠간 쉬고 거쥬를 알고 갈 거시라 ᄒᆞ야 문을 두드리니 안흐로셔 ᄒᆞᆫ 도ᄉᆡ 학챵의를 브치고 나와 문왈 엇던 사ᄅᆞᆷ이 깁흔 고ᄃᆡ 왓ᄂᆞ뇨 이 인왈 우리ᄂᆞᆫ 셩듕 사ᄅᆞᆷ으로 유산ᄒᆞ라 이에 니ᄅᆞ러시니 쳥컨대 ᄒᆞᆫ 간 ᄀᆡᆨ실을 빌리라 도ᄉᆡ 듯고 쳥ᄒᆞ야 당의 올리고 차를 나오니 이인이 무러 왈 아디 못게라 예셔 소현셩 마을이 갓가오냐 도ᄉᆡ 왈 이 산 듀회 삼빅여 리나 경ᄉᆞ로셔 바로 ᄎᆞᄌᆞ면 소부ᄂᆞᆫ 지극 갓가온 거슬 슈지 아디 못ᄒᆞ고 이리 와시니 만일

23면

소부 샹거를 니ᄅᆞᆯ딘대 이제 삼십 니를 힝ᄒᆞ여야 ᄒᆞ리라 이인이 대경ᄒᆞ야 서ᄅᆞ 보고 답홀 바를 아디 못ᄒᆞ니 도ᄉᆡ 다시 닐오ᄃᆡ 도관이 비록 누추ᄒᆞ나 안헐ᄒᆞ야 명일 소부를 ᄎᆞᄌᆞ미 더ᄃᆡ디 아니타 이인이 샤례ᄒᆞ고 머물ᄉᆡ 쇼졔 영츈ᄃᆞ려 왈 길히 설워 어러톳 슌티 아니ᄒᆞ니 쟝ᄎᆞᆺ 엇디리오 영츈 왈 쇼비 ᄉᆡᆼ각건대 이에 소부를 ᄎᆞ자가도 일시의 니ᄅᆞ기 됴티 아니ᄒᆞ니 아직 예 이셔 수월 후 내 몬져 나아가 소승샹을 보ᄋᆞᆸ고 이 말을 고ᄒᆞ야 션쳐ᄒᆞ시긔 ᄒᆞ려니와 바로 드러가면 ᄂᆞᆷ이 우이 너길가 ᄒᆞᄂᆞ이다 쇼졔 왈 소현셩은 녜 듕ᄒᆞᆫ 군ᄌᆡ라 엇디 내 일을 우으리오 영츈 왈 쇼졔 ᄒᆞ나흔 알고 둘흔 모ᄅᆞ시ᄂᆞ이다 소샹국은 웃디 아니시나 쇼공ᄌᆞᄂᆞᆫ 년쇼호치 듕의 ᄉᆡᆼ당ᄒᆞ야 사ᄅᆞᆷ의 뎡ᄉᆞ를 술피디 아니며 대의를 ᄉᆡᆼ각디 아냐 흔단 보기를 기리니 엇디 웃디 아니리오 ᄒᆞ

믈며 쇼데 가시나 삼년 후 셩네ᄂᆞᆫ ᄒᆞ시리니 이 도관이 안졍ᄒᆞ고 힝실이 닷ᄂᆞᆫ 사ᄅᆞᆷ들
도

24면

잡된 일은 업ᄉᆞ리니 이에 이시미 올흐니이다 쇼데 올히 너겨 쥬디지인을 보고 머믈기를 쳥ᄒᆞ니 진인 왈 그ᄃᆡ 품격이 셰연이 만히 이시니 엇디 도뉴의 츙수ᄒᆞ리오 셔편 ᄀᆡᆨ실이 안졍ᄒᆞ니 빌리ᄂᆞ니 머믈기란 임의로 ᄒᆞ라 냥인이 샤례ᄒᆞ고 셔실의 이시니 됴셕 공급은 도관의셔 ᄒᆞ니 이 대강 진인이 뎌를 아라보고 기리 간ᄉᆞᄒᆞ야 도라보내랴 ᄒᆞᄂᆞᆫ 현심이라 이 인이 일로브터 평안이 쉬더라 각셜 방시 덜ᄌᆞ 빙무를 ᄀᆞᄅᆞ쳐 쇼져를 해ᄒᆞ다가 홀연 쇼졔 간 ᄃᆡ 업ᄉᆞ니 크게 놀나 두루 어드되 엇디 못ᄒᆞ야 믄득 챵셜ᄒᆞ되 음분ᄒᆞ여 ᄃᆞ라나다 ᄒᆞ니 이ᄶᅢ 소승샹이 위공을 닛디 못ᄒᆞ야 삭망으로 니ᄅᆞ러 참예ᄒᆞ고 유흥을 불러 쇼져를 문후ᄒᆞ고 잔잉히 너기며 어엿비 너겨 ᄉᆞ랑ᄒᆞ미 친ᄋᆞ ᄀᆞᆺ더니 이 말을 듯고 방시 작얼인 줄 아라 앗기며 슬허ᄒᆞ믄 위공의 유언을 져ᄇᆞ리고 쇼져의 명이 ᄀᆞᆺ촌가 의려ᄒᆞ야 심복으로 ᄒᆞ야곰 위부ᄌᆞ 근쳐의 ᄌᆞ시 듯보니 그 부인

25면

이 쇼져의 졀을 아사 엇던 협ᄀᆡᆨ을 주려ᄒᆞ니 쇼데 유모를 ᄃᆞ리고 간 곳이 업ᄉᆞ니 야간ᄂᆡ 비복의 입으로조차 동딘의 드른 바를 탐디ᄒᆞ야 뎐ᄒᆞ니 승샹이 의아ᄒᆞ야 샹냥ᄒᆞ되 이럴딘대 내 집으로 올 거시어ᄂᆞᆯ 엇디 동젹이 업ᄉᆞᆫ고 아니 널리 ᄉᆡᆼ각디 못ᄒᆞ야 죽은가 이텨로 ᄉᆡᆼ각고 드러가 모친ᄭᅴ 고ᄒᆞᆯᄉᆡ 태부인이 ᄯᅩᄒᆞᆫ 경아ᄒᆞ며 좌듕의 듯ᄂᆞ니 아니 차셕ᄒᆞ리 업서 닐오ᄃᆡ 운ᄋᆞ의 혼ᄉᆡ 이러ᄐᆞᆺ 마쟝이 만흐니 엇디 애ᄃᆞᆲ디 아니리오 위시 졍ᄉᆡ 참혹ᄒᆞ도다 셕패 내ᄃᆞ라 쇼왈 위시 아니 방시의 말을 드러 졀을 일흐민가 그러티 아니면 규듕 쳐ᄌᆡ 어드러 가리오 셕부인이 탄식 왈 반드시 죽으미라 위시 현마 훼졀ᄒᆞ리잇가 승샹이 묵연냥구의 오ᄉᆞᆯ 고티고 승샹의 집으로 오니 구공이 ᄯᅩᄒᆞᆫ ᄀᆡ별을 듯고 경히 의려ᄒᆞ며 유양 형뎨를 위로ᄒᆞ더니 현셩의 와시믈 듯고 급히 마자 좌를 뎡ᄒᆞ고 한훤을 필ᄒᆞᆫ 후 소공이 눈을 드러 보니 위공ᄌᆞ

26면

냥인이 ᄀᆞ의 뫼셧ᄂᆞᆫ디라 ᄒᆞᆫ 번 보매 망우를 ᄉᆡᆼ각고 밧비 나아오라 ᄒᆞ야 이ᄋᆞ의 손을

잡고 댱탄ᄒᆞ고 소ᄅᆡ예 눈물 두어 줄이 금포의 ᄯᅥ러디믈 ᄭᆡᄃᆞᆺ디 못ᄒᆞ야 닐오ᄃᆡ 금일 너를 보니 션형을 ᄉᆡᆼ각고 격감ᄒᆞ믈 이긔디 못ᄒᆞ리로다 냥ᄋᆡ 소공을 븟들고 크게 우니 소공이 비창ᄒᆞ믈 이긔디 못ᄒᆞ고 구공이 ᄯᅩᄒᆞᆫ 눈물이 죵힝ᄒᆞ야 옷기ᄉᆡ 젓더라 슬프믈 뎡ᄒᆞ고 구공 왈 여차〃ᄒᆞᆫ 말이 이시니 형이 드럿ᄂᆞ냐 소공 왈 쇼뎨 ᄀᆞᆺ 듯고 사ᄅᆞᆷ을 보내여 무ᄅᆞ니 기간곡졀이 이셔 방부인 족딜 방슈지랏 거시 위시를 겁탁ᄒᆞ니 유모로 더브러 ᄃᆞ래[내]다 ᄒᆞᄂᆞᆫ디라 쇼뎨 ᄉᆡᆼ각ᄒᆞ니 규듕 ᄋᆞ녜 ᄃᆞ라나 어더러 가리오 반드시 내 집으로 올 ᄃᆞᆺᄒᆞ되 브득쇼식ᄒᆞ니 죽엇ᄂᆞᆫ가 의심ᄒᆞ노라 구공이 아연 탄왈 위형의 인품으로 가환을 니ᄅᆞ혀니 텬의를 아디 못ᄒᆞ리로다 방ᄉᆡᆼ은 엇던 놈인고 가히 과심ᄒᆞ니 잡아 죄주미 올토다 소공 왈 이 말이 뎍실티 아니〃 엇디 부언중어

27면

ᄒᆞ며 올흘디라도 근본이 이시리니 근본을 ᄎᆞ줄딘대 위공의 쳥덕을 샹ᄒᆡ오리니 아직 급거히 말고 ᄉᆞ톄를 볼 거시라 구공이 과연ᄒᆞ야 서ᄅᆞ 의[논ᄒᆡ]ᄂᆞᆫ 말이 긋디 아니ᄒᆞ되 방부인 흉험ᄒᆞ믈 니ᄅᆞ디 아냐 불승통ᄒᆞᆫᄒᆞ되 녀ᄌᆞ의 말을 구외예 내디 아니ᄒᆞ니 이공의 졍대ᄒᆞ믈 가히 알리러라 ᄎᆞ후 구공은 이 공ᄌᆞ를 부듕 문 밧긔 내디 아니ᄒᆞ고 소공은 위시를 닛디 못ᄒᆞ야 듯보며 소공ᄌᆡ ᄯᅩᄒᆞᆫ 위공의 은근ᄒᆞᆫ 덕을 닛디 못ᄒᆞ야 반드시 ᄎᆞᆺ고져 쥬의를 뎡ᄒᆞ더니 만됴 공경의 집의셔 ᄆᆡ시를 보내여 구혼ᄒᆞ미 십분요란ᄒᆞ되 승샹이 위시 자최를 알고 허하랴 ᄒᆞᆫ골ᄀᆞᆺ티 밀막으니 [소]부인이 닐오ᄃᆡ 아이 그ᄅᆞ다 위시ᄂᆞᆫ 간 곳이 업고 듕ᄆᆡᄂᆞᆫ 여러 고즈로셔 오니 엇디 고집히 ᄃᆡ희여 딜ᄋᆞ로ᄡᅧ 신슌의 긔롱을 듯게 ᄒᆞ리오 쾌히 미부를 골히기를 ᄉᆡᆼ각ᄒᆞ야 모친긔 효도를 일우라 승샹 왈 져〃의 ᄀᆞᄅᆞ치믄 맛당ᄒᆞ시나 졔 오히려 공인의 유취ᄒᆞ던 년긔

28면

ᄆᆡᆺ첫고 쇼뎨 위공의 유셔를 바다 졔문의 져ᄇᆞ리디 아닐 ᄯᅳ들 분명히 ᄒᆞ얏더니 이 위시 죵적이 업ᄉᆞ니 위공의 유탁을 져ᄇᆞ려 디하의 볼 ᄂᆞ치 업술가 븟그리고 뎌 녀ᄌᆡ 죽어시면 우리로 ᄒᆞ야 앗가이 ᄆᆞᄎᆞ미니 엇디 참혹디 아니리오 쇼뎨 이러므로 ᄌᆞ식의 혼ᄉᆞ를 누추워 위시를 만일 ᄎᆞ자 어드면 거의 망우를 져ᄇᆞ리디 아니미니 이제 내 아히 [ᄇᆡ]필이 업술 거시 아니어늘 위시 ᄉᆡᆼ존을 쾌히 아디 못ᄒᆞ야셔 엇디 ᄆᆞ음을 고텨 두 가지[로 ᄒᆞ]리오 이는 쇼뎨의 일이니 아히를 구ᄐᆞ여 신슌의 비겨 우ᄉᆞ리 업술가 ᄒᆞ

ᄂᆞ이다 소부인이 탄왈 아이 반드시 포듀의 신을 ᄃᆡᆨ힐 사ᄅᆞᆷ이로다 승상이 평ᄉᆡᆼ 처엄으로 크게 웃고 닐오ᄃᆡ 쇼데 불과 죽은 벗을 닛디아냐 붕우유신을 힝ᄒᆞ미라 엇디 미ᄉᆡᆼ의 어리믈 본바드리오 이 일도 내 ᄌᆞ식이 이 ᄲᅮᆫ이면 종사와 문호를 ᄉᆡᆼ각ᄒᆞ야 밧비 춰부ᄒᆞ야도 오히려 뎐도ᄒᆞ리니 ᄒᆞ믈며 여러 ᄌᆞ식이 잇고 내

29면

ᄯᅩ 아조 춰티 말라 ᄒᆞ미 아니라 불과 오년을 듯보아 제 나도 ᄎᆞ고 위시의 힝ᄉᆞ도 알고 결ᄒᆞ고져 ᄒᆞᄂᆞ니 비록 유신ᄒᆞ미 ᄒᆞᆫ가지나 근본이 각〃 다ᄅᆞ니이다 소시 칭찬ᄒᆞ믈 마디 아니ᄒᆞ더라 소공ᄌᆡ ᄆᆞ음이 됴티 아냐 청녀를 ᄐᆞ고 근방의 유산ᄒᆞ야 션학동니의 니ᄅᆞ니 일좌 도관이 구ᄅᆞᆷ의 소삿거ᄂᆞᆯ 나아가 셩명을 통ᄒᆞ되 소승샹 데일 공ᄌᆡ 유산ᄒᆞ라 왓ᄂᆞ니 쉬ᄂᆞᆫ ᄀᆡᆨ실을 빌리라 ᄒᆞ니 모든 도ᄉᆡ 황망히 응졉ᄒᆞ야 ᄀᆡᆨ샤의 드리니 공ᄌᆡ 두로 귀경ᄒᆞ고 차를 마시고 나고져 ᄒᆞ더니 믄득 드ᄅᆞ니 마즌 편 소당의셔 글 소ᄅᆡ 낭〃ᄒᆞ야 청산의 슬피 우ᄂᆞᆫ 원셩이며 구곡의 외로이 부ᄅᆞ지〃ᄂᆞᆫ 학의 소ᄅᆡ ᄀᆞᆺᄐᆞ야 청월ᄒᆞ고 쇄락ᄒᆞ야 결단코 무심이 닑ᄂᆞᆫ 글이 아니어ᄂᆞᆯ 공ᄌᆡ 듯기를 낭구히 훌ᄉᆡᆨ 호련 감동ᄒᆞ야 빵누를 ᄡᅢ리고 나아가 창을 두드리니 이윽고 셔셩이 그치며 ᄒᆞᆫ 쇼년이 나와 마자 좌를 뎡ᄒᆞ고 안ᄌᆞ니 소공ᄌᆡ 몬져 닐오ᄃᆡ 쇼데 우연히 유산ᄒᆞ랴

30면

이에 니ᄅᆞ럿다가 요힝으로 만나니 존셩과 대명을 듯고져 ᄒᆞ노라 그 쇼년이 이 곳 위쇼제라 창졸의 니를 바를 아디 못ᄒᆞ야 오직 닐오ᄃᆡ 쇼데의 쳔명은 위유양이라 글 닑기를 온젼히 ᄒᆞ고져 ᄒᆞ야 도관의 니ᄅᆞ럿더니 존형을 만나과이다 소공ᄌᆡ 텽필의 의심이 뉴동ᄒᆞ야 문왈 형의 본향은 어ᄃᆡ며 일죽 우승샹 위의셩 샹공을 아ᄂᆞᆫ다 쇼졔 듯기를 ᄆᆞᆺ디 못ᄒᆞ야셔 심신이 참담경의ᄒᆞ니 신ᄉᆡᆨ을 뎡티 못ᄒᆞ야 ᄃᆡ왈 쇼녜ᄂᆞᆫ 본ᄃᆡ 경ᄉᆞ 사ᄅᆞᆷ이오 위승샹은 졀친이라 공ᄌᆡ 믄득 반기며 슬허ᄒᆞ야 닐오ᄃᆡ 내 원ᄂᆡ 형의 쳥아ᄒᆞᆫ 면ᄎᆡ 위공과 ᄀᆞᄐᆞ믈 고이히 너기더니 다만 위공의 아들이 유양이러니 텬하의 동명ᄒᆞ니 만커니와 졀친 ᄉᆞ이 동명ᄒᆞ니 잇ᄂᆞ뇨 ᄯᅩᄒᆞᆫ 형의 복ᄉᆡᆨ을 보니 반드시 친상을 벗디 아냣ᄂᆞᆫᄃᆡ 시묘와 슈포를 아니코 산당의 깁히 드러시니 어인 연괸고 듀의를 듯고져 ᄇᆞ라노라 위공ᄌᆡ 소공ᄌᆞ의 ᄉᆡᆼ각 밧 말로 힐문ᄒᆞ믈 듯고 크게 놀

31면

나 아ᄆᆞ 사ᄅᆞᆷ인 줄 몰나 일시 ᄯᅩ ᄃᆡ답디 못ᄒᆞ야 넌ᄌᆞ시 닐오ᄃᆡ 쇼뎨 깁흔 회포ᄂᆞᆫ 사ᄅᆞᆷ이 아디 못ᄒᆞ리니 오직 프른 하늘이 구버 슬피실 ᄯᆞ름이라 한셜을 아니커니와 존형은 엇더ᄒᆞ시니잇고 셩명을 듯고져 ᄒᆞᄂᆞ이다 공ᄌᆡ ᄃᆡ왈 승샹 소현셩은 이 곳 쇼뎨의 가친이라 천명은 운경이니 이 도관이 집의셔 머디 아니므로 유완ᄒᆞ더니 형을 만나니 ᄉᆞ랑ᄒᆞ오미 평ᄉᆡᆼ 아더니 ᄀᆞᄐᆞ되 근본을 니ᄅᆞ디 아니〃 고이ᄒᆞ야 ᄒᆞ노라 위[시] 텽필의 다힝코 놀나오믈 이긔디 못ᄒᆞ야 졍신을 뎡ᄒᆞ고 탄왈 나의 심ᄉᆞᄂᆞᆫ 타일 죵용히 형의게 고ᄒᆞ리니다 다만 위승샹 슉뷔 소운경과 그 ᄯᆞᆯ을 뎡친ᄒᆞ다 ᄒᆞ더니 친ᄉᆞ를 일워시며 이 아니 형이냐 공ᄌᆡ 흔연이 닐오ᄃᆡ 쇼뎨 위녕슉 ᄉᆞ랑ᄒᆞ시믈 닙어 슬하의 동상을 허ᄒᆞ시믈 닙어 기리 봉디의 노ᄅᆞ미 이실가 ᄒᆞ더니 불힝ᄒᆞ야 녕슉이 셰샹을 ᄇᆞ리[시]고 녕ᄆᆡ 죵젹이 ᄯᅩ 업ᄉᆞ니 엇디 샹감ᄒᆞᄂᆞᆫ 회포를 ᄎᆞᄆᆞ리오 형은 친족이로

32면

ᄃᆡ 위공의 ᄉᆡᆼ사를 모ᄅᆞᄂᆞ냐 쇼뎨 양경 왈 쇼뎨 일즉 냥친이 일시의 기셰ᄒᆞ시고 ᄆᆞ음이 셰샹의 업서 이리올 적 위슉ᄭᅴ 하ᄃᆡᆨᄒᆞ니 형과 친ᄉᆞ 뎡ᄒᆞ믈 니ᄅᆞ시고 깃거ᄒᆞ시거ᄂᆞᆯ 듯ᄌᆞᆸ고 이리오난 디 겨유 반년이라 노복이 업서 존문을 못ᄒᆞ더니 엇디 인ᄉᆡ 변ᄒᆞᆯ 줄 알리오 셜파의 눈물이 비 ᄀᆞᄐᆞ니 소ᄉᆡᆼ이 역시 슬허 이러틋 말ᄉᆞᆷᄒᆞ매 홍일이 셔의 ᄯᅥ러디니 ᄆᆞᆫ득 머므러 잘ᄉᆡ 위시의 슉쇼의 이셔 쵹을 ᄇᆞᆰ히고 다쇼셜화ᄒᆞᆯᄉᆡ 쥬디 진인이 쥬찬을 ᄀᆞ초와 보내니 인이 서ᄅᆞ 권ᄒᆞ매 위시 상인으로 핑계ᄒᆞ고 술을 먹디 아닛ᄂᆞᆫ디라 공ᄌᆡ 스ᄉᆞ로 브어 ᄉᆞ오 ᄇᆡ의 니ᄅᆞ러ᄂᆞᆫ 쥬량이 젹으므로 만취ᄒᆞ니 옥면의 홍광이 더욱 아름답더라 위시 몸이 침상의 안즌 ᄃᆞᆺᄒᆞ야 감히 눈을 드러 보디 못ᄒᆞ고 공ᄌᆞᄂᆞᆫ 취안을 ᄌᆞ로 드러 위쇼져를 보니 쵹하의 ᄐᆡ되 더욱 긔이ᄒᆞ야 ᄇᆡᆨ옥 ᄀᆞ튼 얼골의 년화 ᄀᆞ튼 ᄌᆞᄐᆡ를 머믈웟고 양슌호치와 녹

33면

미셩안이 옥을 사겨 ᄎᆡᄉᆡᆨ을 메온 ᄃᆞᆺ 풍ᄎᆡ 온아ᄒᆞ고 거지 한가로와 텬연히 션원이질이오 ᄒᆡ샹명쥬ᄀᆞ튼디라 공ᄌᆡ 평ᄉᆡᆼ 졀ᄉᆡᆨ을 보아 눈이 고산 ᄀᆞᄐᆞ되 위시를 ᄃᆡᄒᆞ매ᄂᆞᆫ ᄌᆞ연 칭찬ᄒᆞ고 ᄉᆞ랑ᄒᆞ믈 ᄭᆡᄃᆞᆺ디 못ᄒᆞ니 몸이 니ᄂᆞᆫ 줄을 몰라 나아가 겨ᄐᆡ 안ᄌᆞ며 그 ᄉᆞ매를 인ᄒᆞ야 손을 잡고 풀흘 어ᄅᆞ문져 닐오ᄃᆡ 위형을 보니 벅벅이 션ᄌᆡ 하강ᄒᆞ얏

ᄂᆞ니 의심컨대 남ᄌᆞᄂᆞᆫ 이러티 아니리니 반드시 녀ᄌᆡ 기장ᄒᆞ미로다 위시 황망이 닐오ᄃᆡ 현형은 쇼뎨를 긔롱말라 내 보건대 형의 미려ᄒᆞ미 하 반악의 디나니 엇디 녀ᄌᆡ라 ᄒᆞ믈 면ᄒᆞᆯ 거시 아니어ᄂᆞᆯ 더러온 내 용모를 기리ᄂᆞ뇨 공ᄌᆡ 비록 단아ᄒᆞ나 남ᄋᆞ의 긔샹이 다른디라 웃고 왈 그ᄃᆡ 말이 올흐나 다만 나의 손이 붓잡으매 약ᄒᆞ나 남ᄋᆞ의 톄골이 잇거ᄂᆞᆯ 그ᄃᆡᄂᆞᆫ 홀로 옥슈셤지 ᄀᆞᄂᆞᆫ 파줄기 ᄀᆞᄐᆞ니 이 엇디 미인의 셤쉬 아니리오 위시 묵연히 말을 아니코 손을 썰텨 물너 안ᄌᆞ니 공ᄌᆡ 또ᄒᆞᆫ 부모의 영긔를 품

34면

슈ᄒᆞ야 일편명심이 일월경긔를 가져시믈 뎌의 거동을 보건대 젼연히 녀ᄌᆞᆫ 줄 ᄭᆡᄃᆞ라 짐즛 ᄒᆞᆫ 상의 올나 자려 ᄒᆞ니 영츈이 뎌 거동을 보고 ᄒᆞᆯ 일이 업서 나아와 실ᄉᆞ를 고ᄒᆞᆫ대 공ᄌᆡ 텽파의 홀연 몸을 니러 갈오ᄃᆡ 원ᄂᆡ 이런 일이랏다 드ᄃᆡ여 난간의 나와 영츈을 불러 ᄌᆞ시 뭇고 탄식 왈 네 쇼뎨 날로로 [인]ᄒᆞ야 이러ᄐᆞᆺ 곳초를 겻그시니 엇디 감격디 아니리오 내 명일의 도라가 부모ᄭᅴ 고ᄒᆞ고 마자 가리라 언필의 겻방의 가 자되 감히 다시 쇼져를 보디 아니〃 이에ᄂᆞᆫ 부친여풍이 잇더라 명됴의 공ᄌᆡ 밧비 도라가 부모 존당ᄭᅴ 뵈고 위시 만난 일을 일〃히 ᄉᆞᆯ온대 승상이 만심환희ᄒᆞ야 이에 셕파를 쳥ᄒᆞ야 ᄀᆞᆯ오ᄃᆡ 위시ᄂᆞᆫ 나의 통뷔라 비록 젼주의 여러 ᄌᆞ부를 어들디라도 듕ᄒᆞ믄 이에 ᄇᆞ라디 못ᄒᆞᆯ 거시오 운경이 내 집의 큰 아ᄒᆡ라 더욱 그 혼인을 구챠히 못ᄒᆞ리니 잠간 슈고로오시나 셔뫼 위시를 ᄃᆞ리고 강뎡의 가 계샤 뎌의 외

35면

로오믈 위로ᄒᆞ며 탈상ᄒᆞᆫ 후 마자오긔 ᄒᆞ쇼셔 쇼왈 니ᄅᆞ시ᄂᆞᆫ 말대로 ᄒᆞ려니와 내 강뎡의 가 쳐량ᄒᆞᆫ 위시를 샹ᄃᆡᄒᆞ야 삼년을 어이 견ᄃᆡ리오 ᄀᆞ장 듕난ᄒᆞ도다 승샹이 뎌의 어려워 ᄒᆞ믈 보고 팀음ᄒᆞ더니 윤시 평일 은혜 갑흘 일을 ᄉᆡᆼ각ᄒᆞ다가 ᄣᆡ를 타 응셩 왈 내 비록 불민ᄒᆞ나 혈가ᄒᆞ야 강뎡의 가 위시를 보호ᄒᆞ고 딜ᄋᆞ의 ᄲᅡᆼ을 완젼킈 ᄒᆞ리라 승샹이 칭샤 왈 져〃의 말ᄉᆞᆷ이 감격ᄒᆞ시나 엇디 위시로ᄡᅧ 모친 슬하를 ᄯᅥ나며 동긔 각니ᄒᆞ리잇고 윤부인 왈 불연ᄒᆞ다 내 이제 아조 가미 아니라 불과 수년 후 도라오리니 긔 므ᄉᆞᆷ 혐의 이시리오 셕셔뫼 가면 일이 쥬편ᄒᆞ나 도적이 두립거니와 내 가면 혹시 잇고 여러 아ᄒᆡ 이셔 외인이 엿보디 못ᄒᆞᆯ 거시오 타인이 드러도 의심티 아니려니와 만일 셔모 곳 가면 외인과 방시 의심ᄒᆞ미 여반장이니 거〃ᄂᆞᆫ 호의티 말라 승샹

이 흔연히 깃거 샤례 왈 져〃의 묘계를 조ᄎᆞ리니 일은 신속

36면

ᄒᆞ미 귀ᄒᆞᆫ디라 퇴일ᄒᆞ야 발힝ᄒᆞ쇼셔 태부인 양시 또 올히 너겨 말을 내ᄃᆡ 여러 공ᄌᆡ ᄌᆞ라매 부듕이 조바 윤부인을 혈가ᄒᆞ야 강뎡으로 간다 ᄒᆞ고 명일의 윤시 ᄌᆞ녀를 거ᄂᆞ려 태부인과 화셕 등의게 하딕ᄒᆞ니 인〃이 니별을 앗기며 소시로 더브러 손을 잡고 눈물을 ᄲᅳ려 흐터딜식 뉴혹식 지쵹ᄒᆞ야 강뎡의 니ᄅᆞ니 이 강뎡은 소부의셔 샹게 이십 니오 산쳔이 졀승ᄒᆞ니 나라히셔 듕ᄉᆞ를 보냐여 지어주시고 어필로 현판ᄒᆞ야 현셩소유뎡이라 ᄒᆞ샤 쳔여 간을 지으시니 단청과 금벽이 휘황ᄒᆞ야 일당의 ᄇᆡ익더라 윤부인이 힝니를 안둔ᄒᆞ고 ᄀᆞ만이 사ᄅᆞᆷ을 보내여 위쇼져를 ᄃᆞ려다가 별당의셔 의복슈렴ᄒᆞ야 내여다가 보니 이 곳 션아의 풍뫼 잇고 유한뎡졍ᄒᆞ미 슉녀의 셩덕이 안ᄎᆡ의 나타나니 윤부인이 대희ᄒᆞ야 닐오ᄃᆡ 이는 우리 태〃와 거〃의 젹션지공덕을 신명이 보조ᄒᆞ샤 이런 며ᄂᆞ리를 어드리로다 ᄒᆞ고 도로의 뉴리ᄒᆞ던

37면

경상을 드ᄅᆞ매 ᄌᆞ기 일을 ᄉᆡᆼ각고 더욱 참담ᄒᆞ야 어엿비 너기미 친녀의 디나긔 ᄒᆞ며 노복을 당부ᄒᆞ야 구외예 내디 못ᄒᆞ니 외인은 젼연히 아디 못ᄒᆞ고 일로 조차 위시 평안이 머므더라 각셜 방시 션화 쇼져를 일코 거즛말로 음분ᄒᆞ여 ᄃᆞ라나다 챵셜ᄒᆞ다 ᄯᅩᄒᆞᆫ 이 공ᄌᆞ를 해ᄒᆞ랴 ᄒᆞ되 빅계무칙ᄒᆞ니 비ᄌᆞ 취영을 불러 닐오ᄃᆡ 네 가히 금수 쳔 냥을 가지고 구승샹 부듕의 가 여ᄎᆞ〃 ᄒᆞ라 취영이 슈계ᄒᆞ야 구부의 회됴를 밧고 ᄎᆞ후 방시과 ᄀᆞ만이 샹통ᄒᆞ야 이 공ᄌᆞ 해ᄒᆞ믈 여오니 승샹과 공지야 엇디 알리오 다만 연희 등이 이 말을 듯고 모골이 숑연ᄒᆞ야 아모리 홀 줄 모ᄅᆞ더니 일〃은 냥부인이 승샹 입궐ᄒᆞᆫ ᄶᅢ 일긔 독약을 음식의 섯거노코 두 공ᄌᆞ를 불러 거즛 은근ᄒᆞᆫ 톄ᄒᆞ니 냥ᄋᆞ의 명이 슈유의 잇더니 연복 등이 십분 샹심ᄒᆞᄂᆞᆫ디라 승샹이 나간 ᄶᅢ ᄂᆡ당의셔 쥬식을 ᄀᆞ초와 브ᄅᆞ믈 듯고 의심ᄒᆞ야 ᄀᆞ만이 공ᄌᆞ

38면

의 뒤를 ᄯᅡᆯ와 안히 드러가 듕문 ᄉᆞ이예셔 여어보니 ᄒᆞᆫ 듕년의 부인이 쥬찬을 알픽 버리고 공ᄌᆞ의 형뎨를 알픽 나아오라 ᄒᆞ야 탄식 왈 너히 괴로온 인ᄉᆡᆼ이 부듕의 오래 이

시니 잔잉코 어엿브미 각별ᄒᆞ야 마초와 쥬찬이 잇거늘 불러 먹이노라 이 공ᄌᆡ 나히 젹은디라 아디 못ᄒᆞ고 샤례ᄒᆞ며 음식을 먹으려 ᄒᆞ거늘 연희 연복ᄃᆞ려 왈 아등이 션노야 유탁을 바다 이 공ᄌᆞ를 보호ᄒᆞ니 이제 뎌 부인의 얼골이 살긔 잇ᄂᆞᆫ디라 만〃코 됴흔 ᄯᅳ디 아니라 비록 범남ᄒᆞ나 쌜리 드러가 쇼쥬인을 구ᄒᆞ야 급히 ᄃᆞ라날 거시라 언필의 공ᄌᆞ를 하나식 업고 밧그로 나가니 우시녀와 냥부인이 놀나 면ᄉᆡᆨ이 여토ᄒᆞ더라 연희 등이 나가 급히 ᄃᆞ라나랴 홀ᄉᆡ 공ᄌᆡ ᄯᅩᄒᆞᆫ 황망히 부친 님죵의 주던 화젼을 써혀 보니 다만 뻐시되 방시 계규를 일워 구공의 부듕을 톄결ᄒᆞ면 구공이 비록 명텰ᄒᆞ나 방비티 못ᄒᆞ리니 금일 급ᄒᆞᆫ 일이 잇거든 소현셩 부듕으로

39면

가고 더ᄃᆡ디 말며 셰상의 힝티 아니키를 십년 만의 비로소 과갑의 나아가며 취쳐를 홀디니라 ᄒᆞ엿더라 공ᄌᆡ 즉시 연복 등의게 업혀 ᄌᆞ운산으로 ᄃᆞ라난 후 냥부인이 놀란 거ᄉᆞᆯ 딘뎡ᄒᆞ고 다만 승샹이 ᄃᆞ라나든 춤소를 드려 죽이려 쐬ᄒᆞ며 급히 티독ᄒᆞᆫ 음식을 업시ᄒᆞ고 다른 거ᄉᆞᆯ 나와 의구히 노코 말ᄉᆞᆷ을 티례ᄒᆞ며 뎌 노듀의 도망ᄒᆞ믄 ᄉᆡᆼ각도 아니터니 셕양의 승샹이 도라오니 부인이 마자 좌를 뎡ᄒᆞ니 구공이 부인의 긔ᄉᆡᆨ이 됴치 아니믈 보고 문왈 집의 므ᄉᆞ 일이 잇ᄂᆞ냐 부인이 노ᄉᆡᆨ 왈 승샹은 의긔를 크게 너기고 가듕 셜만ᄒᆞᆫ 일을 ᄉᆞᆯ피디 아니〃 엇디 우읍디 아니리오 뎌 위ᄋᆞ 이 인의 정ᄉᆡ 잔잉타 ᄒᆞ야 긔츌ᄀᆞ티 ᄒᆞ더니 오늘 불러 듀식을 먹이려 ᄒᆞ니 그 두 아ᄒᆡ 믄득 음식이 더럽다 욕ᄒᆞ고 그 노복 두 놈이 불의예 ᄃᆞ라 드러 날을 욕ᄒᆞ며 냥ᄋᆞ를 ᄃᆞ리고 나갈ᄉᆡ 시녀 여라믄을 텨 다 죽어가니 그런 우읍고 통ᄒᆞᆫᄒᆞᆫ 일이 어ᄃᆡ 이시리오 승샹이 텽파의 경왈 진짓 말가 부인

40면

이 작ᄉᆡᆨ 왈 내 승샹 조찬 디 이십년이 거의라 일즉 거즛말 ᄒᆞ야 ᄂᆞᆷ 잡거늘 보시냐 엇디 말의 진가를 뭇ᄂᆞ뇨 승샹 왈 반드시 그 가온대 연괴 잇ᄂᆞ니 엇디 뎌 두 아ᄒᆡ 무고히 주ᄂᆞᆫ 음식을 욕ᄒᆞ며 연희 등은 몸이 하류의 깃드리나 그 실은 영걸의 호긔 잇고 ᄯᅩ ᄆᆞ음이 공손ᄒᆞ니 무단히 ᄂᆡ각의 드러와 그ᄃᆡ를 욕ᄒᆞ며 시녀를 틸 리 이시리오 부인이 대로 왈 그리면 내라셔 뎌 노쥬를 잡ᄂᆞᆫ다 ᄒᆞ미냐 승샹이 위공ᄌᆞ를 브ᄅᆞ라 ᄒᆞ니 시녜 도라와 황망이 고왈 연희 등과 두 공ᄌᆡ 간 ᄃᆡ 업ᄉᆞ이다 승이 대경ᄒᆞ야 시노를

발ᄒᆞ야 ᄉᆞ면으로 어드되 형영이 업ᄂᆞᆫ디라 승샹이 ᄆᆞ음이 ᄡᅥ러디ᄂᆞᆫ ᄃᆞᆺᄒᆞ며 ᄯᅩᄒᆞᆫ 대로 ᄒᆞ야 닐오ᄃᆡ 이 반드시 간인의 농슈로 ᄒᆞ미라 유양 등이 황구쇼ᄋᆡ나 ᄌᆞ못 군ᄌᆞ의 풍이 잇고 ᄯᅩ 엇디 무단히 내게 하딕 아니코 도망ᄒᆞ리오 이ᄂᆞᆫ 부인이 사ᄅᆞᆷ의 다래오믈 듯고 ᄒᆞ려ᄒᆞ니 브드이 ᄃᆞ라나미라 음식 권ᄒᆞᄂᆞᆫ 가온대 명〃히 딤독을 두도다 부인 왈 사ᄅᆞᆷ 무함ᄒᆞ미 이러ᄐᆞᆺ 심ᄒᆞ니 독이 잇ᄂᆞᆫ가

41면

뎌 음식을 보라 공이 노왈 니ᄅᆞ디 말라 내 의심이 동ᄒᆞ야시니 그ᄃᆡ ᄭᅮ미ᄂᆞᆫ 말을 고디 듯디 아니리니 엇디 여러 가지로 폭빅ᄒᆞ기ᄅᆞᆯ 잘ᄒᆞ리오 언필의 시녀ᄅᆞᆯ 잡아내여 져주어 무ᄅᆞᄃᆡ 요ᄉᆞ이 부인이 엇던 사ᄅᆞᆷ과 사괴여 금빅을 바드며 위공ᄌᆞᄅᆞᆯ 독을 두어 먹이랴 ᄒᆞ다가 엇디ᄒᆞ야 ᄃᆞ라나며 티독ᄒᆞᆫ 음식을 어ᄃᆡ ᄇᆞ리고 다른 쥬식을 다마 노ᄒᆞ뇨 일〃히 고ᄒᆞ라 시네 처엄은 니ᄅᆞ디 아니터니 듕형을 더으니 견ᄃᆡ디 못ᄒᆞ여 부인의 방시 년통ᄒᆞᄂᆞᆫ 쥬의로브터 공ᄌᆞ의 ᄃᆞ라나던 경샹을 일〃히 고ᄒᆞᆫ대 공이 시비의 툐ᄉᆞᄅᆞᆯ 보고 노긔 츙텬ᄒᆞ니 안흐로 드러와 졍텽의 안고 좌우로 ᄒᆞ여곰 부인을 미러내여 면젼의 니ᄅᆞ니 공이 노목을 ᄆᆞ이 ᄯᅳ고 안ᄉᆡᆨ을 ᄉᆡᆨ〃이 ᄒᆞ며 소ᄅᆡᄅᆞᆯ 단엄히 ᄒᆞ야 대칙 왈 내 샹시 그ᄃᆡ 간험탐한ᄒᆞ믈 아나 이대도록 ᄒᆞᆫ 줄 몰랏거니 이제 힝젹을 보건대 흉인을 년통ᄒᆞ야 회뢰ᄅᆞᆯ 밧고 지아비 ᄯᅳ들 져ᄇᆞ려 무죄ᄒᆞᆫ 냥ᄋᆞᄅᆞᆯ 죽이랴 ᄒᆞ며

42면

거즛말로 가부ᄅᆞᆯ 소겨 날로ᄡᅥ 실신무의ᄒᆞᆫ 사ᄅᆞᆷ이 되긔ᄒᆞ니 타일의 내 힝혀 죽으면 내 집 가홰 위공ᄭᅴ 더ᄒᆞ리니 다만 죽어 내 집을 평안히 ᄒᆞ고 만일 죽으미 괴롭거든 ᄲᆞᆯ리 나가 두 가지 듕 ᄀᆞᆯᄒᆡ여 바드라 셜파의 약 일긔ᄅᆞᆯ 갓다가 노코 결단ᄒᆞ믈 ᄌᆡ촉ᄒᆞ니 ᄌᆞ네 슬피 울고 ᄋᆡ걸ᄒᆞ되 승샹이 셩을 크게 내여시니 엇디 ᄌᆞ녀의 쇼〃ᄒᆞᆫ ᄉᆞ졍을 드ᄅᆞ리오 냥시 다만 그릇ᄒᆞ라 사죄ᄒᆞᆯ ᄯᆞ름이라 승샹이 대즐 왈 내 출히 인눈을 이저ᄇᆞ리나 이런 불측ᄒᆞᆫ 거ᄉᆞᆯ 가듕의 두디 못ᄒᆞ리라 드ᄃᆡ여 시녀ᄅᆞᆯ ᄭᅮ지저 부인을 본가로 내티고 ᄌᆞ녀 다ᄉᆞᆺ 사ᄅᆞᆷ을 면젼의 안치고 경계 왈 너의 모친 ᄒᆡᆼᄉᆡᆨ 이 ᄀᆞᆺᄐᆞ니 내 비록 죵ᄂᆡ의 ᄎᆞᄌᆞ미 이시나 ᄯᅩᄒᆞᆫ 쉽디 못ᄒᆞ리니 너희 듕의 잇고져 ᄒᆞ리ᄂᆞᆫ 잇고 어미ᄅᆞᆯ ᄯᆞᆯ와 가리ᄂᆞᆫ 가되 일삭의 ᄒᆞᆫ 번식은 와 날을 보ᄃᆡ ᄌᆞ로 왕ᄂᆡ티 말긔ᄒᆞ라 ᄌᆞ네 눈물을 흘리고 다 승샹ᄭᅴ 이시믈 원ᄒᆞᄂᆞᆫ디라 승샹이 어엿비 너겨 머믈고 ᄒᆞᆫ ᄃᆞᆯ의 두 번식 가

부인을 보기ᄒᆞ

43면

며 외방진봉은 다반을 부인ᄭᅴ 논화 보내여 공경이 ᄒᆞ나 미믈ᄒᆞ며 긔졀ᄒᆞ여 그 ᄆᆞ음을 고티긔 ᄒᆞ더라 구공이 부인을 쳐티ᄒᆞ고 ᄆᆞ음의 ᄉᆡᆼ각ᄒᆞ되 유양 등이 다른 ᄃᆡ 가실 니 업ᄉᆞ니 반드시 소현셩 부로 가도다 ᄒᆞ고 즉시 안마를 ᄀᆞ초와 ᄌᆞ운산으로 [올] 뎨 사룸의 ᄆᆞ음이 비최여 디긔 되니 뜻 아냐 위공의 쳐티와 구공의 ᄉᆡᆼ각이 마자 소부의 다ᄃᆞᄅᆞ매 이ᄯᅢ 소공이 유양 등을 보고 놀나며 깃거 부듕의 두고 졍히 구공을 ᄎᆞ자 보고져 ᄒᆞ더니 뜻 아냐 구공의 와시믈 듯고 밧비 마자 듕당의셔 녜를 ᄆᆞᄎᆞ매 구공이 몬져 무ᄅᆞᄃᆡ 한훤을 날회고 뭇ᄂᆞ니 위ᄋᆞ 등이 귀부의 왓ᄂᆞ냐 소공이 응셩 쇼왈 왓거니와 형이 엇디 왓ᄂᆞᆫ다 구공이 만심환희ᄒᆞ야 웃고 왈 졔쳬 무상ᄒᆞ야 방부인의 회뢰를 밧고여 여ᄎᆞ〃ᄒᆞ니 모쳐 연복 등이 틈의와 담냑이 이셔 보호ᄒᆞᆫ디라 그러티 아니턴들 쇼뎨 위형의 종ᄉᆞ를 그ᄎᆞ미라 엇디 한심티 아니리오 소공이 츄연 탄왈이나 위ᄋᆞ의 운

44면

쉬니 엇디 현수의 연괴리오 드ᄃᆡ여 이ᄋᆞ를 불러뵈니 두 공ᄌᆡ 눈물을 흘리며 청죄 왈 쇼뎔이 년슉의 거두시믈 닙ᄉᆞ와 은혜 부모ᄭᅴ 디나시니 일야를 니ᄎᆞᆷ디 말고져 ᄒᆞ더니 온가 일이 마쟝이 만하 이리 올 적 하딕디 못ᄒᆞ니 이는 빈은망덕ᄒᆞ미로소이다 구공이 그 손을 잡고 등을 두드려 슬허 왈 위형이 날로ᄡᅥ 신의지인으로 아라 너희을 의탁ᄒᆞ야거ᄂᆞᆯ [ᄂᆡ] 불명ᄒᆞ야 ᄒᆞ마 너희 명을 그룻 민들 번 ᄒᆞ니 엇디 차악디 아니리오 네 이제 내 집의 가면 비록 부인이 나 가시나 노복이 년통ᄒᆞ야 위티ᄒᆞ미 이시리니 이 고디 깁고 안졍ᄒᆞᆫ디라 셩명을 곰초고 수머시라 언ᄎᆞ의 연희 연복을 쳔금으로 샹ᄒᆞ야 구족ᄒᆞᆫ 디략을 칭샤ᄒᆞ니 소공이 불승경복ᄒᆞ고 연복 노쥐 감격ᄒᆞ믈 이긔디 못ᄒᆞ더라 구공이 두 공ᄌᆡ 무양ᄒᆞ믈 보고 심히 쾌활ᄒᆞ야 술을 나와 진취ᄒᆞ고 쥬감의 망우를 ᄉᆡᆼ각ᄒᆞ야 졀구 일슈를 지으니 소공이 니어 ᄎᆞ운ᄒᆞ고 서ᄅᆞ 슬허ᄒᆞ야 셕양

45면

의 흐터디다 방시 냥부인으로 더브러 유양 등 해ᄒᆞ믈 쐬ᄒᆞ다가 냥시 출화를 밧고 냥

공ᄌᆞ의 거쳐를 모ᄅᆞ믈 듯고 대경ᄒᆞ야 믄득 방연의 손빙 해ᄒᆞ던 져주를 ᄒᆞ려 ᄒᆞ더니 유흥이 두 형과 누의 다 종젹이 업ᄉᆞ미 제 어믜 연괸 줄 아ᄂᆞᆫ디라 ᄆᆞ음의 ᄉᆡᆼ각ᄒᆞ되 유교를 밧ᄌᆞ왓더니 돌시 도라오디 못ᄒᆞ야셔 세 동ᄉᆡᆼ의 거쳐를 모ᄅᆞ니 이ᄂᆞᆫ 다 모친의 타시라 구쳔 타일의 부친 안젼의 뵈오미 붓그럽디 아니리오 ᄒᆞ믈며 이 말이 셰샹의 퍼디면 내 어ᄂᆡ ᄂᆞᆺᄎᆞ로 힝셰ᄒᆞ야 ᄃᆡ인ᄒᆞ리오 ᄒᆞ더니 방시 져조ᄒᆞ려 ᄒᆞ믈 보고 울며 간왈 태〃 엇디 ᄎᆞ마 이런 일을 ᄒᆞ려 ᄒᆞ시ᄂᆞ니잇가 냥형과 ᄆᆡ졔 비록 사오나올디라도 모친이 당〃이 목강의 셩덕을 ᄇᆡ호시고 ᄯᅩᄒᆞᆫ 당초 박ᄃᆡᄒᆞ시다가도 냥형의 공슌ᄒᆞ믈 보시면 민ᄌᆞ 계묘의 일을 힝ᄒᆞ시미 올커ᄂᆞᆯ 감동ᄒᆞ시미 업서 샹시 박ᄃᆡ 참혹ᄒᆞ시더니 부친 님죵 유언이 셕목이 감동ᄒᆞᆯ 거시어ᄂᆞᆯ ᄒᆞᆯ

46면

로 태〃 뉴렴ᄒᆞ미 업ᄉᆞ샤 못 잇도록 ᄒᆞ야 내티시고 ᄯᅩ 이런 져조를 ᄒᆞ려 ᄒᆞ시니 이런 변이 고금의 어ᄃᆡ 이리잇고 구틔야 냥형을 죽이랴 ᄒᆞ시ᄂᆞᆫ ᄠᅳ디 위시 종ᄉᆞ를 그ᄎᆞ려 ᄒᆞ시미니 이럴딘대 쇼ᄌᆡ 몬져 죽어 패망을 시험ᄒᆞ리이다 방시 ᄭᅮ지저 왈 아ᄒᆡ 미거ᄒᆞ야 셰샹[일]을 모ᄅᆞᄂᆞᆫ도다 뎌 유양 등이 션부를 법ᄒᆞᆯ 리 업서 반드시 위시 ᄌᆡ산을 오로디 가지고 널로ᄡᅥ 도로의 개걸ᄒᆞ야 주려 죽긔ᄒᆞ리니 이를 ᄉᆡᆼ각ᄒᆞ면 애 일만 번이나 그처디니 뎌의 남ᄆᆡ를 업시ᄒᆞ고 널로ᄡᅥ 부귀를 홀로 누리과려 ᄒᆞ거ᄂᆞᆯ 엇디 망녕된 말을 ᄒᆞᄂᆞᆫ다 유흥이 크게 울고 닐오ᄃᆡ 만일 이 말ᄉᆞᆷᄀᆞᄐᆞᆯ딘대 소ᄌᆡ 삼 동ᄉᆡᆼ을 해ᄒᆞ미라 녯 말의 황금을 ᄲᅡ하 ᄌᆞ손을 주디 말고 젹션을 ᄒᆞ야 ᄌᆞ손의 음덕을 기티라 ᄒᆞ니 이제 모친이 이런 젹악으로 쇼ᄌᆞ를 살과랴 ᄒᆞ시나 쇼ᄌᆡ 반드시 조ᄎᆞᄒᆞ고 걸식ᄒᆞ리이다 ᄆᆡ져의 온슌ᄒᆞ미 조아의 효를 가졋고 냥형의 효의ᄒᆞ미 왕샹과 션부의

47면

너므니 이러틋 어딘 형과 누의로 ᄒᆞᆫ 가듕의셔 사라 모친을 밧들며 졔ᄉᆞ를 위와 다 텬년으로 화락ᄒᆞ미 사ᄅᆞᆷ의 엇디 못ᄒᆞᆯ 영홰어ᄂᆞᆯ 모친이 조협ᄒᆞ샤 대의를 믄흐텨 셰샹의 우음이 되고 목강의 죄인이 되시며 날로ᄡᅥ 그림재 외롭고 안항이 쳐량ᄒᆞ여 의ᄒᆞᆯ 고디 업게 ᄒᆞ시니 이 니론 내 몸을 위ᄒᆞ다가 도로혀 내 몸을 해ᄒᆞ며 ᄂᆞᆷ을 죽이려ᄒᆞ다가 내 죽으미로다 ᄇᆞ라건대 모친은 ᄒᆡ과ᄒᆞ여 ᄇᆞ졍ᄒᆞᆫ 일을 마ᄅᆞ쇼셔 방시 대로ᄒᆞ야 크게 ᄭᅮ짓고 듯디 아니커ᄂᆞᆯ 유흥이 물러와 ᄉᆡᆼ각ᄒᆞ되 모친이 듯디 아니시니 ᄒᆞᆯ 일이 업ᄉᆞᆫ

디라 혜아리건대 내 이시므로 모친이 이 ᄌᆡ물로ᄡᅥ 앗기샤 이 거조를 ᄒᆞ시니 엇디 내 몸을 인ᄒᆞ야 여러 동ᄉᆡᆼ을 죽이리오 내 죽으면 모친이 불의지ᄉᆡ 망단ᄒᆞ시고 냥형이 사라 조션 후ᄉᆞ를 보호ᄒᆞ리니 내 ᄒᆞᆫ갓 죽기를 어려워 디류ᄒᆞ다가 ᄌᆞ란 셰 동ᄉᆡᆼ을 ᄆᆞᄎᆞ면 디하의 가 어ᄂᆡ ᄂᆞᆺᄎᆞ로 션군을 보오리오 타일 이형이 ᄉᆡᆼ환ᄒᆞ면 결단코 구

48면

ᄒᆞᆫ을 두디 아냐 민ᄌᆞ의 공슌을 니ᄅᆞ혀 모친을 평안이 밧들니〃 념녀를 말고 ᄲᆞᆯ리 죽어 디하의 가 부친을 뫼셔시리라 듀의를 뎡ᄒᆞ고 필연을 나와 ᄒᆞᆫ 봉 글월을 닷가 노ᄌᆞ의산을 맛뎌 왈 네 가져다가 아ᄆᆞ 제나 냥형을 만나거든 드리라 ᄒᆞ고 셔당의 드러가 칼 ᄲᅢ혀 멱 딜러 죽으니 나히 칠셰라 가히 어엿브다 옥 ᄀᆞᄐᆞᆫ 얼골과 곳 ᄀᆞᄐᆞᆫ 풍ᄎᆡ로 구술 ᄀᆞᄐᆞᆫ ᄌᆡ조ᄂᆞᆫ 돌 ᄀᆞᆺ고 ᄆᆞᆯ근 ᄆᆞ음은 츈빙 ᄀᆞᄐᆞ야 어ᄆᆡ 사오납기로 아ᄒᆡ ᄆᆞ음의 쟝ᄂᆡ 힝셰ᄒᆞ기 븟그럽고 ᄯᅩ 동ᄉᆡᆼ을 사로려 ᄒᆞ야 어린 나히 ᄇᆞᆰ은 결단을 일워 검단 졍혼이 되니 그 인ᄉᆡᆼ이 엇디 잔잉티 아니며 방시 ᄂᆞᄆᆡ 녀ᄌᆞ를 해ᄒᆞ려 ᄒᆞ다가 제 독ᄌᆞ를 죽이니 셰샹ᄉᆡ 이 ᄀᆞᆺ더라 방시 이 날 ᄋᆞ직 한 번 간ᄒᆞ고 나간 후 어둡도록 보디 못ᄒᆞ니 고이히 너겨 친히 ᄎᆞ자 셔당의 니ᄅᆞ니 ᄋᆞ직 것구러뎌 방즁의 불근 피 ᄀᆞ득ᄒᆞ엿ᄂᆞᆫ디라 창황이 붓드러 보니 단검을 임의 고자 ᄲᅢ이디 아냣거ᄂᆞᆯ 손으로ᄡᅥ ᄲᅢ이고 통곡ᄒᆞ니 가인이 비로소 알고 다

49면

놀라고 슬허ᄒᆞ더라 방시 셜우믈 이긔디 못ᄒᆞ야 둘러보니 벽샹의 졀구 일슈를 ᄡᅥ시니 묵광이 님니ᄒᆞ야 이 ᄋᆞᄌᆞ의 필젹이라 당년의 ᄉᆞ연당 가온대셔 야〃를 뫼시고 냥형을 기력의 항녀를 일우니 ᄉᆞᄉᆡᆼ을 기리 ᄯᅥ나디 아니믈 ᄆᆡᆼ셰ᄒᆞ도다 호텬디통을 만난 후 인ᄉᆡ 변역ᄒᆞ니 형뎨 니산ᄒᆞ도다 약ᄆᆡ와 냥형의 분찬 뉴리ᄒᆞ미 다 나의 죄라 오직 몸을 죽여 죄를 쇽ᄒᆞ리라 쳔번 ᄇᆞ라고 비ᄂᆞ니 태태ᄂᆞᆫ 다시 이 [ᄆᆞ]음을 두디 마ᄅᆞ시고 ᄆᆡ져와 냥형을 ᄎᆞ자 은의를 ᄆᆡᄌᆞ샤 조션 후ᄉᆞ를 도라보쇼셔 도라가ᄂᆞᆫ ᄆᆞ음이 황난ᄒᆞ니 일즉 시ᄉᆞ로 ᄌᆞ모의 은혜를 샤례ᄒᆞᄂᆞ니 불초ᄌᆞ를 ᄉᆡᆼ각디 마ᄅᆞ시고 ᄇᆡᆨ셰를 누리쇼셔 쇼ᄌᆞ 유흥은 읍혈돈슈ᄒᆞᄂᆞ이다 ᄒᆞ엿더라 방시 ᄀᆞ슴을 두ᄃᆞ려 대곡 왈 그릇ᄒᆞ여 ᄒᆡᄋᆞ를 죽이니 엇디 셟디 아니리오 드듸여 념장ᄒᆞ고 싀긔와 사오나온 ᄆᆞ음이 태반이나 업서 됴셕의 브ᄅᆞ지져 울고 노부시녀 등이 샹시 승샹과 ᄌᆞ녀를 보아 그 졀셰를 바

드나

50면

그 포악ᄒᆞ믈 원ᄒᆞ더니 ᄣᅢ를 타 다 ᄃᆞ라나니 방시 심복 수인만 ᄃᆞ리고 살 ᄉᆡ 가산이 탕진ᄒᆞ고 고초ᄒᆞ미 ᄀᆞ이 업서 녯날 위의 ᄒᆞ나토 업ᄉᆞ니 인ᄉᆞ의 뉸회ᄒᆞ미 이러틋 ᄒᆞ더라 셰월이 뉴슈 ᄀᆞᄐᆞ야 위공의 삼년이 디나니 소승상이 뉵녜를 ᄀᆞ초고 만됴를 청ᄒᆞ야 ᄋᆞᄌᆞ로 위시를 마ᄌᆞᆯᄉᆡ 좌듕의 닐러 ᄀᆞᆯ오ᄃᆡ 금일 셩친ᄒᆞᄂᆞᆫ 거ᄉᆞᆫ 젼임 승샹 위의 셩 샹공의 녀지라 쇼데 위형으로 더브러 면뎡ᄒᆞ야 ᄎᆞ례를 힝ᄒᆞ엿더니 불힝ᄒᆞ야 위공이 단명ᄒᆞ고 공의 부인이 내 집을 ᄂᆞᄌᆞᆺ지 너겨 그 딜ᄌᆞ로ᄡᅥ 뎍녀를 ᄇᆡ호고져 ᄒᆞ니 이 ᄯᅩᄒᆞᆫ ᄯᅳ디로ᄃᆡ 위시 아븨 유언을 디키고 삼죵을 ᄀᆞ초려 형차를 품고 명나의 ᄲᅥ러디고져 ᄒᆞᄂᆞᆫ ᄯᅳ디 이실ᄉᆡ 쇼데 마츰 거두어 강뎡 양ᄆᆡ ᄒᆞᆫ ᄃᆡ 두엇더니 임의 복결ᄒᆞ야시니 납치ᄂᆞᆫ 블셔 ᄒᆞᆫ 거시오 ᄯᅩᄒᆞᆫ 집의 이셔 쇼뎌의 구챠ᄒᆞ미 업ᄉᆞᆫ 고로 금일 냥신을 ᄐᆡᆨᄒᆞ야 녜를 일우ᄂᆞ니 녈위ᄂᆞᆫ 슈고를 강잉ᄒᆞ야 요ᄀᆡᆨ이 되라 졔관이 칭찬 왈 샹공의 인의

51면

와 유신이 셩인이 감동ᄒᆞᆯ ᄲᅮᆫ 아니라 위공이 구쳔의 우음을 먹음어 풀을 ᄆᆡ자 갑흐미 이실소이다 승샹이 슈연 탄왈 금일 혼ᄉᆞ를 당ᄒᆞ야 위형을 ᄉᆡᆼ각ᄒᆞ니 엇디 슬프디 아니리오 드ᄃᆡ여 공ᄌᆞ를 습녜ᄒᆞ여 위의를 ᄀᆞ초와 강뎡의 가 ᄇᆡᆨ냥으로 마자 집의 도라와 텽듕의 독ᄌᆞᄒᆞ니 신부의 화용월ᄐᆡ와 신낭의 옥모뉴풍이 텬ᄉᆡᆼ일ᄃᆡ라 존당 태부인과 구고 숙모 등이 다 깃브고 아름다이 너기며 승샹이 현부를 어드매 부친을 ᄉᆡᆼ각고 슬허ᄒᆞ며 위공의 ᄒᆞᆫ가지로 보디 못ᄒᆞᆷ을 차셕ᄒᆞ야 깃븐 가온대 비회 교집ᄒᆞ야 신부의 외뫼 툐월ᄒᆞᆯ ᄲᅮᆫ이라 졀힝이 ᄲᅢ혀나고 덕셩이 현출ᄒᆞ야 공ᄌᆞ의 졸딕ᄒᆞ고 인약홈과 ᄀᆞᆺ디 아냐 슉녀의 풍치 이시니 크게 깃거 ᄒᆞ거라 이 날 부뷔 슉소의 도라와 공지 ᄇᆡ야흐로 츄파를 드러 신부를 보니 풍완쇄락ᄒᆞ야 얼프시 슉모 소부인 습이 잇ᄂᆞᆫ디라 놀라고 깃거 은졍이 비길 곳 업ᄉᆞᆫ 듯 위공의

52면

유탁과 디우ᄒᆞ던 은혜를 일ᄏᆞ라 슬허ᄒᆞ니 위시 ᄯᅩᄒᆞᆫ 부녀의 슈습ᄒᆞᄂᆞᆫ 거ᄉᆞᆯ 덜고

도〃히 화답ᄒᆞ야 그 고초 뉴리ᄒᆞ던 말을 니ᄅᆞ고 휘루톄읍 ᄲᅮᆫ이러라 명됴의 문안홀ᄉᆡ 태부인이 몬내 ᄉᆞ랑ᄒᆞ야 좌듕의 닐러 ᄀᆞᆯ오ᄃᆡ 위시를 보니 제 존고씌 세 번 나으니 이는 가문의 만힝이라 이셕 이패 응셩티하 왈 이 다 승샹과 부인의 젹션여음이니이다 ᄒᆞ더라 위시 이 날이야 그 두 오라비를 보고 반기고 슬허ᄒᆞ며 ᄎᆞ후 남ᄆᆡ ᄒᆞᆫ가지 듕의셔 샹의ᄒᆞ야 외롭디 아니코 구고와 일개 위시 ᄉᆞ랑ᄒᆞ미 친녀의 넘고 소시의 ᄋᆡ듕ᄒᆞ미 친소의 디나더라 윤부인은 여러 ᄌᆞ뷔 댱셩ᄒᆞ매 소뷔 조분디라 인ᄒᆞ야 강뎡의 이시되 일삭의 십일식 ᄌᆞ운산의 근친ᄒᆞ야 즐기더라 방시 유흥을 죽이고 가산이 흐터디니 일야 애ᄡᅳ고 셜워ᄒᆞ며 쇼졔갈이라 ᄒᆞ던 방무도 병 드러 죽고 의지홀 ᄃᆡ 업서 녯일을 뉘웃ᄎᆞ며 유양 등의 죵젹을 몰라 애돌와 ᄒᆞ되 ᄆᆞᄎᆞᆷ내 위시 소승샹 며ᄂᆞ리 되여심도 몰라

53면

칠 년을 애ᄡᅥ 죽으니 위공ᄌᆞ 형뎨 놀나며 슬허ᄒᆞ며 누의로 더브러 티상ᄒᆞ야 영장ᄒᆞ고 삼년거상홀ᄉᆡ ᄇᆡ야흐로 유흥이 ᄌᆞ가를 위ᄒᆞ야 죽으믈 듯고 크게 감격ᄒᆞ고 셜워 그 기틴 바 유셔를 노ᄌᆞ 의산이 드려늘 ᄣᅦ혀보니 이 곳 저히를 못 니저 슬허ᄒᆞ고 몸의 죽어 죄를 쇽ᄒᆞ니 노모를 부친 계신 적 ᄀᆞ티 ᄒᆞ야 은원티 말라 ᄒᆞᆫ 셜홰라 이인이 대곡ᄒᆞ며 제문 지어 졔ᄒᆞ고 자〃손〃이 그 졔를 긋디 아니ᄒᆞ고 방시의 삼년을 지극히 시묘ᄒᆞ야 종졔 ᄆᆞᄎᆞ매 이 곳 십년이라 이인이 비로소 힝셰ᄒᆞ니 위공의 말이 졀〃이 마ᄌᆞᆫ디라 심히 신긔ᄒᆞ고 이인이 년ᄒᆞ야 [급뎨ᄒᆞ야] 벼술이 옥당의 오ᄅᆞ며 구승샹 소승샹을 통가지의와 은인을 겸ᄒᆞ야 셤기미 친부 ᄀᆞᆺ고 이공이 ᄯᅩᄒᆞᆫ 어ᄅᆞ만져 ᄉᆞ랑ᄒᆞ고 ᄀᆞᄅᆞ치며 편ᄋᆡᄒᆞ미 친ᄋᆡ 친ᄌᆞ ᄀᆞᆺ더니 유양은 구공의 녀셰 되니 이때 냥부인이 ᄀᆡ과ᄌᆞ칙ᄒᆞ매 공이 ᄃᆞ려와 녜ᄀᆞᆺ티 사더니 녀ᄋᆞ로ᄡᅥ 유양의 ᄇᆡᄒᆞ매 부인이 녀셔를 보고 셕ᄉᆞ를 ᄉᆡᆼ각고 참괴만안ᄒᆞ되 위ᄉᆡᆼ이 ᄉᆞᄉᆡᆨ디 아니코 구의예 내

54면

여 부인ᄃᆞ려도 니ᄅᆞ디 아니터라 유양 유승의 벼술이 놉하 당은 삼틱를 보고 와 부친을 ᄃᆡ하고 ᄎᆞᆫ는 시랑의 니ᄅᆞ러 천년션죵ᄒᆞ니 이는 다 구소 이공과 연희 등의 보호ᄒᆞᆫ 공이라 이인이 연희 연복을 발젹ᄒᆞ야 다 벼술을 ᄒᆞ야 통판지휘ᄉᆞ의 오ᄅᆞ니 이 곳 튱의를 갑흐미라 위시 ᄯᅩᄒᆞᆫ 소가의 통부로 [소]공ᄌᆞ의 무궁ᄒᆞᆫ 듕ᄃᆡ를 밧고 ᄇᆡᆨ슈히로ᄒᆞ

야 남민 세 사름이 주네 번셩호고 영복이 여희호니 모춤내 위승샹 셩덕을 져브리디 아니디 유흥의 조스호미 참혹흔디라 남민 유셔를 볼 적마다 슬허 아닐 적이 업스며 위시 영츈을 각별 후디호야 그 일싱을 평안킈 호더라 소승샹 이즈 운희는 즈는 즈강이라 우인이 영오호고 셩되 민쳡호야 모친 품긔 만호니 이 곳 화부인 소싱이라 년긔 십오 셰의 니르니 얼골이 삼식도홰 츈빙의 비쵠 둧 문지 툐월호야 붓 아래 주옥이 써러디니 구혼호라 구름 ㄱ투되 승상이 경히 허티 아니호더니 한님혹스 강양

55면
이 구혼흔대 공이 강한님의 청고호믈 스랑호야 허혼호고 셩네호니 부〃의 긔질이 흔골 굿티 빠여난디라 일개 깃거호고 셕부인이 화부인씌 티하 왈 운경의 형뎨 다 드믄 아히라 빡호 리 업술가 근심호더니 두 신뷔 유한호고 슉뇨호야 브라매 너므니 엇디 부인의 큰 경시 아니며 쳡 등의 유광호미 젹으리잇가 화부인이 흔연 칭샤 왈 즈식이 용널호나 며느리 브라기는 흠업과라 브라더니 소망이 여원호니 이는 저히 팔지 길호고 쳡 등의 복이라 엇디 힝히티 아니리잇가 셜파의 두 신뷔 홍상녹의로 나와 시좌호니 빗난 틱도와 블근 졍치 낙포션녀와 월궁쇼애 누린 둧호니 두 존괴 지극 스랑호고 두긋기더라 승샹의 뎨 삼즈 운셩의 즈는 텬강이니 그 모친이 쑴의 삼틱를 숨기고 아들을 나흐니 고로 별셩즈로 운즈를 지은디라 나히 스오 셰의 니르디 글을 비호디 아냐 부뫼 ㄱ라친즉 입을

56면
여디 아니코 부친이 칙흔즉 공순이 바드되 모친 셕시 티려 시녀를 명호여 잡아오라 호면 믄득 드라나 조모씌 수므니 시녜 감히 하슈티 못호고 태부인은 그 두려 숨는가 호야 쏘흔 말려 티디 못호긔 호는디라 공지 더욱 방즈호야 팔셰예 니르도록 흔 즈 글을 아디 못호고 권혹디 아니〃 사름이 다 고이히 너기더라 일〃은 졔형 우어 왈 삼뎨는 팔셰 되여시되 웃샹즈도 모르[니] 진짓 사름 가온대 금쉬라 동긔라 호기 더럽도다 운셩이 흔연 쇼왈 내 곳 사름 가온대 금쉬면 제 형뎨는 인듕과튱이로다 일로써 더욱 긔특이 너기디 아니호더니 일〃은 장셔각의 가 칙을 샹고호다가 [삼]냑뉵도 병셰 잇거늘 흔 번 펴보니 쳔고의 깁흔 거술 씌드라 ㄱ만이 가지고 셔당의 도라와 서너 돌 공부호매 임의 소으의 모략을 완젼히 품으니 도로 갓다가 두고 입의 내디 아니디 즈

연이 ᄆᆞ음이 상활ᄒᆞ고 의논이 풍싱ᄒᆞ야 말솜이 도

57면

도ᄒᆞ니 타인은 아디 못ᄒᆞ나 승샹은 블근 사ᄅᆞᆷ이오 병셔ᄅᆞᆯ 니기 아니 더 ᄋᆞ[ᄌᆞ]의 언어 가온대 티국티란과 냥국교병의 빅젼빅승ᄒᆞᆯ 일을 니ᄅᆞ매 그ᄋᆞᆨ이 념녀ᄒᆞ되 금텬해 요란ᄒᆞ고 쟝샹이 굿기ᄂᆞ니 병법을 아라 브졀 업다 ᄒᆞ고 ᄎᆞ후 공ᄌᆞ의 티란의 간셥ᄒᆞᆫ 말곳 나면 믄득 눈을 놉히 ᄠᅳ고 엄히 ᄭᅮ지저 못ᄒᆞ긔 ᄒᆞ고 단션ᄉᆡᆼ의 부쵹ᄒᆞ되 잡히여 교훈ᄒᆞᆷ을 다ᄅᆞᆫ 뎨ᄌᆞ의게셔 더ᄒᆞ라 ᄒᆞ니 이러므로 공ᄌᆡ 엄부엄ᄉᆞ의게 븟들려 [ᄠᅳ들] 펴디 못ᄒᆞ고 긔운을 주리여 유혹을 힘ᄡᅳᆯᄉᆡ 문니 날로 댱진ᄒᆞ야 괴로이 읇쥬어리ᄂᆞᆫ 배 업고 눈의 디나면 외오고 귀의 드ᄅᆞ면 ᄒᆡ득ᄒᆞ야 ᄆᆡ양 스ᄉᆞ로 닐거 삼년만의 만권셔ᄅᆞᆯ 달통ᄒᆞ니 이형이 쇼왈 샤뎨ᄂᆞᆫ 경셔 빅가어ᄅᆞᆯ 여라믄 권식 ᄂᆞ리보고 다시 보디 아니〃 글이 어ᄂᆞ 고ᄃᆡ 드러시며 그 ᄠᅳ들 어이 미처 사겨 알리오 ᄉᆡᆼ이 쇼왈 임의 볼딘대 ᄠᅳ들 사겨 아니보고 므어ᄉᆞᆯ 보며 임의 ᄒᆞᆫ 번 본 후 다시 보아 므엇ᄒᆞ리

58면

오 여러 번 보면 괴로올 ᄯᆞᄅᆞᆷ이라 쇼뎨ᄂᆞᆫ 형이 ᄒᆞᄅᆞ 스믄 댱식 빅화 셜흔 번이나 닐거 외오ᄂᆞᆫ 줄 웃ᄂᆞ이다 이형이 ᄆᆡ양 뎌의 긔롱을 듯고 우ᄉᆞᆯ ᄯᆞᄅᆞᆷ이라 션ᄉᆡᆼ을 불러 강논을 시길ᄉᆡ 다ᄅᆞᆫ 뎨ᄌᆞᄂᆞᆫ 공슌ᄒᆞ고 흠앙ᄒᆞ야 새로이 좀심ᄒᆞ되 ᄉᆡᆼ이 홀로 안자 [조]을거ᄂᆞᆯ 션ᄉᆡᆼ이 좌우로 ᄒᆞ야곰 매ᄅᆞᆯ 가져다가 노코 ᄉᆡᆼ을 잡아 ᄂᆞ리와 칙왈 네 ᄉᆞ댱 면젼의셔 글을 강ᄒᆞ매 ᄠᅳ들 셩현의 두디 아니코 ᄐᆡ만ᄒᆞ니 이ᄂᆞᆫ 우흐로 셩군을 업슈이 너기고 아래로 날을 압두ᄒᆞ미라 ᄉᆡᆼ이 [ᄂᆞᆺ]빗ᄎᆞᆯ 졍히 ᄒᆞ고 돈슈복죄 왈 뎨ᄌᆡ 사오납고 게어ᄅᆞ니 그 죄ᄅᆞᆯ 감슈ᄒᆞ오나 다만 ᄉᆞ부와 셩현으로 경만히 너기미 아니라 임의 ᄆᆞ음의 니기 아라시매 새로이 드ᄅᆞ미 괴로온디라 믄득 조오니 죄 크도소이다 션ᄉᆡᆼ 왈 네 맛당이 거ᄌᆞᆺ말로 날을 희롱티 말고 고셔ᄅᆞᆯ 내 알ᄑᆡ셔 강논ᄒᆞ라 ᄉᆡᆼ이 샤례ᄒᆞ고 당의 오ᄅᆞ니 경셔ᄅᆞᆯ 강ᄒᆞᆯᄉᆡ ᄌᆞ〃히 뎡대ᄒᆞ고 쇄락ᄒᆞ야 일ᄌᆞ호리도 불명ᄒᆞ미 업서 쳥건ᄒᆞᆫ 셩음은 빅옥을

59면

두ᄃᆞ리고 ᄂᆞᆼ녀ᄒᆞᆫ 말솜은 뉴쉬 ᄀᆞᄐᆞ니 반일이 못ᄒᆞ야셔 강논을 ᄆᆞᄎᆞ매 션ᄉᆡᆼ이 대희

왈 네의 ᄌᆡ죄 이 ᄀᆞᄐᆞ니 엇디 긔특디 아니리오 연이나 이런 ᄌᆡ조ᄅᆞᆯ ᄆᆞᄎᆞᆷ내 ᄀᆞ다ᄃᆞᆷ디 아니면 비록 강하의 대ᄌᆡ 이시나 아름답고 빗난 거시 젹으리니 녜 모로미 ᄯᅳ들 거두어 ᄀᆞ다ᄃᆞᄆᆞ라 강논이 다 올ᄒᆞ되 너모 발월ᄒᆞ야 졍논이 젹으니 모ᄅᆞ미 아라 고티라 ᄉᆡᆼ이 ᄇᆡ샤ᄒᆞ고 믈러나니 등의 ᄯᆞᆷ이 흘러 오ᄉᆡᆨ ᄀᆞ득ᄒᆞ야시니 션ᄉᆡᆼ의 엄졍ᄒᆞ미 이 ᄀᆞᆺ더라 비록 그러나 ᄉᆡᆼ이 ᄆᆞ음을 ᄀᆞ다ᄃᆞᆷ디 못ᄒᆞ야 총명과 문니ᄅᆞᆯ 밋고 ᄯᅩ 병셔의 ᄯᅳ디 갈리여 문쟝이 열형뎨 듕 읏듬이라 그 부친ᄭᅴᄂᆞᆫ 밋디 못ᄒᆞ미 이 여괸라 나히 십 셰예 니ᄅᆞ러ᄂᆞᆫ 셕패 뎌의 긔운이 츙텬ᄒᆞ믈 보고 소기고져 ᄒᆞ야 일〃은 여러 ᄋᆞ쇼져[들]ᄅᆞᆯ [ᄑᆞᆯ]히 듀뎜ᄒᆞᆯᄉᆡ 운셩이 겨ᄐᆡ 이시믈 타 ᄑᆞᆯ홀 내라 ᄒᆞ니 셩이 무심코 ᄑᆞᆯ홀 낸대 셕패 우김질로 ᄉᆡᆼ혈을 ᄃᆡᆨ으니 ᄉᆡᆼ이 급히 스ᄉᆞ되 블셔 술히 드러 옥비예 잉되 되엿ᄂᆞᆫ디라

60면

셕패 대쇼 왈 그ᄃᆡ 하 사오나오니 ᄉᆡᆼ혈로 보람ᄒᆞ야 두고 부인을 엇긔ᄒᆞ리라 공ᄌᆡ ᄒᆞᆯ 일이 업서 웃고 왈 늘근 할미 일 업거든 청산 숑하의 깃드려 만년이나 살 거시어ᄂᆞᆯ 엇디 이런 희롱을 ᄒᆞᄂᆞ뇨 셕부인이 즐왈 네 말을 이러틋 ᄀᆞᆯ히디 아니코 조모ᄅᆞᆯ 욕ᄒᆞ니 승샹긔 고ᄒᆞ야 죄ᄅᆞᆯ 닙히리라 공ᄌᆡ 샤죄ᄒᆞ고 셔당의 와 다시옴 ᄑᆞᆯ홀 보며 즐겨 아냐 ᄉᆡᆼ각ᄒᆞ되 내 몸이 셰샹 긔남ᄌᆞ 대댱부로 엇디 녀ᄌᆞ ᄉᆡᆼ혈을 ᄃᆡᆨ고 일신들 이시리오 ᄒᆞ야 민〃ᄒᆞ더니 홀연 ᄭᆡᄃᆞᆺ고 쇼왈 셕패 날을 보채니 내 ᄒᆞᆫ 계규[로 뎌]ᄅᆞᆯ 속이리라 ᄒᆞ야 몸을 니러 안흐로 드러가 일희당 동산의 올라 구버보니 셕파ᄂᆞᆫ 업고 셕파의 기ᄅᆞᆫ 바 쇼영이 난간 밧긔 가 노니 쇼영은 셕파의 외족이라 부뫼 구몰ᄒᆞ니 패 ᄃᆞ려다 길러 종요로온 사ᄅᆞᆷ을 어더 맛디랴 ᄒᆞ니 나히 십이 셰오 ᄌᆡ뫼 절셰ᄒᆞ더라 운셩[이] 셕파ᄅᆞᆯ 믜워 심듕의 우서 ᄀᆞᆯ오ᄃᆡ 내 당〃이 쇼영을 쳡 사

61면

마 ᄉᆡᆼ혈을 업시 ᄒᆞ리라 몸을 ᄂᆞ좌 난간의 니ᄅᆞ러 쇼영을 녑히 ᄭᅧ 동산의 니ᄅᆞ러 쇼영을 저혀 왈 네 만일 소ᄅᆡᄒᆞ야 발악ᄒᆞᆯ딘대 부친ᄭᅴ 고ᄒᆞ고 너ᄅᆞᆯ 죽이리라 쇼영이 소ᄅᆡᄅᆞᆯ 못ᄒᆞ니 ᄉᆡᆼ이 깃거 친ᄒᆞ믈 ᄆᆡᆺ고 당부 왈 네 ᄉᆡᆼ심도 말을 누셜티 말나 내 타일의 널로ᄡᅧ 금차항녈을 삼으리라 셜파의 크게 웃고 ᄑᆞᆯ흘 보니 ᄉᆡᆼ혈이 업ᄂᆞᆫ디라 환희ᄒᆞ야 셔당으로 도라오니라 쇼영이 불의예 운셩의 핍박ᄒᆞ믈 닙고 넉시 놀라 어린 ᄃᆞᆺᄒᆞ야 다만 우더니 셕패 니ᄅᆞ러 보고 연고ᄅᆞᆯ 무ᄅᆞᆫᄃᆡ 쇼영이 울며 왈 앗가 삼공ᄌᆡ 니ᄅᆞ러 무

단히 핍박ᄒᆞ니 엇디 노흡고 쉽디 아니리오 셕패 급히 보니 ᄑᆞᆯᄒᆡ 듀렴이 업ᄂᆞᆫ디라 크게 놀라 뇌뎡이 만신을 분쇄ᄒᆞᆫ ᄃᆞ시 안자다가 도로혀 대쇼 왈 ᄆᆡᆸ고 ᄆᆡ온 낭군을 승샹씌 고ᄒᆞ면 큰 죄ᄅᆞᆯ 닙을 거시니 발셜티 말 거시로다 드ᄃᆡ여 쇼영ᄃᆞ려 ᄀᆞ만이 네 ᄉᆡᆼ심도 이런 말을 구외예 내디 말라 ᄒᆞ고

62면

ᄎᆞ후ᄂᆞᆫ 거즛 모ᄅᆞᄂᆞᆫ 톄ᄒᆞ고 디내라 심듕의 ᄀᆞ이 업시 너기며 운셩을 본적마다 보채여 승샹씌 고ᄒᆞ렷노라 저히니 ᄉᆡᆼ이 비록 민망ᄒᆞ나 ᄉᆞᄉᆡᆨ디 아니코 발명ᄒᆞ믈 쥰절히 ᄒᆞ니 셕패 ᄉᆡ트시 너겨 이후ᄂᆞᆫ 희롱도 아냐 ᄇᆞ려두니 운셩의 ᄒᆡᆼᄉᆡ 이ᄀᆞᆺ티 넘나고 ᄆᆡ온디라 승샹이 비록이 일 모ᄅᆞ나 원ᄂᆡ 방탕ᄒᆞ고 졍ᄃᆡᆨ디 아니믈 알고 방외예 내디 아냐 됴셕문안 후 셔당으로 보내고 단션ᄉᆡᆼ이 십분 샹심ᄒᆞ야 슬피니 ᄉᆡᆼ이 감히 방ᄌᆞ티 못ᄒᆞ고 나히 ᄎᆞ매 ᄯᅳ들 잡고 ᄎᆞᆷᄂᆞᆫ 배 만터라 이ᄯᅢ 년셰 십ᄉᆞ 셰예 다ᄃᆞ라 신댱이 팔쳑오촌이오 허리 살대 ᄀᆞᆺ고 엇게 ᄎᆡ봉 ᄀᆞᄐᆞ며 두 ᄑᆞᆯ이 무릅ᄒᆡ 디나며 힘은 능히 구뎡을 들고 모략은 손ᄋᆞ의 디나며 용ᄆᆡᆼ은 파목의 넘고 문쟝지혜 태ᄉᆞ쳔의 ᄀᆞ작이 ᄡᅡᆼ을 ᄒᆞᆯ 거시오 셩졍이 총명ᄒᆞ야 사ᄅᆞᆷ의 소ᄅᆡᄅᆞᆯ 조차 그 속을 알고 그 얼골을 [죄]ᄎᆞ 그 ᄆᆞ음을 ᄉᆞᄆᆞᆺᄎᆞ 져근 일의 프러디고 큰 일의 강녕지단이 잇고 의논이 상쾌ᄒᆞ

63면

며 언에 호상ᄒᆞ되 ᄆᆞ음이 텰셕 ᄀᆞᄐᆞ야 ᄯᅳ들 뎡ᄒᆞᆫ 후ᄂᆞᆫ 두루혀디 아냐 ᄇᆞᄃᆡ ᄆᆞ음을 셰오니 이 가온대 고집이 극ᄒᆞ고 ᄯᅩᄒᆞᆫ 풍용이 쇄락ᄒᆞ야 금분의 셩ᄒᆞᆫ 모란 ᄀᆞᆺ고 긔되 편텬ᄒᆞ야 셰류 미풍의 움즉이ᄂᆞᆫ ᄃᆞᆺ ᄒᆞᆫ ᄡᅡᆼ 블근 눈은 효셩의 졍긔ᄅᆞᆯ ᄀᆞᆷ초와고 두 조각 쥬순은 단사ᄅᆞᆯ 뎜 텻ᄂᆞᆫᄃᆞᆺ 낭미ᄂᆞᆫ 강산의 슈긔ᄅᆞᆯ 모도왓고 귀밋튼 옥을 다ᄉᆞ린 ᄃᆞᆺᄒᆞ야 의〃히 모친 염티ᄅᆞᆯ 품슈ᄒᆞ고 표〃히 부친의 여풍을 어더ᄂᆞᆫ디라 니ᄅᆞᆫ바 당금의 옥인이오 개셰의 호걸이라 부모의 사랑홈과 조모의 두굿미 층냥티 못ᄒᆞ더니 ᄉᆡᆼ이 일〃은 외가의 가셔 두어 날 도라오디 못ᄒᆞ고 월ᄉᆡᆨ을 ᄯᅴ여 셕쟝군을 뫼셧더니 뎡젼의 셕가산 이셔 길ᄒᆡ 열자히오 몸ᄑᆡ 두 아름이라 그 우ᄒᆡ 월계 셩이 ᄑᆡ엿거ᄂᆞᆯ 쟝군이 ᄀᆞᆯ오ᄃᆡ 뎌 가산이 멀리 노혀시니 나오혀 노코 보고져 ᄒᆞ되 노복이 여러히 ᄭᅳ으리로다 운셩 왈 조뷔 엇디 친히 가져오디 아니ᄒᆞ시ᄂᆞ뇨 쟝군 왈

64면

내 근닉의 힘이 쇠ᄒᆞ야 능히 뎌를 이긔디 못ᄒᆞ리로다 운셩 왈 소손이 쳥컨대 옴겨 노흐리이다 쟝군이 대쇼 왈 아히 망녕되도다 나도 드디 못ᄒᆞᄂᆞᆫ 거ᄉᆞᆯ 네 엇디 들다 ᄉᆡᆼ이 답쇼 왈 조부ᄂᆞᆫ 보쇼셔 ᄒᆞ고 드ᄃᆡ여 ᄯᅳᆯ히 ᄂᆞ려 오ᄉᆞᆯ 것고 두 손으로 셕가산을 드러 ᄒᆞᆫ 손의 바다 들고 두로 돌기ᄅᆞᆯ 서너 바탕을 ᄒᆞᆫ 후 텽뎐의 노ᄒᆞ되 신ᄉᆡᆨ이 변ᄒᆞ며 긔운이 급촉디 아냐 타연히 올라 안ᄌᆞ며 닐오ᄃᆡ 조뷔 보시니 쇼손의 힘이 약ᄒᆞ니잇가 쟝군이 대경ᄒᆞ야 닐오ᄃᆡ 이ᄂᆞᆫ 네 악닉의 디나도다 ᄒᆞ고 십분 ᄉᆞ랑ᄒᆞ더라 ᄉᆡᆼ이 홀ᄂᆞᆫ ᄌᆞ운산 밧긔 와 노더니 시임 참졍 형옥의 두 아들 형불로 불운 등을 만나니 서ᄅᆞ ᄉᆞ랑ᄒᆞ야 평ᄉᆡᆼ 아던 바 ᄀᆞᆺ티 ᄒᆞ며 디긔로 허ᄒᆞ고 왕닉ᄒᆞ야 사괴더니 모츈가졀을 만나니 ᄉᆡᆼ이 부친씌 하딕고 도셩의 드러가 외소ᄅᆞᆯ 보고 형참졍 집의 니ᄅᆞ니 문니 이 젼친히 사괴던 샹공이라 ᄒᆞ야 통티 아니코 드리

65면

니 ᄉᆡᆼ이 ᄯᅩᄒᆞᆫ 호상ᄒᆞᆫ 사ᄅᆞᆷ이라 ᄆᆞ음의 호의 업ᄂᆞᆫ 고로 바로 셔당의 문이 열렷고 안히 뵈이ᄂᆞᆫ디라 고이히 너겨 눈을 드러보니 참졍과 부인이 좌ᄅᆞᆯ 뎡ᄒᆞ엿고 겻틔 다ᄉᆞᆺ 아들이 뫼셧ᄂᆞᆫᄃᆡ 홍샹취삼의 녀ᄌᆞ 팔인이 버러시니 우으로 닐굽은 다 취가ᄒᆞᆫ 녀ᄌᆡ로ᄃᆡ 안즌 녀ᄌᆞᄂᆞᆫ 십 삼ᄉᆞᄂᆞᆫ ᄒᆞᆫ 쳐ᄌᆡ라 홀란ᄒᆞᆫ 졍ᄎᆡ며 아름다온 얼골이 [고지] 쇠잔ᄒᆞ고 ᄃᆞᆯ이 무광ᄒᆞᆯ디라 ᄉᆡᆼ이 ᄒᆞᆫ 번 보매 크게 칭찬ᄒᆞ고 크게 긔특이 너겨 흠모ᄒᆞᄂᆞᆫ ᄆᆞ음을 이긔디 못ᄒᆞ니 ᄆᆞ득 졍이 발ᄒᆞ니 ᄉᆡᆼ각ᄒᆞ되 [이] 반드시 형공의 ᄯᆞᆯ이라 내 마춤 취쳐ᄒᆞ디 아냐시며 졔 ᄯᅩᄒᆞᆫ 쳐ᄌᆡ니 이인연은 손 뒤혈 ᄉᆞ이 잇도다 ᄒᆞ야 졍신이 쒸노ᄂᆞᆫ ᄃᆞᆺᄒᆞ니 젼팀녕호ᄒᆞ던 긔운이 ᄒᆞ나토 업서 셧더니 ᄆᆞ득 우히 안잣던 쇼네 니러셔며 왈 쇼ᄆᆡ 강아ᄂᆞᆫ 유인ᄀᆞᆺ티 안잣ᄂᆞᆫ다 오ᄂᆞᆯ 우리 부모 형뎨 모드신 ᄢᅢ 투호 뎌 승부ᄅᆞᆯ 결우쟈 ᄆᆞ득 그 미인이 쥬슌을 여러 나ᄌᆞ기 닐오ᄃᆡ 쇼ᄆᆡ 본

66면

ᄃᆡ 잡계ᄅᆞᆯ 못ᄒᆞᄂᆞᆫ디라 여러 져졔 겨시니 엇디 구ᄐᆞ여 날을 브ᄅᆞᄂᆞ니잇고 그 녀ᄌᆡ ᄀᆞᆯ오ᄃᆡ 강개 동긔 ᄉᆞ이로ᄃᆡ ᄆᆞ양 외ᄃᆡᄒᆞ야 ᄉᆞ양ᄒᆞᄂᆞᆫ다 네의 묘슈로 ᄉᆞ양ᄒᆞ면 어ᄂᆡ 졔형이 투호ᄅᆞᆯ 티리오 평ᄉᆡᆼ의 됴화ᄒᆞᄂᆞᆫ 거시 이람ᄒᆞᆫ 경 분이로다 형뎨 모든 ᄢᅢ 이런 됴흔 일을 아니랴 부인이 쇼왈 제부ᄂᆞᆫ 우리 알 거니 어려워ᄒᆞᆯ 거시니 네 츄ᄉᆞ 말고 경

아와 투호를 티라 미인이 승명ᄒᆞ야 니러셔니 신댱이 표연ᄒᆞ고 패옥이 ᄌᆡᆼ연ᄒᆞ며 ᄀᆞᄂᆞᆫ 허리와 ᄂᆞᆯ란 긔질이로ᄃᆡ ᄯᅩ 단엄틈듕ᄒᆞ야 상월 ᄀᆞ튼 풍도와 유룡 ᄀᆞ튼 거동이 쳔고의 ᄡᅢ여나니 삼촌금년을 풍젼의 옴겨 셤〃옥슈로 금살을 희롱ᄒᆞ니 소ᄅᆡ 낭쟈ᄒᆞ고 미인이 슌〃이 이긔ᄂᆞᆫ디라 형공ᄌᆞ 불운이 쇼왈 강애 이러ᄐᆞᆺ 잡계를 됴하ᄒᆞ니 우리 등이 잡계 잘ᄒᆞᄂᆞᆫ ᄆᆡ부를 어드리라 미인이 각별 붓그려ᄂᆞᆫ 아니ᄃᆡ 면ᄉᆡᆨ을 ᄉᆡᆨ〃이 ᄒᆞ고 단졍이 거러 안흐로 드러가니 좌듕이 대쇼ᄒᆞ거ᄂᆞᆯ ᄉᆡᆼ이 이를 보고 숨을 길게 쉬고 믄득 셔반

67면

듕의 드러누엇더니 이윽고 형ᄉᆡᆼ 등이 나와 보고 놀나 왈 뎐강은 어ᄂᆞ 때 왓더뇨 ᄉᆡᆼ이 게얼리 니러나 ᄀᆞᆯ오ᄃᆡ 앗가 ᄀᆞᆺ 왓노라 졔ᄉᆡᆼ이 버러 안자 말ᄉᆞᆷᄒᆞᆯᄉᆡ ᄉᆡᆼ이 젼혀 의ᄉᆡ 업서 뎐애의 ᄇᆡ운만 ᄇᆞ라고 안잣거ᄂᆞᆯ 졔ᄉᆡᆼ이 쇼왈 소형이 엇디 품은 ᄯᅳᆺ이 잇ᄂᆞᆫ ᄃᆞᆺᄒᆞ야 우리 ᄆᆞ음의 두디 아닛ᄂᆞ뇨 운셩 홀연 기리 탄왈 쇼뎨 비록 용녈ᄒᆞ나 부형의 음덕으로 ᄌᆡ풍이 하등이 아니라 평ᄉᆡᆼ의 ᄌᆞ부ᄒᆞ야 숙녀를 만나고져 원ᄒᆞ더니 홀연 션아를 몽듕의 만나고 흐믓거이 ᄡᅧ나니 아연티 아니리오 형ᄉᆡᆼ 등이 십분 놀나 왈 아디 못게라 션애 어ᄃᆡ 잇더뇨 ᄉᆡᆼ이 묵연브답ᄒᆞ고 냥구히 읇허 ᄉᆡᆼ각다가 하ᄃᆡᆨ고 도라가 일로브터 ᄆᆞ음이 형쇼져긔 갓ᄂᆞᆫ디라 이젼 놉흔 호긔 ᄉᆞ라뎌 식음이 ᄃᆞ디 아니며 뎐〃반측ᄒᆞ야 고인의 숙녀 ᄉᆞ모ᄒᆞ믈 힝ᄒᆞ니 시여 일의 니ᄅᆞ러ᄂᆞᆫ 믄득 수미를 펴디 아니며 소셰를 게얼리 ᄒᆞ야 셔당의셔 관져편을 볼 ᄯᆞᄅᆞᆷ이라 승샹

68면

이 ᄋᆞᄌᆞ를 보고 크게 고이히 너겨 친히 셔당의 니ᄅᆞ러 보니 ᄉᆡᆼ이 혼지 탄왈 아디 못게라 얼골을 보게 ᄒᆞ시고 인연이 쉽디 못ᄒᆞ냐 ᄒᆞ거ᄂᆞᆯ 승샹이 드ᄅᆞ매 태반이나 짐쟉ᄒᆞ고 드러 안ᄌᆞ니 ᄉᆡᆼ이 ᄒᆞᆫ 댱 글을 보다가 부친을 보고 황망이 ᄀᆞᆷ초며 니러 마ᄌᆞ니 승샹이 글을 내라 ᄒᆞ니 ᄉᆡᆼ이 어이 감히 ᄐᆡ만ᄒᆞ리오 ᄲᆞᆯ리 밧드러 드리니 공이 견필의 믄득 정ᄉᆡᆨ 왈 이 글 가온대 은졍이 이시니 어ᄂᆡ 고ᄃᆡ 가 비례로 미녀를 보고 뎐〃소복ᄒᆞᄂᆞᆫ ᄯᅳ디 잇ᄂᆞ뇨 공ᄌᆡ 대황 대참 대경ᄒᆞ여 오직 담을 크게 ᄒᆞ고 말을 ᄭᅮ며 ᄀᆞᆯ오ᄃᆡ 쇼ᄌᆡ 비록 불쵸ᄒᆞ나 야〃의 교평과 션ᄉᆡᆼ의 엄녕을 거ᄉᆞ려 미녀셩ᄉᆡᆨ을 뉴렴ᄒᆞ리잇고 ᄒᆞ믈며 히ᄋᆡ 당〃ᄒᆞᆫ 샹문공ᄌᆞ로 부뫼 아름다온 녀[ᄌᆞ]로 ᄐᆡᆨᄒᆞ샤 ᄌᆞ식의 일ᄉᆡᆼ을 평안

이 ᄒᆞ실 배오 쇼지 ᄯᅩᄒᆞᆫ 닙신ᄒᆞ면 셔듕옥녜 옥ᄀᆞᄐᆞᆯ ᄒᆞ야 봉관화리의 명뷔 업슬가 근심티 아니려든 션비 글을 닑고 엇디 비례불법을 ᄒᆞ리잇고 금일 야〃

69면

의 말솜을 듯ᄌᆞ오매 황공ᄒᆞᆯ ᄲᅮᆫ 아니라 쇼ᄌᆞ로ᄡᅥ 이런 뉴로 아ᄅᆞ시믈 참안ᄒᆞ와 욕ᄉᆞ무디로소이다 승샹이 졍싴 왈 네 말을 ᄉᆞ며 아비 소기믈 능ᄉᆞ로 알거니와 내 ᄯᅩ 네의 ᄉᆞ미ᄂᆞᆫ 말을 듯디 아니리〃니 네 모ᄅᆞ미 말솜을 졍대히 ᄒᆞ야 ᄒᆞᆫ갓 부모ᄲᅮᆫ 아냐 하쳔 삼쳑동도 소기디 말고 미녀의 ᄯᅳ들 두디 말라 네 요사이 빙우ᄒᆞ노라 일캇고 년일ᄒᆞ야 나가니 청누졔강 곳 아니면 머ᄃᆡ 집의 가 규슈를 여어보고 뉴렴ᄒᆞ미니 내 구ᄐᆞ여 뭇디 아니믄 [내]죵을 보려 ᄒᆞ거니와 네 ᄯᅩ 조심ᄒᆞ라 말솜이 엄졍ᄒᆞ니 공ᄌᆡ 부친의 명텰ᄒᆞ믈 보고 크게 두려 묵연빅샤ᄒᆞᆯ ᄲᅮᆫ 이러라 공이 눈으로ᄡᅥ ᄋᆞᄌᆞ를 냥구히 보고 슉묵팀음ᄒᆞ니 공ᄌᆡ 심경ᄒᆞ니 공ᄌᆡ 심경낙담ᄒᆞ야 관을 수기고 업데여시니 반일이 디난 후 승샹이 밧그로 나가ᄂᆞᆫ디라 공ᄌᆡ ᄇᆡ야흐로 숨을 내쉬고 경신을 거두워 보니 츈 ᄯᆞᆷ이 오ᄉᆡ 젓거늘 드ᄃᆡ여 기복ᄒᆞ

70면

고 감히 ᄉᆞᄉᆡᆨ디 못ᄒᆞ나 일념의 닛디 못ᄒᆞ더니 형참졍이 승샹과 동년으로 교계 깁고 운셩의 ᄌᆡ화를 심히 ᄉᆞ랑ᄒᆞ야 녀셔를 삼고져 ᄒᆞ되 다만 너모 발월ᄒᆞ야 유싱의 온용ᄒᆞᆫ 힝실이 젹은디라 비록 타일 큰 그ᄅᆞ시 될 줄을 아나 ᄯᅩᄒᆞᆫ 츌뉴ᄒᆞ기로ᄡᅥ ᄌᆡ앙이 만ᄒᆞ믈 명〃히 디긔ᄒᆞ고 듀뎨ᄒᆞ더니 다시 녀ᄋᆞ를 보매 쳥약ᄒᆞᆫ 가온대 풍안ᄒᆞ고 혜힐ᄒᆞᆫ 듕 쇄락ᄒᆞ야 복덕이 완젼ᄒᆞ니 임의 ᄯᅳ들 결ᄒᆞ엿더니 운셩이 외조 셕참졍을 보고 다래되 쇼손이 일즉 드ᄅᆞ니 형공의 녀ᄌᆡ 이셔 하쥐숙녀와 완사의 미풍이 잇다 ᄒᆞ니 ᄇᆞ라건대 조부ᄂᆞᆫ 부친긔 고ᄒᆞ고 손ᄋᆞ의 호구를 뎡킈 ᄒᆞ쇼셔 셕공이 쇼왈 네 엇디 형시의 슉뇨ᄒᆞ믈 드른다 싱이 ᄃᆡ왈 형싱 등이 제 누의를 스ᄉᆞ로 일ᄏᆞᄅᆞ니 드럿나이다 공이 허락ᄒᆞ니 싱이 환희ᄒᆞ야 도라가다 어시예 셕공이 승샹을 보고 닐오ᄃᆡ 형옥의

71면

규슈 이셔 아름다오미 진짓 셩ᄋᆞ의 빅위라 현셔ᄂᆞᆫ 모ᄅᆞ미 믹쟉으로 통ᄒᆞ미 엇더뇨 승샹이 ᄃᆡ왈 규듕녀ᄌᆞ의 소실을 샹공이 엇디 아ᄅᆞ시ᄂᆞ니잇고 공왈 사ᄅᆞᆷ이 지극히 어

딜고 지극히 사오나오면 일홈이 흔갓 일시의 유명홀 섄 아니라 만고의 펴디ᄂᆞ니 형시 아름다오매 내 ᄌᆞ연 드러시니 현셔는 구ᄐᆞ여 뭇디 말고 혼인을 일우라 승샹이 믄득 ᄋᆞᄌᆞ의 브촉인가 ᄒᆞ되 발언키 됴티 아냐 쇼이브답이러니 벽데소릐 믄득 나더니 이에 형참이 니르러 서ᄅᆞ 보매 셕공이 몬져 구혼ᄒᆞ고 소공이 버거 청흔대 형공이 쾌히 허ᄒᆞ여 왈 나의 한문과 쇼녀의 누질이 소형의 긔린 ᄀᆞᄐᆞᆫ ᄋᆞᄌᆞ롤 빅ᄒᆞ미 불가하나 ᄂᆞ지 구ᄒᆞ시믈 슈ᄒᆞ리라 옹셔 이인이 흠씌 칭샤ᄒᆞ고 쥬찬을 드려 은근ᄒᆞ기롤 파ᄒᆞ고 흐터뎟더니 형공이 도라가 틱일ᄒᆞ야 보내니 믄득 칠일이 ᄀᆞ렷ᄂᆞᆫ디라 혼슈를 출혀 날이 다ᄃᆞᄅᆞ매 일개 존당의 모

72면

다 쵸례를 힝홀ᄉᆡ 싱의 미우의 희긔 ᄀᆞ득ᄒᆞ며 쥬순의 옥 ᄀᆞᄐᆞᆫ 호치를 비최니 타인은 다 길일이니 즐기ᄂᆞᆫ가 긔롱ᄒᆞ고 승샹은 ᄆᆞᆺ춤내 흔연ᄒᆞ미 업서 쵸례 힝홀 적 녜로 경계ᄒᆞᄂᆞᆫ 말 밧근 다시 졉담티 아니〃 싱이 그윽이 념녀ᄒᆞ야 믄득 흥티 ᄉᆞ연터라 이에 모든 ᄃᆡ 하딕고 형가의 다ᄅᆞᄅᆞ매 기러기를 뎐ᄒᆞ고 신부의 샹교ᄒᆞ기를 ᄌᆡ쵹ᄒᆞ니 형쇼제 칠보셩장을 일우고 금옥교의 오ᄅᆞ매 홍군취삼흔 시네 수플 ᄀᆞᄐᆞ야 셩외구가로 가니 일쵸의 굿보ᄂᆞᆫ니 칭찬티 아니리 업고 신낭의 영치와 호긔 니빅 두목디의 디나니 사ᄅᆞᆷ이 다 닐오ᄃᆡ 소승샹씌 디난 풍치[라] ᄒᆞ더라 ᄌᆞ운산의 도라와 부뷔 교비를 뭇고 합증쥬를 파하고 동방의 도라와 싱이 눈을 드러 ᄇᆞ라보니 경신이 어려 다만 슈려흔 풍광의 ᄀᆞ득흔 우음을 머금고 밤이 깁흐매 쵹을 멸ᄒᆞ고 상의 오ᄅᆞ매 은졍이 측냥티 못홀러라 싱이 인ᄒᆞ야 신부ᄃᆞ려 왈 내 평

73면

싱 숙녀를 구ᄒᆞ더니 년형을 두터워 무샹츌입ᄒᆞ다가 우연히 쇼져를 여어 보고 오믹의 ᄉᆞ복ᄒᆞ야 외조씌 고ᄒᆞ며 부친 녕을 어더 인연을 일오니 다힝ᄒᆞ믈 이긔디 못ᄒᆞ리로다 신뷔 심하의 잠간 뎐도히 너기나 슈습ᄒᆞ야 답디 아니〃 이째 셕패 마춤 여어듯고 어히 업시 너겨 도라와 셕부인씌 고흔대 부인이 ᄯᅩ흔 놀나며 우어 왈 아희 범남ᄒᆞ미 이 곳ᄐᆞ니 승샹이 아ᄅᆞ시면 죄를 닙을씨니 셔모ᄂᆞᆫ 일콧디 말고 ᄇᆞ려두쇼셔 ᄒᆞ고 인ᄒᆞ야 싱혈 일ᄉᆞ를 닐러 쇼영이 슈결ᄒᆞ라 ᄒᆞ믈 니ᄅᆞ니 부인이 아미를 찡기고 팀음ᄒᆞ더니 승샹이 드러오다가 듯고 문을 열고 드러 좌를 뎡흔 후 닐오ᄃᆡ 부뫼 어디〃 못ᄒᆞ면 ᄌᆞ

식이 사오나오니 이제 운셩의 힝ᄉᆡ 이 ᄀᆞᄐᆞ되 아비 이셔 모ᄅᆞ고 어미 이셔 아득ᄒᆞ니 이 곳 나의 불명ᄒᆞ미어니와 어미된 재 태임의 ᄐᆡ교ᄒᆞ믄 법밧디 못ᄒᆞᆫ들 불쵸ᄌᆞ를 브러 동심ᄒᆞ야 아비를 몰뇌쟈ᄒᆞ미 이시리오 운셩의 힝ᄉᆞ를 드ᄅᆞ매 한심ᄒᆞ되 어미는 두

74면

긋거이 너겨 우ᄉᆞ니 진짓 샹뎍ᄒᆞᆫ 모ᄌᆡ라 ᄒᆞ리로다 셕파와 부인이 놀라 묵연ᄒᆞ더니 냥구 후 셕패 쇼왈 부인이 두긋겨 우으신 거시 아니라 한심ᄒᆞ야 ᄂᆡᆼ쇼ᄒᆞ시미라 태임이 태교ᄒᆞ야 문왕을 나흐시고 태ᄉᆡ 관채를 나흐시니 부모의 션악으로 ᄌᆞ식의 션악이 ᄃᆞᆯ려 이시면 고슈 슌을 나흐며 슌ᄌᆡ 블쵸ᄒᆞ리오 문왕이 텬디셩덕을 타나샤 쥬가 팔빅년 긔업을 세우고 근본이 되시매 태임ᄐᆡ교를 니ᄅᆞ나 요슌지모와 셩탕 하우시 모친은 태교란 말도 업ᄉᆞ되 셩덕이 문무의 디나니 이제 쇼냥군의 사오나오미 엇디 승샹과 셕부인의 불인ᄒᆞ미리오 승상은 묵연졍식ᄒᆞ고 부인은 안식을 졍히 ᄒᆞ고 일언도 ᄃᆡ티 아니ᄒᆞ더라 명됴의 태부인이 연셕을 ᄀᆡ당ᄒᆞ고 신부를 마줄ᄉᆡ 빈ᄀᆡᆨ이 무수ᄒᆞᆫ 듕소윤 냥부인이 ᄯᅩᄒᆞᆫ 며ᄂᆞ리를 둘ᄉᆡ 어덧고 위시 강시 치복을 ᄐᆡ례ᄒᆞ고 화셕 두 존고를 뫼시며 양부인을 밧드러 좌를 뎡ᄒᆞ니 옥모

75면

화안이 운듕명월과 슈듕년곳 ᄀᆞᄐᆞ며 소윤화셕 ᄉᆞ위 부인이 ᄐᆡ되 새롭고 쇼년빈ᄀᆡᆨ들이 이 곳비치 어릐여 졀식이 ᄀᆞ득ᄒᆞ엿더니 이윽고 신뷔 나와 존당구고ᄭᅴ 폐빅을 밧드러 녜를 ᄆᆞᆺ츠매 물너 좌듕의 ᄯᅩ 녜를 일우고 치셕의 안ᄌᆞ매 모든 눈이 ᄒᆞᆫ가지로 광경홀ᄉᆡ 신뷔 이목 ᄉᆞ이예 나타난 졍신이 츄슈의 빗난 거슬 나모라 ᄒᆞ며 셜부화뫼 옥을 공교히 사겨 치식을 몌운 듯 냥목은 강산의 ᄆᆞᆰ은 것과 아미의 그린 듯ᄒᆞᆫ ᄉᆞ월미오니마는 반월이 텽텬의 빗겻고 빵환은 초ᄃᆡ 구름이며 흐웍 소담ᄒᆞᆫ 두 귀밋튼 홍년화를 고잣는 듯 어리로온 긔질은 양비의 어리로오믈 졈득ᄒᆞ얏고 ᄋᆡᆼ슌옥치는 단사의 어름 ᄀᆞᄐᆞ며 냥협은 무릉삼식되 이슬을 ᄲᅥᆯ틴 듯 찰난ᄒᆞᆫ 풍치 츄월이 탁운을 버ᄉᆞ며 남뎐빅벽이 듯글을 시슨 듯 신샹의 일쳔풍치 완젼ᄒᆞ고 안모의 우치 어른거려 일광을 ᄀᆞ리오니 만일 셕부

76면

인 곳 아니면 딕젹ᄒ리 업술디라 고식 이인의 면모 샹광이 서ᄅ 비쵀니 만좌 대경ᄒ야 일시의 칭챤 왈 진짓 명염의 슉뇨ᄒ 녀ᄌ로다 이 엇디 존문의 큰 경ᄉ 아니리잇고 흔연 대희ᄒ야 승샹ᄃ려 닐오ᄃ 금일 신부를 보니 긔특ᄒ 녀ᄌ라 너는 뻐 엇더타 ᄒᄂ뇨 승샹이 모친의 흔연ᄒ시믈 보고 ᄯᄒ 깃거 두 번 절ᄒ고 ᄃ왈 운셩은 미친 아ᄒ로ᄃ 신뷔 유한ᄒ야 브덕이 나타나니 이 ᄯᄒ 태〃의 셩덕을 닙으미로소이다 부인이 만심환희ᄒ야 쇼왈 운셩은 졔샹 걸ᄉ라 어이 신부의게 겸손ᄒ 니 이시리오 셕패 좌의 나 ᄀ오ᄃ 승샹ᄭ 숣ᄂ니 신부를 보시니 엇더ᄒ시니잇가 승샹이 무심ᄒ야 다만 쇼왈 아름다올 ᄯ름이라 셔모는 엇디 뭇ᄂ뇨 셕패 손뼉 텨 대쇼 왈 ᄒ 말을 ᄒ리이다 셕일 승샹이 시랑으로 겨실 적 쳡이 셕부인을 듕ᄆᄒ니 시랑이 괴로이 너기시고 부인이 그ᄅ 너기샤 ᄒᄀ 화부인 편만 드ᄅ시더니 금일 신부를 보

77면

시고 태부인과 승샹이 다 깃거ᄒ시니 엇디 나의 덕이 아니며 은혜 아니리오마는 [ᄒ] 사ᄅᆷ도 내 공을 일ᄏ디 아니코 신부만 칭찬ᄒ고 셕부인 태부인ᄭ 티하ᄒ니 공을 모ᄅ미 진짓 한고조의 공신 져ᄇ림과 흡〃히 ᄀᄐ이다 다만 좌 대쇼ᄒ고 태부인이 쇼왈 네 말이 심히 합ᄒ니 티해 느ᄌ나 ᄯᄒ 폐티 못ᄒ리니 오늘 손부를 보니 식부의 어딘 줄과 듕ᄆ의 공을 ᄭ돗과라 좌우로 ᄒ야곰 옥잔의 향온주를 ᄀ득 브어 먹이시니 셕패 희ᄀ양〃ᄒ야 바다 ᄉ러 먹거ᄂᆯ 소부인이 쇼왈 십오 년 디난 하쥬를 더리 즐겨 ᄒ시니 모친은 티하 술을 먹이시니 우리는 듕간의 ᄀ기시던 일을 ᄉᆼ각ᄒ야 위로 잔을 헌ᄒ리니 셕시 소ᄉᆼ 딜ᄋ 등은 어딘 어ᄆ 의탁을 뎡ᄒ여 주믈 샤례ᄒ고 운경 형뎨는 ᄒ 어미 외롭더니 의모를 어더 든〃ᄒ믈 샤례ᄒ여야 올ᄒ니라 윤부인이 낭쇼왈 져〃의 말ᄉᆷ이 졍합ᄋ의라 ᄲᆯ리 ᄒᆼ

78면

ᄒᄉ이다 소시 좌우로 잔을 보내니 윤부인이 짐즛 ᄒ 말 드는 잔을 어더 진쥬ᄌ홍쥬를 ᄀ득 브어 보내여 왈 셕일 셔모의 애쓰며 무류ᄒ야 ᄒ던 일을 ᄉᆼ각고 [금일] 즐기시믈 혜아리니 인ᄉ 뉸회ᄒ야 비환이 샹반ᄒ니 일두 미쥬로 경ᄉ를 티하ᄒᄂ이다 셕패 웃고 잔을 거후르니 소부인이 운셩을 불러 왈 너의 부뷔 머리지어 샤례ᄒ라 ᄉᆼ이

임의 좌의셔 부친의 ᄉᆞ식이 흔연ᄒᆞ나 오히려 저를 미안이 너기ᄂᆞᆫ 빗치 은〃ᄒᆞᆫ디라 감히 흥을 내디 못ᄒᆞ고 미〃히 함쇼ᄒᆞ고 니러나디 아니커ᄂᆞᆯ 소윤부인이 ᄌᆡ삼 급촉ᄒᆞ니 ᄉᆡᆼ이 피셕 왈 슉모의 희롱ᄒᆞ시미 ᄌᆞ못 맛당티 아니〃 연셕 ᄉᆞ이예 이런 긔담을 내야 희롱의 뎨목을 삼디 마ᄅᆞ쇼셔 모다 우어 왈 운셩의 샤례 아니미 ᄀᆞ장 그ᄅᆞ다 ᄉᆡᆼ이 웃고 나가니 소시 웃고 왈 딜ᄋᆞ 등이 츄ᄉᆞᄒᆞ니 셔뫼 술을 낫바ᄒᆞ실디라 쟝ᄎᆞᆺ 아등이 또 잔을 헌ᄒᆞ리라 ᄃᆞ듸여 일빈를 브어 보내니 셕패 대

79면

쇼왈 일홈 업ᄉᆞᆫ 잔은 먹기를 원티 아니ᄒᆞᄂᆞ이다 윤시 왈 어이 무명하빈 이시리오 어딘 동ᄉᆡᆼ을 어더 주시믈 샤례ᄒᆞᄂᆞ이다 셕패 웃고 먹거ᄂᆞᆯ 이인이 또 브어 보내여 왈 이ᄂᆞᆫ 아름다온 딜ᄋᆡ 여러히 이시미 셔모의 덕이라 우리 등의게 유광ᄒᆞ믈 티하ᄒᆞᄂᆞ이다 셕패 혜오ᄃᆡ 이 잔 ᄲᅮᆫ이라 ᄒᆞ야 다 먹으니 윤부인이 잔을 브어 보내여 왈 신뷔 아름다오미 셔모의 덕이라 샤례ᄒᆞᄂᆞ이다 패 ᄉᆡᆼ각ᄒᆞᄃᆡ 반드시 ᄆᆞᄌᆞ막이라 ᄒᆞ야 먹으니 소부인이 다시 잔을 잡고 보내여 왈 셔뫼 셕부인 하쥬ᄂᆞᆫ 다 자셔 겨시니 우리 하쥬ᄂᆞᆫ 셩티 아닛ᄂᆞᆫ뇨 우리 이러ᄐᆞᆺ 영화로오미 부모 셩덕이시나 ᄯᅩᄒᆞᆫ 셔모의 어ᄅᆞ만져 기ᄅᆞ신 은혜라 샤례ᄒᆞᄂᆞ이다 셕패 쇼왈 이 노인을 쥬량이 진ᄒᆞ야 죽긔ᄒᆞ시ᄂᆞ니잇가 윤시 소시를 도라 보아 왈 쇼ᄆᆡᄂᆞᆫ 닐러 ᄲᅳᆯ ᄃᆡ 업거니와 셕셔뫼 져〃도 셕부인 버금으로 혜ᄂᆞ니 우리 영귀ᄒᆞ야 녜란 말고 거〃의 ᄂᆞ리된 샤례를 ᄒᆞ사이다 잔의 술을 ᄀᆞ득 브어

80면

보내여 왈 셕년의 승샹이 강쥐를 안찰ᄒᆞ야 무ᄉᆞ히 도라오미 셕부인 음덕의 힘 닙으미니 셔모ᄭᅴ 티하ᄒᆞᄂᆞ이다 소시 니어 잔을 보내여 왈 아의 참졍ᄒᆞ미 셕뎨의 덕이니 하례를 아니티 못ᄒᆞ리라 윤시 또 잔을 보내여 왈 거〃의 삼틱 되미 셕부인 공이라 하쥬를 보내ᄂᆞ이다 ᄒᆞ야 두 부인의 쇄락낭연ᄒᆞᆫ 말ᄉᆞᆷ이 니음차 티하ᄒᆞᄂᆞᆫ 눈 놀리 ᄃᆞᆺᄒᆞ니 셕패 먹다가 못ᄒᆞ야 잔을 ᄡᅡ히 더디고 좌듕의 누어 왈 셕부인 티하잔을 먹기 슬ᄒᆞ이다 승샹이 이ᄣᅢ 미〃 웃더니 두 부인이 대쇼ᄒᆞ고 잔을 긋친 후 셕패 노리글 두어 귀를 을퍼 제 공덕을 차쟝ᄒᆞ니 소부인이 크게 우어 왈 니틱백이 술 ᄒᆞᆫ 말을 먹고 빅편 글을 지으니 셔모의 금일ᄉᆞ와 흡ᄉᆞᄒᆞ도다 승샹이 잠쇼 왈 져〃ᄂᆞᆫ 취ᄒᆞᆫ 사ᄅᆞᆷ을 웃디 마ᄅᆞ쇼셔 소시 쇼왈 녜브터 긔취긱이 션취긱이니 엇디 웃디 아니리오 승샹이 니

러나고 셕패 제 침소의 가 츄ᄒᆞ야 것구러뎟더라 이 날 죵일토록 진환ᄒᆞ고 셕양의 연파

81면

ᄒᆞ니 태부인 소윤화 등이 젼혀 운셩의 일을 모ᄅᆞᄃᆡ 승샹이 운셩을 크게 미안이 너겨 ᄎᆞ야 인젹이 업슨 후 ᄉᆡᆼ을 부ᄅᆞ니 담쇼ᄒᆞ다가 부명을 듯고 뎐도히 나오니 셔헌의 촉영이 휘황ᄒᆞᆫᄃᆡ 승샹이 셔안을 ᄃᆡᄒᆞ야 안잣거ᄂᆞᆯ ᄉᆡᆼ이 좌하의 ᄭᅮ러 ᄃᆡ답을 일우매 공이 문왈 네 요ᄉᆞ이 무슨 일을 ᄒᆞᄂᆞᆫ다 ᄉᆡᆼ이 ᄃᆡ왈 ᄉᆞ뷔 녜긔를 닑히시더이다 가져오라 ᄒᆞ야 알픠 노코 왈 능히 이를 힝ᄒᆞᄂᆞᆫ다 ᄉᆡᆼ이 아라보고 머믓기다가 ᄂᆡᆯ오ᄃᆡ ᄌᆞ고로 녜긔를 닑어 ᄀᆞᆺ트면 만고의 셩인이 만홀디라 ᄒᆞ믈며 쇼뎨 엇디 감히 ᄀᆞ트리잇가 연이나 불법비례ᄂᆞᆫ 면ᄒᆞ가 ᄒᆞᄂᆞ이다 승샹이 텽파의 즐왈 남ᄌᆡ 혹 방탕ᄒᆞ야 삼가디 못ᄒᆞ미 잇거니와 너ᄂᆞᆫ 황구쇼ᄋᆞ로 가듕의 드러 음난ᄒᆞ기를 방ᄌᆞ히 ᄒᆞ고 방외예 노라 셩식을 엿보아 비례로 혼인을 구ᄒᆞ니 날을 업슨 것ᄀᆞ티 너기니 [내] 어ᄂᆡ 면목으로 네 아비 되며 ᄌᆞ식 ᄀᆞᄅᆞ치디 못ᄒᆞᆫ 죄 참괴ᄒᆞ니 ᄃᆡ〃로 조션 도덕이 네

82면

게 니ᄅᆞ러 믄허디미라 나의 너 나흔 연괴니 엇디 불힝티 아니리오 명일로 부ᄌᆞ 의를 긋처 너를 보디 아니려니와 ᄯᅩᄒᆞᆫ 금일 내 죄를 몬져 다ᄉᆞ려 조션의 쳥죄ᄒᆞ리라 셜파의 좌의 의관을 그ᄅᆞ고 ᄉᆞ당을 향ᄒᆞ야 ᄭᅮ러 안자 시녀로 ᄒᆞ여곰 더러온 믈 세 사발을 갓다가 노코 벌을 먹으랴 ᄒᆞᄂᆞᆫ디라 ᄉᆡᆼ이 이 거동을 보고 ᄒᆞᆫ갓 황공홀 ᄲᅮᆫ 아니라 망극ᄒᆞ미 극ᄒᆞᆫ디라 급히 외관을 그ᄅᆞ고 ᄯᅴ로ᄡᅧ 스ᄉᆞ로 제 몸을 결박ᄒᆞ야 당하의 머리를 계예 두드려 죄를 쳥ᄒᆞ고 부친 벌ᄒᆞ시믈 누기고져 ᄒᆞ되 승샹이 죠곰치도 요동티 아니코 안ᄉᆡᆨ이 더욱 ᄉᆡᆨ〃ᄒᆞ니 졍히 망극홀 적 셕부인 희운각의 가 윤부인과 말ᄒᆞ다가 도라오더니 시녀 의란이 이 말을 마조 ᄃᆞ라와 고ᄒᆞ니 부인이 대경ᄒᆞ야 ᄲᆞᆯ리 셔헌의 니ᄅᆞ니 ᄋᆞᄌᆞᄂᆞᆫ 망극ᄒᆞ여 울며 죄를 쳥ᄒᆞ고 승샹은 졍히 벌을 먹으려 ᄒᆞ거ᄂᆞᆯ 부인이 시녀를 믈니티고 쳑신으로 거러 텽의 오ᄅᆞ디 아니코 듕계

83면

예셔 ᄀᆞᆯ오ᄃᆡ 금일 ᄋᆞᄌᆞ의 사오나미 쳡의 불인ᄒᆞ미라 샹공의 벌 먹으시미 어이 그ᄅᆞ

디 아니리오 이 다 쳡의 몹쓸 ᄌ식 나하 우흘 조션과 존고의 부효를 기티미라 승샹의 도덕을 샹히와 금일 이 ᄀ튼 변이 이시니 당〃이 쳡을 내텸즉 ᄒ거늘 엇디 샹공이 ᄋ ᄌ로 벌 먹으미 이시리오 샹공이 구ᄐ여 벌을 감슈ᄒ면 쳡이 또 한가지로 먹고 명일 존고와 샹공 쳐티를 기ᄃ리〃이다 승샹이 졍식브답이어늘 부인이 이에 듕계의 ᄉ려 봉관을 벗고 물을 가져오라 ᄒ고 공ᄌ를 ᄉ지저 왈 너를 몹씨 나하시니 죽어도 족ᄒ 거니와 네 부모를 이러ᄐ 민들고 텬하 죄인이 되리니 사라 빨 ᄃ 업술디니 섈리 주으 라 네 쇼영은 므ᄉ 일노 겁틱ᄒ며 형시는 어ᄃ 가 엿보뇨 네 ᄂ일로 브터 형시 쇼영 ᄃ리고 살녀니와 우리는 뵈디 못ᄒ리라 셜파의 그ᄅ슬 드니 승샹이 노를 잠간 구로 혀 시녀로 ᄒ야곰 부인의 먹는 바를 아ᄉ라 ᄒ고 날호여 닐

84면

오ᄃ 아비도 ᄀ르치디 못ᄒ거든 어미를 칙ᄒ리오 부인의 말로 조차 ᄋᄌ의 젼뎡을 앗겨 내 또 벌 먹기를 파ᄒ리니 부인은 드러가쇼셔 시녀는 뎐ᄒ라 부인이 탄왈 밍모 의 [삼]쳔지교는 아니면 엇디 참괴티 아니리오 내 비록 벌을 먹디 아니나 너ᄀ튼 ᄌ식 을 나하 소시 조션의 죄인이 되니 어ᄂ 면목으로 사ᄅᆷ을 ᄃᄒ리오 드ᄃ여 안셔히 니 러 촉을 잡히고 드러가니 승샹이 또 벌 그ᄅ슬 앗고 문을 닷고 방의 드니 ᄉ이 슬프 고 뉘웃버 또ᄒᆫ 셕파를 ᄒᆫᄒ되 내게 ᄉ혈 곳 아니 ᄃ어더면 쇼영을 므ᄉ 일 겁틱ᄒ리 오 두 죄를 쪄 닙으면 할미 타시라 엇디 ᄒᆫ흡디 아니리오 인ᄒ야 앗가 부모의 ᄒ시던 형상을 ᄉ각ᄒ니 ᄆ음이 ᄇ아디는ᄃ ᄂ출 짝는ᄃ 싸히 들고져 ᄒ미 ᄂ일 죄 닙을 일 곳 ᄉ각ᄒ면 ᄆ음이 쎠러디는 ᄃᄒ야 새도록 울고 난간의 ᄉ려더니 명됴의 승샹이 존당의 문안ᄒ니 태부인이 운셩의 업ᄉ믈 보고 연고를 무러 비로소 죄듕의 이시믈 알

85면

고 쇼영의 일은 비록 단졍티 아니나 그 긔상이 아름답거늘 엇디 기리 칙ᄒᄂ뇨 운셩 이 이제 ᄉ혈 곳 ᄀ티 ᄃ혀시면 이 잔약ᄒ미니 이는 허믈 말나 오직 규슈를 여어 보 믄 그ᄅ거니와 ᄀ과ᄒ미 이시리니 그만ᄒ야 샤ᄒ라 승샹이 슈명ᄒ고 또 쇼이ᄃ 왈 그 아히 인물이 원ᄂ 방탕ᄒ야 공밍의 교훈을 우이 너기니 엇디 션비 덕이리잇가 이 제 유하를 ᄀ 면ᄒ며 이런 일이 이시니 깁히 칙ᄒ려 ᄒᄋᆸ더니 모명이 계시니 샤ᄒ사

이다 셜파의 조뫼 불러 보고 위로ᄒᆞ나 부모의 쥰슉ᄒᆞ미 엄동한월 ᄀᆞᄐᆞ니 ᄉᆡᆼ이 눈물을 흘리고 ᄭᅮ러 듕계에 업데니 이ᄯᅢ 신뷔 좌의셔 불안ᄒᆞ믈 이긔디 못ᄒᆞᄂᆞᆫ디라 승샹이 ᄉᆞ매ᄅᆞᆯ ᄯᅥᆯ티고 밧그로 나간 후 소부인이 시녀로 쇼영을 불러 알ᄑᆡ 니ᄅᆞ매 크게 웃고 왈 운셩의 팔ᄌᆡ 됴탓다 형시 ᄀᆞᄐᆞᆫ 부인의 쇼영 ᄀᆞᄐᆞᆫ 쳡을 두니 일시 슈칙은 관겨티 아니토다 셕부인이 정ᄉᆡᆨ 쇼왈 쇼영을 엇디 쳡이라 ᄒᆞ리오 일시의 지나가ᄂᆞᆫ 인연이

86면

라 소시 도라 형시ᄅᆞᆯ 보니 긔ᄉᆡᆨ이 타연ᄒᆞ고 화긔 젼연ᄒᆞ니 심하의 ᄋᆡ경ᄒᆞ며 태부인이 ᄉᆡᆼ을 오ᄅᆞ라 ᄒᆞ야 ᄉᆞ리로 경계ᄒᆞ고 인ᄒᆞ야 다시 칙ᄒᆞ되 네 구ᄐᆞ여 셩현의 글을 본밧디 말고 네 아븨 힝ᄉᆞ만 ᄒᆞ면 ᄉᆞ류의 득죄ᄒᆞ며 명교의 죄인이 되디 아니리니 엇디 션비 ᄯᅳ들 방ᄌᆞ히 ᄒᆞ리오 ᄆᆞ음을 닷디 못ᄒᆞ고 패덕과 패례 되디 아니ᄒᆞᆯ 리 이시리오 ᄉᆡᆼ이 더욱 븟그려 돈슈사죄ᄒᆞ더라 이 날 ᄉᆡᆼ이 신방의 드러가디 못ᄒᆞ고 셔헌의셔 난간의 ᄭᅮ러 ᄌᆞᆼ일 ᄒᆞ되 부친의 흔연ᄒᆞ미 업ᄂᆞᆫ디라 야심ᄒᆞ매 쵹을 ᄇᆞᆰ히고 승샹이 고요히 안자 글을 보나 본 톄 아니커ᄂᆞᆯ ᄉᆡᆼ이 더욱 조심ᄒᆞ야 뫼셔 자고 뎐ᄒᆞ야 시여 일의 니ᄅᆞ니 승샹이 ᄋᆞᄌᆞ의 뉘웃ᄂᆞᆫ 거동을 보고 잠간 샤ᄒᆞ야 도라가라 ᄒᆞ니 ᄉᆡᆼ이 가기ᄅᆞᆯ 어려워 ᄯᅩ 수십 일 밧긔 졍을 ᄎᆞᆷ고 머믈며 조심ᄒᆞ니 승샹이 일야ᄂᆞᆫ 문왈 네 엇디 신부ᄅᆞᆯ ᄃᆞ려다가 둔 후 드러가디 아니코 괴로이 머므ᄂᆞᆫ다 ᄉᆡᆼ이 ᄌᆡᄇᆡ ᄃᆡ왈 소ᄌᆡ 무상ᄒᆞ와 슬피며 슈힝ᄒᆞᆯ 줄

87면

울 모ᄅᆞ나 텬셩 타난 바 효셩은 잇ᄉᆞᆸᄂᆞ니 고인이 쳐ᄌᆞᄂᆞᆫ 의복 ᄀᆞᆺ고 동기ᄂᆞᆫ 슈족ᄀᆞᆺ다 ᄒᆞ오니 동긔ᄂᆞᆫ 쳐ᄌᆞ의셔 듕ᄒᆞ거ᄂᆞᆯ ᄒᆞ믈며 부뫼 ᄯᆞ더 희ᄋᆡ ᄌᆞ[쇼]로 야〃의 품을 ᄯᅥ나디 아냐 비록 녯 사ᄅᆞᆷ의 벼개ᄅᆞᆯ 브ᄎᆞ며 니불을 다ᄉᆞ긔 ᄒᆞᄂᆞᆫ 효셩이 업ᄉᆞ오나 이제 날이 치우니 벼개 ᄀᆞ의 뫼셔 한고ᄒᆞ시믈 거ᄋᆞᆸ고져 ᄒᆞᄋᆞᆸᄂᆞ니 엇디 쳐ᄌᆞ의 고ᄃᆡ 도라가리잇고 당초의 형시 본 바ᄂᆞᆫ 형ᄉᆡᆼ 등을 보라갓ᄉᆞᆸ다가 우연히 마조텨 눈 들기ᄅᆞᆯ 경히 ᄒᆞ와 보ᄋᆞᆸ고 외조ᄭᅴ셔 아ᄒᆡ 혼인 말ᄉᆞᆷᄒᆞ시거ᄂᆞᆯ 어린 ᄯᅳᄃᆡ 모시ᄅᆞᆯ 의방ᄒᆞ야 삼가디 목ᄒᆞ고 말ᄉᆞᆷ을 알외오니 인연이 긔괴ᄒᆞ와 만나오나 엇디 미녀의 ᄆᆞ음이 허트러 샹여와 신ᄉᆡᆼ을 본바드미 이시리잇고 마ᄂᆞᆫ 우회ᄅᆞᆯ 존젼의 알외디 못ᄒᆞ고 뎌적 인ᄌᆞ의 ᄎᆞ

마 보디 못ᄒᆞ오며 듯디 못ᄒᆞᆯ 경샹을 보오니 옷디 셰샹의 머믈 ᄯᅳ디 이시리잇가 금일 야〃의 말ᄉᆞᆷ을 조차 뎡ᄉᆞ를 알외옵ᄂᆞ니 죽어도 ᄒᆞᆫ일 업서이다 언필의 눈물을 ᄂᆞ리오니

88면

승샹이 심하의 깃거ᄒᆞ나 말을 아니코 다만 닐오ᄃᆡ 이ᄂᆞᆫ 아름답디 아닌 말을 다시 닐러 죄를 더으디 말고 쌜리 도라가 힝실을 닷그며 ᄆᆞ음을 경히 ᄒᆞ라 군직 구〃히 쳐ᄌᆞ를 ᄃᆡ흠도 그ᄅᆞ나 ᄯᅩ 엇디 드리미러 보디 아니리오 ᄉᆡᆼ이 ᄇᆡᆨ〃샤례ᄒᆞ고 물러 듁오당의니ᄅᆞ니 긔 형서 옥빙화안을 다ᄉᆞ리고 쵹하의 안자 녈녀뎐을 외오니 쇄락ᄒᆞᆫ 풍용이 셔왕뫼 요디의 ᄂᆞ리고 샹애 계슈의 빗겻ᄂᆞᆫ ᄃᆞᆺ 염여ᄒᆞᆫ 경치 측냥티 못ᄒᆞᆯ러라 ᄉᆡᆼ이 ᄯᅩ 이를 보매 반갑고 놀라와 우음을 머굼고 나아가 옥슈를 잡아 왈 ᄉᆡᆼ이 엄친ᄭᅴ 시측ᄒᆞ야 여가티 못ᄒᆞ므로 경ᄃᆡ 알픠 니ᄅᆞ디 못ᄒᆞ얏더니 금야의 계궁의 니ᄅᆞ러 션풍을 보니 영힝ᄒᆞ믈 이긔디 못ᄒᆞ리로다 형시 념용브답ᄒᆞ니 ᄉᆡᆼ이 새로온 은정이 측냥티 못ᄒᆞ야 웃고 왈 당일의 말을 ᄎᆞᆷ디 못ᄒᆞ기로 야애 아ᄅᆞ시고 ᄎᆡᆨ을 ᄂᆞ리와 계시더니 금일도 능히 ᄎᆞᆷ디 못ᄒᆞ리로다 과연 쇼ᄉᆡᆼ이 우인이 소졸ᄒᆞ야 가

89면

듕의 홍장시네 ᄇᆡᆨ여인 이로ᄃᆡ 다 디내 보고 ᄯᅩ ᄆᆞ음의 근부ᄒᆞ미 이셔 슉네 아니어든 일침의 등와ᄒᆞ야 내 몸을 욕디 아니랴 ᄒᆞ더니 셕패 희롱으로 냐 폴히 ᄉᆡᆼ혈을 딕으니 대당[뷔] 인셰간의 쳐ᄒᆞ매 엇디 ᄋᆞ녀의 장속을 ᄒᆞ고 사ᄅᆞᆷ을 보매 붓그럽디 아니리오 더욱 그 ᄣᅢᄂᆞᆫ 나히 어리고 혬이 업서 더먼 사ᄅᆞᆷ 희롱ᄒᆞ기를 됴히 너기므로 일시의 쇼영을 갓가이 ᄒᆞ엿더니 금번 수죄의 웃듬이 되니 엇디 ᄒᆞᆫ흡디 아니리오 뎌 쇼영이 슈절ᄒᆞ랴 ᄒᆞᆫ다 ᄒᆞ니 가쇼롭거니와 그ᄃᆡ ᄯᅳ디 엇더킈 너기ᄂᆞ뇨 형시 안ᄉᆡᆨ을 경히 ᄒᆞ고 웃기술 념의고 날호여 ᄃᆡ왈 쳡이 불혜ᄒᆞᆫ 긔질로 셩문의 의탁ᄒᆞ연 디 일삭이라 셰샹 인ᄉᆞ를 아디 못ᄒᆞ니 오직 낭군이 태인을 모도시나 쳡은 아름다온 사람을 귀경ᄒᆞ고 어딘 사ᄅᆞᆷ을 보면 본바들 ᄯᆞᄅᆞᆷ이라 인셰 미셰ᄒᆞ고 년긔 유튱ᄒᆞ야 투기란 말을 아디 못ᄒᆞ니 감히 군ᄌᆞ의 무ᄅᆞ시믈 셰쇄히 알외디 못ᄒᆞᄂᆞ이다 ᄉᆡᆼ이 뎌의 뎡대ᄒᆞᆫ

90면

말과 낭〃훈 옥셩을 드르니 심니 상쾌호야 크게 웃고 날오딕 싱이 부인의 어딘 덕을 감격호야 호누니 군주의 일언은 쳔년 불기라 내 이제 부인フ튼 슉녀를 어더 녀フ 쓰디 업수나 당초 쇼영을 쇼셩위예 두기를 허호엿눈디라 이제 새를 만나 녯날 언약을 니루미 지극 가티 아닌 고로 권도로 일쳐일쳡을 두고져 호누니 부인은 모로미 뎌를 어엿비 너기라 형시 미〃히 웃고 답디 아니호더라 싱이 새로온 졍이 측냥티 못호고 형시 인호야 머므러 효봉구고호며 슉홍야민호고 크게 덕이 잇고 싱을 수실의 딕호나 팀위단엄호야 언쇼희로를 경히 아니호며 쳐신호매 법되 신듕호니 공직 훈 번 쇼년희롱호미 이시나 념용졍금호야 싁〃훈 말로 거슯 저간호니 공직 비록 듕딕호나 주못 공경히 호야[경]히 너기디 못호고 혹 의관을 슈렴호야 긔탄호미 이시니 일로 조차 싱이 방듕의 규경호눈 쳐직 잇고 가듕의 엄뷔 이시며 밧긔 나매 엄식 이시니 임

91면

의로 못호야 쑷잡기를 공부호니 오라디 아냐 팀묵은듕훈 군직 되니라 승상이 우주를 온듕타 타인인이 일크루니 승샹이 깃거호나 또훈 못 미더 호더니 셕패 쇼영의 일로뻐 니루니 승샹 왈 이제 운셩을 쳡으로 허호면 쟝닉를 엇디 니루리오 태부인 왈 불연호다 노류쟝화눈 불관호거니와 뎌 또훈 태우의 주손의 디미 업서 동말지녜오 인물이 냥션호니 호믈며 네 당〃훈 샹국으로 교화를 니루혀매 튱졀을 권호며 효졀을 홍긔호리니 너의 우주를 신을 딕희게 호리니 엇디 고집호리오 션비 일쳐 일쳡은 션인이 허물티 아냐 계시니 새로이 어드면 밧브거니와 임의 어든 거수로뻐 슈졀호눈 바를 브리면 인졍이 아니라 승샹이 묵연히 듯즙고 셕파를 도라보아 글오딕 주괴 이러틋 호시니 쇼영을 허호거니와 フ장 한심호누이다 셕패 쇼왈 승샹은 훈 쳡이 업수딕 삼낭은 쳡을 フ초니 긔샹이 승어뷔로다 공이 잠쇼

92면

브답호나 フ장 쾌티 아냐 호더라 싱이 부친의 쇼영 허호미 조모의 공논이오 스스로 윤허호미 아니〃 감히 춧디 못호나 또훈 무심티 아니호야 닛디 못호눈디라 형시 영오훈디라 이를 아라 보고 フ만이 그 다수호믈 웃더라 일〃은 화셕 두 부인이 세 며누리를 투호 티이니 다 형시씌 밋디 못호눈디라 화부인이 쇼왈 형시 잡계를 묘히 호니

진짓 운셩의 ᄇᆡ필이라 언미필의 셕패 쇼영을 잇글고 나와 셕부인씌 ᄉᆞᆯ오ᄃᆡ 낭군의 사오납기의 이 아ᄒᆡ 므슴 죄니잇가 셕부인이 낭쇼 왈 이도 텬쉬라 셔모ᄂᆞᆫ 엇디 운셩을 ᄭᅮ짓ᄂᆞ뇨 연이나 존당과 승샹이 허ᄒᆞ여 계시니 엇디 죄ᄅᆞᆯ 일ᄏᆞᄅᆞ미 이시리오 다만 졍실을 공경ᄒᆞ야 셤기고 ᄆᆞ음을 공슌히 ᄒᆞ면 길ᄒᆞ리라 패 대쇼ᄒᆞ고 쇼영을 도라보와 ᄀᆞᆯ오ᄃᆡ 임의 승샹과 부인이 허ᄒᆞ시니 너ᄂᆞᆫ 형쇼져씌 뵈오라 쇼영이 나아가 돗알ᄑᆡ 셔 내 번 절ᄒᆞ고 난간 밧기 안ᄌᆞ니 형시 ᄉᆞ긔 ᄌᆞ약ᄒᆞ야 흔연히 졀을 밧

93면

고 모든 동셔로 말ᄉᆞᆷᄒᆞ매 유슌ᄒᆞ고 뎡졍ᄒᆞ야 화긔 좌의 ᄡᅩ이니 부인이 칭찬ᄒᆞ고 셕부인의 ᄋᆡ듕ᄒᆞ믄 비길 ᄃᆡ 업더라 명년 츈의 나라히셔 셜과ᄒᆞ야 인ᄌᆡᄅᆞᆯ ᄲᆡ시니 승샹이 졔ᄌᆞ의 ᄌᆡ혹이 과인ᄒᆞ고 셩졍이 강딕ᄒᆞ믈 보매 너모 일즉 등양ᄒᆞᆯ가 두려 과거ᄅᆞᆯ 보디 못ᄒᆞ게 ᄒᆞᄂᆞᆫ디라 졔ᄉᆡᆼ이 ᄯᅩᄒᆞᆫ 과옥은 손 가온대 잇고 계지ᄂᆞᆫ 안하의 두어 부와ᄉᆞᄅᆞᆯ 뫼셔 한가히 경티ᄅᆞᆯ 샹완ᄒᆞ고 시ᄉᆞᄅᆞᆯ 음영ᄒᆞ야 환노의 ᄯᅳ디 업ᄉᆞ되 오직 운셩의 ᄆᆞ음을 님하의 두디 아냐 발젹ᄒᆞ기ᄅᆞᆯ ᄉᆡᆼ각ᄒᆞ니 일공ᄌᆞ 운경이 경계ᄒᆞ야 ᄀᆞᆯ오ᄃᆡ ᄌᆡ샹 ᄌᆞ녜로 기틴 바 얼골과 ᄌᆡ혹이 사ᄅᆞᆷ의 아래 잇디 아닐 배오 부귀 극ᄒᆞ니 졍신을 고요히 ᄒᆞ야 힝실을 닷그며 부명을 슌슈ᄒᆞ야 ᄉᆞ군ᄒᆞᆯ 도ᄅᆞᆯ 안 후의 이십 후 과댱의 나아가미 가ᄒᆞ니 벼ᄉᆞᆯ이 므어시 됴흐며 몸이 됴뎡의 ᄆᆡ인 후ᄂᆞᆫ 내 몸을 임의로 못ᄒᆞ고 분주ᄒᆞ야 괴롭

94면

ᄂᆞ니 엇디 한가 쳥유ᄒᆞ미 유ᄉᆡᆼ만 ᄒᆞᆯ 리 이시리오 이러므로 디ᄂᆞᆫ 이십이 거의로ᄃᆡ 부친 명녕 ᄲᅮᆫ이 아니라 내 스ᄉᆞ로 벼ᄉᆞᆯ을 괴로이 너기ᄂᆞ니 너ᄂᆞᆫ 이제야 계유 십오 셰라 므어시 밧바 서근 글을 밋고 과거ᄅᆞᆯ 뵈야ᄂᆞᆫ다 운셩 왈 형댱의 말ᄉᆞᆷ은 맛당ᄒᆞ시거니와 쇼뎨ᄂᆞᆫ ᄉᆡᆼ각건대 남ᄌᆡ 셰샹의 나셔 일홈이 듁ᄇᆡᆨ의 드리오고 님군을 졍도로 도으며 손 아래 ᄇᆡᆨ관을 츅셥ᄒᆞ야 졔후ᄅᆞᆯ 호령ᄒᆞ고 홍됴ᄅᆞᆯ 닙고 옥 ᄯᅴᄅᆞᆯ ᄯᅴ여 금계예 올라 님군의 스승이 되미 올ᄒᆞ니 물읫 소헤 귀ᄅᆞᆯ 싯고 이제 아ᄉᆞ하며 슌이 요의 텬하ᄅᆞᆯ 가지고 직셜이 셰샹을 도와 ᄆᆞ음이 ᄀᆞᆺ디 아니ᄒᆞ니 일개로 니ᄅᆞ디 못ᄒᆞᆯ디라 형댱의 쳥심은 소허와 이제 ᄀᆞᆺ고 쇼뎨ᄂᆞᆫ 슌과 직셜ᄀᆞᆺᄐᆞ야 은거코져 ᄒᆞ리ᄂᆞᆫ 닙신ᄒᆞ리니 엇디 사ᄅᆞᆷ의 ᄆᆞ음이 이러ᄒᆞ니 날과 가ᄐᆞᆯ아 ᄒᆞ미 어이 답〃디 아니리잇고 일공ᄌᆡ 어히 업

서 닐오디 날 ᄀᆞᆺ튼 줄흔 형은 네 우히 너기려니와 내 구ᄐᆞ여 과거를 보디 말라 ᄒᆞ미

95면

어냐 너모 졈어 근달ᄒᆞ미 됴티 아니〃고인의 ᄉᆞ십의 닙신ᄒᆞ라 ᄒᆞ믈 본 바드라 ᄒᆞ미라 내 내 마를 우이 너기려니와 셩현 법졔도 우술다 운셩이 ᄃᆡ왈 형댱이 도달ᄒᆞ믈 됴티 아니타 ᄒᆞ시나 야애 십ᄉᆞ의 등뎨ᄒᆞ시되 해롭디 아니코 지어 셩현법졔ᄂᆞᆫ 도 닥ᄂᆞᆫ 사름이라 도 ᄒᆞᆫ가지나 쪄러디미 이시려든 ᄒᆞ믈며 시쇽쇼〃 유싱이ᄯᆞ녀 고인 닐오ᄃᆡ 오늘 술이 이시매 오늘 취ᄒᆞ고 ᄂᆡ일 일이 이시매 ᄂᆡ일 당ᄒᆞ리라 ᄒᆞ니 도달ᄒᆞ여 영귀ᄒᆞᆯ 적은 영귀ᄒᆞ고 불길ᄒᆞᆯ 적은 불길ᄒᆞ나 엇디 논〃히 방구석의셔 댱부의 긔운을 골몰ᄒᆞ리오 공밍지교ᄂᆞᆫ 셰샹을 ᄀᆞᄅᆞ치미니 엇디 셩현의 글이 날을 위ᄒᆞ야 가시리오 쇼뎨ᄂᆞᆫ 다만 텬딜을 타 난바 튱효 우ᄋᆡ 유신을 ᄉᆞ모ᄒᆞ고 기여ᄂᆞᆫ 숨 ᄀᆞᆺᄐᆞ니 녜법 등 힝실 ᄀᆞᄅᆞ치ᄂᆞᆫ 일을 심히 ᄆᆞ음의 두디 아니ᄒᆞᄂᆞ이다 일공지 ᄂᆡᆼ쇼ᄒᆞ고 ᄉᆞ매를 썰티고 니러나 ᄀᆞᆯ오ᄃᆡ 네 내 말을 긋기 아니커니와 대인긔 뎌리 알외고 과거를 보라 운셩이 대쇼ᄒᆞ더

96면

라 셕샹셰 과게 님박ᄒᆞ되 외손이 하나토 명지의 녹명ᄒᆞᄂᆞ 니 업거ᄂᆞᆯ ᄀᆞ장 고이히 너겨 급히 사름 브려 므ᄅᆞ니 과거를 보디 아니ᄂᆞᆫ다 ᄒᆞ거ᄂᆞᆯ 아연ᄒᆞ더니 그 ᄢᅢ 소승샹 노태부인 양시 듕손의 과거 아니 보믈 올히 너겨 권티 아니터니 운셩이 ᄀᆞ만니 고왈 쇼손이 비록 ᄌᆡ죄 어려오나 졔과ᄒᆞ미 가티 아니ᄒᆞ되 야애 [금ᄒᆞ시니] 울젹ᄒᆞ믈 이긔디 못ᄒᆞ여이다 태부인이 보고져 ᄒᆞ믈 보고 승샹을 불러 졔손을 과댱의 드리라 ᄒᆞ니 승샹은 지극ᄒᆞᆫ 효ᄌᆞ라 듀야 모친의 하가ᄒᆞ시만 온구ᄒᆞ니 엇디 거역ᄒᆞᄂᆞᆫ 일이 이시리오 응셩 ᄃᆡ왈 명대로 ᄒᆞ리이다 드ᄃᆡ여 운경 운희 운셩 삼ᄌᆞ를 불러 닐오ᄃᆡ 너히 나히 뎍고 ᄌᆡ죄 업ᄉᆞ니 ᄉᆞ군ᄒᆞᆯ 디략을 안 후 과거를 보아 나라 녹을 허비티 말고져 ᄒᆞ미러니 모친이 보라 ᄒᆞ시니 [시]험ᄒᆞ야 들라 졔ᄌᆡ 슈명ᄒᆞ매 운경이 좌의 나 ᄀᆞᆯ오ᄃᆡ 쇼ᄌᆡ 글을 만권을 닑디 못ᄒᆞ엿고 시ᄂᆞᆫ 고인을 병구티 못ᄒᆞ거ᄂᆞᆯ 엇디 쇽 졀 업ᄉᆞᆫ 슈고를 ᄒᆞ야 시관의 눈을 더러이리잇

97면

고 이뎨ᄂᆞᆫ 들미 가하거니와 히ᄋᆡᄂᆞᆫ 다시 십년 공부ᄅᆞᆯ 탹실히 ᄒᆞ야 과거ᄅᆞᆯ 보려 ᄒᆞᄂᆞ
이다 승샹이 희동안ᄉᆡᆨᄒᆞ야 ᄀᆞᆯ오ᄃᆡ 내 아ᄒᆡ ᄠᅳ디 이 ᄀᆞᄐᆞ니 구ᄐᆞ여 권티 아니ᄒᆞ리라
화부인이 십분 탹급ᄒᆞ니 눈으로ᄡᅧ 셕파ᄅᆞᆯ 본대 패 ᄠᅳᆮ들 알고 닐오ᄃᆡ 이 가되 아닌 일
이라 일공지 아니보고 아래 공ᄌᆞ들이 보면 ᄎᆞ례 건너 대부인과 승승ᄭᅴ도 당손당ᄌᆡ
ᄣᅢ뎌 빗난 거시 덕으리니 엇디 아니 보리오 소공이 불열 왈 각〃 ᄠᅳᆮ들 힝ᄒᆞ리니 운경
ᄉᆞᄉᆞ로 원티 아니ᄒᆞ니 공명이 므어시 밧브리오 ᄒᆞ믈며 두 아ᄒᆡ 참방ᄒᆞᆯ 줄 미리 아디
못ᄒᆞ고 댱ᄌᆡ ᄣᅢ디고 ᄎᆞᄌᆡ 눕히되믈 근심ᄒᆞ리잇가 소부인이 쇼왈 아이 그ᄅᆞ다 ᄌᆞ식
교훈이 뎌러냐 부뫼 계시면 ᄌᆞ식의 ᄆᆞᄋᆞ뭉로 쳐신을 못ᄒᆞᄂᆞ니 운경이 과거 보기 슬
흐나 태〃 니ᄅᆞ시고 아이 분부ᄒᆞ되 제 ᄠᅳᆮ들 세우려 ᄒᆞ니 졍히 믜온디라 쥰칙ᄒᆞ미 올
커늘 엇디 졔어티 못ᄒᆞ고 도로혀 슌풍ᄒᆞ야 ᄆᆞ음대로 ᄒᆞ라 ᄒᆞᄂᆞ뇨

98면

딜ᄋᆞᄅᆞᆯ 섈리 보내미 올ᄒᆞ니라 승샹이 흔연 쇼왈 나의 홍ᄌᆞ의 용녈ᄒᆞ미 극ᄒᆞᆫ디라
져〃의 교훈을 감슈ᄒᆞ리이다 태부인이 웃고 세손ᄋᆞᄅᆞᆯ 권ᄒᆞ야 드러가라 ᄒᆞ니 졔ᄉᆡᆼ이
슈명ᄒᆞ야 댱옥의 나아가니 이 곳 텬ᄉᆡᆼ아ᄌᆡ로 칠보와 빅편의 ᄌᆡᄌᆞᄅᆞᆯ 겸ᄒᆞᆫ 문쟝이라
부들 ᄲᅥᆯ티매 창뇽이 ᄲᅱ노라 귀신이 놀나고 시ᄅᆞᆯ 지으매 풍운이 빗ᄎᆞ로 변ᄒᆞ니 쳑ᄌᆞ
편언이 금슈쥬옥이라 왕우곤의 필딘도와 니태빅의 오십 구쉬 엇디 족히 긔특ᄒᆞ리오
홈ᄭᅴ 지어 바티니 뎐두관이 쟝원을 브ᄅᆞ매 쳐여인ᄉᆞ림과 수빅군옹 가온대 소운셩의
일홈이 뎨 일명의 오ᄅᆞ고 뎨 이예 소운경이오 뎨 삼의 한명의오 [소시 댱ᄌᆡ] 뎨 ᄉᆞ의
소운희오 뎨 오의 뉴셕긔오 [윤시 ᄎᆞᄌᆞ] 뎨 뉵의 셕공[광]이라 다 친형뎨 아니면 ᄉᆞ촌
이라 당금 이릐 업ᄉᆞᆫ 긔특ᄒᆞᆫ 일이러라 운경의 삼형뎨 추두ᄒᆞ야 옥계 알픠 대[ᄃᆡ]ᄅᆞ니
풍용이 슈려ᄒᆞ야 무난이 취우의 ᄲᅥᆯ틴 ᄃᆞᆺ 거되편쳔ᄒᆞ야 쟝ᄃᆡ의 양뉴ᄅᆞᆯ 이

99면

긔ᄂᆞᆫᄃᆞᆺ 운셩은 더욱 풍뉘 쇄락ᄒᆞ야 표〃히 뎍션 ᄀᆞᆺ고 신졍은 호상ᄒᆞ야 ᄒᆡ동의 옥뉸
ᄀᆞᄐᆞ니 시위 졔신이 칭찬ᄒᆞ기ᄅᆞᆯ 마디 아니ᄒᆞ고 샹이 희동안ᄉᆡᆨ ᄒᆞ야 일ᄏᆞ라 ᄀᆞᄅᆞ샤ᄃᆡ
츙은유복ᄒᆞ미 곽슌의 디나도다 뎌 ᄀᆞᄐᆞᆫ ᄌᆡᄌᆞᄅᆞᆯ 두어시니 족히 그 부친의 여습이 잇
도다 ᄒᆞ샤 화ᄃᆡ쳥삼을 ᄎᆞ례로 흠ᄉᆞᄒᆞ시니 삼인이 계화ᄅᆞᆯ 수기고 금의ᄅᆞᆯ 닙어 은ᄉᆞᄒᆞ

신 어쥬를 취ᄒᆞ야 궐문의 나매 텬동빵개와 금의뎡 ᄌᆞ인이 ᄌᆡ조를 결워 ᄌᆞ운산의 도라오니 슈죵하ᄀᆡᆨ이 뒤흘 조차 풍뉴 훤텬ᄒᆞ고 가셩이 아〃ᄒᆞ야 길흘 덥허시니 그 거룩ᄒᆞᆫ 니ᄅᆞ도 말고 삼인의 옥면영풍이 딘셰의 쒸여 니 굿보ᄂᆞ니 칭찬ᄒᆞᄆᆞᆯ 마디 아니ᄒᆞ고 불워ᄒᆞ리 무수ᄒᆞ더라 힝ᄒᆞ야 산듕의 들매 이째 승샹이 셔헌의셔 글을 보더니 믄득 ᄌᆞ인의 ᄑᆞ람과 챵부의 소ᄅᆡ 풍젼의 미〃히 들리이니 고이히 너기더니 문ᄃᆡᆨ흰 하인이 급히 드러와 보ᄒᆞ되 삼위 공ᄌᆡ 동년급뎨

100면

ᄒᆞ야 문의 니ᄅᆞ러 겨시이다 승샹이 뎡파의 미우를 삥기고 탄왈 내 이러므로 공명을 밧비 구ᄒᆞ디 아니ᄒᆞ되 텬쉬 이러ᄒᆞ니 사ᄅᆞᆷ의 아디 못ᄒᆞᆯ 배로다 ᄒᆞ더니 이윽고 문 밧씌셔 크게 요란ᄒᆞ니 이ᄂᆞᆫ 문니 승샹 명 업ᄉᆞ므로 챵부 ᄌᆞ인을 감히 드리디 못ᄒᆞ야 막으니 이러므로 ᄃᆞ토던 배라 승샹이 어즈러온 일을 구티 아니코 ᄯᅩ 태부인 명을 듯디 못ᄒᆞ엿ᄂᆞᆫ 고로 감히 [ᄌᆡ인을 요란이] 못ᄒᆞ야 뎐녕ᄒᆞ야 골 밧씌 이시라 ᄒᆞ고 삼ᄌᆞ와 하ᄀᆡᆨ을 마ᄌᆞᆯ ᄉᆡ 삼인이 금화를 기우리고 취삼옥씌 묘아홀을 잡아 단졍히 거러 당의 올라 부친씌 절ᄒᆞ니 공이 ᄇᆡ례를 밧고 눈을 드러 ᄋᆞᄌᆞ를 보매 옥 ᄀᆞᆺᄐᆞᆫ 얼골의 어쥬를 취ᄒᆞ매 부용의 고온 경ᄉᆡᆨ을 씌엿고 별 ᄀᆞᄐᆞᆫ 눈 ᄉᆡᄂᆞᆫ ᄀᆞᄂᆞ라시며 듀 슌이 더욱 블거 뎜듀 ᄀᆞᆺ고 뉴미ᄂᆞᆫ 원산 ᄀᆞᆺᄐᆞ니 풍뉴 쇄락ᄒᆞ고 긔골이 쳥슈ᄒᆞ며 조하 긔산영슈로 ᄀᆞ즉ᄒᆞ니 두굿기미 듕ᄒᆞ나 그 ᄀᆞ즉이 도달ᄒᆞᄆᆞᆯ 더욱 불열ᄒᆞ야 빈ᄀᆡᆨ을 슈응ᄒᆞᆯᄉᆡ 구승샹이 칭샤

101면

왈 년형의 삼ᄋᆡ 긔린 ᄀᆞᄐᆞᄆᆞᆯ 아란디 오라거니와 일방 동년이 될 줄은 ᄉᆡᆼ각디 못ᄒᆞᆫ 배라 진실노 슌시의 팔농을 불워ᄒᆞ리오 소공이 탄왈 쇼뎨 외람이 텬은을 닙ᄉᆞ와 쟉위 삼ᄐᆡ의 오ᄅᆞ고 미거ᄒᆞᆫ 돈ᄋᆡ 일시예 농계를 블오니 아비 ᄯᅳᄃᆡ 깃브디 아니티 못ᄒᆞ려니와 ᄯᅩᄒᆞᆫ 외람코 두리오미 깃븐 거ᄉᆞᆯ 이긔ᄂᆞᆫ디라 엇디 연형의 과당ᄒᆞᄆᆞᆯ 어이 당ᄒᆞ리오 좌위 칭션 왈 명공의 검ᄎᆞ공ᄌᆞᄒᆞᄆᆞᆯ 사ᄅᆞᆷ의 ᄇᆞ랄 배리오 드ᄃᆡ여 죵일토록 실ᄂᆡ를 희롱ᄒᆞ야 즐기고 셕양의 흐터딘 후 승샹이 삼ᄌᆞ를 ᄃᆞ리고 안ᄒᆡ 드러 와 태부인씌 뵈올ᄉᆡ 소윤 이인과 화셕 두 부인이 각〃 그 아들의 급뎨ᄒᆞᄆᆞᆯ 환희쾌락ᄒᆞ야 다ᄉᆞᆺ 실ᄂᆡ를 ᄒᆞᆫ가지로 볼ᄉᆡ 태부인이 샹감ᄒᆞᄆᆞᆯ 이긔디 못ᄒᆞ야 눈물 두어 줄이 옷 알ᄑᆡ ᄯᅥ러

뎌 왈 금일 졔손의 경ᄉᆞ를 보니 두긋거오나 비희교극ᄒᆞ니 너희 등은 날을 즐겨 보디 말고 ᄉᆞ당의 몬져 뵈오라 승샹과 소부인이 쳥누

102면

를 드리고 가묘의 ᄌᆞ녀를 ᄃᆞ려 오ᄅᆞ매 승샹이 빵뉘 ᄀᆞ득ᄒᆞ야 ᄉᆞ매로 눈을 소ᄉᆞ매 한삼이 저ᄌᆞ니 보ᄂᆞᆫ 재 감ᄐᆞᆫᄒᆞ고 졔ᄉᆡᆼ이 ᄯᅩᄒᆞᆫ 슬허 부친과 조모를 위로ᄒᆞ더라 태부인이 슬프믈 관억ᄒᆞ고 졔손을 나아오라 ᄒᆞ야 득의ᄒᆞᆫ 글초들 외와 니ᄅᆞ라 ᄒᆞ야 듯고 쇼왈 네 아ᄇᆡ 문ᄌᆡ 그 부친ᄭᅴ ᄂᆞ리미 업서 탐ᄐᆞᆨ오윤ᄒᆞᆫ 거ᄉᆞᆫ 일분이나 나은 ᄃᆞᆺᄒᆞ거ᄂᆞᆯ 이제 너희 등의 ᄌᆡ조ᄂᆞᆫ 필하의 금옥 ᄀᆞᆺ고 보기 금슈 ᄀᆞᄐᆞ야 사ᄅᆞᆷ으로 ᄒᆞ야곰 황홀킈 ᄒᆞ니 [됴]격과 의ᄉᆡ 화ᄒᆞ미어니와 심원ᄒᆞᆫ ᄯᅳᆺ과 텬텬디 조화를 아ᄅᆞᄂᆞᆫ ᄌᆡ죄 아니오 비컨대 운경의 글은 곱기 비단 ᄀᆞᆺ고 조흐며 아담ᄒᆞ미 ᄇᆡᆨ옥 ᄀᆞᄐᆞ나 ᄆᆞᆰ고 너른 ᄯᅳ디 업고 운셩의 글 ᄯᅳ든 쥰매ᄒᆞ미 봉이 ᄃᆞᄅᆞᆷ ᄀᆞᆺ고 뇽이 번화ᄒᆞᆷ ᄀᆞᄐᆞ야 신긔롭고 장ᄒᆞ미 강하의 대ᄌᆡ나 빗난 거시 낫브고 조흔 거시 젹으니 각〃 집톄 냥체 이시나 병이 잇다 ᄒᆞ리로다 한ᄋᆞ의 글은 됴격이 놉고 시ᄉᆡ 경발ᄒᆞ나 ᄯᅳᆺ 펴기ᄂᆞᆫ 널리 ᄒᆞ고 다 거두잡디 못ᄒᆞ니 미진ᄒᆞ미오

103면

뉴ᄋᆞᄂᆞᆫ 됴격이 놉디 아니나 빗나미 금슈 ᄀᆞᄐᆞ니 ᄯᅩᄒᆞᆫ 아름답다 ᄒᆞ리로다 졔ᄉᆡᆼ이 조모의 이러ᄐᆞᆺ 논문ᄒᆞ시미 도〃히 흐ᄅᆞᄂᆞᆫ ᄃᆞᆺᄒᆞ시믈 듯고 항복ᄒᆞ며 처엄으로 시ᄉᆞ 의논ᄒᆞ믈 드ᄅᆞ니라 날이 어두오매 소ᄉᆡᆼ 등이 모친 당듕의 모드니 그 모친과 쳐ᄌᆞ의 ᄒᆡᆼ희ᄒᆞ미야 엇디 측냥ᄒᆞ리오 삼인이 다 관숙ᄒᆞ나 그 부친의 ᄉᆡᆨ〃 엄ᄂᆡᆼᄒᆞᆫ 긔운은 업서 풍용 화려ᄒᆞᆫ디라 모친 안젼의셔 각〃 ᄌᆞ가 부인을 도라보니 화긔와 희ᄉᆡᆨ이 미우의 즘겻ᄂᆞᆫ디라 흔연 쇼왈 금일 아등의 득의ᄒᆞ미 부모ᄭᅴᄂᆞᆫ 영홰나 부인내ᄭᅴᄂᆞᆫ 뎍인 엇ᄂᆞᆫ 불ᄒᆡᆼ인가 ᄒᆞᄂᆞ니 뎌러ᄐᆞᆺ 깃거ᄒᆞ미 가티 아니ᄒᆞ니이다 삼인이 아미를 숙이고 홍슈로 옥용을 ᄀᆞ리와 미쇼반귀ᄒᆞ니 경히 운니명월이러라 운경은 오히려 단졍ᄒᆞ고 말ᄉᆞᆷ이 젹은디라 역쇼 묵연이로ᄃᆡ 운셩이 크게 웃고 셕샹의 챵녀로 ᄃᆡ무ᄒᆞ던 경상을 뎐ᄒᆞ매 흐ᄅᆞᄂᆞᆫᄃᆞᆺ 풍늉ᄒᆞ니 니셕 냥패 서ᄅᆞ 찬도ᄒᆞ야 웃더

104면

니 밤이 깁흐매 운셩이 듁오당의 니르니 형시 니러마자 좌를 뎡ᄒᆞ매 싱이 믄득 짐즛 양취ᄒᆞ야[오]술 버서 후리티고 좌셕의 비겨 빅두음을 외와 ᄀᆞᆯ오ᄃᆡ 이 글을 부인이 외올 줄 아는다 형시 쌩미를 ᄂᆞ즈기 ᄒᆞ고 완〃이 ᄃᆡ왈 쇼쳡이 텬강의 신긔ᄒᆞ미 업ᄉᆞ니 엇디 젼두를 알리오 싱이 흔연 쇼왈 문군의 졍ᄉᆡ 비록 슬프나 오히려 부인도곤 나으리니 내 이제 농누봉각의 듀인이 되매 권문샹가의 구혼ᄒᆞ미 니ᄅᆞ도 말고 황샹이 부마 쟉위를 ᄂᆞ리오실 거시니 부인의 평싱이 엇더ᄒᆞ리오 형시 믄득 경아ᄒᆞ야 츄파를 드러 싱을 냥구히 보고 함누묵연이어늘 싱이 ᄯᅩᄒᆞᆫ 실언ᄒᆞᆯ 줄 ᄭᆡ드라 ᄉᆞᄉᆞ로 언츰의 해로오믈 뉘웃처 이에 옥슈를 잡고 위로 왈 셕샹의 술을 과도히 먹고 브졀 업ᄉᆞᆫ 말을 만히 ᄒᆞ니 부인은 고이히 너기디 말라 내 엇디 무신지인이 되야 ᄋᆞ녀ᄌᆞ의 원을 닐위리오 형시 ᄆᆞᄎᆞᆷ내 답디 아니ᄒᆞ니 싱이 ᄌᆡ삼 관회ᄒᆞ더라 병일의 텬ᄌᆡ 운셩의 삼형뎨를 다 한

105면

님원의 탁용ᄒᆞ시니 삼인이 샹쇼ᄒᆞ야 ᄉᆞ양ᄒᆞ되 듯디 아니시거늘 마디 못ᄒᆞ야 직임을 다ᄉᆞ릴 ᄉᆡ 삼인이 년쇼다ᄌᆡᄒᆞ되 겸공온냥ᄒᆞ며 ᄯᅩ 븕고 민쳡ᄒᆞ니 샹해 ᄉᆞ랑ᄒᆞ고 듕히 너기미 더욱 운셩은 문무편ᄌᆡ로 엄졍 ᄉᆡᆨ〃ᄒᆞ미 부친여풍이 잇ᄂᆞᆫ디라 됴애 다 공경ᄒᆞ고 듕히 너겨 별호를 쳥현이라 ᄒᆞ더라 운셩이 일〃은 부인으로 더브러 녯 글을 의논ᄒᆞ더니 형시 옷기슬 념의고 죠용히 말을 ᄒᆞ고져 다가 듀뎨ᄒᆞ기를 ᄌᆞ로 ᄒᆞ거늘 싱이 날호여 무러 ᄀᆞᆯ오ᄃᆡ 부인이 므ᄉᆞᆷ 말을 ᄒᆞ고져 ᄒᆞ다가 그치ᄂᆞ뇨 말이 이신즉 싱을 ᄃᆡᄒᆞ야 니ᄅᆞ미 무방ᄒᆞ니라 형시 이에 니ᄅᆞᄃᆡ 쳡의 품은 바ᄂᆞᆫ 다른 연괴 아니라 뎌적 군ᄌᆡ 쇼시의 말을 니ᄅᆞ셔늘 ᄒᆞᆫ가지로 셰슌ᄃᆡ긱의 소임을 ᄒᆞᆯ가 너겻더니 일ᄌᆡ 쳔연ᄒᆞ니 밧비 마자 ᄒᆞᆫ가지로 군ᄌᆞ를 셤기고져 ᄒᆞᄂᆞ이다 싱이 년망이 칭샤 왈 부인의 덕냥을 감격ᄒᆞᄂᆞ이다 쇼셩이 비록 부모의 허ᄒᆞ

106면

미 겨시나 그ᄃᆡ 불평ᄒᆞ야 가ᄂᆡ 요란ᄒᆞᆯ가 두리더니 힝ᄉᆡ 여ᄎᆞᄒᆞ니 어딘 ᄀᆞᄅᆞ치믈 듯디 아니며 무죄ᄒᆞᆫ 녀ᄌᆞ를 함원케 ᄒᆞ리오 드ᄃᆡ여 쇼영을 브ᄅᆞ니 영이 옥면홍안으로 아미를 ᄆᆞᆰ긔 그려 당하의 니ᄅᆞ매 싱이 오히려 미심ᄒᆞ야 냥모로ᄡᅧ 부인을 솔피니 형

시는 현텰홀 쑨 아니라 극히 영오흔디라 긔식을 슷치고 미쇼흐며 이에 명흐여 당의 오ᄅᆞ라 흐고 은근이 후딕흐되 녀의 절흐기의 다드라는 몸을 움즉이디 아니커놀 싱이 쇼이문 왈 비록 쳔흐나 엇디 너모 거만흐시뇨 형시 크게 우이 너겨 ᄀᆞ만이 혜오딕 뎌의 쁫이 반ᄃᆞ시 뎔로써 계비의 의롤 주고져 흐미로다 흐야 다만 답디 아니〃 싱이 아름다온 부인을 두어시나 첫 경이 믄득 붉기 어려온디라 쇼영을 동녁 초당의 두고져 쓰디 무궁흐되 뻐곰 형시 ᄆᆞ음이 불평홀가 의려흐야 옥침의 누으락 닐낙 흐야 혹 은[근]ᄌᆡ약흐고 혹 눈썹을 찡그여 혜아리는 둣흐거놀 형시 긔샹이 ᄋᆞ녀ᄌᆞ의게 굴흐믈 깃거 아냐 말을 아니코 오래 안

107면

잣다가 기리 탄식흐니 싱이 경문 왈 부인이 므슴 연괴 잇관딕 탄식흐ᄂᆞ뇨 형시 념용딕왈 쇼쳡이 비박지질로 외람이 군ᄌᆞ의 건즐을 밧드러 셩문의 의탁흐니 어린 간담을 토흐야 군ᄌᆞ의 힝젹을 규졍홀 거시로딕 인ᄉᆡ 미셰흐야 닉조의 공이 업고 도로혀 쳡으로써 실신지인이 되샤 근심을 더흐긔 흐미 도시 죄라 불승황괴홀 쑨 아니라 소시로써 금차항녈을 ᄀᆞ초실딘대 당〃이 위로흐고 화동흐샤 규합의 업게홀찌니 엇디 가디 아니시고 머믈고져 흐시리오 이 쳡의 군ᄌᆞ롤 편식히 너기믈 마디 못흐ᄂᆞ이다 싱이 텽파의 심졍이 영민흔디라 녀의 말로조차 젼연히 긔식이 현뎌흐야 강권흐는 줄 알고 심하의 참괴흐고 쏘흔 우어 냥구히 말을 아니타가 칭샤 왈 혹싱이 ᄌᆞ쇼로 소졸흐야 사름은 니ᄅᆞ도 말고 셔쟉의 소릐롤 급히 흐야도 두리워 흐던 고로 오히려 본셩의 습을 붉디 못흐더니 금야는 하야완딕 션ᄌᆞ롤 딕하야 놉흔 ᄀᆞ라침과 묽은

108면

말숨을 드ᄅᆞ니 십오 년 막힌 간댱이 열니 이는 긔리 츤 후란 ᄆᆞ음을 쾌히 흐야 명교롤 밧들니이다 형시 텽필의 졍ᄉᆡ 샤죄 왈 우연히 서근 소견을 드렷더니 과댱흐시믈 드ᄅᆞ니 슈괴홀 쑨이 아니라 이대도록 비쇼흐시니 황공흔디라 대인과 션싱의 엄교며 존당 존고의 ᄀᆞᄅᆞ치시는 힝ᄉᆞ는 낭군이 홀로 ᄭᆡ둣디 못흐시고 쳡의 일언의 막힌 거시 열니다 흐믈 드ᄅᆞ니 일즉 낭군의 언에 실톄흐미오 일녹은 쇼쳡의 춤월흔 죄롤 당흐미라 엇디 언어롤 이러톳 흐시ᄂᆞ뇨 운셩이 대쇼흐고 닐오딕 부인의 말이 금옥 ᄀᆞ톤디라 혹싱이 실로 실언흐니 엇디 ᄀᆞᄅᆞ치믈 듯디 아니리오 연이나 부인 ᄀᆞ툰 사름

으로 됴뎡의 둘딘대 너모 ᄃᆡᆨᄒᆞ야 사ᄅᆞᆷ을 논힉ᄒᆞᄂᆞᆫ 샹쇠ᄒᆞᄅᆞ시며 당식 오ᄅᆞ리로다 나의 무심지연을 크게 뒤잡으니 실노 대키 어려온 일이라 ᄂᆞᄌᆞ기 샤례ᄒᆞ고 다시 말을 아니〃 ᄉᆡᆼ이 심하의 블승경복ᄒᆞ야 다시옴 도라 웃고 몸을 이러 쇼당의 니ᄅᆞ러 쇼영을 희롱ᄒᆞ며 우어 왈

109면

내 당년의 널로 더브러 언약ᄒᆞ엿더니 ᄆᆞ춤내 져ᄇᆞ리디 아냐 금차녈의 두니 너ᄂᆞᆫ 졍실을 어디리 셤겨 기리 셕파를 효측ᄒᆞ라 쇼영이 븟ᄭᅳ려 답디 못ᄒᆞ니 ᄉᆡᆼ이 심히 어엿비 너겨 견권ᄒᆞ나 ᄯᅩᄒᆞᆫ 부인의 츌뉸ᄒᆞᆫ 풍도를 닛디 못ᄒᆞ야 신셩 이후 졍팀의 니ᄅᆞ니 형시 구름 ᄀᆞᄐᆞᆫ 머리를 프러 소장을 다 ᄒᆞ고 대경을 드러 빵환을 ᄭᅮ미고 쌘리티매 봉황미죄니 [임]의 봉관을 ᄡᅳ고 취상홍삼을 ᄲᅦᆯ텨 경ᄃᆡ 알[픠] 셔시매 용광이 명쵹ᄒᆞ의 ᄇᆞ의고 졍치 쇄락ᄒᆞ야 현황ᄒᆞ니 ᄉᆡᆼ이 이를 보매 놀나 보고 깃브미 믄득 새로 본듯 ᄒᆞᆫ디라 엇디 쇼영을 뉴렴ᄒᆞ리오 나아가 웃고 닐오ᄃᆡ 쇼ᄉᆡᆼ이 방탕ᄒᆞ야 이 ᄀᆞᄐᆞᆫ 슉녀 미처를 두고 뉴쵹의 무얌ᄒᆞ미 이셔 작야의 쇼영으로 더브러 봉디의 즐기미 잇더니 오늘 보매 엇디 무상ᄒᆞ미 아니리오 형시 ᄉᆡ양 왈 문왕이 태ᄉᆞ를 두시고 후비 삼션을 거ᄂᆞ리시니 이 ᄀᆞᄐᆞᆫ 셩인으로 셩녀를 ᄇᆡᄒᆞ시되 다ᄉᆞᄒᆞ기를 면티 못ᄒᆞ시니 ᄒᆞᄆᆞᆯ며 시쇽 죠고만 남

110면

녜 쳐쳡과 뎍국 이시미 덧〃 ᄒᆞᆫ디라 군ᄌᆡ ᄆᆞ양 실졍으로 쇼쳡을 됴롱ᄒᆞ시니 슉야의 슈괴ᄒᆞᆯ ᄯᆞ름이로소이다 ᄉᆡᆼ이 그 공슌ᄒᆞᆫ 안ᄉᆡᆨ과 졍대ᄒᆞᆫ 말ᄉᆞᆷ을 드ᄅᆞ매 ᄆᆞ음이 ᄀᆞ득이 깃브고 심복ᄒᆞ야 샤례 왈 부인의 덕ᄒᆡᆼ이 이러ᄐᆞᆺ ᄒᆞ시니 이 엇디 ᄉᆡᆼ의 큰 복이 아니리오 그ᄃᆡᄂᆞᆫ ᄆᆞ춤내 ᄒᆞᆫ결 ᄀᆞᄐᆞ라 내 ᄯᅩᄒᆞᆫ 조강을 져ᄇᆞ리디 아냐 죽의[ᄆᆡ]로ᄡᅥ 부인의 덕을 져ᄇᆞ리디 아니라 ᄉᆡᆼ이 말마다 고이ᄒᆞ야 대환 만난 사ᄅᆞᆷ의 말 ᄀᆞᄐᆞ믈 묵연히 깃거 아냐 다만 칭샤ᄒᆞᆯ ᄲᅮᆫ이라 ᄉᆡᆼ이 공경 듕ᄃᆡᄒᆞ미 측냥티 못ᄒᆞ고 구괴 지극 ᄉᆞ랑ᄒᆞ야 승샹이 언단의 만ᄃᆞ시 현뷔라 ᄒᆞ야 칭ᄒᆞ고 소윤 두부인이 친녀와 다ᄅᆞ미 업게 ᄒᆞ며 태부인이 그 녕혜ᄒᆞ믈 친ᄋᆡᄒᆞ샤 ᄆᆞ양 위시로 빵 지어 보시니 위시ᄂᆞᆫ 풍완ᄒᆞ고 ᄇᆞ드러워 츈풍화긔오 형시ᄂᆞᆫ 쇄락찬난ᄒᆞ고 표일수려ᄒᆞ야 단졍히 무언인즉 츄텬계화 ᄀᆞᆺ고 담쇼를 연즉 동일양긔 도ᄉᆞᄒᆞᆫ 듯ᄒᆞ니 태부인이 너모 쇄락ᄒᆞ고 쳥월ᄒᆞ야 복이 완젼티

못

111면

할가 두리며 샹시 조녀를 디ᄒ야 닐오디 형시 쳥슈ᄒ고 쇼쇄ᄒ야 너모 슈발 쳥쇼ᄒ야 딘틱 젹고 긔골이 너모 조하 옥남기 노픔 ᄀᄐ니 내 깃거 아닛노라 승샹이 텽파의 보친의 념녀ᄒ시믈 놀라 흉듕의 ᄀ초 거술 여러 날호여 ᄀᆯ오디 쇼뷔 비록 쳥쇄ᄒ나 묽으되 완윤ᄒ고 빗나되 유환ᄒ고 눈섭 ᄉ이예 산악의 긔운이 일 냥목의는 츄슈의 묽으미 이시나 졍치 ᄀ초엿고 찰난ᄒ나 향슈 다 남ᄌᄒ미 사름의 아래 되디 아닐 배라 연이나 용식이 너모 슈발ᄒ니 지앙은 이실가 ᄒᄂ이다 태부인이 올히 너기더라 이적의 승샹 뎨 ᄉᄌ 운현의 ᄌ는 유강이니 셕부인 뎨 이ᄌ라 용뫼 희월 ᄀᆺ고 거되 츈풍 ᄀᆺᄐ며 응디 민쳡ᄒ고 우인이 영오풍듄ᄒ니 승샹이 비록 ᄉ랑ᄒ나 망녕되다 일쿳더니 십ᄉ 셰예 다ᄃ라 부뫼 너비듯 보아 태혹ᄉ 조명의 질녀와 혼인ᄒ니 이 곳 ᄀ국

112면

공신 쟝군 조빈의 손녜라 안식은 금당의 년홰 아츰 이슬을 머굼어 됴양의 쎨틴듯 풍치 슈려ᄒ야 니홰 쳥년의 좁김 ᄀᄐ니 ᄒ믈며 부덕이 온슌ᄒ고 셩되 식〃ᄒ야 대가문풍과 쟝용여습이 이시니 일개 깃거ᄒ고 싱이 지극 듕디ᄒ나 다만 뎌 의긔 여오믈 보고 졔어티 못할가 두려 믄득 온화냥졍ᄒ던 셩음을 고텨 동일한상을 민ᄃ고 풍늠ᄒ 담쇠 변ᄒ야 팀묵언희ᄒ미 식〃츈졀ᄒ니 조시 처엄은 만히 싱을 헐ᄲ려 헙졔코져 ᄒ더니 싱의 밍녈ᄒ믈 보아오매 감히 본셩을 내디 못ᄒ고 범ᄉ를 강잉ᄒ야 일월이 오래매 극히 유슌ᄒ야 위시 등으로 더브러 ᄂ리디 아니ᄒ니 일개 운현의 졔가ᄒ믈 칭찬ᄒ고 부뫼 아름다이 너기더라 승샹 녜 오ᄌ 운몽의 ᄌ는 슈강이니 화부인 소싱이라 얼골이 관옥 ᄀᆺ고 풍치 호상ᄒ야 일ᄃ의 풍뉴랑이라 나히 십삼 셴 적의 녜부 시랑 홍역경의 녀셰 되니 부〃의 긔질이 옥슈경지 디흠 ᄀᆺᄐ더라

113면

화부인이 대열ᄒ고 소윤 두 부인이 승샹 부〃를 디ᄒ야 칭하 왈 운ᄋ의 형데 이ᄀ티 유복ᄒ야 슉녀를 엇고 그디 ᄀ현부를 취ᄒ니 실노 희ᄒ 경ᄉ라 아등의 유광ᄒ미 뎍

디 아니토다 승샹과 두 부인이 샤례 왈 모든 며느리 이러틋 현텰ᄒᆞ니 가문 도덕과 태〃 셩덕의 여음이라 엇디 깃브디 아니리오 연이나 삼ᄋᆞ의 외람ᄒᆞᆫ 공명이 숙야의 불평ᄒᆞ니 부녹이 댱원티 못ᄒᆞᆯ가 두리ᄂᆞ이다 ᄒᆞ더라 일로브터 소부의 열낙이 긋디 아니며 됴셕문안제ᄂᆞᆫ 양부인 안젼의 ᄉᆞ위 부인이 금군취삼으로 좌를 뎡ᄒᆞ매 알픠 홍군 청삼의 녀ᄌᆞ와 낭건빅의예 졔ᄉᆡᆼ이 남좌녀좌를 분ᄒᆞ야 뫼시니 영온ᄒᆞᆫ 복덕과 슈려ᄒᆞᆫ 풍치 서ᄅᆞ ᄇᆡ익니 승샹의 두 부인과 냥미로 더브러 모친씌 한담ᄒᆞ니 니셕 이패 ᄒᆞᆫ 그 틀 찬조ᄒᆞ고 졔ᄉᆡᆼ이 [니]어 긔담미쇼로 우음을 도으니 만시 여희[ᄒᆞ]고 복녹이 졔미ᄒᆞ니 태부인 이젼 엄정ᄒᆞᆫ 거술 손ᄌᆞ의게ᄂᆞᆫ 두디 아냐 왈 경은 제

114면

부친은 일즉 업고 과부의 ᄌᆞ식으로 힝셰ᄒᆞ매 사ᄅᆞᆷ이 ᄇᆡ혼 것 업다 ᄒᆞᆯ가 두리더니 이제 졔손은 제 아비 이셔 어딘 스승을 어더 주어시니 노모의 알 배 아니라 ᄒᆞ야 다만 두굿기며 ᄉᆞ랑ᄒᆞ나 오히려 소윤과 승샹씌 다ᄃᆞ라ᄂᆞᆫ 그 ᄀᆞᄅᆞ치고 엄쥰ᄒᆞ미 쇠티 아니ᄒᆞ니 졔손이 감히 방ᄌᆞ티 못ᄒᆞ며 한샹셔 뉴혹ᄉᆡ 일홈이 악뫼오 쏘 본셩이 활발ᄒᆞ며 태부인이 유화흔연이 ᄋᆡ디ᄒᆞ야 ᄉᆡᆼᄂᆡ 그ᄅᆞᆫ 일을 보나 미안ᄒᆞᆫ 빗출 두디 아니딕 ᄌᆞ연ᄒᆞᆫ 긔습이 사ᄅᆞᆷ으로 ᄒᆞ야곰 공경ᄒᆞ긔 ᄒᆞ며 유화ᄒᆞᆫ 가온대 ᄉᆡᆨ〃ᄒᆞᆫ 빠여 능범티 못ᄒᆞᆯ디라 이ᄉᆡᆼ이 안젼의 말솜ᄒᆞ야 만일 맛당티 아닌 일이 이실딘대 미우를 찡긔고 말을 그치면 이인이 스ᄉᆞ로 숑뉼ᄒᆞ야 참회ᄒᆞ고 샹[시] 긔탄ᄒᆞ고 두리미 놉흔 스승ᄀᆞᆺ치 ᄒᆞᄂᆞᆫ디라 태부인의 우인이 이러틋 ᄒᆞ더라 일일은 운셩이 목난젼의 니ᄅᆞ니 빅형 운경이 위시로 더브러 고ᄉᆞ를 의논ᄒᆞ거ᄂᆞᆯ ᄉᆡᆼ이 도라가고져 ᄒᆞ거ᄂᆞᆯ 운경이 청ᄒᆞ야 ᄒᆞᆫ가지

115면

로 담논ᄒᆞᆯᄉᆡ 운희 운현 등이 서ᄅᆞ 나어 모ᄃᆞ니 위시 믄득 니러 졍당을 향코져 ᄒᆞᆫ니 셩이 운경ᄃᆞ려 왈 쇼뎨 빅시를 ᄎᆞ자와 말솜ᄒᆞ매 졔 형뎨 모ᄃᆞ니 비록 번잡ᄒᆞ나 됴흔 일이어ᄂᆞᆯ 빅쉬 믄득 ᄀᆞ장 안심티 아녀이다 일공지 텽파의 위[시]를 냥구히 보니 위시 실톄ᄒᆞ믈 아나 여러히 모다 추잡ᄒᆞᆫ 창녀의 말을 ᄒᆞᆯ디라 슬히 너겨 가랴 ᄒᆞ더니 삼공지의 칙ᄒᆞ믈 보고 심하의 함쇼ᄒᆞ고 ᄂᆞᄌᆞ기 샤례 왈 앗가 윤부인 명이 겨신 고로 츅〃이 모드시되 뫼셔 ᄀᆞᄅᆞ치믈 듯디 못ᄒᆞ고 가고져 ᄒᆞ더니 ᄎᆞ언을 듯ᄌᆞ오니 불민ᄒᆞ믈 후회ᄒᆞᄂᆞ이다 드ᄃᆡ여 좌의 나아가 시녀로 강시 형시 조시 홍시를 청ᄒᆞ니 ᄉᆞ위 쇼졔

단의 홍샹으로 칠보를 드리워 니르니 위시 마자 좌를 뎡ᄒᆞ고 쳥안을 드리워 우ᄃᆡᄒᆞ고 서르 말솜ᄒᆞ매 친근ᄒᆞ미 동모 소ᄉᆡᆼ ᄀᆞᄐᆞ니 졔ᄉᆡᆼ이 불승감탄ᄒᆞ고 은희ᄒᆞ야 시녀로 ᄒᆞ야곰 ᄀᆞ만이 셕파의게 츄찬을 비니 셕패 술 ᄒᆞᆫ 준과 안쥬 두 그ᄅᆞ술 보

116면

내엿거ᄂᆞᆯ 운셩이 ᄡᅮ지저 왈 늘근 좌랑이 어이 뎌대도록 더러워 뎌를 므어시라 보내엿ᄂᆞ뇨 운경 왈 너는 므양 미리 술 탐심을 ᄒᆞ니 뎌 ᄒᆞᆫ 준 향온이 죡ᄒᆞ거ᄂᆞᆯ 엇디 젹다 ᄒᆞᄂᆞᆫ다 운셩 왈 ᄒᆞᆫ 준이 죡ᄒᆞ나 엇디 우리 여ᄉᆞᆺ 사ᄅᆞᆷ이 취ᄒᆞ리오 드ᄃᆡ여 ᄀᆞ만이 시녀로 ᄒᆞ야곰 ᄀᆞ마니 쥬방의 가 다ᄉᆞᆺ 준을 도적ᄒᆞ야 내여다가 노코 졍히 서르 브어 취홀 ᄉᆡ 형시 뎌 거동을 보고 말리고져 ᄒᆞ다가 가티 아니ᄒᆞ야 눈으로ᄡᅧ 위시를 보니 위시 다시 니러나 형시 등을 거ᄂᆞ려 졍당으로 드러가니라 직셜 졔ᄉᆡᆼ이 부친이 됴당의 가고 두 모친이 두 슉모로 더브러 조모를 뫼셔 박혁ᄒᆞ믈 보고 ᄣᅢ를 타 목난뎡의 모드니 졔 쇼졔 그 취ᄒᆞᆫ 거술 타 각〃몸을 ᄲᅢ혀 뎡당으로 가매 졔ᄉᆡᆼ이 짐즛 됴히 너겨 가게 ᄒᆞ고 각〃 챵녀를 폄단홀ᄉᆡ 운셩이 시녀로 쇼영을 불러 겨ᄐᆡ 안치고 운희 치란을 브ᄅᆞ며 운현이 현아를 불러 좌우로 버리고 술을 나오며 임의 취ᄒᆞᆫ 후는 스ᄉᆞ로 홍샹을 볘고 누어 희롱ᄒᆞ니 일공지 가티

117면

아니믈 니ᄅᆞ고져 ᄒᆞ나 본셩이 졸ᄒᆞᆫ디라 머믓겨 듀뎨ᄒᆞ다가 이 날오ᄃᆡ 대인의 오실 ᄣᅢ 갓가오니 파ᄒᆞ미 올토다 졔인이 드른 쳬 아니코 짐즛 유희방탕ᄒᆞ니 일공지 운셩의게 븟들려 강잉ᄒᆞ야 안자 역시 취ᄒᆞ매 니ᄅᆞ럿더니 이ᄣᅢ 승샹이 됴당의 갓더니 마촘 텬지 ᄉᆞ괴 이셔 다신을 수일 후 모드라 ᄒᆞ시니 일로조차 파됴ᄒᆞ야 도라 올 ᄉᆡ 문의 다ᄃᆞ라니 다만 칠자 운슉과 그 이하 쇼아들이 맛고 기여 졔ᄉᆡᆼ은 ᄒᆞ나토 업ᄉᆞᆫ디라 고이히 너겨 바로 드러가 모친긔 뵈오니 ᄯᅩᄒᆞᆫ ᄉᆞ위 부인과 니셕 두 셔모와 모든 손부 뎔쳐 등은 이시ᄃᆡ 운셩 등은 업거ᄂᆞᆯ 승샹이 이윽이 말솜ᄒᆞ다가 시녀로 ᄒᆞ여곰 단셩 ᄉᆡᆼ긔 졔지 갓거든 불러오라 ᄒᆞᆫ대 회보 왈 션ᄉᆡᆼ은 션학동의 유람 가시고 졔공ᄌᆞᄂᆞᆫ 아니 계시더이다 승샹이 크게 고이히 너겨 몸을 니러 밧그로 나갈ᄉᆡ 위시 등이 시녀로 ᄒᆞ야곰 졔인의게 션통코져 ᄒᆞ나 존젼의 뫼셧ᄂᆞᆫ디라 감히 ᄉᆡᆼ의티 못ᄒᆞ여 ᄒᆞᆫ갓 동셔들 ᄭᅵ지 서ᄅᆞ 눈 주고 함

118면

쇼민망ᄒᆞ여 ᄒᆞ더라 어시의 승샹이 외당으로 나가더니 ᄒᆞᆫ딘 ᄇᆞ람이 노래를 모라오니 이 곳 아리ᄯᅡ온 미인의 쳥음이라 승샹이 ᄒᆞᆫ 번 드ᄅᆞ매 소ᄅᆡ를 ᄎᆞ자 목난뎡의 니ᄅᆞ니 졔공ᄌᆡ 홍샹을 겻지어 진취ᄒᆞ여시니 빅셜이 만디ᄒᆞᆫᄃᆡ 도홰 편〃이 �러뎌 홍빅 빗치 어ᄅᆡ여심 ᄀᆞᄐᆞ여 졔ᄌᆞ의 용뫼 다 쥬긔를 ᄯᅴ여시니 졀ᄃᆡ 미인 셩뎍흠 ᄀᆞᆺᄐᆞᆫ디라 부용 ᄀᆞᄐᆞᆫ 얼골과 도듀ᄀᆞᄐᆞᆫ 듀슌이 옥쳥신션 ᄀᆞᄐᆞᆫ 눈ᄡᅵ와 버들 ᄀᆞᆺᄐᆞᆫ 눈썹이 표연히 츌딘 ᄒᆞ야 셰샹의 드므디 아녀시니 타인으로ᄡᅥ 보나 칭찬ᄒᆞ믈 ᄎᆞ므며 아비 되엿ᄂᆞᆫ 재 엇디 드긋겁디 아니리오마ᄂᆞᆫ 승샹이 방탕ᄒᆞ믈 보고 ᄉᆞ매로 ᄂᆞᆺ출 ᄀᆞ리오고 도라 셔당으로 나가니 마춤 운몽이 눈을 드러 모니 ᄒᆞᆫ 사ᄅᆞᆷ이 금포를 닙고 머리의 오사를 ᄲᅧ시며 손의 ᄑᆞ리채를 잡고 드러오다가 ᄉᆞ매로 ᄂᆞᆺ출 ᄊᆞ고 나가믈 보고 놀나 츌혀 보니 이 곳 제 부친이라 부디불각의 솔의 딜너 ᄀᆞᆯ오ᄃᆡ 졔형아 야애 와 계시이다 운셩이 쇼왈 너ᄂᆞᆫ 경망히 구디 말라 야애 이경 젼은 아니

119면

도라오시리라 운몽이 급히 입을 막으며 손을 ᄀᆞᄅᆞ치니 졔ᄉᆡᆼ이 츌혀 보매 과연 승샹이 나가ᄂᆞᆫ디라 대경ᄒᆞ야 간담이 촌졀ᄒᆞ니 취ᄒᆞᆫ ᄆᆞ음이 더욱 어려 서ᄅᆞ 보며 동인ᄃᆞ시 안잣ᄂᆞᆫ디라 셕패 쥬방의 술도적 ᄒᆞ야 가믈 알고 믜워 오다가 뎌 거동을 보고 짐즛 나아가 됴롱ᄒᆞ야 ᄀᆞᆯ오ᄃᆡ 뉵낭군은 므솜 경ᄉᆡ 잇관ᄃᆡ 홍을 너모 내여 도적질 ᄒᆞ며 므솜 놀나오미 잇관ᄃᆡ 눈이 둥그러 ᄒᆞ야 면ᄉᆡᆨ이 즌흙 ᄀᆞᆺᄐᆞ뇨 엇던 녁ᄉᆡ 므솜 바로 동엿관ᄃᆡ 운신을 못ᄒᆞ며 셩뎍은 어ᄃᆡ가 ᄒᆞ시의 벽뎍의 ᄡᅥ러딘 누에 되야 노래도 두러디고 술도적도 아니시ᄂᆞᆫ고 졔공ᄌᆡ 아직 어린ᄃᆞ시 안자 ᄃᆡ답을 못ᄒᆞᄃᆡ 운셩이 응셩 답왈 봉ᄂᆡ산듕의 불근 구름이 ᄡᅵ여 ᄌᆞ운산이 되고 ᄌᆞ운산 가온대 뉵션이 모다 경당을 마고의게 비기니 니빅도 노괴 딘ᄒᆞ야 두디 아니커ᄂᆞᆯ 션동을 보내여 경장을 아사다가 진취ᄒᆞ니 불근 비치 노치 오ᄅᆞ매 이 본ᄃᆡ

120면

술 긔운이어ᄂᆞᆯ 노괴 눈이 머디 아냐시되 몰라 보고 연지로 비기[ᄂᆞ]냐 도 닥난 션지 우상의 단좌ᄒᆞ야 움즉기디 아니〃 엇디 동엿다 욕ᄒᆞᄂᆞ뇨 신션이 비록 호상ᄒᆞ나 부형을 보매 숑연히 공경 가무를 그치나 엇디 뎐동의 좀튱의 비기리오 금일은 진취ᄒᆞ야

파ᄒᆞ리라 일〃은 그ᄃᆡ 술을 다시 아사 먹으리니 엇디 아니 먹을가 근심ᄒᆞ리오 셕패 크개 웃고 등을 텨 닐오ᄃᆡ 그ᄃᆡ 말이 ᄒᆞᆫ 말도 졍다온 말이 업ᄉᆞ니 과연 승샹의 품격은 남디 아냣도다 언미필의 믄득 방울 소ᄅᆡ 급ᄒᆞ니 졔ᄉᆡᆼ이 황겁ᄒᆞ야 서ᄅᆞ 밀우고 나가디 못ᄒᆞ니 운셩이 가연히 니러 ᄀᆞᆯ오ᄃᆡ 군부의 명을 슈화인ᄃᆞᆯ 디완ᄒᆞ리오 드ᄃᆡ여 형데를 잇그러 부젼의 니ᄅᆞ니 승샹이 노긔엄녈ᄒᆞ야 다만 시노로 ᄒᆞ야검 졔ᄌᆞ를 잡아ᄂᆞ리오고 하령 왈 너희 등이 이러틋 무상ᄒᆞ야 져믄 나히 술을 과취ᄒᆞ고 챵녀랄 넙〃히 ᄉᆡᆨ니 비록 션인인ᄃᆞᆯ 너희 션비 도를 니기며 ᄇᆡᆨ듀의 듕인 듕 춤아 그 형셩을 엇디 ᄒᆞ리오

121면

ᄲᆞᆯ리 내 집의 잇디 말고 각〃 도라가려니와 ᄯᅩᄒᆞᆫ 아니 경계티 못ᄒᆞ리라 드ᄃᆡ여 쇼영 ᄎᆡ란 등을 불러 엄히 ᄎᆡᆨ왈 너희 등이 요괴로온 ᄉᆡᆨ으로 남ᄌᆞ을 고혹긔 ᄒᆞ니 가히 죄주엄즉 ᄒᆞ나 짐쟉ᄒᆞ야 샤죄ᄒᆞ고 냇치ᄂᆞ니 ᄉᆡᆼ심도 이실 계교로 말라 삼녜 아연 슬허 눈[물]을 흘니고 나가니 셕패 쇼영의 츌화를 듯고 대경ᄒᆞ여 황망히 승샹ᄭᅴ 나가 빌고져 ᄒᆞ나 시뇌 구름 ᄀᆞ트엿ᄂᆞᆫ디라 머믓길 ᄉᆞ이예 승샹이 졔ᄌᆞ를 결박ᄒᆞ야 수죄ᄒᆞ고 심당의 가도니 졔ᄉᆡᆼ이 망극ᄒᆞ야 슬피 ᄋᆡ걸ᄒᆞᄃᆡ 승샹이 일단심졍이 발ᄒᆞ엿ᄂᆞᆫ디라 시노를 ᄉᆞ지저 미러 녀ᄒᆞᆫ 후 밧그로 긴〃이 ᄌᆞ므고 쇼영 현아 ᄎᆡ란 등을 모라 내티니 일단 화긔 쇼연ᄒᆞᆫ 고로 시노하리 불승솔란ᄒᆞ더라 태부인이 졔손의 넘나믈 듯고 ᄯᅩᄒᆞᆫ ᄀᆡ과 쾌댜 ᄒᆞ여 권휘티 아니〃 뉘 감히 승샹ᄭᅴ 드러 플며 쇼영 등은 듀야 울고 문 밧긔 이시니 셕패 승샹을 보고 삼녀의 죄 아니믈 닐러 쇼영을 구ᄒᆞ나 공이 마츰

122면

내 허티 아냐 왈 내 처엄부터 쇼셩을 불관이 너기ᄃᆡ 챵녀와 다르고 모명이 계시매 운셩이 쇼ㅣ 를 두나 그 일즉ᄒᆞ믈 깃거 아냐 일로조차 졔ᄌᆞ의 방탕이 더ᄒᆞᆯ가 두리더니 과연 ᄎᆡ란 현애 운희 운현의 쳡이 되어시니 엇디 한심티 아니ᄒᆞ리오 ᄇᆞ라ᄂᆞ니 셔모ᄂᆞᆫ 졔ᄌᆞ의 무상ᄒᆞ믈 쥬졍ᄒᆞ야 저희로 명교의 득죄케 말게 ᄀᆞᄅᆞ치시면 경이 ᄯᅩᄒᆞᆫ 대은을 명심ᄒᆞ리이다 셕패 아연무언ᄒᆞ야 냥구 후 도라와 쇼영을 셕샹셔 집의 보내여 아직 잇다가 ᄉᆞ톄를 보와 션쳐ᄒᆞ리라 ᄒᆞ니 진부인이 허티 아녀 왈 셩ᄋᆡ 졸티 아니ᄒᆞ고 형시 아름답거늘 번오읫 거술 셕패 엇디 모도와 져믄 아희를 외입긔 ᄒᆞ려 ᄒᆞᄂᆞ뇨

ᄒᆞ믈며 승샹이 내텨시니 이에 두미 불가ᄒᆞ다 셕혹ᄉᆡ 간왈 모친 말솜이 올ᄒᆞ시나 뎌 쇼영의 정ᄉᆡ 불샹ᄒᆞ고 아ᄌᆞ미 ᄂᆞ출 보와 머므ᄅᆞ쇼셔 다시 소딜의게 잇ᄂᆞᆫ 줄을 몰뇌고 다만 의지 업ᄉᆞᆫ 거술 거두어 ᄒᆞᆫ 구석의 두실 ᄯᆞ름이라 소형이 드러도 해로이 너기디 아니ᄒᆞ

123면

리이다 진부인이 올히 너겨 부듕의 두고 그 ᄌᆞ인ᄒᆞ며 영민ᄒᆞ믈 도로혀 어엿비 너겨 의식을 후히 치니 쇼영이 일로조차 평안이 잇고 ᄎᆡ란 형아ᄂᆞᆫ 의지 업서 원방으로 나가니라 승샹이 졔ᄌᆞᄅᆞᆯ 가도완 디 ᄃᆞᆯ이 진ᄒᆞ매 졔뷔 불승솔란ᄒᆞ며 위시 형시ᄂᆞᆫ 패옥을 그ᄅᆞ고 단의ᄅᆞᆯ 닙어 존당 문안의도 감히 방셕의 안지 못ᄒᆞ고 기여 졔부ᄂᆞᆫ 비록 그리튼 아니나 다 이젼 화긔ᄂᆞᆫ 업ᄂᆞᆫ디라 승샹이 비록 아라보나 요동티 아니터니 수 월 후 태부인이 승샹을 명ᄒᆞ여 왈 노뫼 ᄉᆞ랑ᄒᆞᄂᆞᆫ 손ᄋᆞᄅᆞᆯ 오래 보디 못ᄒᆞ니 심긔 불평ᄒᆞᆫ디라 내 아히ᄂᆞᆫ 모ᄅᆞ미 허물을 용셔ᄒᆞᆯ디어다 승샹이 칭샤슈명ᄒᆞ고 시녀로 졔ᄌᆞᄅᆞᆯ 브ᄅᆞ니 졔ᄉᆡᆼ이 수월[ᄒᆞ]이 가도엿다가 노히매 긔샹이 수고ᄒᆞ고 형용이 쇼삭ᄒᆞ야 남누ᄒᆞᆫ 의샹으로 계하의 부복ᄒᆞ매 화셕 두 부인이 심하의 ᄋᆞ련ᄒᆞ고 승샹을 ᄒᆞᆫᄒᆞ더라 태부인이 ᄒᆞᆫ 번 츄파ᄅᆞᆯ 흘려 찰ᄉᆡᆨᄒᆞ기ᄅᆞᆯ ᄆᆞᄎᆞ매 졔ᄉᆡᆼ을 오ᄅᆞ라ᄒᆞ고 날호여 탄식 왈 ᄌᆞ식이 불쵸

124면

ᄒᆞᆫ죽 어버의게 욕이 니ᄅᆞᄂᆞ니 어버이ᄅᆞᆯ 폴이고 문호의 불힝을 기티ᄂᆞᆫ ᄌᆞ식은 출히 독ᄌᆞᄅᆞᆯ 두엇다가도 후ᄉᆞᄅᆞᆯ 도라보디 말고 죽어야 일의 올ᄒᆞᆫ디라 부ᄌᆞ텬뉸이 비록 듕ᄒᆞ나 강녈ᄒᆞᆫ 의ᄉᆡ 므드디 아닐디니 내 이제 일개 부인이나 ᄌᆞ쇼로 이 ᄠᅳ디 이셔 네 아비 만일 불쵸ᄒᆞᆫ죽 내 당〃이 몬져 묵여 문호의 욕을 더으디 아니코 버거 내 죽어 셜우믈 니ᄌᆞ려 쥬의ᄅᆞᆯ 뎡ᄒᆞ엿더니 삼십여 년의 니ᄅᆞᄃᆡ ᄒᆞᆫ 부죡ᄒᆞ믈 보디 못ᄒᆞ고 방외예 나가매 됴뎡의 쳥명을 어덧다 ᄒᆞ니 잠간 ᄆᆞ음을 프나 오히려 그ᄅᆞᆫ 일이 이셔 ᄆᆡᆼ모의 득죄ᄒᆞᆯ가 두리ᄂᆞ니 이제 너희 등은 황구쇼ᄋᆞ 어ᄆᆡ 져줄 ᄀᆞᆺ ᄯᅥ나셔 ᄆᆞᆫ득 부모ᄅᆞᆯ 물뇌고 ᄣᆡᄅᆞᆯ 타 금현을 ᄆᆞᆫ지고 가셩을 느리며 챵녀ᄅᆞᆯ 병좌ᄒᆞ야 위의예 힝지 패려ᄒᆞ기의 극ᄒᆞᆫ디라 그 아비된 재 엇디 ᄇᆞᆺ그럽디 아니며 그 어미되엿ᄂᆞᆫ 재 엇디 놀납디 아니리오 경은 ᄇᆞᆺ그려 훈ᄌᆞᄒᆞ되 어미ᄂᆞᆫ 도로혀 다ᄉᆞ리ᄂᆞᆫ 줄을 호ᄒᆞ고 아들은 제 죄ᄅᆞᆯ

싀돗디 못ᄒᆞ야 후회

125면

ᄒᆞᆯ 줄을 아디 못ᄒᆞ고 쳐ᄌᆞᄂᆞᆫ 각〃 싀아비ᄅᆞᆯ 과도히 너기니 엇디 ᄒᆞᆫ 무리 녜의 모ᄅᆞᄂᆞᆫ 뉘 아니리오 내 아히ᄂᆞᆫ 모ᄅᆞ미 부ᄌᆞ 졍니ᄅᆞᆯ 거리ᄭᅵ디 말고 ᄆᆡ물히 다ᄉᆞ려 열 아히로 ᄒᆞ야곰 방ᄌᆞᄒᆞᆫ ᄃᆡ ᄲᅡ디 사ᄅᆞᆷ의 욕 바ᄃᆞ미 네의 부쳐로븟터 다 못 나와 너의 부친ᄭᅴ 밋디 말ᄭᅴ어다 말ᄉᆞᆷ을 ᄆᆞᄎᆞ매 좌우의 뫼셧ᄂᆞ니 모골이 숑연ᄒᆞ야 ᄎᆞᆫ ᄯᆞᆷ이 오ᄉᆡ 젓고 만신이 침상의 안ᄌᆞᆫ ᄃᆞᆺᄒᆞ며 화셕 이인이 경황참괴ᄒᆞ야 피셕샤례ᄒᆞ고 승샹은 두 번 절ᄒᆞ야 명을 바ᄃᆞᆫ 후 두 부인의 원망ᄒᆞᄂᆞᆫ 긔ᄉᆡᆨ이 현뎌ᄒᆞ야 모친의 ᄎᆡᆨᄒᆞ시믈 알고 명모ᄅᆞᆯ 기우려 부인을 ᄉᆞᆯ피니 소시 낭〃이 웃고 왈 현뎨ᄂᆞᆫ 사ᄅᆞᆷ 보ᄂᆞᆫ 눈이 평ᄉᆡᆼ 바로 볼 적이 업고 ᄒᆞᆫ 번 흘긔여 사ᄅᆞᆷ의 오장을 ᄢᅦ 보ᄂᆞᆫ ᄃᆞᆺᄒᆞ니 실노 괴로온 인물이라 화셕 두 부인이 므어시 그리도록 ᄆᆡ워 눈 ᄯᅳᄂᆞᆫ 형상이 평안티 아니〃 고이ᄒᆞ다 승샹이 미쇼ᄒᆞ고 머리ᄅᆞᆯ 수기니 니셕 이패 일시의 고장대쇼ᄒᆞᆫ대 모든 쇼년이 우음을 ᄎᆞᆷ디 못ᄒᆞ야 혀ᄅᆞᆯ 물

126면

고 입을 다〃 좌ᄒᆞ엿더라 냥구 후 태부인이 긔ᄉᆡᆨ을 화히 ᄒᆞ고 쥬욕과 경계ᄒᆞ며 말ᄉᆞᆷᄒᆞ매 화긔ᄌᆞ약ᄒᆞ니 좌듕이 비로소 방심ᄒᆞ고 졔ᄉᆡᆼ이 일로조차 감히 방ᄌᆞ티 못ᄒᆞ니 각〃 부인은 암희ᄒᆞ더라 이 날 황혼의 운셩이 슉소의 니ᄅᆞ니 형시 마자 좌ᄅᆞᆯ 뎡ᄒᆞ매 ᄉᆡᆼ이 짐즛 닐오ᄃᆡ 내 쇼영으로 즐기다가 죄ᄅᆞᆯ 닙어시니 부인이 반ᄃᆞ시 쾌ᄒᆞ야 ᄒᆞ리로다 형시 념용졍ᄉᆡᆨ 왈 군ᄌᆞ의 ᄆᆡᆨ바ᄃᆞ미 이러ᄐᆞᆺ 졍외지언이 이시니 이ᄂᆞᆫ 다 쇼쳡의 불인ᄒᆞᆫ 연괴라 탄ᄒᆞᆯ 배 업거니와 ᄯᅩᄒᆞᆫ ᄉᆡᆼ각건대 [소쳡이] 외람이 군ᄌᆞ의 건즐을 밧드려 닉도의 공이 업ᄉᆞᆫ 고로 군ᄌᆞ의 ᄒᆡᆼ지 패만ᄒᆞ야 대인ᄭᅴ 죄ᄅᆞᆯ 어ᄃᆞ시니 이ᄂᆞᆫ 쳐의 죄라 슉야의 황괴ᄒᆞ니 존당의 ᄂᆞᆺ 드러뵈옵기ᄅᆞᆯ 두려 ᄒᆞ던디라 이제 군ᄌᆡ 은샤ᄅᆞᆯ 닙으시니 이ᄂᆞᆫ 군ᄌᆞᄅᆞᆯ 노ᄒᆞ시미 아냐 쳡의 죄ᄅᆞᆯ 샤ᄒᆞ미라 졍히 경ᄉᆞᄅᆞᆯ 심듕의 티하ᄒᆞ더니 의외예 이런 말을 드ᄅᆞ니 ᄌᆞ당감슈라 다시 변ᄇᆡᆨᄒᆞ미 이시리오 ᄉᆡᆼ이 뎡파의 환희ᄒᆞ야 흔연히

127면

웃고 닐오디 싱이 경박ᄒᆞ이 만하 부인의 쓰들 모ᄅᆞ니 다사ᄒᆞᄂᆞ이다 연이나 나의 패만ᄒᆞᆷ을 부인이 붓ᄭᅳ리시나 강뎍을 업시 ᄒᆞ니 진실노 다힝티 아니시냐 형시 심하의 노희여 미쇼 왈 샹공이 볼기 아ᄅᆞ시니 쳡이 엇디 여튼 소견을 긔이리오 대인의 은덕으로 쇼영을 내티시니 녀ᄌᆞ의 쾌활ᄒᆞᆫ 인졍이 제식라 엇디 므ᄅᆞᆫ 휘야 내의 깃브믈 알외리잇가 싱이 대쇼ᄒᆞ고 더욱 은졍이 측냥티 못ᄒᆞ더라 일〃은 싱이 됴복을 닙고 회예 들식 형시 아미를 찡긔고 ᄂᆞᄌᆞ기 닐오디 금야 몽식 심히 불길ᄒᆞ니 군ᄌᆞᄂᆞᆫ 쳥컨대 범ᄉᆞ를 도심ᄒᆞ야 파됴ᄒᆞᆯ 디어다 싱이 믄득 쳑연히 즐겨 아냐 부인의 손을 잡고 위로 왈 내 벼슬이 간관이 아니오 불과 어탑 아래 부슬 잡아 ᄉᆞ긔를 닷글 ᄯᆞᄅᆞᆷ이라 문제 비록 군속디 아냐 일을 만니디 아니리니 그듸ᄂᆞᆫ 념녀 말라 형시 묵연이 즐겨 아니〃 싱이 지삼 위로ᄒᆞ고 궐하의 모ᄃᆞ니 샹이 평일 운셩의 ᄌᆡ모를 ᄉᆞ랑ᄒᆞ

128면

시ᄂᆞᆫ디라 파됴 후 편뎐의 브ᄅᆞ샤 인견ᄒᆞ시고 필능을 내여 금ᄌᆞ를 일우라 ᄒᆞ시니 싱이 샤은ᄒᆞ고 탑하의 업듸여 글을 쓰더니 일이 공교ᄒᆞ야 일댱 대란을 만나니 도시 운셩의 팔ᄌᆡ와 형시 익이라 임의 하늘히 이러ᄐᆞᆺ 뎡ᄒᆞ여시니 사름의 인력으로 어이 ᄒᆞ리오 이인의 ᄆᆞ음이 임의 뎡ᄒᆞ야 서ᄅᆞ 시름히 텬뎡이라 애돏고 ᄒᆞᆫ흡도다 하회예 분회ᄒᆞᆷ을 보면 알리라

소현셩녹 권지뉵

1면

각셜 황샹의 졍궁 낭〃 부시ᄂᆞᆫ 부태ᄉᆞ의 녀ᄌᆡ시니 샹이 포의로 계실 적 위연히 부태ᄉᆞ 후원의 드러가시니 낭〃이 보시고 그 농힝호보를 아라 타일의 귀ᄒᆞᆯ 줄을 ᄉᆞ모ᄒᆞ여 구혼ᄒᆞ던 고들 물니티고 ᄎᆡ루의 올라 방울을 ᄂᆞ리텨 황샹으로 조ᄎᆞ니 샹이 그 디기를 감동ᄒᆞ샤 농위예 올라 삼천 후궁을 두시나 부시긔 통권이 ᄒᆞᆫ굴 [ᄀᆞ]ᄐᆞ시니 ᄎᆞ고로 낭〃의 위엄이 태ᄌᆞ 제왕을 ᄡᅧ 황샹긔 디나시니 됴애 다 두려ᄒᆞ더라 휘 삼ᄌᆞ일녀를 탄싱ᄒᆞ시니 공쥬ᄂᆞᆫ 명현공쥐라 ᄌᆞ식이 탁월ᄒᆞ고 셩졍이 춍명ᄒᆞ니 데휘 지극 ᄉᆞ랑

ᄒᆞ샤 부마를 국퇵ᄒᆞ시ᄃᆡ 맛당ᄒᆞᆫ 지식 업ᄉᆞ니 년긔 십오 세의 니ᄅᆞ럿더니 이 날의 뎐의 나와 황야를 뵈옵고 ᄃᆡᄒᆞ야 궁비를 거ᄂᆞ려 ᄌᆞ경뎐

2면

의 니ᄅᆞ니 궁녜 회보 왈 황샹이 소혹ᄉᆞ를 글 쓰시더이다 공쥬 텽파의 그 문톄를 보고져 ᄒᆞ야 궁녀를 거ᄂᆞ려 뎐샹의 니ᄅᆞ니 운셩이 다만 투목으로 보니 허다 궁인이 ᄒᆞᆫ 쳐녀를 뫼셔 황야의 겨ᄐᆡ 다ᄃᆞ라ᄃᆡ 샹이 외신 잇다 ᄒᆞ시는 말이 업고 흔연히 탑하의 안ᄌᆞ라 ᄒᆞ거ᄂᆞᆯ 심하의 고이히 너기ᄃᆡ 또ᄒᆞᆫ ᄉᆡᆼ각ᄒᆞ되 뎨 나오노라 니ᄅᆞ디 아냣고 샹이 피ᄒᆞ라 아니시니 비록 황후 낭〃이 친님ᄒᆞ시나 요동ᄒᆞᆯ 배 아니로다 ᄒᆞ야 모ᄅᆞ는 톄ᄒᆞ고 잇더니 공쥬 뎌 쇼년이 한원고지로 휘쇄ᄒᆞ미 풍우 ᄀᆞᄐᆞ믈 보고 그 얼골은 업데여시므로 ᄌᆞ시티 못해[나 대]만 오사모 아래 흰 귀밋티 옥이 윤퇵ᄒᆞ고 고지 반기ᄒᆞᆷ ᄀᆞᄐᆞ니 황홀ᄒᆞ야 뭇ᄌᆞ오ᄃᆡ 어하의 집필 휘쇄ᄒᆞ야 금ᄌᆞ작시재 하인이니잇고 샹이 쇼왈 ᄎᆞ는 한님혹ᄉᆞ 소운셩이라 인ᄒᆞ야 하교 왈 경은 식녹문신이라 ᄉᆞ리 기명ᄒᆞ고 녜의 동텰ᄒᆞᆯ디니 엇디 황가의 옥엽을 보고 무례ᄒᆞ

3면

뇨 이는 곳 딤의 ᄋᆡ녀 명현공쥬라 또ᄒᆞᆫ 존티 아니랴 운셩이 붓을 들고 니러나 면식을 쉭〃이 ᄒᆞ고 소ᄅᆡ를 ᄀᆞ다[ᄃᆞ]마 주왈 이 고디 외뎐이오 폐해 이 근신으로 더브러 글 강논ᄒᆞ시는 ᄢᅢ라 외뎡신ᄌᆡ 셩샹을 뫼신 ᄢᅢ의 심궁고루의 쳐ᄒᆞ신 공쥬 나오실 줄은 신이 자쇼로 듯디 못ᄒᆞ야는 고로 창졸의 녜를 일과이다 언필의 다시 업데여 금ᄌᆞ를 뼈 밧드러 드리고 단디의셔 빅ᄉᆞᄒᆞᆫ 후 퇴ᄒᆞᆯ식 샹이 그 ᄌᆡ조를 칭찬ᄒᆞ시고 공쥬 뎌의 가는 양을 보니 풍뉘 쇄락ᄒᆞ고 거죄 편텬ᄒᆞ며 신댱이 표연ᄒᆞ고 용뫼 슈려ᄒᆞ야 옥계의 가는 버들이오 풍젼의 브치는 목난 ᄀᆞᄐᆞ야 옥슈의 아홀을 밧고 소안의 사모를 수겨시며 봉익의 홍포를 가ᄒᆞ야시니 태을진인이 운니의 빅회ᄒᆞᆷ ᄀᆞᄐᆞᆫ디라 보고 고텨 보매 심졍이 뉴츌ᄒᆞ야 의식 므ᄅᆞ 녹으니 졍신을 거두어 샹젼의 주왈 신이 폐하의 은퇵을 닙ᄉᆞ와 부귀 극ᄒᆞ고 부마를 ᄉᆡᆨ

4면

시믈 엇ᄌᆞ와 삼죵을 져ᄇᆞ리디 아닐가 ᄒᆞ옵더니 소운셩을 보오니 이 곳 신의 평ᄉᆡᆼ 원

ᄒᆞ던 사ᄅᆞᆷ이라 야〃는 ᄌᆞ식의 원을 조ᄎᆞ샤 운셩으로 부마ᄅᆞᆯ 뎡ᄒᆞ쇼셔 샹이 팀음냥구의 답왈 이 어렵디 아니ᄃᆡ 다만 운셩이 조강지쳬 잇고 소현셩이 국혼을 깃거 아닐가 ᄒᆞ노라 공쥬 다시 주왈 군신은 부[ᄌᆞ] ᄀᆞᄐᆞ니 소경이 엇디 ᄉᆡᆨ양ᄒᆞ며 녜법은 왕쟈의 셰운 배라 셩상이 고티 못ᄒᆞ리오 조강을 폐츌ᄒᆞ고 신으로써 하가ᄒᆞ시믈 ᄇᆞ라ᄂᆞ이다 샹이 공쥬ᄅᆞᆯ 편ᄋᆡᄒᆞ시므로 ᄒᆞᆫ연이 허락ᄒᆞ고 인ᄒᆞ야 ᄒᆞᆫ 계교ᄅᆞᆯ 샹냥ᄒᆞ샤 오봉누의 공쥬ᄅᆞᆯ 올리시고 뎐지ᄅᆞᆯ ᄂᆞ리와 ᄀᆞᆯ오샤ᄃᆡ 딤의 쇼녀 명현공쥬 취가ᄒᆞᆯ 년긔로ᄃᆡ 맛당ᄒᆞᆫ 부매 업ᄉᆞᆫ디라 특별이 져믄 됴관을 오봉누하의 못고 공쥬로써 방울을 더뎌 맛[ᄂᆡ] 니로 부마ᄅᆞᆯ 삼으리라 뎐지 ᄒᆞᆫ 번 ᄂᆞ리매 쇼년관원이 아니 놀라 리 업고 이 긔별이 ᄌᆞ운산의 니ᄅᆞ매 승샹이 칙상을

5면

텨 대경 왈 이 가온대 반ᄃᆞ시 연괴 잇도다 시어ᄉᆞ 운경과 한님ᄒᆞᆨᄉᆞ 운희 운셩이 분연히 나아와 고왈 ᄌᆞ고로 혼인은 풍화의 대관이니 엇디 녀ᄌᆡ 여러 ᄉᆞ나ᄒᆡᄅᆞᆯ 셰우고 난편을 ᄀᆞᆯᄒᆡ며 어ᄂᆡ 어린 남ᄌᆡ 오원의 위 공쥬 물니티믈 본밧디 아냐 방울을 가 마ᄌᆞ리오 ᄒᆡᄋᆞ 등 열 댱 표ᄅᆞᆯ 올녀 분변ᄒᆞ리라 승샹이 졍ᄉᆡᆨ 왈 너ᄒᆡ의 망녕되미 이러틋 ᄒᆞ냐 ᄎᆞ언으로 샹표ᄒᆞᆯ딘대 황샹과 낭〃을 논ᄒᆡᆨᄒᆞ미라 엇디 신ᄌᆞ의 도리〃오 다만 샹의ᄅᆞᆯ 슌죵ᄒᆞ야 나아가미 올ᄒᆞᆫ디라 구ᄐᆞ여 너ᄒᆡ게 ᄋᆡᆨ이 올가 근심ᄒᆞ리오 졔ᄌᆡ 묵연히 깃거 아니ᄒᆞ더니 통졍ᄉᆞ의셔 급히 보ᄒᆞ되 ᄇᆡᆨ관이 거의 다 모다시니 삼위 노야ᄅᆞᆯ 청ᄒᆞᄂᆞ이다 조ᄎᆞ 황문시랑이 니ᄅᆞ러 젼지ᄅᆞᆯ 뎐ᄒᆞ되 삼쇠 칭탁ᄒᆞ고 ᄒᆞᄂᆞ히나 ᄲᅥ디면 죄가ᄇᆡ얍디 아니라 삼인이 텽파의 됴복을 ᄀᆞ초고 조모ᄭᅴ 하딕ᄒᆞᆯᄉᆡ 위강형 삼인이 각〃그 가부

6면

의 풍용을 보매 공쥬의 눈의 들미 반ᄃᆞᆺᄒᆞᆫ디라 심두의 무궁ᄒᆞᆫ 념녜 ᄆᆡ쳐 얼골의 근심이 즘겨시니 가듕이 황〃ᄒᆞ고 삼인이 다 즐겨 아냐 운셩이 눈을 드러 형시ᄅᆞᆯ 보고 홀연 쳐참ᄒᆞᆫ 빗치 ᄀᆞ득ᄒᆞ야 닐오ᄃᆡ 명현공쥬ᄅᆞᆯ 내 보든 아냐시나 소ᄅᆡᄅᆞᆯ 드ᄅᆞ니 반ᄃᆞ시 불측ᄒᆞᆫ디라 은〃히 살긔 이시니 엇던 박복ᄒᆞᆫ 재 그런 불힝ᄒᆞᆫ 거술 어들고 우리 삼형뎨 다 쇼년이오 의뫼 타인의게 ᄂᆞ리디 아니〃 엇디 두렵디 아니리오 셕패 왈 낭군은 스ᄉᆞ로 ᄌᆞ랑ᄒᆞ시ᄂᆞ냐 운셩이 역쇼 왈 쟈랑이 아냐 실노 우리 등이 텬ᄉᆡᆼ품딜이 션

풍옥인이라 승샹이 경계 왈 네 엇디 [감히] 공쥬의 흔단을 포렴ᄒᆞ리오 내 이런 긋ᄃᆡ 너를 깃거 아닛ᄂᆞ니 싱심도 이런 말을 말고 쌜니 가라 삼ᄉᆡ 슈명ᄒᆞ야 물러 궐하의 다ᄃᆞᄅᆞ니 져믄 죠관 수ᄇᆡᆨ여 인이 다 모닷더라 삼인이 좌의 나

7면

아가매 도찰원 돈휘 쇼왈 아등이 불의에 모다 안자 방울을 기ᄃᆞ리니 엇디 가쇄 아니리오 운경이 정ᄉᆡᆨ 답왈 황명이 계시니 감히 우술 배 아니라 운셩이 빵미를 찡긔고 묵연히 함구ᄒᆞ니 모든 친위 긔롱 왈 텬강은 금녕 못 마즐가 용녀ᄒᆞᄂᆞᆫ다 그ᄃᆡ의 영풍도골로ᄡᅧ 만됴의 독보ᄒᆞ니 두목지 금 어드니 엇디 귀타ᄒᆞ리오 운셩이 미쇼 왈 내의 념녀ᄒᆞ믄 졔년형의 말 ᄀᆞᆺ디 아냐 국가 톄면이 브졍ᄒᆞ야 인륜듕ᄉᆞ를 곡경으로 힝ᄒᆞ믈 한심ᄒᆞ야 샹표코져 ᄒᆞ나 ᄯᅩᄒᆞᆫ 가티 아니코 이시매 울젹ᄒᆞ미라 엇디 금녕의 의ᄉᆡ 이시리오 언미필의 누샹의셔 쥬렴을 놉히 것고 수ᄇᆡᆨ 궁인이 일위 미인을 옹위ᄒᆞ야 셔시니 향풍이 습〃ᄒᆞ고 패옥이 낭〃ᄒᆞ야 표〃히 션인승회 ᄀᆞᄐᆞ니 혹 흠앙ᄒᆞ야 우러〃보는 쟈도 잇고 혹 모ᄅᆞᄂᆞᆫ 톄ᄒᆞᄂᆞ니도 이시며 됴히 너겨 흔〃ᄒᆞᄂᆞ니도 이셔 버럿더니 공쥐 홍슈 ᄉᆞ이로

8면

셔 ᄌᆞ금방울을 내여 들매 궁녜 분향ᄒᆞ고 ᄉᆡᆨ텬홀시 공쥐 보건대 운셩의 삼 형뎨 졔뉴의 소사나 모래 가온대 명쥬를 더딤 [ᄀᆞᆺ]ᄒᆞ나 기듕 운셩이 더욱 풍골이 늠연ᄒᆞ고 골격이 쇼쇄ᄒᆞ야 산쳔슈긔와 일월조화를 습ᄒᆞ야 우마의 긔린이 섯것고 오쟉의 봉황이 굷셔심 ᄀᆞᄐᆞ니 심하의 더욱 깃거 운셩을 향ᄒᆞ야 금녕을 ᄂᆞ리티니 졍히 오새 마즌디라 싱이 놀나 ᄒᆞᆫ 번 털티매 구으러 옷 알ᄑᆡ ᄂᆞ려디니 누샹누해 일시의 소ᄅᆡ 딜러 부마를 뎡ᄒᆞ다 ᄒᆞ니 ᄇᆡᆨ관이 크게 웃고 운셩의게 티하ᄒᆞ니 싱이 비록 심듕은 황〃ᄒᆞ나 본셩이 팀듕ᄒᆞᆫ디라 강잉ᄒᆞ야 화답ᄒᆞ나 ᄆᆞ음이 간 ᄃᆡ 업서 ᄒᆞ거ᄂᆞᆯ 졔붕 ᄇᆡᆨ관이 고이히 너겨 흣터딘 후 싱이 불감ᄒᆞ믈 ᄉᆡ양ᄒᆞ니 샹이 듯디 아니시고 흠텬관을 ᄐᆡᆨ일ᄒᆞ야 셩녜ᄒᆞ라 ᄒᆞ시니 승샹이 처음부터 짐작ᄒᆞ나 텬슈를 도망티 못ᄒᆞᆯ 줄 알고 슌편코져 ᄒᆞ

9면

야 제ᄌᆞ를 드려 보내고 기ᄃᆞ리더니 긔별을 듯고 궐하의 나아가 샹소ᄒᆞ야 ᄀᆞᆯ오ᄃᆡ 신

의 어린 ᄌᆞ식이 본ᄃᆡ ᄇᆡ혼 ᄌᆡ죄 업고 무식소활ᄒᆞ야 비록 취쳐를 아냐셔 공쥬ᄭᅴ 불감ᄒᆞ거늘 ᄒᆞ믈며 참정 형옥의 녀로 결발ᄒᆞ연 디 삼 년이라 이제 공쥬로ᄡᅥ 하가ᄒᆞᆫ즉 규합의 톄면이 어긔여뎌 도강을 취ᄒᆞᆯ 거시오 만일 그러티 아니면 지엽의 위를 ᄂᆞ초디 못ᄒᆞᆯ 배오 몬져로ᄡᅥ 후를 밧드디 못ᄒᆞ야 일당불평ᄒᆞ미 ᄒᆞᆫ갓 공쥬ᄭᅴ 해로울[쎈] 아니라 풍화의 관겨ᄒᆞ니 봉망셩상은 ᄉᆞᆲ피쇼셔 샹이 하답 왈 금텬하의 뎨일ᄌᆡ[ᄌᆞ]옥인은 운셩이라 딤의 ᄯᅳᆺ이 기우러시니 공쥬로ᄡᅥ 금녕을 더뎌 부마로 뇌뎡ᄒᆞ니 엇디 고티미 이시리오 조강지쳐ᄂᆞᆫ 녜의예 듕대ᄒᆞ나 ᄯᅩᄒᆞᆫ 공쥐 하가ᄒᆞ니 엇디 감히 졍쳐로 이셔[동]녈로 항녈ᄒᆞ리오 폐츌ᄒᆞ야 보내

10면

고 졀신ᄒᆞᆫ[후] 성네킈 ᄒᆞ라 승샹이 다시 샹표 왈 신의 부ᄌᆡ 셩됴의 후은을 닙ᄉᆞ와 국가의 듕신이 되엿난디라 말을 품고 아니 알외디 못ᄒᆞ야 주ᄒᆞᄋᆞᆸᄂᆞ니 고금의 칠거지상 곳 이시면 내티미 잇거니와 무단이 부귀를 탐ᄒᆞ야 ᄇᆞ릴딘대 엇디 텬하 사ᄅᆞᆷ이 춤 밧고 ᄭᅮ짓디 아니며 쥬샹셩덕이 광무의 ᄲᅥ러디시믈 ᄒᆞᆫ티 아니리오 신이 ᄒᆞᆫ갓 ᄌᆞ부를 위ᄒᆞ미 아니라 실로 셩덕의 샹ᄒᆞ시믈 두리며 ᄉᆞ희 공논을 취ᄒᆞ미라 폐해 구ᄐᆞ여 형녀를 내티과ᄅᆞ ᄒᆞ실딘대 운셩이 텬은을 닙ᄉᆞ와 부마의 영귀ᄒᆞ미 잇ᄉᆞ오나 ᄉᆞ류의 무신박힝ᄒᆞᆫ 무리 되야 도로혀 폐하의 틱셔ᄒᆞ시미 글너디고 공쥬로ᄡᅥ [내]ᄆᆡ 인뉸을 어즈러인 젹악이 이시리니 복망셩샹은 필부의 신을 뉴렴ᄒᆞ샤 ᄉᆞ졍을 존졀ᄒᆞ고 형녀를 용납ᄒᆞ야 녜위를 일티 아니케 ᄒᆞ샤 공쥐 비록 존ᄒᆞ시나 길녜를 일워 운

11면

셩을 별틱의 계실디언뎡 실로 감히 형녀의 위를 앗디 못ᄒᆞᆯ 줄을 ᄇᆞᆰ히쇼셔 샹이 견필의 우어 ᄀᆞᆯ오샤ᄃᆡ 소공은 엇디 너모 헐ᄲᅧ려 황녀를 경히 너기ᄂᆞ뇨 드ᄃᆡ여 ᄂᆡ뎐의 드ᄅᆞ샤 표를 공쥬를 보신대 공쥐 주왈 소경이 비록 ᄃᆡ졀ᄃᆡ언이 어려오나 엇디 텬위를 항거ᄒᆞ리잇고 폐해 가히 잡아 뎡위예 가도시고 귀향가기와 형녀 거졀ᄒᆞ기를 무러보쇼셔 샹이 유예ᄒᆞ시더니 부 낭〃이 용ᄉᆞᄒᆞ샤 셩지 ᄂᆞ리ᄃᆡ 딤이 항녀로ᄡᅥ 소경의 며ᄂᆞ리를 삼으니 본ᄃᆡ 됴흔 ᄯᅳ디러니 경이 황녀를 경히 너겨 여러 번 군명을 거역ᄒᆞ니 죄 ᄀᆞ장 듕ᄒᆞᆫ디라 특별이 관직을 더브러 묘당의 잇더니 됴셔를 보고 좌우로 ᄒᆞ여곰 인슈를 글러 슈를 맛디고 옥졸을 ᄯᆞ와 금의부로 갈ᄉᆡ 구리공이 경탄ᄒᆞ야 왈 현셩이

넙됴ᄒᆞ연 디

12면

수십 년이로ᄃᆡ 사ᄅᆞᆷ의게 논ᄒᆡᆨ홈과 샹노를 만나디 못ᄒᆞ엿거ᄂᆞᆯ 일됴의 ᄒᆞᆫ 샹소로ᄡᅥ 이 경샹을 보ᄂᆞ냐 소공이 쇼왈 쇼뎨 무상ᄒᆞ야 셩노를 촉범ᄒᆞ니 죄를 닙으미 본ᄃᆡ 올ᄒᆞᆫ 디라 엇디 ᄒᆞᆫᄒᆞ미 이시리오 다만 금일의야 고인이 ᄌᆞ식 만ᄒᆞ면 욕이 오ᄆᆞᆯ ᄉᆡ듯과라 셜파의 ᄉᆞ매를 ᄯᅥᆯ티고 옥으로 향ᄒᆞ니 져재 사ᄅᆞᆷ이 다 눈물을 흘리고 만당ᄇᆡᆨ관이 다 분노 왈 소현셩은 국가대신이라 셩샹이 엇디ᄒᆞᆫ 일로 인ᄒᆞ야 대신을 이러ᄐᆞᆺ 박멸ᄒᆞ시리오 드ᄃᆡ여 년면ᄒᆞ야 간호니 황문 시랑이 부 낭〃의 청을 드러 ᄉᆞ이의셔 샹쇼를 곰초고 뎐교를 위조ᄒᆞ니 ᄇᆡᆨ관이 ᄒᆞᆯ 일이 업서 퇴ᄒᆞ고 운셩 등은 궐하의 ᄃᆡ죄ᄒᆞ니 경샹이 차악ᄒᆞᆫ디라 팔대왕이 보고 십분 놀라 드러가 괴로이 간ᄒᆞ니 샹이 노를 두로혀샤 ᄂᆡ시로 승샹ᄃᆞ려 문왈 딤이 경을 듕히 너겨 듀딘의 됴ᄒᆞ믈 ᄆᆡᆺ고져 ᄒᆞ거ᄂᆞᆯ 경이 고집히 츄ᄉᆞᄒᆞ야 딤심을 져ᄇᆞ리니 엇지 신ᄌᆞ

13면

되리오 이제 다 회과ᄒᆞ미 잇ᄂᆞ냐 승샹이 ᄂᆡ시를 ᄃᆡᄒᆞ야 탄왈 내 비록 무상ᄒᆞ나 ᄌᆞ유로 글을 닑고 국녹 먹언 디 수십 년이라 엇디 군신지의를 모ᄅᆞ리오 ᄎᆞ고로 블감ᄒᆞ믈 간ᄒᆞ미오 황녀를 염히 너기미 아니라 셩샹이 죄를 ᄂᆞ리오시니 오직 슌슈ᄒᆞᆯ ᄯᆞᄅᆞᆷ이라 비록 이러ᄐᆞᆺ ᄒᆞ샤 공쥬를 내 집의 보내시나 므슴 쾌ᄒᆞ미 계시리오 대댱뷔 입의 말을 내매 ᄉᆞ매 ᄯᆞ르기 어려온디라 내 임의 삼강오샹을 딕희ᄂᆞ니 부월이 머리의 님ᄒᆞ나 ᄠᅳᆺ을 두루혀디 못ᄒᆞ리니 ᄂᆡ시ᄂᆞᆫ 샹씌 회주ᄒᆞᆯ씨어다 ᄂᆡ시 감히 말을 못ᄒᆞ고 ᄯᅩᄒᆞᆫ ᄉᆡᆼ각ᄒᆞ되 ᄎᆞ언을 딘주ᄒᆞᆫ즉 어딘 대신이 텬노를 만나미 반ᄃᆞᆺᄒᆞ리니 엇디 권되 업ᄉᆞ리오 드ᄃᆡ여 도라와 다만 듯디 아니므로ᄡᅥ 주ᄒᆞ니 샹이 심ᄒᆞᆫᄒᆞ샤 날마다 옥듕의 사ᄅᆞᆷ 브려 무ᄅᆞ샤ᄃᆡ 형녀를 거졀ᄒᆞᆯ다 ᄒᆞ시니 승샹이 견집ᄒᆞ야 허티 아냔 디 뉵일의 태부인 양시 글로ᄡᅥ 승샹을

14면

ᄎᆡᆨᄒᆞ되 내 맛당이 식부를 듕ᄋᆡᄒᆞ나 홀로 노모를 ᄉᆡᆼ각디 아닛ᄂᆞᆫ다 집졀을 셰우미 이에 잇디 아니〃 아희ᄂᆞᆫ 고집디 말고 샹의를 조차 문호의 화를 브ᄅᆞ디 말라 ᄒᆞᆫ대 승샹

이 기리 탄왈 내 믹양 편모를 념녀ᄒᆞ야 딕논을 셰우디 못ᄒᆞ니 현마 엇디ᄒᆞ리오 드듸여 회셔를 닷가 방심ᄒᆞ시믈 알외엿더니 이때 칠팔 이왕이 고간ᄒᆞ고 그 승샹이 년ᄒᆞ여 샹소ᄒᆞ니 [샹이] 운셩을 명툐ᄒᆞ시니 운셩이 ᄉᆡ양 왈 신의 연고로 아비 하옥ᄒᆞ니 신이 텬디 간 죄인이라 어ᄂᆡ 면목으로 샹젼의 뵈오리오 샹이 뎐어 문왈 네 능히 공쥬를 셩녜ᄒᆞ고 형녀를 거졀ᄒᆞᆫ다 ᄉᆡᆼ이 분긔 가슴의 막히니 말을 못ᄒᆞ고 싸히 것구러디니 모다 급히 구ᄒᆞᆫ 후 ᄉᆡᆼ이 냥구케야 닐오ᄃᆡ [만일] 아븨 죄를 샤하실딘대 신이 스ᄉᆞ로 죽어 셩은으로 갑ᄉᆞ오리니 엇디 ᄒᆞᆫ 형녀 거졀ᄒᆞ믈 족히 니ᄅᆞ리오 ᄂᆡ시 도라가 주ᄒᆞᆫ대 샹이 즉시 승상을 노ᄒᆞ시니 소공이 고이히 너겨 샤를

15면

응ᄒᆞ야 옥문을 나매 대신이 수풀 ᄀᆞᄐᆞ야 티위홀식 화공 셕공이 탄식쁜이오 형공이 눈물을 흘려 샤례 왈 형이 쇼녀로 말ᄆᆡ아마 하옥낙딕ᄒᆞ야 수십여 년 놉흔 일홈을 욕ᄒᆞ니 엇디 감샤티 아니리오 모ᄅᆞ미 명공은 [샹명을] 슌죵ᄒᆞ야 녕당 태부인긔 념녀를 깃티디 말라 소공이 개연히 우어 왈 년형아 이 엇던 말고 쇼데 닙됴ᄒᆞ연디 오라ᄃᆡ 용이ᄒᆞ야 시쇽의논을 만나디 아니미오 이에 됴고만 말을 내매 하옥ᄒᆞ니 이ᄂᆞᆫ 부명이 긔구ᄒᆞ야 젼일은 청고ᄒᆞ야 익을 만나디 아니〃 ᄎᆞᄉᆞᄂᆞᆫ 쇼부의 연괴리오 샹이 샤ᄒᆞ시니 노혀나시나 아ᄆᆞ 연괸 줄 모ᄅᆞᄂᆞ니 졔형은 청컨대 셜화를 펴라 구승샹이 운셩의 샹언ᄒᆞ므로뻐 노ᄒᆞ믈 니ᄅᆞ니 소공이 탄식 브답이오 운셩이 이에 좌듕의 닐러 ᄀᆞᆯ오ᄃᆡ 내 일즉 녯 글을 보니 군신유의와 부ᄌᆞ유친과 부〃유별이 다 듕ᄒᆞ니 아비 나티 아니시면 ᄌᆞ식이 엇디

16면

나셔 님군을 알리오 이제 샹이 공쥬로 인ᄒᆞ야 나의 엄친을 가도시니 내 엇디 셰샹의 죄인이 되디 아니며 조강지쳐를 우력으로 폐ᄒᆞ고 박힝지인이 되디 아니랴 오히려 쳐ᄌᆞᄂᆞᆫ 쇼식어니와 부친의 굿기시믈 ᄉᆡᆼ각ᄒᆞ니 하면목으로 힝셰ᄒᆞ리오 청컨대 ᄌᆞ문ᄒᆞ야 명교의 샤죄ᄒᆞ리라 셜파의 칼을 ᄲᅢ혀 디ᄅᆞ고져 ᄒᆞ니 형공이 급히 검을 앗고 그 손을 잡고 엇게를 딥허 탄식 왈 네 엇디 이런 망녕된 일을 ᄒᆞᄂᆞ뇨 당〃이 부마의 쟉위를 바다 누리고 이러틋 고이ᄒᆞᆫ 거조를 말라 모든 빅관이 놀라 각〃 관희홀식 승샹이 날호여 칙ᄒᆞ되 셩샹이 신하를 죄 주시매 덧〃ᄒᆞᆫ 일이오 네 또 아비를 구ᄒᆞ미 효도를

일티 아냣고 내의 ᄯᅳ들 펴미 그ᄅᆞ나 ᄯᅩᄒᆞᆫ 통우ᄒᆞ시ᄆᆞᆯ 미더 일시의 발셜ᄒᆞ미오 샹이 내의 죄ᄅᆞᆯ 샤ᄒᆞ시미 셩은이라 네 엇디 감히 원망ᄒᆞ며 ᄀᆞ비야이 ᄌᆞ문ᄒᆞ리오 가히 무식불통ᄒᆞ미라 네 모ᄅᆞ미 경심ᄒᆞ라

17면

한님이 눈물을 드리워 슈명ᄒᆞ매 셩지 ᄯᅩ ᄂᆞ려 소공을 복직ᄒᆞ시고 길ᄉᆞᄅᆞᆯ 뇌뎡ᄒᆞ시며 형참졍ᄭᅴ 하지 왈 경네 운셩의 고인이나 황녀의 동녈이 되디 못ᄒᆞᆯ 거시니 녜부의 졀혼ᄒᆞᄂᆞᆫ 글을 두고 ᄃᆞ려가 샹〃 통티 말라 ᄒᆞ시니 다시 샹소ᄒᆞ되 신이 텬위ᄅᆞᆯ ᄀᆞᆺ 닙ᄉᆞᆸ고 셩은을 니ᄌᆞ미 아니라 다만 ᄉᆡᆼ각건대 형녀ᄅᆞᆯ 비록 공쥬의 동녈로 두디 못ᄒᆞ고 운셩의 가뫼라 니ᄅᆞ디 못ᄒᆞ나 엇디 무죄히 졀혼ᄒᆞᆯ 니 이시리오 이 진실로 텬은이 편벽ᄒᆞ샤 호ᄉᆡᆼ지덕이 업ᄉᆞ시니 신이 부월지하의 죽어도 항복디 아닛ᄂᆞ이다 ᄇᆞ라건대 폐하ᄂᆞᆫ 졀혼 두 ᄌᆞᄅᆞᆯ 거두샤 녀ᄌᆞ의 하상지원을 업시 ᄒᆞ쇼셔 샹이 답왈 경의 굴강티 아니미 이 ᄀᆞᄐᆞ니 톄면 모로ᄆᆞᆯ 한심ᄒᆞ도다 연이나 소ᄉᆞᄅᆞᆯ 슈텽ᄒᆞ야 형녀ᄅᆞᆯ 제 어버의 집의 두어 신을 딕희게 ᄒᆞ노라 ᄒᆞ시니 형공이 기리 슬허 왈 ᄯᅩᄒᆞᆫ 녀ᄋᆞ의 팔

18면

ᄌᆡ라 현마 엇디ᄒᆞ리오 셜파의 ᄌᆞ운산의 도라와 그 ᄯᆞᆯ을 ᄃᆞ려갈ᄉᆡ 승샹 부ᄌᆡ 한가지로 니ᄅᆞ러 형공을 외당의 머믈우고 삼ᄌᆞ로 더브러 드러가 모친ᄭᅴ 뵈오니 부인이 승샹 노히ᄆᆞᆯ 깃거 ᄒᆞ나 일개 형시의 졍ᄉᆞᄅᆞᆯ 아니 슬허ᄒᆞ리 업더라 승샹이 시녀로 형시ᄅᆞᆯ 브ᄅᆞ니 소두ᄅᆞᆯ 허트로고 홍근을 ᄡᅳ어 좌의 니ᄅᆞ시니 시년이 십오세라 쟈약ᄒᆞᆫ 긔질과 빙뎡ᄒᆞᆫ ᄐᆡ되 날 비출 ᄀᆞ리오고 ᄋᆡ원ᄒᆞᆫ 경ᄉᆡᆨ과 쳐참ᄒᆞᆫ 거동을 ᄎᆞ마 보디 못ᄒᆞᆯ러라 이에 좌셕의 ᄭᅮ니 승샹이 구연낭구의 툐탕빈쵹ᄒᆞ고 ᄉᆞ매 가온대로셔 젼후셩지ᄅᆞᆯ 내야 주어 보기ᄅᆞᆯ ᄆᆞᆺᄎᆞ매 다시 탄식 왈 그ᄃᆡᄂᆞᆫ 어딘 녀ᄌᆡ라 내 집의 니ᄅᆞ런 디 삼년이로ᄃᆡ 일즉 브죡ᄒᆞᄆᆞᆯ 보디 못ᄒᆞ고 힝ᄉᆡ 슉아ᄒᆞ니 방탕ᄒᆞᆫ 셩ᄋᆞ의 ᄂᆡ조ᄅᆞᆯ 호대히 ᄒᆞ야 셩덕이 ᄀᆞ존디라 내 샹시 그ᄃᆡ 쇼년의 너모 슉셩ᄒᆞᄆᆞᆯ 두리미 불과 향슈ᄅᆞᆯ 념녀ᄒᆞ미니 엇디 이런 일이 이실 줄 알리오 홍안박명이 ᄌᆞ고로 이시나 현부

19면

ᄀᆞᄐᆞ니ᄂᆞᆫ 업술디라 이 엇디 ᄒᆞᆫ갓 그ᄃᆡ의 팔ᄌᆡ 긔구ᄒᆞ미리오 돈ᄋᆡ 복이 업고 가운이

불힝ᄒᆞ야 우리 등이 현부를 일ᄒᆞ미라 슬허ᄒᆞ나 밋디 못ᄒᆞ리로다 슈연이나 비극태릐 오 낙극비릐니 창텬이 ᄎᆞ마 무심ᄒᆞ리오 그ᄃᆡᄂᆞᆫ 도라가 안심ᄒᆞ여 나죵을 보고 과도히 샹회 말며 운셩이 호방ᄒᆞ여 삼가디 못ᄒᆞ미 이셔도 그ᄃᆡ 깁히 거졀ᄒᆞ야 화를 취티 말 디어다 태부인이 슬허 왈 ᄎᆞᄂᆞᆫ 텬쉬라 후회를 뎡티 못ᄒᆞ니 노인은 셔[산] 낙일 ᄀᆞᄐᆞᆫ디 라 다시 보미 쉬오리오 현부ᄂᆞᆫ 약질을 보듕ᄒᆞ야 타일을 기ᄃᆞ리라 소윤화 삼부인과 니셕 이패 다 눈물 ᄲᅳ려 니별ᄒᆞᆯᄉᆡ 셕부인은 쳥뉘 환난ᄒᆞ야 취슈를 적시니 형시 [이 ᄯᅢ]를 당ᄒᆞ야 ᄆᆞ음이 ᄇᆞ아디ᄂᆞᆫ ᄃᆞᆺᄒᆞ고 졍신이 ᄋᆞ독ᄒᆞ니 다만 방셕 아래 ᄉᆞ려 주왈 쇼 쳡이 불혜누질로 셩문의 의탁ᄒᆞ와 구고 존당의 양츈 ᄀᆞᄐᆞᆫ 혜퇵을 닙ᄉᆞ와 시측ᄒᆞ완디 수삼 셰예 산은ᄒᆡ덕을 일신의 시러

20면

ᄇᆡᆨ골 사기옵더니 창텬의 득죄ᄒᆞ야 이런 익을 만나니 므어슬 ᄒᆞᆫᄒᆞ며 눌을 원ᄒᆞ리오 다만 심규의 몰신토록 구고 셩은을 감심명골ᄒᆞ올 ᄯᆞᄅᆞᆷ이니 ᄇᆡᆨ골도 소시 문하를 ᄇᆞ리 디 못ᄒᆞ리로소이다 언필의 쥬뤼 옥면의 니음ᄎᆞ니 더옥 소담ᄒᆞ고 쇄락ᄒᆞ야 사ᄅᆞᆷ의 심 신이 슬프게 ᄒᆞᄂᆞᆫ디라 승샹의 텰셕지심으로도 감회ᄒᆞ야 얼골을 고티고 위로 왈 그ᄃᆡ ᄂᆞᆫ 슬허 말라 오라디 아냐 서ᄅᆞ 모드리니 엇디 과도히 샹회[ᄒᆞ]리오 형시 눈물을 거두 고 ᄇᆡᆨ별ᄒᆞᆯᄉᆡ 일개 샹해 다 ᄲᅡᆼ누를 드리워 후회를 니ᄅᆞ고 졔ᄉᆡᆼ이 다 슬허 왈 현슈ᄂᆞᆫ 아ᄆᆞ려나 귀테를 보듕ᄒᆞ쇼셔 쇼ᄉᆡᆼ 등도 다시 뵈오믈 밋디 못ᄒᆞᆯ소이다 형시 묵〃ᄒᆞ야 침소의 니ᄅᆞ니 ᄉᆡᆼ이 임의 기ᄃᆞ리다가 형시를 ᄃᆡᄒᆞ야 실셩톄읍이라 반향이 디난 후 계유 말을 펴 ᄀᆞᆯ오ᄃᆡ 처엄의 내 부인으로 더브러 하쥐 졍도로 만나고 부뷔 되매 [내] 비록 용〃쇽〃ᄒᆞ야 군ᄌᆡ 아니나 부인이

21면

임의 슉녀의 뇨됴ᄒᆞ미 이시니 평ᄉᆡᆼ의 원ᄒᆞ되 ᄇᆡᆨ슈히로ᄒᆞ고 유ᄌᆞᄉᆡᆼ녀ᄒᆞᆯ가 ᄒᆞ더니 쳔 만의외예 일이 이에 니ᄅᆞ니 만일 타인으로ᄡᅥ 니ᄅᆞᆯ딘대 명현공쥐 졍궁의 일녀로 황샹 의 ᄉᆞ랑ᄒᆞ시ᄂᆞᆫ 배니 엇디 부마의 작위를 영화로이 아니 [너]기리오마ᄂᆞᆫ ᄉᆡᆼ은 그ᄃᆡ로 인ᄒᆞ야 회픠 ᄎᆞᆫ단ᄒᆞ니 엇디 즐거오미 이시리오 연이나 군위 엄ᄒᆞ시니 부효를 두려 샹의를 슌죵ᄒᆞ니 ᄯᅩᄒᆞᆫ [눌을 ᄒᆞᆫ]ᄒᆞ리오 대댱뷔 되야 셜〃이 홍장을 슬허ᄒᆞᆯ 배 아니라 당태종의 영웅으로도 소릉을 ᄇᆞ라고 초패왕의 장긔로ᄃᆡ 우희를 니별ᄒᆞ매 차셕ᄒᆞ니

ᄒᆞ믈며 쇼싱이 엇디 능히 영걸의 긔운을 비양ᄒᆞ야 댱부의 장심을 쟈랑ᄒᆞ리오 ᄇᆞ라ᄂᆞ니 부인은 옥질을 보호ᄒᆞ야 다시 만나믈 원ᄒᆞ노라 형시 명목의 쥬루를 머금고 옥셩이 쳐열ᄒᆞ야 ᄃᆡ왈 쳡이 더러온 긔질로 빅ᄒᆞᆫ 배 고루ᄒᆞ야 군ᄌᆞ의 관〃ᄒᆞᆫ 빡이 아니나

22면

후의를 밧ᄌᆞ와 죵신토록 문하를 의지ᄒᆞᆯ가 ᄒᆞ더니 명되 긔구ᄒᆞ야 이런 일이 이시니 군ᄌᆞ의 영귀ᄒᆞ야 금지옥엽의 숙녀 어드시믈 듕심의 희힝ᄒᆞ나 쳡의 신셰를 도라 보건대 탁소의 빅두직금되 비록 이시나 이인의 즐거온 일을 쳡이 만나디 못ᄒᆞ여 쇽졀 업시 빈 도장을 딕희여 삼오 청츈으로 단당시를 외와 디하의 원귀 되리로다 동으로 흐ᄅᆞᄂᆞᆫ 거시 셔ᄅᆞ 도라가디 못ᄒᆞ고 낙홰 가지를 하딕ᄒᆞ매 녜 수풀을 븟그려 ᄒᆞᄂᆞ니 ᄇᆞ린 쳡이 도라가매 다시 도라오디 못ᄒᆞ리니 ᄇᆞ라ᄂᆞ니 군ᄌᆞᄂᆞᆫ 셜〃이 ᄋᆞ녀ᄌᆞ를 싱각ᄒᆞ야 초왕의 타루ᄒᆞ믈 본밧디 말고 오긔의 살쳐ᄒᆞᆫ 장심을 빅화 영웅의 긔운을 쩔틸디어다 황명이 계시니 감히 디류티 못ᄒᆞᄂᆞ니 낭군은 기리 무양ᄒᆞ쇼셔 싱이 삼쇽 고별시의 수회 바라나고 ᄎᆞ츌 일언의 눈물을 ᄇᆞ리와 다만 부인의 손을 잡

23면

고 낭구히 기리 탄식 왈 내 ᄒᆞᆫ 말의 부인씌 진졍을 브티니 부인이 즐겨 슈텽ᄒᆞᆯ다 형시 눈물을 거두고 문왈 군ᄌᆞ의 ᄀᆞᄅᆞ치ᄂᆞᆫ 말을 듯고져 ᄒᆞᄂᆞ이다 싱이 팀음낭구의 닐오ᄃᆡ 내의 말이 외월ᄒᆞ나 진졍 소회라 부인은 고히이 너기디 말고 드ᄅᆞ라 이제 운싂 이러틋 긔구ᄒᆞ야 원앙이 샹니ᄒᆞ니 내 능히 ᄒᆞᆯ 배 업서 부매 되면 명현공쥬 졍궁의 녀ᄌᆞ로 청츈 쇼년이니 날[로] 더브러 ᄒᆞᆫ가지로 늘거 죽으미 쉽디 아니코 셜ᄉᆞ 뎨휘 쳘슉휘라도 칠왕이 더욱 부모의 ᄯᅳ들 밧ᄌᆞ와 부인을 멀리 ᄒᆞ시리니 여ᄎᆞ즉 죵신토록 우리 부뷔 만날 길히 업ᄉᆞ리니 쇼싱은 남지라 비록 부인을 닛디 못ᄒᆞᆯ디라도 오히려 위로ᄒᆞᆯ 배 만흐려니와 그ᄃᆡᄂᆞᆫ 공연이 홍안박명을 기텨 내 죽디 아녀시되 내 얼골을 보디 못ᄒᆞᆯ 거시오 부가의 득죄티 아니ᄃᆡ 공교의 함원ᄒᆞ리니 부인의 신셰ᄂᆞᆫ 니ᄅᆞ도

24면

말고 소싱이 사ᄅᆞᆷ 그ᄅᆞᆺ 민든 죄를 닙을디라 이 진짓 빅인이유아이ᄉᆡ라 일신들 편ᄒᆞ리오 ᄒᆞᆫ갓 부인의 용식과 ᄉᆞ졍을 뉴렴ᄒᆞ미 아니라 그 일싱을 ᄆᆞ차 ᄇᆞ린 바를 싱각ᄒᆞ

면 ᄆᆞ음이 ᄇᆞ아디ᄂᆞᆫ ᄃᆞᆺᄒᆞ니 내 평ᄉᆡᆼ 의긔를 듕히 ᄒᆞ고 사ᄅᆞᆷ의 잔잉ᄒᆞᆫ 거ᄉᆞᆯ ᄎᆞ마 보디 못ᄒᆞ더니 엇디 내 ᄉᆞᄉᆞ로 무죄ᄒᆞᆫ 쳐ᄌᆞ를 ᄇᆞ려 하상의 ᄒᆞᆫ을 품게 ᄒᆞᆯ 줄 알리오 ᄌᆡ삼 ᄉᆡᆼ각건대 부인의 졀의 비록 듕ᄒᆞ나 ᄯᅩᄒᆞᆫ 의 가얍디 아니〃 부뫼 나티 아니시면 지아비 듕ᄒᆞᆫ 줄을 엇디 알리오 쳥컨대 부인은 나의 념녀와 악부뫼의 부효를 ᄉᆡᆼ각ᄒᆞ야 현문귀가의 일위군ᄌᆞ를 어더 홍안을 고용티 말고 유ᄌᆞᄉᆡᆼ녀ᄒᆞ야 화락ᄒᆞᆫ즉 우흐로 악부모씌 부효를 기티디 아니미오 버거 부인의 평ᄉᆡᆼ의 화락ᄒᆞᆯ 배라 아래로 나의 념녀를 그ᄎᆞ리니 이 엇디 아ᄅᆞᆷ답디 아니리오 딘평의 쳐 다ᄉᆞᆺ 번 ᄀᆡ과ᄒᆞ되 딘샹국의 듕ᄃᆡᄒᆞᄂᆞᆫ 부인이 되여시니 어ᄂᆡ 사ᄅᆞᆷ이 구

25면

ᄐᆡ여 그ᄃᆡ를 ᄂᆞᆺ게 너기리오 이제 쇼ᄉᆡᆼ이 부인을 ᄃᆡᄒᆞ야 용광을 보매 더옥 ᄆᆞ음이 차셕ᄒᆞ야 ᄎᆞ마 보디 못ᄒᆞ야 이 말을 내ᄆᆞᆫ 실로 교졍이 아니라 대댱뷔 입의 말을 내매 엇디 ᄂᆡ외를 달리 ᄒᆞ리오 심졍이 ᄀᆞᆫ졀ᄒᆞ야 발ᄒᆞᄂᆞ니 부인은 고집디 말고 슌편ᄒᆞᆯ 도를 샹냥ᄒᆞ야 나의 말을 져ᄇᆞ리디 말디어다 셜파의 형시 면식이 여토ᄒᆞ야 크게 우러 왈 쳡이 의외예 일[됴] 존ᄐᆡᆨ을 니별ᄒᆞ니 심ᄉᆡ 단졀ᄒᆞ되 ᄆᆞ음을 ᄎᆞᆷ고 아득ᄒᆞᆫ 졍신을 거ᄂᆞ려 도라가ᄆᆞᆫ 심규 단댱ᄒᆞ야 넉시라도 소시묘하를 ᄇᆞ라보게 ᄆᆞᆺ티이고져 ᄒᆞ미러니 이제 샹공이 불의지언으로 욕ᄒᆞ미 참혹ᄒᆞ고 은〃히 쳡의 ᄇᆡᆨ골도 ᄇᆞ리려 ᄒᆞ시ᄂᆞᆫ디라 [쳡이] 엇디 구챠히 사라 군ᄌᆞ의 슈욕과 의심을 닐위리오 부모의 은혜 더욱 듕ᄒᆞ시니 엇딘 고로 ᄒᆡᆼ신을 ᄂᆞᆺ게 ᄒᆞ야 조션의 ᄆᆞᆺ그러오ᄆᆞᆯ 닐위고 부모씌 욕을 일위며 쳡신의 누명을 시러매 명을 취ᄒᆞ

26면

야 쳔고강상을 믄흐티며 인뉸대졀을 여러 ᄇᆞ리〃오 쳡이 원컨대 군ᄌᆞ의 알픠셔 ᄌᆞ문ᄒᆞ야 군의 념녀와 나의 셜오ᄆᆞᆯ 니ᄌᆞ리라 셜파의 ᄇᆞ람의 칼ᄒᆞᆯ ᄲᅢ혀 ᄌᆞ결ᄒᆞ려 ᄒᆞ니 ᄉᆡᆼ이 황망이 칼ᄒᆞᆯ 앗고 븟드러 왈 엇디 거죄 뎐도ᄒᆞ뇨 형시 슬프미 막히이니 일언도 못ᄒᆞ고 혼졀ᄒᆞ야 ᄶᅢ히 업더디니 ᄉᆡᆼ이 급히 구ᄒᆞ매 반향 후 눈물을 흘리고 겨유 니러나 부친으로 더브러 도라가랴 ᄒᆞᄂᆞᆫ디라 ᄉᆡᆼ이 잠간 졍ᄉᆞ를 고코져 ᄒᆞ되 형시 노ᄒᆞ야 다시 말을 아니코 ᄉᆞ매를 ᄯᅥᆯ티고 나가니 ᄉᆡᆼ이 감탄ᄒᆞᄆᆞᆯ 마디 아니ᄒᆞ더라 형시 이에 뎨ᄉᆞ슉ᄆᆡ를 니별ᄒᆞ고 뎡의 들매 ᄉᆡᆼ이 나아가 뎡문을 ᄌᆞᆷ고 형공을 볼ᄉᆡ 형공이 눈물을

드리워 골오듸 오늘로브터 너와 내 옹셔의 긋처디니 대댱부의 심졍이나 평안ᄒᆞ리오 소현셩이 위로 왈 비록 졍ᄉᆡ 참혹ᄒᆞ나 ᄋᆞ직 복녹이 박디 아니ᄒᆞ고 현뷔 풍용이 쇄락ᄒᆞ니 부〃의 복이 다 박디 아닌디라

27면

타일이 이시리니 년형은 비련ᄒᆞ믈 그치라 셜파의 잔을 나와 권ᄒᆞ니 형공이 ᄎᆞ마 먹디 못ᄒᆞ야 탄왈 대댱뷔 죽음도 도라보디 아니ᄒᆞ니 엇디 일녀ᄌᆞ를 슬허ᄒᆞ리오마는 부녀지졍은 텬눈샹ᄉᆡ라 이에 니ᄅᆞ러 ᄆᆞ음이 평안ᄒᆞ리오 소공이 쳑연 왈 년형은 텰셕ᄀᆞᆺ튼 군ᄌᆡ라 엇디 샹회ᄒᆞ미 과도ᄒᆞ뇨 모ᄅᆞ미 관회ᄒᆞ야 나죵을 볼디어다 형공이 뎌의 위로ᄒᆞ므로뻐 잔을 거후ᄅᆞ고 다시 술을 브어 승샹ᄭᅴ 보내여 왈 쇼뎨 불쵸ᄒᆞ나 명공으로 더브러 마역과 진〃의 됴ᄒᆞ믈 힝ᄒᆞ더니 금일 인친의 의를 긋ᄎᆞ니 일비 감회ᄒᆞᄂᆞᆫ 잔을 보내ᄂᆞ이다 현셩이 옥비를 어ᄅᆞ만져 이 잔을 바드미 깃브디 아닌디라 원컨대 타일 만나믈 언약ᄒᆞᄂᆞᆫ 잔을 먹으미 가ᄒᆞ다 셜파의 잔을 거후로니 형공이 다시 한님의 손을 잡고 등을 어ᄅᆞ만져 ᄎᆞ마 니러나디 못ᄒᆞ야 눈물이 ᄂᆞᆺ치 ᄀᆞ득히 흘러 왈 내 너의 ᄌᆡ모를 앗

28면

기더니 엇디 나의 녀ᄋᆡ 맛출 줄 알리오 다시 보기를 밋디 못ᄒᆞ니 너는 기리 딘듕ᄒᆞ라 드ᄃᆡ여 별시 일장을 븟티니 이때 싱이 살난ᄒᆞ되 부친면젼이오 ᄯᅩᄒᆞᆫ 놈 보ᄂᆞᆫ ᄃᆡ 주접저으믈 뵈디 아니려 안ᄉᆡᆨ을 타연히 ᄒᆞ고 담쇠 쟈약ᄒᆞ더니 형공의 쳐창ᄒᆞᆫ 말과 별장의 은근ᄒᆞ믈 보고 ᄆᆞ음의 춤디 못ᄒᆞ야 ᄌᆡ비 왈 쇼뎨 슬하의 모텸ᄒᆞ완 디 삼ᄌᆡ의 악부이 ᄉᆞ랑ᄒᆞ시믈 닙ᄉᆞ왓더니 연괴 ᄎᆞ긔ᄒᆞ야 ᄒᆞᆫ 번 니별이 기리 만년 ᄉᆞ별이라 악부ᄂᆞᆫ 오히려 뵈올 때 이시려니와 규리홍안은 쇼셰 죽디 아녀[시]듸 문을 ᄇᆞ라ᄂᆞᆫ 과뷔 된지라 사ᄅᆞᆷ 져ᄇᆞ린 죄ᄂᆞᆫ 삼싱의 면키 어렵도소이다 형시 삼오쳥츈으로 고지 미ᄀᆡᄒᆞᆫ 때의 쇼셔를 인ᄒᆞ야 쳔년을 고용ᄒᆞ미 사ᄅᆞᆷ의 ᄎᆞ마 못ᄒᆞᆯ 배라 쳥컨대 악부ᄂᆞᆫ 어딘 군ᄌᆞ를 어더 그 일싱을 평안히 ᄒᆞ시면 쇼셰 죽어도 눈을 ᄀᆞᆷ으리로소이다 참졍이 블연 노ᄉᆡᆨ노칙 왈 네 엇디 □□□□

29면

상한 말을 ᄒᆞᄂᆞ뇨 내 비록 무식ᄒᆞ고 녀ᄋᆡ 용녈ᄒᆞ나 이런 금슈의 ᄒᆡᆼ실은 아니리니 [모로미] 다시 욕디 말라 소공이 ᄯᅩᄒᆞᆫ 칙ᄒᆞ되 이 ᄣᅢ를 당ᄒᆞ야 친옹과 현부의 ᄆᆞ음이 비황ᄒᆞ니 네 후회를 닐러 위로ᄒᆞ나 오히려 관심티 못ᄒᆞ려든 엇디 불의지언으로 사ᄅᆞᆷ을 ᄃᆡᄒᆞ야 욕ᄒᆞ며 아조 ᄀᆞᆺᄂᆞᆫ 말을 ᄒᆞ리오 ᄉᆡᆼ이 샤례ᄒᆞ고 형공의 글의 나오혀 보기를 ᄆᆞᄎᆞ매 붓을 드러 봉화ᄒᆞ니 의ᄉᆡ 청고ᄒᆞ고 귀법이 호샹ᄒᆞ며 필법이 오악을 흔드ᄂᆞᆫ디라 현공이 더욱 감동ᄒᆞ고 ᄋᆡ셕ᄒᆞ니 일독지하의 안쉬 ᄲᅥ러디고 ᄌᆡ독완경의 ᄆᆞ음이 어득ᄒᆞ니 글을 덥어 ᄉᆞ매 가온대 장ᄒᆞ고 날이 ᄂᆞᄌᆞ매 도라갈ᄉᆡ 소공이 차탄 왈 년형은 묘모의 보리니 근심티 말고 아모려나 네 갓기를 ᄇᆞ라노라 ᄉᆡᆼ은 다시 절ᄒᆞ여 ᄀᆞᆯ오ᄃᆡ 악부ᄂᆞᆫ ᄆᆞᄎᆞᆷ내 슬하의 정을 닛디 마ᄅᆞ쇼셔 쇼셰 몸이 ᄆᆞᆺ도록 은혜를 명심ᄒᆞ리이다 군명이 엄ᄒᆞ시니 악모ᄭᅴ

30면

다시 뵈ᄋᆞᆸ디 못ᄒᆞ리니 평ᄉᆡᆼ 유ᄒᆞᆫ이로소이다 말로 조차 눈물이 ᄂᆞᆺ치 ᄀᆞ득ᄒᆞ야 금포의 ᄯᅳᆺ드ᄅᆞ니 승샹이 깃거 아냐 닐오ᄃᆡ 금일 쇼뎨의 말이 박ᄒᆞ니 형이 반ᄃᆞ시 심ᄒᆞ려니와 대당뷔 쳐셰ᄒᆞ매 일녀ᄌᆡ와 일쳐ᄌᆞ로ᄡᅥ 구〃히 슬허ᄒᆞ고 셰〃히 눈물을 드리오미 엇디 붓그럽디 아니리오 형은 부녀텬뉸의 ᄎᆞᆷ디 못ᄒᆞ미 샹ᄉᆡ어니와 [운셩은 ᄒᆞᆫ 안ᄒᆡ로ᄡᅥ 져 경상을 ᄒᆞ니] 내 그 약ᄒᆞ믈 불ᄒᆡᆼᄒᆞ야 ᄒᆞᄂᆞ니 대당뷔의 눈물이 엇디 간대로 ᄲᅳ리미 이시리오 ᄯᅩᄒᆞᆫ ᄉᆞ별이 아니라 비록 ᄆᆞ음이 아연ᄒᆞ나 비편ᄒᆞ미 불가ᄒᆞ되 이러ᄐᆞᆺ 소슈의 형상을 ᄒᆞ니 쟝ᄎᆞᆺ 용셔 이인이 티쇼를 바들가 두리노라 형공이 손샤 왈 쇼뎨 ᄆᆞ음이 연약ᄒᆞ야 이러ᄐᆞᆺᄒᆞ니 형의 ᄀᆞᄅᆞ[치]시미 지극 [개]ᄒᆞᆫ디라 삼가 교를 녕ᄒᆞ리라 ᄒᆞ고 한님은 샤죄ᄒᆞ고 감히 슬픈 비출 뵈디 아니ᄒᆞ더라 형공[이] 니러나 갈ᄉᆡ 승샹이 그 손을 잡고 문 밧ᄭᅴ 와 보내며 두어 말을 귀혜 다혀ᄒᆞ니 형공이 ᄉᆞ겨 듯고 녀ᄋᆞ로 더브

31면

러 도라가니 공의 부인 주시 크게 셜워 녀ᄋᆞ를 ᄎᆞ마 보디 못ᄒᆞ야 ᄒᆞ고 형시 팔ᄌᆞ의 박명ᄒᆞ믈 슬허ᄒᆞ나 부모를 위ᄒᆞ야 안ᄉᆡᆨ을 화히 ᄒᆞ고 ᄆᆞ음을 널리 ᄒᆞ야 일월을 디내더라 이ᄣᅢ 나라히셔 부마를 엇고 크게 깃거 튁일ᄒᆞ니 칠월 듕슌이라 수월이 ᄀᆞ려시

니 위의를 출히며 궁을 지으라 ᄒᆞ시니 듕식 감역ᄒᆞ야 ᄌᆞ운산 소부 겨ᄐᆡ 일좌 대가를 디ᄅᆞ혀니 화동됴량과 쥬함옥난이 일싁을 ᄀᆞ리오고 비루칙각이 반공의 님니ᄒᆞ니 ᄌᆞ운산 경티를 더으미라 원곡난이 십니를 두ᄅᆞ고 무운섬과 ᄉᆞ민 딩담이 졍묘ᄒᆞ야 태ᄌᆞ궁의 디나니 소공이 뎌를 보고 우연 탄왈 셩탕이 칙ᄒᆞ샤ᄃᆡ 궁실슝여아 녀알이셩여아 ᄒᆞ시니 이제 명현궁이 뎌러ᄐᆞᆺ 슝차ᄒᆞ야 대궐과 ᄒᆞᆫ가지오 궁인과 시녀 ᄉᆡᆨ는 쉬 쳔여인이니 그 복을 디니디 못ᄒᆞᆯ 가히 알리로다 ᄒᆞ더라 운셩이 형시를 니별ᄒᆞ므로브터 ᄆᆞ음이 다 운수속

32면

의 흐터시니 명현공쥬를 졀티ᄒᆞᄂᆞᆫ디라 스ᄉᆞ로 ᄆᆞ음의 밍셰ᄒᆞ되 평싱을 동낙디 아니랴 ᄒᆞᄆᆞ로 그 궁실이 장녀ᄒᆞᆷ을 보ᄃᆡ ᄂᆞᄆᆡ 일 보ᄃᆞᆺ ᄒᆞ니 운경이 문왈 뎌 집이 너모 차아ᄒᆞ고 샤티ᄒᆞ야 션비 몸을 둘 고디 아니〃 네 엇디 샹소ᄒᆞ야 더디 아닛ᄂᆞᆫ다 운셩 왈 뎌 궁을 니ᄅᆞ디 말고 대궐 두 벌이나 지어도 내게 간셥디 아니이다 운경이 탄왈 불연ᄒᆞ다 네 만일 이러ᄐᆞᆺ 집심ᄒᆞ면 문호의 대홰 니ᄅᆞ리라 싱이 쳐연히 슬허 말을 아니터라 길일이 님ᄒᆞ니 일개 우환 만난 사ᄅᆞᆷ ᄀᆞᆺ고 셕부인은 ᄆᆞ양 싱을 불러 위로ᄒᆞ며 톄읍ᄒᆞ니 싱이 도로혀 모친을 위로ᄒᆞ더니 혼인 날 신낭이 길복을 닙고 위의를 거ᄂᆞ려 명현공쥬를 친영ᄒᆞ야 궁의 도라오니 소시 일문이 시름을 ᄯᅴ여 명현공쥬 궁의 모다 참연홀ᄉᆡ 공쥐 폐빅을 밧드러 구고ᄭᅴ 헌ᄒᆞ니 용뫼 ᄒᆡ월 ᄀᆞᄐᆞ며 아미 버들 ᄀᆞᆺ고 거되 싁〃ᄒᆞ야 □□ 진짓 □□

33면

옥골이라 만좨 티하ᄒᆞ고 궁인이 ᄀᆞ득ᄒᆞ더니 녜를 ᄆᆞᄎᆞ매 궁인과 공쥐 눈을 드러 보니 양태부인이 츈취 고심ᄒᆞ되 오히려 면치 쇄락ᄒᆞ고 셕부인의 션연ᄒᆞ고 염모와 쇼쇄ᄒᆞᆫ 풍되 쇼년의 비출 앗고 승샹의 풍치 임의 쇼년 옥모를 웃ᄂᆞᆫ디라 궁인이 눈을 겨를ᄒᆞ야 응졉디 못ᄒᆞ고 입이 밧븨여 길릴 줄을 아디 못ᄒᆞ니 다만 숨을 길게 쉬고 서ᄅᆞ 도라보아 ᄀᆞᆯ오ᄃᆡ 뎌 부인ᄂᆡ와 승샹이 쇼년제ᄂᆞᆫ 더욱 긔특ᄒᆞ시리니 우리 복 박ᄒᆞ야 미처 보디 못ᄒᆞ도다 ᄒᆞ고 또 다시 ᄉᆞᆯ피니 셧녁히 두 부인이 의복을 ᄀᆞᄐᆡ ᄒᆞ고 교위예 엇게를 ᄀᆞ초와 ᄀᆞᆯ와 안자시니 쳥월ᄒᆞ고 어긔러온 ᄐᆡ 모쟝셔시와 태진비연을 우으니 진짓 팀어낙안지용과 폐월슈화지ᄐᆡ니 이 곳 소윤 두 부인이라 공쥐 각〃 좌뎡ᄒᆞᆫ 후

승샹은 눈을 드러 보디 아니코 즉시 나가고 태부인이 공쥬를 보고 심두의 더욱 불힝이 너기되 강잉ᄒᆞ야

34면

궁인을 ᄃᆡᄒᆞ야 위쟈 왈 황은이 망극ᄒᆞ야 쵸방귀듸 쳔가의 하림ᄒᆞ시니 불승황공ᄒᆞ고 또ᄒᆞᆫ 아름다오시믈 힝희ᄒᆞ노라 셕부인이 봉황미를 싱긔고 홀연 탄식 왈 돈ᄋᆡ 용추ᄒᆞ야 금지의 겻지으미 불가ᄒᆞ되 셩은이 늉셩ᄒᆞ샤 부마의 쟉위를 주시고 옥쥬 님ᄒᆞ시니 문호의 경ᄉᆡ나 능히 깃브믈 ᄂᆞᆫ호미 업서 비환이 샹반ᄒᆞ믈 탄ᄒᆞ노라 소윤화 삼 부인이 다 슈연ᄒᆞᆫ 비치 옥용의 어ᄅᆡ여 봉안의 쥬루를 머금고 함ᄒᆞᆫ데희ᄒᆞ니 궁인과 공쥐 고이히 너기더라 죵일 진환ᄒᆞ고 파연ᄒᆞ야 도라올ᄉᆡ 공쥐ᄂᆞᆫ 인ᄒᆞ야 궁의 머므다 이날 운셩이 부마의 쟉위를 바다 일품관면을 드리오고 졀ᄃᆡ 쳥아를 어더 쵸방지친이 되야 궁인 오백여 인과 시녀 수빅이 젼후로 옹위ᄒᆞ야 금옥칠보로 ᄭᅮ민 집 가온대셔 합환교비ᄒᆞ니 풍뉴당부의 심졍이 엇디 즐겁디 아니리오마ᄂᆞᆫ 슉녀 ᄉᆞ모ᄒᆞᄂᆞᆫ ᄆᆞ음이 슬히 되야시니

35면

이젼 ᄌᆞ약ᄒᆞᆫ 담쇼와 풍늉ᄒᆞᆫ 긔질이 젼혀 업서 싁〃고 단엄ᄒᆞ미 ᄀᆞ을 서리와 구든 어름 ᄀᆞᄐᆞ야 교비의 눈을 드러 보디 아니ᄒᆞ고 인ᄒᆞ야 외당의 가 형뎨로 말숨ᄒᆞ야 야심ᄒᆞ되 공쥬궁의 가디 아니ᄒᆞ니 태부인이 승샹ᄃᆞ려 왈 사름이 어디러도 박히 ᄒᆞ면 원망이 니러나려든 ᄒᆞ믈며 불인ᄒᆞ미 쏘 뎌 셩ᄋᆡ 우인이 풍늉ᄒᆞ나 고집이 극ᄒᆞ야 ᄒᆞᆫ 고ᄃᆞᆯ ᄃᆡ희면 도로혈 줄을 모ᄅᆞᄂᆞ니 그 아비 된 재 념녀ᄒᆞ야 경계ᄒᆞ염즉 ᄒᆞ니라 승샹이 슈명ᄒᆞ야 싱을 불러 궁으로 가라 ᄒᆞ니 싱이 피셕 졍식 왈 ᄎᆞᄂᆞᆫ 우리 집의 죄인이라 황명을 거역디 못ᄒᆞ야 마자와시나 엇디 부〃지의를 뉴렴ᄒᆞ리오 아히 밍셰ᄒᆞ야 공쥐로 더브러 일실의 쳐ᄒᆞ디 못ᄒᆞ리로소이다 승샹이 냥구커야 닐오ᄃᆡ 님군이 두시ᄂᆞᆫ 거시 견마라도 듕히 너길[디]라 모로미 히ᄋᆞᄂᆞᆫ 고집디 말고 공번된 일로 힝ᄒᆞ야 다시 내 몸의 불힝을 기티디 말라 싱이 묵연

36면

히 물러나 셔당의셔 뉵뎨 운의로 더브러 동침ᄒᆞ야 밤을 디내고 명됴 신셩ᄒᆞᆫ 후ᄂᆞᆫ 부

젼의셔 시ᄉᆞ를 의논ᄒᆞ며 ᄉᆞ부를 뫼셔 죵일ᄒᆞ야 일ᄌᆡ 쳔년ᄒᆞ고 공쥬궁의 가디 아냔 디 십여 일이 되니 셕부인이 크게 근심ᄒᆞ야 ᄉᆡᆼ을 불러 ᄀᆡ유ᄒᆞ면 ᄉᆡᆼ이 이셩화긔ᄒᆞ고 녜의로ᄡᅥ ᄂᆞ죽이 응ᄃᆡᄒᆞ매 뉴ᄉᆔ 흐르고 산협을 드리워심 ᄀᆞᄐᆞ니 부인이 ᄒᆞᆯ 일이 업서 탄왈 네 말을 이러틋 하거니와 반ᄃᆞ시 대홰 나리니 공ᄌᆔ 날로ᄡᅥ 보건대 어딜고 아름다오니 엇디 무단히 박ᄃᆡᄒᆞ리오 ᄉᆡᆼ이 탄식 왈 ᄌᆞ괴 비록 여ᄎᆞᄒᆞ시나 아히 ᄯᅩᄒᆞᆫ ᄉᆡᆼ각건대 형시로 현격ᄒᆞ니 ᄎᆞ마 동낙디 못ᄒᆞ리니 쇼ᄌᆡ 스ᄉᆞ로 뎡심ᄒᆞ되 쳔챵이라도 ᄆᆞ음이 어딜면 동낙ᄒᆞ고 귀인이나 심디 브졍ᄒᆞ면 동낙디 아니려 ᄒᆞᄋᆞᆸᄂᆞ니 ᄒᆞ믈며 공쥬ᄂᆞᆫ ᄉᆡ랑의 ᄆᆞ음이오 일희 거동이니 님군과 동ᄉᆡᆼ을 죽이려 ᄒᆞᄂᆞᆫ 문호의셔 ᄉᆡᆼ댱ᄒᆞ여시니 내 만일 후ᄃᆡᄒᆞ야 그 ᄯᅳ디 더욱 방ᄌᆞᄒᆞ면 반

37면

ᄃᆞ시 쇼ᄌᆞ를 죽일 인물이니 처음의 멀리홈만 ᄀᆞᆺ디 못ᄒᆞ나이다 부인이 아연냥구의 칙왈 신ᄌᆡ 국녹을 먹으며 님군을 훼방ᄒᆞ미 골온 난신이라 네 엇디 망녕된 말을 ᄒᆞ야 황야를 욕ᄒᆞ리오 내 아직 짐쟉ᄒᆞ야 죄를 주디 아니ᄒᆞ거니와 너ᄂᆞᆫ 모ᄅᆞ미 팀묵ᄒᆞ야 언필찰ᄒᆞ며 ᄒᆡᆼ필신ᄒᆞ야 조션과 부형을 욕디 말나 ᄉᆡᆼ이 묵연샤례러라 원ᄂᆡ 명[현]공ᄌᆔ 금지의 옥엽이나 황영이 곳 다온 덕이 업고 녀시의 인톄를 흠모ᄒᆞᄂᆞᆫ ᄒᆡᆼ실이 잇ᄂᆞᆫ디라 ᄒᆞ믈며 계뎐쵸방의 ᄉᆡᆼ아ᄒᆞ야 ᄯᅳᆺ 놉흐미 하ᄂᆞᆯ ᄀᆞᆺ고 녀ᄌᆞ의 온슌ᄒᆞᆫ ᄉᆞ덕은 ᄒᆞ나토 업서 소문의 하가ᄒᆞ매 [승샹이 졀딕ᄒᆞ고] 쳥소ᄒᆞ야 부녀의 빗출 다ᄃᆞᆷ게 아니며 능나의 금슈와 진쥬를 더으디 못ᄒᆞ게 ᄒᆞ니 ᄒᆞ믈며 태부인이 됴덕슝검ᄒᆞ고 공손졀차ᄒᆞ니 가듕 부녀 칠보를 얽디 못ᄒᆞ고 의복의 금ᄉᆞ와 슈를 더으디 아냐 졍결ᄒᆞᆫ 능나로 소담히 ᄒᆞ며 노리개도 다만 옥패

38면

ᄒᆞᆫ 줄이오 유ᄉᆡᆼ의 쳐ᄂᆞᆫ 향패 ᄒᆞᆫ 줄기라 감히 츄호도 더으ᄂᆞᆫ 일이 업거ᄂᆞᆯ 공ᄌᆔ 만일 어딜딘대 뎌 쳥소ᄒᆞᆫ 가풍을 엇디 경복디 아니리오마ᄂᆞᆫ 교ᄌᆞᆼᄒᆞ고 반약무인ᄒᆞ야 인ᄉᆞ 모ᄅᆞ기의 갓가온디라 도로혀 비웃고 스ᄉᆞ로 찰난ᄒᆞᆫ 금슈치장과 칠보홍샹으로 ᄭᆞ민 시녀 ᄇᆡᆨ여 인을 거ᄂᆞ려 부귀를 쟈랑ᄒᆞᆯᄉᆡ 됴셕문안 제ᄂᆞᆫ 궁네 길ᄒᆞᆯ 덥고 집을 ᄡᅧ 공쥬ᄂᆞᆫ 니ᄅᆞ도 말고 궁인의 장속이 더욱 샤려ᄒᆞ야 오히려 졔쇼년의 복ᄉᆡᆨ[도]곤 빗나ᄃᆡ 위시 강시ᄂᆞᆫ 명뷔 되여시ᄆᆡ 봉관옥패로ᄡᅥ 분변ᄒᆞ나 기여ᄂᆞᆫ 궁인과 섯기이고 공ᄌᆔ 항녈

노 안디 아냐 반드시 슈돈을 놉혀 태부인과 디좌ᄒᆞ니 소공이 당초는 운셩이 니를가 ᄒᆞ더니 ᄋᆞᄌᆞ의 긔식은 가디록 소원ᄒᆞ고 공쥬의 거동은 날로 교만ᄒᆞ니 심하의 가탄ᄒᆞ 더니 셕부인이 일〃은 공쥬궁 웃듬 시녀 한샹궁을 불러 니ᄅᆞ매 좌를 두고 평일 화슌 ᄒᆞ고 은열ᄒᆞᆫ ᄂᆞᆺ빗출 고텨 싁

39면

싁이 닐오ᄃᆡ 내 ᄌᆞ식이 불쵸ᄒᆞ나 연분이 듕ᄒᆞ야 공쥐 이에 니ᄅᆞ시니 엇디 일가의 경 식 아니리오 연이나 가듕이 대닉와 달나 ᄌᆡ샹의 집이오 공쥐 ᄯᅩᄒᆞᆫ 션빅 쳬 되어시니 샤티ᄒᆞ미 가티 아니코 ᄯᅩᄒᆞᆫ 녜법이 슴〃엄[엄]ᄒᆞᆫ디라 귀쳔이 현격ᄒᆞ나 존비 ᄎᆞ례 이 시니 공쥐 이제 됴셕문안의 ᄎᆞ례를 일ᄒᆞ심도 그ᄅᆞ고 ᄒᆞ믈며 존당을 더브러 샹ᄃᆡᄒᆞ시 니 이 ᄀᆞ장 가티 아니ᄒᆞ니 만일 운셩을 부매라 ᄒᆞ고 공쥐 나의 며ᄂᆞ릴딘대 엇디 형뎨 항녈을 피ᄒᆞ며 더욱 감히 존당과 ᄃᆡ좌ᄒᆞᆯ 리 이시리오 쵸방의 법녜 ᄯᅩᄒᆞᆫ 듕ᄒᆞ니 반ᄃᆞ 시 모ᄅᆞ디 아닐 거시로ᄃᆡ 이러ᄒᆞ미 염쳔히 너기시미어니와 덧〃ᄒᆞᆫ 위의 가ᄇᆡ얍디 아 니〃궁인이 황명으로 공쥬를 보ᄒᆞᆯ딘대 년쇼ᄒᆞ야 미처 술피디 못ᄒᆞᄂᆞᆫ 바를 도아 시례 ᄒᆞᆷ을 ᄀᆞᄅᆞ치미 올ᄒᆞ되 쳔연ᄒᆞ야 동졍이 업ᄉᆞ니 ᄎᆞᆷ디 못ᄒᆞ야 니ᄅᆞᄆᆞᆫ ᄯᅩᄒᆞᆫ 나의 소쇽 의 계시

40면

므로 타인의 티쇼 드ᄅᆞᆷ 골돌ᄒᆞ미니 궁인은 고이히 너기디 말나 한시 대참ᄒᆞ야 샤 례 왈 부인의 ᄀᆞᄅᆞ치시미 졍ᄃᆡᄒᆞ니 쳡이 삼가 옥쥬를 인도ᄒᆞ리이다 원닉 공쥐 심궁 의 ᄌᆞ라 녜의를 미처 술피디 못ᄒᆞ시니 만일 부인의 어엿비 너겨 고양ᄒᆞ심 곳 아니면 엇디 존틱의 죄를 면ᄒᆞ리오 셜파의 믈러가 슈말을 공쥬ᄭᅴ 뎐ᄒᆞᆫ대 공쥐 불열ᄒᆞ야 팀 음부답이어ᄂᆞᆯ 한시 간왈 쳡이 그윽이 보건대 태부인과 셕부인이 다 ᄌᆡ뫼 범인이 아 니오 위의힝지 셩녀의 틀이 이셔 희노와 언쇠 간대롭디 아닌 고로 됴셕셩뎡의 옥쥬 의 복식과 시녀의 거동을 눈을 드러 보디 아니시고 흔연ᄒᆞ실 적이 업ᄉᆞ면 소부인 윤 부인이 다 일ᄃᆡ 슉녀로 빅희의 렬심과 반비의 집의[이]셔 시쇽의 므드디 아냐시니 화 려ᄒᆞᆫ 말솜과 ᄌᆞ약한 우음이 믄득 사ᄅᆞᆷ을 친근치 아냐 그 은근ᄒᆞᆫ 거동이 더욱 늠연ᄒᆞ 야 위의 묵〃ᄒᆞ고 싁〃ᄒᆞ야 긔습이 비컨대 ᄀᆞ을

41면

하늘의 ᄎᆞᆫ 서리와 엄ᄒᆞᆫ 겨울의 상풍 ᄀᆞᄐᆞᆫ디라 공쥬의 샤티ᄒᆞ심과 좌셕의 안ᄌᆞ시믈 보면 닝안으로 면〃샹고ᄒᆞ야 눈 흘긔믈 마디아니시니 이ᄂᆞᆫ 샤치ᄅᆞᆯ 우으며 옥쥬의 [시례ᄅᆞᆯ] 긔롱ᄒᆞ미라 뎌 양부인 셕[부인]은 니른바 녀듕영웅이오 소윤 두부인은 녀듕 호걸이니 황금노유로 영웅의 ᄠᅳ들 요동티 못ᄒᆞᆯ 배오 셩ᄉᆡᆨ연희로 호걸의 ᄆᆞ음을 기우리디 못ᄒᆞᄆᆞᆫ ᄌᆞ고로 잇ᄂᆞ니 ᄒᆞ믈며 승샹은 셩인군ᄌᆞ오 부마ᄂᆞᆫ 세샹을 건딜딘대 대댱뷔라 녀듕의 영웅호걸이 모닷고 남ᄌᆞ 듕 셩인과 대댱뷔이시니 가히 옥엽의 귀ᄒᆞᆫ 거ᄉᆞᆯ 쟈랑티 못ᄒᆞᆯ디라 길녜 ᄒᆞ연 디 ᄃᆞᆯ이 진ᄒᆞ되 부마의 죵젹이 궁듕의 니ᄅᆞ디 아니〃 가히 근심된디라 옥쥬ᄂᆞᆫ ᄠᅳ들 ᄂᆞ초시고 슝검졀ᄎᆞᄒᆞ시면 복녹이 심원ᄒᆞ리이다 공쥐 비록 깃거 아니나 한시 말이 올ᄒᆞᆫ 고로 ᄎᆞ후 시녀ᄅᆞᆯ 젹[게] ᄃᆞ리고 ᄃᆞᆫ니며 태부인과 샹ᄃᆡ티 아니터라 일월이 여류ᄒᆞ

42면

야 듕추 망일이 되니 듕당의 쇼연을 ᄇᆡ셜ᄒᆞ야 연낙ᄒᆞᆯᄉᆡ ᄌᆞ뷔 잔을 드러 존당구고씌 헌쟉ᄒᆞᆯᄉᆡ 태부인 셕부인이 ᄒᆞᆯ연 형시ᄅᆞᆯ ᄉᆡᆼ각고 츄연ᄒᆞ며 승샹은 공쥬 어드므로브터 쾌락ᄒᆞᆯ 적이 업더니 이 날 더욱 깃거 아냐 미우의 화긔 ᄉᆞ라디니 명현공쥐 좌ᄅᆞᆯ ᄯᅥ나 뭇ᄌᆞ오ᄃᆡ 쳡이 귀ᄐᆡᆨ의 셩명을 올련지 수월이라 가군의 화열ᄒᆞ심과 존대인의 흔연ᄒᆞ실 적을 보ᄋᆞᆸ디 못ᄒᆞ니 청컨대 뭇ᄌᆞᆸᄂᆞ니 므ᄉᆞᆷ 연괴니잇고 좌우 부인ᄂᆡ며 쇼년이 놀나고 부마의 형뎨ᄂᆞᆫ 각〃 취슈로 입을 ᄀᆞ리와 우음을 ᄎᆞᆷ더니 반향 후 승샹이 ᄃᆡ왈 이 본ᄃᆡ 나의 본 긔ᄉᆡᆨ이라 므ᄉᆞᆷ 연괴이시리잇가 셜파의 믄득 니러 나가니 제ᄉᆡᆼ이 뫼셔 나가고 소윤화셕 ᄉᆞ위 부인이 존당을 뫼셔 드러오니 위시 모ᄃᆞᆫ 동셔와 소윤 두 부인 며ᄂᆞ리로 더브러 잔을 늘려 죠용히 한담ᄒᆞᆯᄉᆡ 공쥐 궁녀로 쎠 안고 ᄌᆞ부ᄒᆞ야 좌듕을 모시ᄒᆞ니 모ᄃᆞᆫ 쇼년이

43면

다 불열ᄒᆞ되 홀로 위시 모ᄅᆞᄂᆞᆫ 톄ᄒᆞ고 쳥안우ᄃᆡᄒᆞ야 그 위의와 소임을 일티 아니〃 이셕 이패 ᄀᆞ의셔 칭복ᄒᆞ며 형시의 츌딘ᄒᆞᆫ ᄌᆞᄉᆡᆨ과 츌뉴ᄒᆞᆫ 덕당을 ᄉᆡᆼ각ᄒᆞ야 공쥬로 비겨 보매 텬디 ᄀᆞᄐᆞ니 차셕ᄒᆞᆯ ᄯᆞᄅᆞᆷ이라 공쥐 좌듕의 닐너 ᄀᆞᆯ오ᄃᆡ 쳡이 지은 죄 업ᄉᆞᄃᆡ 부마 죵젹이 나의 궁의 니ᄅᆞ디 아니〃 뎨ᄉᆞᄂᆞᆫ 아ᄅᆞ시ᄂᆞᆫ가 위시 옷기ᄉᆞᆯ 녀ᄆᆡ고 한

가히 딕왈 쳡은 소시 셰슌딕긱을 ᄀᆞ음알므로브터 일긱도 한헐티 못ᄒᆞ니 이목이 역시 다ᄉᆞ하야 지아븨 죵젹도 슬피디 못ᄒᆞ거든 수슉지간의 엇디 미처 슬펴시리잇가 기여 쇼년은 서ᄅᆞ 보고 함쇼ᄒᆞᆫ대 공쥬 보모 냥시 공쥬의 말을 뎌 사ᄅᆞᆷ들이 우음을 보고 분완ᄒᆞ야 블연 대로 왈 우리 옥쥐 비록 피례ᄒᆞ시나 엇디 모든 쇼부인닉 감히 우ᄉᆞ미 이시리오 심히 녜를 아디 못ᄒᆞᄂᆞᆫ도다 졔인[이] 다 노ᄒᆞ야 말을 ᄒᆞ고져 ᄒᆞᆯ 적 니패 나아가 말녀 왈 보뫼 비록 옥쥬를 길너 위궁듕

44면

의 츄존ᄒᆞ나 경궁 부인닉 모ᄃᆞ신 연샹의셔 부마의 형수와 뎨수를 간대로 욕디 못ᄒᆞ리라 보뫼 더욱 노ᄒᆞ야 아모란 줄 모ᄅᆞ고 ᄭᅮ지저 왈 너는 엇던 노괴완딕 감히 압픠셔 변식ᄒᆞᄂᆞ뇨 므슴 경궁 부인닉 뎌러ᄒᆞ리오 ᄒᆞᆫ 무리 걸인들로 무식ᄒᆞᆫ 깁옷 가쇼롭다 니패 어히 업시 너겨 말을 아니ᄒᆞ거늘 셕패 대로ᄒᆞ야 상을 박ᄎᆞ고 니러나 ᄭᅮ지저 왈 너는 하등지인이완딕 감히 궁인이로라 ᄒᆞ고 말을 방ᄌᆞ히 ᄒᆞ야 쇼부인을 욕ᄒᆞ며 ᄯᅩ 니파를 능즐ᄒᆞ리오 네 힝실을 뎌리 ᄒᆞᆯ딘대 궁인이 되디 아냐 졔왕비 되여셔도 형댱 삼치ᄒᆞ야 북히 계슈셤의 안티ᄒᆞ리라 보뫼 셩이 불 니ᄃᆞᆺᄒᆞ야 니 ᄀᆞ라 문왈 내 일즉 너를 보디 아녀ᄂᆞ니 네 엇던 사[ᄅᆞᆷ]으로 이리 방ᄌᆞᄒᆞ뇨 셕패 눈을 브릅 드고 폴을 거더 왈 네 내 근본을 무러 엇디려 ᄒᆞᄂᆞᆫ다 내 무롤딘대 내 ᄯᅩ 긔이디 아니려니와 나는 싀셰죵의 외손이오 셕쟝군의 ᄯᆞᆯ이오 부츈후의 쇼실

45면

이오 소승상의 셔뫼오 부마의 셔조뫼라 네 불과 ᄒᆞᆫ 역관의 ᄯᆞᆯ로셔 궁금의 드러 옥쥬를 기ᄅᆞ므로 궁듕이 츄존ᄒᆞ나 엇디 직샹가 의와 명부를 욕ᄒᆞ며 우리를 멸시ᄒᆞ리오 보뫼 공쥬궁의셔는 위엄을 내려니와 소승샹 마을의셔는 무례히 못ᄒᆞ리니 여긔 대신도 잇고 어ᄉᆞ도 이셔 ᄒᆞᆫ 궁인 졔어ᄒᆞᆯ 긔구는 잇ᄂᆞ니라 한샹궁이 그 말이 됴티 아니믈 보고 급히 나아와 보모를 ᄭᅮ지저 물니티고 우서 ᄀᆞᆯ오딕 무식ᄒᆞᆫ 궁인의 말을 쇼태〃는 관셔ᄒᆞ라 뎌 오늘 처엄으로 와시매 존비를 아디 못ᄒᆞ미니 엇디 감히 경히 너기미 이시리오 셕패 한샹궁은 벼슬이 놉고 ᄯᅩ ᄉᆞ족의 녀ᄌᆞ로 궁듕의 드럿는 줄 아는디라 ᄒᆞ믈며 안모의 츈풍이 어릐엿고 동지의 셩인유풍이 이셔 ᄌᆞ연 숑연ᄒᆞ고 익경ᄒᆞ오니 셕패 잠간 노를 플고 위시 강시 등이 ᄯᅩᄒᆞᆫ 말려 도라갈식 조시 탄왈 형부인은 어드려

가시고 ᄂᆞ즉ᄒᆞᆫ 부듕이 살난

46면

ᄒᆞ고 공쥐 변식 왈 그ᄃᆡᄂᆞᆫ 엇던 사ᄅᆞᆷ의 녀ᄌᆡ완ᄃᆡ 감히 방ᄌᆞᄒᆞᆫ 말을 ᄒᆞᄂᆞ뇨 조시 날호여 쇼이ᄃᆡ 왈 쳡은 대장군 조빈의 진손이오 보국쟝군 왕젼빙의 외손이오 뇽두태혹ᄉᆞ 조명의 당녀러니 금일 방ᄌᆞᄒᆞᆫ 말솜은 감히 아냣ᄂᆞ이다 공쥐 묵연히 도라가니 위시 등이 탄ᄒᆞᆷ믈 마디 아냐 각〃 가부의게 뎐ᄒᆞ니 시어ᄉᆞ 운경이 논왈 가운이 불힝ᄒᆞ야 옥을 ᄇᆞ리고 돌흘 어드며 요를 ᄇᆞ리고 도쳑을 취ᄒᆞ미니 그ᄃᆡᄂᆞᆫ 언필찰ᄒᆞ며 힝불독경ᄒᆞ라 위시 탄식ᄒᆞ더라 ᄎᆞ후ᄂᆞᆫ 가듕 쇼년이 더욱 공쥬를 깃거 아니ᄃᆡ 존당과 모든 부인은 지극 은근ᄒᆞ고 승샹은 각별 두긋김과 흔연ᄒᆞᆷ믈 업고 믜워ᄒᆞ며 미안홈도 업서 무를 말이 이시면 공경ᄒᆞ야 뭇고 그러티 [아니]면 죵일토록 이셔도 묵연ᄒᆞ며 부마의 박ᄃᆡ 태심ᄒᆞ되 아는 ᄃᆞᆺ 모ᄅᆞᄂᆞᆫ ᄃᆞᆺᄒᆞ야 관힘티 아니〃 부매 더욱 공쥬를 멸히 ᄒᆞ야 쟝ᄎᆞᆺ 석 ᄃᆞᆯ의 니ᄅᆞ매 태부인

47면

이 권ᄒᆞᄃᆡ 드를 길히 업서 일〃은 운셩을 셰우고 소공을 불러 노식ᄒᆞ고 눈으로뻐 보니 공이 모친의 그릇 너기ᄂᆞᆫ 빗출 보고 물너 방셕 아래 ᄭᅮᆯ니 부인이 소ᄅᆡ를 ᄀᆞᄃᆞ마 문왈 경이 ᄌᆞ식 그릇 나ᄒᆞᄂᆞᆫ 줄 아ᄂᆞᆫ다 승샹이 ᄌᆡᄇᆡ 왈 비록 불쵸ᄒᆞ나 졔ᄌᆞ의 불민ᄒᆞᆷ믈 ᄌᆞ못 아ᄂᆞ이다 부인이 다시 문왈 네의 어미 혜디 [아니]키로뻐 운셩이 날을 경히 너기믈 아ᄂᆞᆫ다 승샹이 이에 다ᄃᆞ라ᄂᆞᆫ 관을 벗고 계의 ᄂᆞ려 고두쳥죄 왈 히ᄋᆞ의 불회 젼혀 인ᄉᆡ 미셰ᄒᆞ미오 감히 태〃를 업슈이 너기미 아니오 운셩의 불민ᄒᆞᆷ믈 아나 별 죄단을 아디 못ᄒᆞ니 ᄇᆞᆰ기 ᄀᆞᄅᆞ치시믈 ᄇᆞ라ᄂᆞ이다 부인이 노즐 왈 내 비록 미망여싱이나 오히려 여등을 의지ᄒᆞ야 셰월을 영화로이 디내더니 불힝ᄒᆞ야 형시를 멀리 보내고 공쥬를 어드니 비록 깃브디 아니나 이 님군이 주신 거시라 네 ᄯᅩᄒᆞᆫ 글을 닑어 군신지의와 녜법을 알

48면

니〃 모ᄅᆞ미 혬 업ᄉᆞᆫ ᄋᆞᄌᆞ를 경계ᄒᆞ미 올커ᄂᆞᆯ 도로혀 아히를 도〃다시ᄒᆞ야 공쥬 박ᄃᆡᄒᆞ미 날로 심ᄒᆞ고 ᄒᆞᆫ 번도 궁의 가지 아니커ᄂᆞᆯ 내 제 어미로 더브러 ᄀᆡ유ᄒᆞᄃᆡ 견집

ᄒᆞ니 엇디 너의 날 혜디 아니미 아니리오 ᄯᅩᄒᆞᆫ 구ᄐᆞ여 손ᄋᆞ의 고집ᄒᆞ미 아니라 국혼 일ᄉᆞ로 너의 하옥ᄒᆞᆷ을 불안ᄒᆞ야 소원ᄒᆞᆫ 거시 더욱 ᄂᆡ낙ᄒᆞ야 디내니 네 만일 아ᄇᆡ 도리를 홀딘대 당〃이 ᄉᆞ리로 ᄀᆡ유ᄒᆞ야 그 ᄆᆞ음을 풀게 ᄒᆞ고 긔ᄉᆡᆨ을 화히 ᄒᆞ야 공쥬를 졉ᄃᆡᄒᆞᆫ즉 슬하의 ᄌᆞ식된 재 평안홀디니 엇디 님군의 죄 주신 벌로ᄡᅥ 공쥬ᄭᅴ ᄒᆞᆫ을 풀며 ᄋᆞᄌᆞ를 도〃와 스ᄉᆞ로 ᄌᆞ식의 일ᄉᆡᆼ을 그릇 ᄆᆞᄎᆞ리오 ᄒᆞ믈며 이 말이 젼셜ᄒᆞ야 궁듕의 갈딘대 대홰 니러나리니 므어시 됴ᄒᆞ리오 내 ᄯᅩ 너ᄃᆞ려 두어 번 닐너시ᄃᆡ 고티디 못ᄒᆞ니 어버의 말 아니 듯는 ᄌᆞ식은 ᄡᅳᆯ ᄃᆡ 업ᄉᆞ니 죽

49면

으미 가ᄒᆞ도다 승샹이 년ᄒᆞ야 절ᄒᆞ야 ᄀᆞᆯ오ᄃᆡ 명괴 지극 맛당ᄒᆞ시니 삼가 교를 밧드러 ᄋᆞᄌᆞ를 ᄀᆞᄅᆞ치리이다 다만 엇디 감히 모친을 셩히 너기며 님군이 죄 주시믈 ᄒᆞᆫᄒᆞ리오 닐러 브졀 업거니와 셩샹 쇼ᄌᆞ를 가도시미 아냐 공쥬의 작얼로 쇼ᄌᆞ를 가도시미니 그 인물을 가탄ᄒᆞ나 각별 족가ᄒᆞ야 믜온 일이 어이 이시며 운셩은 혈긔 미뎡ᄒᆞᆫ 나히 형시를 샹니ᄒᆞ야 ᄇᆞ야흐로 심ᄉᆡ 살란ᄒᆞᄂᆞ니 불의예 공쥬를 후ᄃᆡᄒᆞ라 ᄒᆞ면 더욱 ᄆᆞ음을 뎡티 못홀디라 잠간 그 ᄆᆞ음이 눅어 위회ᄒᆞᆫ 후 권ᄒᆞ야 만젼코져 실로 다른 ᄯᅳ디 아니러이다 연이나 ᄌᆞ괴 깁히 념녀ᄒᆞ시미니 엇디 제의 졍니를 도라보리잇가 부인이 ᄇᆞ야흐로 ᄉᆞᄉᆡᆨ이 평안ᄒᆞ거ᄂᆞᆯ 승샹이 심두의 불쾌ᄒᆞ나 마디 못ᄒᆞ야 운셩을 나아오라 ᄒᆞ야 문왈 네 엇디 감히 조모 말ᄉᆞᆷ을 거역ᄒᆞ야 명교의 죄인이 되ᄂᆞ뇨 ᄉᆡᆼ이 관

50면

[을] 숙이고 업더여 답홀 바를 아디 못ᄒᆞ니 소부인이 ᄒᆡ왈 사ᄅᆞᆷ마다 현데 ᄀᆞᆺ기 쉽디 아니〃 쇼년 남ᄋᆡ 슬ᄒᆞᆫ 부인을 강잉ᄒᆞ야 관졉ᄒᆞ기 괴로온 고로 가디 아니미니 샤죄ᄒᆞ고 오ᄂᆞᆯ노브터 공쥬궁의 가게 ᄒᆞ미 올ᄒᆞ니라 윤부인이 ᄯᅩᄒᆞᆫ 말리니 승샹이 다시 닐오ᄃᆡ 너ᄂᆞᆫ 모ᄅᆞ미 범ᄉᆞ를 강잉ᄒᆞ기로 니셔 효힝과 듕의를 온젼ᄒᆞ야 공쥬를 박ᄃᆡ티 말라 ᄉᆡᆼ이 얼골을 졍히 ᄒᆞ고 돈슈[샤]죄후 묵연히 명을 바다 물러나니 좌위 탄식ᄒᆞ더라 어시의 부매 심ᄉᆡ 어득ᄒᆞ되 부친이 구ᄐᆞ여 공쥬를 권티 아니〃 ᄆᆞ음이 ᄉᆡ훤ᄒᆞ야 형뎨로 소일ᄒᆞ더니 이 날 엄교를 드ᄅᆞ매 새로이 어득ᄒᆞ니 겨유 강잉ᄒᆞ야 의관을 졍히 ᄒᆞ고 명현궁의 니ᄅᆞ니 이ᄯᅢ 날이 어두[엇]ᄂᆞᆫ디라 공쥐 궁인으로 더브러 침뎐의셔 쥬편을 ᄂᆞᆫ호다가 곡난의 시녜 부마의 오믈 알외니 궁녜 일시의 홍촉을 ᄇᆞᆰ히고 ᄎᆡ셕

을 펴 부마를 마ᄌᆞ니 도위 드러가 공

51면

쥬로 더브러 좌를 동셔로 뎡ᄒᆞ고 궁녜 혼인교빅후 부마 자최를 보디 아냣다가 석 들 후 만나니 샹해 진동ᄒᆞ여 호쥬셩찬으로뻐 빅반을 나오니 싱이 졍금 공슈터니 날호여 져를 들매 공쥐 쵹하의셔 보건대 거믄 관 아래 눈빗 ᄀᆞ튼 얼골과 도듀 ᄀᆞ튼 쥬순이 졀딕 미인 ᄀᆞᆺ고 눈섭은 강산슈긔를 [모]도앗고 냥목은 츄파 빗치 딩〃ᄒᆞ야 흐ᄅᆞᄂᆞᆫ 돗ᄒᆞ고 묽근 골격과 호듄ᄒᆞᆫ 풍되 션풍도골이라 슈미를 근심ᄒᆞ야 찡긔니 들이 구름을 만난 돗 냥협의 [불평]ᄒᆞᆫ믈 씌여시니 년홰 남풍을 딕ᄒᆞᆫ 돗 옥 ᄀᆞ튼 손으로 금뎌를 드ᄅᆞ매 잇다감 호치단슌의 빗최니 팀엄ᄒᆞᆫ 위의ᄂᆞᆫ 츄상 ᄀᆞᆺ고 특이ᄒᆞᆫ 풍광은 동인ᄒᆞ니 궁인들이 어두운 구석으로조차 셔〃 ᄀᆞᄅᆞ치며 칭찬 왈 과연 옥으로 사기고 고ᄌᆞ로 무어도 이러티 못ᄒᆞ리라 옥쥬ᄂᆞᆫ 이에 드ᄅᆞ시매 못ᄲᅳᆯ[돌] ᄀᆞᆺ도다 도로혀 져히 그 옥모 영풍을 혹ᄒᆞ야 셤기

52면

고져 ᄒᆞᄂᆞ 니 만터라 술이 두어 슌 디나매 부매 샹을 미러내여 가라 ᄒᆞ고 엄연단좌ᄒᆞ매 밤이 삼경의 니ᄅᆞ되 도위 즐겨 상의 오ᄅᆞ디 아닛ᄂᆞᆫ디라 공쥐 뎌의 식〃ᄒᆞ믈 고이히 너겨 날호여 문왈 쳡이 군ᄌᆞ의 건즐 밧드런 디 오라딕 부마의 박딕 태심ᄒᆞ더니 금야ᄂᆞᆫ 화풍이 쵹ᄒᆞ야 이에 니ᄅᆞ러 계시니잇고 싱이 팀음냥구의 폴홀 드러 읍양 왈 쇼싱이 미쳔ᄒᆞᆫ 사ᄅᆞᆷ으로 쇼방의 간셥ᄒᆞ야 츅쳑ᄒᆞ미 심연츈빙 드딤ᄀᆞ티 디내므로 감히 나아오디 못ᄒᆞ더니 금일은 취ᄒᆞᆫ 거ᄉᆞᆯ 씐 돗ᄒᆞ야 담을 크게 ᄒᆞ고 이에 니ᄅᆞ럿ᄂᆞ이다 공쥐 흔연히 웃고 시녀를 불러 침금을 포셜ᄒᆞ고 상의 올라 누으며 왈 부마ᄂᆞᆫ 편히 쉬씨어다 싱이 싱각ᄒᆞ되 뎨 임의 규슈의 틱되 업ᄉᆞ니 내 엇디 구〃히 단좌ᄒᆞ야 즘[재]기를 폐ᄒᆞ리오 드딕여 의관을 그ᄅᆞ고 상의 올라 자딕 두 ᄉᆞ이 쳔니 ᄀᆞᆺ더라 싱이 이 날 형시를 더욱 닛디 못ᄒᆞ야 심시

53면

비련ᄒᆞ니 ᄒᆞᆫ 즘을 일오도 못ᄒᆞ고 던〃ᄒᆞ야 오경의 니ᄅᆞ니 금계 아악ᄒᆞ고 경괴 눕〃ᄒᆞ니 졍신이 용약ᄒᆞ야 던도히 칙금을 물리티고 앙침을 밀틴 후 의딕를 슈습ᄒᆞ야 나

가니 싱의 힝식 죠용티 아니므로 공쥬 씌야 경문 왈 부매 이 밤의 어듸를 가느뇨 싱이 답왈 신셩ᄒ라 가느이다 공쥬 닝쇼 왈 어닉 신셩이 이리 일즉 ᄒ리오 허언으로 날을 소기미로다 싱이 듸답디 아니코 밧그로 나가니 공쥬 심하의 방심티 못ᄒ더라 싱이 나와 소부의 니ᄅ니 너모 일넛거놀 셔당의 누어 째를 기ᄃ리더니 믄득 붉는 줄을 모르고 자니 날이 텽명의 일개 취셩뎐의 모드나 홀로 운셩이 업는더라 승샹이 고이히 너겨 무로매 좌위 다 모로노라 ᄒ고 공쥬 안싀을 변ᄒ야 골오듸 부매 작야의 쳡의 궁의 와 밤을 디내듸 힝지 슈샹ᄒ야 신셩ᄒ노라 나가더니 문안의도 오디 아냐시니 반ᄃ시 형녀를 보라 가도

54면

소이다 승샹이 경싀고 좌우로 ᄒ야곰 ᄎᄌ니 셔당의셔 자거늘 ᄉ데 운현이 흔드러 씌와 슈말을 고ᄒ니 싱이 급히 관셰ᄒ고 문안의 드러오매 승샹이 갓던 고들 뭇는디라 싱이 엄부지견이나 엇디 경황ᄒ미 이시리오 날호여 술오듸 새벽 계셩을 그릇 듯고 나와 일러시므로 쉬더니 인ᄒ여 좀 드니 삼가디 못홀ᄫ 씌닷과이다 공이 다시 뭇디 아니터라 공쥬 부마를 심히 흔ᄒ야 듀야 긔찰ᄒ고 싱이 쏘흔 더의 브졍ᄒ고 흉험ᄒ믈 믜워 부명을 인ᄒ야 그 궁의 가나 싀〃 닝낙ᄒ야 실은 놈이라 오직 황샹과 낭〃이 지극 ᄉ랑ᄒ샤 은ᄉ와 샹싀 도로의 니어시며 삼 일의 ᄒ 번식 인견ᄒ샤 ᄉ연ᄒ시니 사름마다 츄존 불워ᄒ되 도위는 더욱 괴로워 ᄒ야 금슈의를 닙디 아니ᄒ고 굴근 깁옷슬 닙으며 추죵의 ᄉ오 인이 넘디 아니코 위 일품의 이시되 술위를 물니티고 물을 ᄐ고 ᄃ니〃 벽디를 셰

55면

우디 아니〃 시인이 그 검박ᄒ믈 항복 승샹이 깃거ᄒ더라 싱이 일〃은 셔당의 드러가 ᄉ부를 뫼시고 한담홀식 시동이 믄득 청쥐ᄌᄉ의 글을 드리니 써혀 보매 졀듸 명챵 열과 명마 세 필이라 션싱이 몬져 부기를 믓고 탄왈 네 과연 부친 청망은 업도다 엇디 외쥐 관원이 됴뎡 명관의게 감히 미녀를 보내리오 내 일즉 네 부친의 일긔를 보니 긔화이초와 공교ᄒ 즘싱 보낸 고디 이셔도 다 퇴ᄒ엿고 미녀 올린 곳든 업더니 이제 너는 풍뉴 협긔 유명ᄒ야 미녀로 너를 [주어] 업슈이 너기미로다 싱이 참한 낭구의 쇼이듸 왈 셕일의 조죄 미녀 금은[으]로써 관운당을 주니 운당이 ᄉ양티 아니듸 탐이

라 웃디 아냐ᄂᆞ니 데지 ᄯᅩᄒᆞᆫ 믈이티디 못ᄒᆞᆯ소이다 션싱이 잠소브답ᄒᆞ더라 싱이 미녀를 보니 다 절식이라 크게 깃거 다 문 밧 별샤의 두고 ᄯᅩ ᄆᆞᆯ을 잇그러 드러오니 다 쳔니매로ᄃᆡ 그 듕 ᄒᆞᆫ 말이

56면

기리 ᄒᆞᆫ 댱이오 놉히 ᄒᆞᆫ 쳑이라 몸이 남빗 ᄀᆞᆺ고 눈의 금광이 니러나며 긔셰 거룩ᄒᆞ야 뫼흘 ᄂᆞ라 넘으며 바다흘 ᄲᅱ여 건널셰 잇ᄂᆞᆫ디라 등의 사기ᄃᆡ 쳥춍만니운니라 ᄒᆞ여시니 ᄒᆞᄅᆞ 능히 팔쳔뉵빅니를 가ᄃᆡ 날이 져므디 아니〃 귀여 바ᄅᆞᆷ 소릐만 들리고 ᄉᆞ족이 구름 ᄉᆞ이의 써듯기를 능히 ᄒᆞ니 초왕의 오쵸마와 관왕의 젹토매라도 이에 밋디 못ᄒᆞᆯ 거시로ᄃᆡ 셩졍이 사오나와 슌죵티 아니〃 ᄒᆞᆫ 이인이 닐오ᄃᆡ 이 ᄆᆞᆯ이 님자를 만나디 못ᄒᆞ미니 경셩의 소셩 가지고 벼슬 놉ᄒᆞᆫ 재로ᄃᆡ 구름 운ᄌᆞ와 별 셩ᄌᆡ 일홈이라 ᄒᆞ니 이러므로 운셩의게 보내엿ᄂᆞᆫ디라 부매 ᄒᆞᆫ 번 보매 대희ᄒᆞ야 좌우 하관을 타 시험ᄒᆞ라 ᄒᆞ니 사ᄅᆞᆷ이 가히 나아가디 못ᄒᆞ거ᄂᆞᆯ 부매 대로 왈 ᄎᆞᄂᆞᆫ ᄒᆞᆫ 무리 금쉬라 능히 ᄒᆞᆫ ᄆᆞᆯ을 제어티 못ᄒᆞ면 엇디 사ᄅᆞᆷ을 다ᄉᆞ리리오 셜파의 친히 ᄂᆞ려가 ᄆᆞᆯ 혁을 잡고 몸을 ᄂᆞ려 오ᄅᆞ니 좌우 하관 하리 아니 놀

57면

라리 업더니 그 ᄆᆞᆯ이 장ᄒᆞᆫ 셰를 내여 쟝ᄎᆞᆺ 드름을 펴고져 ᄒᆞ거ᄂᆞᆯ 싱이 긴〃히 안자 텰편을 드러 어즈러이 텨 그 노를 도〃니 그 ᄆᆞᆯ이 ᄉᆞ족을 반공의 놀려 ᄃᆞ라니 발 아래 아득ᄒᆞᆫ 듯글과 은〃ᄒᆞᆫ 구름이 니러나 일던 ᄇᆞ람으로 조차 죵젹이 업ᄉᆞ니 부듕이 경황ᄒᆞ야 승샹과 어ᄉᆞ 형뎨의 고ᄒᆞᆫ대 졔쇠 대경ᄒᆞ되 승샹이 경동티 아냐 셩의 ᄆᆞᆯ게 써러뎌 샹ᄒᆞᆯ 배 아니〃 요란히 구디 말고 기ᄃᆞ리라 ᄒᆞ니 인ᄎᆞ로 가듕이 평안ᄒᆞ다 지셜 운셩이 만니운을 ᄐᆞ고 무수히 ᄃᆞ라니 다만 귀ᄉᆡᆫ의 ᄇᆞ람 소릐만 들리고 ᄆᆞᆯ은 공듕의 ᄲᅱ노ᄃᆡ 싱은 분호도 움즉이디 아냐 ᄇᆞ틴ᄃᆞ시 안자 ᄒᆞᆫ 고ᄃᆡ 다ᄃᆞᄅᆞ니 거ᄅᆞᆷ을 곳치고 ᄯᆞᆷ을 흘니며 셔거ᄂᆞᆯ 싱이 머리를 드러보니 이 곳 변냥 ᄆᆞᄌᆞ막 디계니 수쳔 니를 들려 왓더라 싱이 ᄆᆞᆯ의 셩을 것거 [개]지고 혁을 잡고 채를 텨 ᄌᆞ운산의 도라오니 날이 일럿ᄂᆞᆫ 고로 모든 사람이 아니 놀나리 업더라 드러

58면

가 승샹씌 뵈니 공이 비록 깃거ᄒᆞ나 그 죠용티 아니믈 브죡ᄒᆞ여 다만 모ᄅᆞᄂᆞᆫ 톄ᄒᆞ고 뭇디 아니〃 ᄉᆡᆼ이 감히 ᄉᆞ싀디 못ᄒᆞ고 도로혀 부친이 일런 말을 알가 두리더라 ᄎᆞ후 ᄂᆞᆫ 만니운이 운셩의게 극히 슌ᄒᆞᄃᆡ 기여 제ᄉᆡᆼ의게ᄂᆞᆫ 녯 긔습이 이시니 감히 ᄐᆞ디 못 ᄒᆞ고 ᄉᆡᆼ이 지극 ᄉᆞ랑ᄒᆞ고 듕히 너겨 형뎨로 즐긴 여가의 믈을 가셔 보아 쇼일ᄒᆞ니 제 형이 긔롱ᄒᆞ야 웃더라 ᄎᆞ후 ᄉᆡᆼ이 열 챵녀로 풍뉴를 드러 시름을 니ᄌᆞ며 다ᄉᆞᆺ 기녀를 통ᄋᆡᄒᆞ니 기여ᄂᆞᆫ 모ᄃᆞᆫ 형뎨 ᄒᆞ나식 어더 듀야 열낙ᄒᆞᆯᄉᆡ 제인이 다 영니ᄒᆞᆫ디라 십분 샹심ᄒᆞ니 승샹이 아디 못ᄒᆞ고 ᄯᅩᄒᆞᆫ 술도 먹디 아니코 ᄒᆞᆨ힝은 더욱 브즈런이 닷그니 단셩ᄉᆡᆼ은 아득히 모ᄅᆞᄂᆞᆫ디라 제ᄉᆡᆼ의 능녀ᄒᆞ미 이 ᄀᆞᄐᆞ니 이 다 운셩의 [디]휘라 홀로 운경이 챵악을 유의티 아니나 제뎨를 엄금티 아니코 말로 말니어 □□□□를 ᄀᆡ유 왈 나ᄂᆞᆫ 블셔 제인 ᄀᆞᄐᆞ여 이러ᄐᆞ시 ᄒᆡ수코져 ᄒᆞ미어니와 형당과 제

59면

뎨ᄂᆞᆫ 어딘 아ᄌᆞ미 계시고 유쟈의 도리로 챵악이 불가ᄒᆞ니 청컨대 그치라 모다 우어 왈 너ᄂᆞᆫ 즐기고 우리ᄂᆞᆫ 말니니 우리 혹 풍졍의 유심ᄒᆞ미 이시나 ᄒᆞᆨ힝과 튱효를 삼가 니 엇디 근심ᄒᆞᄂᆞᆫ다 ᄉᆡᆼ이 무언대쇼ᄒᆞ더라 ᄉᆡᆼ이 비록 챵악을 즐기나 ᄆᆞ음이 졍대ᄒᆞᆫ디 라 죠곰도 톄면을 일티 아니코 공쥬궁의 일삭의 두 슌식 가ᄃᆡ 반ᄃᆞ시 외뎐의셔 자니 공쥐 고[이]히 너겨 범ᄉᆞ를 술필ᄉᆡ 일〃은 보모 냥시 대ᄂᆡ의 드러갓다가 ᄣᅢ 졍히 ᄆᆡᆼ동 초시이라 느준 국화와 단풍이 긔특ᄒᆞ야 션산 ᄀᆞᄐᆞ니 냥시 교ᄌᆞ의 ᄂᆞ려 둘러 보매 소 승상 후원 겨ᄐᆡ 져근 집이 이셔 표연ᄒᆞᆫ 션당 ᄀᆞᆺ거ᄂᆞᆯ 나아가매 믄득 풍뉴 진동ᄒᆞ니 냥 시 경아ᄒᆞ야 ᄀᆞ만이 여어보니 미녀 십 인이 셩장을 일우고 아미를 다ᄉᆞ려 뇽ᄉᆡᆼ과 봉 관을 이아ᄂᆞᆫᄃᆡ 부마의 뉵 형뎨 각〃 ᄒᆞ나식 ᄭᅵ고 즐기ᄂᆞᆫ 듕 부매 홀로 다ᄉᆞᆺ 미인을 알ᄑᆡ 버리고 희롱ᄒᆞ며 술 먹거ᄂᆞᆯ 보뫼 이를 보고 십분 대로ᄒᆞ

60면

로 ᄒᆞ며 분연히 도라오며 ᄭᅮ지저 왈 우리 옥쥬ᄂᆞᆫ 금지의 명쥐라 뇽누의 슈장ᄒᆞ야 겨 시다가 [저의] 안해 되시니 당〃이 외람ᄒᆞᆯ 거시어ᄂᆞᆯ 슈당 가온대 드리티고 방외예 노 라 챵악으로 즐기니 엇디 과심티 아니리오 셜파의 궁의 드러가 명현을 보아 슈말을 고ᄒᆞ니 공쥐 대경대로ᄒᆞ야 급히 시녀를 불러 궁관의게 츄고 왈 너희 등이 엇디 감히

구ᄌᆞ비를 부마ᄭᅴ 쇽ᄒᆞ뇨 궁관이 ᄯᅩᄒᆞᆫ 두려 넌망이 [구ᄌᆞ를] 뎜고ᄒᆞ고 회주 왈 쇼신 등이 구ᄌᆞ를 뎜고ᄒᆞ니 다 부마 샹궁 명현후ᄭᅴ 참알티 아닛ᄂᆞᆫ디라 옥쥬의 셩지를 밧ᄌᆞ오나 ᄌᆞ시 아디 못ᄒᆞ와 황공진뉼ᄒᆞ여이다 공쥐 텽파의 궁관을 명ᄒᆞ야 도위의 창첩을 잡아오라 ᄒᆞ니 마춤 부마 형데 ᄀᆞᆺ 나갓고 졔녀당이 고요ᄒᆞ엿ᄂᆞᆫ디라 가뎡 장획이 엇디 감히 공쥬녕을 틱만ᄒᆞ리오 일시의 ᄃᆞ라드러 오창을 [결]박ᄒᆞ야 명형궁의 니ᄅᆞ니 공쥐 졍텽의 좌ᄒᆞ고 오인을 잡아드려 곡딕을 뭇디 아니코 졔인의 머

61면

리털을 갓고 귀와 코흘 버혀 슈죡을 ᄌᆞ르고 형댱 삼치식 듕타ᄒᆞ야 [닝]궁의 가도니 부매 일삭을 듯고 완〃히 명현궁의 니ᄅᆞ러 외뎐의 안자 보모를 부ᄅᆞ니 냥시 이에 나오매 싱이 다만 크게 소릭 딜러 하리를 호령ᄒᆞ니 위엄이 싱풍ᄒᆞ고 긔샹이 호〃ᄒᆞ야 소릭를 조차 좌위 냥보모를 결박ᄒᆞᆫ대 궁관과 궁뇌 막불진뉼ᄒᆞ니 싱이 이에 수죄 왈 네 비록 공쥬의 보뫼[나] 내 ᄯᅩᄒᆞᆫ 부마의 쟉위를 밧ᄌᆞ와 너의 쥬인이라 엇디 감히 나의 갓가이 ᄒᆞᆫ 챵녀를 듕형으로 더브러 공쥐 만일 날로ᄡᅥ 가뷔라 홀딘대 그 거ᄂᆞ린 거슬 임의로 잡아다가 인데를 ᄆᆡᆫ둘이 이시리오 내 비록 쇼년셔싱이나 엇디 ᄒᆞᆫ 부인과 궁인을 협졔티 못ᄒᆞ리오 언필의 노기 대발ᄒᆞ야 년ᄒᆞ야 소릭를 놉혀 형츄를 [직촉]ᄒᆞ니 보뫼 비록 흉험ᄒᆞ나 일즉 궁듕의 드러 공쥬를 보호ᄒᆞ야 몸이 존귀ᄒᆞ니 엇디 이런 디경의 놀납디 아니리오 혼불니톄[ᄒᆞ야] 좌우로 고면ᄒᆞ며 사죄를 일ᄏᆞᄅᆞ

62면

나 부마의 놉흔 셩이 ᄒᆞᆫ갓 일시의 낸 거시 아니오 임의 슌후ᄒᆞᆫ 둣ᄒᆞ나 노를 발ᄒᆞ면 군부를 두리디 아닛ᄂᆞᆫ 품격이라 더욱 뎌 궁인을 엇디 죡히 니ᄅᆞ리오 임의 삼십여 당의 니ᄅᆞ매 셩혈은 도〃ᄒᆞ야 뎡젼의 흐ᄅᆞ고 피육은 후란ᄒᆞ야 궁관의 오식 ᄲᅳ려시니 궁관뎡의 급히 사ᄅᆞᆷ으로 ᄒᆞ여곰 승샹[부]의 고ᄒᆞᆫ대 한님 소운희 듯고 대경ᄒᆞ야 협문으로 조차 명현궁의 니ᄅᆞ러 부마를 보[고] 녁권ᄒᆞ야 그치니 궁노를 ᄎᆞ례로 등품ᄒᆞ야 죄 주고 냥시를 다시 가도고져 ᄒᆞ더니 믄득 안흐로셔 곡셩이 탕텬ᄒᆞ고 공쥐 나오니 한님은 슬히 너겨 피ᄒᆞ고 부마ᄂᆞᆫ 교위예 단좌ᄒᆞ야 요동티 아니〃 공쥐 당초 쇄악을 발ᄒᆞ야 징션ᄒᆞ려 ᄒᆞ더니 다ᄃᆞ라 부마를 보매ᄂᆞᆫ 엄풍ᄒᆞᆫ 거동이 월하의 슈상이 번득이고 늡동의 삭풍이 발홈 ᄀᆞᄐᆞ야 냥목을 흘리 ᄡᅥ 공쥬를 보매 츄슈의 날이 비최여 졍긔

찰난홈 ᄀᆞᄐᆞ야 ᄀᆞ독ᄒᆞᆫ 노긔 사ᄅᆞᆷ의게

63면

뽀이니 이 졍히 운듕눙이오 풍듕의 회라 공쥐 비록 대악ᄒᆞ나 엇디 감히 징션ᄒᆞ리오 오직 ᄂᆞ리ᄃᆞ라 궁관 하리를 ᄭᅮ지저 물리티고 보모를 구ᄒᆞ니 싱이 더욱 노ᄒᆞ야 옷 ᄉᆞ이로 조차 칼을 쌔혀 돗 우희셔 닐오ᄃᆡ 궁쥐 뎌 궁녀를 구ᄒᆞ니 내 ᄯᅩᄒᆞᆫ 뎌를 죽이디 못ᄒᆞ랴 한샹궁이 황망이 나아가 ᄀᆞᆯ오ᄃᆡ ᄌᆞ가ᄂᆞᆫ 존듕ᄒᆞ신디라 엇디 경이히 발검ᄒᆞ야 위의를 일ᄒᆞ시며 옥쥐 일시지졍의 촘디 못ᄒᆞ야 구ᄒᆞ시나 불슌ᄒᆞ시미 아니〃 ᄇᆞ라건대 부마ᄂᆞᆫ 용샤ᄒᆞ쇼셔 싱이 검을 ᄇᆞ리고 닐오ᄃᆡ 나의 셩이 급〃[ᄒᆞᆫ] 연괴나 ᄯᅩᄒᆞᆫ 공쥬의 ᄒᆞ시ᄂᆞᆫ 힝식 엇더뇨 궁인은 공논ᄒᆞ라 한시 날호여 웃고 됴흔 말로 닐러 왈 노쳡이 엇디 감히 의논ᄒᆞ미 이시리잇고 다만 투긔ᄂᆞᆫ 부인의 덧〃ᄒᆞᆫ 되라 윤부인이 형부인을 보고 눈물을 흘리고 탁문군이 무풍녀를 보매 눈물을 지어 슬허ᄒᆞ고 쇼혜 됴양ᄃᆡ를 업과랴 ᄒᆞ니 이래 옥쥬의 년쇼투

64면

경이 샹ᄉᆡ라 가히 허물티 못홀 배오 부마의 보모 다ᄉᆞ리심도 가뎡의 위엄을 셰우시ᄂᆞᆫ 쯧이니 피ᄎᆡ 다 관홍ᄒᆞ시더면 노ᄒᆞ여 아니실나소이다 싱은 명졍관대ᄒᆞᆫ 인물이라 한샹궁의 거동이 심샹ᄒᆞᆫ 뉘 아니믈 보고 강잉ᄒᆞ야 쇼왈 나의 조협ᄒᆞ믈 공쥐 노ᄒᆞ시미 가ᄒᆞ니 ᄎᆞ후 강잉ᄒᆞ야 쇽심ᄒᆞ리라 드ᄃᆡ여 ᄉᆞ매를 ᄯᅥᆯ치고 밧그로 나가니 한시 공쥬를 ᄌᆡ삼 권ᄒᆞ야 드러가 보모를 구완ᄒᆞ며 가돈 바 오챵을 노흐니 뎨 다 병잔지인이 되엿ᄂᆞᆫ디라 본향으로 ᄂᆞ려가니 일시 투부ᄂᆞᆫ 다 공쥬를 쾌히 너기더라 공쥐 ᄒᆞᆫ이 무궁ᄒᆞ여 ᄀᆞ마니 글을 닷가 대ᄂᆡ의 딘주ᄒᆞ니 낭〃이 보시고 급히 샹을 쳥ᄒᆞ야 슈말을 주ᄒᆞ니 샹이 대로ᄒᆞ샤 이 날 ᄌᆞ뎡뎐의셔 ᄉᆞ명을 보내여 명현후 소운셩을 브ᄅᆞ시니 싱이 됴복을 ᄀᆞ초고 드러가 뵈온대 샹이 즐왈 딤이 너를 ᄉᆞ랑ᄒᆞ야 공쥬로ᄡᅧ 하가ᄒᆞ니 의예

65면

박멸홀 도리 아니어ᄂᆞᆯ 엇딘 고로 셩네ᄒᆞ연 디 넉 ᄃᆞᆯ의 공쥬궁의 가디 아니코 챵긔를 뉴련ᄒᆞ야 황녀를 경히 너기고 ᄯᅩ 궁녀를 임의로 다ᄉᆞ려 능멸쳔ᄌᆞᄒᆞ리오 ᄋᆞ경의 죄

죽기를 면티 못ᄒᆞ리라 싱이 쳥필의 쌀니 몸을 움족여 지비돈슈ᄒᆞ고 ᄂᆞᆺ출 우러〃 주왈 쇼신이 초려필부로 셩은을 닙ᄉᆞ와 년미약관의 군신이 되오니 스ᄉᆞ로 여른 복이 쇠홀가 두리와 간담을 토ᄒᆞ고 ᄆᆞ음을 다ᄒᆞ야 우흐로 폐하의 은혜를 갑습고 아ᄅᆡ로 쇼신의 몸의 매명을 업시ᄒᆞ려 ᄒᆞ더니 셩덕이 가디록 호〃ᄒᆞ야 공쥬로뻐 신의게 ᄂᆞ리오시니 신지 엇디 멸시ᄒᆞ미 이시리잇가 다만 공줘 신의 집의 오신 후 신의 가문을 ᄂᆞᆺ게 너기시고 신의 용녈ᄒᆞᆷ을 우이 너기시니 맛당이 감심ᄒᆞ올 거시오 ᄃᆡ신이 어리고 불통ᄒᆞ여 능히 놈의 업슈이 너기믈 감슈티 못ᄒᆞ므로 시러곰 공쥬궁의 가지 못ᄒᆞ미오 지어 챵녀는 남지

66면

혹 쇼년의 유희로 가셩을 듯ᄌᆞ오나 옥줘 셩덕을 ᄂᆞ리와 갈담의 풍화를 효측홀 거시어늘 궁인 냥보모의 다래오믈 드르샤 믄득 귀와 코흘 베히고 머리를 갓가 듕형을 더어 ᄂᆡ궁의 가도시니 이 엇디 녀시의 패악ᄒᆞ매 일층이나 디리잇가 이제 폐해 이런 하괴 계셔 쇼신의 몸의 텬위 급ᄒᆞ시니 신이 격졀병영ᄒᆞ야 ᄉᆞ죄를 쳥ᄒᆞᄂᆞ이다 샹이 텽파의 시러곰 하늘위엄이 발티 못ᄒᆞ샤 팀음냥구의 닐오ᄃᆡ 원ᄂᆡ 기관곡졀이 여ᄎᆞᄒᆞ도다 딤이 당〃이 공쥬를 경계ᄒᆞ리니 경은 모ᄅᆞ미 부인 뎐ᄉᆞ의 허물을 용샤ᄒᆞ야 딤심을 져ᄇᆞ리디 말라 싱이 ᄒᆞᆫ을 쁘여 텬은을 슉샤ᄒᆞ고 퇴됴홀ᄉᆡ 샹이 그윽이 깃거 아니시ᄃᆡ 부마의 말이 올흔디라 됴흔 빗ᄎᆞ로 니ᄅᆞ시고 쏘ᄒᆞᆫ 공쥬씌 뎐지ᄒᆞ샤 부덕을 닷그라 ᄒᆞ시니 일로조차 공줘 노긔를 춤고 부매 강잉ᄒᆞ야 공쥬궁의 왕내ᄒᆞ나 일즉 언

67면

언에 슈작홀 적이 업ᄉᆞ니 궁애 다 슬허ᄒᆞ고 공줘 어린 긔운과 교궁ᄒᆞᆫ 빗ᄎᆞ로 부마를 지극히 친ᄃᆡᄒᆞ나 싱이 마춤내 흔연티 아니〃 그 고집이 여ᄎᆞᄒᆞ더라 셰월이 염〃ᄒᆞ여 희신ᄒᆞ고 명년 츈이 되니 싱이 형부인을 싱각고 더욱 심ᄉᆞ를 붓틸 고디 업서 동지 실조ᄒᆞ고 우용과 수미를 펴디 아니〃 시어ᄉᆞ 운경이 위로 왈 너의 거동을 보니 반ᄃᆞ시 형수를 싱각ᄒᆞ민가 시브니 엇디 혬이 져그뇨 네 진실로 형수를 ᄉᆞ모홀딘대 공쥬를 박ᄃᆡ티 말고 은졍을 후히 ᄒᆞ야 그 ᄆᆞ음을 감화ᄒᆞᆫ즉 형시 ᄃᆞ려오믈 공줘 혹 조출 법 잇거니와 이제 가디록 뎌를 소히 ᄒᆞ고 형시 싱각ᄒᆞ믄 이 곳 불통ᄒᆞ미라 엇디 혜아리미 뎍으뇨 싱이 분연 ᄃᆡ왈 쇼데 비록 용녈하나 엇디 공쥬를 위ᄒᆞ야 업슨 졍을 내며

일녀 만나기를 크게 너겨 투부의게 빌 리 이시리오 어식 왈 이럴딘대 네 쏘 구〃히 샹ᄉᆞ병이 나게 되엿거늘 말

68면

은 쾌히 ᄒᆞ뇨 싱이 츄연 탄왈 ᄆᆞ음의 닛디 못ᄒᆞ나 병이 간대로 나며 셜ᄉᆞ 샹ᄉᆞᄒᆞ야 죽을 디라도 내 ᄎᆞ마 뎌의게 비든 못홀소이다 어식 우연히 탄식 왈 너의 형셰 능히 고집다 강딕[을] 셰우디 못홀 거시어늘 ᄆᆞ음은 시졀 은니티 아니〃 타일 반ᄃᆞ시 직홰 듕ᄒᆞ리라 도위 묵연이러라 이때 승샹의 뉵ᄌᆞ 운의 ᄌᆞᄂᆞᆫ 셩강이라 셕부인 소싱이니 셩되 팀듕ᄒᆞ고 인물이 총쥰ᄒᆞ며 용뫼 초산의 옥 ᄀᆞᄐᆞ니 부뫼 지극 ᄉᆞ랑ᄒᆞ야 나히 십ᄉᆞ 셴 적 태ᄌᆞ 쇼부 뉴한의 녀셰 되니 이 곳 승샹의 글 지어 주어 동방ᄒᆞᆫ 직라 그 셩덕을 감격ᄒᆞ야 쥬딘의 호연을 ᄆᆡᄌᆞ니 뉴쇼제 용광이 뎡〃ᄒᆞ고 식티 슈려ᄒᆞ야 진짓 공ᄌᆞ의 ᄇᆡ필이라 일가와 구괴 깃거ᄒᆞ고 부뷔 딘듕ᄒᆞ되 셕부인이 운셩을 편ᄋᆡᄒᆞ야 식부를 어드매 형시 미진ᄒᆞ미 업술 ᄲᅮᆫ 아니라 쳔고 희한ᄒᆞ니 심하의 ᄋᆡ듕ᄒᆞ믈 친녀의 디나게 ᄒᆞ다가 홀

69면

연 니별ᄒᆞ고 심식 ᄎᆞᆨ쳐의 감창ᄒᆞᆫ디라 조시와 신부를 ᄃᆡᄒᆞ면 쳑연히 슬허ᄒᆞ고 운셩의 수쳑ᄒᆞᆫ 거동 곳 보면 ᄆᆞ음이 ᄇᆞ아디ᄂᆞᆫ 둧ᄒᆞ야 ᄆᆡ양 침좌의 눈물이 깁ᄉᆞ매를 적시니 승샹이 위로ᄒᆞ더라 일〃은 일개 문안 후 존당의 시좌ᄒᆞ야 셜화홀식 졔싱이 조모의 흥심을 돕노라 시ᄉᆞ를 의논ᄒᆞ고 녜악을 ᄒᆡ득ᄒᆞ야 의논이 풍상ᄒᆞ고 옥셩이 쇄락ᄒᆞ니 소윤화셕 ᄉᆞ위 부인이 ᄒᆞᆫ갓 두긋기고 태부인은 그 곡딕을 ᄀᆞᄅᆞ쳐 완희홀식 부마의 웅건ᄒᆞᆫ 말솜과 거룩ᄒᆞᆫ 직죄 홍〃이 당ᄒᆞ를 업티ᄂᆞᆫ 둧ᄒᆞ니 뎌 명현공쥐 잠간 시셔를 아ᄂᆞᆫ디라 믄득 ᄌᆞ부무인ᄒᆞ야 내ᄃᆞ라 닐오ᄃᆡ 졔슉과 부마 의논이 지극 올ᄒᆞ시나 뎨ᄂᆞᆫ 어딘이 이셔도 사오나오니 만ᄒᆞ니 당태종이 소날 왕비를 취ᄒᆞ며 건셩원길을 샤갈ᄒᆞ니 엇디 무상티 아니리오 금셰예도 다시 잇ᄂᆞᆫ가 졔슉씌 뭇ᄂᆞ이다 졔싱이 흠신 답왈 공쥬의 고

70면

견이 올ᄒᆞ신디라 당태종 소날왕비 취ᄒᆞ믄 인면슈심어니와 건셩원길 죽이믄 ᄉᆞ를 위

ᄒᆞ미니 구ᄐᆞ여 그ᄅᆞ디 아니〃이다 ᄒᆞ니 원ᄂᆡ 제쇠 다 찰심공손ᄒᆞ고 총민영호ᄒᆞ니 범ᄉᆞ를 무심히 ᄒᆞᄂᆞᆫ 일이 업ᄉᆞᆫ 고로 이예 혬의예 간셥ᄒᆞ야 이리 니ᄅᆞ나 본심이 아니어ᄂᆞᆯ 공쥐 ᄯᅩ 의긔를 비양ᄒᆞ여 우회를 채 펴 ᄀᆞᆯ오ᄃᆡ 우리 셩샹과 태죄 듕흥ᄒᆞ시니 외인이 닐오ᄃᆡ 본은 태조 덕튁으로 득텬해라 ᄒᆞ니 이 엇디 우ᄋᆞᆸ디 아니리오 ᄒᆞ믈며 우리 황애 ᄂᆞᆼ힝호보ᄂᆞᆫ 텬신이라 다 아ᄂᆞᆫ디라 엇디 딘교역의 가 제장을 부촉ᄒᆞ여 위텬ᄌᆞᄒᆞᆫ 태죄 득텬하ᄒᆞ미 이시리오 제ᄉᆡᆼ이 ᄒᆡ고히 너겨 ᄒᆞᆫ갓 유〃ᄒᆞᆯ ᄯᆞᄅᆞᆷ이라 운셩이 격분ᄒᆞᄆᆞᆯ 이긔디 못ᄒᆞ야 믄득 졍ᄉᆡᆨ 왈 ᄌᆞ고로 국가티란 흥망은 부인 녀ᄌᆞ의 알 배 아니라 ᄒᆞ믈며 태조 황애 협마역 향긔와 대쪽의 글과 딘교역의 가 냥일이 도ᄃᆞ며 오셩이 모ᄃᆞ믈 보고 제장

71면

이 인심을 조차 황포를 밧드러 드리니 엇디 부촉ᄒᆞ시미리오 공쥐 녜의와 인ᄉᆞ를 모ᄅᆞ시고 션데를 모욕ᄒᆞ며 조종텬하를 간교히 어든 고드로 미뢰시니 이럴딘대 태조ᄂᆞᆫ 분명히 모ᄅᆞ신 배니 셩샹이 제장을 브촉ᄒᆞ미로소이다 공쥐 블연 대로 왈 부매 말을 간대로 ᄒᆞ니 이 므ᄉᆞᆷ 도리뇨 무단히 황샹을 모함ᄒᆞ니 만일 다ᄉᆞ릴딘대 뎡형을 도망티 못ᄒᆞ리라 ᄉᆡᆼ이 십분 대로 ᄒᆞ야 눈을 놉히 ᄯᅳ고 말을 ᄒᆞ고져 ᄒᆞ거ᄂᆞᆯ 셕부인이 급히 ᄉᆡᆼ을 ᄭᅮ지ᄌᆞᄃᆡ 네 언경실테ᄒᆞ야 공쥬ᄭᅴ 죄를 엇고 감히 징션ᄒᆞ려 ᄒᆞᄂᆞ뇨 네의 거동을 보니 반ᄃᆞ시 취ᄒᆞ엿ᄂᆞᆫ디라 ᄲᆞᆯ리 나가라 ᄉᆡᆼ이 노를 ᄎᆞᆷ고 강잉ᄒᆞ야 밧그로 나가니 공쥐 도라와 글로ᄡᅥ 대ᄂᆡ의 고코져 ᄒᆞ니 한샹궁이 녁간ᄒᆞ야 그치니 ᄎᆞ야의 소공이 취셩뎐의 드러와 혼뎡ᄒᆞᆯᄉᆡ 태부인이 셕샹의 말로ᄡᅥ 니ᄅᆞᆫ

72면

대 공이 십분 경녀ᄒᆞ야 셔헌의 나와 ᄉᆡᆼ을 불러 ᄀᆡ유ᄒᆞ야 ᄀᆞᆯ오ᄃᆡ 사ᄅᆞᆷ이 ᄆᆞ음을 지극 조심ᄒᆞ야 닷고 말ᄉᆞᆷ을 간대로 아니며 직언도 ᄒᆞᆯ 고ᄃᆡ ᄒᆞᄂᆞ니 내 앗가 드ᄅᆞ니 네 공쥬로 더브러 힐난ᄒᆞ미 잇다 ᄒᆞ니 ᄒᆞᆫ갓 혈긔예 분을 인ᄒᆞ야 큰 홰 비ᄅᆞᄉᆞᆯ 줄을 모ᄅᆞ니 셜ᄉᆞ 공쥐 발셜티 아니나 궁인이 듯고 ᄎᆞ언이 대ᄂᆡ예 드러가면 샹의 드ᄅᆞ시미 손 뒤혬 ᄀᆞᄐᆞᆯ디니 너와 내 머리 업ᄉᆞᆫ 귀신이 되기를 면ᄒᆞ리오 뎌 공쥬의 무식ᄒᆞᆫ 말이 임의 한심커ᄂᆞᆯ 네 엇디 그 말을 족수ᄒᆞ야 도로혀 ᄀᆞᄐᆞᆫ 뉘 되리오 ᄒᆞ믈며 너와 내 텬수를 도망티 못ᄒᆞ야 임의 됴신이 되고 ᄯᅩ 그 녹을 먹으며 북면ᄒᆞ야 셤길딘대 엇디 감히 그

님군의 시비를 구외예 내며 ᄆᆞ음의 족디 못ᄒᆞᆫ 일이 이신들 님군을 원망ᄒᆞ랴 ᄒᆞ믈며 명현공쥬 하등이 아니라 뎌만 못ᄒᆞᆫ 쟈도 가댱이 눌러 사ᄂᆞ니 만흐니 비록 블

73면

인ᄒᆞ나 네 ᄃᆡ졉 곳 잘ᄒᆞ면 녀ᄌᆞ의 ᄆᆞ음은 물 ᄀᆞᄐᆞ야 ᄌᆞ연 가댱의 ᄯᆞᆯ오여 ᄀᆡ과ᄒᆞ리니 ᄆᆞ양 사오납다 칭ᄒᆞ고 박멸ᄒᆞ여는 그 원심이 깁디 아니며 임의 원이 깁ᄒᆞ면 부〃은 의 긋고 부은[의] 그ᄎᆞ면 이 곳 놈이라 임의 놈이 된 후ᄂᆞᆫ 그 허물을 구ᄐᆞ여 곰초디 아니코 새[오내]온 거ᄉᆞᆫ 업ᄉᆞᆫ 허물도 주작ᄒᆞᄂᆞ니 이제 범ᄉᆞ를 강잉티 아니〃 셩인이 ᄀᆞᄅᆞ샤ᄃᆡ 쇼불잉즉난대모라 ᄒᆞ시니 이 경히 너 ᄀᆞᆺᄐᆞ니를 경계ᄒᆞ미라 내 비록 슌이ᄒᆞ나 이 곳 네 아비니 사ᄅᆞᆷ이 아ᄇᆡ ᄀᆞᄅᆞ치믈 듯디 아니면 엇디 인뉴의 츙슈ᄒᆞ며 내 ᄯᅩᄒᆞᆫ 너를 ᄀᆞᄅᆞ쳐 교훈이 셔디 못ᄒᆞ면 븟그럽디 아니랴 너ᄂᆞᆫ 내 말을 져ᄇᆞ리디 말고 공쥬를 관ᄃᆡᄒᆞ야 금슬을 완젼ᄒᆞ고 ᄌᆞ손 두기를 ᄉᆡᆼ각ᄒᆞ며 괴로이 형시를 샹ᄉᆞᄒᆞ야 필부의 신을 딕희디 말디어다 ᄉᆡᆼ이 만슈묵연히 [듯ᄌᆞᆸ고] 피셕ᄇᆡ샤 왈 쇼ᄌᆡ ᄆᆞ음이 편협ᄒᆞ야 능히 두루 혈 디략을 모ᄅᆞᆸ더

74면

니 대인의 훈교를 밧ᄌᆞ오니 봉힝ᄒᆞ리이다 다만 공쥬의 후박은 진실로 쇼ᄌᆞ의 ᄆᆞ음이나 능히 졔어티 못ᄒᆞ더니 이러ᄐᆞᆺ ᄒᆞ시니 ᄆᆞ음을 강잉ᄒᆞ리이다 셜파의 눈물이 거의 ᄯᅥ러딜 ᄃᆞᆺᄒᆞ니 [승샹이] 부ᄌᆞ지이예 ᄆᆞ음이 불평ᄒᆞ나 ᄉᆞᄉᆡᆨ디 아니〃 ᄉᆡᆼ이 감회ᄒᆞ믈 ᄎᆞᆷ아 물러나다 ᄉᆡᆼ이 일〃은 홋거러 뎨형졔를 ᄎᆞ즐ᄉᆡ 졔ᄉᆡᆼ이 다 각〃 부인으로 더불어 독셔도 ᄒᆞ고 박형도 ᄒᆞ야 흥이 놉흐시니 ᄉᆡᆼ이 심하의 탄왈 내 당초 어딘 부인을 엇기나 아냐시면 이대도록 애돌오랴 블근 ᄌᆡ조와 빗난 덕음이 엇디 사ᄅᆞᆷ의 아래 되리오 이제 공현히 각니ᄒᆞ야 삼년 은졍은 뉴슈의 ᄇᆞ티고 괴로온 공쥬를 어더 됴셕의 ᄒᆞᆫ이 ᄆᆡ치니 [이이] 엇디 팔ᄌᆡ 긔구티 아니미리오 인ᄒᆞ야 듁오당의 니ᄅᆞ니 격믈이 완연ᄒᆞ고 표딘이 의구ᄒᆞ나 듯글이 아득ᄒᆞ야 셔안을 덥허시니 거목수대오 쵹쳐감창이라 사창을 의지ᄒᆞ야 탄식 왈 텬샹의

75면

우녀셩은 일 년의 ᄒᆞᆫ 번 만나거니와 우리 부〃ᄂᆞᆫ 하시의 만나리오 심ᄉᆡ 격감ᄒᆞ니 츌

하리 죽어 이 념녀를 긋고 공쥬의 거동을 보디 말니라 ᄒᆞ더니 홀연 분연히 니러나 ᄀᆞᆯ
오ᄃᆡ 내 엇디 이러ᄐᆞᆺ 어리뇨 형시를 샹ᄉᆞᄒᆞ야 대당부의 입의 이런 말을 발ᄒᆞ니 십여
년 공부ᄒᆞ야 만 권 셔를 닑은 사람이 이러ᄐᆞᆺ 무식ᄒᆞ니 스ᄉᆞ로 븟그럽도다 ᄒᆞ고 개연
히 니러나 도라왓더니 명일 대궐 가 됴회ᄒᆞ고 궐하의셔 참정을 만나니 공이 심긔 불
평ᄒᆞ야 보디 아니려 부체로 ᄂᆞᆺ출 ᄡᆞ니 ᄉᆡᆼ이 감히 다시 뭇디 못[ᄒᆞ고] 머뭇기더니 형한
님이 디나거ᄂᆞᆯ ᄉᆡᆼ이 청ᄒᆞ야 거샹의셔 죵ᄂᆡ 평부를 뭇고 인ᄒᆞ야 슬픈 회포를 니ᄅᆞ고
져 ᄒᆞ니 한님이 손을 저어 왈 모ᄅᆞ미 토셜티 말라 ᄒᆞᆫ갓 심ᄉᆡ 불호ᄒᆞᆯ ᄯᆞᄅᆞᆷ이라 ᄉᆡᆼ이
역시 탄식고 ᄉᆞ매 가온대로셔 ᄒᆞᆫ 봉 화젼을 내여 주어 왈 슈고롭거니

76면

와 힝혀 녕ᄆᆡ씌 뎐보ᄒᆞᄆᆞᆯ ᄇᆞ라노라 한님이 ᄎᆞ마 물니티디 못ᄒᆞ야 ᄉᆞ매의 녀코 쳐연
히 니별ᄒᆞ야 한님이 글을 가지고 도라와 ᄆᆡᄌᆞ를 보고 슈말을 니ᄅᆞ니 부인과 형시 탄
식고 글을 ᄣᅥ혀보니 셔ᄉᆞ의 ᄀᆞᆫ〃 지샹은 니ᄅᆞ도 말려니와 다졍ᄒᆞ되 구탸티 아니코 슬
허ᄒᆞ되 약ᄒᆞ디 아냐 은근ᄒᆞ나 ᄉᆡᆨᄉᆡᆨᄒᆞ니 인물이 깁 우히 잇ᄂᆞᆫ디라 형시 눈물을 머굼
고 부인은 탄식톄읍 ᄲᅮᆫ이러니 이적의 운셩이 글로ᄡᅥ 보내고 ᄆᆞ음의 ᄎᆞᆷ디 못ᄒᆞ야 외
가 가ᄆᆞᆯ 칭ᄒᆞ고 부모씌 하딕ᄒᆞᆫ 후 경도의 드러가 셕공을 보고 날이 져물기를 기ᄃᆞ려
도라가ᄆᆞᆯ 일ᄏᆞᆺ고 형공부의 니ᄅᆞ러 날이 황혼 죄라 심복 시노 쇼연을 부쵹 왈 네 맛당
이 ᄆᆞᆯ을 가지고 이 근쳐의 잇다가 수일 후 이에 뎡령ᄒᆞ라 ᄒᆞ고 드ᄃᆡ여 방ᄉᆞ무인ᄒᆞ여
앙〃히 니러 형시 침소의 니ᄅᆞ니 쵹영이 휘황ᄒᆞ고 담쇼 소ᄅᆡ 은〃ᄒᆞ

77면

니 ᄉᆡᆼ이 ᄀᆞ마니 보건대 형시 유모를 더브러 셔안을 ᄃᆡᄒᆞ야 당문부를 외오니 새로온
광ᄎᆡ와 완〃ᄒᆞᆫ 긔질이 늡〃히 긔화 ᄀᆞᆺ고 텬연ᄒᆞᆫ 풍도ᄂᆞᆫ 츈월이 텬궁의 불가시며 진
쥐 벽히예 솟ᄂᆞᆫ듯ᄒᆞ니 비록 영웅의 장심이나 엇디 ᄆᆞ음이 뎐도티 아니리오 정신이
비양ᄒᆞ니 이에 드러가 기리 읍ᄒᆞ[여 왈] 부인은 별ᄂᆡ 무양터냐 형시 의외예 뎌를 만나
니 대경ᄒᆞ야 밧비 니러 답녜ᄒᆞ고 념용단좌ᄒᆞ니 뎨 힝혀 권간ᄒᆞᄂᆞᆫ 말이 나ᄃᆡ ᄃᆡ답기
어려울가 두려 다만 나아가 부인의 ᄉᆞ매를 잡고 탄식ᄒᆞ며 듁침의 누으니 형시 ᄒᆞᆯ 일
이 업서 괴로이 간ᄒᆞ야 도라가ᄆᆞᆯ ᄇᆞ야니 부매 문이불텽ᄒᆞ야 부인을 노티 아니〃 형
시 니러나고져 ᄒᆞ나 움즉[이]디 못ᄒᆞ고 ᄉᆞ리로 ᄀᆡ유ᄒᆞ나 듯디 아니〃 기리 탄식 왈 군

직 간언을 듯디 아니코 이러틋 ᄒ거니와 반ᄃ시 대홰 나리니 군이 당초 비례로 욕ᄒ고 금일 ᄯ

78면
구고와 부모를 모르시게 ᄀ마니 니ᄅ러 쳡을 창쳡 ᄃ접듯ᄒ야 죠곰도 슈렴티 아니〃 쳡이 권년ᄒ시믈 감격티 아니코 불승슈괴ᄒ니 어ᄂ 면목으로 서로 보리오 싱이 뎌의 식〃ᄒ믈 보고 니러 안자 ᄀ오ᄃ 부인의 말이 유리ᄒ되 홀로 혹싱의 우민ᄒ 졍은 아디 못ᄒ니 엇디 디긔예 부뷔리오 당시의 말은 부인 평싱을 앗기미오 이제 공연이 그ᄃ로 홍안을 슬허ᄒ믈 드ᄅ니 ᄉ졍을 억졔티 못ᄒ야 이에 니ᄅ러시나 엇디 부인을 멸시ᄒ며 쳔ᄃᄒ미리오 그ᄃ 이제 날을 거졀ᄒ려 ᄒ야 짐즛 이러틋ᄒ니 엇디 애둛디 아니리오 슈연이나 내 츰아 도라가디 못ᄒ리니 부인은 다시 권티 말라 형시 묵연브답ᄒ대 싱이 ᄯᄒ 졍을 발뵈디 못ᄒ나 ᄎ마 도라가디 못ᄒ고 명

79면
됴의 니ᄅ니 형공 부ᄌ 듯고 대경ᄒ야 형한님 형데 ᄆᄌ의 드러오니 소싱이 ᄉ매로 낫출 덥고 누엇ᄂᄃ 형시ᄂ 단졍히 안자 권ᄒᄂ 말이 긋디 아니커ᄂᆯ 졔싱이 서로 보고 우어 왈 텬강은 엇디 놈 모ᄅ게 심규의 와 사름을 놀납게 ᄒᄂ뇨 싱이 드른 쳬 아니〃 졔싱이 시러곰 ᄒᆯ 일이 업서 도라가고 싱은 날이 느ᄌᄃ 니러나디 아닌대 형쇼졔 다시 ᄀ유 왈 군ᄌ 쳡으로 말ᄆ아마 도라가디 아니시니 엇디 인ᄌ의 되며 대신의 톄면이리오 그ᄃ 쳡으로 [인]ᄒ야 신혼뎡셩을 폐ᄒ고 구〃ᄒ미 여ᄎᄒᆯ딘대 쳡이 엇디 구ᄐ여 괴로이 투싱ᄒ야 댱부를 그ᄅ 민들니 이시리오 원컨대 군ᄌᄂ 세 번 싱각ᄒ야 밧비 도라가쇼셔 싱이 졍식 왈 부인이 날을 구슈 ᄀ티 너기니 내 엇디 즐겨 도라가 그ᄃ로ᄡ 평안킈 ᄒ리오 형시 심ᄉ 어득ᄒ 듕 싱의 고집ᄒ믈 보고 ᄒ 소ᄅ로 탄ᄒ야 ᄀ오ᄃ 이 ᄯ

80면
텬디 편벽히 쳡신의 화를 ᄂ리오시미니 엇디 부마을 원ᄒ며 하ᄂᆯ을 ᄒᄒ리오 오직 낭군은 임의로 ᄒᆯ디어다 셜파의 눈물이 비오듯ᄒ야 의샹의 저ᄌ니 싱이 역시 슬허ᄒ되 능히 몸이 니러나디 못ᄒ니 ᄒ갓 됴ᄒ 말로 위로ᄒ고 ᄉ모ᄒ던 말을 딘〃히 니ᄅ

나 형시 다시 졉담티 아닌대 싱이 흔ᄒᆞ야 ᄀᆞᆯ오ᄃᆡ 내 평일 그ᄃᆡ로 유슌흔가 ᄒᆞ더니 이제 보건대 비인졍이로다 부뷔 샹ᄃᆡᄒᆞ야 이러틋 슬허ᄒᆞ고 화긔돈연ᄒᆞ니 형공부쳬 참혹히 너겨 셕식을 ᄀᆞ초와 보내니 싱은 흔연히 먹으되 쇼졔 홀로 먹디 아니〃 싱이 지삼 권ᄒᆞᄃᆡ 듯디 아니커ᄂᆞᆯ 싱이 져의 쳥약ᄒᆞ믈 근심ᄒᆞ야 힝혀 병이 날가 두려 의관을 고티고 니러 안자 왈 내의 연고를 부인이 용녀ᄒᆞ니 강잉ᄒᆞ야 도라가리니 부인은 관심ᄒᆞ고 혹싱의 보ᄂᆞᆫ ᄃᆡ셔 밥을 먹으면 ᄇᆡ야흐로 도라가리이다 형시 반신반의ᄒᆞ

81면

야 답왈 쳡이 본ᄃᆡ 음식이 실티 아니ᄆᆞᆫ 군ᄌᆡ 또흔 아ᄂᆞᆫ 배라 군ᄌᆞᄂᆞᆫ 과려티 말고 도라가쇼셔 부매 흔연 왈 내 이제 가리니 다만 부인은 식반을 나와 싱의 가ᄂᆞᆫ ᄆᆞ음을 평안케 ᄒᆞ쇼셔 형시 강잉ᄒᆞ야 음식을 나오혀 햐져홀ᄉᆡ 싱이 겻ᄐᆡ셔 권ᄒᆞ며 또흔 스ᄉᆞ로 식반을 먹으니 형공 부인이 멀니 ᄇᆞ라보고 남풍녀뫼 발월ᄒᆞ야 옥슈경지 ᄀᆞᄐᆞ믈 보고 심하의 더욱 슬허ᄒᆞ고 어엿비 너기더라 이에 상을 물려내고 소싱이 우으며 웃오ᄉᆞᆯ 벗고 닐오ᄃᆡ 임의 와시니 두어 날 더 잇다가 가리라 형시 탄식함노ᄒᆞ니 싱이 크게 웃더라 이 날이 져므러 명됴의 니ᄅᆞ러ᄂᆞᆫ 참졍이 홀 일이 업서 친히 드러와 보니 싱이 의ᄃᆡ를 슈습ᄒᆞ야 악당을 마즐ᄉᆡ 형시 ᄣᅢ를 타 안흐로 드러가니 싱이 악연ᄒᆞ믈 이긔디 못ᄒᆞ나 홀 일이 업서 형공으로 더브러 좌를 뎡ᄒᆞ매 공이 안ᄉᆡᆨ을 ᄉᆡᆨ〃이 ᄒᆞ고 왈 네 이제

82면

내 집의 오미 불틍 불효 불인지인이 되ᄂᆞᆫ 줄 아ᄂᆞᆫ다 싱왈 쇼셰 고인을 ᄎᆞ자 니ᄅᆞ나 죄목이 호대흔 줄은 실노 모ᄅᆞᄂᆞ이다 공이 ᄀᆞᆯ오ᄃᆡ 다른 말은 덜고 샹의 견고ᄒᆞ샤 네게 ᄋᆡ녀로ᄡᅥ 하가ᄒᆞ시고 아녀를 거졀ᄒᆞ라 ᄒᆞ시니 네 그 명을 밧ᄌᆞ와 긔군ᄒᆞ고 이에 오미 불틍이오 부모 보기를 게얼니 ᄒᆞ니 불회요 녀ᄋᆞ를 와셔 보와 대홰 나의 부녀의게 ᄒᆞ니 불인이라 내 또 수십 년을 나라 녹을 먹어 군명을 밧ᄌᆞ와셔 일녀ᄌᆞ로ᄡᅥ 역명의 신ᄌᆡ 되여 구〃히 ᄉᆞ졍을 뉴렴ᄒᆞ리오 내 반ᄃᆞ시 [녀ᄋᆞ를] 죽여 피ᄎᆞ의 무ᄉᆞ케 ᄒᆞ리라 셜파의 거죄 ᄉᆡᆨ〃ᄒᆞ니 부매 황괴ᄒᆞ야 탄식 왈 악당의 ᄀᆞᄅᆞ치시ᄆᆞᆫ 졍논이시나 너모 쇼셔의 졍을 솔피디 못ᄒᆞᄂᆞ이다 연이나 제 간 후ᄂᆞᆫ 다시 오디 못ᄒᆞ리니 부뷔 다시 니별ᄒᆞ야지이다 형공이 시녀로 형시를 부ᄅᆞ니 츄ᄉᆞᄒᆞ고 나오디 아니커ᄂᆞᆯ 부인이 칙

왈 소싱이 명현공쥬

83면

로 화락ᄒᆞ다가 이에 니ᄅᆞ믄 의긔를 듕히 ᄒᆞ미어ᄂᆞᆯ ᄆᆞᄉᆞᆷ 져를 냥일을 단좌ᄒᆞ야 새오고 니별도 아니려ᄒᆞᄂᆞ뇨 셜파의 녀ᄋᆞ를 잇그러 나와 싱을 뵐ᄉᆡ 싱이 공경ᄒᆞ야 녜필의 좋ᄂᆡ 인ᄉᆞ를 니ᄅᆞ며 ᄎᆞ후를 무러 은근위곡ᄒᆞ미 더으니 부인이 새로이 ᄉᆞ랑ᄒᆞ고 앗겨 무수ᄒᆞᆫ 눈물이라 싱이 이에 잔을 드러 형공 부쳐의 헌왈 금일노브터 다시 못기 어렵도소이다 참경은 탄식ᄒᆞ고 부인은 톄뤼 힝뉴ᄒᆞ더라 인ᄒᆞ야 니러 하딕고 냥모로뼈 형시를 ᄌᆞ로 도라보ᄃᆡ 형시 죠곰도 유의티 [아니]고 ᄌᆞ약히 빅ᄉᆞᄒᆞ니 싱이 완〃히 나와 죵쟈를 불러 만니운을 ᄐᆞ고 ᄌᆞ운산의 도라오니 승샹이 문왈 네 외가의 가 머므러 므ᄉᆞ 일을 ᄒᆞ던다 싱이 �니 ᄃᆡ왈 외가의ᄂᆞᆫ 잇디 아녀 친붕으로 더브러 변하의 가 노더니이다 승샹의 웃듬 뎨ᄌᆞ 문언박이 승샹을 뫼셧다가 웃고 왈 쇼뎨 어제 우연히 ᄉᆞ부를 뫼셔 텬샹을 보니

84면

ᄐᆡ셩이 졍ᄒᆞᆫ 거ᄉᆞᆯ 일허 경낭셩 녀셩으로 더브러 교회ᄒᆞ니 익셩이 ᄉᆞ이의 드러 ᄐᆡ셩을 미러내고 녀셩이 피ᄒᆞ야 숨ᄂᆞᆫ디라 ᄉᆞ뷔 니ᄅᆞ시ᄃᆡ 반ᄃᆞ시 형이 형공을 보라 가미라 ᄒᆞ시고 내 ᄯᅩ ᄉᆡᆼ각ᄒᆞ되 ᄐᆡ셩은 형이오 녀셩은 녕쉬오 익셩은 형공인가 ᄒᆞ노라 싱이 급히 변빅 왈 그ᄃᆡᄂᆞᆫ 엇디 허탄ᄒᆞᆫ 말노 무함ᄒᆞᄂᆞ뇨 문싱이 잠간 웃고 승샹은 못 듯ᄂᆞᆫ ᄃᆞᆺᄒᆞ니 싱이 불승황공ᄒᆞ야 물너나 문싱을 흔들며 ᄭᅮ지저 왈 이 못쁠 놈아 긔 엇딘 거조로 말을 간대로 ᄒᆞ야 야〃 안젼의 노를 엇게 ᄒᆞᄂᆞᆫ다 문싱이 대쇼ᄒᆞ고 ᄯᅩᄒᆞᆫ ᄉᆞ리로 ᄀᆡ유ᄒᆞ야 형시를 ᄎᆞᆺ디 말라 ᄒᆞ니 싱이 위연히 탄식ᄒᆞ더라 일로브터 싱의 ᄆᆞ음이 지향티 못ᄒᆞ야 심긔 듕ᄒᆞ나 ᄎᆞ후 부친의 ᄉᆞᆯ핌도 날로 엄ᄒᆞ고 형공 방비홈도 어려오니 감히 다시 가디 못ᄒᆞ고 식음이 감ᄒᆞ며 용뫼 날노 쇠쳑ᄒᆞ여 월여의 니ᄅᆞ러ᄂᆞᆫ 믄득 팀병ᄒᆞ야 상셕의 위둔

85면

ᄒᆞ니 부뫼 크게 근심ᄒᆞ고 가듕이 솔난ᄒᆞ며 편쟉의 힘히 진ᄒᆞ고 빅쳬 무효ᄒᆞ니 뎨휘 대경ᄒᆞ샤 ᄂᆡ시 년낙ᄒᆞ야 문후ᄒᆞ시고 명현궁이 진경ᄒᆞ야 긔도로 비ᄅᆞᄃᆡ 엇디 일분이

나 나으미 이시리오 점〃 듕ᄒᆞ야 이십이 일의 니ᄅᆞ러는 아조 곡긔를 그ᄎᆞ니 이ᄯᅢ 샹이 어의 츄회와 최복으로 부마를 근시ᄒᆞ니 이인이 부마의 동지를 보매 분명히 샹ᄉᆞ빌ᄆᆡ라 비록 아라보나 감히 니ᄅᆞ디 못ᄒᆞ야 다만 ᄆᆡᆨ〃 ᄒᆞ더니 일〃은 최복이 농안탕을 밧드러 샹하의 다ᄅᆞᄅᆞ매 도위 미우를 ᄡᅵᆼ긔고 왈 그ᄃᆡ 등이 ᄒᆞᆫ갓 무익ᄒᆞᆫ 약으로 비위를 쇄케 ᄒᆞ고 일촌ᄒᆞᆫ 험도 업ᄉᆞ니 이 므ᄉᆞᆷ 원이리오 복이 복디 왈 쇼의 현후의 병을 보오니 이 곳 원앙이 구름 ᄉᆞ이예 훗터더 샹ᄉᆞ의 빌ᄆᆡ라 만일 ᄆᆞ음을 널니 ᄒᆞ시면 약이 업서도 ᄌᆞ연 차도를 어드시려니와 불연즉 편쟉의 녕공과 화태의 청낭슐로 다 고티디 못ᄒᆞ리로소이다 도위 변ᄉᆡᆨ

86면

브답이러니 이윽고 닐오ᄃᆡ 그ᄃᆡ 사ᄅᆞᆷ의 병을 아디 못ᄒᆞ고 ᄆᆡᆼ낭ᄒᆞᆫ 말을 ᄒᆞ야 모함ᄒᆞ니 이 므ᄉᆞᆷ 도리고 최복이 샤죄ᄒᆞ더라 이 말이 뎐〃ᄒᆞ야 공쥐 듯고 대로ᄒᆞ여 좌우로 ᄒᆞ여곰 부마ᄭᅴ 보호ᄒᆞᄂᆞᆫ 듁음과 약을 다 긋ᄎᆞ라 ᄒᆞ니 한샹궁이 ᄌᆡ삼 간ᄒᆞ야 그치니 차후 공쥐 나와 병을 뭇디 아니코 ᄆᆡ일 침뎐의셔 부마를 ᄭᅮ지저 죽으라 ᄒᆞ니 이런 말이 졔소의 귀예 들리이니 졔ᄉᆡᆼ이 불승통ᄒᆞᆫᄒᆞᄃᆡ 부뫼 엄ᄒᆞ니 감히 구외에 ᄂᆡ디 못ᄒᆞ더니 공쥐 투긔를 이긔디 못ᄒᆞ야 이에 셕부인ᄭᅴ 슈말을 고ᄒᆞ여 왈 샹이 쳡으로ᄡᅥ 부마의 호구를 뎡ᄒᆞ시니 의예 감격ᄒᆞᆯ 배어늘 가디록 소원ᄒᆞ고 형녀를 ᄉᆞ모ᄒᆞᆫ다 ᄒᆞ니 엇디 분티 아니며 출하리 부매 죽어야 싀훤ᄒᆞᆯ가 ᄒᆞᄂᆞ이다 셕부인이 텽파의 십분 경[녀]ᄒᆞ되 다만 강잉ᄒᆞ야 ᄀᆞᆯ오ᄃᆡ 돈ᄋᆡ 본ᄃᆡ 용소ᄒᆞ야 실노 공쥬ᄭᅴ 불합ᄒᆞ되 ᄌᆞ개 그릇 ᄉᆞᆯ펴 금녕이 믄득

87면

ᄎᆞᄋᆞ를 향ᄒᆞ니 우리 ᄆᆞ양 공쥬의 디인티 못ᄒᆞ믈 개탄ᄒᆞ더니이다 이제 병이 풍한의 샹ᄒᆞ민가 ᄒᆞ더니 만일 심병일딘대 실노 한심ᄒᆞ니 공쥬의 노ᄒᆞ야 죽과랴 ᄒᆞ미 일단 강녈ᄒᆞᆫ 의ᄉᆡ라 사ᄅᆞᆷ의 밋디 못ᄒᆞᆯ ᄯᅳ디니 ᄯᅩᄒᆞᆫ 칭찬티 아니랴 공쥬 셕부인의 말을 듯고 저를 진실로 기리ᄂᆞᆫ가 ᄒᆞ야 의긔양〃ᄒᆞ야 나간 후 부인이 부마를 간병ᄒᆞᆯᄉᆡ ᄉᆡᆼ이 모친의 님ᄒᆞ믈 드ᄅᆞ나 움즉이디 못ᄒᆞ거ᄂᆞᆯ 부인이 드러가 ᄉᆡᆼ을 보니 일월ᄂᆡ의 용광 수쳑ᄒᆞ고 긔뷔 쇼삭ᄒᆞ여 ᄉᆡᆼ되 실로 어려온디라 부인이 ᄒᆞᆫ 번 보매 쥬뤼 옥면의 니음ᄎᆞ믈 ᄭᅵ돗디 못ᄒᆞ야 어ᄅᆞ문져 무러 왈 너의 긔운이 하늘을 밧들더니 죠고만 병으로

이러틋 쇠약홀 줄 알리오 싱이 모친의 슬허ᄒᆞᆷ물 보고 강잉ᄒᆞ야 니러 안자 흔연이 웃고 위로 왈 아히 우연히 촉풍ᄒᆞ야 믄득 질병이 되오니 슉야의 괴로오믈 이긔디 못ᄒᆞ오며 ᄯᅩ 년일ᄒᆞ여 신혼셩경을 폐ᄒᆞ오니

88면

브회 크도소이다 부인이 더욱 슬허 냥구 후 닐오ᄃᆡ 너는 부모를 ᄉᆡᆼ각ᄒᆞ야 ᄆᆡᄉᆞ를 관회ᄒᆞ라 나의 간댱이 ᄇᆞ아디는 ᄃᆞᆺᄒᆞ니 네 만일 심ᄉᆞ를 도로혀디 못ᄒᆞ면 내 ᄯᅩᄒᆞᆫ ᄎᆞ마 셰샹의 살고 시브리오 싱이 모친의 말숨이 이 ᄀᆞᆺ트믈 보고 샤왈 히ᄋᆡ 엇디 심ᄉᆞ의 구애ᄒᆞ야 ᄉᆡᆼ각는 사ᄅᆞᆷ이 이셔 병이 나리잇고마는 증졍이 듕ᄒᆞᆫ대 고인의 평ᄉᆡᆼ을 앗기니 일로ᄡᅥ 의원이 고이ᄒᆞᆫ 말을 ᄒᆞ미오 실노 형시를 위ᄒᆞᆫ 병이 아니로소이다 부인이 탄왈 실사를 규졍ᄒᆞ야 � 업거니와 혹 가히 도모홀 일이 이실가 ᄒᆞ야 뭇ᄂᆞ니 너는 날을 긔이디 말나 싱이 ᄀᆞ장 붓그려 ᄃᆡ왈 욕ᄌᆞ의 불회 비경ᄒᆞ니 이 말숨 알외미 죄를 더으미로ᄃᆡ 임의 블기 솔피시니 엇디 감히 긔망ᄒᆞ리잇고 쇼ᄌᆞ의 유병ᄒᆞ믄 실노 공쥬의 불인홈과 형시 일ᄉᆡᆼ을 슬허ᄒᆞ미니 만일 ᄉᆡᆼ젼의 형시를 보디 못홀딘대 이 �을 두로혀디 못ᄒᆞ야 부모ᄭᅴ 부효를 기틸가

89면

두리ᄂᆞ이다 부인이 텽파의 그 심ᄉᆞ를 어엿비 너기나 오직 경계ᄒᆞ야 골오ᄃᆡ 네 어려셔 글을 닑어 의[리]를 알고 ᄯᅩ ᄆᆞ음이 관대ᄒᆞ더니 이제 보건대 미ᄉᆡᆨ과 신슌의 긔롱을 감슈홀디라 엇디 경괴티 아니리오 내 아히는 ᄋᆞ모려나 ᄆᆞ음을 널니 ᄒᆞ야 긔운을 됴보ᄒᆞ라 [내] ᄯᅩᄒᆞᆫ 셰를 보아 존당의 의논ᄒᆞ려니와 공쥬와 네 부친이 ᄃᆞ를 니 만무ᄒᆞ니라 싱이 묵연브답이어늘 부인이 기리 슬허ᄒᆞ야 도라오매 태부인이 이에 증셰를 무른대 부인이 상 아래 나아가 ᄀᆞ마니 슈말을 고ᄒᆞ니 태부인이 탄식 왈 쇼년남ᄋᆞ의 병 일우미 고이티 아니커니와 다만 제 아비만 ᄀᆞᆺ디 못ᄒᆞ도다 연이나 형시 ᄃᆞ려올 형셰 어려오니 만젼지계를 ᄉᆡᆼ각디 못홀로다 셕파 등이 ᄯᅩᄒᆞᆫ 탄식ᄒᆞ매 한님 운회 명현궁으로셔 와 뵈오니 승샹이 문왈 셩ᄋᆞ의 병이 엇더ᄒᆞ더뇨 한님이 탄식 ᄃᆡ

90면

왈 오ᄂᆞᆯ은 더욱 듕ᄒᆞ고 잇다감 경신이 어득ᄒᆞ여 혼졀홀 ᄃᆞᆺᄒᆞ니 아마도 ᄉᆡᆼ되 어렵더

이다 듯ᄂᆞ니 다 눈물을 흘리고 승샹은 탄왈 이 ᄯᅩᄒᆞᆫ 텬쉬라 현마 엇디ᄒᆞ리오 셜파의 안ᄉᆡᆨ이 참연ᄒᆞ니 셕패 깁히 혜오ᄃᆡ 이 ᄣᅢ를 타 승샹ᄃᆞ려 ᄎᆞ언을 니ᄅᆞ면 혹 나을 일이 이시리라 ᄒᆞ고 좌의 나 ᄀᆞᆯ오ᄃᆡ 부마의 거동을 보니 비록 화태 ᄌᆡᄉᆡᆼᄒᆞ고 편작이 ᄉᆡᆼ환ᄒᆞ나 가히 약효를 보디 못ᄒᆞᆯ 배오 졔갈이 고텨 나고 텬강이 도라오나 긔도로 비러 나을 리 업ᄉᆞ니 만일 형부인 곳 아니면 일빅약뉴와 여러 태의 슈고 아냐셔 부매 질병이 구름이 거드며 안개 스러디돗 차도를 어드리이다 승샹이 뎡파의 믄득 미〃히 우으며 냥목이 ᄀᆞᄂᆞ라디니 셕부인이 민망ᄒᆞ야 눈으로 셕파를 보나 패 창졸의 술피디 아니코 ᄌᆡ삼 니ᄅᆞ니 승샹이 날호여 무ᄅᆞᄃᆡ 여ᄎᆞ즉 운셩이 샹ᄉᆞ병을 어덧다 ᄒᆞ미니잇가 패왈 졍히 니러ᄒᆞ니

91면

부매 여ᄎᆞ〃 ᄒᆞ시니 엇디 졍식 차홉디 아니리오 ᄇᆞ라ᄂᆞ니 승샹은 잘 도모ᄒᆞ야 병을 앗기쇼셔 공왈 운셩이 죽기ᄂᆞᆫ 쉬오려니 식부 ᄃᆞ려오기ᄂᆞᆫ 어려오리로소이다 셕패 박졍타 ᄒᆞᆫᄒᆞ고 태부인은 일언도 아니터라 이윽고 문안을 파ᄒᆞᆫ 후 승샹이 협문으로 조차 공쥬궁의 니ᄅᆞ니 사ᄅᆞᆷ[이] 부마의게 보ᄒᆞᆫ대 ᄉᆡᆼ이 계유 븟들려 마ᄌᆞᆯᄉᆡ 승샹이 바로 드러가 금병 딥고 셔〃 눈으로ᄡᅧ ᄉᆡᆼ을 볼ᄉᆡ 위풍이 규〃고 거좌 단엄ᄒᆞ야 엄ᄒᆞᆫ 치위예 급ᄒᆞᆫ 북풍 ᄀᆞᄐᆞ니 엇디 ᄒᆞᆫ 조각 인졍인들 이시리오 ᄎᆞᆫ 빗ᄎᆞᆫ 사ᄅᆞᆷ의게 ᄲᅩ이고 블근 말ᄉᆞᆷ을 발코져 ᄒᆞ매 인인이 골경신히ᄒᆞ야 머리를 ᄂᆞᆽ초고 숨을 쉬디 못ᄒᆞ더니 반향이 디난 후 ᄇᆡ야흐로 소공이 소ᄅᆡ를 엄히 ᄒᆞ야 수죄 왈 네 팔 셰로브터 시셔를 닑어 눈의 만권 글을 보고 슈신힝도ᄒᆞᆯ 일을 모ᄅᆞ디 아니려든 ᄆᆞ음을 일편이 도이ᄒᆞ야 귀쳔과 존비를 분변티 아니코 ᄯᅩ 괴로이

92면

부녀를 샹ᄉᆞᄒᆞ야 팀병ᄒᆞ니 우흐로 존당의 부효를 기티웁고 아래로 우리의 념녀를 닐위니 이 엇디 ᄉᆞ류의 죄인이 아니며 남ᄌᆡ ᄎᆞ마 녀ᄌᆞ를 샹ᄉᆞᄒᆞ야 병이 낫다 ᄒᆞ미 사ᄅᆞᆷ으로 ᄎᆞ마 듯디 못ᄒᆞ니 내 ᄌᆞ식의 신슌이 날 줄 어이 알리오 네 이제 형시를 인ᄒᆞ야 국은을 니ᄌᆞ며 어버이를 죠곰도 뉴렴티 아니ᄒᆞ야 죽기를 ᄌᆞ구ᄒᆞ니 엇디 브졀 업ᄉᆞᆫ 약을 먹으며 태의를 슈고ᄒᆞ게 ᄒᆞ리오 ᄎᆞ후의 약을 긋고 슌ᄉᆞᄒᆞ야 죽으되 다만 나의 이목의 너의 병드다 ᄒᆞᄂᆞᆫ 소ᄅᆡ를 오게 말라 만일 유병타 ᄒᆞ야 들리면 내 반ᄃᆞ시 부ᄌᆞ

ᄉᆞ경을 긋처 일당 대란 니ᄅᆞ혈 거시오 죽은 후 너를 형가 션산으로 보내고 내 집 묘하의 드디 못ᄒᆞᆯ 줄을 알라 셜파의 ᄉᆡᆼ이 대경ᄒᆞ야 병톄를 움즉겨 청죄코져 ᄒᆞ더니 승샹이 이에 ᄉᆞ매를 ᄯᅥᆯ티고 도라가니 ᄉᆡᆼ이 착담ᄒᆞᆫ 긔운이 흉격의 막혀 냥구커야 기리 탄식고 즉시 관셰ᄒᆞ고 의ᄃᆡ를

93면

슈습ᄒᆞ야 평ᄉᆡᆼ 긔운을 다 내여 니러나니 좌위 놀라기를 마디 아니ᄒᆞ더라 ᄉᆡᆼ이 쇼고를 ᄐᆞ고 승샹부의 니ᄅᆞ니 형뎨 놀라 연고를 뭇거ᄂᆞᆯ ᄉᆡᆼ이 부친의 칙ᄒᆞ시던 말을 니ᄅᆞᆫ대 졔ᄉᆡᆼ이 누셜ᄒᆞᆫ [근]본이 셕팬 줄을 니ᄅᆞ니 도위 십분 ᄒᆞᆫᄒᆞ야 ᄀᆞᆯ오ᄃᆡ 한미언경ᄒᆞ므로 젼후의 죄 닙으미 셕파의 타시라 야〃의 엄녕이 뇌뎡 ᄀᆞᄐᆞ시니 내 비록 텸상ᄒᆞ여 죽을딘들 엇디 감히 누어시리오 졔ᄉᆡᆼ이 탄식고 그 팔ᄌᆞ 슌티 아니ᄆᆞᆯ 슬허ᄒᆞ더라 ᄉᆡᆼ이 힝보를 계유 일워 ᄂᆡ뎐의 드러가 조모ᄭᅴ 뵈오니 냥모친과 슉뫼 다 경아ᄒᆞ야 니러난 연고를 무ᄅᆞ니 ᄉᆡᆼ이 다만 ᄒᆞ렷노라 ᄒᆞᄂᆞᆫ디라 태부인이 완소 왈 사ᄅᆞᆷ마다 경 ᄀᆞᆺ기 어렵거ᄂᆞᆯ 과도히 칙ᄒᆞ야 실셥게 ᄒᆞᄂᆞ뇨 승샹이 흠신슈교ᄒᆞ매 ᄉᆡᆼ을 명ᄒᆞ야 됴리ᄒᆞ라 ᄒᆞ니 ᄉᆡᆼ이 엇디 감히 물러 가리오 복슈 왈 금일은 태반이나 나으니 엇디 브졀업시 누어시리잇고 승샹이 브

94면

답이라 셕부인이 심하의 더욱 잔잉히 너기더라 문안을 파ᄒᆞᆫ 후 졔ᄉᆡᆼ이 승샹을 뫼셔 셔헌을 나오니 공[이] 쵹을 ᄇᆞᆰ히고 효경을 닑어 삼경이 진ᄒᆞ매 의ᄃᆡ를 그ᄅᆞ고 상의 오ᄅᆞ니 졔ᄉᆈ 물러나되 부마ᄂᆞᆫ 퇴티 못ᄒᆞ야 부친의 ᄌᆞᆷ 들기를 기ᄃᆞ려 오ᄉᆞᆯ 닙은 재 셔안의 의지ᄒᆞ야 계유 어즐ᄒᆞᆫ 거ᄉᆞᆯ 딘뎡ᄒᆞ고 잇튼 날 ᄒᆞᆫ 가지로 뫼시니 태부인과 셕부인이 ᄌᆡ삼 됴리ᄒᆞᄆᆞᆯ 니ᄅᆞᄃᆡ ᄉᆡᆼ이 ᄆᆞ양 나오라 ᄒᆞ나 의용이 쵸쳬ᄒᆞ고 풍ᄎᆡ 감ᄒᆞ여 디ᄂᆞᆫ 곳 ᄀᆞᄐᆞ니 셕부인이 ᄎᆞ마 보디 못ᄒᆞ여 소부인이 승샹ᄃᆞ려 용샤ᄒᆞ기를 청ᄒᆞ니 공이 답왈 쇼데 임의 모명을 됴리ᄒᆞᄆᆞᆯ 닐오ᄃᆡ 제 듯디 아니ᄒᆞ니 엇디 ᄒᆞ리잇가 ᄯᅩᄒᆞᆫ 심병일딘대 제 스ᄉᆞ로 알고져 ᄒᆞ미니 편히 누어 알티 말고 그 괴로온 거ᄉᆞᆯ ᄭᆡᄃᆞ라 병을 ᄒᆞ리게 ᄒᆞ고져 ᄒᆞᄂᆞ이다 소부인이 ᄒᆞᆯ ᄆᆞᆯ이 업서 도로혀 대쇼 왈 젠들 엇디 알코져 ᄒᆞ미리오 승샹이 역쇼 정식

95면

이라 연이나 운셩의 병이 골슈의 드러시니 부형의 위엄이나 엇디 능히 졔어ᄒᆞ리오 ᄉᆡᆼ이 ᄯᅩᄒᆞᆫ 스ᄉᆞ로 ᄒᆞ디 못ᄒᆞ야 봉친시하ᄒᆞ매 안ᄌᆞ며 닐믈 반ᄃᆞ시 병당을 딥고 움즉이니 뉵칠 일의 니ᄅᆞ러 날노 긔운이 ᄉᆡ진ᄒᆞᄃᆡ 강잉ᄒᆞ니 승샹이 뎌 거동을 보니 ᄒᆞᆯ 일이 업고 그 병세 깁흐믈 ᄉᆞᆯ피매 부ᄌᆞ지ᄋᆡᄂᆞᆫ 텬뉸샹ᄉᆡ라 뎨 팔일의 다ᄃᆞᄅᆞ매 졔ᄌᆡ야〃를 시좌ᄒᆞ야 야심ᄒᆞ니 운셩이 긔운을 슈습디 못ᄒᆞᄂᆞᆫ디라 형뎨 서ᄅᆞ 도라보고 민망ᄒᆞ야 ᄒᆞ더니 공이 일즉 누으니 졔ᄉᆡᆼ이 물너날ᄉᆡ 셩이 홀로 머므러 뫼셧거ᄂᆞᆯ 공이 벽을 향ᄒᆞ야 ᄌᆞᆷ 드ᄂᆞᆫ ᄃᆞᆺᄒᆞ니 ᄉᆡᆼ이 비로소 침금을 나오혀 펴매 쟝ᄎᆞᆺ 옷과 ᄯᅴ를 그ᄅᆞ고 긔운이 업서 벼개의 의지ᄒᆞ니 샹시ᄂᆞᆫ 십분 강잉ᄒᆞ야 신음ᄒᆞ믈 ᄎᆞᆷ으나 ᄌᆞᆷ든 후ᄂᆞᆫ ᄌᆞ연 통셩이 의의ᄒᆞᆫ디라 공이 심ᄉᆡ 불안ᄒᆞ니 고텨 니러 안자 ᄎᆞᆨ하의셔 ᄉᆡᆼ

96면

을 보니 옥 ᄀᆞ튼 긔부 누루고 윤염ᄒᆞᆫ 광ᄎᆡ 쵸쳬ᄒᆞ야 ᄲᅨ 드러나긔 ᄒᆞ여시니 승샹이 기리 탄식고 이에 그 ᄯᅴ를 그ᄅᆞ고 오ᄉᆞᆯ 벗겨 누인 후 니불을 덥흐ᄃᆡ ᄉᆡᆼ이 혼미 듕의 이셔 ᄭᆡ돗디 못ᄒᆞ더라 승샹이 다시 누어 ᄉᆡᆼ의 손을 잡고 몸을 어ᄅᆞ문져 슬허 왈 여러 ᄌᆞ식이 이시나 이 아ᄒᆡ 총민ᄒᆞ고 강단ᄒᆞ여 당부의 풍ᄎᆡ 이시니 스ᄉᆞ로 애듕ᄒᆞ고 미더ᄒᆞ야 나의 후를 니을가 ᄒᆞ더니 엇디 ᄯᅳᆺ 잡기를 굿게 아냐 필부의 신을 딕희고 당부의 강심이 업서 이 디경의 이시니 이 ᄒᆞᆫ갓 제의 불ᄒᆡᆼ일 ᄲᅮᆫ 아냐 나의 운쉬 긔구ᄒᆞ미라 ᄒᆞ니 부ᄌᆞ의 졍이 이러틋ᄒᆞ되 유엄ᄒᆞ미 ᄯᅩ 이러틋ᄒᆞ더라 명일 조됴의 부매 ᄭᆡ야 보니 ᄇᆞ려 관세ᄒᆞ고 안잣ᄂᆞᆫ디라 황망이 의복을 슈려ᄒᆞ니 공이 볼 ᄯᆞ름이러니 소셰를 필ᄒᆞ매 공이 닐오ᄃᆡ 너의 용녈홈과 브효지죄ᄂᆞᆫ 관샤키 어려오니 부ᄌᆞ의 뎡을 보아 됴리ᄒᆞ기를 허

97면

ᄒᆞᄂᆞ니 명현궁으로 됴셥ᄒᆞ라 ᄉᆡᆼ이 은샤를 닙으며 눈물을 드리워 쳥죄 왈 불효ᄌᆞ 운셩이 부모의 ᄉᆡᆼ휵ᄒᆞ신 은혜를 닙ᄉᆞᆸ고 일 녀ᄌᆞ를 뉴렴ᄒᆞ야 ᄉᆞ병의 니ᄅᆞ니 스ᄉᆞ로 용납디 못ᄒᆞᆯ 죄명은 도망티 못ᄒᆞᆯ디라 ᄆᆞ음을 프러 ᄇᆞ리나 병이 임의 골슈의 드러시니 근시의 여샹티 못ᄒᆞ믈 더욱 황공ᄒᆞ야 ᄒᆞᄋᆞᆸ더니 가디록 은덕이 늉〃ᄒᆞ샤 됴리ᄒᆞ믈 허락ᄒᆞ시니 당〃이 명을 밧ᄌᆞ오려니와 공쥬 집의 가면 형뎨를 ᄌᆞ로 만나디 못ᄒᆞ리니

셔당의셔 됴셥ᄒᆞ여지이다 승상이 허락ᄒᆞ니 년망이 빅샤ᄒᆞ고 셔당의 와 누운 후ᄂᆞᆫ 빅병이 흘러 나니 심긔 대발ᄒᆞ고 광심이 용츌ᄒᆞ야 위틱ᄒᆞ미 됴셕의 이시니 부뫼 ᄎᆞ마 보디 못ᄒᆞ고 일가 상하ᄂᆞᆫ 쥬야 호읍으로 디내ᄂᆞᆫᄃᆡ 명현공쥬ᄂᆞᆫ 쳘 업ᄉᆞᆫ 투긔옛 말이 니음ᄎᆞ니 인〃이 다 원슈로 아ᄂᆞᆫ디라 한샹궁이 십분 근심ᄒᆞ야 공쥬로 ᄒᆞ야곰 불호

98면

ᄒᆞᆫ 말을 말고 부마의 병측의 가 ᄌᆞ로 문후ᄒᆞ라 ᄒᆞ되 ᄆᆞᄎᆞᆷ내 듯디 아니코 왈 부매 내게 와 형시를 만니디라 쳥ᄒᆞᆫ 즉 내 허락ᄒᆞ리라 ᄒᆞᆫ대 뎐〃ᄒᆞ야 ᄉᆞ공ᄌᆞ 운현이 듯고 이에 부마를 보아 니ᄅᆞ니 도위 대로 왈 불측ᄒᆞᆫ 투뷔 날로ᄡᅧ 빌과랴 ᄒᆞ니 엇디 과심티 아니리오 내 출히 죽을 디언졍 엇디 투의게 빌 니 이시리오 셜파의 분긔 격졀ᄒᆞ니 병셰 삼분이나 더으ᄂᆞᆫ디라 현이 십분 경아ᄒᆞ야 지삼 위로ᄒᆞ고 물러오다 일〃은 공쥐 한샹궁의 권으로 부마의 병소의 니ᄅᆞ니 싱의 형뎨 다 슬히 너겨 피ᄒᆞ고 싱은 상샹의 잇더니 공쥐 쥬취 봉관과 진듀 뎍의로 향풍 패옥이 어릭여 드러와 부마를 보고 그 병식을 술피매 앙면대쇼ᄒᆞ니 부매 그 경식을 보고 불승통분ᄒᆞ되 잉분ᄒᆞ야 그 거동을 볼ᄉᆡ 반향이 디난 후 공쥐 변식고 수죄 왈 그대 우흐로 님군을 져ᄇᆞ리고 가온대로 쳡을 경히 너

99면

기며 아래로 부모의 은혜를 니ᄌᆞ니 만고죄인이라 인면슈심이니 어ᄂᆡ 면목으로 사ᄅᆞᆷ을 보ᄂᆞᆫ뇨 내 조만의 형녀를 죽여 그ᄃᆡ와 ᄒᆞᆫ ᄃᆡ 무들 거시 그ᄃᆡ 너모 쇼ᄉᆞ티 말고 죽을디어다 싱이 텽파의 ᄂᆞᆺ출 우러〃 ᄎᆞ게 웃기를 마디 아냐 왈 금일 공쥬의 수죄ᄒᆞ믈 드ᄅᆞ니 족히 그 인물을 알디라 [내] 또 이를 말이 이시니 쳥컨대 편히 안자 드ᄅᆞ라 공쥐 당초 녀ᄌᆞ의 몸으로셔 외뎐을 ᄌᆞ로 츌입ᄒᆞ야 젼후의 녜법 일ᄂᆞᆫ 죄 ᄒᆞ나히오 나의 얼골을 보고 믄득 흠모ᄒᆞ야 믄득 수빅관을 세우고 기아비를 ᄀᆞᆯ히니 음난ᄒᆞᆫ 죄 둘히오 샹의를 도〃와 조강을 폐츌ᄒᆞ고 내게 도라오라 ᄒᆞ니 그 의리 모ᄅᆞᄂᆞᆫ 죄 세히오 후리의 나의 가친 샹쇠 오ᄅᆞ매 공쥐 믄득 야〃 가도기를 권ᄒᆞ야 텬뇌 발ᄒᆞ시니 그 아비를 가도고 그 아ᄃᆞᆯ의 쳬 되기를 요구ᄒᆞ니 불측ᄒᆞᆫ 죄 네히오 내 집의 니ᄅᆞ러 검소ᄒᆞ믈 웃고 샤치ᄒᆞ믈 자랑내며

100면

궁인을 ᄀᆞᄅᆞ쳐 나의 형수와 뎨수를 욕ᄒᆞ고 니셕 이ᄑᆞ를 결오며 슈돈을 놉펴 존당으로 샹ᄃᆡᄒᆞ여 구가도덕을 믈허 ᄇᆞ리고 샹하 톄면을 여저 ᄇᆞ리며 존비를 어즈러이니 그 죄 다ᄉᆞ시오 나의 창녀를 혹형을 더ᄒᆞ여 인톄의 거동을 믠ᄃᆞ니 포악ᄒᆞᆫ 죄 여ᄉᆞ시오 날로ᄡᅧ 뎡형을 더어리라 하며 인면슈심이라 ᄒᆞ니 죄 닐곱이라 이제 도로혀 날을 수죄ᄒᆞ고 죠곰도 녀ᄌᆞ의 조심ᄒᆞᄂᆞᆫ 빗치 업ᄉᆞ니 이ᄂᆞᆫ ᄉᆡ랑의 ᄆᆞ음과 호샤의 우인이라 셰샹의 용납디 못ᄒᆞᆯ 죄를 싯고 므슴 면목으로 이에 니ᄅᆞ라 말을 ᄭᅮ며 칙ᄒᆞᄂᆞᇺ 내 이제 조강지쳐를 닛디 못ᄒᆞ미 엇디 공쥬의 외간 남ᄌᆞ 보고 ᄉᆞ모ᄒᆞᆷ과 ᄀᆞᄐᆞ며 당초의 샹언ᄒᆞ야 가친을 구ᄒᆞ미 공쥬의 ᄉᆡ아비 가도ᄂᆞᆫ 힝ᄉᆞ와 비기며 님군을 맛드러 셤기고 부모를 효양ᄒᆞ미 엇디 공쥬의 존당과 샹ᄃᆡᄒᆞ며 지아비 죽으라 ᄒᆞᄂᆞᆫ 힝실의 견조며 내 비록 은근티 아

101면

니나 공쥬 경ᄃᆡᄒᆞᆷ과 궁인 ᄃᆡ졉ᄒᆞ미 공쥬의 오창 귀 버히며 코을 갓근 형벌과 엇더뇨 사ᄅᆞᆷ의 귀쳔이 다ᄃᆞ매 모ᄅᆞ니 공쥐 만일 황녀 되디 못ᄒᆞ야 쳔인이 되여나셔 사ᄅᆞᆷ의게 귀와 코흘 갓글딘대 ᄆᆞ음이 즐거오랴 이제 날을 와 칙ᄒᆞ니 엇디 가쇼롭디 아니리오 내 임의 튱효와 신의를 ᄃᆡ희니 엇디 사ᄅᆞᆷ 보기 븟그러오며 못 ᄡᅳᆯ 거ᄉᆞᆯ 동낙디 아니〃 당부의 위의를 일티 아냐시니 공쥐 날로ᄡᅧ 더브러 허명이 부뷔나 실은 ᄂᆞᆷ이니 드러와 친〃[이 칙]ᄒᆞ미 서의코 투긔를 ᄒᆞ미 우은디라 공쥐 ᄆᆡ양 대ᄂᆡ를 유셰ᄒᆞ시나 샹이 신ᄌᆞ를 간대로 죽이시며 셜ᄉᆞ [죄]를 ᄂᆞ리오시나 현마 엇디ᄒᆞ리오 공쥐 니ᄅᆞ디 아니시나 내 죽은 후 형시로 동혈ᄒᆞ니 뉘 감히 내 관겨ᄐᆡ 무티리오 셜파의 크게 웃기를 마디 아니〃 명현공쥐 처엄은 부마의 병ᄉᆡᆨ이 팀〃ᄒᆞ야 위〃ᄒᆞᆷ을 보고 업슈이 너겨 나아가 죠롱ᄒᆞ다가 부마의 셩음

102면

놉ᄒᆞ며 긔운이 고샹ᄒᆞ야 쥰졀이 ᄭᅮ지ᄌᆞᆷ을 듯고 일변 무안ᄒᆞ고 ᄯᅩᄒᆞᆫ 대로ᄒᆞ여 말을 ᄒᆞ고져 ᄒᆞ나 두루ᄉᆡ려 답ᄒᆞᆯ 바를 ᄉᆡᆼ각디 못ᄒᆞ고 욕ᄒᆞ고져 ᄒᆞ나 뎌의 긔샹이 쥰엄ᄒᆞ니 졍히 분〃ᄒᆞᆯ 적 한샹궁이 나아와 공쥬의 ᄉᆞ매를 잇그러 궁의 도라가매 애ᄃᆞᆯ오ᄆᆞᆯ 이긔디 못ᄒᆞ야 ᄉᆞ리로 ᄀᆡ유ᄒᆞ니 공쥐 ᄇᆡ야흐로 입을 여러 부마를 ᄭᅮ지저 왈 역적 운

셩을 내 반ᄃᆞ시 죽여 ᄒᆞᆫ을 풀리라 ᄒᆞ고 글로뻐 대궐 고ᄒᆞ려 ᄒᆞ니 한시 글을 ᄉᆞ이의셔 아사 보내디 아니〃 공쥐 깁히 한시를 원망ᄒᆞ여 ᄎᆞ후 서ᄅᆞ 불목ᄒᆞ더라 어시의 소도위 공쥬를 ᄭᅮ[지]저 물리티고 정신을 요동ᄒᆞ야 니러안자 ᄌᆞ긔 신셰를 슬피니 박복ᄒᆞ미 심ᄒᆞᆫ디라 형시ᄂᆞᆫ 임의 샹덕ᄒᆞᆫ 명문의 졍대히 만나 삼년은졍은 교칠의 지극ᄒᆞᆷ ᄀᆞᄐᆞ니 ᄒᆞ믈며 용모의 미려ᄒᆞ믄 셔ᄌᆞ 일반이오 호질의 풍요ᄒᆞ믄 태진의 한ᄒᆞ믈 습ᄒᆞ엿거늘 규문의 곳다

103면

온 화긔 관져 명덕이 잇고 ᄂᆡ조의 호대ᄒᆞ믄 번회의 풍치 이시니 ᄒᆞ믈며 ᄌᆡ졍의 긔이ᄒᆞ미 소샤를 완농ᄒᆞ니 기리 ᄇᆡᆨ년의 낙이 이실가 ᄒᆞ더니 쳔만 몽ᄆᆡ의 음악 공쥬를 어더 위셰를 쪄 압두 묘시ᄒᆞ믈 보니 분히ᄒᆞ믈 이긔디 못ᄒᆞ야 믄득 칼흘 드러 셔안을 ᄭᅢ텨 왈 소운셩은 당셰의 대댱부로 엇디 ᄯᅳ들 품고 긔운을 두리혀 일녀ᄌᆞ의 쟝듕의 평ᄉᆡᆼ이 ᄃᆞᆯ녀시리오 구챠히 살미 쾌히 죽음만 ᄀᆞᆺ디 못ᄒᆞ도다 셜파의 상의 것구려뎌 혼졀ᄒᆞ니 좌위 급히 구ᄒᆞᄃᆡ 노긔 급ᄒᆞ야 약ᄒᆞᆫ 긔운의 막히이니 ᄭᆡ미 쉽디 아닌디라 반향이 디나ᄃᆡ 일호 ᄉᆡᆼ긔 업ᄉᆞ니 졔 형뎨 불승황망ᄒᆞ야 눈물을 흘리며 승샹ᄭᅴ 고ᄒᆞ니 공이 심하의 ᄉᆡᆼ각ᄒᆞ되 졔 오히려 ᄭᆡᄃᆞᆯ가 ᄒᆞ더니 ᄆᆞ츰내 필부의 어린 신을 ᄃᆡ희여 조션의 ᄇᆡ효를 기티고 어버의게 붓그러오믈 닐위며 ᄉᆞ림의 죄인이 되니 이 엇디 ᄌᆞ식이라 ᄒᆞ리오 드ᄃᆡ여 졔

104면

ᄌᆞ를 분부ᄒᆞ야 운셩의 ᄉᆞᄉᆡᆼ을 다시 내게 뎐티 말라 ᄒᆞᄂᆞᆫ디라 졔ᄉᆡᆼ이 다시 부친을 쳥티 못ᄒᆞ고 계유 약으로뻐 반일만의 회ᄉᆡᆼᄒᆞ니 졔ᄉᆡᆼ이 ᄇᆡ야흐로 관심ᄒᆞ야 위로ᄒᆞ되 승샹의 말을 니ᄅᆞ디 아니터라 ᄉᆡᆼ의 병이 수월의 니ᄅᆞ니 쟝ᄎᆞᆺ 위ᄐᆡᄒᆞ미 됴셕의 잇ᄂᆞᆫ디라 이ᄣᅢ 팔대왕이 니ᄅᆞ러 문병ᄒᆞᆫ 후 소현셩을 샹견ᄒᆞᆯᄉᆡ 왕이 문왈 요ᄉᆞ이 녯병이 니러나 서로 ᄎᆞᆺ디 못ᄒᆞ더니 근일은 텬긔 늉화ᄒᆞ니 ᄒᆡ수코져 문을 나매 쳥현의 병이 위독ᄒᆞ믈 듯고 이에 니ᄅᆞ럿더니 명ᄌᆡ 위ᄐᆡᄒᆞ니 경ᄒᆡᄒᆞ믈 이긔지 못ᄒᆞ리로다 아디 못게라 병근이 므ᄉᆞᆷ 증셰관ᄃᆡ 평일 장긔로 뎌대도록 쇠ᄒᆞ엿ᄂᆞ뇨 승샹이 ᄃᆡ왈 혹ᄉᆡᆼ이 ᄯᅩᄒᆞᆫ 졍ᄉᆞ의 한가티 못ᄒᆞ기로 왕부의 나아가믈 엇디 못ᄒᆞ엿더니 귀톄 미령ᄒᆞ시던가 시브니 문후티 못ᄒᆞ믈 슈괴ᄒᆞ여지이다 돈ᄋᆞ의 병은 위언히 어든 바로뻐 수월의 니ᄅᆞ니

명지 경긱의 잇는디라 공

105면

쥬의 쳥츈과 혹싱의 불힝호믈 탄호며 의원도 그 증셰의 근본을 모르니 더욱 우민호믈 이긔디 못호누이다 왕이 ᄀ장 근심호고 고이히 너기샤 즉시 명현궁의 니르러 공쥬를 보시니 공쥐 졈임 녜필호고 좌를 일우매 왕이 거동이 타연호야 우환의 념녜 잇디 아니믈 보고 심하의 그릇 너겨 문왈 과인이 금일 부마의 병을 보니 크게 허약호야 심히 위〃호니 현미 불힝홈도 슬프고 쳥현의 인싱도 가련호다 공쥬 불연 변식 왈 뎌는 이 곳 무신박힝호 필뷔오 빅쥬역신이라 그 죽으미 가애니 엇디 가련호리오 왕이 경아호야 그 연고를 무른대 공쥐 슈말을 즈시 닐러 왈 제 이제 날을 빅반호고 형가비쳡을 ᄉ모호야 병이 죽기의 니르러시니 엇디 통분티 아니리오 쇼미 이 졍유로뻐 대닉예 고호려 호되 샹부 한션싱의 막으므로 뎨휘 오히려 아디 못호시고 깁히 념녀호샤 늉〃호 셩은이 호〃히 드리워 약물과 태의 년쇽 분〃

106면

호니 왕은 이 소유를 텬뎡의 알외며 운셩 부ᄌ를 졀도의 안티고 형녀를 죽여 셜호케 호쇼셔 팔왕이 텽파의 착악히이호야 다만 날호여 기유 왈 현미 ᄌ유로 글을 닑어 대의를 알니〃 엇디 언단이 여ᄎ호 디경의 니르누뇨 현미 가히 임ᄉ의 덕냥을 효측호야 갈담의 풍화 쏠오믈 가호니 투악을 존졀호야 칠거를 범티 말고 뎨후의 ᄀ르치시믈 져ᄇ리디 말고 샐리 형시를 ᄃ려와 쳥현의 병을 위로호고 무식호 말을 긋치라 뎌 형시 소싱의 고인이오 현미는 불가 위엄뿐이오 기실은 조강결발의 듕호 거술 엇디 못호엿누니 엇디 부인의 투긔로 남ᄌ를 그릇 민둘 리 이시리오 공쥐 작식브답이라 왕이 즉시 대닉의 드러가니 뎨휘 ᄇ야흐로 부마의 병을 념녀호시거늘 왕이 드듸여 공쥐의 말을 고호고 인호야 간왈 부〃는 강샹의 듕호 배라 셩샹이 당초 위엄으로 명현을

107면

하가호고 쏘 고인을 거절호라 호시니 운셩이 장촛 함원호야 명이 긋게 되엿는디라 복원셩상은 은명을 두리워 뎌의 원을 풀고 공쥬로뻐 편커호쇼셔 휘 대로 왈 운셩이

황녀를 경히 너겨 쟝찻 고인을 ᄉᆞ모홀딘대 당〃이 쾌히 죽으미 가흔디라 엇디 허락ᄒᆞ미 이시리오 왕이 간왈 신의 공쥬의 말을 듯고 경히ᄒᆞ거니 낭〃이 이러틋 ᄒᆞ시니 엇디 뼈 신민의 덕이 펴리잇가 만일 운셩을 죄 줄딘대 공쥬의 평ᄉᆡᆼ이 엇더며 법뉼이 볽디 아니미라 ᄌᆡ삼 샹찰ᄒᆞ샤 일편된 일이 업게 ᄒᆞ시면 소가 부ᄌᆡ 쏘ᄒᆞᆫ 텬은을 감격ᄒᆞ리이다 샹이 올히 너기샤 드ᄃᆡ여 텬지 왈 딤이 당초의 공쥬를 하가운셩ᄒᆞ매 국법으로뻐 조강폐졀ᄒᆞ라 ᄒᆞ엿더니 다시 ᄉᆡᆼ각ᄒᆞ매 함원ᄒᆞ미 이시리니 특별이 은뎐을 드리워 다시 형시로뻐 운셩을 복합ᄒᆞ야 둘재 부인을 삼고 공쥬를 네ᄃᆡᄒᆞ야 그ᄅᆞ미

108면

업게 ᄒᆞ라 하시니 부휘 십분 불열ᄒᆞ시ᄃᆡ 팔왕이 고간ᄒᆞ고 샹이 ᄯᅳ들 결ᄒᆞ야 계시므로 감히 입을 여디 못ᄒᆞ시더라 팔왕 급히 뎐교를 밧드러 형소 냥가의 뎐ᄒᆞ니 승샹과 참정이 혹 놀라고 깃거ᄒᆞ니 깃거ᄒᆞ믄 님군의 쳐티 공번되미오 놀나믄 후환이 이실가 ᄒᆞ미라 형공은 오히려 공쥬의 인물은 모르거니와 현셩은 임의 붉이 아랏거ᄂᆞᆯ 엇디 즐겨 일시의 급히 ᄇᆞ리오 샹의 올ᄒᆞ시나 ᄉᆞ셰 난쳐ᄒᆞᆫ 고로 일호도 허홀 ᄯᅳ디 업서 요동티 아니〃 졔ᄌᆞ 두어 빗는 말로 서의히 간ᄒᆞ나 엇디 즐겨 드ᄅᆞ리오 다만 불가 두ᄌᆞ 밧근 다시 한셜을 펴디 아니〃 졔ᄉᆡᆼ이 십분 착급ᄒᆞ야 일변으로 존당의 고ᄒᆞ여 형시 ᄃᆞ려오믈 ᄋᆡ걸ᄒᆞ고 일변으로 부마의게 뎐ᄒᆞ니 ᄉᆡᆼ이 탄식무언이러니 냥구 후 닐오ᄃᆡ 쇼뎨 불힝ᄒᆞ야 ᄆᆡᄉᆡ 난쳐ᄒᆞ니 비록 팔왕이 월노의 길을 여나 음악ᄒᆞᆫ 투뷔 샹두의 거

109면

ᄒᆞ야 반ᄃᆞ시 큰 화를 지으리니 형시를 ᄃᆞ려온즉 그 인ᄉᆡᆼ이 위틱ᄒᆞ고 만일 ᄇᆞ려 젼ᄀᆞ티 ᄒᆞ고져 ᄒᆞᆫ즉 쇼뎨 능히 졍을 졀키 어려오니 ᄉᆞ셰 극난ᄒᆞ되 연이나 잠간 ᄃᆞ려와 서ᄅᆞ 보아 병회를 위로ᄒᆞ고 셰를 보아 션쳐ᄒᆞ사이다 졔형이 쇼왈 네 ᄯᅳ디 여ᄎᆞᄒᆞ나 대인이 허티 아니시니 쟝찻 계괴 어ᄃᆡ 잇ᄂᆞ뇨 ᄉᆡᆼ왈 야〃의 명이 업ᄉᆞ나 형시ᄂᆞᆫ 나의 쟝듕의 이시니 내 스ᄉᆞ로 브ᄅᆞ리라 냥형이 웃고 왈 형공이 강딕ᄒᆞ고 현쉬 슉녈ᄒᆞ니 두리건대 네 말의 요동티 아니리라 ᄉᆡᆼ이 역쇼브답이러니 수일이 디나ᄃᆡ 승샹의 동졍이 업ᄉᆞ니 운셩이 십분탁급ᄒᆞ야 오직 조모씌 부친의 고집 두로혀믈 청ᄒᆞ니 태부인이 비록 그 병을 념녀ᄒᆞ나 ᄉᆞ셰 불평ᄒᆞ야 팀음홀ᄉᆡ 소셕 두 부인이 ᄌᆡ삼 ᄀᆡ유ᄒᆞ야 부마의

병이 ᄒᆞ린 후 도라보낼디라도 ᄃᆞ려오ᄆᆞᆯ 원ᄒᆞᄂᆞᆫ디라 태부인이 사ᄅᆞᆷ으로 ᄒᆞ여곰 승샹을 불러 이 소유ᄅᆞᆯ 니ᄅᆞ신ᄃᆡ 소공이

110면

피셕 공슈 왈 아히 ᄯᅩᄒᆞᆫ 샹의ᄅᆞᆯ 슌슈ᄒᆞ야 식부ᄅᆞᆯ ᄃᆞ려와 돈아의 병을 위로코져 ᄒᆞ오되 ᄉᆞ세 심난ᄒᆞ니 엇디 감히 화근을 알며 브ᄅᆞ리 임의 상명이 계시니 조만의 모ᄃᆞᆯ디라 다만 운셩의 병이 나으면 제 스ᄉᆞ로 형부의 왕ᄂᆡ홀 거시오 형시ᄂᆞᆫ ᄃᆞ려오디 못ᄒᆞ리이다 태부인이 뎜두 왈 션ᄌᆡ라 여언이여 범ᄉᆞᄅᆞᆯ 이ᄀᆞᆺ티 쥬밀ᄒᆞ라 승샹이 쇼이브답이러니 제쇠 나와 ᄎᆞ언을 부마ᄭᅴ 뎐ᄒᆞ니 ᄉᆡᆼ이 쵸조ᄒᆞ여 이에 글을 닷가 하관 범의로 ᄒᆞ여곰 형부인을 청ᄒᆞ니 이ᄣᅢ 형시 소ᄉᆡᆼ의 병 듕ᄒᆞᄆᆞᆯ [듯고] 듀야 번뇌ᄒᆞ더니 이윽고 드ᄅᆞ니 병근이 ᄌᆞ가ᄅᆞᆯ 샹ᄉᆞᄒᆞ미라 ᄒᆞ거ᄂᆞᆯ 형시 크게 ᄒᆞᆫᄒᆞ야 ᄀᆞᆯ오ᄃᆡ 내 비록 내티인 녀ᄌᆞ로 하당ᄒᆞ미 이시나 명문 ᄉᆞ녀로 당〃ᄒᆞᆫ 뎍괴 부인이라 엇디 서ᄅᆞ 업슈이 너기ᄆᆞᆯ 너모 심히 ᄒᆞ야 쟝ᄎᆞᆺ 경밀ᄒᆞ미 이 디경 미ᄎᆞᆺᄂᆞ뇨 셜파의 탄식ᄒᆞᄆᆞᆯ 마디 아니ᄒᆞ더니 홀연 황명이 이셔 소가의 도라가라 ᄒᆞ시나 그 스ᄉᆞ로

111면

슌편티 아니나 보디 아냐셔 블기 알고 갈 의ᄉᆡ 쇼연터니 홀연 범의 구술홈을 밧드러 니ᄅᆞ매 소ᄉᆡᆼ의 셔ᄉᆡ 근절ᄒᆞ고 ᄉᆡᆼ젼의 다시 보기ᄅᆞᆯ ᄇᆞ라 ᄒᆞᆫ 번 님ᄒᆞ야 병회ᄅᆞᆯ 위로ᄒᆞ라 ᄒᆞ엿ᄂᆞᆫ디라 부인이 간필의 필ᄎᆞᄅᆞᆯ 나와 답셔ᄅᆞᆯ 지어 공거ᄅᆞᆯ 도라보내니 소ᄉᆡᆼ이 괴로이 기ᄃᆞ리더니 공환ᄒᆞᄆᆞᆯ 보니 아연ᄒᆞᄆᆞᆯ 이긔여 봉셔ᄅᆞᆯ ᄣᅦ혀 보니 기셔 왈 쳔만 몽듕의 슈찰을 밧드러 공경ᄒᆞ야 펴 보니 이 믄득 희뵈 아니오 군ᄌᆞ의 귀톄 불평ᄒᆞᄆᆞᆯ 드ᄅᆞ니 경황ᄒᆞᄆᆞᆯ 이긔디 못ᄒᆞ리로다 쳡이 젼ᄉᆡᆼ 죄악이 무궁ᄒᆞ야 귀ᄐᆡᆨ을 니별ᄒᆞ고 부〃 덕업을 조ᄎᆞ니 임의 일ᄉᆡᆼ이 그만 삼겻ᄂᆞᆫ디라 엄친 슬젼의 뫼셔 여년을 계교ᄒᆞ더니 그ᄃᆡ 황명으로 쳡을 브ᄅᆞ시니 엇디 디완ᄒᆞ리오마ᄂᆞᆫ 인ᄉᆡ 처엄과 ᄀᆞᆺ디 못ᄒᆞ니 비록 셩명의 허락ᄒᆞ시ᄆᆞᆯ 어드나 쳡은 이 곳 신민의 [어린] 녀ᄌᆡ라 엇디

112면

산계 봉황으로 동녈이 되며 쳡이 공쥬로 엇게ᄅᆞᆯ ᄀᆞᆯ오리오 ᄒᆞ믈며 쳡이 당초 나올 적 대인이 엄히 교령을 ᄂᆞ리오시니 명을 밧ᄌᆞ와 나온디라 이제 대인 명을 아디 못ᄒᆞ야

셔 ᄌᆞ힝ᄒᆞ미 이시리오 심ᄉᆡ 여ᄎᆞᄒᆞᆫ 고로 출히 그ᄃᆡᄭᅴ 득죄홀디언졍 엄교를 거슬이디 아니리니 명공은 ᄉᆞ리를 ᄉᆞᆯ피ᄂᆞᆫ 군ᄌᆡ라 모ᄅᆞ미 쳡의 우졸ᄒᆞᄆᆞᆯ 관샤ᄒᆞ쇼셔 ᄒᆞ엿더라 ᄉᆡᆼ이 견필의 심ᄉᆡ 아연ᄒᆞᄆᆞᆯ 이긔디 못ᄒᆞ야 믄득 셔간을 ᄆᆡ고 ᄶᅮ지저 왈 [그대] 날로 더브러 ᄆᆞᄉᆞᆷ 원슈 잇관ᄃᆡ 이대도록 박졀ᄒᆞ야 간사ᄒᆞᆫ 말로 거졀ᄒᆞ미 심ᄒᆞ뇨 드ᄃᆡ여 졔형을 청ᄒᆞ야 슈말을 니ᄅᆞ니 운현이 이에 니ᄅᆞᄃᆡ 삼형이 샹시 통달ᄒᆞ나 ᄉᆞ리를 아디 못ᄒᆞᄂᆞᆫ도다 현쉬 비록 대인 명으로 브ᄅᆞ쇼셔도 경히 오디 아니리니 ᄒᆞ믈며 형이 ᄊᆞ녀 다만 병이 차복ᄒᆞ셔든 왕ᄂᆡᄒᆞ시고 덧〃이 ᄃᆞ려올 계교를 마ᄅᆞ쇼셔 ᄉᆡᆼ이 기리 툐탕ᄒᆞ야 말이 업더

113면

니 일로브터 새로온 회푀 더으니 일병이 ᄆᆡ치고 ᄆᆡ쳐 ᄉᆡᆼ되 만분 위급ᄒᆞ되 승샹이 ᄆᆞᄎᆞᆷ내 동심ᄒᆞ미 업ᄉᆞ니 대강 당ᄂᆡᄉᆞ를 두릴 ᄲᅮᆫ 아니라 운셩의 녀ᄉᆡᆨ 관졍ᄒᆞᄆᆞᆯ 그ᄅᆞᆺ 너겨 ᄉᆞᄉᆡᆼ을 다 불관이 너겻ᄂᆞᆫ디라 ᄆᆞ음의 잔잉ᄒᆞ나 요동티 아닛ᄂᆞᆫ디라 운경이 드러가 태부인ᄭᅴ ᄉᆞᆯ오ᄃᆡ 삼데의 명ᄌᆡ 위급ᄒᆞ되 야〃ᄂᆞᆫ 형수를 ᄃᆞ려오디 아니시니 ᄇᆞ라건대 대모ᄂᆞᆫ 어린 아ᄒᆡ 뎐[도]ᄒᆞᄆᆞᆯ 용샤ᄒᆞ쇼셔 부인이 ᄂᆞᆺ빗출 ᄉᆞᆨ졍히 ᄒᆞ고 이연히 ᄀᆞᆯ오ᄃᆡ 내 엇디 셩ᄋᆞ의 명을 ᄉᆞ랑티 아니리오 ᄉᆞ셰 난쳐ᄒᆞ니 만일 형시를 ᄃᆞ려와 제의 ᄋᆡ증이 뎍듕티 아닐딘대 반ᄃᆞ시 공쥐의 노를 니ᄅᆞ혀 ᄒᆞᆫ갓 저희 굿길 ᄲᅮᆫ 아니라 홰 네 아비와 다ᄆᆞᆺ 형참졍ᄭᅴ 밋고 형시의 명을 긋ᄎᆞ리니 이런 고로 네 아비 셩ᄋᆞ의 인ᄉᆡᆼ이 그ᄅᆞᆺ되나 문호의 화와 형공 부녀의 명을 보호코져 ᄒᆞ야 ᄉᆞ졍을 쳘셕ᄀᆞ티 ᄒᆞ고 공의를 구디 잡으니 내 엇디 졍도의 ᄌᆞ식으로 ᄒᆞ야곰 연약히 ᄉᆞ졍을 힝ᄒᆞ

114면

ᄂᆞᆫ 뉴를 ᄆᆡᆫ들 니 이시리오 운경이 묵연브답ᄒᆞ고 물너나니 셕부인이 심ᄉᆡ 울읍ᄒᆞᄆᆞᆯ 이긔디 못ᄒᆞ야 눈물을 흘리고 식음을 젼폐ᄒᆞ니 드ᄃᆡ여 병이 니러나 수일 셩뎡ᄒᆞᄆᆞᆯ 폐ᄒᆞ고 오열ᄒᆞ여 누엇더니 ᄎᆞ야의 승샹이 혼뎡을 파ᄒᆞ매 물너 벽운누의 니ᄅᆞ니 부인이 신ᄉᆡᆨ이 쵸쳬ᄒᆞ야 나금의 ᄲᅡ엿ᄂᆞᆫ디라 날호여 문병ᄒᆞ니 안셕을 나오혀 지혓더니 냥구커야 닐오ᄃᆡ 셩ᄋᆡ 불힝ᄒᆞ야 그 필부의 어린 신을 ᄃᆡᆨ히고 셩현의 대졀을 아디 못ᄒᆞ니 엇디 그 얼골이 앗갑디 아니리오 이제 병이 십분 위독ᄒᆞ니 텬눈지졍이 졀박다 ᄒᆞ리로다 부인이 기리 ᄒᆞᆫᄒᆞ야 ᄃᆡ답디 아니코 다만 탄식함한ᄒᆞ니 승샹은 이 곳 총명특

달흔 군직라 엇디 그 긔식을 모르리오 짐즛 무러 왈 부인의 근심흐믄 가커니와 함흔 흐믄 반드시 연괴 잇느니 반드시 형시 다려오디 아니믈 노흐미로다 내 평싱 녀즈를 드리고 다셜홈과 곡딕 의논흐믈 다스히 너기더니 금일 브득이 흐믄 부인이 나의

115면

무식흐믈 자식 스랑티 아니며 즈식 죽과댜 흐는 디경의 잇는가 너기니 엇디 언어의 다스흐믈 써려 무호흔 사름이 되리오 명현공쥬는 이 곳 셩샹의 통녀로 우인이 투한 흐야 만일 뜻 곳디 못흔 일이 이실딘대 지아비를 죽일 인물이니 흐믈며 이제 셩으의 병이 일〃 위독흐나 그 죽을 니는 만무흐거니와 형시를 드려오면 세 가지 난처홈이 잇느니 일은 셩이 반드시 후박이 일편되여 공쥬의 노를 도〃고 이는 형시를 그 궁의 드려가 흔가지로 후딕흐는 톄흐야 죽이리니 그 난쳐흐미 둘히오 삼은 공쥐 필경의 형공과 날을 함해흐야 뎍거츙군흔 후 그치리니 비록 으지 흔 사람이 죽어도 이런 화를 면홀딘대 만힝흐려든 흐믈며 으지 죽디 아니려든 엇디 일시의 뎍은 우환으로써 대화를 밧고리오 내 뜻이 이러틋흐니 엇디 운셩 스랑흐미 부인만 못흐며 범스 뇨리 흐미 일녀즈의 아래되리오 부인은 힝혀 허탄티 말고 방심홀디어다 부인

116면

이 안식을 졍히고 딕왈 쳡은 규방의 무식흔 녀직라 다른 일은 아디 못흐고 으즈의 명을 지극히 앗기며 다만 승샹의 견고흐미 과흐야 부즈유친을 모르민가 흐더니 다쇼셜 화를 드르니 이 비록 졍논이나 귀신의 거울이 업스니 엇디 병든 돈으는 구트여 죽디 아니코 평안흔 사름이 굿기리오 샹공의 션견지명이 너모 머디라 쳡의 탹급홈과 돈으 의 질병은 어느 시졀의 무스흐리오 언필의 청뉘 황단 금〃이 저느니 승샹이 경식 왈 불쵸즈를 용샤흐야 됴리킈 홈도 나의 덕이라 부인은 녀즈의 약흔 틱로 으즈를 도〃 디 말라 셕부인이 블연 변식고 날호여 탄왈 승샹이 비록 거실명샹으로 범스를 졍대 히 흐노라 흐나 엇디 부즈친뎡을 모르고 거즛 텬수로 사름을 쇼기며 쳡의 모즈로 흐 여곰 박멸흐미 이 디경의 미칫느뇨 형시를 드려와 으즈의 병을 위로흔 후 도라 보내 믄 가커니와 스스로 즈식 죽기를 혜

117면

아리고 흔〃 ᄒᆞᆫ 인졍 밧기로다 아디 못게라 돈이 승샹끠 므슴 죄를 어덧관ᄃᆡ 병 드ᄃᆡ 됴리도 못홀 연괴 잇ᄂᆞ뇨 승샹이 텽파의 십분 미안ᄒᆞᄃᆡ 평일 부인이 심히 유슌ᄒᆞ고 불공ᄒᆞ미 업던디라 금일 노를 보매 그 대개 ᄌᆞ식 ᄉᆞ랑이 지극ᄒᆞᄆᆞ로 비ᄅᆞᄉᆞᆯ 알고 강잉ᄒᆞ야 잠쇼 왈 원ᄂᆡ 운셩이 부인을 달마닷다 셜파의 샹의 올나 자니 부인이 또ᄒᆞᆫ 홀 말이 업서 툐탕ᄒᆞ더라 ᄎᆞ후 부인 병셰 날로 팀듕ᄒᆞ니 운셩이 모친의 유병ᄒᆞᆷ을 듯고 크게 근심ᄒᆞ야 ᄆᆞ음을 억졔코져 ᄒᆞ나 능히 못ᄒᆞ니 ᄉᆞᄉᆞ로 부효를 슬허ᄒᆞ더니 소부인이 태〃끠 지삼 ᄋᆡ걸ᄒᆞ고 또 승샹을 혼동 왈 아ᄋᆡ 고집기로ᄡᅥ 모친이 식음을 폐ᄒᆞ시고 셕뎨유병ᄒᆞᆷ을 과려ᄒᆞ시니 현뎨 만일 증ᄌᆞ의 효를 효측ᄒᆞ야 그 ᄯᅳ들 슌티 아니면 엇디 그ᄅᆞ디 아니리오 소공이 두로 난쳐ᄒᆞᆷ을 보고 괴로옴을 이긔디 못ᄒᆞ더니 태부인도 홀 일이

118면

업서 닐오ᄃᆡ 흥쇠유텬명이니 현마 엇디 ᄒᆞ리오 내 아히는 구ᄐᆞ여 고집디 말나 공이 마디 못ᄒᆞ야 운경으로 ᄒᆞ여곰 위의를 ᄀᆞ초와 형시를 ᄃᆞ려오라 ᄒᆞ고 참졍끠 보냄을 쳥ᄒᆞ니라

소현셩녹 권지칠

1면

지셜 소어ᄉᆡ 위의를 거ᄂᆞ려 형부[의] 니ᄅᆞ러 왓는 ᄯᅳᆺ을 고ᄒᆞ니 형공이 마자 녜필의 부마의 병을 뭇고 탄왈 이 또ᄒᆞᆫ 텬명이라 현마 엇디ᄒᆞ리오 연이나 사ᄅᆞᆷ의 병이 엇디 ᄉᆞ려 부인ᄒᆞ므로 복발ᄒᆞ리오 ᄒᆞᆷ을며 녀ᄋᆞ는 이 신하의 ᄯᆞᆯ이니 엇디 감히 황녀와 동녈ᄒᆞ리오 비록 년형의 명이 이시나 보내디 못ᄒᆞ리로다 어ᄉᆡ 츄연히 슬허 눈믈이 ᄌᆞ포의 ᄲᅥ러딤을 ᄭᅵ댯디 못ᄒᆞ야 골오ᄃᆡ 소문이 불힝ᄒᆞ고 현수의 ᄋᆡᆨ이 듕ᄒᆞ야 이런 일이 이시니 그 눌을 흔ᄒᆞ리잇가 텬강이 셩질이 소졸티 아닌ᄃᆡ 범ᄉᆡ ᄆᆞ옴과 ᄀᆞᆺ디 못ᄒᆞᆷ을 흔ᄒᆞ야 병이 듕ᄒᆞ니 구ᄐᆞ야 샹ᄉᆞ의 빌미 아니로ᄃᆡ 태의 심병으로 니ᄅᆞ고제 샹시 소탈ᄒᆞᄆᆞ로 아ᄆᆞ 일도 발명티 아니〃 우리 등도 혹 가히 그런가 두리ᄃᆡ 뉘 능히 발셜ᄒᆞ

리잇고 샹이 늉은을 드리오샤 필부의 신을 딕희

2면

게 ᄒᆞ시니 조모와 부뫼 우흐로 황명을 응ᄒᆞ고 아래로 ᄉᆞ정을 일우려 쇼뎔을 보내시니 년슉은 구트야 고집디 마ᄅᆞ쇼셔 형공이 어ᄉᆞ의 뎡딕ᄒᆞᆫ 말솜과 쳥아ᄒᆞᆫ 풍도를 운셩의 웅장ᄒᆞᆫ 언어와 쇄락ᄒᆞᆫ 긔골을 ᄉᆡᆼ각고 산연히 눈믈을 흘녀 왈 만일 양태부인의 명일딘대 노뷔 엇디 감히 거역ᄒᆞ리오 제 비록 위틱ᄒᆞᆫ 곳[의] 가나 우흐로 년형과 존당이 보호ᄒᆞ실 거시오 공쥐 덕을 펴시며 현딜 등의 우ᄋᆡ를 밋고 보내리라 어ᄉᆡ 다만 샤례ᄒᆞ고 이에 형부인으로 더브러 형공긔 하딕고 소부의 니ᄅᆞ니 일개 반기고 슬허ᄒᆞ며 셕부인이 병을 강잉ᄒᆞ야 나와 형시를 보매 그 손을 잡고 쳥누를 ᄲᅳ려 왈 그ᄃᆡ를 ᄉᆡᆼ젼의 다시 만나니 내 이제 죽어도 ᄒᆞᆫ이 업ᄉᆞ리로다 화부인과 소윤 두 부인이 다 위로ᄒᆞ고 태부인은 뎌의 용광 보고 더옥 원녜 무궁ᄒᆞ나 다만 반기고 차탄ᄒᆞᆯ ᄯᆞᄅᆞᆷ이러라 형시 모든 ᄃᆡ ᄇᆡ샤ᄒᆞ고 좌를 일워 셜화를 펼ᄉᆡ 언담이 다 쳥졍소아ᄒᆞ야 쳥한ᄒᆞ고 쇄락ᄒᆞ니 샹해 새[로]

3면

이 흠탄ᄒᆞ야 닐오ᄃᆡ 형시 여ᄎᆡ여든 부매 엇디 공쥬를 후ᄃᆡᄒᆞ리오 ᄒᆞ니 형시 심두의 블평ᄒᆞ야 존당 구고긔 샤례 왈 쇼쳡이 브ᄌᆡ 브덕으로ᄡᅥ 죠고만 인연으로 시봉 삼년의 연분이 단졀ᄒᆞ니 박명을 무릅ᄡᅥ 슬하를 ᄡᅥ낫습더니 대인의 셩은을 밧드러 다시 존젼의 졀ᄒᆞᆷ을 엇ᄌᆞ오니 쇼쳡이 죽어도 ᄒᆞᆫ이 업ᄉᆞ리로소이다 구괴 뎡파의 흔연이 답왈 디난 일은 닐너오매 놀나오니 다만 화락ᄒᆞ야 평안ᄒᆞᆯ 도를 샹냥ᄒᆞ미 가ᄒᆞᆫ디라 이제 황명이 겨시나 공쥬의 허락이 업ᄉᆞᄃᆡ 내 모명을 밧ᄌᆞ와 그ᄃᆡ를 ᄃᆞ려오니 현부는 쳐신ᄒᆞᆷ을 젼ᄌᆞᆺ티 말고 셩ᄋᆞ의 허랑을 믈니티며 공쥬를 공경ᄒᆞ고 자쵀를 번거히 말디어다 형시 경금승명ᄒᆞ야 믈너 침소의 니ᄅᆞ니 위시 등과 셕파 등이 모다 혹 ᄉᆞᆱ인가 의심ᄒᆞ며 강시 탄왈 부인이 비록 텬은을 이에 니ᄅᆞ러시나 공쥬의 가ᄉᆡ 되야 엇디 평안ᄒᆞᆷ을 어드리오 드ᄃᆡ여 제인이 공쥬의 졍ᄉᆡᆨ과 부마의 박ᄃᆡ를 뎐ᄒᆞ니 형시 딘〃이 늣겨 날호여

4면

ᄀᆞᆯ오ᄃᆡ 쳡이 비록 박명ᄒᆞ나 의지ᄒᆞ야 ᄇᆞ라ᄂᆞᆫ 배 낭군의 후박이 다 쳡의 몸의 오디 아니코 공쥬의 덕이 갈담 풍화ᄅᆞᆯ 니을가 ᄒᆞ더니 만일 여ᄎᆞᄒᆞᆫ 즉 쳡의 신셰ᄂᆞᆫ 죡히 알니로다 졔낭ᄌᆡ 다 슬허 위로ᄒᆞ더라 이적의 소ᄉᆡᆼ이 형시의 와시ᄆᆞᆯ 듯고 암희ᄒᆞᄆᆞᆯ 이긔디 못ᄒᆞ야 석ᄃᆞᆯ 듕ᄒᆞᆫᄉᆞ병이 일셕의 쾌차ᄒᆞ니 다만 신ᄉᆡᆨ이 여윌 ᄯᆞᄅᆞᆷ이오 ᄉᆞ지 경쾌ᄒᆞᄆᆞᆫ 여샹ᄒᆞᄃᆡ 부친을 두려 감히 나은 톄ᄅᆞᆯ 못ᄒᆞ고 거즛 신음ᄒᆞ니 엇디 신ᄉᆡᆨ을 모ᄅᆞ리오 승샹이 어히 업시 너겨 도로혀 모ᄅᆞᄂᆞᆫ 톄ᄒᆞ더라 뉵칠 후 부마ᄂᆞᆫ 병이 나아 니러낫고 졔쇼년이 존당의 모다 아ᄎᆞᆷ 문안을 좌ᄒᆞ매 공쥐 ᄯᅩᄒᆞᆫ 이에 왓ᄂᆞᆫ디라 승샹이 공쥬ᄅᆞᆯ ᄃᆡᄒᆞ야 ᄀᆞᆯ오ᄃᆡ 형시 이 운셩의 결발지쳬라 이제 상명으로 모ᄃᆞ니 비록 명회 다ᄅᆞ나 이 ᄯᅩᄒᆞᆫ ᄉᆞ족이니 동녈의 쳔답디 못ᄒᆞᆯ 거시니 힝혀 공쥬ᄂᆞᆫ 시쇽의 ᄐᆡᄅᆞᆯ 마ᄅᆞ시고 인덕을 발ᄒᆞ야 황은을 욕디 말며 내의 말을 져ᄇᆞ리디 마ᄅᆞ쇼셔 셜파의 셕부인이 좌우로 ᄒᆞ야곰

5면

형시ᄅᆞᆯ 불너 공쥬로 서ᄅᆞ 보라ᄒᆞ니 공쥐 십분 대로ᄒᆞ야 긔ᄉᆡᆨ이 여토ᄒᆞ나 우흐로 존당이 잇고 버거 승샹이 잇고 아래로 부마의 형뎨 삼버듯ᄒᆞ야 다 긔운을 엄히 ᄒᆞ야 안ᄉᆡᆨ이 녈슉ᄒᆞ니 사ᄅᆞᆷ의 념치 잠간 이셔 강잉ᄒᆞ야 안자 ᄉᆡᆼ각ᄒᆞᄃᆡ 제 엇던 사ᄅᆞᆷ인디 모ᄅᆞ거니와 엇디 내 위엄을 당ᄒᆞ리오 ᄒᆞ야 위풍을 ᄀᆞ다ᄃᆞ마 형시ᄅᆞᆯ 기ᄃᆞ리니 그 거동이 가히 하나 번 우엄즉 ᄒᆞᆯ ᄲᆞᆫ이리오 가히 화공을 청ᄒᆞ야 ᄎᆡ필의 공력을 드렴즉 ᄒᆞ니 믄득 쇼년이 우음을 이긔디 못ᄒᆞ러니 믄득 션뎍슈당이 움ᄌᆞ기며 ᄋᆡ원ᄒᆞᆫ 소ᄅᆡ ᄌᆡᆼ연ᄒᆞ고 일위 부인이 부용병을 헤티고 홍군 취삼으로 년부ᄅᆞᆯ 가ᄇᆞ야이 ᄒᆞ야 나아오고 ᄆᆞᆯ근 눈ᄎᆡᄂᆞᆫ 거울을 닷가ᄂᆞᆫ 듯 ᄋᆡ〃ᄒᆞᆫ 뉴미ᄂᆞᆫ 츈산의 안개 ᄌᆞᆷ겨ᄂᆞᆫ 듯 ᄡᅱ온 머리ᄂᆞᆫ 구름을 조롱ᄒᆞ고 쥬슌은 단사ᄅᆞᆯ 뎜텻ᄂᆞᆫ 듯 쇄락ᄒᆞᆫ 용광과 연〃ᄒᆞᆫ 냥협의 여ᄉᆞᆺ 줄 칠보 영각이 부용 ᄂᆞᆺ출 ᄀᆞ리와 어른기니 ᄒᆞᄆᆞᆯ며 냥협은 갓가 ᄆᆡᆫᄃᆞᆫ 듯 셤〃 셰요ᄂᆞᆫ 뉴지 ᄇᆞᆺ친 듯ᄒᆞ니

6면

거ᄅᆞᆷ이 ᄂᆞᄂᆞᆫ 듯ᄒᆞ나 신듕ᄒᆞ고 얼골 풍되 쟉약 믄득 유엄ᄒᆞ고 풍완ᄒᆞ며 어위차 사ᄅᆞᆷ이 보매 숑연히 공경ᄒᆞᆯ디라 부매 ᄒᆞᆫ 번 ᄇᆞ라보고 스ᄉᆞ로 반가오ᄆᆞᆯ 이긔디 못ᄒᆞ고 공

쥐 크게 놀나 투긔 스스로 대발ᄒᆞ니 오직 일시간의 믜오미 용츌ᄒᆞ야 믄득 뎌의 절ᄒᆞ믈 당ᄒᆞᄃᆡ 요동티 아니니 형시 심하의 쾌티 아니나 ᄯᅩᄒᆞᆫ ᄉᆡᆼ각ᄒᆞᄃᆡ 내 극진이 공경ᄒᆞ야 뎨화티 아니면 허믈이 내게 잇디 아니리라ᄒᆞ야 알픠 나아가 공슌이 녜를 ᄆᆞᄎᆞ매 공쥐 젼현히 브동ᄒᆞ야 완〃히 노목으로 볼 ᄯᆞᄅᆞᆷ이러라 좌우의 ᄀᆞ득ᄒᆞᆫ 사ᄅᆞᆷ이 다 블쾌히 너겨 ᄉᆞᆡᆨ이 다ᄅᆞ고 부매 믄득 셩을 내여 발코져 ᄒᆞ니 어ᄉᆡ 그 손을 잇그러 밧그로 나가고 승샹이 형시를 명ᄒᆞ야 왈 그ᄃᆡ는 운셩의 결발이라 샹명이 겨샤 동녈노 허ᄒᆞ시니 이에 공쥬로 더브러 ᄒᆞᆫ가지로 안ᄌᆞ라 형시 평일 승샹 두려ᄒᆞ미 극ᄒᆞ나 금일 ᄎᆞ언은 감히 슌슈티 못ᄒᆞ야 피셕고 왈 쇼쳡이 엇디 감히 명현공쥬로 더브러 안항이 되야 좌를 ᄀᆞᆯ오리잇가 ᄇᆞ라건대 대은 세번

7면

ᄉᆞᆯ피시믈 원ᄒᆞᄂᆞ이다 태부인이 홀연 탄왈 내 아ᄒᆡ는 ᄆᆞ양 경도를 딕희고 권변을 아디 못ᄒᆞ는도다 샹명이 겨시나 공쥐 엇디 즐겨 형시로 좌를 ᄒᆞᆫ가지로 ᄒᆞ며 형신들 셩ᄋᆞ의 조강으로

뻐 믄득 사ᄅᆞᆷ의 아래 안ᄌᆞ리오 ᄲᆞᆯ리 각〃 좌를 일우라 형시 ᄇᆡ샤ᄒᆞ고 믈러 형뎨 항녈노 안잣더니 이윽고 문안을 파ᄒᆞᆫ 후 모든 쇼년[이] 듕당의 모드나 한샹궁이 공쥬를 ᄀᆞᄅᆞ쳐 왈 ᄒᆞᆫ가지로 나아가 형시의 동지를 볼ᄉᆡ 모다 좌를 일온 후 위시등이 뎌 이인의 긔ᄉᆡᆨ을 ᄉᆞᆯ피니 형시 이에 아미를 ᄂᆞᄌᆞ기 ᄒᆞ고 아셩을 유화히 ᄒᆞ야 공쥬를 향ᄒᆞ야 칭샤 왈 쇼쳡은 한쳡ᄒᆞᆫ 가문의 미약ᄒᆞᆫ 녀ᄌᆡ라 외람이 소시의 건즐을 밧드러 옥쥬의 ᄒᆞ가ᄒᆞ시믈 듯ᄌᆞᆸ고 텬명을 봉승ᄒᆞ야 어버의 집의 도라갓더니 셩은이 망극ᄒᆞ샤 ᄋᆞ녀ᄌᆞ의 졍을 ᄉᆞᆯ피시고 공쥬 덕틱으로 삼죵지의를 완젼ᄒᆞ야 다시 구고 당하의 니ᄅᆞ며 지아비를 문병ᄒᆞ고 귀쥬긔 뵈오니 이 은딕은 삼ᄉᆡᆼ의 난망지은이 되리로소

8면

이다 공쥐 함노작ᄉᆡᆨ고 닐오ᄃᆡ 쳡은 니른바 금지의 옥엽이라 샹명으로 소ᄉᆡᆼ의게 하가ᄒᆞ니 엇디 그ᄃᆡ의 이시믈 알니오마는 부매 년쇼 경박ᄒᆞ야 ᄉᆞ리를 아디 못ᄒᆞ고 그ᄃᆡ를 샹ᄉᆞᄒᆞ야 병이 드니 텬지 호ᄉᆡᆼ지덕을 ᄂᆞᆽ초샤 부인을 브ᄅᆞ시니 이리 모듬도 황은이라 진졍으로 ᄀᆞᄅᆞ치ᄂᆞ니 그ᄃᆡ는 다만 조심홀디어다 형시 몸을 ᄂᆞ초와 듯기를 ᄆᆞᆺᄎᆞ매 뎐혀 뎌의 쟈셰 간험ᄒᆞ믈 아디 못ᄒᆞ는ᄃᆞ시 ᄒᆞ야 츄파를 ᄂᆞ초고 옷기ᄉᆞᆯ 념의여 경

금ᄃᆡ 왈 금일 쇼쳡이 므ᄉᆞᆷ ᄒᆡᆼ으로 옥엽 면젼의 현알ᄒᆞ믈 어더 놉흔 말ᄉᆞᆷ으로 ᄀᆞᄅᆞ치시믈 감히 심골의 사겨 둉신토록 효측디 아니랴 셜파의 화긔 사ᄅᆞᆷ의게 ᄡᅩ이니 슉엄ᄒᆞᆷ과 낭연ᄒᆞ미 비길 곳 업서 이 진짓 슉녜라 한샹궁 긔특이 너기고 ᄯᅩᄒᆞᆫ 근심ᄒᆞ야 나아가 빵규ᄅᆞᆯ 고자 만복ᄒᆞ믈 쳥ᄒᆞ고 녜ᄅᆞᆯ ᄒᆡᆼᄒᆞ니 형시 텬연히 ᄂᆞ려 답녜ᄒᆞ고 위시ᄅᆞᆯ 도라보와 ᄀᆞᆯ오ᄃᆡ ᄎᆞ인은 초면이라 형은 쳥컨대 ᄀᆞᄅᆞ치소셔 위시 왈 이 곳 공쥬의 스ᄉᆡᆼ 명현

9면

각 ᄋᆡᆨ뎡 한샹뷔라 일ᄏᆞᆺ기ᄅᆞᆯ 한샹궁이라ᄒᆞ니 ᄌᆞ긔 일품 궁비라 젼임 태우 한공의 손녀니라 형시 텽파의 경동티 아니코 다만 우음을 여러 샤례 왈 금일은 하일이완ᄃᆡ 옥쥬와 궁비의 우ᄃᆡᄅᆞᆯ 만나니 영ᄒᆡᆼᄒᆞ믈 이긔디 못ᄒᆞ리로다 한시 은근히 ᄃᆡ왈 쳡은 본ᄃᆡ ᄉᆞ족의 녀ᄌᆞ라 두 태휘 ᄉᆞ랑ᄒᆞ샤 시인을 삼으시니 년긔 팔셰브터 궁듕의 드러 농상하의 시위ᄒᆞ미 여러 십년이라 옥쥬ᄅᆞᆯ ᄀᆞᄅᆞ쳐 츌가ᄒᆞ매 ᄯᆞᆯ와 나왓더니 복이 둣거워 금일 부인의 션풍을 귀경ᄒᆞ니 ᄯᅩᄒᆞᆫ 만ᄒᆡᆼ이라 슈연이나 공줘 션혜 옥쥬로 더브러 심방 심누의 계샤 다만 뎨후씌 이ᄅᆡ로 디내여 녜의ᄅᆞᆯ 미처 출히디 못ᄒᆞ시고 쳡이 ᄯᅩ 식견이 젹어 비록 명위 녀ᄉᆞ나 ᄀᆞ라치온 일이 업ᄉᆞ니 부인은 셩문 거족의 슉녀로 부마의 ᄒᆡᆼ지ᄅᆞᆯ 니기 아ᄅᆞ실디라 이리 모ᄃᆞ심도 텬쉬니 ᄒᆞᆫ티 마ᄅᆞ시고 무룻 옥쥬의 실톄ᄒᆞ시난 곳을 ᄀᆞ라쳐 샹비의 곳다온 풍화ᄅᆞᆯ 빗내시믈 비[인]의 ᄇᆞ라는 배

10면

로소이다 형시 텽파의 돈연히 공경ᄒᆞ야 오직 ᄂᆞᆺ빗출 ᄉᆡᆨ〃이 ᄒᆞ고 소ᄅᆡᄅᆞᆯ 온화히 ᄒᆞ야 겸양 왈 귀인의 곳다온 말ᄉᆞᆷ이 깁히 감샤ᄒᆞ거니와 쳡이 ᄒᆡᆼ혀 소공의 조강지쳬나 본ᄃᆡ 빈곤을 겻근 배 업고 블과 쵸례ᄅᆞᆯ ᄒᆡᆼᄒᆞᆫ 명분이라 이제 옥쥬ᄂᆞᆫ 황야와 모후의 놉흔 교훈을 ᄡᅧ 옥엽지존의 귀ᄒᆞᆫ 빗치 위국 열 진쥬의 광취 밋출 배 아니라 소공의 뎍긔부뷔 되시니 쳡은 ᄒᆡᆼ혀 쇠잔ᄒᆞᆫ 낙화로 슈고림이 가ᄒᆞ니 잉모 우ᄂᆞᆫ 가지예 쟉오셩이 가히 서의ᄒᆞᄃᆡ 텬디 부모의 셩덕이 일월ᄀᆞᆺᄐᆞ샤 외람히 복합ᄒᆞ라 ᄒᆞ시니 셕은 자최와 ᄂᆞ즌 인믈노 경경히 그림재ᄅᆞᆯ 싀어 삼죵을 의탁ᄒᆞᆯᄉᆡ ᄒᆡᆼ혀 구〃 홍은으로 ᄒᆞᆫ 간 소당을 비러 일ᄉᆡᆼ을 ᄆᆞᄎᆞ미 만ᄒᆡᆼ이라 엇디 감히 옥쥬로 동녈이 되야 옥쥬ᄅᆞᆯ ᄀᆞᄅᆞ치ᄂᆞᆫ 당돌ᄒᆞ미 이시리오 다만 우러〃 셤겨 몸이 ᄆᆞᆺᄃᆞ록 군은을 감츅ᄒᆞᆯ ᄯᆞᄅᆞᆷ이니 지어

상비의 화긔는 본디 천심의 흠앙흔 배니 옥쥐 셩덕을 누리오믄 어엿비 너기실 딘대 쳡이

11면

엇디 감히 우러〃 딜투흐는 더러오믈 힝흐야 우흐로 셩은을 이즈며 관쟈 셩덕을 ᄀ리와 몸의 매명을 닐위리오 화흐며 블화는 다 옥쥬 고견의 이실디라 쳡의 알배 아니로다 언에 상쾌흐야 일호도 시쇽의 간셥디 아니코 면싀이 온화흐나 또흔 엄슉흐니 한샹궁이 십분 경복흐야 연치를 뭇고져 흐다가 뎌의 긔상이 닝담흐니 말브티기 어려워 믈너나다 날이 져믈매 모든 쇼년이 흐터디니 한시 공쥬를 드려 궁의 믈너와 탄왈 텬왕 디노흐야도 부매 형시를 박디치 아닐 배오 비록 황가의 셰력이나 곤케 흘 묘단이 업스리니 공쥬의 심복대환이라 공쥬는 모르미 덕을 널리흐고 인을 두터이흐야 존듕흔 위를 일티 말나 공쥐 흔흐야 ᄀ로디 스부는 엇디 이런 말을 흐느뇨 내 반드시 형시를 업시흐야 품은 뜻을 일우리라 한시 졍싀고 쑤지저 왈 내 황명을 밧즈와 공쥬의 스싱이 되니 공쥐 범스를 ᄀ르치는 대로 시힝티 아니〃 므솜

12면

도리오 셜파의 스매를 썰티고 도라가니 공쥐 참괴 묵연이라 츠시의 소싱이 셕샹의 긔싀이 타연흐고 녜의 온공흐믈 싱각흐니 은졍이 십굿거늘 공쥬의 포악흔 긔싀과 교종흔 동지는 새로이 놀나오니 임의 믜온 거술 보디 아니코져 흐고 스랑흐오 니를 보고져 흐믄 이 굿 덧〃흔 인졍이라 몸이 니러나는 줄을 씨둣디 못흐야 이에 듀오당의 니르니 벽사창의는 촉영이 휘황흐고 블근 난간의는 시네 빵〃이 버려시니 부매 스스로 몸이 누라 난간의 올나 열고 드러가 부인을 볼식 부인이 경동티 아니코 날회여 마자 좌를 뎡흐매 념임 슈용흐고 졍금단좨어늘 싱이 거줏 졍싀고 칙흐야 ᄀ로디 녀즈의 도는 낭인을 승슌흐고 유약흐야 지아비를 앗기느니 부인은 므솜 연고로 운셩 믜워흐미 구슈의 디나 염피흐믈 견마굿티 너기고 흔 번 니르러 나를 보디 아니흐니 비록 텬지라도 만일 님군을 보고 내 병이 흐리라 흐면 당〃이 친님흐미 이시려든 흐믈며 그디 쓰뎌 무어시 존듕흐

13면

야 글노뻐 됴롱ᄒᆞ고 오디 아니〃 이는 명〃히 나를 죽과라 ᄒᆞ미라 내 다시 ᄉᆡᆼ각ᄒᆞ니 그ᄃᆡ로 삼년을 은졍이 듕ᄒᆞ야 부〃지의 듕대ᄒᆞ고 기틴 원쉬 업ᄉᆞ니 엇디 구ᄐᆞ야 죽은 후야 그ᄃᆡ ᄯᅳ이 편ᄒᆞ리오마는 대강 내 사라시믈 그ᄃᆡ 안듕 못ᄀᆞᆺ티 너겨 스ᄉᆞ로 혜오ᄃᆡ 소운셩 곳 아니면 내 일ᄉᆡᆼ이 이대ᄃᆞ록 고초ᄒᆞ리오 이는 내의 원쉬니 죽으면 싀훤ᄒᆞ리로다 ᄒᆞ는고로 나의 유병ᄒᆞ야 브ᄅᆞ믈 거졀ᄒᆞ엿ᄂᆞ니 내 엇디 유감ᄒᆞ믈 ᄒᆞᆫ 번 폭박디 아니리오 부인이 듯기를 ᄆᆞᆺ고 ᄉᆞ매로 ᄂᆞ출 ᄀᆞ리와 일언도 아니〃 ᄉᆡᆼ이 노싀 냥구의 부인의 답원이 업는디라 본ᄃᆡ 지은 ᄆᆞ음을 강잉티 못ᄒᆞ야 고텨 웃고 나아가 부인의 손을 잡으며 왈 그ᄃᆡ는 엇디 날 ᄒᆞᆫ ᄒᆞ기를 이대ᄃᆞ록 심히ᄒᆞ야 면목불견ᄒᆞᆫ 의ᄉᆞ를 두고도 아츰의 공쥬의 포악교만ᄒᆞᆫ 거동을 보고 그ᄃᆡ의 ᄆᆡ믈ᄒᆞᆫ 긔ᄉᆡᆨ을 보니 광심이 발ᄒᆞ야 말을 ᄒᆞᆫ 줄 업시ᄒᆞ니 힝혀 관샤ᄒᆞ라 형씨명목을 ᄀᆞᄂᆞ리 ᄒᆞ고 입을

14면

닷고 오라도록 묵연ᄒᆞᆫ대 ᄉᆡᆼ이 지삼 위로ᄒᆞᆯ식 냥구케야 홍슈를 ᄲᅥᆯ티고 좌를 멀니ᄒᆞ야 ᄀᆞᆯ오ᄃᆡ 나는 한셜은 족히 드럼즉디 아니코 닐엄즉디 아니〃 듯는 니는 가히 하쉬 먼 줄을 ᄒᆞᆫᄒᆞᆯ 배오 니ᄅᆞᄂᆞ 니는 가히 셩현 셔젹을 젹게 닐근 줄을 븟그릴 배라 쇼쳡이 감히 서의ᄒᆞᆫ 말을 아니커니와 다만 군직 딜병은 향차ᄒᆞ시니 부모 존당의 경ᄉᆡ 극ᄒᆞ시고 군직 브효 면ᄒᆞ미 다 셩상과 공쥬 덕이라 엇디 큰 은혜는 샤례ᄒᆞ미 늣고 져근 죄는 칙ᄒᆞ미 밧바 금야의 군ᄌᆞ의 자최 이에 니ᄅᆞ럿ᄂᆞ뇨 ᄲᆞᆯ니 침궁으로 가시믈 원ᄒᆞᄂᆞ니 그ᄃᆡ 비록 쳡 믜워ᄒᆞ미 극ᄒᆞ나 잠간 관홍ᄒᆞᆫ 도량으로 날회여 ᄭᅮ짓기를 계교ᄒᆞ고 큰 은혜 샤례ᄒᆞ미 가ᄒᆞ도다 ᄉᆡᆼ이 세〃히 드러보매 뎌 말이 다 ᄌᆞ가의 의ᄉᆞ 밧기라 더옥 공경하고 ᄋᆡ모ᄒᆞ니 ᄯᅩᄒᆞᆫ 말이 말이 업서 크게 웃고 ᄀᆞᆯ오ᄃᆡ 부인의 사ᄅᆞᆷ 죠희능 칙ᄒᆞᄆᆞᆫ 여샹ᄒᆞ도다 내 오ᄂᆞᆯ 임의 이에 와시니 샹ᄉᆞ의 질병을 플 ᄯᅢ라 그ᄃᆡ는 용납ᄒᆞ라

15면

부인이 노왈 비록 불민ᄒᆞ나 초례 납빙ᄒᆞ야 뉵녜로 마잣거ᄂᆞᆯ 빅가지로 주언ᄒᆞ야 ᄆᆞᄎᆞᆷ내 샹ᄉᆞ병으로 지졈ᄒᆞ니 너모 쳔ᄃᆡᄒᆞ미 아니리오 나는 드ᄅᆞ니 그ᄃᆡ 쳥쥐오창을 젼통ᄒᆞ더니 공쥐 막으ᄆᆞ로ᄡᅥ ᄯᅳᆺ을 펴디 못ᄒᆞ고 병드다 ᄒᆞ더니 이제 엇디 도로혀 날로ᄡᅥ

비우ᄒᆞ야 일시의 긔롱을 밧게 ᄒᆞᄂᆞ뇨 그ᄃᆡᄂᆞᆫ 녜의를 져기 슈렴ᄒᆞ야 나를 너모 능욕디 말라 쳡이 비록 피폐ᄒᆞᆫ 겨 집으로 구〃ᄒᆞᆫ 자최 공쥬긔 비티 못ᄒᆞ나 ᄯᅩᄒᆞᆫ 그ᄃᆡ 시쳡이 아니오 문회 황족의 밋디 못ᄒᆞ나 ᄯᅩᄒᆞᆫ ᄉᆞ족이니 군ᄌᆞᄂᆞᆫ 힝혀 놉히된 눈으로 ᄂᆞ지 너기나 글 가온대 녜법지셰를 술펴 미편ᄒᆞᆫ 결발을 과도히 욕디 말라 셜파의 ᄐᆡ되 쥰절ᄒᆞ고 긔운이 서리 ᄀᆞᄐᆞ니 소ᄉᆡᆼ의 풍경 골샹으로도 감히 발뵈디 못ᄒᆞ야 돈연히 관ᄃᆡ를 슈렴ᄒᆞ고 단정히 안자 ᄀᆞᆯ오ᄃᆡ 내 구병 듕 심ᄉᆡ 샹ᄒᆞ야 언에 도착ᄒᆞ니 그ᄃᆡᄂᆞᆫ 힝혀 고이히 너기디 말라 연이나 ᄉᆡᆼ의 졍

16면

은 뉴슈 ᄀᆞᆺ거ᄂᆞᆯ 부인은 이러ᄐᆞᆺ ᄆᆡ믈ᄒᆞ니 크게 ᄇᆞ라ᄂᆞᆫ 배 ᄀᆞᆺᄎᆞᆫ디라 내 다시 어린 ᄉᆞ나ᄒᆡ 되고 그ᄃᆡᄂᆞᆫ 홀노 평ᄒᆞ랴 셜파의 완연히 깃거 아냐 츄풍 화긔 쇼삭ᄒᆞ고 미우의 ᄒᆞᆫ을 ᄯᅴ여 기리 툐탕ᄒᆞᆯ시 부인이 비록 감격ᄒᆞ나 죵ᄂᆡ예 일이 어려오니 뎌의 ᄯᅳᆺ 곳 슌죵ᄒᆞ면 혹〃ᄒᆞᆫ 남ᄌᆡ 강잉티 못ᄒᆞ고 졍이 잇글니ᄂᆞᆫ 대로 힝ᄒᆞᆯ디라 오직 당초의 ᄆᆡ믈ᄒᆞ야 뎌의 ᄇᆞ라ᄂᆞᆫ 졍이 망단키를 요구ᄒᆞ니 엇디 ᄉᆞᄉᆡᆨ의 감동ᄒᆞ믈 나타내리오 날회여 공쥬 궁으로 가기를 근쳥ᄒᆞ니 ᄉᆡᆼ이 탄식고 니러나와 ᄆᆞ음을 강잉ᄒᆞ야 공쥬 궁의 나가니 공쥐 발열 작ᄉᆡᆨ고 본 톄 아니커ᄂᆞᆯ ᄉᆡᆼ이 심듕의 우이 너겨 미소[ᄒᆞ고] 촉하의 안자 반향이 디난 후 닐러 ᄀᆞᆯ오ᄃᆡ 필부 운셩이 셩샹 은덕으로 고인을 만나 병이 ᄒᆞ리고 금일 공쥬를 ᄃᆡᄒᆞ니 ᄯᅩᄒᆞᆫ 인ᄉᆡᆼ이 즐겁다 ᄒᆞ리로다 연이나 공쥐 ᄉᆞᄉᆡᆨ이 불평ᄒᆞ시니 반ᄃᆞ시 쇼ᄉᆡᆼ의 병셰 미차ᄒᆞ믈 과렴ᄒᆞ시미라 불승다사ᄒᆞ이다 공쥐 믄득 노ᄒᆞ야 ᄭᅮ지

17면

저 왈 그ᄃᆡ 젼일 날을 ᄇᆡᆨ단으로 모함 수죄ᄒᆞ고 금일 므ᄉᆞᆷ ᄂᆞᆺᄎᆞ로 이에 와 ᄆᆡᆨ바다 됴롱ᄒᆞᄂᆞ뇨 내 오ᄂᆞᆯ 형녀를 보니 이 가히 ᄆᆡ달의 뉘라 부매 결듀 되기를 면티 못ᄒᆞ리로다 ᄉᆡᆼ이 션ᄌᆞ를 텨 대쇼 왈 공쥬의 션견지명이 가히 귀신ᄀᆞᆺ도다 엇디 ᄒᆞᆫ 번 보고 사ᄅᆞᆷ의 션악을 아라보ᄃᆡ 다만 소ᄉᆡᆼ의 결듀ᄀᆞᄐᆞ믈 아라 보시며 죵신ᄉᆞ를 경히 뎡ᄒᆞ시뇨 공쥐 대로ᄒᆞ야 여러 말노 헐ᄊᆡ려 ᄎᆡᆨᄒᆞ기를 긋디 아니ᄒᆞᆫ대 ᄉᆡᆼ이 다만 웃고 셔안을 ᄃᆡᄒᆞ야 시셔를 뒤져서 보ᄃᆡ 밤이 ᄆᆞᆺᄃᆞ록 상의 올나 자디 아니〃 그 쥬의ᄂᆞᆫ 대강 공쥬의 포악ᄒᆞᆫ 위인으로ᄡᅥ 투긔 츙텬ᄒᆞ야시니 힝혀 자다가 공쥬의 해를 닙을가 두리고 쾌히 나가 쉬고져 ᄒᆞ나 ᄯᅩᄒᆞᆫ 츌입을 경히 아니며 부인의 방의 드러갓다가 결워 나오ᄂᆞᆫ 일

은 심히 젹은 식냥이라 ᄒᆞ야 집심ᄒᆞ매 스ᄉᆞ로 일야를 헛되이 슈고ᄒᆞ니 슬프다 공쥐 부도를 일흐매 지아비의 심이 지어 이 디경의 니ᄅᆞ니 엇디 차악디 아니며 부마의 도량

18면

이 이러ᄐᆞᆺ ᄒᆞ더라 이튼날 아젹의 ᄉᆡᆼ이 문안 후 듁오당의 니ᄅᆞ러 부인을 볼ᄉᆡ 형시 경아ᄒᆞ야 ᄲᆞᆯ니 몸을 니러 당을 향코져 ᄒᆞ니 ᄉᆡᆼ이 젹은 념티를 닛고 뎐도히 나삼을 븟들며 길흘 막아 왈 부인이 ᄂᆞᆯ개 잇거단 ᄂᆞ라갈디어다 형시 ᄒᆞᆯ일 업서 안셔히 ᄀᆞᆯ오ᄃᆡ 존고긔 문안을 다 못ᄒᆞ야시니 낭군은 잠시를 허락ᄒᆞ라 ᄉᆡᆼ이 쇼왈 모친이 내의 병들믈 우려시ᄂᆞ니 부인이 모ᄅᆞ미 내 병을 위로ᄒᆞ면 모친이 문안 바듬도곤 깃거ᄒᆞ시리라 형시 마디 못ᄒᆞ야 안ᄌᆞ니 ᄉᆡᆼ이 깃거 ᄯᅩᄒᆞᆫ 좌를 일우고 공쥬의 작야 경식으로ᄡᅥ 고ᄒᆞ니 언〃단〃의 분격ᄒᆞ고 증염ᄒᆞᄂᆞᆫ ᄉᆞ식이 나타나니 형시 깁흔 념녀 더욱 극ᄒᆞᆫ디라 오직 소ᄅᆡ를 ᄂᆞᄌᆞ기 ᄒᆞ야 ᄀᆞᆯ오ᄃᆡ 군ᄌᆞ의 언에 대댱부의 톄격이 아니오 소〃ᄒᆞᆫ 뜻이라 엇디 [ᄋᆞ]녀ᄌᆞ 칙망ᄒᆞ이 이 디경의 니ᄅᆞ러ᄂᆞ뇨 공쥬ᄂᆞᆫ 귀인이라 비록 샹공의 부인이나 엇디 감히 경멸ᄒᆞ며 쳡 등과 ᄒᆞᆫ가지리오 이제 샹공이 죠곰도 공경ᄒᆞ미 업고 날마다 죠회ᄒᆞ니 지어미

19면

쳔ᄒᆞᆫ 쳡등도 그 노호온 줄 모ᄅᆞ디 아니려든 ᄒᆞ믈며 공쥐ᄯᆞ녀 원컨대 그ᄃᆡᄂᆞᆫ 공쥬의 흔단을 쳡ᄃᆞ려 니ᄅᆞ디 마ᄅᆞ시고 쳡의 허믈을 공쥬긔 뎐티 마라 팀묵 언희ᄒᆞ고 위풍을 길워 ᄋᆞ녀ᄌᆞ로 더브러 ᄋᆞ녀ᄌᆞ의 과실을 의논티 말면 ᄯᅩᄒᆞᆫ 군ᄌᆞ의 졍되라 쳡이 힝혀 무근 자최로 ᄂᆞᄌᆞᆫ 소견이나 잠간 군ᄌᆞ의 형포의 모텸ᄒᆞ니 어린 간댱의 품은 바를 ᄀᆞᆷ초디 못ᄒᆞᄂᆞ니 모ᄅᆞ미 힝혀 당돌ᄒᆞᆷ을 샤죄ᄒᆞ쇼셔 운ᄉᆡᆼ이 텽파의 더욱 칭찬ᄒᆞ고 흠모ᄒᆞ야 ᄀᆞᆯ오ᄃᆡ 금일 그ᄃᆡ의 곳다이 규졍ᄒᆞᆷ을 드ᄅᆞ니 쇼ᄉᆡᆼ의 경박ᄒᆞᆫ 허믈을 ᄡᅵᆺ듯과라 연이나 어제ᄂᆞᆫ 은혜를 샤례ᄒᆞ시니 금일 죄를 칙디 못ᄒᆞ랴 형시 탄식 브답이러라 인ᄒᆞ야 듁오당의 머므러 새로온 은졍이 낙쳔의 몽농ᄒᆞ야 환오득의ᄒᆞᆷ을 일셰예 비티 못ᄒᆞᆯ디라 ᄉᆡᆼ은 흔희ᄒᆞᄃᆡ 형시 ᄆᆞᄎᆞᆷ내 졍을 가랍ᄒᆞ미 업ᄉᆞ니 그 소견의 팀졍ᄒᆞ고 인믈의 견고ᄒᆞ미 이ᄀᆞᆺ튼디라 ᄉᆡᆼ이 비록 입으로 ᄭᅮ지ᄌᆞ나

20면

심듕의 더욱 칭찬ᄒᆞ며 열복ᄒᆞ더라 일노브터 ᄉᆡᆼ의 자최 듁오당을 ᄯᅥ나디 못ᄒᆞ니 형시 크게 민망ᄒᆞ야 ᄇᆡᆨ단으로 ᄀᆡ유ᄒᆞ야 공쥬 후ᄃᆡᄒᆞ믈 권ᄒᆞ면 ᄉᆡᆼ이 흔연히 웃고 다만 ᄀᆞᆯ오ᄃᆡ 내 가슴 가온대 ᄆᆡᆼ세ᄒᆞᆫ 듀의 이시니 이 ᄆᆞ음을 오직 귀신이 알고 야애 ᄇᆞᆰ기 비최시거니와 기여ᄂᆞᆫ 다 모ᄅᆞ리니 부인[인]ᄃᆞᆯ 엇디 운셩의 깁흔 서ᄉᆞᆯ 알니오 님군이 위엄을 발ᄒᆞ고 부친이 엄교를 ᄒᆞ시나 내의 졍ᄒᆞᆫ ᄯᅳᆺ은 곳티디 아냣거ᄂᆞᆯ ᄒᆞᄆᆞᆯ며 죠고만 ᄋᆞ녀ᄌᆞ냐 부인은 고로이 닐너 내 심화를 도〃디 말나 내 부인을 후ᄃᆡᄒᆞ미 [아니]라 ᄒᆞᆫ당의 모다 말ᄉᆞᆷᄒᆞ미 이 곳 부인의 샹ᄉᆡ라 겸손ᄒᆞ미 아롱곳가려만 날을 괴로이 너길딘대 엇디 소운셩의 안해로라 일ᄏᆞᆺᄂᆞ뇨 형시 믄득 쳑연 왈 녀ᄌᆞ 팔ᄌᆡ 일마다 셜운디라 이제ᄂᆞᆫ 낭군이 쳡으로 ᄒᆞ야곰 슌셜을 놀니디 못ᄒᆞ게 ᄒᆞ시니 내 다시 므ᄉᆞᆫ 말을 ᄒᆞ리오 ᄉᆡᆼ이 잠간 웃다가 이윽고 졍ᄉᆡᆨ ᄃᆡ답ᄒᆞ더라 일삭이 디나니 운셩이 심병의 ᄀᆡ운이 ᄉᆞ라뎌 품격이 쥰슈ᄒᆞ고

21면

용뫼 쇄락ᄒᆞ야 장ᄀᆡᄂᆞᆫ 구천을 밧들고 말ᄉᆞᆷ은 창히를 헤티니 모든 쇼년 듕의 ᄲᆡ여나이면 ᄉᆡᆨ〃ᄒᆞ고 팀졍ᄒᆞ야 진짓 신ᄀᆡᄒᆞᆫ 농 ᄀᆞᄐᆞ니 승샹의 ᄋᆡ듕ᄒᆞ미 진실노 제ᄌᆞ의 밋디 못ᄒᆞᆯ 배오 인〃이 다 츄존ᄒᆞ고 칭찬ᄒᆞ나 ᄉᆡᆼ이 죠곰도 방ᄌᆞ 교만ᄒᆞ미 업ᄉᆞᄃᆡ 다만 셩분이 ᄉᆡ험ᄒᆞ야 ᄒᆞᆫ 번 노ᄒᆞᆫ즉 반ᄃᆞ시 사ᄅᆞᆷ을 텨 피를 보고 긋치고 ᄯᅩ 고집이 극ᄒᆞ야 ᄒᆞᆫ 번 ᄯᅳᆺ을 졍ᄒᆞᆫ 후ᄂᆞᆫ 고티들 아니〃 대강 범연ᄒᆞᆫ 골격이 아닌 고로 이러ᄐᆞᆺᄒᆞ더라 이러구러 수월이 되엿더니 공쥐 형시 ᄆᆡ워ᄒᆞ미 골슈의 미처 일〃은 글월을 닷가 대ᄂᆡ예 보내여 계교를 일울ᄉᆡ 황휘 셕부인ᄭᅴ 뎐교를 ᄂᆞ리와 ᄀᆞᆯ오ᄃᆡ 형시 임의 부마의 조강으로 공쥬와 동녈이니 맛당이 ᄒᆞᆫ 집의 모다 부마의 집ᄉᆞ를 그음알미 가ᄒᆞ니 엇디 믈너안자 공쥬의 슈고를 더디 아닛ᄂᆞ뇨 ᄲᆞᆯ니 ᄒᆞᆫ 집의 모다 황명을 공경ᄒᆞ라ᄒᆞ니 셕부인이 뎐교를 듯고 대경ᄒᆞ야 급히 드러가 존당과 승샹ᄭᅴ 슈말을 뎐ᄒᆞ니 태부인이 탄왈

22면

형시의 명이 오라디 아니로다 승샹이 졍ᄉᆡᆨ 왈 이ᄂᆞᆫ 가듕 사ᄅᆞᆷ이 스ᄉᆞ로 ᄌᆞ부를 해ᄒᆞ려 ᄒᆞ미니 엇디 오ᄂᆞᆯ 새로이 놀나리오 나의 알 배 아니오 모친이 념녀ᄒᆞ실 배 아니라

가히 운셩 모지 형시를 보호ᄒᆞ야 그 당초 ᄃᆞ려 오려 ᄒᆞ던 죄를 쇽ᄒᆞ사이다 셕부인이 승샹의 말을 듯고 심하의 블쾌ᄒᆞ나 강잉ᄒᆞ야 잠간 웃고 말을 아니ᄒᆞ더니 믄득 공쥐 온다 ᄒᆞ니 모다 좌를 일우고 공쥬를 마자 녜를 ᄆᆞᄎᆞ매 공쥐 이에 안식을 ᄂᆞᄌᆞ기 ᄒᆞ고 소ᄅᆡ를 온화히 ᄒᆞ야 말을 펴 ᄀᆞᆯ오ᄃᆡ 은근히 쇼쳡이 근ᄂᆡ예 유병ᄒᆞ야 문안을 폐ᄒᆞ니 십여 일 ᄂᆡ 존휘 일향 평안ᄒᆞ시니잇가 승샹이 ᄯᅩᄒᆞᆫ 공경ᄒᆞ고 유화히 답왈 혹ᄉᆡᆼ이 역시 다ᄉᆞᄒᆞ야 귀ᄒᆞᆫ 문령을 보디 못ᄒᆞ니 만홀ᄒᆞᆷ을 일ᄏᆞᆮ더니 공쥐 ᄆᆡ양 친문ᄒᆞ시니 감샤ᄒᆞ이다 공쥐 늘호여 ᄀᆞᆯ오ᄃᆡ 소쳡이 비록 황명으로 귀ᄐᆡᆨ 슬하의 모텸ᄒᆞ나 ᄌᆡ죄 용이ᄒᆞ고 인식 불민ᄒᆞ와 부마의 권긔 다ᄉᆞ리미 능티 못ᄒᆞ야 군ᄌᆞᄭᅴ 득죄ᄒᆞ미 만터니 형부인은 부마의 조강이시고 덧〃

23면

ᄒᆞᆫ 위의 가ᄇᆡ얍디 아닌디라 ᄆᆡ양 쳥ᄒᆞ야 ᄒᆞᆫ 궁듕의 잇고져 ᄒᆞᄃᆡ ᄌᆞ견ᄒᆞ미 당돌ᄒᆞ야 쳔연ᄒᆞ옵더니 낭〃이 드ᄅᆞ시고 쳡의 블민ᄒᆞᆷ과 실덕ᄒᆞᆷ을 크게 [칙]ᄒᆞ시고 형부인을 마자 ᄒᆞᆫ 당의 쳐ᄒᆞ야 화긔를 닐위라 ᄒᆞ시니 셩지를 밧드러 몬져 대인긔 취품ᄒᆞ고 형부인을 마자가랴 ᄒᆞ오니 존명을 청ᄒᆞᄂᆞ이다 승샹이 텽파의 조곰도 팀음티 아니코 응셩 ᄃᆡ왈 만일 셩지 여ᄎᆞᄒᆞ시고 공쥐 현심을 발ᄒᆞ실딘대 엇디 형시의 힝ᄒᆞ미 어려오며 블슌ᄒᆞ리오 삼가 형시로 더브러 도라가샤 우흐로 낭〃의 말ᄉᆞᆷ을 져ᄇᆞ리디 말고 쥬아의 풍을 더러이디 마ᄅᆞ시면 엇디 아ᄅᆞᆷ다온 일이 아니리잇가 드ᄃᆡ여 형시를 블러 슈말을 니ᄅᆞ고 공쥬와 ᄒᆞᆷ긔 가라 ᄒᆞ니 형시 ᄆᆞ암이 ᄯᅧ러디ᄂᆞᆫ ᄃᆞᆺᄒᆞᄃᆡ 감히 거역디 못ᄒᆞ야 명목의 쥬류를 머금고 믈너가니 좌우 쇼년이 다 블샹이 너기더라 공쥐 환희ᄒᆞ야 ᄌᆡᄇᆡ 샤례ᄒᆞ고 믈너나니 태부인이 날호여 승샹ᄃᆞ려 왈 오ᄋᆞᄂᆞᆫ 엇디 흉계를

24면

알며 뎌 고ᄃᆡ 보내기를 쾌히ᄒᆞ니 인명 듕ᄉᆡᆨ란 말을 아디 못ᄒᆞᄂᆞᆫ다 승샹이 ᄃᆡ왈 ᄌᆞ괴 맛당ᄒᆞ시거니와 ᄉᆞᄉᆡᆼ이 유명이라 ᄒᆞ여시니 형시 뎌 곳의 갈딘들 돌연히 죽으리잇가 부인 왈 비록 그러나 엇디 ᄎᆞ마 위틱ᄒᆞᆫ 일을 ᄒᆞ리오 승샹이 ᄃᆡ왈 ᄒᆡᄋᆡ ᄯᅩ 이 ᄉᆡᆼ각이 잇ᄉᆞ오나 반ᄃᆞ시 흉ᄒᆞᆫ 의논이 긋디 아냐 만일 낭〃이 모친긔 뎐교ᄒᆞ샤 형시를 명현궁으로 보내라 ᄒᆞ시면 이ᄣᅢ ᄯᅩ 엇디 ᄒᆞ리잇가 공쥬를 결년ᄒᆞ야 궁쳡을 괴로와 ᄒᆞ옵ᄂᆞ니 ᄂᆡ[교] 쳘업시 ᄂᆞ리시고 위엄이 년낙ᄒᆞ야 면튼 못ᄒᆞ고 혜로오리니 당초의 슌히

보내고 형셰를 보아 구ᄒᆞ미 올흐니이다 부인이 듯기를 ᄆᆞᆺ고 ᄲᆞᆯ리 니러 안자 승샹의 등을 어ᄅᆞᄆᆞ져 우어 왈 어디다 내 아히여 네 엇디 이대도록 명텰ᄒᆞ뇨 내 처엄브터 혜아리고 너의 쥬의를 ᄆᆡᆨ바드니 네 ᄯᅳᆺ이 졍이 내 의논이라 형시의 슈단이 뎌 하늘ᄭᅴ 이시니 명현공쥬의 당듕의 잇디 아니미 올흐니라 승샹이 샤왈 히ᄋᆡ 엇디 감히 태〃의 놉흔 소견과 ᄀᆞᆺ

25면

ᄐᆞ리오 금일 가챠ᄒᆞ시믈 밧ᄌᆞ와 삼가 명교를 욕디 아니ᄒᆞ리이다 ᄒᆞ더라 이적의 명현공쥐 형시를 ᄃᆞ려 궁의 니ᄅᆞ니 동녁 경희당의 쳐소를 뎡ᄒᆞ야 안둔ᄒᆞ고 후ᄃᆡᄒᆞ며 은근ᄒᆞ나 형시 스ᄉᆞ로 일ᄉᆡᆼ이 호구의 들며 농담의 ᄲᅥ러딘 ᄃᆞᆺᄒᆞ야 듀야 블평ᄒᆞ믈 이긔디 못ᄒᆞ더라 ᄎᆞ일 져녁의 부매 듁오당의 니ᄅᆞ니 임의 부인의 죵젹이 업ᄂᆞᆫ디라 대경ᄒᆞ야 급히 긔실 닥ᄂᆞᆫ 청경을 블너 부인의 죵젹을 무ᄅᆞ니 긔실이 ᄃᆡ왈 형부인이 금일 존명을 밧드러 명현궁의 가 겨시니이다 ᄉᆡᆼ이 발을 굴너 왈 대인이 엇딘 연고로 형시를 ᄉᆞ디로 보내시뇨 너ᄂᆞᆫ ᄲᆞᆯ니 일긔를 가져오라 긔실은 본ᄃᆡ 쥬야 태부인 안젼의 붓을 드러 일긔 긔록ᄒᆞ미 나라히 ᄉᆞ관 ᄀᆞᆺᄐᆞᆫ디라 승샹긔 태부인의 논ᄒᆞ던 말을 녁〃히 긔록ᄒᆞ엿ᄂᆞᆫ디라 밧드러 운셩을 보게 ᄒᆞ니 셩이 견필의 오히려 놀나〃 부친의 션견디명 아ᄂᆞᆫ 고로 보던 거ᄉᆞᆯ ᄇᆞ리고 밧비

26면

[셔]당으로 나오다가 ᄉᆡᆼ각ᄒᆞᄃᆡ 모친ᄭᅴ 의논ᄒᆞ리라 ᄒᆞ고 벽운누의 니ᄅᆞ니 부뫼 ᄇᆞ야흐로 샹ᄃᆡ하야 말솜ᄒᆞᄂᆞᆫ디라 ᄉᆡᆼ이 감히 드러가디 못하야 셧더니 다만 드르니 승샹이 부인을 ᄃᆡᄒᆞ야 닐오ᄃᆡ 이제 공쥬의 흉계 이 디경의 니ᄅᆞ니 셜ᄉᆞ 형시 죽디 아니나 참혹히 죽일디라 그 인ᄉᆡᆼ이 가련ᄒᆞ도다 연이나 부인은 ᄋᆞ직[ᄃᆡ]려 브졀업ᄉᆞᆫ 말을 그치고 공쥬를 증염ᄒᆞᄂᆞᆫ 비츨 운셩의게 번거히 말나 부인은 ᄒᆞᆫ탄 왈 팔ᄌᆡ 긔구ᄒᆞ니 애들ᄋᆞᆷ믈 이긔디 못ᄒᆞ리로소이다 쳡이 비록 안흐로 믜오나 나타내ᄂᆞᆫ [일] 업거니와 군ᄌᆞᄂᆞᆫ ᄒᆞᆫ 번 은근ᄒᆞ미 업ᄉᆞ시니 운셩이 샹공으로 인ᄒᆞ야 공쥬를 더옥 박ᄃᆡᄒᆞᄂᆞ니이다 승샹이 웃고 ᄀᆞᆯ오ᄃᆡ 부인이 그ᄅᆞ다 부인은 가히 권변을 조ᄎᆞ며 ᄃᆡᄒᆞ야 은근ᄒᆞ고 도라셔면 박졀ᄒᆞ며 말솜을 반ᄃᆞ시 됴롱ᄒᆞ야 ᄂᆡ의를 달니ᄒᆞ거니와 내 ᄯᅳᆺ은 평ᄉᆡᆼ의 권도를 모ᄅᆞ고 사ᄅᆞᆷ의 흔단 니ᄅᆞᆯ 줄을 아디 못ᄒᆞᄂᆞ니 부인이 비록 공쥬를 ᄃᆡᄒᆞ야 만

27면

분 후딕ᄒᆞ나 공쥐 발뒤축이 도라셔디 아녀셔 블열ᄒᆞᆫ ᄌᆞ식과 미온ᄒᆞᆫ 말이 이시니 두리건대 내 ᄆᆡ믈ᄒᆞ만 ᄀᆞᆺ디 못ᄒᆞᆫ가 ᄒᆞᄂᆞ이나 ᄒᆞ믈며 나의 [거동이] ᄒᆞᆫ연티 아니믄 본 ᄀᆡ식이라 위시 등 여러 ᄌᆞ뷔 이셔도 내 인후ᄒᆞ야 죠용이 말ᄒᆞᆯ 적이 업서이다 부인 왈 쳡이 실노 공쥬의 ᄒᆞᆫ단 니ᄅᆞᆯ 적이 업ᄉᆞ니 샹공의 말ᄉᆞᆷ이 ᄭᆡᄃᆞᆺ디 못ᄒᆞᆯ소이다 승샹이 다시 말ᄒᆞ고져ᄒᆞ더니 ᄆᆞᆫ득 손의 잡앗던 부체 ᄉᆞᄉᆞ로 ᄂᆞ려뎌 우편 손이 저리거ᄂᆞᆯ 승샹이 ᄒᆡ득 왈 반ᄃᆞ시 제아[듥] 엿드러 구챠히 셔시매 몸이 곤ᄒᆞᆫ 고로 반ᄃᆞ시 내의 손이 불평ᄒᆞ도다 셜파의 창을 여니 운셩이 난간 속의셔 ᄇᆡ회ᄒᆞ며 ᄯᅴᄅᆞᆯ 슈렴ᄒᆞ고 방듕을 향코져 ᄒᆞ다가 듀뎨ᄒᆞ야 머뭇거리거ᄂᆞᆯ 승샹이 졍식고 물오ᄃᆡ 네 맛당이 드러올거시어ᄂᆞᆯ 엇디 자최ᄅᆞᆯ ᄀᆞ마니 ᄒᆞ야 부모 창 밧긔 셔시니 이 므ᄉᆞᆫ 도리뇨 ᄉᆡᆼ이 크게 황공ᄒᆞ야 오직 ᄂᆞᆺ출 븕히고 말을 못ᄒᆞ다가 날ᄒᆞ여 주왈 [히]ᄋᆡ 수이 드러가디 못ᄒᆞ믄 부모의 말ᄉᆞᆷᄒᆞ시ᄂᆞᆫ 의ᄉᆞ

28면

ᄅᆞᆯ 허틀디 못ᄒᆞ미오 다른 쥬의 아니니이다 승샹이 ᄌᆞ칙 왈 이 다 나의 블민ᄒᆞ미라 군ᄌᆞᄂᆞᆫ 졍대ᄒᆞᆯ 거시오 부인으로 더브러 무샹ᄒᆞᆫ 못ᄀᆞ지 가티 아니ᄃᆡ 마춤 의논ᄒᆞᆯ 일이 이셔 니ᄅᆞ매 일긔 치우므로ᄡᅥ 녀ᄋᆡ 문을 다ᄃᆞᄃᆡ 미처 말니디 못ᄒᆞᆫ 연고로 네 이제 드러오고져 ᄒᆞ다가 듀뎨ᄒᆞ믄 반ᄃᆞ시 문 다ᄃᆞᆷ믈 의심ᄒᆞ미라 네 모ᄅᆞ미 다시 그만ᄒᆞᆫ 자최와 궁곡ᄒᆞᆫ 의ᄉᆞᄅᆞᆯ 내디 말나 셜파의 녀ᄋᆞ로 ᄒᆞ야곰 문호ᄅᆞᆯ 열나 ᄒᆞ고 ᄉᆞ매ᄅᆞᆯ ᄯᅥᆯ티고 밧그로 나가니 ᄉᆡᆼ이 븟그러오믈 이긔디 못ᄒᆞ야 움즉기디 못ᄒᆞ거ᄂᆞᆯ 소소졔 크게 웃고 안흐로 드러가고 셕부인이 역시 우ᄉᆞ며 ᄉᆡᆼ을 나아오라 ᄒᆞ야 ᄀᆞᆯ오ᄃᆡ 네 부친의 셩품을 니기 알거시오 ᄯᅩ 날이 치우믈 문 다ᄃᆞᆷ도 녜ᄉᆡ어ᄂᆞᆯ 엇디 어버의 방의 드러오기ᄅᆞᆯ ᄌᆞ져ᄒᆞ야 ᄃᆡ답ᄒᆞᄂᆞᆫ 말이 블민ᄒᆞ뇨 ᄉᆡᆼ이 무안ᄒᆞ믈 뎡ᄒᆞ야 실노ᄡᅥ 고ᄒᆞᄃᆡ ᄒᆡᄋᆡ 일죽 부모의 나직 말ᄉᆞᆷᄒᆞ시믈 듯줍디 못ᄒᆞ고 ᄒᆞᆫ당의 모ᄃᆞ시믈 보디 못ᄒᆞ엿ᄂᆞᆫ고로 심두의 고이ᄒᆞ야 잠간 머므럿더니 야애 ᄉᆡᆼ각 밧긔 말노 칙ᄒᆞ시니 어ᄂᆞ 면목으로

29면

다시 야〃긔 뵈오리오 부인이 다시 웃고 위로 왈 오ᄋᆞᄂᆞᆫ 다시 의심 말고 승샹긔로 나가라 부ᄌᆞ ᄉᆞ이 므ᄉᆞᆫ 깁흔 ᄯᅳᆺ이 이시며 ᄒᆞ믈며 이 일은 블과 승샹이 ᄌᆞ긔의 샹시 ᄒᆞ

ᄂᆞᆫ 일이 암ᄆᆡ하야 네 의심ᄒᆞᄂᆞᆫ가 븟그려 ᄒᆞ미오 젼쥬 너를 ᄎᆡᆨᄒᆞ미 아니라 ᄉᆡᆼ이 ᄇᆡ샤ᄒᆞ고 감히 다시 다른 말을 못ᄒᆞ고 믈너나 부친을 보니 승샹이 알픠 나아오라 ᄒᆞ야 죠용히 ᄀᆞᆯ오ᄃᆡ 네 엇디 대댱부의 긔샹으로 ᄆᆞᄋᆞᆷ을 궁곡히 ᄒᆞᄂᆞ뇨 셜ᄉᆞ 네 아비 블민ᄒᆞ야 힝실의 밋부미 업ᄉᆞ나 네 맛당이 ᄯᅳᆺ을 졍대히 가져 슉의를 거리ᄭᅵ디 말고 ᄆᆞᄋᆞᆷ을 소탈이 ᄒᆞ미 올커ᄂᆞᆯ 부모 모닷ᄂᆞᆫᄃᆡ 믄득 의심을 닐위니 내 심히 개탄ᄒᆞᄆᆞᆫ 네의 모든 당뷔로ᄃᆡ ᄆᆞᄋᆞᆷ이 샤곡ᄒᆞ믈 한심ᄒᆞᄂᆞ니 부뷔랏 거시 나지 능낙ᄒᆞᄂᆞ냐 ᄉᆡᆼ이 비록 모젼의ᄂᆞᆫ 발명ᄒᆞ나 승샹의 니ᄅᆞᄂᆞᆫ 말노 더브러 방블ᄒᆞ야 듀뎨ᄒᆞ고 아니 드러갓던 고로 ᄒᆞᆫ 말도 못ᄒᆞ니 승샹이 [그 뉘]웃고 븟그려 ᄒᆞ믈 보고 긔ᄉᆡᆨ을 화히 ᄒᆞ야 ᄀᆞᄅᆞ치고 다른 말을 시작ᄒᆞ니 [ᄉᆡᆼ이] 어둡도록 뫼셧다가 믈너나 탄식 왈 우리 야〃ᄂᆞᆫ 진짓 셩인이시라

30면

ᄌᆞ식 ᄀᆞᄅᆞ치시미 셰쇄ᄒᆞ며 비텬ᄒᆞ믈 도라보디 아니며 졍을 기우리고 ᄆᆞᄋᆞᆷ을 소다 지셩으로 사ᄅᆞᆷ되과댜ᄒᆞ시며 ᄂᆞᆷ의 유의 낫과랴 ᄒᆞ시ᄃᆡ ᄌᆞ식이 어디〃 못ᄒᆞ야 그 교훈을 봉힝티 못ᄒᆞ니 엇디 븟그럽디 아니리오 드ᄃᆡ여 감격ᄒᆞᆫ ᄯᅳᆺ으로 글을 지으니라 이튼날 형시와 공쥐 ᄒᆞᆷ긔 드러와 문안ᄒᆞᆯᄉᆡ 공쥬의 ᄌᆞ약ᄒᆞᆫ 화긔 젼일노 더브러 크게 ᄀᆞᆺ디 아니〃 모든 쇼년은 다 식견이 젹은디라 진졍인가 너기고 모든 부인ᄂᆡ며 깁흔 근심이 더으더라 ᄎᆞ일의 ᄉᆡᆼ이 명현궁의 니ᄅᆞ러 경희당의 나아가[니] 형시 대경ᄒᆞ야 멀니 거졀ᄒᆞᆯ ᄯᅳᆺ이 ᄇᆞ야ᄂᆞᆫ디라 오직 본톄를 아니ᄒᆞ고 몸을 두로혀 녜긔를 슈련ᄒᆞᆯᄉᆡ ᄉᆡᆼ이 ᄯᅩᄒᆞᆫ 그 ᄯᅳᆺ을 ᄉᆞᆺ치고 이에 몬져 상의 올나 자ᄂᆞᆫ 톄ᄒᆞ고 부인을 보니 형시 밤이 ᄆᆞᆺ도록 유〃히 함흔ᄒᆞ야 안자 새오ᄂᆞᆫ디라 ᄉᆡᆼ이 스ᄉᆞ로 탄ᄒᆞ야 나아 손을 잡고 슬허 왈 부인이 비록 날 거절ᄒᆞ기를 이ᄀᆞᆺ티 ᄒᆞ나 공쥐 부인을 어디다 ᄒᆞᆯ 니 업고 나의 ᄆᆞᄋᆞᆷ이 도로혈 길히 업서 실노 무익ᄒᆞ니 그ᄃᆡ 엇디 고집ᄒᆞ미 과도

31면

ᄒᆞ뇨 그ᄃᆡ 만일 슌죵ᄒᆞ면 내 가히 공쥬긔 강잉ᄒᆞ미 이시려니와 블연즉 나의 고집을 졈〃 도〃며 공쥬 믜워ᄒᆞ믈 ᄒᆞᆫ 층을 도〃미니라 형시 죠곰도 감동ᄒᆞᄂᆞᆫ 비출 두디 아니ᄒᆞ고 ᄂᆞᆯ오ᄃᆡ 낭군의 구든 졍이 감격다 ᄒᆞ려니와 ᄉᆡᆼ각건대 낭군이 실노 쳡을 잔잉히 너기고 은졍이 듕ᄒᆞᆯ딘대 엇디 구ᄐᆞ야 환을 어더 주고져 ᄒᆞ며 ᄯᅩ 공쥬의 어딘 덕과

존ᄒᆞᆫ 위며 아ᄅᆞᆷ다온 ᄒᆡᆼ실은 갑흐미 업ᄉᆞ니 쳡이 실노 항복디 아니코 감격ᄒᆞ미 젹은
디라 이 말을 내매 반ᄃᆞ시 교정으로 아ᄅᆞ시려니와 조야 텬ᄀᆡ시니 엇디 정의 가작ᄒᆞ
미 이시리오 구ᄐᆞ야 편ᄉᆡᆨᄒᆞ실딘대 쳡이 ᄯᅩᄒᆞᆫ 어버의 집의 도라갈 ᄯᆞᄅᆞᆷ이로다 운셩
왈 뉘 령을 드러 엇던 사ᄅᆞᆷ이 보내여든 가랴 ᄒᆞ시ᄂᆞ뇨 형시 정ᄉᆡᆨ 왈 인〃이 어버의
집의 도라가미 덧〃ᄒᆞ미니 쳡이 당〃이 귀령ᄒᆞ믈 구고ᄭᅴ 어더 부친의 ᄃᆞ려가시믈 만
나 내 스사로 도라가리니 엇디 막을 재 이시리오 부매 ᄂᆡᆼ소 왈 부인이 방ᄌᆞᄒᆞ다 나
소운셩이 비록 쳑촌셔ᄉᆡᆼ

32면

으로 인ᄉᆡᆼ이 명현공쥬 쟝듕의 이시나 ᄯᅩᄒᆞᆫ 슉ᄆᆡᆨ을 분변ᄒᆞᄂᆞ니 님군의 ᄯᆞᆯ은 감히 졔
어티 못ᄒᆞ려니와 엇디 형옥의 녀ᄌᆞ조차 졔어티 못ᄒᆞ리오 그ᄃᆡᄂᆞᆫ 쇽졀업ᄉᆞᆫ 말을 ᄒᆞ야
나의 노를 도〃디 말라 혹ᄉᆡᆼ이 신의를 듕히 ᄒᆞ야 그ᄃᆡ를 후히 ᄒᆞ고 말ᄉᆞᆷ이 슌ᄒᆞ나 본
ᄆᆞᄋᆞᆷ이 부녀의게 굴녑ᄒᆞᆯ 배 아니라 그ᄃᆡ 임의 나의 쳐ᄌᆞ로 평ᄉᆡᆼ이 내 손 가온대 이시
니 엇디 ᄆᆞᄋᆞᆷ대로 츌입ᄒᆞᆯ ᄠᅳᆺ이 잇ᄂᆞ뇨 언필의 안ᄉᆡᆨ의 노긔 ᄀᆞ득ᄒᆞ야 크게 소ᄅᆡ 디ᄅᆞ
고 칼흘 드러 알ᄑᆡ 노흔 바를 산〃이 ᄇᆞᄋᆞ티니 분긔 임의 두우를 게티딜디라 형시 심
하의 ᄒᆞᆫ이 무궁ᄒᆞ나 ᄒᆞᆯ 일이 업서 다시 말을 아니코 계유 새박을 기ᄃᆞ려 승샹부의 니
ᄅᆞ러 신셩ᄒᆞ고 죵일토록 뫼셧다가 셕양의 도라오니 부매 임의 이에 이셔 글 짓ᄂᆞᆫ디
라 악연ᄒᆞ믈 이긔디 못ᄒᆞᄃᆡ 소ᄉᆡᆼ이 긔ᄉᆡᆨ이 흔연티 아니〃 ᄒᆞᆯ 일이 업서 강잉ᄒᆞ야 좌
의 나아가 쵹을 ᄃᆡᄒᆞ매 그 평안ᄒᆞᆫ 일ᄉᆡᆼ이 괴로와시믈 ᄉᆡᆼ각ᄒᆞ니 엇더ᄒᆞ리오 소ᄅᆡ를
머금고 ᄀᆞ마

33면

니 텬디긔 비로ᄃᆡ 반ᄃᆞ시 수이 죽어 부마의 념녀와 일ᄉᆡᆼ 괴로오믈 니저리라 ᄒᆞ더라
이날 운셩이 새도록 글을 읇퍼 [셩편]ᄒᆞᄃᆡ 각별 부인을 본 톄 아니〃 ᄯᅩᄒᆞᆫ 다ᄒᆡᆼᄒᆞ야
ᄒᆞ더니 이튼날 형시 존당의 문안ᄒᆞᆯᄉᆡ 년일ᄒᆞ야 좀을 폐ᄒᆞᄂᆞᆫ 고로 셕부인 협실의셔
여러 쇼고로 말ᄒᆞ다가 잠간 누어 쉬더니 인ᄒᆞ야 좀드니 셕부인은 명텰ᄒᆞᆫ 녀ᄌᆡ라 그
리 곤ᄒᆞᆷ과 운셩이 문안의 오디 아니믈 보고 형시 시녀 도화를 블너 문왈 네 부인이
공쥬궁의 간 후 [내 아히] ᄒᆞᆫ 번이나 갓더냐 도홰 답[왈] ᄌᆡ작야의 샹공이 가 겨시니
부인이 공쥬긔 가쇼셔 권ᄒᆞ시니 샹공이 노ᄒᆞ야 여러 말노 결우시더니 인ᄒᆞ야 밤의

다 안자 새오시고 시방 샹공이 부인 슉소의 겨시니이다 부인이 탄왈 잔잉ᄒᆞ다 현부야 지아븨 편ᄉᆡᆨᄒᆞ기로 인ᄒᆞ야 약딜이 괴로오믈 겻그니 내 ᄆᆞ음이 버히ᄂᆞᆫ 듯ᄒᆞ도다 즉시 좌우로 ᄉᆡᆼ을 브ᄅᆞ니 ᄉᆡᆼ이 칭병ᄒᆞ고 오디 아니ᄒᆞ거ᄂᆞᆯ 부인이 뎐어 왈 네 일즉 닙신ᄒᆞ야 벼슬이 경샹의 이시니 비록

34면

어버의게 졍이 업고 두리오미 업ᄉᆞ나 톄면을 ᄉᆞᆯ펴 브ᄅᆞᄆᆞᆯ 경시티 말나 ᄉᆡᆼ이 비로소 드러와 뵈ᄃᆡ 안ᄉᆡᆨ이 블안ᄒᆞ고 긔운이 뇌곤ᄒᆞ야 진실노 병 드ᄃᆞᆺᄒᆞ니 부인이 ᄒᆞᆫ 번 보매 어엿분 ᄆᆞ음이 ᄉᆡᆷ솟ᄃᆞᆺᄒᆞ니 이에 두어 말노 역명ᄒᆞᄆᆞᆯ ᄭᅮ지ᄌᆞ니 ᄉᆡᆼ이 샤죄ᄒᆞ고 인ᄒᆞ야 모친 겻ᄐᆡ 뫼셔 여러 아ᄋᆞ들노 더브러 흔연히 말ᄒᆞ고 희ᄒᆡᄒᆞ야 유화ᄒᆞ며 포용ᄒᆞ미 얼프시 승샹의 [ᄐᆡ부인] 뫼심과 ᄀᆞᆺ튼디라 셕부인이 심하의 ᄉᆡᆼ각ᄒᆞᄃᆡ 샹시 ᄒᆡᆼᄉᆞ 품격은 부ᄌᆡ ᄂᆡ도ᄒᆞᄃᆡ 이런 곳의 다ᄃᆞ라ᄂᆞᆫ 심히 방블ᄒᆞ니 부ᄌᆞ의 달므미 이 ᄀᆞᆺ도다 ᄒᆞ더라 셕양의 ᄉᆡᆼ이 모친의 알ᄑᆡ 나아와 업더여 눈믈 흘녀 왈 블쵸ᄌᆡ 샹시 ᄒᆡᆼᄉᆞᄂᆞᆫ 각별 대쇼ᄉᆞ의 거리ᄶᅧ 관겨히 아니 너기ᄃᆡ 홀노 명현공쥬의 다ᄃᆞ란 삼혼이 ᄂᆞ라ᄂᆞ고 구령이 못디 아냐 그 얼골을 보면 진실노 일신을 뎜〃이 버히고 오장을 흔드ᄂᆞᆫ 듯 졍신이 아득ᄒᆞ며 믄득 혼미ᄒᆞ야 긔운이 알ᄑᆞ고 흉격이 막히니 ᄆᆞ양 슈족이 ᄯᅥᆯ이여 뎡티 못ᄒᆞᄂᆞᆫ디

35면

라 군은을 감격ᄒᆞ고 일가의 환을 두려 잇다감 나아갓다가 계유 새와오면 졍신이 ᄯᅥᆯ녀 인ᄒᆞ야 병이 되니 심화와 경혼이 모도여 셩졍이 달니 되고 총명이 암연ᄒᆞ야 쟝ᄎᆞᆺ 병이 나게 되니 실노 명현공쥬ᄂᆞᆫ 삼ᄉᆡᆼ의 원쉬라 소ᄌᆡ 아마도 ᄆᆞ음을 것잡디 못ᄒᆞ니 쟝ᄎᆞᆺ 실셩 발광ᄒᆞ리로소이다 부인이 드ᄅᆞ매 오ᄂᆡ 브ᄋᆞᄂᆞᆫ 듯ᄒᆞ나 강잉ᄒᆞ야 쥰졀이 ᄭᅮ지저 왈 너ᄂᆞᆫ 이 ᄉᆞ리를 통ᄒᆞᄂᆞᆫ 션ᄇᆡ라 엇디 이러틋 괴이ᄒᆞᆫ 말을 ᄒᆞᄂᆞ뇨 명현공쥐 비록 슉녜 아니나 ᄒᆡᆼ신인ᄉᆡ 족히 너만은 ᄒᆞ니 엇디 나ᄆᆞ라미 이시리오 ᄆᆞ음을 것잡아 후ᄃᆡᄒᆞ면 깃브려니와 블연즉 내 죽어도 눈을 ᄀᆞᆷ디 못ᄒᆞ리로다 ᄒᆞᄆᆞᆯ며 네 형시 곳의 듀야 이셔 형시의 민망ᄒᆞᄆᆞᆯ 념티 아니코 공쥬의 덕을 모ᄅᆞ니 금슈만 못ᄒᆞ도다 ᄉᆡᆼ이 눈믈을 거두고 ᄯᅩᄒᆞᆫ 우서 ᄀᆞᆯ오ᄃᆡ ᄌᆞ친의 명괴 다 맛당ᄒᆞ시ᄃᆡ 오직 공쥬의 덕이 잇다 ᄒᆞ시믄 쇼ᄌᆞ를 심히 블명히 너기시고 ᄯᅩ 쇼ᄌᆡ 공쥬 ᄀᆞᆺ다 ᄒᆞ시ᄂᆞᆫ 말ᄉᆞᆷ은 ᄯᅩᄒᆞᆫ 놀나온

디라 현마 히익 뎌

36면

투부 굿트리잇가 부인 왈 네 져근덧 안자 드르라 처엄의 쇼영을 겁틱ᄒᆞ니 공쥐 방울 더뎌 구홈과 굿고 네 남ᄌᆞ의 톄골을 일워 샹ᄉᆞ병이 되고 공쥐 녀ᄌᆞ의 도를 일허 너를 그 쌔 죽으라 ᄶᅮ지ᄌᆞ니 실톄ᄒᆞ미 ᄒᆞᆫ가지오 형시를 본 후ᄂᆞᆫ 네 임의 ᄒᆞᆫ을 프러시니 공쥬를 후ᄃᆡᄒᆞ미 가ᄒᆞᄃᆡ 가디록 ᄆᆡ믈ᄒᆞ고 공쥐 형시를 보매 그 밋디 못ᄒᆞ믈 ᄭᆡᄃᆞᄅᆞ매 네 오히려 ᄌᆞ칙디 아니코 오히려 블평ᄒᆞ니 그 블통ᄒᆞ미 ᄒᆞᆫ가지리라 요ᄉᆞ이ᄂᆞᆫ 공쥐 형시를 흔연ᄒᆞ고 후ᄃᆡᄒᆞᆫ다 ᄒᆞ니 도로혀 너도곤 낫도다 ᄉᆡᆼ이 말이 업서 크게 웃고 ᄃᆡ왈 모친 쇼ᄌᆞ 수죄ᄒᆞ시미 이굿트시니 므슴 말솜을 ᄒᆞ리잇가 부인이 죵시 웃디 아니코 졍식 브답이어늘 ᄉᆡᆼ이 다시 ᄉᆞᆯ오ᄃᆡ 진실노 촉샹ᄒᆞ야 그런디 병이 침노ᄒᆞ니 요ᄉᆞ이 됴리ᄒᆞ야지이다 부인이 허락ᄒᆞ니 ᄉᆡᆼ이 샤례ᄒᆞ고 경희당의 도라와 누엇더니 황혼의 형시 도라와 ᄉᆡᆼ의 이시믈 보고 크게 ᄒᆞᆫᄒᆞ야 혜오ᄃᆡ 뎨 날노 더브러 므슴 견과ᄒᆞ미 잇관ᄃᆡ 뎐

37면

일ᄒᆞ야 내 곳의 니ᄅᆞ러 공쥬의 노를 닐위ᄂᆞ뇨 ᄒᆞ야 부〃 이인이 서ᄅᆞ 논ᄒᆞ야 화긔 돈연ᄒᆞ나 소ᄉᆡᆼ이 만일 범연ᄒᆞᆫ 남질딘대 엇디 이대도록 고집ᄒᆞ리오마ᄂᆞᆫ 심긔 무거오미 산히 굿ᄐᆞᆫ디라 상샹의 누어 요동티 아니미오 일의 니ᄅᆞ러ᄂᆞᆫ 승샹이 사ᄅᆞᆷ을 보내여 병을 뭇고 형데 모다 와 보고 셔당의 가셔 의약ᄒᆞ믈 니ᄅᆞᄃᆡ ᄉᆡᆼ이 듯디 아니코 경희당 머므러 여러 날이 되니 공쥬와 궁인이 알고 분을 이긔디 못ᄒᆞᄃᆡ 보모 냥시 ᄀᆞ만이 고ᄒᆞᄃᆡ 모로미 ᄌᆞ약히 이셔 조각을 타 셜ᄒᆞᆫᄒᆞ고 즤레나 망녕된 말을 말나 ᄒᆞ니 공쥐 기리 춤고 모ᄅᆞᄂᆞᆫ 톄ᄒᆞ더라 십여 일의 다ᄃᆞ라ᄂᆞᆫ 승샹이 운셩의 병인 줄 슷치고 동ᄌᆞ를 명ᄒᆞ야 브ᄅᆞ니 ᄉᆡᆼ이 가디 아니ᄒᆞ거늘 승샹이 대로ᄒᆞ야 신노로 ᄒᆞ야곰 잡아오라 ᄒᆞ니 시뇌 명을 드러 경희당의 니ᄅᆞ매 ᄉᆡᆼ이 상샹의 벗기 누어 니러날 의식 업ᄉᆞ니 운희 니ᄅᆞ러 졍식고 칙왈 네 이제 부명을 거역ᄒᆞ고 쟝ᄎᆞᆺ 엇디랴 ᄒᆞᄂᆞᆫ다 ᄉᆡᆼ이 눈을 ᄀᆞᆷ고 머

38면

리를 흔드러 왈 내 임의 님군긔 블튱ᄒᆞ고 부모긔 불효ᄌᆡ 되야시니 오직 죽고져 ᄯᅳᆺ이

ᄇᆞ야ᄂᆞᆫ디라 ᄎᆞ형은 모ᄅᆞ미 쇼데ᄅᆞᆯ ᄎᆡᆨ디 말나 한님이 앙텬 탄왈 네 인ᄉᆡ 이럴 줄은 ᄉᆡᆼ 각디 못ᄒᆞᆯ 배로다 드ᄃᆡ여 도라가니 형시 두로 형셰 이 ᄀᆞᆺᄐᆞᆷ을 보고 나아가 간왈 이제 군ᄌᆡ 부명을 거역ᄒᆞ고 곤계의 ᄀᆞ라치ᄆᆞᆯ 듯디 아니시니 엇디 셰샹의 죄인이 되며 인 뉸의 변이 아니리오 ᄇᆞ라ᄂᆞ니 부마ᄂᆞᆫ 세 번 슬펴보니 시노의 두 번 오ᄆᆞᆯ 기ᄃᆞ리디 말 고 부형 쳥죄ᄒᆞ야 대인의 노ᄅᆞᆯ 엇디 마ᄅᆞ쇼셔 ᄉᆡᆼ이 드ᄅᆞᆫ 톄 아니〃 형시 다시 니ᄅᆞ고 져 ᄒᆞ더니 홀연 수오개 창뒤 니ᄅᆞ러 부마ᄅᆞᆯ 잡으랴 ᄒᆞ나 감히 드러오디 못ᄒᆞ야 다만 승샹 명을 뎐ᄒᆞᄂᆞᆫ디라 ᄉᆡᆼ이 ᄯᅩᄒᆞᆫ 요동티 아니〃 형시 십분 쵸급ᄒᆞ야 오직 비러 왈 샹 공이 이제 대인의 세 번 브ᄅᆞ시ᄆᆞᆯ 거역ᄒᆞ고 어ᄂᆡ 면목으로 텬일지하의 셔며 ᄯᅩ다시 대인긔 뵈오랴 ᄒᆞ시ᄂᆞᆫ뇨 ᄲᆞᆯ니 드러가 뵈ᄋᆞᆸ고 다시 나오미 맛당ᄒᆞ니이다 ᄉᆡᆼ이 냥목을 흘긔여 부인을 보고 몸을 두로혀 벽

39면

을 향ᄒᆞ야 누으며 왈 그ᄃᆡ 날로ᄡᅥ 부매 되다 공티ᄒᆞ며 싀긔ᄒᆞ야 날을 거절ᄒᆞ니 내 이 제 블튱 블회 되야 미ᄉᆡᆼ의 어리ᄆᆞᆯ 효측ᄒᆞ야 그ᄃᆡ로 더브러 이 방 듕 귀신이 되야 나 의 부마 되미 본심이 아니며 그ᄃᆡ 향ᄒᆞᆫ 졍이 공쥬긔 디난 줄을 볽혀 부인의 싀투ᄒᆞᄂᆞᆫ 말과 날 거절ᄒᆞᄆᆞᆯ 보며 듯디 아니리라 형시 임의 뎌적 거절ᄒᆞᄂᆞᆫ 말을 노ᄒᆞ야 항복ᄃᆞ 려ᄒᆞᄆᆞᆯ 알고 다만 ᄉᆞ리로 기유ᄒᆞᄃᆡ 듯디 아니ᄒᆞ더니 시뇌 ᄯᅩ 니ᄅᆞ러 몬져 왓던 시뇌 ᄅᆞᆯ 다 잡아가 운셩 아니잡아 오므로ᄡᅥ 벌ᄐᆡᆨᄒᆞ야 듕형을 더으고 시노로 ᄒᆞ여곰 다시 잡으라 보내니 모든 시뇌 출히 저의 죄ᄅᆞᆯ 닙을디언뎡 ᄉᆡᆼ을 감히 잡아내디 못ᄒᆞ니 이 에 승샹 가신 쥬부 니홍 니ᄅᆞ러 부마ᄅᆞᆯ ᄃᆞ려가려ᄒᆞ니 ᄉᆡᆼ이 오직 구디 누엇ᄂᆞᆫ디라 형 시 망극ᄒᆞ야 울며 비러 기유 왈 쳡의 몸이 군ᄌᆞ긔 돌녓ᄂᆞ니 엇디 ᄯᅳᆺ을 거ᄉᆞ리미 이시 리오마ᄂᆞᆫ 샹공 자최 공쥬긔 향티 아니시니 그으기 민망ᄒᆞ야 ᄉᆞ리로 간ᄒᆞ

40면

미 샹공을 염티ᄒᆞ며 투긔ᄒᆞ미 아니라 진실노 샹공 좌와의 이셔 열낙고져 ᄒᆞᄆᆞᆯ 슌편 ᄒᆞ야 당구코져 ᄯᅳᆺ이라 엇디 대인의 명녕조차 거역ᄒᆞ시ᄂᆞ니잇가 다시 ᄉᆡᆼ각ᄒᆞ니 쳡이 블민ᄒᆞ야 실노 군ᄌᆞ의 졍을 모ᄅᆞ고 [미믈]ᄒᆞᆫ 죄 깁흔디라 비록 ᄇᆡᆨ 번 죽어도 이 죄ᄅᆞᆯ 쇽디 못ᄒᆞ리로소이다 ᄇᆞ라ᄂᆞ니 군ᄌᆞᄂᆞᆫ ᄋᆞ녀자의 죄ᄅᆞᆯ 샤ᄒᆞ고 존명을 승슌ᄒᆞᆫ 후 도라 오시면 쳡이 당〃이 공경ᄒᆞ여 마자 블슌티 아니리이다 만일 샹공이 구ᄐᆞ야 거ᄉᆞ리샤

듯디 아니시면 원컨대 보는 딕셔 죽어 군주의 념녀를 긋추리이다 싱이 형시의 굴복
호믈 보고 완〃이 니러 의관을 곳티며 씌를 추주 씌며 골오딕 부인의 말은 취신티 못
호려니와 야〃의 명을 조차 이에 가노라 드딕여 시노로 더브러 가 부친을 뵐식 승상
이 싱을 보매 쏠니 좌우로 호야곰 결박호야 크게 수지저 골오딕 네 이제 어누 면목으
로 날을 와 보며 아비를 빅반호고 인뉴의 셔리오 드딕 큰 매를 골희야 산당 삼십 낫
출 노코 싱

41면

을 잡아민 후 난간 알픽 내여노코 수졸을 골희여 호령호니 훈 매에 피육이 써러[디고]
피 흘너나니 임의 오십 댱의 니르러는 뎜〃훈 술뎜과 구득훈 피 승샹의 오시 쌘리딕
가디록 고찰호니 졔싱이 망극호야 익걸호딕 공이 듯디 아니는디라 태부인이 급히 셕
파로 호야곰 승샹드려 닐너 왈 삼우의 죄 가보얍디 아니딕 그 죄를 족수티 못호리니
노모의 눗출 보와 힝혀 샤죄호라 훈대 공이 감히 모명을 거역디 못호야 쓰어 내티라
호고 노긔를 긋디 못호야 시노를 다 능품호야 친 후 안히 드러와 모친끠 빅올식 태부
인은 다만 가운의 블힝호믈 탄호고 소부인은 운셩의 외입호믈 애둘와 호거놀 태부인
이 쇼왈 셩우의 인믈이 엇디 외입호미리오 그 가온대 큰 병통이 고집훈 연괴라 통달
호고 훤츨훈 인식 엇디 외입홀 뉘리오 아직 혈긔 미뎡훈딕 공쥬로뻐 증염호야 측쳐
의 블통호미니라 승샹이 청좌의 혹 그런가 호야 잠간 깃거

42면

호딕 평일 효슌호고 상활호므로뻐 인믈이 변호야시믈 싱각호니 공쥬를 새로이 흔호
며 쏘훈 텬쉬라 호야 다시 탄티 아니호더라 이날 부매 야〃그 죄를 닙고 즉시 경희당
의 가 형시를 볼식 이쌔 형시 시녀의 뎐호므로 싱의 댱칙을 듦히 바드믈 듯고 수〃의
셜우며 애둘와 훈 번 주거 만념 긋기를 뎡호고 영결호는 글을 지어 부모긔 브티고 슈
건을 드러 목을 믹니 이쌔 시녀 다 소싱을 보라 갓는디라 인젹이 젹연호니 쟝춧 명이
긋게 되엿더니 싱이 스스로 므음이 령호야 경희당의 니르니 인젹이 젹뇨훈딕 창호를
다닷는디라 힝보를 계유 일워 창을 여니 안흐로 거러시니 므음이 급호야 급히 손으
로뻐 우김질노 열고 눈을 드러보니 부인이 [임의] 흰 깁으로 목을 졸나 [옥]용이 달나
시니 싱이 대경실식호야 스스로 주긔 댱칙의 알프믈 닛고 창황이 나아가 칼흘 쌔혀

깁을 그르고 보니 아관이 긴급ᄒᆞ고 만신이 어름ᄀᆞᄐᆞ얏는디라 ᄉᆞᄉᆞ로 ᄆᆞ옴이 ᄉᆡ고 ᄲᅧ굿티 알프니 어린 ᄃᆞᆺ

43면

취ᄒᆞᆫ ᄃᆞᆺᄒᆞ야 능히 시녀를 블너 약 � 줄을 닛고 믄득 부인을 븟드러 상의 누이고 ᄯᅩᄒᆞᆫ 나아가 부인과 ᄒᆞᆫ가지로 누어 움ᄌᆞ기디 아니터니 반향 후 운경이 졔뎨를 거ᄂᆞ려 이에 니ᄅᆞ러 ᄎᆡᆨᄒᆞ야 ᄀᆞᆯ오ᄃᆡ 네 대인긔 ᄎᆡᆨ을 밧ᄌᆞᆸ고 시ᄀᆞᆨ이 넘디 아냐셔 이에 니ᄅᆞ러 현수의 빙옥 ᄀᆞᄐᆞᆫ 몸의 누명을 닐위려 ᄒᆞᄂᆞᆫ다 ᄉᆡᆼ이 믄득 니러나 피 ᄆᆞᄃᆞᆫ 오ᄉᆞᆯ 벗고 손으로ᄡᅥ 형시를 ᄀᆞᄅᆞ쳐 왈 대인과 졔형이 아모리 ᄎᆡᆨᄒᆞ신들 무죄ᄒᆞᆫ 쳐ᄌᆡ 죽은 후조차 보디 아니리잇가 모다 놀나보니 깁슈건은 겻ᄐᆡ 잇고 형시 안ᄉᆡᆨ이 프ᄅᆞ럿ᄂᆞᆫ디라 대경ᄒᆞ야 갓가이 나아가 보니 임의 명이 긋쳣거ᄂᆞᆯ 차악ᄒᆞᄆᆞᆯ 이긔디 못ᄒᆞ야 연고를 무ᄅᆞ니 부매 답디 아니코 좌우 시녀로 ᄒᆞ야곰 ᄲᆡ히 됴흔 술 ᄒᆞᆫ 준만 가져오라 ᄒᆞ야 친히 일두비로 브어 년ᄒᆞ야 삼십 ᄇᆡ를 긔후ᄅᆞ고 크게 취ᄒᆞ야 셔안을 텨 노래 블너 ᄀᆞᆯ오ᄃᆡ ᄉᆞᄒᆡ 태평ᄒᆞ미여 던우ᄒᆡ 근심이 업도다 근심이 업ᄉᆞ미여 신하의 인뉸을 희짓ᄂᆞᆫ도다 ᄉᆞ셰 난쳐ᄒᆞ미여 내 능히 졍을 긋디 못ᄒᆞ고 뎨 능히 통을 구

44면

티 못ᄒᆞᄂᆞᆫ도다 뎨 비록 겸손ᄒᆞ야 죽을디언뎡 내 고집 두로혀믄 어렵도다 웃디 말고 웃디 말나 내 임의 당태종과 당명황만 못ᄒᆞ거든 엇디 이인의 주접저오ᄆᆞᆯ 우ᄉᆞ리오 우차〃혜여 이 ᄯᅩ 텬쉬라 노래를 파ᄒᆞ매 ᄉᆞ매를 ᄯᅥᆯ티고 밧그로 나가니 그 거동이 가히 발광ᄒᆞᆫ 뉘라 어ᄉᆡ 크게 놀나 일변 부마를 븟드러 드리고 일변으로 약을 나와 형시를 구ᄒᆞ니 반일 만의 가ᄉᆞᆷ의 온긔 이시ᄃᆡ ᄭᆡ디 못ᄒᆞᄂᆞᆫ디라 시녀로 ᄒᆞ야곰 보호ᄒᆞ라 ᄒᆞ더니 날이 어두온 후 숨을 내쉬고 졍신을 출히니 졔ᄉᆡᆼ이 환희ᄒᆞ야 시녀로 ᄒᆞ야곰 십분 조심ᄒᆞ야 구호ᄒᆞ라 ᄒᆞ고 부뫼 놀나시리니 이런 말을 구외예 내디 말나 운셩을 ᄃᆞ려 별샤로 가라 ᄒᆞ니 머리를 흔들고 가디 아닛ᄂᆞᆫ디라 어ᄉᆡ 탄식고 졔뎨로 더브러 셔당으로 도라가니라 ᄉᆡᆼ이 비록 취듕이나 형시의 ᄌᆞ가 거절ᄒᆞ므로ᄡᅥ ᄌᆞ결ᄒᆞᆫ ᄃᆡ경의 이시ᄆᆞᆯ 알고 비록 올히 너기나 ᄯᅩᄒᆞᆫ 분노ᄒᆞ야 그 ᄯᅳᆺ을 일우디 못ᄒᆞ게ᄒᆞ노라 이날 취ᄒᆞᄆᆞᆯ 타 나아가 부인과 동침ᄒᆞ야 ᄑᆞᆯ과 몸을 뵈야 왈 부친이 오ᄂᆞᆯ 무ᄉᆞ로 결박

45면

ᄒᆞ시기의 이러틋 상ᄒᆞ야시니 이 젼혀 뉘 탓고 내 셰샹 아란 디 십팔년의 듕ᄒᆞᆫ 형벌을 밧고 부모 혈육이 뎜〃 써러디미 다 그ᄃᆡ의 연괴라 그ᄃᆡ 홀노 감동티 아니코 졀〃이 날을 소겨 듕도의 ᄌᆞ결ᄒᆞ야 날노ᄒᆞ야곰 셜우믈 품게ᄒᆞ려ᄒᆞ니 내 과연 ᄎᆞ후ᄂᆞᆫ 죽을디언뎡 이 문밧글 나디 아냐 그ᄃᆡ를 ᄃᆡ희리라 드ᄃᆡ여 피 므든 곳과 샹쳐를 뵐ᄉᆡ 형시 ᄆᆞ음이 어득ᄒᆞ고 목이 듕히 샹ᄒᆞ야 말을 못ᄒᆞ고 다만 [무]수ᄒᆞᆫ 눈믈 ᄲᅮᆫ이라 ᄉᆡᆼ이 부인의 샹ᄒᆞᆫ 것과 ᄌᆞ긔 죄 닙은 줄을 두로 혜아리매 심긔 것잡기 어려온디라 홀연 죽고져 ᄠᅳᆺ이 급ᄒᆞ야 ᄎᆞᆫ 칼흘 ᄲᅢ혀 디ᄅᆞ고져 ᄒᆞ니 형시의 유뫼 황망이 칼흘 앗고 서ᄅᆞ 븟드러 울ᄉᆡ 형시 뎌 경상을 보고 손으로 지필을 구ᄒᆞ야 ᄡᅧ 뵈ᄃᆡ 쳡이 박명ᄒᆞᆫ 인ᄉᆡᆼ이 ᄡᅳᆯ ᄃᆡ 업ᄉᆞ매 죽고져 ᄒᆞ더니 샹공 이러틋ᄒᆞ시니 괴로온 인ᄉᆡᆼ이 관회ᄒᆞ야 ᄉᆡᆼ도를 어드리니 과도ᄒᆞᆫ 거조를 마ᄅᆞ시면 병심이 평안ᄒᆞ리로다 ᄉᆡᆼ이 보고 탄식고 말을 아니ᄒᆞ더라 명조의 ᄉᆡᆼ이 니러나 관셰ᄒᆞ고 부모긔 문안ᄒᆞ니 승샹이 명ᄒᆞ

46면

야 미러 내티니 ᄉᆡᆼ이 ᄒᆞᆯ 일이 업서 도로 경희당의 와 누엇더니 원ᄂᆡ 속량 후 ᄆᆞ음을 편히 ᄒᆞ고 몸을 됴리ᄒᆞ여도 오히려 듕ᄒᆞᆫ 샹톄 완합기 어려오ᄃᆡ ᄆᆞ음을 혼난히ᄒᆞ고 편히 누어 됴리틀 아니〃 당하 어혈이 플니디 아냐 당독이 발ᄒᆞ니 ᄉᆡᆼ이 ᄀᆞ만이 ᄉᆡᆼ각ᄒᆞᄃᆡ 내 ᄆᆞ음이 실셩ᄒᆞ야 부효를 기티고 야〃의 경계ᄒᆞ시ᄂᆞᆫ 매를 마ᄌᆞ므로브터 병이 니러나니 만일 ᄉᆡᆼ도를 엇디 못ᄒᆞᆯ딘대 엇디 야〃의 ᄌᆞ식 이 ᄉᆞ랑이 지극ᄒᆞ야 ᄀᆞᄅᆞ치신 배 블의예 도라가디 아니리오 드ᄃᆡ여 심ᄉᆞ를 것잡아 이에 부인ᄃᆞ려 왈 그ᄃᆡ 고집ᄒᆞ고 내 블통ᄒᆞ야 피ᄎᆞ의 이 거죄 이시니 뉘우ᄎᆞ나 밋디 못ᄒᆞᆯ디라 내 이제 당독이 발ᄒᆞ니 만일 실셥ᄒᆞ면 반ᄃᆞ시 죽을디라 내의 죽기ᄂᆞᆫ 본ᄃᆡ 원ᄒᆞᄂᆞᆫ 배어니와 블효를 기티며 야〃의 인ᄌᆞᄒᆞ신 교훈이 블의예 ᄲᅡ디리니 이제 셔당의 가 됴리ᄒᆞ랴 ᄒᆞᄂᆞ니 부인은 날을 소기디 말고 잘 됴리ᄒᆞ라 드ᄃᆡ여 니파를 블너 닐오ᄃᆡ 눈믈을 흘니고 ᄉᆡᆼ의 피므든 경샹을 ᄎᆞ마 보디 못ᄒᆞ거ᄂᆞᆯ ᄉᆡᆼ이 웃고 왈 나의 나히 져기 미거ᄒᆞ믈

47면

올코 부친의 칙ᄒᆞ시믈 맛당ᄒᆞ시니 엇디 ᄒᆞᆫᄒᆞ며 원망ᄒᆞ리오 긔 실노 평ᄋᆡ듕 당ᄉᆡᆼᄒᆞ야 ᄯᅩ 어려실 적은 ᄆᆞ음이 조ᄇᆡ얍디 아니므로 부모씌 듕ᄒᆞᆫ 매을 맛디 아녓더니 당ᄒᆞ야

이대도록 블통미거ᄒᆞ니 야〃의 애들와 티시미 듕ᄒᆞᆫ디라 당〃이 셔당의 가 됴리ᄒᆞ얌즉 ᄒᆞᄃᆡ 듀뎨ᄒᆞᄂᆞᆫ 배ᄂᆞᆫ 다만 형시의 결항ᄒᆞ엿던 고디 크게 샹ᄒᆞ야 실노 나의 샹쳐의셔 듕ᄒᆞᆫ디라 뎨 만일 우리 집의 이시면 부뫼 보호ᄒᆞ야 념녀ᄒᆞ미 업ᄉᆞ려니와 투악지인 가의 머므러시니 호구 가온대 병이 어이 평한ᄒᆞ리오 이러므로 내 능히 나아가디 못ᄒᆞᄂᆞ니 ᄌᆞ모ᄂᆞᆫ 이에 머므러 사름의 죽어가ᄂᆞᆫ 거슬 구ᄒᆞ쇼셔 니패 흔연이 답왈 긔무어시 어려오리잇가 오늘브터 쳡이 머므러 소부인을 보호ᄒᆞ리니 샹공 나아가 실셥디 마ᄅᆞ쇼셔 싱이 칭샤ᄒᆞ고 즉시 니러 타연히 거러 나가니 니패 대경ᄒᆞ야 말을 못ᄒᆞ더라 형시 싱의 고집은 소진 댱의라도 다래디 못ᄒᆞ고 군부의 위엄이나 졔어티 못ᄒᆞᆯ디라 ᄌᆞ가의 간권ᄒᆞ고 거절ᄒᆞ미 무익ᄒᆞᆫ 줄 ᄭᆡᄃᆞ라 다만 텬

48면

쉬 되야가ᄂᆞᆫ 양을 보려 ᄆᆞ음을 플텨 먹고 의ᄉᆞ를 녈니ᄒᆞ야 니파의 구완ᄒᆞ미 극진ᄒᆞᆷ믈 힘닙어 십여 일 후 차도를 어든디라 드러가 구고 존당의 문안ᄒᆞ니 승샹이 정싀 왈 내 샹시 그ᄃᆡ로ᄡᅥ 동달ᄒᆞᆫ가 ᄒᆞ더니 엇디 조급ᄒᆞ미 심ᄒᆞ야 ᄌᆞ결ᄒᆞ미 엇더뇨 만일 다시 ᄌᆞ결지심 곳 잇거든 우리 눈의 뵈디 말나 형시 념임 공슈ᄒᆞ야 감히 말을 일우디 못ᄒᆞ니 소부인이 쇼왈 현뎨ᄂᆞᆫ 엇디 위로란 아니코 도로혀 ᄭᅮ짓ᄂᆞ뇨 뎔쳐의 슬허ᄒᆞ고 통ᄒᆞᆫᄒᆞ야 죽고져 ᄒᆞ믄 인졍의 샹싀니라 승샹이 쇼이브답이러라 문안을 파ᄒᆞᆫ 후 셕소냥부인이 형시를 ᄃᆞ리고 벽눈의 니ᄅᆞ러 위로 왈 그ᄃᆡ의 ᄆᆞ음은 우리 니기 아ᄂᆞᆫ 배라 엇디 운셩의 권련ᄒᆞ미 그ᄃᆡ 타시리오 부〃 듕 졍은 ᄆᆞ음으로 못ᄒᆞ니 녀ᄌᆡ 아ᄆᆞ리 급〃이 너겨도 ᄒᆞᆯ 일이 업슬 배라 ᄒᆞ믈며 운셩은 이 범ᄋᆡ 아니라 심디 굿세미 텰셕 ᄀᆞᆺ고 므거오미 산히 ᄀᆞᆺᄐᆞ니 아ᄆᆞ 일도 제 ᄆᆞ음을 뎡ᄒᆞ면 그른 줄을 알며도 짐즛 범ᄒᆞᄂᆞ니 제 ᄠᅳᆺ의 공쥬 믜워

49면

ᄒᆞ미 평싱을 거절ᄒᆞ려ᄒᆞ얏거든 쳐ᄌᆞ의 권ᄒᆞᄂᆞᆫ 말을 드ᄅᆞ랴 그ᄃᆡᄂᆞᆫ ᄉᆞ졀 업ᄉᆞᆫ 근노 말고 됴히 ᄠᅳᆺ을 바다 화동ᄒᆞ며 나죵을 볼디니 엇디 스ᄉᆞ로 긴 명을 긋처 공쥬의 싀훤ᄒᆞ야 ᄒᆞ믈 맛치리오 소부인이 다시 닐오ᄃᆡ 그ᄃᆡᄂᆞᆫ 년쇼ᄒᆞ야 인싱을 가ᄇᆡ야이 너기나 내 당초의 사라시며 셕부인이 처엄의 ᄋᆡᆨ을 만나 모친은 나가라 ᄒᆞ시고 아은 죽으라 보채며 졀의ᄒᆞ야 누명을 싯고도 사라나시니 이제 그ᄃᆡ 공쥬의 싀험ᄒᆞ믈 념녀ᄒᆞ나 엇

디 우리 냥인의 디경을 당ᄒᆞ야시리오 내 나히 십ᄉᆞ셴즉 ᄒᆞᆫ샹셔의 가뫼 되니 가히 조강의 결발이라 ᄒᆞ련마는 샹셰 풍졍[이] 허랑ᄒᆞ야 일호도 경ᄃᆡᄒᆞ미 업고 공연히 박ᄃᆡᄒᆞ야 드리미러 뭇도 아니나 내 인ᄉᆡ 어리던디 셜운 줄이 업고 시〃로 챵녀를 ᄃᆞ리고 내[난]간의 와 풍뉴ᄒᆞ며 구고는 미안ᄒᆞᆫ ᄂᆞᆺ비ᄎᆞ로 문안을 밧디 아니시고 둘재 부인 영시를 어더 즐길ᄉᆡ 날노ᄒᆞ야곰 영시를 샹원위로 셤기라 ᄒᆞ며 영시 시녀로 능욕ᄒᆞ고 ᄯᅩ 샹셰 영시로 더브러 내의

50면

ᄌᆞ식을 잡아다가 샹셔는 티며 영시는 도〃ᄃᆡ 그 어미 사오나오니 샹공은 ᄆᆞ이 티라 빅단 능욕이 비ᄒᆞᆯ ᄃᆡ 업ᄉᆞᄃᆡ 내 죠곰도 셟디 아니코 분티 아냐 ᄒᆞᆫ갓 우어뵐 ᄯᆞᄅᆞᆷ이오 일〃은 영시 샹셔로 더브러 안자 날을 브ᄅᆞᆫ다 ᄒᆞ거ᄂᆞᆯ 아니 가니 부쳬 ᄉᆞ매를 잇글고 내 방의 와 영시 다ᄉᆞᆺ 가지로 날을 수죄ᄒᆞ고 샹셔는 겨ᄐᆡ셔 영시의 말을 도으니 그 경샹이 진실노 한심ᄒᆞᄃᆡ 내 다시 ᄉᆡᆼ각ᄒᆞ니 내 팔ᄌᆡ 역시 긔특ᄒᆞ야 뎌 긔귀ᄒᆞᆫ 경샹을 귀경ᄒᆞᄂᆞᆫ도다 시븐디라 노홉디 아냐 도로혀 대소ᄒᆞ고 다만 닐오ᄃᆡ 영시의 젼통ᄒᆞᆷ과 교만ᄒᆞ미며 한냥의 무식 방탕ᄒᆞ미 가히 일셰예 긔담이 되염즉 ᄒᆞᆯ 분 아냐 족히 쳔슈의 뎐ᄒᆞ리로다 ᄒᆞ고 다시 말을 아니〃 저희도 이시토록 ᄭᅮ짓다가 도라가거ᄂᆞᆯ 내 이제 그 형상을 그렷더니 일〃은 영시 쟈근 매를 들고 드러와 날을 티고져 ᄒᆞ니 내 비록 잔약ᄒᆞᆫ 녀ᄌᆡ나 엇디 뎌의게 굴ᄒᆞ리오 시녀로 ᄒᆞ야곰 잡아내고 수죄ᄒᆞ야 도라보내니 일노브터 더옥 보채ᄃᆡ 실노 셟디 아냐 잇다감 뎌의 ᄒᆞᄂᆞᆫ 일을

51면

ᄉᆡᆼ각고 웃더니 ᄉᆞ년만의 샹셰 엇디 ᄉᆡᆼ각ᄒᆞᆫ디 허믈을 ᄌᆞ칙ᄒᆞ고 날을 경ᄃᆡᄒᆞ나 내 각별 아른 톄 아니터니 내의 족ᄌᆞ를 보고 영시로 더브러 날 ᄭᅮ짓던 일을 ᄉᆡᆼ각고 ᄉᆞᄉᆞ로 븟그리더라 이제 영시 ᄂᆞᆺ비출 아당ᄒᆞ고 구괴 지극 후ᄃᆡᄒᆞ시니 구고는 감히 일ᄏᆞ라 원망티 못ᄒᆞ려니와 영시의 긔괴ᄒᆞᆫ 거동은 실노 닛기 어려온디라 내 임의 그 거동을 아니 보려 평ᄉᆡᆼ 이 곳의 이시니 내 처엄 궂기믄 두리건대 그ᄃᆡ긔 더ᄒᆞᆫ가 ᄒᆞ노라 므ᄉᆞ일 죽으리오 화동ᄒᆞ야 살면 평안ᄒᆞ려니와 ᄌᆞ미로이 우읍고 귀경ᄒᆞ기 ᄌᆞ〃믄 나의 처엄이라 그ᄃᆡᄂᆞᆫ 심회 사오나온ᄃᆡ 명현 공쥬의 거동을 잇다감 귀경ᄒᆞ고 희수ᄒᆞ라 언필의 셕부인이 냥연 쇼왈 부인은 헛말ᄉᆞᆷ 마ᄅᆞ쇼셔 영시 셜ᄉᆞ 무상ᄒᆞᆫ들 샹셔는 [개셰] 군

지오 경덕 대신이라 어딕셔 그대도록 ᄒᆞ시리오 소부인이 크게 웃고 답왈 그딕 날로 뻐 거즛말이라 ᄒᆞ나 이 진짓말이라 이제 샹셰 범ᄉᆞ를 졍다히ᄒᆞ고 날을 공경ᄒᆞ나 쇼년 적은 ᄀᆞ장 우읍더니라 이제 챵쳡과 [영시를] 박딕ᄒᆞ니

52면

아니 덕듕티 아니냐 셕부인이 칭찬 왈 만일 진짓말솜일딘대 사름의 춤기 어려온 일이라 쳡이 깁히 부인의 식냥을 션복ᄒᆞᄂᆞ이다 소부인이 왈 긔 므어시 춤기 어려오리오 오직 형시는 ᄆᆞ음을 편히 ᄒᆞ라 형시 지비 슈명ᄒᆞ고 믈너나 ᄎᆞ후는 심ᄉᆞ를 프러 하늘만 ᄇᆞ라더라 이적의 운셩이 셔당의셔 의원을 블너 약을 다ᄉᆞ리니 댱독은 업ᄉᆞ딕 샹쳬 석으니 싱이 괴로이 너겨 스ᄉᆞ로 칼흘 의원을 주어 샹쳐를 갓가내딕 ᄂᆞᆺ비출 변티 아니코 금창약을 쓰니 반월만의 ᄒᆞ린디라 졔 형뎨 서ᄅᆞ 티하ᄒᆞ며 머리를 흔드러 왈 삼뎨는 이 곳 관운댱의 후신이라 엇디 모디ᄅᆞ미 너모 심티 아니리오 싱이 다만 웃더라 싱이 병이 나으나 부친의 ᄎᆞᄌᆞ미 업ᄉᆞ니 ᄆᆞ음이 울〃ᄒᆞ고 또ᄒᆞᆫ 형시의 병을 보고져 ᄒᆞ야 경희당의 니ᄅᆞ니 형시 경히 소셰를 ᄆᆞᆺ고 공쥬긔 나아가고져 ᄒᆞ다가 싱의 오믈 보고 한심ᄒᆞ믈 강잉ᄒᆞ야 또 젼일을 싱각고 안셔히 마자 좌를 [졍]ᄒᆞ매 샹쳬 수이 ᄒᆞ리믈 티하ᄒᆞ니 싱이 뎌의 온슌ᄒᆞ야시믈 암희

53면

ᄒᆞ야 흔연히 위로ᄒᆞ고 디난 말을 일킷디 아니〃 형시 다시 공쥬 권ᄒᆞ는 말긋틀 내디 못ᄒᆞ는디라 싱이 대희ᄒᆞ야 일노브터 경희당의 머므러 열낙ᄒᆞ더라 이적의 나라히셔 셜과ᄒᆞ야 인직를 색실식 우현이 뎨삼의 고등ᄒᆞ야 즉시 니부시랑을 ᄒᆞ니 영화물망이 삼형의 ᄂᆞ리디 아니코 셕부인의 경식 극ᄒᆞ딕 상해 공쥬로뻐 화근 ᄀᆞᄐᆞ야 듀야 근심ᄒᆞ더라 소윤셩이 병이 향ᄎᆞᄒᆞ매 듀야 형시로 더브러 화락ᄒᆞ니 모든 형뎨 일〃은 죠용히 무러 왈 삼뎨 야〃 안젼의 듕칙을 닙고 또 샤ᄒᆞ시는 명이 업ᄉᆞ니 아디 못게라 그 ᄆᆞ음이 평안ᄒᆞ야 쳐ᄌᆞ로 더브러 즐기고져 시브더냐 싱이 믄득 웃고 왈 사름이 부모긔 죄를 어더 샤티 아니ᄒᆞ신 젼의 엇디 열낙고져 ᄯᅳᆺ이 이시리오마는 쇼뎨는 이 미친 인물이라 근심홀 줄을 모ᄅᆞᄂᆞ이다 어식 변식고 ᄭᅮ[지]저 왈 네 거즛 미치고 어린톄ᄒᆞ야 사름이 족수티 아니케 ᄒᆞ는 일이어니와 네 몸이 손빈이 아니오 또ᄒᆞᆫ 방연이 업ᄉᆞ니 엇디 양

54면

광ᄒᆞᄂᆞᆫ 빗출 두리오 네 이제 힝ᄉᆞ를 뎌리ᄒᆞ고 우리 항녈왼들 감히 오리오 듀야 형수로 동낙ᄒᆞ야 형가 귀신이 되미 가ᄒᆞ니라 운셩이 텽파의 크게 우서 ᄀᆞᆯ오ᄃᆡ 형당은 소데를 칙디 마ᄅᆞ쇼셔 화평쟝이 셜평쟝이 되디 아냐시니 소운셩이 엇디 형가 귀신이 되리잇가 ᄒᆞ니 원ᄂᆡ 화공 일년 적 셜부인을 어더 은의 ᄌᆞ못 듕ᄒᆞᄃᆞ가 부뫼 시쳡의 츰소로 셜시를 내티니 화공이 믄득 ᄉᆞ졍의 닛디 못ᄒᆞ고 부모를 두려 ᄎᆞ자보ᄂᆞᆫ 못ᄒᆞ야 발광ᄒᆞ야 석 돌을 든니〃 부뫼 대로ᄒᆞ야 셜가로 조차 보내니 평쟝이 흔연히 갓더니 시쳡의 간뫼 발각ᄒᆞ매 셜시로 더브러 ᄒᆞᆷᄭᅴ 도라오니 일시의 웃ᄂᆞᆫ 말이 되엿더니 이날 운셩이 그 형의 의좌라 ᄒᆞ야 긔롱ᄒᆞ니 어ᄉᆞ와 한님이 볼연 변ᄉᆡᆨᄒᆞ다가 ᄯᅩᄒᆞᆫ 웃고 칙ᄒᆞ야 ᄀᆞᆯ오ᄃᆡ 네 나히 졈어 이런 말을 ᄒᆞ니 우리 짐쟉ᄒᆞ거니와 조뷔 비록 네게 아롱곳 업ᄉᆞ나 엇디 모친과 우리를 보디 아냐 이러틋 ᄒᆞ리오 ᄉᆡᆼ이 샤례ᄒᆞ고 ᄯᅩᄒᆞᆫ 우서 왈 요ᄉᆞ이 가듕인이 날

55면

을 보면 미친 거ᄉᆞ로 지시ᄒᆞ야 우ᄉᆞ니 달니 발명ᄒᆞᆯ 길히 업서 녯날 드른 바를 일ᄏᆞ라 졍신이 온젼ᄒᆞᆷ을 [픽]오미니이다 어ᄉᆡ 어히 업시 너기고 졔ᄉᆡᆼ이 서ᄅᆞ 웃더라 이러구러 일삭이 되니 공줘 형시를 가디록 우ᄃᆡᄒᆞ고 부마의 죵젹이 경희당의 니ᄅᆞ면 반ᄃᆞ시 아름다온 쥬찬으로ᄡᅥ 보내니 형시 크게 고이히 너기나 오직 감격ᄒᆞᆷ을 일ᄏᆞᆺ고 ᄉᆡᆼ은 다만 우이 너길 ᄯᆞᄅᆞᆷ이러라 ᄉᆡᆼ이 ᄒᆞᆯᄂᆞᆫ 셔셕 드러가 ᄉᆞ부를 보니 션ᄉᆡᆼ이 눈을 ᄀᆞᆷ고 손을 저어 왈 내 일즉 너를 글ᄀᆞᄅᆞ칠 적 호ᄉᆡᆨᄒᆞ란 말은 아냐시니 네 임의 나의 뎨ᄌᆡ 아니라 비록 텬ᄌᆞ로브터 왕후 쟝샹의 위엄이나 내 임의 더러이 너기ᄂᆞ니 ᄉᆡᆼ심도 와셔 볼 계교 말나 ᄉᆡᆼ이 블승황공ᄒᆞ야 눈믈을 흘니고 계하의 ᄭᅮ러 고왈 가친이 큰 죄를 ᄂᆞ리오시고 ᄉᆞ뷔 ᄯᅩ 용납티 아니시니 뎨ᄌᆡ 쟝ᄎᆞᆺ 몸 의탁ᄒᆞᆯ 곳이 업서이다 션ᄉᆡᆼ이 ᄉᆞ매로ᄡᅥ ᄀᆞ리와 ᄀᆞᆯ오ᄃᆡ 네 말을 나ᄂᆞᆫ 더러워 듯디 아닛노라 ᄉᆡᆼ이 ᄒᆞᆯ 일이 업서 도라

56면

왓더니 셰월이 임염ᄒᆞ야 소쳐ᄉᆞ 긔일이 다ᄃᆞᄅᆞ매 졔ᄉᆡᆼ이 ᄒᆞᆫᄃᆡ 모다 목욕ᄌᆞ계ᄒᆞ고 모든 녀ᄌᆡ 졍당의 모다 가듕을 쇄소ᄒᆞ고 ᄌᆡ계ᄒᆞᆯᄉᆡ 승샹이 ᄇᆡ야흐로 ᄉᆡᆼ을 블너 참예케 ᄒᆞ니 ᄉᆡᆼ이 감샤ᄒᆞᆷ을 이긔디 못ᄒᆞ더라 ᄎᆞ후ᄂᆞᆫ ᄉᆡᆼ이 부ᄌᆞ의 도를 일우고 잇다감 공쥬

긔 나아가면 공쥬 스식이 화평ᄒᆞ고 말솜이 유슌ᄒᆞ니 싱이 잠간 믜온 거시 프니딕 다만 침셕의 동낙홀 의ᄉᆡ 춘지곳ᄐᆞ야 믄득 혼빅이 놀나오니 은졍이 빙낙ᄒᆞᆫ디라 더욱 흔ᄒᆞ더니 일〃은 부매 형시의 곳의셔 희락홀ᄉᆡ 공쥬 ᄀᆞ만이 여어 드ᄅᆞ니 싱은 듁침의 비겻고 형시는 셔안 ᄀᆞ의 안자 [화]측을 보며 싱각는 일이 잇는 둧ᄒᆞ거늘 싱이 쇼왈 부인은 므슨 깁흔 근심이 이셔 평싱 미우를 펴디 아니코 듀야 싱각ᄒᆞ야 ᄡᅬᄒᆞᄂᆞ뇨 형시 묵연 브답ᄒᆞᆫ대 싱이 지삼 핍박ᄒᆞ여 무ᄅᆞ니 형시 날호여 골오딕 쳡의 말이 유익디 아니코 환을 니ᄅᆞ혀니 므어라 ᄒᆞ리오 다만 입을 봉홀 ᄯᆞᄅᆞᆷ

57면

이라 싱왈 해로온 말도 잇거니와 유익ᄒᆞᆫ 말도 이시리니 셜니 니ᄅᆞ라 형시 졍ᄉᆡᆨ 왈 금슈도 졍을 다술거늘 내 비록 잔약ᄒᆞᆫ들 엇디 붓그러온 줄 아디 못ᄒᆞ야 ᄎᆞ마 슌셜을 놀니리오 싱이 니러나 부인 겻팃 나아가 그 손을 븟들고 보채여 문왈 그딕 진실노 니ᄅᆞ디 아니랴 ᄒᆞᄂᆞᆫ다 형시 뎌의 이러ᄐᆞ시 무ᄅᆞ믈 보고 날호여 닐오딕 임의 쳡의 우회를 듯고져 ᄒᆞ실딘대 잠간 믈너 안자 드ᄅᆞ쇼셔 싱이 즉시 단좌ᄒᆞ거늘 형시 일댱 침음ᄒᆞ야 고왈 쳡이 미약ᄒᆞᆫ 긔질노 외람이 공쥬와 동녈이 되고 ᄯᅩ 그딕 형포의 모텸ᄒᆞ니 ᄯᅳᆺ의 혜오딕 그딕의 후ᄒᆞ며 박ᄒᆞ미 다 나의 몸의 오디 아니코 우흐로 황녀를 공경ᄒᆞ고 쳡을 버거ᄒᆞ면 일이 슌편ᄒᆞ고 형셰 화열ᄒᆞ야 쳡이 비록 녀영의 온슌ᄒᆞ미 업ᄉᆞ나 공쥬 아황의 덕을 펴시고 군ᄌᆡ 도량을 널니ᄒᆞ야 셩인의 유풍을 니을딘대 슬픈 거시 즐겁고 긋처딘 거시 니을디니 이 엇디 도로혀 경ᄉᆡ 아니리오 당초 샹니ᄒᆞ던

58면

ᄣᅢ로 비ᄒᆞ면 소양의 ᄂᆞᆫᄒᆞ미 되야 군은이 망극디 아니리오마는 그딕 운무의 즘기디 아냐시되 능히 님군의 은혜를 모ᄅᆞ고 은해 ᄂᆞ리디 아냐시딕 신녀 ᄎᆞᆺ기 어딕니 쳡이 고요히 안자 싱각ᄒᆞ매 군ᄌᆞ의 힝지 애돌오미 극ᄒᆞᆫ디라 쳡이 지극 황공ᄒᆞᆫ 말이어니와 잠간 드ᄅᆞ니 대인이 녀시ᄀᆞᄐᆞᆫ 부인도 후딕ᄒᆞ시미 두 존고와 ᄒᆞᆫ가지로 ᄒᆞ시더라 ᄒᆞ니 군ᄌᆡ 비록 멀니 효측디 못ᄒᆞ나 갓가이 법밧디 못ᄒᆞ시며 공쥬의 쳥츈 화ᄉᆡᆨ과 어딘 덕셩을 감동티 아니랴 쳡은 비록 ᄋᆞ녀ᄌᆞ로 소견이 암미ᄒᆞ나 공쥬의 쳡 딕졉ᄒᆞ시믈 듀야 감탄ᄒᆞᄂᆞᆫ 배라 실노 슉야의 블평ᄒᆞ미 다 샹공 편ᄉᆡᆨᄒᆞ신 연괴니이다 싱이 텽파의 탄왈 부인이 모ᄅᆞ고 기리ᄂᆞ냐 알고 짐즛 위쟈ᄒᆞᄂᆞ냐 그 진졍을 니ᄅᆞ라 형시 념임딕

왈 쇼쳡이 엇디 ᄆᆞ음을 두가지로 ᄒᆞ리오 싱왈 임의 진졍일딘대 내 말을 드ᄅᆞ라 뎌 명현공쥐 비록 무염의 얼골과 동시의 불쵸ᄒᆞ미라도 그 혼인ᄒᆞ미 졍도로 만나시면 내 므ᄉᆞ 일 이대도록

59면

믜오며 증염ᄒᆞ리오마ᄂᆞᆫ 이ᄂᆞᆫ 그러티 아냐 당초의 날을 보고 ᄉᆞ모ᄒᆞ며 그ᄃᆡ 거졀ᄒᆞ기ᄅᆞᆯ 셩샹긔 부촉ᄒᆞ니 야〃 가도ᄅᆞᆯ 작얼ᄒᆞ야 위셰ᄅᆞᆯ ᄡᅧ 호령과 위엄으로 날을 핍박ᄒᆞ야 부마을 삼으니 내 비록 나히 졈고 식견이 업ᄉᆞ나 엇디 녀ᄌᆞ의 핍박ᄒᆞᄂᆞᆫ 위엄을 공슌이 바다 조강지쳐ᄅᆞᆯ 믈니티고 부친이 가도여 욕보시ᄆᆞᆯ 쓰리텨 음부의 욕심을 도으리오 요ᄉᆞ이 사ᄅᆞᆷ마다 날을 [실]셩지인이라 우ᄉᆞ니 내 깁히 웃ᄂᆞ니 내 실셩ᄒᆞᆫ 인믈과 태인의 졍직ᄒᆞᆫ 인믈이라 됴뎡의 나면 다ᄅᆞ디 아니터이다 이러므로 나ᄂᆞᆫ 븟그럽고도 아니코 실셩ᄒᆞᆫ ᄆᆞ음 가온대 집심ᄒᆞ믄 간인이 블급ᄒᆞ리니 이제 부인이 공쥬ᄅᆞᆯ 어딘 셩덕이라 ᄒᆞ니 이ᄂᆞᆫ 모ᄅᆞᆯ 니 업ᄉᆞᄃᆡ 날을 짐줏 믹바드며 뎌ᄅᆞᆯ 됴롱ᄒᆞ미라 소운셩이 손의 붓을 희롱ᄒᆞ고 ᄆᆞ음이 졍티 못ᄒᆞ나 음난ᄒᆞᆫ 겨집은 통분이 너기ᄂᆞ니 뎨 블측ᄒᆞᆫ ᄯᅳᆺ으로 날을 호식ᄒᆞ미 주린 나뷔 ᄀᆞᆺ고 용녈ᄒᆞᆫ 쇽ᄌᆞ의 부귀 혹홈 ᄀᆞ틀가 ᄒᆞ야 저의 식을 미드며 셰

60면

ᄅᆞᆯ ᄡᅧ 우김질노 부마ᄅᆞᆯ 삼으니 내 아모리 어린 사나힌ᄃᆞᆯ 어득히 위셰 샤싀의 ᄲᅡ디랴 밍셰ᄒᆞ야 뎌의 음신이 단졀ᄒᆞ고 텬하 후셰예 음난ᄒᆞᆫ 녀ᄌᆞ로ᄒᆞ야곰 긔탄ᄒᆞ고 두려ᄒᆞ게ᄒᆞ야 규듕 풍화ᄅᆞᆯ ᄀᆞ다듬게 ᄒᆞ미 내의 ᄯᅳᆺ이라 비록 사ᄅᆞᆷ이 ᄉᆞ리로 니ᄅᆞ나 다 귀밧긔 들니이니 ᄌᆞᆫ 곡졀은 아디 못ᄒᆞ고 님군이 ᄯᅩᄒᆞᆫ 날을 업슈이 너기샤 인뉸을 어ᄌᆞ러이시고 나죵의 공쥬의 평싱을 도라보샤 그ᄃᆡ로 둘재 부인을 뎡ᄒᆞ시니 나도 ᄯᅩᄒᆞᆫ 공쥬의 평싱을 희지어 뎨후의 ᄯᅳᆺ이 듀야 블평ᄒᆞ고 공쥬의 인뉸을 ᄆᆞ차 부〃의 도ᄅᆞᆯ 모로게 [민]ᄃᆞᄂᆞ니 부인은 모ᄅᆞ미 허탄이 너기디 말고 브졀 업ᄉᆞᆫ 말을 긋치라 형시 악연왈 엇디 샹공의 두로혀디 아니미 이ᄀᆞᆺᄐᆞ야 공쥬 소ᄃᆡᄒᆞ미 원민ᄒᆞᆫ 곳의 니ᄅᆞ러ᄂᆞ뇨 싱이 잠간 우ᄉᆞ며 벼개ᄅᆞᆯ 의지ᄒᆞ야 왈 뎨 님군을 �센고 공쥬 위ᄅᆞᆯ 쟈랑홀디언뎡 지아비 듕ᄒᆞᆫ 줄을 모ᄅᆞ고 지아비 손의 평싱 호불 이시ᄆᆞᆯ 아디 못ᄒᆞᄂᆞ니 내 고초ᄒᆞᄆᆞᆯ 뵈리라 형시 왈 만일 샹

61면

이 드ᄅᆞ시고 부녀의 경은 귀쳔이 업서 노ᄒᆞ시ᄂᆞᆫ 벌이 장ᄎᆞᆺ 샹공긔 니ᄅᆞ면 엇디ᄒᆞ리오 ᄉᆡᆼ왈 출히 죽을디언뎡 첫 쯧은 곳티디 아니ᄒᆞ리라 형시 탄식고 말을 아니ᄒᆞ니 ᄉᆡᆼ이 쇼왈 그ᄃᆡ 개탄ᄒᆞ미 다ᄉᆞᄒᆞ다 요ᄉᆞ이 더위 진ᄒᆞ고 츄풍이 나당을 브치이니 경히 평안히 누어 헐슉ᄒᆞ염즉 ᄒᆞ니라 드ᄃᆡ여 ᄒᆞᆫ 번 ᄑᆞ람ᄒᆞ야 촉을 ᄭᅳ고 당을 디우니 공쥐 허다 셜화를 듯고 앙〃 분격ᄒᆞ야 급히 침뎐의 도라와 새도록 샹냥ᄒᆞ매 흉독ᄒᆞᆫ 의ᄉᆡᆨ 니러나니 슬프다 금지옥엽의 아ᄅᆞᆷ다온 녀ᄌᆡ 엇디 이러ᄐᆞᆺ 무상ᄒᆞ뇨 이튼날 부매 웃옷 닙고 외가의 ᄃᆞᆫ니라 나가니 공쥐 ᄣᅢ를 타 시녀로 ᄒᆞ야곰 형시를 블너 왈 디당의 년엽이 쇠고져 ᄒᆞ니 부인은 거ᄅᆞᆷ을 앗기디 말고 후원 부용당으로 오쇼셔 ᄒᆞᆫ대 형시 뎡파의 심복 시녀 경시ᄃᆞ려 왈 내의 명이 오늘 반ᄃᆞ시 긋ᄎᆞ리로다 션왈 이러면 가디 마ᄅᆞ시미 엇더뇨 형시 블연타 뎨 후ᄒᆞᆫ 빗ᄎᆞ로 청ᄒᆞ거ᄂᆞᆯ 내 만일 가디 아니면 사ᄅᆞᆷ이 다 날을

62면

질투ᄒᆞᆫ다 ᄒᆞ리니 출히 죽을디언뎡 투명을 엇디 아닐디라 다만 내 잉ᄐᆡᄒᆞ연 디 칠삭이니 일노ᄡᅧ 더욱 공쥬의 안듕 가ᄉᆡ라 너ᄂᆞᆫ 멀니셔 관망ᄒᆞ야 만일 일이 잇거든 급히 승샹부의 고ᄒᆞ야 날을 구ᄒᆞ라 셜파의 오술 곳티고 공쥬의 곳의 나아가니 공쥐 흔연히 손을 잇그러 후원으로 가니 가히 어엿브다 [이ᄣᅢ] 형시 ᄆᆞ음이 엇더ᄒᆞ리오 원비 위ᄂᆞ자딤도 셜우려든 도로혀 명을 ᄌᆡ촉ᄒᆞᄂᆞ냐 임의 부용뎡의 니ᄅᆞ니 공쥐 궁녀로 ᄒᆞ야곰 문을 다다ᄃᆞ라ᄒᆞ고 난간[의] 올나 안ᄌᆞ며 믄득 소ᄅᆡ를 놉혀 수죄 왈 형가 음녀ᄂᆞᆫ 너의 죄를 아는다 형시 뎌의 셩ᄉᆡᆨ이 됴티 아니믈 보고 안ᄉᆡᆨ을 변티 아니코 날호여 ᄃᆡ왈 쳡은 과연 형가의 녀ᄌᆡ라 인ᄉᆡ 블민ᄒᆞ믄 감쉬어니와 음난타 ᄒᆞ시믄 쳡이 고이히 너기오니 쳡이 비록 ᄒᆞᆫ 태우의 녀ᄌᆡ나 ᄌᆞ쇼로 규문 밧글 아디 못ᄒᆞ고 다만 셩인의 교훈을 셥녑ᄒᆞ니 엇디 공쥬긔 득죄ᄒᆞ믈 알니오 공쥐 대로ᄒᆞ야 ᄀᆞᆯ오ᄃᆡ 너 천인이 말을 당돌히 ᄒᆞ거니와 내 엇디 너

63면

를 죽이디 아니리오 네 당초의 부마를 고혹게 ᄒᆞ야 병들미 죄 ᄒᆞ나히오 샹명을 어더온 후 [ᄌᆞᄉᆡᆨ을 쟈랑ᄒᆞ고] 가부의 셰를 ᄡᅧ 겸손티 아니코 부마로 더브러 열낙ᄒᆞ니 음난

ᄒᆞᆫ 죄 둘히오 내 임의 당〃ᄒᆞᆫ 정실노 ᄌᆞ식이 업거ᄂᆞᆯ 네 비쳡으로 감히 잉틱ᄒᆞᄂᆞᆫ 방ᄌᆞᄒᆞ미 이시니 죄 세히라 네 엇디 죽기를 면ᄒᆞ리오 셜파의 궁녀로 ᄒᆞ야곰 형시를 모ᄉᆡ미러 녀흐라 ᄒᆞ니 형시 [ᄀᆞ마니] ᄉᆡᆼ각ᄒᆞᄃᆡ 경션이 관망ᄒᆞ야 구ᄒᆞ기를 기ᄃᆞ리라 ᄒᆞ야 문득 ᄀᆞᆯ오ᄃᆡ 쳡이 ᄒᆞᆫ 알욀 말이 이시니 공쥐 즐겨 드ᄅᆞ면 쳡이 당〃이 우음을 머금어 셜우미 업ᄉᆞ리로소이다 공쥐 문왈 므ᄉᆞ 일이뇨 형시 ᄃᆡ왈 쳡이 비록 위치 공쥬긔 밋디 못ᄒᆞ나 ᄯᅩᄒᆞᆫ 쳥쥐오챵과 다ᄅᆞᆫ디라 맛당이 국법으로 쳐단ᄒᆞ시고 ᄉᆞ〃로이 주기디 말면 뉘 아니 공쥬 위엄을 두리〃오 이제 만일 쳡을 년모ᄉᆡ 녀흐시나 반ᄃᆞ시 [이 일이] 슌티 아니ᄒᆞ리이다 언[미]필[의] 공쥐 난간을 박ᄎᆞ고 즐왈 쳔인이 엇디 가디록 방ᄌᆞᄒᆞ뇨 네 만일 슌히 죽디 아니[ᄒᆞ]면 내 반ᄃᆞ시 널노 ᄒᆞ야곰 인톄를 ᄆᆡᆫ

64면

ᄃᆞᆯ니라 형시 졍히 답고져 ᄒᆞᆯ 적 허다 궁인이 일시의 ᄭᅮ지저 모ᄉᆡ 들나 ᄂᆞᆲ드며 ᄯᅩᄒᆞᆫ 핍박ᄒᆞ야 죽이고져 ᄒᆞ니 졍히 위급ᄒᆞ엿더니 이ᄯᅢ 경션이 년당문을 다ᄃᆞ며 공쥬의 부인의 ᄭᅮ짓ᄂᆞᆫ 소ᄅᆡ를 듯고 황망이 외뎐의 나오니 부매 임의 업ᄂᆞᆫ디라 급히 승샹부로 가더니 마참 니부시랑 운현이 됴참ᄒᆞ고 도라오ᄂᆞᆫ 위의어ᄂᆞᆯ 경션이 벽디 추종을 헤티고 ᄆᆞᆯ 알퓌 ᄃᆞ라드러 ᄀᆞᆯ오ᄃᆡ 뎨ᄉᆞ샹공은 우리 부인을 구ᄒᆞ쇼셔 시랑이 대경ᄒᆞ야 연고를 무ᄅᆞ니 션이 다만 닐오ᄃᆡ 공쥬 궁 부용뎡의 가보쇼셔 시랑 등이 샹시 형부인이 명현궁의 간 후 서ᄅᆞ 근심ᄒᆞ고 의려ᄒᆞ더니 이 말을 드ᄅᆞ매 변이 잇ᄂᆞᆫ 줄 알고 추종을 믈니티고 친히 혁을 잡아 ᄆᆞᆯ을 ᄃᆞᆯ녀 공쥬궁 문의 니ᄅᆞ러 ᄂᆡ뎐을 ᄶᅦ텨 후원의 니ᄅᆞ니 부용뎐 문을 다닷ᄂᆞᆫ디라 ᄆᆞᄋᆞᆷ이 급ᄒᆞ야 창황히 ᄆᆞᆯ게 ᄂᆞ려 문ᄀᆞ의 다ᄃᆞ라 발로 [박ᄎᆞ니] 즘긘 문이 ᄭᅢ텨디며 열이니 안히 뵈ᄂᆞᆫ디라 시랑이 눈을 드니 무수 궁인이 형시를 둘너셔〃 모ᄉᆡ 들기를

65면

지쵹ᄒᆞ고 공쥬ᄂᆞᆫ ᄂᆞᆸ히 당샹의셔 ᄭᅮ짓ᄂᆞᆫ 말이 측냥티 못ᄒᆞᆯ디라 분ᄒᆞᆫ이 흉격의 막히이고 ᄆᆞᄋᆞᆷ[이] ᄯᅥᆯ니이나 일시의 아ᄅᆞᆫ 톄ᄒᆞ기 됴티 아냐 다만 무러 왈 형이 이에 겨시냐 냥보뫼 황망이 닐오ᄃᆡ 부마ᄂᆞᆫ 아니 겨시니이다 공쥐 급히 문왈 ᄉᆞ샹공이 엇디 더러온 곳ᄃᆡ 니ᄅᆞ러 겨시니잇가 시랑 왈 대인이 블의예 블평ᄒᆞ시니 삼형과 형수를 브ᄅᆞ시니 니ᄅᆞ과이다 인ᄒᆞ야 형시를 향ᄒᆞ야 ᄀᆞᆯ오ᄃᆡ 형수ᄂᆞᆫ ᄲᆞᆯ니 도라가쇼셔 형이 나가겨

시면 쇼싱이 시방 됴당으로 가러니 ᄎᆞ자 ᄀᆡ별ᄒᆞ리이다 형시 이에 몸을 ᄲᅢ혀 승샹부로 나가니 시랑이 냥구히 팀음 ᄇᆡ회ᄒᆞ다가 도라가니라 공쥐 실계ᄒᆞ고 애돌ᄋᆞ믈 이긔디 못ᄒᆞ야 다시 샹냥홀ᄉᆡ ᄎᆞ시 팔월이라 부황후 탄일이니 대ᄂᆡ예 셜연홀ᄉᆡ 명현공쥐 입궐ᄒᆞ야 뎨후긔 뵈오니 크게 반기시고 인ᄒᆞ야 부마의 힝지를 무ᄅᆞ시니 공쥐 냥보모로 더브러 ᄇᆡᆨ 가지로 춤소ᄒᆞ야 부마와 형시 죄 주시믈 도〃고 또 운

66면

현의 허물을 주ᄒᆞ니 뎨 대로ᄒᆞ야 운셩을 뎡위로 ᄂᆞ리오고 운현을 샥직ᄒᆞ라ᄒᆞ신 후 또 냥〃이 밀지를 ᄂᆞ리와 형시를 대ᄂᆡ로 잡아드리라 ᄒᆞ시니 유ᄉᆡ 뎐교를 밧드러 소가의 오니라 [각셜] 소부의셔 형시 ᄉᆞ화를 면ᄒᆞ고 존당의 나아가니 시랑이 조ᄎᆞ 드러와 슈말 일〃히 고ᄒᆞ니 만좨 차악ᄒᆞ믈 이긔디 못ᄒᆞᄃᆡ 홀노 놀나디 아닛ᄂᆞᆫ 쟈ᄂᆞᆫ 승샹 모지러라 반향 후 태부인 왈 이 거조 이실 줄을 형시 이리 올 적브터 내 임의 아랏ᄂᆞ니 엇디 너희 등이 놀나기를 과히 ᄒᆞᄂᆞ뇨 승샹이 닐오ᄃᆡ 오라디 아냐 또 변이 나리라 ᄒᆞ더니 이튼날 공쥐 대궐 든다 ᄒᆞ니 소공이 또 뎨ᄌᆞ를 ᄃᆞ려 왈 ᄂᆡ일이면 큰 홰 이시리니 너희 미리 아ᄂᆞᆫ다 ᄒᆞ더니 과연 이날 뎐지 ᄂᆞ려 운셩은 하옥ᄒᆞ고 운현은 파직ᄒᆞ라 ᄒᆞ시니 승샹이 쇼왈 공쥐 셜ᄉᆞ 무상ᄒᆞᆫ들 셩샹이 엇디 이대도록 ᄒᆞ시며 운현의 아ᄌᆞ미 구ᄒᆞᆫ 젹덕이 엇디 샥직ᄒᆞᄂᆞᆫ 벌을 당ᄒᆞ엿ᄂᆞ뇨 드ᄃᆡ여 냥ᄌᆞ를 블너 뎐지를 뎐ᄒᆞ니 시랑이 쇼왈

67면

이 사모와 홍푀 무어시 귀ᄒᆞ리오 즉시 인신을 ᄉᆞ룰 맛긔고 운셩은 부모긔 하딕ᄒᆞ니 일개 탄식ᄒᆞ고 무ᄉᆞ히 나려오믈 원ᄒᆞ더라 싱이 옥듕의 들고 승샹은 졔ᄌᆞ로 더브러 궐하의 ᄃᆡ죄ᄒᆞ니 샹왈 운셩이 블민ᄒᆞ야 그ᄅᆞ매 딤이 칙ᄒᆞ나 승샹의 알 배 아니〃 안심ᄒᆞ야 도라가고 ᄃᆡ죄티 말나 ᄒᆞ시니 승샹이 탄식고 집잡아 청죄ᄒᆞ며 졔ᄌᆞ로 더브러 공쥬의 블인을 ᄒᆞᆫᄒᆞ더라 ᄎᆞ셜 [형시] 황명으로 궁인의 핍박ᄒᆞᄂᆞᆫ 욕을 보고 잡히여 대ᄂᆡ예 드러가니 냥〃이 대로ᄒᆞ야 위의를 ᄀᆞᆺ초고 형시를 브ᄅᆞ니 어ᄌᆞ러온 머리와 슬픈 ᄉᆡᆨ으로 단디의셔 ᄉᆞᄇᆡ슉샤ᄒᆞ니 냥〃이 뎐교를 ᄂᆞ리와 ᄀᆞᆯ오ᄃᆡ 네 블가 쳔가 쇼녀로 공쥬를 경멸ᄒᆞ며 부마의 툥을 미러 방ᄌᆞ 교종ᄒᆞ니 죄 가ᄇᆡ얍디 아닌디라 딤이 [이제] 위의를 ᄀᆞ초와 ᄒᆞᆫ 형벌노 너를 죽이려 ᄒᆞᄂᆞ니 네 능히 아ᄂᆞᆫ다 형시 념용정금ᄒᆞ야 단

디의 ᄲᅮ러 안ᄉᆡᆨ을 ᄉᆡᆨ〃이 ᄒᆞ고 소ᄅᆡ를 놉혀 주왈 신은 참정 형옥의 ᄯᅡᆯ이오 어미 두시는 두 태후의 딜녜

68면

라 신이 텬ᄉᆡᆼ이 어리고 암ᄆᆡᄒᆞ야 비록 녜의를 모ᄅᆞ오나 몸이 ᄉᆞ족이라 엇디 지아비 고혹게 ᄒᆞᄂᆞᆫ ᄒᆡᆼ실을 ᄒᆞ리오 나히 십삼셰 적 아비 명을 바다 소운셩으로 결발ᄒᆞᆼ네 되연 디 삼년의 명현공쥬 하가ᄒᆞ야 운셩의 경ᄉᆞ를 빗내시니 엇디 미쳔ᄒᆞᆫ 자최 황녀와 ᄀᆞᆺᄐᆞ리오 샹명을 밧드러 지아비 집을 ᄇᆞ리고 아비를 ᄯᆞ와 도라갈ᄉᆡ 신의 아비 비록 ᄉᆞ정의 졀박ᄒᆞ나 군신지간의 역명ᄒᆞ미 가티 아닌 줄 아ᄂᆞᆫ 고로 멀니 거졀ᄒᆞ야 피ᄎᆞ 쇼식을 단졀ᄒᆞ미 환연ᄒᆞ매 미첫더니 폐하와 낭〃의 호ᄉᆡᆼ디덕이 미셰ᄒᆞᆫ 몸의 미ᄎᆞ샤 다시 운셩의게 도라가 공쥬로 동널을 허ᄒᆞ시나 임의 외람ᄒᆞᆷ을 인ᄒᆞ야 다시 삼죵 대의를 ᄉᆡᆼ각디 아니터니 ᄉᆡ아비 샹의를 밧ᄌᆞ와 ᄇᆞᄅᆞ미 ᄀᆞᆫ졀ᄒᆞᆫ 고로 아비 ᄯᅩᄒᆞᆫ 님군을 슌슈ᄒᆞ야 신을 도라보내매 신이 피ᄎᆞ의 거역디 못ᄒᆞ고 임의 무[근] 자최 구가의 도라오매 공쥬 쳥ᄒᆞ야 ᄒᆞᆫ 궁의 두시고 후ᄃᆡᄒᆞ시니 쳡이 비록 ᄆᆞ음이 사오나올딘들 엇디 감히 공쥬긔 방ᄌᆞᄒᆞᆫ 비촐 두

69면

며 지어 부마의 후박은 겨집의 ᄆᆞ음으로 ᄒᆞᆯ 배 아니라 셜ᄉᆞ 신의 곳의 ᄌᆞ로 온다 ᄒᆞᆯ디라도 신이 ᄯᅩᄒᆞᆫ ᄆᆞ음대로 간악ᄒᆞᆫ ᄐᆡ로 남ᄌᆞ를 ᄇᆞᄅᆞ미 아니라 이제 옥쥬 금지 옥엽으로 폐하와 낭〃의 셰를 ᄭᅵ샤 손으로 부마를 총단ᄒᆞ야 죠고만 말을 발ᄒᆞ매 지아비를 가도시고 잠간 노ᄒᆞ시매 다ᄉᆞᆺ 챵기 병잔지인이 되니 위엄이 합가를 기우리오고구괴 숑구ᄒᆞᄂᆞᆫ 형셰로ᄃᆡ 부〃의 후박을 임의티 못ᄒᆞ야 ᄇᆡᆨ두음을 외오거ᄂᆞᆯ 신은 이 ᄇᆞ렷던 쳐ᄌᆞ로 쇠미ᄒᆞᆫ 인ᄉᆡᆼ이 ᄒᆞᆫ 구석의 구챠ᄒᆞ야 스ᄉᆞ로 차환 복쳡도 제어티 못ᄒᆞᄂᆞᆫ 용졸ᄒᆞᄆᆞ로ᄡᅥ 엇디 지아븨 자최를 막으며 엇디 지아비를 졔어ᄒᆞ리잇고 신이 실노ᄡᅥ 계교를 ᄉᆡᆼ각디 못ᄒᆞ기로ᄡᅥ 운셩의 자최 신의 곳의 니ᄅᆞ니 만일 낭〃이 신으로ᄡᅥ 공쥬 하가ᄒᆞᆷ을 아디 못ᄒᆞ고 운셩의 안해 되다 ᄒᆞ야 죄를 ᄂᆞ리오시면 실노 감슈ᄒᆞ려니와 만일 지아비 고혹게 ᄒᆞᆫ다 ᄒᆞ야 죄를 ᄂᆞ리오시면 신이 뎐하의셔 쳔번

70면

죽어도 원민ᄒᆞᆫ 혼빅이 궁의 쎄티리로[소이]다 인주ᄒᆞ기를 ᄆᆞᄎᆞ매 돌 ᄀᆞᄐᆞᆫ 풍치ᄂᆞᆫ 츄상을 무릅ᄉᆞᆫ ᄃᆞᆺ 곳 ᄀᆞᆺᄐᆞᆫ ᄐᆡ도ᄂᆞᆫ 옥미 눈 위히 빗겻ᄂᆞᆫᄃᆞᆺ 잉도ᄀᆞᄐᆞᆫ 쥬슌의 빅옥이 비최여 쇄락ᄒᆞᆫ 쳥음이 구쇼의 단봉이 우ᄂᆞᆫ ᄃᆞᆺᄒᆞᆫ디라 부휘 그 얼골을 보고 말을 드ᄅᆞ시매 돈연히 공경ᄒᆞ야 도라 공쥬를 보매 이 모딘 싀랑과 독ᄒᆞᆫ 빅얌 ᄀᆞᆺᄐᆞ야 미우의 살긔 어릐여시니 얼골 고으며 보긔 슬키예 니ᄅᆞ디 말고 현격ᄒᆞ믄 형시의 어그럽고 유환ᄒᆞ며 어딜고 곳다이 상활ᄒᆞ야 뵈미 엇디 공쥬로뻐 보매 텬디 ᄀᆞᆺ디 아니리오 낭〃이 악연 대경ᄒᆞ야 노ᄒᆞ던 ᄯᅳᆺ이 츈셜 ᄀᆞᆺ더니 공쥐 나아와 츰소 왈 ᄎᆞ네 신의 심복대환이니 낭〃은 션쳐ᄒᆞ쇼셔 [휘] 올히 너겨 즉시 형시를 취운뎡의 가도와 발악을 기ᄃᆞ리라 ᄒᆞ니 형시 슈명ᄒᆞ야 취운뎡의 가티이니 모든 궁비 벌 뭉긔ᄃᆞᆺ 모다 와 말ᄒᆞ야 ᄆᆡᆨ바들식 형시 다만 입을 봉ᄒᆞ고 눈을 ᄂᆞ초와 언어를 슈작디 아니터라 이 적의 샹이

71면

운셩을 가도연 디 사흘 만의 젼뎡의 올니〃 모든 옥졸이 인ᄒᆞ야 계하의 다ᄃᆞ라매 샹이 형댱긔구를 ᄀᆞᆺ초고 엄교 왈 딤이 널노뻐 부마를 삼아 일즉 져ᄇᆞ리미 업거ᄂᆞᆯ 언딘 고로 님군을 비방ᄒᆞ고 황녀를 슈욕ᄒᆞ며 황후를 긔롱ᄒᆞ니 국법으로 니를딘대 삼족을 이훌디라 경이 능히 아ᄂᆞᆫ다 운셩이 칼 멘 아래로셔 손을 내여 닐오ᄃᆡ 쾌히 지필을 달나 좌위 이에 문방ᄉᆞ우를 주니 ᄉᆡᆼ이 이에 지필휘쇄ᄒᆞ야 경국 ᄉᆞ이 툐ᄉᆞ를 뻐 ᄡᅡ히 ᄇᆞ리고 하ᄂᆞᆯ을 우러〃 크게 소ᄅᆡᄒᆞ야 ᄀᆞᆯ오ᄃᆡ 대댱뷔 엇디 구〃히 ᄋᆞ녀ᄌᆞ로 인ᄒᆞ야 죄쉬 되얏ᄂᆞ뇨 인ᄒᆞ야 셜파의 긔운이 막혀 긔졀ᄒᆞ니 믈노뻐 ᄂᆞ치 ᄲᅳ리매 다시 ᄭᆡᆫ디라 샹이 툐ᄉᆞ를 보시니 다만 뻐시ᄃᆡ 신이 실노 공쥬ᄅᆞ 더브러 원슈ᄀᆞᆺ티 되야시니 공쥐 임의 신을 ᄀᆞ도고 신이 공쥬를 죽과랴 ᄯᅳᆺ이 ᄇᆞ야니 복원 셩상은 신을 ᄲᆞᆯ니 주기샤 군명을 거역ᄒᆞ고 황녀를 경히 너기ᄂᆞᆫ 죄를 쇽ᄒᆞ고 공쥬를 쳐참ᄒᆞ샤 지아비

72면

해ᄒᆞᄂᆞᆫ 찰녀를 경계ᄒᆞ쇼셔 신이 일만 죄를 감슈ᄒᆞ려니와 낭〃과 셩샹 비방ᄒᆞᆫ 죄ᄂᆞᆫ 업거니와 ᄒᆞ엿더라 샹이 불연 대로ᄒᆞ야 좌우 무ᄉᆞ를 ᄭᅮ지저 운셩을 미러내여 버히라 ᄒᆞ시니 홀연 병풍 뒤히 두 대신이 나와 간왈 블과ᄒᆞ이다 만일 운셩을 주길딘대 명현 공쥬의 평ᄉᆡᆼ이 엇더ᄒᆞ리잇가 샹이 보시니 칠팔 이왕이라 샹왈 불연ᄒᆞ다 운셩이 딤이

훼방ᄒᆞ고 말이 불슌ᄒᆞ니 이 곳 난신이라 아니 주기면 국법이 크게 어ᄌᆞ러오리라 냥왕이 고간ᄒᆞᄃᆡ 듯디 아니코 썰니 버히라ᄒᆞ시니 군융 검극이 서리 ᄀᆞᆺ고 죵고 소ᄅᆡᄂᆞᆫ 덕슬 지촉ᄒᆞᄃᆡ ᄉᆡᆼ이 ᄉᆞᄉᆡᆨ을 변티 아니코 타연히 시국을 기ᄃᆞ리니 군노 쟝졸이 서ᄅᆞ 도라보와 칭찬티 아니리 업더라 쟝ᄎᆞᆺ 죄목을 닐거 들니고 버히고져 ᄒᆞ더니 믄득 ᄒᆞᆫ 겨집이 머리를 플고 발벗고 손의 혈표를 들고 뎐하의 다ᄃᆞ라 크게 블너 ᄀᆞᆯ오ᄃᆡ 신쳡 형낭은 쥬샹 폐하 알욀 말이 이셔이다 뎐샹 뎐해 대경ᄒᆞ야 보니 그 녀ᄌᆡ 옥 ᄀᆞᄐᆞᆫ

73면

얼골의 흑운 ᄀᆞᄐᆞᆫ 머리를 프러 ᄂᆞ출 덥고 몱근 냥안의 눈믈이 어ᄅᆡ여시며 의샹의ᄂᆞᆫ 뎜〃ᄒᆞᆫ 피 뜻드러 경샹이 ᄎᆞ마 보디 못ᄒᆞᆯ너라 원ᄂᆡ 이 곳 형시라 취운뎡의 가도엿더니 사ᄅᆞᆷ이 서ᄅᆞ 뎐ᄒᆞ야 닐오ᄃᆡ 소부매 님군의 노를 도〃고 굴티 아니〃 이런 고로 샹이 시방 버히라 ᄒᆞ신다ᄒᆞ거놀 드ᄅᆞ매 ᄆᆞᄋᆞᆷ이 ᄇᆞ아디ᄂᆞᆫ ᄃᆞᆺᄒᆞ야 스ᄉᆞ로 ᄉᆡᆼ각ᄒᆞ엿ᄂᆞ니 이제 낭군이 날노뻐 빌미 되야 공쥬의 노를 도〃와 이런 경샹이 이시니 내 엇디 ᄎᆞ마 사라셔 낭군의 죽으믈 드ᄅᆞ리오 샹언ᄒᆞ야 듯디 아니실딘대 ᄒᆞᆫ 칼히 죽으리라 드듸여 칼흘 ᄲᅢ혀 ᄑᆞᆯ흘 버혀 그리로뻐 ᄒᆞᆫ 댱 혈표를 ᄡᅥ 들고 ᄃᆡ휜 궁인을 헤티고 나니 궁이 또ᄒᆞᆫ 블샹ᄒᆞ야 노화 보내ᄂᆞᆫ디라 이에 바로 ᄌᆞ뎡뎐의 표를 올니〃 샹이 그 얼골을 보고 크게 긔특이 너기샤 혈표를 보시니 ᄀᆞᆯ와ᄉᆞᄃᆡ

74면

신쳡은 듯ᄌᆞ오니 녜 셩인이 삼강오륜을 지으시고 녜법은 샹년지법이니 님군이 신하 거ᄂᆞ리미 슈죡 ᄀᆞᄐᆞᆯ딘대 신해 님군을 부모ᄀᆞᆺ티 ᄒᆞ고 님군이 신하를 견마ᄀᆞᆺ티 ᄒᆞ면 신해 님군을 힝ᄋᆞᄀᆞᆺ티 ᄒᆞᆫ다 ᄒᆞ믄 이 곳 고셔의 이시니 이런 고로 ᄌᆞ고 뎨왕이 일시의 위급ᄒᆞ므ᄅᆞ뻐 교궁ᄒᆞ고 방약ᄒᆞ야 ᄆᆞᄋᆞᆷ대로 간신과 무죄[ᄒᆞ니]를 주겨 일시 ᄆᆞᄋᆞᆷ이 쾌ᄒᆞ나 그 의논이 긋디 아닛ᄂᆞ니 이러므로 셩뎨 명왕은 놉흔 위를 쟈랑티 아냐 ᄂᆞ지 근심ᄒᆞ미 초목곤튱의 니ᄅᆞᄂᆞ니이다 복이 폐해 셩덕을 영ᄌᆞᄒᆞ샤 팔방을 통니ᄒᆞ시니 졍티ᄒᆞ샤미 강구의 노래를 드ᄅᆞ실디라 비록 규합의 어린 식견이나 ᄯᅳᆺ의 혜오ᄃᆡ 만믈이 오륜을 출히고 사ᄅᆞᆷ이 녜법을 ᄀᆞ죽이ᄒᆞᆯ가ᄒᆞ더니 엇디 셩명지셰예 삼가 오샹이 믄허디고 무죄ᄒᆞᆫ 신해 령위예 나아가며 ᄂᆡ외로셔 하쇼ᄒᆞ야 신하의 부〃를 잡아 드리고 인눈을 어ᄌᆞ리이ᄂᆞᆫ 경샹이 이실 줄 알니오

75면

신쳡이 비록 미쳔ᄒᆞ나 우흐로 나라히 죄를 엇디 아냣고 가온대로 구고 부모를 브효티 아냣고 아래로 지아비를 브도로 도은 일이 업ᄉᆞᄃᆡ 얼골 업슨 죄로ᄡᅧ 일홈 업시 잡아 드리시고 신의 가부 운셩으로 ᄒᆞ야곰 ᄉᆞ디로 보내시니 업더여 념컨대 신은 비록 무죄ᄒᆞ나 가히 공쥬의 텬인이니 주겨 공쥬의 환을 더ᄅᆞ시면 비록 ᄉᆞ졍이시나 ᄯᅩᄒᆞᆫ 가히 맛당ᄒᆞ려니와 운셩 죽이믄 크게 가디 아니〃이다 신이 비록 ᄉᆞ톄를 모ᄅᆞ나 잠간 듯ᄌᆞ오니 운셩의 죄목이니 님군을 비방ᄒᆞ고 황후를 긔롱ᄒᆞ며 공쥬 슈욕ᄒᆞᆫ 세 가지라 ᄒᆞ오니 폐하와 낭〃을 비방ᄒᆞ믄 큰 죄라 반ᄃᆞ시 드를 재 이셔 텬뎡의 고ᄒᆞ야시리니 옥ᄉᆞ를 일우매 ᄃᆡ증ᄒᆞ야 실사를 아ᄅᆞ신 후 다ᄉᆞ릴 배니 엇디 믄득 곡딕이 블명ᄒᆞ야셔 신해 가ᄇᆡ얍다 ᄒᆞ야 간대로 주기시리잇가 반ᄃᆞ시 고ᄒᆞᆫ 쟈를 블너 운셩과 ᄃᆡ변ᄒᆞ미 올홀 거시오 만일 두 일이 블명ᄒᆞ고 공쥬 슈욕ᄒᆞ고 박ᄃᆡᄒᆞᆫ 죄 ᄲᅮᆫ이면 두

76면

리건대 엇디 주기믈 가ᄇᆡ야이 ᄒᆞ시리오 녜 낙양명 동션이 공쥬의 술위를 길히 ᄂᆞ리오고 그 죵을 텨 주기니 엇디 의뎡관원이 지엽의 술위를 핍박ᄒᆞ야 ᄂᆞ리오며 임의로 그 죵을 주기리오마ᄂᆞᆫ 광무의 동션 죄 주믈 보디 못ᄒᆞ얏ᄂᆞ니 이제 운셩이 텬은을 승셰ᄒᆞ야 공쥬의 가뷔 되니 셜ᄉᆞ 무례ᄒᆞ미 이시나 엇디 죽을 죄며 박ᄃᆡᄒᆞ다 ᄒᆞ야 하옥ᄒᆞ리오 신쳡이 비록 규문의 소견이 쳔누ᄒᆞ나 일죽 ᄉᆞ경과 법셔를 ᄉᆞᆯ피오ᄃᆡ 셩군이 공쥬 박ᄃᆡᄒᆞ다 ᄒᆞ야 부마 주긴 ᄃᆡ를 듯ᄌᆞᆸ디 못ᄒᆞ냣ᄂᆞᆫ디라 어린 ᄆᆞᄋᆞᆷ의 격졀ᄒᆞ믈 이긔디 못ᄒᆞ고 운셩으로 더브러 ᄒᆞᆫ 칼히 죽어 넉시 ᄒᆞᆫ가지로 도라가믈 ᄉᆡᆼ각ᄒᆞ니 당돌ᄒᆞᆫ 죄를 범ᄒᆞ야 일봉 혈셔를 올니ᄋᆞᆸᄂᆞ니 셩상은 운셩의 죄를 샤ᄒᆞ시고 신을 주기시면 텬디 부모의 호ᄉᆡᆼ디덕이 필부의 명을 앗기시니 폐하의 셩은이 여텬ᄒᆞ리로소이다 신쳡 형낭은 돈슈

77면

ᄇᆡᆨ비ᄒᆞᄂᆞ이다 샹이 견필의 스ᄉᆞ로 그ᄅᆞᆺᄒᆞ믈 ᄭᆡᄃᆞ라 뎐지ᄒᆞ야 운셩을 샤ᄒᆞ시고 형시의게 뎐교 왈 경이 임의 운셩의 안해로 청셜홀와 ᄒᆞᄃᆡ 엇디 구ᄐᆞ야 운셩을 ᄯᆞᆯ와 죽으려 ᄒᆞᄂᆞ뇨 형시 주왈 신은 듯ᄌᆞ오니 가뷔 블민ᄒᆞ나 의를 ᄃᆡ희리니 고로 뎌 [죵]의 [ᄉᆡ]누의를 ᄉᆞ짓고 ᄉᆡ어미를 셤기며 악양ᄌᆞ의 쳬 ᄃᆡ언으로 가부를 간ᄒᆞ고 졀의 죽은니라

운셩이 신쳡과 공쥬의 연고로 칼 아래 명이 급ᄒᆞᄃᆡ 공쥐 구티 아니시니 신이 엇디 지아비를 살과랴 아니ᄒᆞ며 만일 구티 못ᄒᆞᆯ딘대 가부를 죽이고 ᄎᆞ마 셰샹의 살니잇가 샹이 칭찬ᄒᆞ믈 ᄭᅵ돗디 못ᄒᆞ샤 믄득 일ᄏᆞ라 ᄀᆞᆯ오ᄃᆡ 부인은 가히 당셰예 녜졀 ᄀᆞᄌᆞᆫ 졀뷔로다 드ᄃᆡ여 운셩을 아조 노흐시고 형시ᄂᆞᆫ 아직 궁의 도라가 낭〃의 쳐티를 기ᄃᆞ리라 ᄒᆞ시니 부뷔 슬픔과 분ᄒᆞ믈 먹음어 텬은을 슉샤ᄒᆞ고 형시 궁으로 드러가고 빅관

78면

이 운셩으로 더브러 궐문의 나와 ᄉᆡᆼ이 비로소 관을 어더 ᄡᅳ고 부친 햐쳐로 오니 형소냥공이 안자 형공은 슬허ᄒᆞ고 소공은 위로ᄒᆞᆯ ᄯᆞᄅᆞᆷ이러니 ᄉᆡᆼ이 드러가 부친ᄭᅴ 절ᄒᆞ고 왈 쇼ᄌᆡ 부효를 이러틋 ᄭᅵ티오니 야〃의 놀나시미 젹디 아니ᄒᆞ도소이다 ᄯᅩᄒᆞᆫ 형공을 향ᄒᆞ야 샤례 왈 블힝ᄒᆞ야 쇼셔ᄂᆞᆫ 녕녀의 평ᄉᆡᆼ을 그릇 믈랏거ᄂᆞᆯ 녕녀ᄂᆞᆫ 쇼셔의 진 목숨을 구ᄒᆞ니 이 ᄯᅩᄒᆞᆫ 악당의 덕이로소이다 모든 빅관이 이공을 향ᄒᆞ야 하례 왈 금일 형부인은 니ᄅᆞᆫ바 뇨됴슉녀와 ᄯᅩ 졀의 ᄀᆞᄌᆞᆫ 날협이라 진짓 쳥현의 호귀나 마시 만흐믈 탄ᄒᆞᄂᆞ이다 만군 빅잉의 쎄텨 드러와 장ᄒᆞᆫ 말ᄉᆞᆷ과 슬픈 ᄉᆞᄉᆡᆨ으로 샹의를 두로혀니 [엇디] 긔특디 아니리오 형공은 손샤ᄒᆞ고 다힝ᄒᆞ믈 이긔디 못ᄒᆞᄃᆡ 승상은 쳑연히 화긔 ᄉᆞ라뎌 운셩을 나아오라 ᄒᆞ야 그 손을 잡고 ᄑᆞᆯ흘 어ᄅᆞ만져 오라도록 말이 업ᄉᆞ니 구공이 문왈 명공이 므ᄉᆞᆫ 연고로 녕낭의 손을 잡고 긔

79면

ᄉᆡᆨ이 쳑ᄒᆞ야 깃븐 거ᄉᆞᆯ 아디 못ᄒᆞᄂᆞ뇨 소공이 냥구커야 기리 ᄃᆡ왈 형은 아디 못ᄒᆞᄂᆞ냐 소뎨 비록 용녈ᄒᆞ나 일즉 ᄌᆞ식이 ᄌᆞ란 후ᄂᆞᆫ 비록 속으로 ᄋᆡ졍이 듕ᄒᆞ야도 저히 보ᄂᆞᆫ ᄃᆡ[ᄂᆞᆫ] 일즉 갓가이 안치도 아니ᄆᆞᆫ 그 힝실을 다ᄉᆞ리과랴 ᄒᆞ미러니 금일 이 아ᄒᆡ 셩노를 쵹범ᄒᆞ야 명이 검하의 위틔ᄒᆞ얏다가 셩은을 닙ᄉᆞ와 사라도라와 날을 보니 부ᄌᆞ ᄆᆞ음이 졔어키 어려온디라 내 평ᄉᆡᆼ 속의 나ᄂᆞᆫ 대로 ᄒᆞ고 지어ᄒᆞᆯ 줄을 모로므로 깃븐 ᄆᆞ음이 나디 아니코 블안ᄒᆞᆫ 의ᄉᆡ 나므로 ᄌᆞ연 ᄋᆞᄌᆞ의 손을 잡고 슬픈 졍을 딘뎡ᄒᆞ미라 만좨 다 탄식고 일ᄏᆞ라 왈 셩지 현지라 명공의 부ᄌᆞ지졍이 여ᄎᆞᄒᆞ되 흘노 뉴엄ᄒᆞ고 쇄연ᄒᆞ여 모든 공지 ᄒᆞᆫ갈치 슉연ᄒᆞ니 엇디 긔틕디 아니리오 ᄒᆞ더라 이윽고 빅관이 흣터딘 후 텬ᄉᆡᆨ이 느ᄌᆞ니 승상이 형공을 니별ᄒᆞ고 ᄉᆡᆼ을 ᄃᆞ리고 ᄌᆞ운산의 도라

오니 어ᄉᆞ 등이 골 밧긔 나와 마자 ᄉᆡᆼ을 보매 죽엇던 사ᄅᆞᆷ ᄀᆞᆺ티 슬허ᄒᆞᄃᆡ ᄉᆡᆼ이 잠깐도 쳑연ᄒᆞᆫ 빗치 업서 ᄒᆞᆫ 가지

80면

로 ᄂᆡ당의 드러가 뵐ᄉᆡ 셕부인은 ᄉᆡᆼ을 븟들고 무궁히 울고 태부인과 소화 두 부인이 다 눈믈을 흘니〃 졔ᄉᆡᆼ이 다 그의셔 슬허ᄒᆞ고 즁인이 나 상하의 우름 빗치라 승샹이 졔인을 ᄭᅮ지저 울기을 긋티고 태부인을 위로ᄒᆞᆯᄉᆡ ᄉᆡᆼ이 심ᄉᆡ 좃티 아니나 가잉ᄒᆞ야 웃고 모든 ᄉᆞᆯ오ᄃᆡ 쇼ᄌᆡ 임의 죽디 아냐시니 엇디 브졀업시 톄읍ᄒᆞ시리잇고 졔부인이 승샹과 ᄉᆡᆼ의 위로ᄒᆞ므로ᄡᅥ 슬프믈 딘뎡ᄒᆞ고 디난 말을 무ᄅᆞ며 일개 형시의 뎔의와 셩덕을 새로이 칭찬ᄒᆞ며 그 무ᄉᆞ이 나오믈 밋디 못ᄒᆞ야 서ᄅᆞ ᄒᆞᆫᄒᆞ더니 야심ᄒᆞ매 승샹이 ᄉᆡᆼ을 ᄃᆞ리고 침소의 도라와 ᄎᆞ야의 동침ᄒᆞ야 ᄉᆞ리로 죠용이 경계ᄒᆞᄂᆞᆫ 말ᄉᆞᆷ이 지극ᄒᆞᆫ 경셩으로 조차나니 ᄉᆡᆼ이 감격ᄒᆞ믈 이긔디 못ᄒᆞ야 톄읍ᄒᆞ야 슈명ᄒᆞ더라 이튼날 공쥬 나오니 가듕인이 브열ᄒᆞᄃᆡ 님군의 ᄂᆞᆺ출 보와 강잉ᄒᆞ야 마ᄌᆞ니 ᄉᆡᆼ은 외당의셔 아니 드러오

81면

더라 공쥐 좌의 녜를 절ᄒᆞ고 한훤을 파ᄒᆞᆫ 후 몬져 믈을 내여 ᄀᆞᆯ오ᄃᆡ 쇼쳡은 궁금의 깁히 이시니 부마의 ᄀᆞᆺ기믈 아디 못ᄒᆞ더니 드ᄅᆞ매 놀나오믈 이긔디 못ᄒᆞ거니와 형부인은 낭〃이 ᄉᆞ랑ᄒᆞ샤 좌우의 근시ᄒᆞ니 나오미 쉽디 못ᄒᆞ이다 태부인은 상의 지혀 ᄒᆞᆫ 말도 아니코 승샹이 ᄃᆡ왈 돈ᄋᆡ 죄를 닙으미 본ᄃᆡ 올흐니 공쥐 엇디 새로이 놀나시며 형시ᄂᆞᆫ 죽디 아니미 만힝ᄒᆞ니 엇디 나오기를 ᄇᆞ라리오 금일 공쥬 말ᄉᆞᆷ이 심히 티례ᄒᆞ야 ᄭᅮ미시니 새로이 ᄒᆞᆫ심ᄒᆞ이다 긔ᄉᆡᆨ이 엄졍ᄒᆞ고 언담이 쥰졀ᄒᆞ니 공쥐 참안 브답이러니 믄득 사ᄅᆞᆷ이 고ᄒᆞᄃᆡ 형부인이 도라오신다 ᄒᆞ니 일개 대희ᄒᆞ더라 원ᄂᆡ 형시 샹소를 지어 부마를 구ᄒᆞ고 드러가매 황휘 크게 감동ᄒᆞ야 노화보내고져 ᄒᆞ되 공쥐 막으므로 못ᄒᆞ더니 공쥐 나온 후 낭〃이 비록 노ᄒᆞ나 ᄒᆞᆫ 댱 글을 셕부인긔 기티니 궁인이 뎐지를 밧드러 형시를 ᄃᆞ려 나올ᄉᆡ 형시 몬져 드러와 구고 존

82면

당의 뵈니 인〃이 다 눈믈을 흘녀 반기며 셕부인은 새로이 아름다와ᄒᆞᄃᆡ 공쥐 잇고

궁인이 뎐디를 밧드러 왓는디라 〃경을 곰초고 공경ᄒᆞ야 봉죠를 써혀보니 셔왈 황후 부시는 공경ᄒᆞ야 소승샹 졍비 됴국부인 안하의 브티노라 승샹이 군신지의 막히이고 궁듕 부듕이 현졀ᄒᆞ야 비록 연분이 업ᄉᆞ나 일쪽 셕후의 대공과 소공의 녕명을 우러 지예 진동홈 ᄀᆞᆺ티 드럿더니 소녀 명현이 슉셰 뉵셰 가연으로 부마 소청현으로 더브러 결발부뷔 되니 져근 일도 텬싊 어든 부〃 되는 일은 음양을 샹ᄒᆞ야 강샹의 듕녀시니 어이 인녁으로 ᄒᆞ리오마는 귀부 샹해 공쥬의 방을 더디믈 긔롱ᄒᆞ야 원망ᄒᆞ고 텬의 아니라 ᄒᆞᆫ다 ᄒᆞ니 비록 괴롭고 믜워 말 지으미 슌치 아닌들 쏘ᄒᆞᆫ 공쥬 불의예 일이 업고 부매 형시로 쾌락디 못ᄒᆞ려든 엇디므로써 대신과 명부의 소견이 텬의를 아디

83면

못ᄒᆞ고 이러틋 협칙ᄒᆞ뇨 공쥐 나히 졈고 셩이 급ᄒᆞ야 허믈된 곳이 이시나 부인은 명현ᄒᆞᆫ 부인이라 엇디므로써 딤의 낫출 보아 관셔ᄒᆞ는 일이 업고 졈은 녀ᄌᆞ로도 뎍발 표양ᄒᆞ야 즁논이 패악ᄒᆞ기를 밀위여 부마의 ᄆᆞ음을 도〃ᄂᆞ뇨 셩샹이 공쥬의 외로오믈 드ᄅᆞ시고 ᄉᆞ경의 춤디 못ᄒᆞ야 부마를 칙ᄒᆞ시니 부매 군신의 존비를 모ᄅᆞ고 혈긔예 분을 발ᄒᆞ니 샹이 엇디 요딕ᄒᆞ시리오마는 마춤 부마의 명이 기러 사라나고 딤이 쏘ᄒᆞᆫ 공쥬 ᄂᆞᆺ출 보와 형녀의 방ᄌᆞᄒᆞ믈 용샤ᄒᆞ고 일 업시 도라보내거니와 만일 다시 방자ᄒᆞ미 이실딘대 결단ᄒᆞ야 두 번 샤키 어려오리라 부인은 깁히 조심ᄒᆞ야 부마를 경계ᄒᆞ라 셕부인이 보기를 ᄆᆞᄎᆞ매 궁인을 관딕ᄒᆞ고 [깁을 ᄉᆞᆺ처] 필연으로 나오혀 표를 슬ᄉᆡ 궁인이 보건대 죠금도 고슙ᄒᆞ미 업서 ᄒᆞᆫ 붓의 ᄂᆞ리 써 밧드러 궁인을 주고 왈 미천ᄒᆞᆫ 집의 귀인이 님ᄒᆞ시

84면

딕 표뎡홀 거[시] 업써 약깐 쵹단을 드리ᄂᆞ이다 드ᄃᆡ여 시녀로 ᄒᆞ여곰 녜단을 알픠 노흐니 궁인이 샤례ᄒᆞ고 도라가 낭〃게 표을 드리고 칭찬 왈 신쳡이 소가의 니ᄅᆞ니 옥쥐 좌의 겨시고 모든 쇼년이 삼버듯ᄒᆞ여시딕 다 개〃히 긔특ᄒᆞ옵더니 됴셔를 닐글제는 됴국부인이 침뎐으로 ᄂᆞ려와 표을 지어 쳡을 주고 즉시 됴셔를 가지고 도로 안흐로 드러가거ᄂᆞᆯ 신이 사름ᄃᆞ려 무ᄅᆞ니 됴국부인이 비록 존ᄒᆞ시나 진국 태부인이 졍당의 겨시모로 침소의 와 죠셔를 밧ᄌᆞᆸ고 이에 올나 가시ᄂᆞᆫ이라 ᄒᆞ더이다 형시와 옥쥬

ᄂᆞᆫ 태부인 겨신 ᄃᆡ 잇고 셕부인을 모셔 ᄃᆞᆫ닐 쟈ᄂᆞᆫ 쇼년 녀ᄌᆞ 둘히로ᄃᆡ ᄒᆞ나흔 부인의 복식이니 소시랑 부인이라 ᄒᆞ고 ᄒᆞ나흔 뉴싱의 쳬라 다 그 며ᄂᆞ리로ᄃᆡ ᄌᆞ식이 졀셰ᄒᆞ고 힝식이 유슌ᄒᆞ야 뵈고 됴국부인은 녀듕 션인이라 그 얼굴의 고으믄 형시도 오히려 밋디 못ᄒᆞᆯ 배오 모디〃 아니ᄃᆡ 위

85면

엄이 〃셔 쳔연ᄒᆞᆫ 법졔 만인이 불급ᄒᆞᆯ너이다 드ᄃᆡ여 표시를 졔 지도의 긔이ᄒᆞ믈 알외고 주던 치단을 펴ᄇᆞ니 이 촉깁이로ᄃᆡ 다 굵고 셸편디라 이 곳 셕부인이 궁듕 샤치를 공티ᄒᆞ야 짐즛 이를 주미러라 휘 슈말을 ᄌᆞ시 뭇고 표를 보니 ᄒᆞ여시ᄃᆡ 쇼신 소경쳐 영됴국 셕시ᄂᆞᆫ 돈슈빅비ᄒᆞ고 셩항셩공ᄒᆞ옵다가 삼가 일봉표문을 밧드러 만셰 셩모낭낭 뇽상하의 주ᄒᆞᄂᆞ이다 신의 부좌 션뎨와 폐하를 밧드러 죠고만 공노로ᄡᅥ 귀족인신ᄒᆞ고 신의 지아비ᄂᆞᆫ 더욱 쇼〃 문신으로 쳑촌 공도 업습거ᄂᆞᆯ 외람히 태뎡의 금ᄌᆞ를 녕ᄒᆞ야 지어 미셰ᄒᆞᆫ 규문의 쳔은이 흘너 나라흘 봉ᄒᆞ시니 신등이 듀야 감슈ᄒᆞ온 밧긔 듀야 우탄ᄒᆞ와 셩은을 갑습디 못ᄒᆞ올가 두리오며 슬허ᄒᆞ옵더니 하ᄂᆞᆯ

86면

[이] 신등의 집으로 ᄒᆞ야곰 젼셰 죄얼이 업ᄉᆞ믈 ᄇᆞᆰ히샤 쇼ᄌᆞ 소운셩이 폐하의 ᄉᆞ랑ᄒᆞ시믈 닙습고 쵸방의 귀쥬 쳔가의 니ᄅᆞ샤 금슈 우히 곳출 더음ᄀᆞᆺ티 되오니 합개 깃거ᄒᆞ고 문호의 영광이 샹셔로ᄃᆡ 다만 당초브터 셩심을 간범ᄒᆞ야 거역ᄒᆞᆫ 일관은 실노 공쥬를 염ᄒᆞ미 아니라 형네 비록 황가 옥엽의 비티 못ᄒᆞ나 ᄯᅩᄒᆞᆫ 운셩으로 더브러 결발부뷔오니 만일 부귀와 권셰를 감심ᄒᆞ야 무단히 ᄇᆞ릴딘대 필부의 박힝이나 이런 고로 샹의를 슌죵티 못ᄒᆞ더니 텬의ᄂᆞᆫ 졀ᄒᆞ시므로 박힝ᄒᆞ미 되야 숑홍의 죄인이 되나 역명ᄒᆞᄂᆞᆫ 블통을 엇디 아니랴 쾌히 셩녀를 보내고 공쥬를 마자 신등이 공경ᄒᆞ고 후ᄃᆡᄒᆞ믄 궁인과 공쥐 아ᄅᆞ실 배오 지어 신이 공쥬의 흔단을 뎍발표양ᄒᆞ다 ᄒᆞ시ᄂᆞᆫ 뎐교를 듯ᄌᆞ오매 경히ᄒᆞ믈 이긔디 못ᄒᆞ리로소이다 신이 비록 혼

87면

암ᄒᆞ고 신의 지아비 어디〃 못ᄒᆞ나 일즉 녜의를 닉희고 경셔 군ᄒᆞ믈 피ᄒᆞ옵ᄂᆞ니 공쥬의 방울 더디시믄 뎐교의 니ᄅᆞ신 바 텬명 쳔쉬라 엇디 감히 긔롱ᄒᆞ미 이시며 ᄋᆞᄌᆞ

를 도〃리잇가 낭낭은 허탄혼 궁비의 간춤호는 말을 고디 듯디 마르샤 신등을 의심티 아니시면 또혼 명셩혼 셩덕이 되리이다 운셩은 텬위도 제 고집호믈 고티디 못호니 구투야 공쥬를 염호미 아니라 조강을 져보리디 아냐 신을 딕희니 [신 등이] 듀야 칙호미 혼두 번이 아니로딕 오히려 주글 밧근 홀 일이 업스오니 삼가 봉쬬호야 다시 경계호려니와 방주호미 반드시 또 이실 거시니 그 째예 셩명이 비록 미처 아디 못호시나 신이 당당이 소주의 죄를 일〃히 알외리니 낭〃은 기시의 엄히 처티호샤 후셰인을 딩계호쇼셔 신이 감히 주인지졍이 업스미 아니라 실노 텬긔의 태양이 비최시매 셰쇄혼 일노 긔

88면

망티 못호미로소이다 필연으로 님호매 다셜호미 죄를 더으미라 복원 낭〃은 쇼감호쇼셔 휘보기를 뭇고 노긔 잠간 프러뎌 진쥬 ᄀ튼 필법과 산협슈 ᄀ튼 말숨이며 문쟝을 칭찬호더라 소부의셔 부인이 쇼셔를 가져 좌듕의 뵈고 공쥐 도라간 후 서르 개탄호며 즉시 운셩을 블너 쇼셔를 주고 부인이 ᄭ지저 왈 네 이제나 공쥬를 후딕호야 어버의게 블효를 깃티디 말고 형시의 셜우믈 더으디 말나 낭〃의 엄괴 이ᄀ투시니 추후는 조심호미 더욱 극호야 젼ᄀ티 못호리라 싱이 졍식고 금션으로 쇼셔를 스리티고 보디 아니〃 [태]부인 왈 경시호미 가티 아니라 싱이 비로소 두 손으로 밧드러 미러노코 혼 말도 아니코 나가니 좌위 홀 일이 업서 형시를 블너 쬬용히 보며 궐듕의 가 호던 일을 주시 뭇고 존당과 구괴 수랑호며 칭찬호고 운셩 구호믈 샤례호는 빗치러라 이날 형시 침소의셔 쉬더니 싱

89면

이 드러와 보고 폴흘 드러 기리 읍샤 왈 혹싱이 만일 부인의 덕 곳 아니면 엇디 칼 아래 귀신이 되디 아니리오 [싱이] 추후는 부인을 은인으로써 일ᄏ라 혼갓 부뷔라 일ᄏ디 못호리로다 형시 기리 탄식고 눈물을 흘녀 왈 낭군이 임의 대화를 만낫거늘 쳡이 엇디 두리오믈 혜아리〃오 이는 부인의 녜되니 군직 엇디 샤례호미 이시리오 싱이 감샤호기를 다 못호야셔 형시를 쬬용히 기유호야 공쥬궁의 가기를 권호니 싱이 탄식 왈 부인아 엇디 혹싱 업슈이 너기미 이 디경의 잇누뇨 내 출히 머리 업순 귀신이 될디언뎡 권셰예 핍박호이여 나의 집절을 ᄀ초디 못호리로다 형시 다시 ᄀ오딕 이러커

든 외당의셔 헐숙ᄒᆞ시미 힝심ᄒᆞ이다 싱이 차탄 왈 부인의 어딘 덕은 고인의 디난디라 내 엇디 ᄒᆞᆫ 청도 듯디 아니리오 이 당의 머믈기를 난쳐히 너기시니 오늘 난 셔당의 머므러 ᄆᆞ음을 편케 ᄒᆞ리라 즉시 니러나 가니 마츰 셕패 여어

90면

듯고 드러와 태부인긔 고ᄒᆞ니 태부인 왈 형시 평안ᄒᆞᆫ 시졀은 가부의게 싁〃ᄒᆞ고 난시의는 지아비과 ᄉᆞ싱을 결ᄒᆞ랴 ᄒᆞ니 이는 당셰예 월희라 ᄒᆞ니 형시 찬복ᄒᆞ미 이럿틋ᄒᆞ거든 아모 공쥐들 엇디ᄒᆞ리오 공쥐 니ᄅᆞ러 거즛 샹명으로 또 형시 ᄃᆞ려가믈 청ᄒᆞ니 승샹이 허락ᄒᆞ거늘 형시 악연ᄒᆞ믈 이긔디 못ᄒᆞ는디라 셕부인 왈 현부는 ᄒᆞᆫ티 말나 승샹이 온가 일을 공쥬와 힐난티 아니므로 보내고 또ᄒᆞᆫ 그ᄃᆡ는 위틱티 아니믈 아는 고로 ᄋᆡ운과 뎐수를 도망티 못ᄒᆞ게 ᄒᆞᄂᆞ니 그ᄃᆡ 안심ᄒᆞ고 됴히 가 조각을 타 션쳐킈 ᄒᆞ라 형시 샤례 왈 쳡의 인싱이 지틱의 블관ᄒᆞ고 부마긔 괴로오니 구괴 홍은을 드리워 어버의 집의 가게 ᄒᆞ시면 쇼쳡이 죽는 날이라도 사는 히 ᄀᆞᆺᄐᆞ리로소이다 부인이 그 손을 잡고 타누 왈 슬프다 현뷔 호구의 들미 평안티 아니ᄒᆞ야 이 말을 ᄒᆞ거니와 운셩이 엇디 드를 니 이시리오 언미필의 소싱 삼형뎨 청삼을 브티며 취슈를

91면

ᄊᆞ어 모젼의 다ᄃᆞᄅᆞ매 부인이 운셩ᄃᆞ려 왈 형시 너의 편벽홈과 두로 형셰 난쳐ᄒᆞ믈 두려 이제 귀령 봉친ᄒᆞ믈 청ᄒᆞ니 네 ᄯᅳᆺ이 엇더뇨 싱이 정식 ᄃᆡ왈 황명이 공쥬로 더브러 쇼ᄌᆞ의 가ᄉᆞ를 다ᄉᆞ리라 ᄒᆞ야겨시니 거역ᄒᆞ미 가티 아니니이다 부인이 쇼왈 너는 므ᄉᆞ 일을 황명대로ᄒᆞ며 형시를 칙ᄒᆞ는다 싱이 역시 우ᄉᆞ며 ᄃᆡ왈 모친 말숨도 올습거니와 형시는 황명이 업슨들 겨집이 지아비를 ᄇᆞ리〃잇가 부인이 웃고 또ᄒᆞᆫ 형시ᄃᆞ려 왈 ᄉᆞ셰 ᄆᆞ음대로 되디 못ᄒᆞ리니 현부는 이에 뎌 곳의 가 디내라 형시 ᄒᆞᆯ 일이 업서 ᄌᆡ빅 슈명ᄒᆞ고 믈너 경희당의 가니 궁듕 샹해 다 믜워ᄒᆞ는 경샹이로ᄃᆡ 오직 은근ᄒᆞ고 ᄉᆞ랑ᄒᆞᄂᆞᆫ 한샹궁이라 형시 깁히 감격ᄒᆞ야ᄒᆞ고 공쥬는 ᄎᆞ후 형시 보채미 날노 심ᄒᆞ야 시〃로 궁녀를 보내여 욕ᄒᆞ미 참혹ᄒᆞ더라 이때 냥보뫼 혜오ᄃᆡ 부마와 형시 ᄀᆞᆺ겨시니 뎐위를 두려 결구ᄒᆞ리라 ᄒᆞ야 또ᄒᆞᆫ 형시

92면

경희당의 오난 디 십여 일의 소싱의 오디 아니믈 보고 째를 타 경희당의 니르러 형시로 더브러 서르 볼식 이에 고셩 대즐 왈 그딕는 이 쇼민의 쳔녀로 음악훈 힝실을 후야 부마를 팀혹게후고 요괴론 말노 구고를 아당후야 옥쥬를 업슈이 너기거니와 너의 머리는 옥쥬의 손 가온대 잇는디라 내 쏘훈 너를 주기디 못후나 므이 티기야 므스 일 못후리오마는 오히려 마음이 관후후야 용샤후미니라 형시 듯기를 뭇고 어히 업스나 스스로 혜오딕 셔쟉의 무리로 더브러 언어로 결우며 푸리를 노후야 칼흘 쌔히디 아니[리]라 식견을 널니 후고 훈 말도 아니〃 냥시 쏘 고셩후야 대매 왈 이 쳔네 엇디 감히 나의 뭇는 말을 답디 아닛누뇨 형시 묵연 브답고 다만 고개를 누주기 후고 침션흘식 냥시의 말이 추마 듯디 못홀 배로딕 훈 말도 딕티 아니타가 날회여 정식고 닐오딕 내 비록 피폐후나 공쥬의 동녈이오 부마의 형쳬니 궁인이 날을 욕후미

93면

심히 무례후딕 내가 탄티 아니믄 보모의 힝식 한심후야 톄면 모르믈 족수티 아니미오 쏘훈 그딕 스족을 슈욕후미 너모 심후니 당〃훈 국법으로 닐너도 그 죄 족히 머리를 버혀 샤홀디라 그딕는 섈니 도라가라 만일 간대로 홀딘대 이는 날을 욕후미 아냐 부마와 공쥬를 욕후는 쟉이니라 보뫼 대로후야 다만 좌우로 후야곰 큰 매를 가져오라 후더니 믄득 궁녜 급히 고후딕 부매 오신[대]후니 보뫼 텽파의 삼혼이 부람을 조차 흐터디니 보〃 던경후야 안흐로 드러닷다가 졍히 듕문의셔 부마를 만단디라 원닉 부매 냥보를 친 후 감히 냥시 운셩의게 뵈디 못후더니 이날 만나니 창황히 므르 도라셔니 부매 각별 본톄 아니코 경희당의로 가니 보뫼 놀란거슬 딘정후고 쏘훈 혜오딕 형시 반드시 죄의 형샹으로써 부마긔 춤소후리〃라 구만이 경희당 창 밋티 와 여어 드르니 부매 드러가 쥐슈를 경히 후고 부인의 겻틱 안주며

94면

왈 내 앗가보니 냥보뫼 예 왓다가 가는디라 므숨 흉훈 말을 후더뇨 부인 왈 사름 임의 보면 됴흔 뜻이니 엇디 흉훈 경상이 이시리오 싱이 문득 우스며 부인의 손을 잡고 폴흘 어루문져 닐오딕 그러면 부인의 안식이 다루고 셩안이 구누랏누뇨 내 비록 영민티 못후나 그딕의 셩내는 긔식은 아노라 형시 홀 일이 업서 잠간 우어 왈 샹공은

영오ᄒᆞ샤 긔식을 디어 아ᄅᆞ시거니와 쳡은 노혼 일이 업서이다 부매 왈 부인이 일년 닉예 웃는 배 금일 처엄이라 반ᄃᆞ시 큰 노호미도다 형시 다만 웃고 말을 아니ᄃᆡ 마ᄎᆞᆷ내 보모의 즐욕을 니ᄅᆞ디 아니〃 냥시 크게 고이히 너겨 그 ᄒᆞᆫ 거동을 볼ᄉᆡ ᄉᆡᆼ이 부인을 ᄃᆡᄒᆞ야 므ᄉᆞᆫ 말을 ᄒᆞ고져 ᄒᆞ다가 믄득 놀나 왈 앗가 조뫼 브ᄅᆞ시던 거ᄉᆞᆯ 닛고 이리 오과라 셜파의 급히 니러나 가니 보뫼 도라와 ᄉᆡᆼ각ᄒᆞᄃᆡ 나ᄌᆡᄂᆞᆫ 이목이 번다ᄒᆞᆫ 고로 형시 팀졍ᄒᆞᆫ 녀ᄌᆡ라 경히 아니〃 밤의 ᄀᆞ만이 가 듯보리라 ᄒᆞ고 ᄎᆞ야의 혼

95면

자 창 아래 업더여 새도록 드ᄅᆞᄃᆡ 형시와 부마의 소ᄅᆡ 업거ᄂᆞᆯ 도라와 년야 십여 일을 여어보ᄃᆡ 부〃 냥인이 서ᄅᆞ 공경ᄒᆞ고 ᄋᆡ셕ᄒᆞ야 은ᄋᆡ 구산 ᄀᆞᆺ고 ᄯᅩ 셕〃ᄒᆞ야 부매 혹 공쥬의 말과 ᄌᆞ가 젼졍을 차아홀 적이면 형시 ᄉᆞ리로 기유ᄒᆞ고 졍셩으로 공쥬의 슬프믈 닐너 간ᄒᆞᄂᆞᆫ 말이 근측ᄒᆞ매 미ᄎᆞ면 ᄉᆡᆼ이 혹 웃고 [혹] 그러히 너기ᄂᆞᆫ ᄃᆞᆺᄒᆞᄃᆡ ᄆᆞᄎᆞᆷ내 그 말은 구외예 내디 아닛ᄂᆞᆫ디라 냥시 감동ᄒᆞ야 뎨 십일 야의ᄂᆞᆫ 듯기 게어른 ᄆᆞᄋᆞᆷ이 나니 믄득 조ᄋᆞ라 뒤흐로 졋바디니 소ᄅᆡ 딘동ᄒᆞᄂᆞᆫ디라 마ᄎᆞᆷ 부마ᄂᆞᆫ 즘을 들고 부인은 근심이 만하 ᄭᅵ엿던디라 심듕의 ᄀᆞ장 두려워ᄒᆞ믄 ᄌᆞᄀᆡᆨ이 왓ᄂᆞᆫ가 ᄒᆞ야 창황이 손으로 부마ᄅᆞᆯ 흔드러 ᄭᅵ오니 ᄉᆡᆼ이 놀나 ᄭᅵ야 연고ᄅᆞᆯ 무ᄅᆞ니 부인이 다만 밀고 왈 창 외예 고이ᄒᆞᆫ 소ᄅᆡ 잇ᄂᆞ이다 ᄉᆡᆼ이 텽필의 급히 니블을 믈니티고 낭듕을 더듬어 야명쥬ᄅᆞᆯ 내야 들고 창을 여니 광ᄎᆡ 시부의 쏘이니 냥보뫼 이ᄣᅢ 좀결의 너머뎌 어즐ᄒᆞᆫ 거ᄉᆞᆯ 딘

96면

뎡ᄒᆞ노라 즉시 니러나디 못ᄒᆞ얏더니 믄득 방듕으로셔 ᄒᆞᆫ ᄯᅦ 홍광이 니러나며 믄득 창을 열티고 부매 단의로 문을 당ᄒᆞ야 셧ᄂᆞᆫ디라 혼블니톄ᄒᆞ야 ᄃᆞ라날ᄉᆡ 부매 거동을 보고 대로ᄒᆞ야 시녀ᄅᆞᆯ 블너 잡아오라 ᄒᆞ니 형시 지삼 말녀 긋친디라 부매 도로 문을 닷고 들며 통ᄒᆞᆫᄒᆞ믈 마디 아니〃 형시 [대]만 탄식고 냥시 ᄲᅮᆺ치여 멀니 수멋다가 ᄯᅩ ᄉᆡᆼ각ᄒᆞᄃᆡ 아ᄆᆞ커나 무어시라 ᄉᆞ짓ᄂᆞᆫ고 드ᄅᆞ리라 ᄒᆞ야 ᄀᆞ만이 나아가 드ᄅᆞ니 ᄉᆡᆼ은 냥시의 인믈과 공쥬ᄅᆞᆯ 수죄ᄒᆞ니 형시ᄂᆞᆫ 공쥬의 잔잉홈과 냥시 튱의ᄅᆞᆯ 일ᄏᆞ라 일호도 승셰ᄒᆞ야 도〃며 비웃디 아니〃 보뫼 크게 감격ᄒᆞ야 혜오ᄃᆡ 뎌의 어딜미 이ᄀᆞᆺᄐᆞ니 풍뉴의 남ᄌᆡ 엇디 혹디 아니리오 이제 뎨 즁인듕 특이ᄒᆞ믄 니ᄅᆞ도 말고 그윽ᄒᆞᆫ 암실

의셔 더욱 경대ᄒᆞ야 가부의 듕산 ᄀᆞᆺ튼 졍을 가랍ᄒᆞ미 업ᄉᆞᄃᆡ 온유ᄒᆞ고 공슌ᄒᆞᄃᆡ 슌절ᄒᆞ며 지아비로 더브러 뎍국의 흔단 아니ᄆᆞᆫ 녜식어니와 나의 욕홈과 엿보믈 임의

97면

ᄊᆞ지즐 적 비록 도〃디 아니니 엇디 웃디 아니리오마ᄂᆞᆫ 언단의도 이런 말이 업고 도로혀 어딘 곳으로 밀위니 이 엇디 쇽인의 ᄒᆞᆯ 배리오 그 도량이 하히 ᄀᆞᆺ고 명현ᄒᆞ미 녀듕요슌이라 므ᄅᆞᆺ 인식 이러ᄐᆞᆺ 인졍 밧그로 툐월ᄒᆞ니 엇디 부마를 ᄒᆞᆫᄒᆞ며 뎌를 ᄒᆞᆫᄒᆞ리오 드듸여 사오나온 ᄆᆞ음이 화ᄒᆞ야 감동ᄒᆞ니 즉시 도라가 ᄎᆞ후ᄂᆞᆫ 다시 형시를 침노티 아니코 ᄃᆡ접이 한샹궁과 ᄒᆞᆫ 가지니 슉녀의 감화ᄒᆞ미 이러ᄐᆞᆺᄒᆞᄃᆡ 오직 냥시의셔 더 흉독ᄒᆞ고 ᄀᆡ과 아닛ᄂᆞᆫ 쟈ᄂᆞᆫ 이공쥐라 부인의 덕틱을 더욱 아쳐ᄒᆞ야 샹이 보채기를 참혹히 ᄒᆞ니 [형시] 오직 담을 크게 ᄒᆞ고 ᄆᆞ음을 활다히 ᄒᆞ야 디내나 듀야의 근심ᄒᆞ고 두려 디내니 엇디 약질이 평안ᄒᆞ리오 드듸여 병을 어더 누은디라 소싱이 대경ᄒᆞ야 친히 의약을 다ᄉᆞ리나 죠곰도 낫디 아니코 날노 팀듕ᄒᆞ니 승샹이 ᄯᅩᄒᆞᆫ 우려〃ᄒᆞ고 모든 형뎨 서ᄅᆞ 니어 문병ᄒᆞ니 공쥐 크게 투긔ᄒᆞ야 시녀로 ᄒᆞ야곰 명현궁과 승샹부 ᄉᆞ[이] 협문

98면

을 막으라 ᄒᆞᄂᆞᆫ디라 졔인이 다 우이 너기더니 승샹 왈 ᄌᆞ부의 병셰 듕ᄒᆞᄃᆡ 됴리ᄒᆞ미 평안티 아니〃 제 집의 도라보내미 가ᄒᆞᆫ디라 ᄆᆞ양 내 집의 두기로 공쥐 투긔ᄒᆞ야 대ᄂᆡ 궁인과 죠셰로 [포]의지ᄀᆞ의 ᄌᆞ로 ᄂᆞ리니 심히 비련ᄒᆞ니 슌편ᄒᆞᆯ 도를 취ᄒᆞ미 올타ᄒᆞ야 존당긔 고ᄒᆞ고 모든 부인ᄃᆞ려 니ᄅᆞ니 다 올히 너기ᄂᆞᆫ디라 즉시 형가의 긔별ᄒᆞ니 형참졍이 듯고 쌜니 거마를 슈습ᄒᆞ야 이에 니ᄅᆞ매 승샹이 젼후 쥬의를 니ᄅᆞ니 참졍이 희열 왈 션ᄌᆡ라 년형의 의논이 금셕 ᄀᆞᆺᄐᆞ니 이제ᄂᆞᆫ 샹명이 겨시니 쳥현히 왕ᄂᆡᄒᆞ야 ᄃᆞᆫ녀도 무해ᄒᆞ니 녀ᄋᆞ를 아조 ᄃᆞ려가리라 승샹이 허락ᄒᆞ고 시동으로 운셩을 블너 이 ᄉᆞ연을 ᄒᆞᆫ대 싱이 악연히 블쾌ᄒᆞᄃᆡ 부친의 명이오 형공이 ᄃᆞ리라 왓ᄂᆞᆫ디라 오직 슌〃 응ᄃᆡᄒᆞ고 심ᄉᆡ 어린 ᄃᆞᆺᄒᆞ더라 즉시 니러나 부인 병소의 니ᄅᆞ러 다시 보매 용뫼 슈약ᄒᆞ고 긔식이 쳔촉ᄒᆞ야 싱되 어려오니 눈믈 흐ᄅᆞ믈 ᄭᆡᄃᆞᆺ디 못ᄒᆞ야 ᄀᆞᆯ오ᄃᆡ 부인이 쇼싱으로 인

99면

ᄒᆞ야 온갓 고초를 다 격다가 이제 이런 병을 어더 나로ᄒᆞ야곰 대댱부의 톄격을 쇠잔케 ᄒᆞᄂᆞ뇨 아디 못게라 악댱이 금일 부인을 ᄃᆞ리라 와겨시니 그ᄃᆡ 즐겨 도라갈다 형시 텽파의 경회ᄒᆞ야 혼〃ᄒᆞᆫ 졍신을 거두고 ᄃᆡ왈 만일 부친이 와겨실딘대 쳡이 당〃이 됴리ᄒᆞ믈 쳥ᄒᆞ야 즉일의 가리라 ᄉᆡᆼ이 기리 탄식고 말이 업다가 다시 닐오ᄃᆡ 부인은 이러ᄐᆺ 즐겨ᄒᆞ시니 [무ᄉᆞ이] 도라가 잘 됴셥ᄒᆞᆫ 후 운ᄉᆡᆼ이 틈을 타 가든 젼ᄌᆺ티 미믈히 말나 형시 심하의 감격ᄒᆞ나 다만 뎌의 은근ᄒᆞ미 ᄌᆞ가의 화근이며 ᄯᅩ 뎨 스ᄉᆞ로 몸의 블니ᄒᆞᆯ 줄 알고 다만 위로ᄒᆞ야 왈 쳡이 비록 도라가나 엇디 군ᄌᆞ의 후의를 니ᄌᆞ리오 군ᄌᆞᄂᆞᆫ 져근 일의 구챠티 말고 오직 귀톄를 보듕ᄒᆞ쇼셔 ᄉᆡᆼ이 좌우로 ᄒᆞ야곰 술을 가져오라 ᄒᆞ야 년ᄒᆞ야 서너 잔을 거후ᄅᆞ고 기리 툐턍 왈 부인의 잇ᄂᆞᆫ 곳은 옥누항이오 나의 머므ᄂᆞᆫ 곳은 ᄌᆞ운산이니 ᄉᆡᆼ[게] 팔십니라 ᄒᆞᆫ ᄉᆡᆼ듕이라도 ᄎᆞᄌᆞ미 ᄎᆞᆺ디 못ᄒᆞ려든

100면

내 문 밧긔 ᄉᆞ십니를 써나 이시니 엇디 문병ᄒᆞ긴들 쉬우리오 셜파의 눈믈 두어 줄이 옥면의 니음ᄎᆞ니 형시 졍ᄉᆡᆨ 왈 대댱뷔 엇디 부인 녀ᄌᆞ를 ᄃᆡᄒᆞ야 빅니 안히 니별을 슬허ᄒᆞ리오 쳡이 비록 유병ᄒᆞ나 쳥츈 장년이라 이 병의 죽을 배 아니오 군ᄌᆡ 젼뎡이 만니라 타일 화락이 젹디 아니려든 방인의 긔쇼ᄒᆞᆯ 거조를 ᄒᆞ시ᄂᆞ뇨 ᄉᆡᆼ이 칭찬 왈 그ᄃᆡ의 곳다온 말을 드ᄅᆞ니 엇디 쇼ᄉᆡᆼ의 븟그러오미 뎍으리오 내 비록 한가티 못ᄒᆞ나 틈을 어더 부인을 보리라 셜파의 형공이 형시를 ᄃᆞ려가믈 직촉ᄒᆞ니 소윤화셕 ᄉᆞ위부인이 니셕 이파와 모든 쇼년을 거ᄂᆞ리고 형시 병소의 와보고 범ᄉᆞ를 출혀 [서ᄅᆞ] 니별ᄒᆞᆯ ᄉᆡ 셕부인이 [눈믈이] 비오ᄐᆺᄒᆞ야 니별ᄒᆞ니 형시 감격ᄒᆞ미 ᄲᅧ의 ᄉᆞᄆᆞ차 ᄯᅩᄒᆞᆫ 타루 빅샤ᄒᆞ고 븟들녀 뎡 안히 드니 소ᄉᆡᆼ이 스ᄉᆞ로 뎡문을 ᄌᆞ모고 미우를 찡긔여 슬픈 거술 춤ᄂᆞᆫ디라 시랑 운현이 소왈 형쉬 유병ᄒᆞ야 귀령ᄒᆞ시니 깃브든 아니커니와 뎌대

101면

도록 슬허ᄒᆞ리오 ᄉᆡᆼ이 믄득 우ᄉᆞ며 ᄉᆔ[지]저 왈 방ᄌᆞᄒᆞᆫ 아ᄒᆡ 엇디 감히 형을 긔롱ᄒᆞᄂᆞᆫ다 내 비록 실ᄉᆡᆼᄒᆞ나 더ᄀᆞᄐᆞᆫ 졍인은 우이 너기노라 [셜파의] 형뎨 서ᄅᆞ ᄉᆞ매를 잇그러 크게 웃고 희롱ᄒᆞ며 형부인을 호송ᄒᆞ고 형공을 니별ᄒᆞᆯᄉᆡ 참졍이 묵연히 셜화를 펴디

아니코 도라가니 승샹이 ᄉᆡᆼ을 블너 ᄀᆞᆯ오ᄃᆡ 내 ᄆᆞ양 외당의 잇 여러 ᄌᆞ식이 이시나 다 글을 닐그며 경ᄉᆞ도 다ᄉᆞ려 한얼티 못ᄒᆞᆫ디라 오직 네 벼슬이 소임이 업고 심ᄉᆡ 아ᄅᆞᆷ답디 아냐ᄒᆞ니 ᄎᆞ후란 셔당의 가디 말고 내의 곳의 이시라 [ᄉᆡᆼ이] 년망이 샤례ᄒᆞ고 금침을 옴겨 ᄎᆞ후ᄂᆞᆫ 부친 좌와의 일시도 ᄯᅥ나디 아니ᄒᆞᄃᆡ 오직 ᄒᆞᆫ ᄆᆞ음은 형시곳의 갓ᄂᆞᆫ디라 ᄆᆞ양 므어술 일흔 듯ᄒᆞ더니 수일 후 죠용이 고왈 형시 병셰 팀듕ᄒᆞ던디라 ᄒᆞᆫ번 가 문병ᄒᆞ여지이다 승샹이 정ᄉᆡᆨ 브답ᄒᆞ니 ᄉᆡᆼ이 다시 니ᄅᆞ디 못ᄒᆞ야 년일ᄒᆞ야 시임ᄒᆞ며 일긔ᄒᆞᄂᆞᆫ 배 다 ᄌᆞ셔티 아니〃 승샹이 ᄎᆡᆨ왈 녀ᄌᆡ 됴고만

102면

병으로 친가의 도라가매 그 친뎡이 쇠잔ᄒᆞ야 의약이 ᄢᅢ예 밋디 못ᄒᆞᆯ딘대 당〃이 네 가려니와 그러티 [아니]ᄒᆞᆫᄃᆡ 부인의 뒤흘 ᄯᆞᆯ와 ᄃᆞᆫ니미 므ᄉᆞᆷ 녜도의 이시며 다시 너ᄂᆞᆫ 녀ᄌᆞ로 인ᄒᆞ야 하옥ᄒᆞ며 뎡형을 당ᄒᆞ얏던 인ᄉᆡᆼ으로 만일 사ᄅᆞᆷ의 ᄆᆞ음이 이실딘대 ᄯᅩ 엇디 다시 쳐ᄌᆞ를 권련코 시브리오마ᄂᆞᆫ 요ᄉᆞ이 너를 보니 ᄒᆡᆼ신거지 다 고이ᄒᆞ야 정혼이 운슈의 잇ᄂᆞᆫ 듯ᄒᆞ니 이 엇디 인ᄌᆞ의 ᄒᆞᆯ 배리오 만일 다시 고이ᄒᆞᆫ 거죄 이시면 내 눈의 뵈디 말나 ᄉᆡᆼ이 황공 슈명ᄒᆞᆫ 후ᄂᆞᆫ 더욱 가히 형시 가볼 길히 업ᄉᆞᆫ디라 오직 ᄒᆞᄅᆞ 세슌식 사ᄅᆞᆷ 브려 안부를 뭇더니 이십일 후 일개 뎡당의 모닷ᄂᆞᆫᄃᆡ 믄득 보ᄒᆞᄃᆡ 형부인이 금야 삼경의 기세ᄒᆞ니 ᄋᆡ셰 임의 왓다 ᄒᆞᆫ대 만좌 악연 대경ᄒᆞ야 서ᄅᆞ 소ᄅᆡ를 니어 참혹ᄒᆞ믈 일ᄏᆞᆺ고 아니 울 니 업ᄉᆞᄃᆡ 오직 승샹 모ᄌᆡ 놀나ᄂᆞᆫ 업ᄂᆞᆫ디라 셰인이 고이히 너기고 운셩은 ᄆᆞ음이 비황ᄒᆞ니 다만 머리를 수기고 ᄂᆞᆺ빗

103면

비참연ᄒᆞᆯ ᄯᆞ롬이러니 믄득 니러나 부친긔 하딕 왈 형가의 가 됴상ᄒᆞ여지이다 승샹이 믄득 닐오ᄃᆡ 날 [아직] 회라 ᄉᆡᆼ이 믄득 변ᄉᆡᆨ고 말을 아닌ᄃᆡ 소부인 왈 불가ᄒᆞ다 운셩의 됴상ᄒᆞᄂᆞᆫ ᄒᆡᆼ도를 막디 못ᄒᆞ리라 태부인 왈 운셩이 가나 형시 다시 살니오 ᄉᆡᆼ이 부친과 조모의 말을 듯고 심하의 ᄆᆡ야ᄒᆞ믈 이긔디 못ᄒᆞ야 날회여 ᄀᆞᆯ오ᄃᆡ 만일 가디 말과랴 ᄒᆞ실딘대 쇼ᄌᆡ 엇디 감히 가리잇고 셜파의 니러나가니 태부인이 승샹ᄃᆞ려 왈 형시 청춘의 함원ᄒᆞ야 요졀ᄒᆞ니 엇디 가련티 아니리오 네 ᄠᅳᆺ의ᄂᆞᆫ ᄲᅧ곰 잔잉티 아[니]냐 [승샹이] 잠간 웃고 주왈 형공의 디뫼 이 디경의 니ᄅᆞ니 가히 차악ᄒᆞ나 태〃 ᄯᅩᄒᆞᆫ 블기 아ᄅᆞ실디라 구ᄐᆞ야 여러 말 ᄒᆞ리잇가 부인이 함쇼ᄒᆞ고 머리 조으니 승샹의 말

숨이 은밀훈디라 졔즈 졔부는 다 듯디 못ᄒᆞ고 다만 소윤화셕부인이 니셕 이파로 더브러 갓가이 뫼셔시므로 ᄌᆞ시 듯고 ᄇᆞ야흐로 형시 죽디 아냐시ᄃᆡ 운셩

104면

을 거절ᄒᆞ노라 허셜ᄒᆞᆷ을 알고 서ᄅᆞ 도라보와 그윽이 우음을 머금더라

소현성록 연작 가계도 소씨 가문

소광 – 양부인 + 석파 + 이파

- 소월영 – 한생
- 소교영 – 이생
- 소경 – 화씨 + 석씨 + 여씨
  - 소운경 長 – 위씨
    - 소세현 – 양씨
  - 소운희 次 – 강씨
  - 소운몽 五 – 홍씨
  - 소운명 八 – 임씨 + 이씨 + 정씨 + 민씨 + 국씨 + 부씨 + 요씨
    - 소세필
  - 소운변 九 – 석씨
  - 소수정 長女 – 성준
  - 소수아 三女 – 정화
    - 정환 – 설경윤
  - 소운성 三 – 형씨 + 명현공주 + 소영
    - 소세광 – 설씨
  - 소운현 四 – 조씨
  - 소운의 六 – 뉴씨
  - 소운숙 七 – 성씨
    - 소세명
  - 소운필 十 – 구씨
  - 소수옥 次女 – 유생
  - 소수빙 四女 – 김현
  - 소수주 五女 – 인종
- 윤씨 – 유기